Date: 2/7/22

SP FIC SANCHEZ ADALID
Sánchez Adalid, Jesús,
Los baños del pozo azul /

LOS BAÑOS DEL POZO AZUL

LOS
BAÑOS
DEL POZO
AZUL

JESÚS SÁNCHEZ ADALID

Editado por HarperCollins Ibérica, S.A.
Núñez de Balboa, 56
28001 Madrid

Los Baños del Pozo Azul
© 2018, Jesús Sánchez Adalid
© 2018, para esta edición HarperCollins Ibérica, S.A.

Diseño de cubierta: Lookatcia
Imagen de cubierta: Getty Images

ISBN: 978-84-9139-611-6
Depósito legal: M-27613-2017

A mis padres, Jesús y Pilar

1

Los palacios viejos

No te aferres y no aprisiones recuerdos.
Todo lo soltarás, porque todo se acaba soltando...

Del *Diwán* del poeta Farid al Nasri
Córdoba, año 388 de la Hégira

1

Córdoba, miércoles 2 de julio del año 994 (Al arbiaá 15, Djuma-da l-Ula del año 384 de la Hégira)

La señora se despertó en medio de la noche, de repente, aunque sin sobresalto. No había oído voces ni ruidos extraños, pero estaba excitada por su costumbre de abandonar el sueño cada mañana con puntualidad. Abrió los ojos y sacudió la cabeza, pues dudó un instante de que en realidad estuviera despierta del todo. Aún se mezclaban en su mente los pensamientos y los murmullos de las ensoñaciones, pero enseguida reparó en que su cuerpo estaba ardiendo y que tenía la abaya empapada en sudor. Entonces deseó con verdadera ansiedad lavarse con agua fría la cara, el cuello y los brazos, para mitigar, aunque fuera por un momento, los sofocos que le abrasaban las entrañas y la cabeza, avivados por el calor de julio. Sin vacilar, se sentó en la cama, sintiendo la suave lanosidad de la cobija, cuya calidez le desagradó en tales circunstancias. Se levantó y anduvo en la oscuridad, tanteando con las plantas de los pies la sucesión de alfombras, por las que se fue guiando hasta que tocó la puerta y la abrió. El viejo perro, grande, somnoliento, la recibió afuera.

El jardín estaba en calma bajo la débil luz de las estrellas. La señora inspiró el aire puro, perfumado, y suspiró aliviada mientras caminaba entre los foscos setos de mirto tupido y fragante. Algunos pájaros se removieron bulliciosos en las copas de los árboles, pero enseguida retornó el silencio. Más adelante, iluminada muy tenuemente por la llama oscilante de una solitaria y pequeña lámpara de aceite, resplandecía la fuente de puro mármol rosado, cuyo chorro rumoreaba y lanzaba destellos en medio de la penumbra. Un techo de palmas ocultaba el firmamento.

La señora se detuvo y palpó primero con ansiedad la piedra fresca. El perro se echó sobre el enlosado. Luego ella metió las manos en el agua fría y se lavó la frente, las mejillas y la nuca. Pero esto no era suficiente para ahogar el fuego que le nacía dentro y le brotaba hasta la piel. Así que acabó quitándose la abaya para quedarse desnuda del todo. Alzó una pierna y la introdujo en la pila. Sintió un alivio grande y finalmente toda ella estaba sumergida hasta la cintura, recibiendo el chorro en la espalda. Le gustó tanto que se relajaron sus facciones; y permaneció así muy quieta, con el rostro sereno y los ojos cerrados, durante un largo rato, sin saber que era observada…

El eunuco Sisnán estaba apenas a diez pasos, oculto entre las sombras de las adelfas, muy quieto y gozando de la ilusión de ser invisible. Observaba a la señora en trance de adoración: todo su cuerpo se le mostraba a la luz floja y amarillenta de la lámpara de aceite, y la piel mojada, clara y brillante, se fundía con el mármol rosado de la fuente, perlada por las gotas que le salpicaban del chorro. La altura, la anchura y la armonía ya sabidas cobraban ahora para él una entidad diferente, misteriosa y casi sagrada. Aunque era una mujer madura, de más de cincuenta años, su naturaleza conservaba aún ese raro secreto de la hermosura. Seguía teniendo la espalda recta y una estatura superior a la media. Parecía delgada, pero su figura era prieta y rellena, con proporciones agradables. El rostro, de frente altiva y facciones delicadas, traslucía dignidad, tal vez por la nariz alargada y los ojos claros y profundos. Hasta el pecho y el vientre poseían un algo inalterado que despertó en Sisnán una sonrisa vibrante. También el cabello encanecido, ahora mojado y radiante por aquella luz, se le antojó dorado, como fue en su juventud. A él se le concedió entonces recordar como en una visión la imagen de la señora, tal y como era veinte años atrás. Se emocionó hasta las lágrimas y se dijo para sus adentros: «Lo que poseyó sigue siendo manifiesto de algún modo». Y deseó salir de la oscuridad para expresar a viva voz esto que había pensado, alegremente, como una proclama. Pero el temor reverencial que ella le inspiraba le obligó a permanecer en la invisibilidad.

La señora siguió durante un rato dentro de la pileta, dejando de vez en cuando que el agua del chorro le refrescara la parte de atrás de la cabeza. Los restos del sueño habían desaparecido y ya no sentía nada de calor. Por el contrario, se estremeció y empezó a tiritar. Se apresuró a salir del agua y se frotó la piel con las palmas de las manos. Luego se vistió y atravesó de nuevo el jardín de vuelta a su estancia. Cuando llegó ante la puerta, se detuvo en espera de recobrar el aliento. Entonces una voz le habló a la espalda:

—Señora, ¿necesitas algo?

Detrás venía el eunuco con la lámpara en la mano, esbozando una sonrisa enigmática. Era un hombre de aspecto extraño: alto, pálido, delgado, de ojos velados y edad indefinida; con un aspecto juvenil, pese a que pasase ya de los cuarenta. Su ropa escueta, holgada, le caía floja, dejando ver unos hombros escuálidos, un cuello largo y unas piernas muy flacas.

Ella se volvió algo sobresalta y le recriminó:

—¿Qué haces por aquí a estas horas?

—No podía dormir por el calor —respondió él un tanto azorado—. ¡Este horroroso verano!

La señora sacudió la cabeza y después se recogió el pelo en la nuca, mientras le lanzaba una mirada cargada de suspicacia.

—¿No me habrás estado espiando?

—¿Cuándo? ¿Dónde? —contestó él.

—¡Tú sabrás!

Hubo un instante de silencio entre ellos. Luego Sisnán entornó los ojos, impotente, bostezó de manera poco creíble y se estiró, diciendo:

—Con este calor no hay quien duerma… Oí murmullo de pájaros entre los árboles y bajé al jardín… Luego te vi pasar por entre los arrayanes y acudí con la lámpara por si necesitabas algo…

Ella clavó en él una mirada de duda.

—¿Me viste en la fuente?

Él contestó visiblemente azorado:

—¿Desnuda? ¡Qué cosas dices, señora!

—Yo no te he dicho que estuviera desnuda —repuso con sequedad la señora—. Lo has dicho tú. ¿Cómo lo sabes si no me has estado espiando?

Él se ruborizó y bajó la mirada.

—Lo vi sin querer… —se excusó—. Pero había muy poca luz y me encontraba alejado…

La señora soltó un bufido de fastidio.

—¡Una no puede estar sola un momento…! ¡Anda, dame la lámpara y entremos!

—Señora, te prometo que no fue adrede…

Ella se dirigió hacia la puerta después de haber cogido la lámpara. Antes de atravesar el umbral, se volvió y dijo:

—Yo tampoco podía dormirme por el calor y… Bueno, ya conoces mis preocupaciones…

Entraron y la luz se reflejó arrancando destellos pálidos y temblorosos de los adornos nacarados del artesonado. La estancia amplia estaba rodeada de sombras. Ella dejó la lámpara sobre una mesita situada en medio de un gran tapiz de oscuro tono granate. Entonces él se apresuró a encender un par de llamas más y las colocó en los candeleros de los rincones. La habitación se iluminó más y mostró su planta rectangular, sus altas paredes, las columnas y las vigas paralelas del techo, además del espléndido mobiliario y la abundante cacharrería de plata y cobre.

—No enciendas más luces —ordenó la señora—. Así estamos bien. Pronto amanecerá y ya no seré capaz de dormirme. Otra noche en vela…

Después de esta queja, ella se dirigió hacia el diván y se tumbó, echando la cabeza sobre el almohadón. Extendió las piernas y se arremangó la abaya húmeda, descubriendo sus piernas largas, fuertes y de gratas formas. Entretanto, Sisnán estaba de pie, como a la espera, observándola con un interés mezclado de inquietud. Ella le sonrió condescendiente y le preguntó:

—¿Qué haces ahí mirándome como un pasmarote?

Él sonrió y dijo:

—Señora, cuántas jóvenes quisieran… Alá te ha bendecido con un cuerpo sobre el que no pasa el tiempo…

—¡Qué tontería! —replicó ella, sacudiendo la mano con displicencia—. El tiempo pasa para todo el mundo… ¡Anda, vete a dormir!

A un lado del diván, sobre un mueble pequeño, había una jofaina y una delicada toalla. Él las señaló y dijo:

—Tienes todavía el pelo empapado. Te puedes resfriar.

La señora no respondió con palabras, sino cerrando los ojos. Él interpretó esto como un asentimiento y se apresuró a coger la toalla, con la que se puso a secarle la frente, las mejillas, el cuello y el escote. Después abrió un cajón del mismo mueble y extrajo un pequeño frasco. Cuando ella sintió que estaba siendo perfumada, dio un respingo y abrió los ojos diciendo:

—¡No! No me eches eso. Prefiero el aroma natural que llega desde el jardín.

—Perdona —murmuró el eunuco—. Pensé que el agua de azahar te ayudaría a estar más tranquila.

La señora incorporó la cabeza y le miró vivamente.

—Estoy muy tranquila.

Siguieron mirándose durante un rato, como si compartieran una misma preocupación. Luego él suspiró, sentándose junto a sus pies con las piernas cruzadas.

—¡Que Alá nos ayude! —rezó en un susurro.

Ella volvió a recostar la cabeza sobre el almohadón, cerrando los ojos y diciendo:

—Nos ayudará. Tiene que ayudarnos…

Al eunuco le hubiera gustado ser valiente en ese momento y hablarle con palabras animosas, alentadoras; pero su miedo y su duda le mantuvieron callado. Y la señora, que le conocía muy bien, pareció leer sus pensamientos durante el largo rato que duró el silencio, por lo que acabó añadiendo:

—Todo va a salir bien. No dejes que los temores te venzan y te hagan sufrir. Nuestro plan es perfecto. Contamos con los medios y las ayudas suficientes. ¿Por qué habríamos de fracasar? Y además está Dios… ¿Va a salirse el demonio con la suya?

Sisnán sonrió, como regocijándose confortado con estas palabras, pero sintiendo a la vez que debían haber sido dichas por él. Miraba a la señora, que le parecía ahora diferente a la mujer desnuda que había visto hacia un rato en la fuente. Su rostro se había alargado y la palidez se había apoderado de las mejillas. Las canas se extendían por los mechones húmedos todavía. Resultaba evidente que ella había alcanzado ya una cierta edad que sin duda dejaba su huella. No obstante, seguía impregnada de sobria belleza y salud. Él quiso manifestarle todo su cariño y devoción; decirle algo para fortalecerla aún más, para infundirle ánimo y asegurarle lealtad. Pero no le salían las palabras. Así que extendió sus manos pequeñas y temblorosas y se puso a acariciarle los pies.

Una vez más, fue ella quien habló.

—No te preocupes… ¿No te acuerdas de aquel dicho? «Lo que Dios quiere pasa, lo que Él no quiere no pasa».

2

Eran los tiempos de gloria que los poetas de Córdoba nombran como días del «agrado». Reinaba el tercer califa, Hixem. Pero nadie dudaba de que el triunfo y la fortuna, que alegraban tanto la ciudad esplendorosa, eran propiciados por la determinación y la lucidez del hayib Abuámir Almansur.

Todas las tardes, después de pasar una hora en los baños, el joven poeta Farid al Nasri bajaba a pie hacia la medina mezclado entre la muchedumbre que, desde el alba hasta la llamada a la oración del ocaso, se arremolinaba abarrotando las inmediaciones del Zoco Grande. Se encontraba limpio, lavado a conciencia y nutrido, en medio de aquella multitud variopinta de cordobeses escuálidos, sucios y cubiertos con harapos parduscos en su mayor parte, aunque resaltaban como contraste los coloridos atavíos de los ricos, que se pavoneaban ufanos en compañía de sus criados, también ellos con su propio fasto. Grupos de soldados fanfarrones e impetuosos, compuestos por hombres de todas las razas, se abrían paso a codazos y puntapiés, e injuriaban sin distinción a pobres y pudientes en todas las lenguas y dialectos del mundo. Una alegría jactanciosa e indefectible resplandecía en los rostros, como si todo el mundo gozase igualmente de un merecido premio. A nadie parecía caberle la duda de que el hayib Almansur, y por consiguiente Córdoba, había ganado la guerra a los tercos e idólatras rumíes del Norte. Un sentimiento unánime palpitaba en el corazón del pueblo: la codiciada y envidiada gloria que viene de la victoria se extendía a raudales e iba a beneficiar a todos de una manera u otra. Hasta los mendigos sonreían dichosos al solicitar las limosnas.

Mientras caminaba, Farid al Nasri iba sintiéndose cada vez más imbuido por el universal y sincero entusiasmo que le rodeaba. Era el caluroso mes de julio; brillaba el sol, derramándose pletórico sobre los tenderetes y las infinitas tonalidades de los tejidos, baratijas, cerámicas y toda clase de géneros que abarrotaban el mercado. Pero el joven poeta llevaba consigo además un motivo propio para estar alegre y esperanzado: por fin parecía que se iban a solucionar ciertos problemas monetarios que le habían venido robando la tranquilidad y hasta la salud últimamente. A su espíritu llegaba por primera vez en mucho tiempo un soplo de confianza. Por eso miraba el mundo y todo lo que le rodeaba con una agitación arrebatadora, turbulenta, y con un optimismo que tal vez no había sentido nunca antes; y hasta le daban ganas de avanzar a saltos, o danzando incluso entre la locura vocinglera de la muchedumbre exultante. Disfrutaba de esta fresca sensación. Se regodeaba imaginando, gozaba con su magia y la degustaba; como el enfermo que es consciente de la extrema felicidad que le sobreviene cuando se le calma el dolor y se encuentra sano de repente.

Iba el joven envuelto en este torbellino de ilusiones cuando, antes de lo que esperaba, vio al hombre que había ido a buscar al Zoco Grande: su amigo Yacub al Amín, que estaba sentado bajo la gran higuera que extendía su sombra por delante del negocio de Umar Efendi, el perfumista. El aire era allí extremadamente cálido, aunque los últimos rayos del sol se estaban retirando de los callejones y las plazuelas. Era esa hora de la tarde, blanda, vaporosa, en la que se aguanta la vida y hasta el calor, porque cesan los trabajos de la jornada. Otros rostros conocidos estaban también en aquel apacible rincón, relajados y sonrientes. Eso fue lo único que fastidió algo al poeta, pues estaba deseoso de verse a solas cuanto antes con

Yacub, para tratar del asunto que le llevaba allí y que era el motivo de su felicidad. Ahora tendría que saludar a todos los que le rodeaban, y mantener por cortesía un rato de conversación, teniendo que soportar su propia impaciencia.

Pero no fue ese el caso, puesto que su amigo se levantó nada más verle desde lejos, y le hizo una disimulada señal con la mano para que se detuviera a distancia. Farid comprendió entonces que Yacub estaba igualmente impaciente, y que no iba a permitirse perder el tiempo en una charla vana, teniendo como tenían un negocio de tanta trascendencia entre manos. Esto hizo que el joven poeta sonriera por dentro y se quedase quieto, medio oculto entre unos tenderetes de telas.

Yacub se despidió de aquella gente, con el afectado aire de quien debe excusarse a causa de algún asunto importante; y salió del cobijo de la higuera con semblante grave, mirando a la vez de reojo a Farid, e indicándole con un levísimo gesto que debía seguirle por el estrecho callejón que discurría cuesta abajo hacia su izquierda. El poeta supo enseguida que debían encontrarse en el lugar íntimo y apartado que ambos conocían y donde nadie los iba a molestar: el viejo caravasar de Abén Samer.

Llegaron al sitio, entraron decididos, atravesaron el primer patio y penetraron en el umbrío edificio. Los viajeros descansaban conversando plácidamente o dormitaban bajo las altas bóvedas. El conjunto del caravasar era un espacio grande, con baños públicos, fonda, almacenes y establos. Su parte trasera era la más reservada y en ella se hallaban los asientos más cómodos. No resultaba pues barato estar allí. Pero no hubieran podido encontrar en toda Córdoba un rincón más agradable y adecuado para el encuentro que estaban necesitando. Farid lo sabía y seguía a su amigo como un perro fiel, regodeándose por el privilegio que suponía disfrutar de lo que únicamente los ricos podían permitirse.

En el último de los patios rumoreaba el agua que brotaba de los tres caños de una preciosa fuente, toda ella de piedra negra labrada. No es que fuera aquel un lugar demasiado fresco —ninguno podía serlo en el julio de Córdoba—, pero el enlosado regado, las verdes enredaderas que cubrían las paredes y las plantas que salían de los arriates proporcionaban un cierto ambiente húmedo, umbroso, que resultaba una delicia a esa hora de la tarde. Además, no había nadie; todavía era temprano para la clase de clientes que solían frecuentar esa parte del caravasar.

Yacub y Farid fueron a sentarse en un rincón, el uno frente al otro, sobre un buen tapiz. Cruzaron las miradas sonriendo, compartiendo los pensamientos que tanta felicidad les proporcionaban. Pero todavía no pudieron hablar, porque no tardó en presentarse el mesero. Pidieron vino del mejor, aceitunas y alcaparras. No tenían mucho apetito, pero les llegaba aroma de cordero asado y se animaron a encargar también un plato de carne.

—¡La ocasión lo merece, qué demonios! —exclamó Yacub, y se echó a reír con una aparatosa carcajada, mientras se frotaba las manos.

Cuando el mozo llevó la jarra, llenó él los dos vasos con satisfacción y orgullo, levantó el suyo y brindó:

—¡A la salud del viejo!

Su avidez los llevó a beberse todo de un trago. Luego Farid dijo resoplando:

—¡Bendigamos su ofrecimiento! ¡Qué regalo! ¡Dios de los cielos, qué regalo! ¡Alá bendiga al viejo Chawdar!

Al oírle pronunciar ese nombre, Yacub dio un golpe con el vaso en la mesa, miró a un lado y a otro con preocupación y, en voz baja, le recriminó:

—¡Calla, insensato! ¿Cómo se te ocurre nombrarle?

—Tú le nombraste antes —replicó Farid.

—No, yo he dicho simplemente: «A la salud del viejo». No he pronunciado su nombre. ¿No te das cuenta de que pueden oírnos?

—No hay nadie aquí.

—¡Estúpido! ¡Las paredes oyen!

Se hizo un silencio entre ellos, en el que escrutaron cada rincón del patio, con evidente temor a que alguien pudiera estar escuchando.

Estaban completamente solos. Pero si alguien los estuviera viendo, repararía en lo diferentes que eran ambos, aun teniendo edades semejantes. Yacub era de mediana estatura, grueso, panzudo, bien vestido y con demasiado oro encima para ser tan joven; su cara, siempre brillante y amena, traslucía una avidez afanosa. El poeta en cambio iba peor vestido, con ropa corriente y gastada; pero no restaba nada su atavío a la dignidad y apostura que le conferían su armónica figura, la esbeltez de su cuerpo y el cabello rizado, negro. Los ojos oscuros, brillantes, daban vida a su rostro, y los sugestivos labios gruesos, heredados de su origen egipcio, le aportaban un aire sensual y encantador.

Conscientes ambos de que no habían ido allí solo para divertirse, comieron y bebieron apresuradamente, temiendo que entrara alguien más y ocupara una de las mesas vacías. Su nerviosismo les impedía disfrutar de cualquier otra cosa que no fuera lo que se traían entre manos.

—¿Fuiste por fin al palacio? —preguntó en un susurro Farid, con una exaltación imposible de disimular.

—Fui —contestó sonriente Yacub, y luego apuró su copa de un trago.

—¡Habla, por el Dios de los cielos! —le apremió el poeta, clavándole los dedos en el antebrazo.

Yacub miró hacia todos los lados y, cuando estuvo seguro de que seguían estando solos allí, comenzó diciendo:

—Todo está ya apalabrado. Fui ayer y el viejo eunuco me recibió. Hablé con él largo y tendido. El negocio está en marcha. Está dispuesto a soltar el dinero, todo lo que le pedí…

—¿Todo?

—¡Todo! No solo nos dará lo apalabrado, sino que estuvo conforme con pagar además los gastos.

Al oír esto, Farid puso la mirada feliz en el cielo y exclamó:

—¡Alá sea bendecido!

Viendo la alegría de su amigo, Yacub soltó una carcajada, llenó el vaso de nuevo y volvió a brindar.

—¡A nuestra salud!

Vaciaron enseguida los vasos. De este modo, el vino empezó a dejar sentir sus efectos en ellos, aumentando la euforia.

—Pero… ¿qué tenemos que hacer? —preguntó Farid.

—De momento todo es muy sencillo, según parece a primera vista. El viejo eunuco es reacio a dar demasiadas explicaciones, pero me dio a entender que nuestro cometido en el negocio será largo y que nos irá reportando mayores beneficios con el tiempo.

—¿Más dinero? —quiso saber el poeta, con los ojos bailándole de felicidad.

—¡Claro, mucho más!

—¡Madre mía! Pero… ¡dime de una vez lo que nos pide!

—Debemos hacer un viaje hasta Badajoz. ¡Fíjate qué cosa tan simple!

—¿Un viaje? No comprendo…

—Sí, un viaje para llevarle una carta al hermano de la señora.

—¿Una carta? ¿Solo eso?

—Chist… No levantes la voz.

El poeta miró con preocupación hacia todos los rincones y, luego, sin ocultar su impaciencia, observó:

—No comprendo que quiera pagarnos tanto dinero solo por llevar una carta… ¿No te parece extraño?

—No —respondió con seguridad Yacub—. El viejo me dijo que la señora es muy celosa en sus asuntos. No quiere hacer uso de mensajeros oficiales; y, además, no desea que nadie sepa nada acerca de sus relaciones personales. Por eso se confía a mí, porque conoce a mi padre desde hace mucho tiempo, y sabe que en nuestra familia somos gente discreta y muy segura a la hora de guardar secretos.

—Comprendo —asintió Farid—. Cada uno que haga lo que quiera con sus cosas… ¡Y con su dinero!

Los dos se echaron a reír. Sus rostros exaltados, brillantes de sudor, intercambiaron miradas de optimismo y complicidad. Después Yacub rebuscó entre sus ropas, sacó una pequeña bolsa de cuero y se la entregó a su amigo, diciéndole:

—Mira ahí dentro.

El poeta palpó la bolsa, la abrió y puso sus ojos relucientes de felicidad en el interior. Vio el resplandor del oro y exclamó:

—¡Dios de los cielos!

—Esto me lo ha dado el viejo para cubrir los gastos de momento. ¿Te das cuenta, Farid? ¡Solo para el viaje! ¡Luego nos pagará el resto!

—¡Alá!… ¡Alá! —dijo el poeta, afectado por la emoción—. ¿Y cuándo nos vamos?

—Mañana. Cuanto antes mejor. ¿Por qué hemos de esperar? Si antes lo hacemos, antes cobraremos. Lo tengo todo preparado ya. Mi padre se ocupó de mandar a los criados que dispusieran lo necesario. Mañana, antes de que salga el sol, nos encontraremos aquí mismo, en la puerta del caravasar, y emprenderemos el viaje a Badajoz. Así que ¡apúrate esa copa! Debemos irnos a descansar. Por el camino te daré más detalles de la conversación que tuve con el viejo eunuco.

3

Por la tarde, el fuego de julio seguía prendido en todos los rincones del jardín, a pesar de que un sol maduro reposaba aquí y allá sobre el mirto, en los sofocados rosales y en los troncos de los árboles, filtrándose a través de las palmeras y bañando plácidamente el agua verdosa del estanque. No había nadie bajo la celosía, excepto el viejo perro que dormitaba estirado boca arriba en las losas de mármol, roncando como una persona. Si no fuera por esos ronquidos y por una persistente chicharra, la calma hubiera sido total.

Pero de pronto, en alguna parte, sonaron los fuertes golpes del aldabón en una puerta. El perro se sobresaltó y levantó la cabeza, mirando hacia arriba con ojos asustados. Los golpes sonaron de nuevo y se puso en pie, como si hubiera esperado a ese preciso momento para terminar de romper el silencio con sus roncos ladridos.

Enseguida salió Sisnán y le habló al perro como si pudiera comprenderle:

—¿Quién puede ser a estas horas? ¡Con este calor horroroso!

Una vez más, y con mayor fuerza, los golpes resonaron más allá del jardín, haciendo que los pájaros saliesen de su modorra y echasen a volar.

—¡Ya va! —gritó Sisnán con fuerza, en un tono que mostraba algo de fastidio, a la vez que echaba a correr por el pasillo central del jardín, entre los setos de arrayanes, y se perdía tras la vegetación seguido por el perro.

Un instante después, por una de las ventanas que había bajo la celosía, asomó la cabeza del anciano chambelán Chawdar, el jefe de los eunucos, con cara de loco y el pelo blanco y alborotado; miró a un lado y otro, refunfuñando algo inaudible, y lanzó un escupitajo. Luego renegó:

—¡Este mozo es idiota! ¡No tiene remedio! ¡En plena siesta este escándalo! ¡Sabiendo lo cansada que está la señora…!

Y desapareció cerrando la ventana con un portazo. Pero, un poco más tarde, salió por la puerta, llevando un gran turbante en la cabeza con una larga pluma de ave que se agitaba con sus pasos torpes; y atravesó el atrio, mientras la contera de su bastón golpeaba metálicamente en las losas de mármol. Luego se internó en el jardín siguiendo el rastro de Sisnán, rodeó la fuente, pasó bajo las palmeras y siguió en sombra, hasta detenerse en una especie de patio cuadrangular, más soleado y despejado, donde solo crecían espesas enredaderas y jazmines cubriendo las paredes. Allí, frente a él, resplandecía con intenso brillo, casi hiriendo la vista, una impresionante puerta de bronce pulido, enteramente dorada.

—¡Sisnán! —gritó—. ¡Maldito Sisnán! ¿Dónde demonios andas? ¿A qué vienen estas voces y estos golpes? ¡Seguro que habrás despertado a la señora!

Hubo un silencio largo y opaco tras estos reproches. La puerta seguía cerrada frente a él, mientras el sol de la tarde abrasaba su cuello y su espalda. Una rabia hecha de incertidumbre y contrariedad hacía que su cabeza temblase agitando la pluma.

Y de repente, una de las hojas de la puerta se abrió, apareciendo detrás de ellas Sisnán, con el rostro demudado y teñido de una gran inquietud.

—¿Qué pasa? —preguntó el anciano—. ¿Por qué has salido por la puerta Dorada? ¿Adónde demonios has ido?

—Llamaron tres veces —contestó Sisnán con ansiedad—. Tres golpes cada vez… Tuve que ir a ver… Y…

El anciano puso en él una mirada llena de turbación, urgiéndole a que terminara de explicarse:

—¿Y...?

Sisnán tragó saliva y se llevó la mano al pecho, jadeando en espera de recobrar el aliento; después prosiguió:

—Los guardias del patio me dijeron que había venido un emisario para traer un aviso.

—¿Un emisario? ¿Qué clase de emisario?

Sisnán estaba como si hubiese perdido la facultad de expresarse, sumido en la confusión y el miedo.

—¡Habla de una vez, por todos los iblis! —le apremió el anciano—. ¿Qué clase de emisario? ¿Te has vuelto idiota?

—Un emisario de Medina Alzahira —respondió él con una voz que no le salía del cuerpo.

El anciano no daba crédito a lo que oía. Su cabeza temblaba y hacía que vibrara la pluma de su turbante. Aguzó la mirada, frunció el ceño y gritó:

—¿Un emisario de Medina Alzahira? ¿Y qué aviso traía? ¡Habla, idiota!

Sisnán volvió a tragar saliva y respondió con aire de gravedad:

—El sábado, a primera hora, el hayib vendrá a ver a la señora.

El anciano se desconcertó aún más, cambiándosele el color de la cara. Bajó la cabeza y se quedó un instante sumido en sus pensamientos. Luego preguntó:

—¿Dónde está ese emisario? ¿Sigue en el recibidor?

—No. Se marchó después de dar el aviso.

De nuevo el anciano se quedó en silencio, meditabundo. Sisnán le miraba expectante, sumido en un pensamiento de nerviosismo y temor. Y el perro, a su lado, parecía también estar inquieto. El sol todavía fuerte y ardiente los bañaba inmisericorde, mientras el persistente zumbido de la chicharra vibraba en el aire sofocante.

Por fin el anciano suspiró desde lo más hondo y puso en Sisnán unos ojos abatidos, diciéndole con débil voz:

—No quiero pensar en lo peor... Pero es demasiada casualidad… Hace más de un año que él no viene a verla…. El hayib es listo como el mismo diablo…

—¿Crees que…? —preguntó Sisnán espantado, con los ojos muy abiertos y fijos en él.

—No soy adivino —contestó el anciano—. Lo único que sé es que debemos ir inmediatamente a avisar a la señora.

—¿Y cómo se lo tomará? ¡Está tan nerviosa últimamente!

—¡Como Dios quiera! ¡Vamos allá!

Echó a andar por delante, clavando la contera de su bastón en la tierra polvorienta y haciendo que la pluma se zarandease a cada paso. Le seguían Sisnán y el perro. Los tres parecían participar de una misma ansiedad y un temor semejante. Atravesaron en este estado el jardín y llegaron pronto a la galería. Allí se detuvieron. El viejo se quitó el turbante y lo dejó sobre un mueble. También se quitó el manto. Con el pelo largo, blanco y revuelto, y su túnica cómoda de estar por casa, parecía una mujerona visto por la espalda. También sus movimientos sulfurados, nerviosos, tenían cierto aire femenino. Sacó las llaves y las insertó en la cerradura con la certeza de alguien que conoce bien su oficio. Pero, antes de hacerla girar, advirtió con tono enfático:

—A ella no se le puede decir esto así, de cualquier manera. Y menos en estas circunstancias… Hablaré yo, que tengo más experiencia. Tú estarás presente, pero no digas ni media palabra.

Sisnán asintió con la cabeza, lleno de convicción, lo cual era un tanto absurdo, dado que no solía abrir la boca en presencia de la señora cuando también el viejo estaba presente.

La cerradura crujió dos veces y se abrió la puerta. La estancia, lejos de ser un espacio escueto y mal iluminado, era una sala espléndida, agradable y llena de coloridos adornos. Un gran espejo brillaba a la izquierda. En el centro de un gran tapiz, rodeado de divanes y almohadones, había una mesa de madera labrada, con una bandeja llena de ciruelas negras, un pastel en un plato lustroso y una preciosa botella de vidrio azulado con tres vasos a juego.

—La señora no está aquí —dijo el anciano, escrutando los rincones con su mirada inquieta. Debe de hallarse en el patio interior. Anda, ve a buscarla. Yo esperaré y mientras pensaré cómo decírselo de la mejor manera.

Obediente, Sisnán cruzó la estancia en dirección a la puerta que se abría al otro lado. El perro le seguía. Antes de que salieran, el viejo le recordó:

—Si ella te pregunta, no le digas nada. Solo dile que yo debo hablar con ella. No des ninguna explicación. ¡Y ni se te ocurra mencionar al hayib!

Sisnán salió al patio interior. Allí tampoco estaba la señora. Así que lo atravesó y entró en otra estancia, más pequeña que la anterior y también mucho más oscura. Cuando sus ojos se acomodaron a la poca luz, la descubrió sentada al fondo sobre el diván, bajo unas descoloridas cortinas de antigua seda verde. Esta habitación no resultaba extraña para él, aunque entraba allí solo cuando era estrictamente necesario. Su vetustez no disminuía su opulencia, aunque el terciopelo estuviera gastado. Pero la alfombra persa conservaba todos sus colores, y el aire tenía un delicioso y suave olor a almizcle de la mejor calidad. Acomodada cerca de la señora, dormitaba una mujer más joven que ella, con un cuerpo menudo y regordete, y un largo cabello negro, espeso y ondulado.

La señora estaba dándose aire a la cara con un abanico pequeño y compuesto con plumas blancas. Sin dejar de hacerlo, le dijo a Sisnán con aparente calma:

—He oído fuertes golpes que me parecieron venir de la puerta Dorada. Me estaba diciendo a mí misma: seguro que Chawdar se habrá despertado y habrá ido a ver. ¿Quién ha venido?

Sisnán contestó azorado:

—El viejo te espera en el salón del espejo.

—Me resulta extraño —le dijo ella, mirándole fijamente—. ¿Ocurre algo malo?

—Él te dirá.

La señora acarició al perro, que había ido a echarse a su lado, y dijo pausadamente:

—No me ayuda nada que estéis todos agobiados, entre temores y preocupaciones. Prefiero no hablar más del asunto. Es mejor tener paciencia y permanecer callados. Ya no sé cómo repetiros que todo va a salir bien.

Sisnán resistió las ganas de darle alguna explicación y contestó tan solo:

—Señora, debes ir al salón… No puedo decirte nada más… Y ve sola. Así te lo pide el viejo.

Ella suspiró diciendo:

—Iré. Pero adviértele que no deseo que me ponga el alma en vilo.

Sisnán corrió por delante. Llegó al salón y, antes de que el viejo pudiera preguntarle nada, dijo con desasosiego:

—La señora viene… Pero no desea que se le diga nada que pueda perturbar su ánimo…

—¡Vete! —le gritó enfurecido el anciano—. ¡Y no andes escuchando por detrás de las puertas!

—Creo que yo debería estar… —murmuró él—. Fui yo quien recibió el aviso del emisario…

—¡Fuera!

No le dio tiempo a salir del salón, porque la señora apareció por sorpresa antes de lo previsto y dijo con autoridad:

—¡No! ¡Que se quede!

Se hizo un silencio incómodo, que duró hasta que el anciano, dolido y contrariado, murmuró:

—Señora, creo que será mejor que hablemos tú y yo a solas…

La señora aparentó sorpresa, miró a uno y otro, y preguntó enojada:

—¿Qué suerte de juego os traéis entre manos? ¿Qué aviso es ese? ¿Quién ha venido? ¡Sentaos y hablemos los tres!

Chawdar y Sisnán se miraron, suspiraron y fueron a sentarse codo con codo en el diván. La señora también tomó asiento frente a ellos, y el perro se echó a su lado.

—¿No os tengo dicho que tenemos que estar tranquilos? —prosiguió ella, reflejando una mezcla de disgusto y reproche—. Si no somos capaces de tomarnos todo esto con calma, echaremos a perder el plan. ¿Cómo es posible que no os deis cuenta de ello?

Como si estas palabras le hubieran tocado en lo más profundo, Chawdar le respondió con gravedad:

—Señora, a mí no tienes por qué reñirme. Yo estoy muy tranquilo y quieto. He hecho todo lo que debía hacer según el plan y no hablo con nadie del asunto. El que está nervioso es este, y no hace otra cosa que dar vueltas por la casa y lanzar suspiros a causa de todo el miedo que tiene.

—¿Yo? —replicó Sisnán con aire ofendido—. ¿Cómo no voy a ir a ver qué pasa si llaman a la puerta Dorada en plena siesta? ¿Y cómo no voy a preocuparme si se trata de un emisario de Medina Alzahira con un mensaje para la señora? ¿Cómo vamos a estar como si nada? ¡Vendrá el hayib el próximo sábado!

Después de decir esto, Sisnán se llevó las manos a la boca y se dejó caer hacia atrás en el asiento con un suspiro de desesperación. Hubo un silencio terrible, en el que el anciano escrutó el rostro de la señora para ver qué efecto producía en ella el anuncio. Y luego, viendo que empalidecía y la angustia asomaba a sus ojos, le dijo con calma:

—Señora, ahora eres tú la que debe tener entereza.

4

La tarde moría. Los últimos resplandores del sol, rojos y transparentes, se hundían allá lejos, en la espesura parda de los sempiternos bosques de encinas, rozando como fuego las apretadas brozas. El camino blanquecino y polvoriento divagaba incierto por entre los cerros tupidos de seca maleza. Una fila de viajeros a caballo marchaba a paso quedo.

—Me parece que ya no vamos a llegar a Badajoz antes de que anochezca —dijo el joven poeta Farid, mirando hacia el purpúreo horizonte con su rostro brillante de sudor.

—Llegaremos —repuso Yacub—, ya lo verás. Llevamos ocho jornadas de camino. El trayecto suele cubrirse en poco más de una semana.

—¿Y no hemos hecho demasiadas paradas por el calor?

—No. Nos hemos detenido siempre en los lugares que corresponde. El hombre que nos guía lleva haciendo este viaje más de diez años. Mi padre, que sabe lo suyo de esto, se preocupó de organizarlo todo de manera adecuada.

Alejados, cabalgando por delante de ellos, pero visibles en la distancia, iban otra veintena de jinetes: siete eran los que se dedicaban al negocio de acompañar a los viajeros que necesitaban hacer ese camino; el resto serían comerciantes o corredores que acudían a Badajoz por otros motivos.

—Hace tanto que no viajo —dijo el poeta—. Solamente he salido una vez de Córdoba desde que vine a vivir aquí.

—¿Cuando vivías en Egipto hiciste viajes?

—Muy pocos. En Alejandría teníamos cuanto necesitábamos para vivir y no había motivos para viajar. Únicamente recuerdo haber ido con mis padres a la boda de unos parientes en una aldea cercana.

Farid era uno más de los muchos que, teniendo talento, se vino a Córdoba a buscar fama y fortuna, alentado por lo que se contaba en todo el mundo acerca de la consideración y de las atenciones que los califas omeyas dispensaban a los poetas. Originario de Egipto, toda su familia se había quedado allí cuando él se lanzó a cruzar el mar con poco más de veinte años, convencido de que iba a ser capaz de realizar su sueño. Pero esas mismas ilusiones eran compartidas por millares de jóvenes de todo el Mediterráneo, por lo que la competencia resultó ser enorme. Así que tuvo que emplearse en cualquier cosa para no pasar hambre. Su ingenio le resultó útil, pero no componiendo poemas, sino haciendo cuentas, redactando cartas y contratos o vendiendo los empalagosos versos que los enamorados enviaban a sus amadas. Con eso pudo sobrevivir sencillamente con lo puesto y alquilarse un cuartucho en el extremo de la medina, en la periferia del barrio de los libreros. La buena formación que se trajo de Alejandría no le sirvió en Córdoba para prosperar más allá de esto durante tres años, que se le hicieron largos, afanosos y teñidos de frustración. Pero luego tuvo la suerte de entablar una estrecha amistad que acabó reportándole impagables favores. Porque este amigo suyo, Yacub abén al Amín, era el hijo mayor del síndico del Zoco Grande y, por lo tanto, un privilegiado. Su familia gozaba de todos los beneficios que le proporcionaba el importante cargo del padre, consistente en administrar y supervisar el cuantioso tráfico de mercancías del zoco más importante de la ciudad. Ya hacía tiempo que el hijo se venía encargando de muchos negocios, y disfrutaba de una buena posición, amistades influyentes y dinero; a la espera del día en que le correspondiera heredar el oficio paterno con todas sus prebendas. No podía decirse por ello que Yacub fuera lo que suele entenderse por mimado, pero tampoco es que hubiera tenido que enfrentarse con grandes dificultades en su corta vida. El joven era avispado y además tenía esa cualidad propia de quienes saben rodearse de buenos colaboradores. En cuanto descubría a alguien que podía servirle de complemento en cualquier habilidad que él no dominase demasiado bien, se lo ganaba para su servicio. De esta manera fue al encuentro de Farid al Nasri, de cuyas artes y sapiencias le habían hablado. Se conocieron, se hicieron amigos y empezaron a ayudarse mutuamente. El poeta suplía todo lo que le faltaba al hijo del síndico en cuestión de letras y cuentas: escribía, copiaba, ordenaba y consignaba los balances. Y Yacub confiaba en él como nunca antes había confiado nadie. La relación se había convertido en verdadero compañerismo y ambos compartían intimidad, diversión y trabajo. El poeta era fiel y laborioso, pero también animoso para la fiesta. Su adinerado amigo estaba convencido de haber recibido con el poeta egipcio ese raro y verdadero tesoro, y estaba dispuesto a solucionarle todos sus problemas económicos.

Además de todo esto, algo más los unía: acababa de llegar a sus manos, como caído del cielo, un negocio de importancia; un trabajo que parecía ir mucho más allá de los meros asuntos comerciales, por la índole de las personas que hacían el encargo, por el misterio que entrañaba y por las ganancias que prometía.

Este viaje a Badajoz parecía ser un buen comienzo. Estaban convencidos de ello, y no les importaba pasar fatigas y calores para cumplir con este primer cometido, aunque todo lo demás que debieran hacer luego seguía siendo secreto.

Y con estas ilusiones cabalgaban, mientras el último sol de la jornada, a pesar del cansancio, les ofrecía un atardecer asombroso e inesperado. El cielo tenía unos colores purpúreos que parecían una infinita llamarada. Aquellos oscuros árboles, aquellos pájaros de última hora, negros contra el rojo horizonte, los llenaron de una sutil turbación; como si en verdad se hallasen atravesando mundos ilimitados y distantes.

A Farid le brotó de repente el alma de poeta, y señalando con la mano todos los signos de belleza y grandiosidad que le rodeaban, dijo emocionado:

—Esto es lo que verdaderamente me apasiona a mí, por mucho que alabemos la vida en la ciudad. ¡Las tierras de Alá son vastas hasta el infinito! ¡Compara esta naturaleza excelsa con el saturado hormiguero humano de cualquier medina!

Yacub se echó a reír, como si no tomara en serio aquellas palabras, y contestó:

—Sí, pero en la ciudad hay posibilidades de ganar dinero, placenteros baños, mujeres hermosas, tabernas, deliciosas comidas y vino… Digamos mejor que la naturaleza y la ciudad son, ambas, cosas maravillosas…

El poeta también rio, manifestando con ello su conformidad. Pero no se resistió al deseo de ponerle algo de poesía a la grandiosidad que veían. Recitó:

La bailarina de polvo hecha
sin su amigo el viento, ¿qué es?
Llevando en la mano hojas secas
danza en la caja del bosque
y se esconde del sol dorado.
La bailarina invisible del aire
sin la brisa de la noche, ¿qué es?
Danza en el viejo camino
y se esconde del cantor alado.

Yacub sonrió con tristeza, miró a su amigo y no dijo nada. Entonces el otro, con la intención de hacerlo rabiar, insinuó:

—Tu cara bobalicona me dice que te has acordado de tu amada…

Yacub reprimió la irritación que le había producido esa observación, precisamente en ese momento placentero, y dijo con calma:

—Realmente es bonito este paisaje.

—¡No cambies de conversación! —replicó Farid, empeñado en incomodarle—. ¿No es verdad que te acuerdas de ella?

Yacub permaneció en silencio un instante, apreciablemente molesto, pero acabó contestando:

—¿Sabes una cosa? Este negocio que tenemos entre manos me importa mucho, pero no por el dinero que vamos a ganar, sino porque intuyo que me va a solucionar ese problema.

—No comprendo lo que quieres decir con eso. ¿Qué tiene que ver una cosa con la otra?

—Tiene mucho que ver —dijo Yacub, mirándole con una intensidad que reflejaba lo seguro que estaba de lo que afirmaba—. Sabes que a ella su padre quiere casarla con ese majadero de Budum al Tawak, solo porque es de la sangre noble de los rancios árabes. A mí me desprecian, por mucho dinero que tenga mi padre.

—Todo eso lo sé —asintió Farid, poniéndose muy serio, al ver la preocupación de su amigo—. ¿Y este negocio cómo podrá solucionar eso?

Yacub en cambio sonrió y respondió con aplomo:

—La señora lo solucionará.

—¿La señora? ¿Y cómo lo solucionará la señora? ¿La señora va a rebajarse hasta meterse en un asunto de amoríos entre jóvenes?

—Sí, porque yo se lo pediré.

—No sé… —observó el poeta, caviloso—. No conoces a la señora. Nunca has hablado en persona con ella, ¿y ya estás pensando en pedirle algo así?

Los ojos de Yacub se iluminaron con una mirada de orgullo y, levantando la cabeza con arrogancia, dijo con un tono que revelaba una gran confianza en sí mismo:

—Cuando llegue el momento oportuno hablaré con ella. Es lo único que puedo hacer para conseguir a la mujer que quiero. ¿Cómo no lo voy a intentar?

—¡Claro que sí! —exclamó Farid—. ¡Así se habla! Ahora sí que estoy seguro de que este negocio que acabamos de empezar nos va a elevar hasta lugares insospechados, ¡Hasta lo más alto! ¡Qué suerte hemos tenido, amigo mío! ¡Qué gran suerte!

Cabalgaron durante un rato en silencio, meditando en todo lo que habían estado hablando. Hasta que de repente, como si al asociar ideas hubiera recordado algo importante, Yacub dijo:

—Con la premura del viaje, casi me había olvidado. ¡El viejo eunuco desea conocerte!

Farid se volvió hacia él, sorprendido y entusiasmado.

—¿El viejo? ¿A mí?

—Sí, a ti. La última vez que estuve con él le hablé de ti. No te lo he dicho antes porque esperaba que tuviéramos una mejor ocasión durante el largo camino.

—O sea… ¿Le hablaste al eunuco de mí? ¿Le dijiste que colaboro contigo?

—Sí. Era necesario. Él debía saber que tú estabas en esto; no fuera a ser que luego alguien se enterara y le fuera con el cuento. Pensé que debía decírselo y confiar en que comprendería que yo necesitaba alguien de confianza para que me ayudase en todo. El viejo Chawdar lo comprendió y se fio de mí. Pero me dijo luego que era mejor que tú también fueras a verle, pues deseaba conocerte en persona. Como podrás imaginar, todo lo que le hablé sobre ti le resultó muy interesante. Cuando tú estés en su presencia, sabrás ganártelo. ¡A ti no hay quien se te resista!

—¡Oh, gracias! —contestó el poeta, con un rostro cuyas facciones reflejaban toda la alegría que inundaba su corazón—. ¡Alá te bendiga por ser tan bueno conmigo!

Yacub saboreó durante un buen rato la grata y cautivadora felicidad de su amigo. Luego alzó las cejas, miró en torno y se hizo de nuevo consciente de cuanto los rodeaba.

—¡Qué maravilla! —exclamó—. Lo importante ahora es que estamos haciendo juntos este viaje. Todo el misterio que hay en este negocio también tiene su encanto. ¿O no te parece así? Tú eres un poeta, y los poetas disfrutáis con los misterios…

—¡Claro que sí! —exclamó Farid con entusiasmo—. ¡Esto es

lo que yo quería! ¡Quiero vivir! Quiero viajar a mi aire, conocer ciudades, ver gente nueva y, después de eso, ¡que venga la muerte cuando quiera!

—Sí, pero que tarde en venir —repuso riendo Yacub.

Envueltos por toda esta felicidad, no se habían dado cuenta de que el resto de los jinetes se habían detenido para esperarlos. El guía se volvió y fue hacia ellos diciendo:

—¡Hemos llegado a nuestro destino, señores!

Ellos alzaron la mirada y vieron a lo lejos un promontorio, sobre el cual se alzaba una fortaleza de muros terrosos, solitaria y como desnuda, bajo un cielo sin nubes e iluminado de una rojiza luz secreta.

—Es Badajoz —señaló el guía—. Pero no podremos entrar hoy en la ciudad. La puerta debe de estar ya cerrada a estas horas. Acamparemos aquí y mañana cuando amanezca iremos a pagar la tasa.

5

Con los primeros cantos de gallo, en la paz del alba, el anciano Chawdar cerró la puerta detrás de sí y atravesó el jardín, apresurando cuanto podía sus pasos. Iba envuelto en una maraña de preocupaciones, mientras la contera de su bastón se clavaba en la tierra amarilla y polvorienta del último patio del palacio. Sumido en sus pensamientos, no levantó la cabeza hasta llegar al extremo, donde se detuvo delante de la grandiosa puerta de dorado bronce. Su mirada estaba fija, como en espera, al mismo tiempo que recobraba el resuello.

Luego carraspeó y alzó la voz, ordenando:

—¡Abrid a Chawdar!

Hubo un silencio largo, en el que sus ojos se tiñeron de rabia e impaciencia. Después insistió con mayor energía:

—¡Abridme de una vez!

Nadie respondió y la puerta siguió cerrada. Entonces avanzó rezongando y acabó golpeando el metal con su bastón, mientras gritaba:

—¡Demonios! ¿No me oís? ¡Abrid a Chawdar!

Hubo ruido de cerrojos en el otro lado y los goznes de la puerta chirriaron a la vez que se abría. Apareció un guardia, se inclinó con respeto y dijo:

—Disculpa, señor Chawdar; no suponíamos que ibas a salir tan temprano.

—¡No suponíamos, no suponíamos…! —despotricó con irónica rabia el anciano—. ¡Idiota! ¡Os dejé bien claro que saldríamos al amanecer! ¡Y hace ya un rato que cantan los gallos! ¡Seguro que estabais durmiendo! ¡Hatajo de inútiles!

Chawdar cruzó la puerta refunfuñando y después se encaminó por en medio de una especie de plaza porticada. Un muchacho le llevó un pequeño borrico, a la vez que le preguntaba:

—¿Adónde quieres ir, amo?

—A la casa del gran chambelán Al Nizami. Me acompañarás únicamente tú. No quiero guardia ni parafernalia alguna, iremos con la mayor discreción. Tráeme el manto fino.

—¿El manto fino, amo? Hará calor…

—¡Haz lo que te digo! ¡Trae el manto y no repliques más!

El muchacho obedeció sin volver a rechistar. El anciano se echó el manto por encima y se cubrió la cabeza con la capucha; y de esta manera, embozado, subió a lomos del borrico. Salieron por uno de los arcos, que daba a otro patio mas escueto, y desde allí, por un portón trasero, accedieron a un estrecho callejón. Iba el mozo delante, tirando de las riendas, y nadie sería capaz de adivinar si quien iba montado era hombre o mujer, ni la edad que tenía, por lo tapado que iba.

Apenas recorrieron una manzana y luego torcieron a su izquierda, deteniéndose delante de un caserón de altos muros, compacto y austero.

—Llama a la puerta —ordenó el anciano—. Diles quién soy y que entraré sin descabalgar.

Así lo hizo el muchacho. Los dejaron pasar y atravesaron unos corrales con establos, hasta llegar a una pequeña casa rodeada de árboles. Allí descabalgó Chawdar y entró, apoyándose en el bastón, mientras decía:

—¡Al Nizami, Alá esté a tu lado! ¿Te molesto a esta hora temprana? Soy Chawdar, tu compadre.

Una voz de anciano, débil y quejumbrosa, respondió desde la oscuridad interior:

—Estoy despierto… te esperaba…

—¡Ah, Alá te bendiga? ¿Y como estás, compadre mío?

—Viejo, torpe y medio muerto…

Esta conversación se desenvolvía sin que ambos se vieran, por lo que Chawdar acabó refunfuñando:

—¡Demonios! ¿No podéis encender una luz?

Enseguida acudió un criado y encendió un par de lámparas. Ambos ancianos pudieron verse las caras, y se miraron a los ojos largamente, como si buscaran leerse los pensamientos el uno al otro. Entonces Chawdar no pudo evitar estremecerse, como le sucedía siempre que iba a visitar al gran chambelán Al Nizami. Nada parecía quedar en este del hombre que había sido, grande, poderoso y rebosante de salud, cuando ahora aparecía ante sus ojos menguado, amarillo como un limón, el rostro inexpresivo y un permanente temblor en los labios amoratados. Si bien era cierto que, no obstante esta decadencia, algo en él seguía manifestando autoridad. Tantos años de poder no podían borrarse, aunque ahora tuviera que permanecer postrado en su cama y no fuera capaz de ponerse en pie por sí mismo, para enarbolar su enorme estatura ni la impresionante envergadura del cuerpo que otrora poseía.

Sin embargo, Chawdar quiso animarle y le dijo:

—Compañero, te encuentro muy repuesto. ¡Da gusto verte!

—¡No digas mentiras a tu edad! —replicó Al Nizami—. ¡Sabes que me estoy muriendo!

Chawdar le miró perplejo un buen rato y luego dijo riendo:

—Me alegra distinguir en ti ese viejo temperamento tuyo. Te estarás muriendo, pero no dejas de ser el mismo. El día que te abandone ese mal genio dejarás de vivir.

Al Nizami se removió en la cama e hizo un esfuerzo para incorporarse, a la vez que les ordenaba a sus criados:

—¡Levantadme!

Dos sirvientes le ayudaron a sentarse en el diván que estaba próximo a la cama. Chawdar fue a situarse a su lado, pidiendo:

—¡Dejadnos solos!

Cuando todos los criados se hubieron marchado y se cerró la puerta, los dos ancianos quedaron el uno frente al otro, sin dejar de mirarse. Se conocían tan bien que casi podían comunicarse sin abrir las bocas. Ambos se daban cuenta de que una misma preocupación los llenaba de angustia en aquel momento.

—¿La señora está tranquila? —preguntó en un susurro Al Nizami.

—La señora está más tranquila que todos nosotros —respondió Chawdar.

—Pues eso es lo más importante. Si ella no está nerviosa, nosotros no tenemos por qué estarlo. Todo el plan pende como de un hilo del estado de ánimo de la señora.

Un murmullo de impaciencia y ansiedad salió de Chawdar. Luego dijo con evidente desazón:

—¡Pero…! ¡Hay serios motivos para estar preocupados!

—¡Y qué pasa ahora! ¡Habla!

—¡Él! ¡Ha anunciado que vendrá al palacio! ¡Quiere verla!

Al Nizami le clavó una mirada con aire de extrañeza:

—¿Él? ¿Te refieres a…?

—¡Sí, el hayib! ¿Te das cuenta? Él quiere verla, precisamente ahora… ¡Cómo no vamos a estar preocupados! Ayer se presentó en el palacio un emisario de Alzahira, así, sin más, y anunció su voluntad de venir a visitarla el sábado por la mañana. ¡Es espantoso! ¡Descubrirá el plan!

Al Nizami se quedó pensativo, mirándole inmóvil, como si no diera crédito a sus palabras.

—¡Es terrible! —continuó Chawdar, con el corazón suspirando, con un terror imposible de ocultar—. ¡Seguro que lo sabe! Hace más de un año que no viene al palacio a verla. ¿No te das cuenta? ¡Y se le ocurre visitarla ahora precisamente! ¡Tiene que haberse enterado! ¡Nos han traicionado!

Al Nizami se puso aún más pálido de lo que ya estaba, inspiró profundamente y, tratando de aparentar una calma que ocultaba su zozobra, dijo:

—No te precipites haciendo suposiciones. Es posible que su decisión se deba a una simple curiosidad.

—Sí, es posible. Pero… ¿Y si no…?

Al Nizami meditó esta posibilidad y dijo con aprensión:

—¡Ese diablo! Tienes razón, no podemos arriesgarnos tanto…

—¿Y qué podemos hacer? ¡El plan ya está en marcha! Hablé con el síndico del Zoco Grande y le encomendé la primera parte, que era enviar a su hijo a Badajoz para llevarle la carta al hermano de la señora. Incluso le pagué el dinero acordado. ¿Qué podemos hacer ahora? ¡El hayib puede enterarse y…! Tú lo has dicho, compañero: ¡ese diablo! Parece adivino…

—¡No seas tan negativo! —le recriminó Al Nizami, dándole una palmada en el muslo con su huesuda mano—. ¡Siempre te pones en lo peor! Seguro que todavía estamos a tiempo…

—¿A tiempo para qué?

—Para detener el plan. En eso tienes razón: no debemos arriesgarnos y poner en peligro a la señora. Así que ve inmediatamente a casa del síndico del Zoco Grande y dile que no haga ningún movimiento hasta que le demos nuevas órdenes, que su hijo no viaje a Badajoz y que te devuelva la carta.

El corazón de Chawdar latió con fuerza, se levantó trabajosamente y dijo:

—¡Voy allá! Mi intuición me dice que hacemos muy bien en detener el plan por el momento.

Ambos ancianos se despidieron. Pero, antes de que Chawdar montara en el burro, Al Nizami le dijo desde dentro, guiñándole un ojo:

—Que la señora no sepa lo que hemos decidido. Es mejor que obre con naturalidad, creyendo que todo sigue adelante.

—¡Así lo haremos! Se lo diré a Sisnán y procuraré que haya calma en el palacio.

Chawdar salió de la casa del gran chambelán de la misma forma que entró en ella: montado en el borrico y completamente embozado en el manto fino, de manera que solo se le veían los ojos.

El muchacho iba delante, tirando de las riendas. Se adentraron por el enredo de callejones que empezaba allí mismo, torciendo a derecha e izquierda, bajo cimbras cubiertas de enredaderas, por pasajes oscuros y cruzando minúsculas plazoletas; trataban de alcanzar espacios más abiertos de la medina, donde una muchedumbre se lanzaba con entusiasmo a iniciar la jornada, entre el ímpetu de los vendedores, los pregoneros, las bestias de carga, los ruidos, los olores y el vocerío. En todas partes humeaba la comida; la habitual sopa de habas, el habitual pan especiado, el habitual pescado frito. Los puestos estaban llenos de la acostumbrada verdura, de las acostumbradas tortas, de la acostumbrada carne rodeada de moscas…

Al llegar a la plaza donde estaba la puerta principal del Zoco Grande, se detuvieron delante de una vivienda enorme y nueva. Descabalgó el viejo y entró como iba, envuelto en el manto fino y en sus preocupaciones. En ese momento salía el síndico, Hasán al Amín, un hombre grueso, de rostro colorado y brillante de sudor, que iba camino de sus muchas obligaciones.

—¡Atiéndeme! —le dijo Chawdar—. ¡Debo decirte algo importante!

—Señor Chawdar —contestó el síndico, con aire de sorpresa—. Me encuentras en casa de puro milagro; ahora mismo salía para Lucena…

—¡Alabado sea Alá! —exclamó el viejo—. ¡Menos mal! Porque debes decirle a tu hijo que no viaje a Badajoz por el momento, hasta nuevas órdenes.

Hasán exhaló un hondo suspiro y dijo:

—¡Uf! Mi hijo se marchó a principios de esta semana.

—¡Eso no puede ser! —gritó Chawdar—. ¡Tienes que enviar a alguien para que le detenga! ¡No debe entregar la carta!

El síndico le miró negando con la cabeza y contestó:

—Imposible, señor Chawdar. Mi hijo ya habrá entregado esa carta.

El viejo se llevó las manos a la cabeza.

—¡Necios! ¡Os habéis precipitado!

Hasán replicó enojado:

—Tú dijiste que era un asunto urgente. Si ahora te has echado otras cuentas, no nos culpes a nosotros… Mi hijo ha obrado con diligencia para servirte lo mejor posible. ¡Deberías estar agradecido! Y si tienes alguna queja, podemos solventarla ante el juez…

El rostro de Chawdar palideció. Pero luego esbozó una sonrisa forzada para tranquilizarle, diciendo:

—No, no, no… Déjalo estar, amigo mío. No pasa nada…

Y dicho esto, se dio media vuelta, se embozó en el manto fino y salió de allí con mayor angustia que la que traía.

6

—Hace en Badajoz tanto calor como en Córdoba. O quizás incluso más... —dijo Yacub, exhalando un suspiro intenso, como un bufido.

Caminaba al lado de su amigo Farid, inocente y feliz, orgulloso de su túnica de fina seda cerúlea, del sudor con que se le pegaba a la panza, de sus sortijas y sus aretes de oro, de su turbante amarillo, de sus ojos grandes, viscosos y transparentes como ojos de pez. Ambos descendían por una calle en cuesta desde la fortaleza, sonriendo, eufóricos, con las miradas perdidas en la nube de vencejos que vagaban en el cielo de color ámbar, sobre las franjas de rojas tejas que festoneaban los tejados; y sin perder de vista, de reojo, a las muchachas que extendían los brazos para tender la ropa en las terrazas. Tan arrobados iban que hasta parecían sonámbulos, saboreando la delicia de todos los olores a esa hora de la tarde, los colores, los sonidos y las imágenes que embellecían la vida entrañable, de sabor antiguo, de aquel Badajoz remoto. Se divertían simplemente con ver a los viejos sentados en las puertas de sus casas, a las mujeres que parloteaban en torno a una fuente, otras que buscaban piojos entre el pelo de los niños desnudos, los últimos rayos del sol en las paredes terrosas, los muchachos que hundían sus dientes en las rajas de sandía y los hombres de rostros severos y cetrinos que retornaban de sus labores, con sus aperos y sus cabras, con sus borricos menudos y negros.

—Sentémonos ahí, estoy cansado todavía por el viaje. —Señaló Yacub un poyete de piedra, bajo un gran olmo—. Caminar con este calor es un suplicio a esta hora.

Se acomodaron a la sombra, y no tardó en aparecer una bandada de chiquillos, que los rodeó para observarlos en silencio.

—¡Qué miráis vosotros! —los regañó Farid.

—¡Anda, id por ahí a molestar a vuestros padres! —Yacub los espantó dando una fuerte palmada.

Los chiquillos echaron a correr, bulliciosos, y no volvieron a molestarlos. Pero enseguida acudieron unos cuantos vendedores ambulantes de roscas, *xarab*, agua y azofaifas. Ellos no tenían hambre, por haber comido en abundancia en el almuerzo. Y los mercachifles, después de insistir pegajosos un rato, acabaron diseminándose.

Cuando se hubieron quedado solos y en paz, Farid dijo, como aventurando un pensamiento que le venía intrigando:

—¿Qué le dirá la señora a su hermano en esa carta?

—Vete a saber —respondió Yacub en son de indiferencia.

—¿No te gustaría saberlo?

—Hombre… La verdad es que no me lo he planteado. Como comprenderás, no me hubiera atrevido a romper los lacres. Lo que haya ahí escrito no está en nuestra mano conocerlo. Así que me da igual. Lo importante por ahora es que nos paguen lo acordado.

—Claro —dijo el poeta agitando la cabeza—. Pero tengo curiosidad. Se trata de personas muy importantes. Jamás pensé que haría un trabajo para gente de tanta altura. Si uno tiene la suerte de conocer a los magnates, tendrá la ocasión de subir alto… Pero, claro, para aprovechar esa oportunidad, hay que ser muy astuto… Hay que saber ganárselos. Solo triunfan los poetas que saben arrimarse a la sombra de los poderosos. Siempre ha sido así…

Yacub reflexionó un poco, y luego repuso:

—Hombre, también se necesitará tener talento, digo yo…

—¡Por supuesto! ¡Sin eso no se va a ninguna parte!

Yacub alzó las cejas con cierto escepticismo, pero renunció a continuar hablando sobre ese tema y dijo con alegría:

—Bueno. Lo importante ahora es que estamos en camino de alcanzar unas buenas ganancias. ¿Y quién sabe? A lo mejor ese camino nos lleva a ser ricos...

Estas palabras, aderezadas por la emoción del viaje y entonadas por la optimista voz de Yacub, hicieron volar al poeta con las alas de su fantasía. Lo que le animó a recitar:

> *Fortuna no sirve a quien no aprendió a ser feliz.*
> *¡Cuánto oro es excremento de cabra*
> *en las manos del quejumbroso!*
> *¡Cuatro felús de bronce son un tesoro*
> *para el desprendido y rumboso!*

—¡Realmente bonito ese poema! —exclamó Yacub, burlón—. Nosotros seremos de los segundos, pero bendecidos con el dinero de los primeros. ¡Alabado sea Alá el Todopoderoso!

Se echaron a reír. Farid extendió las piernas, hundiendo los talones en la arena, su cara estaba radiante de pura felicidad. Puso una mirada soñadora en las altas y retorcidas ramas del olmo y se quedó pensativo. Hasta que, pasado un rato, como asociando en sus pensamientos sueños e ideas inalcanzables, dijo:

—¿Y de verdad crees que voy a conocer en persona a la señora?

—Bueno. Es muy posible.

El interés brilló en los grandes y expresivos ojos del joven poeta. Dijo:

—Quienes la conocieron en su juventud están seguros de no haber visto una belleza igual. Debió de ser en verdad una mujer impresionante, en todos los sentidos de la palabra, para ser capaz de ganarse el corazón del gran hayib Abuámir Almansur.

—En efecto —asintió Yacub con tono risueño—. Y lo sigue siendo a pesar de su edad.

Farid se volvió hacia él exclamando:

—¿Tú la has visto? ¿Conoces en persona a la señora?

La seriedad se deslizó en el rostro de Yacub al responder:

—En efecto, la he visto. La señora va cada viernes hacia el mediodía a la vieja mezquita donde está el túmulo del santo Al Muin. Todo el que quiera puede ver a la señora desde cierta distancia, situándose enfrente, pues ella no falta nunca a su cita. Primero reza y luego sale a dar limosna a los pobres. Siempre saluda a la gente que acude con el deseo de verla…

—Pero llevará el rostro tapado —repuso con decepción el poeta.

—Nada de eso. La señora no se ha cubierto nunca el rostro. No se lo cubría cuando era la favorita del califa Alhaquén y mucho menos ahora. Siempre va a cara descubierta y con ropas sencillas. ¿No te digo que sigue conservando mucha de su hermosura? No parece un ser de este mundo…

—¡Me dejas asombrado! —exclamó Farid con entusiasmo—. Sabías eso y no me lo habías dicho.

—No hubo ocasión. Supuse que eso lo sabías. Todo el mundo en Córdoba lo sabe, hasta los niños.

—Yo no soy de Córdoba, soy egipcio.

—Sí, pero llevas en la ciudad unos cuantos años. Lo raro es eso: que tú, siendo poeta, no sepas estas cosas… ¡Menudo poeta!

Él no supo qué decir y disimuló su turbación con una débil sonrisa. Entonces Yacub respondió por él:

—Será verdad lo que dicen los escritores: «Córdoba es misteriosa hasta sorprender al más sabio del mundo».

Se quedaron en silencio, meditando en esta rotunda sentencia. Luego Farid se rio como victorioso y exclamó:

—¡Es maravilloso! ¡Tenemos que ir allí! Iremos a la puerta de esa mezquita y trataremos de hablar con la madre del califa.

Yacub se volvió hacia él, con una voz cargada de irritación.

—¿Estás loco? ¡Eso no se puede hacer! Los eunucos no se apartan de ella ni un instante. El viejo Chawdar no permite que nadie se acerque; y el otro más joven, Sisnán, camina siempre por delante de ella. Además los rodea la guardia. Solo permiten que se aproximen los mendigos.

Pero Farid, en su obstinación, continuó diciendo:

—Pues tenemos que conocerla. Nos ha encargado un negocio y debe saber que trabajamos para ella. Iremos y se lo diremos.

—¡Imposible! ¡Es una locura! El viejo es muy suyo para estas cosas y podemos echarlo todo a perder…

—¿Y si nos disfrazamos de mendigos? —propuso el poeta muy serio.

Y Yacub no tardó en levantarse diciendo:

—¡Basta de tonterías! Nos descubrirían. Los mendigos que van allí son conocidos por todo el mundo… Hacer una cosa así nos pondría en un serio aprieto… Dejemos ya estas ideas tontas y continuemos el paseo. Ya hemos estado suficiente tiempo sentados y parece que hace menos calor.

Emprendieron la marcha en un clima sombreado en dirección al poniente, en cuyo horizonte se fueron extendiendo unas masas brumosas, hasta ocultar como un velo tenue el sol, el cual desapareció destilando claridad y hermosura.

—Se me ocurre otra idea —dijo insistente Farid, con la cara brillante por aquella luz.

—¡Anda, déjalo ya! —protestó con fastidio Yacub.

Pero el poeta ignoró esta represión y continuó diciendo:

—Mañana emprenderemos el viaje de regreso. Según nos ha dicho el gobernador de la ciudad, que es el hermano de la señora, él también debe ir a Córdoba. Es de suponer que en esa carta la señora le ruega que vaya allá por algún motivo. Mientras dura el trayecto, para nosotros será una gran oportunidad para ganárnoslo…

—Sé lo que estás pensando —le interrumpió Yacub—. No te hagas ilusiones. Cuando lleguemos a Córdoba, el hermano de la señora se irá a sus asuntos y se olvidará de nosotros. ¿Cómo no te das cuenta de una vez de que somos unos simples intermediarios? ¡Solo somos los mensajeros!

Entonces el poeta se dirigió a su amigo, sujetándolo por el brazo y, con una dulzura apropiada para arrastrarlo de antemano a su punto de vista, propuso:

—Podemos intentarlo de todas formas. Si te has sabido ganar al viejo, ¿por qué no al hermano de la señora? ¿Y por qué no también a la señora? Es una gran oportunidad que no podemos dejar escapar.

Yacub se le opuso diciendo:

—Somos simples mensajeros, no olvides eso. Si forzamos las cosas, perderemos el negocio. Lo que ella tenga o no entre manos nos debe resultar indiferente. Lo importante para nosotros es lo que nos han mandado.

—Sí, amigo mío. Pero no somos cualquier mensajero. —Y el poeta recalcó lo de «cualquier» al decirlo—. Somos unos emisarios secretos. Es decir, gente de confianza. Y la gente de confianza se elige por su talento. ¿O acaso no me has regalado tú toda tu confianza por mi talento?

Se rio Yacub, y le echó su pesado y sudoroso brazo por encima de los hombros respondiendo:

—¡Anda, deja quieta esa mente calenturienta tuya por un momento! ¡Que me estoy agobiando!

7

—La señora está en la torre —le dijo Sisnán al anciano Chawdar, en un tono que no podía ocultar sus temores.

—¿Y qué? —contestó el viejo, tratando de aparentar una indiferencia que de ningún modo sentía.

—Solo te digo eso, que está allí desde antes de que saliera el sol...

—¡Lo que tengo que aguantar! —rugió Chawdar, dando un fuerte golpe con la contera de su bastón en el mármol del enlosado—. ¡La señora está en la torre al amanecer para ver la ciudad bañada por los rayos del sol! A ella siempre le gustó esa hora del rosicler, y el fresco que asciende desde el río, y el canto de las golondrinas recién despertadas, el aroma de la ciudad somnolienta, el de los buñuelos... ¡Y el vuelo de los primeros bandos de palomas! ¿Y qué tiene eso de particular? También sube a la torre a menudo por la noche en verano, a ver la luna y las hogueras de los muchachos resplandeciendo en la explanada, al otro lado del puente... ¿Y acaso no sube muchos días a media tarde? La señora disfruta viendo a las mujeres que parlotean en las terrazas mientras tienden la ropa o asan el pescado sobre unos sarmientos...

—Sí, señor Chawdar —murmuró temeroso Sisnán—. Pero hoy... Hoy es sábado...

—Sí, es sábado, ya lo sé. ¿Y qué?

—Pues que… Ya sabes… Él vendrá hoy, según anunció el emisario de Alzahira…

Chawdar inclinó la cabeza afirmativamente, a la vez que soltaba un suspiro de desesperación.

—¡Lo sé! ¡Claro que lo sé! ¿Crees que podría haberlo olvidado?

Sisnán aguardó un momento, antes de contestar:

—Pues eso mismo quería decirte, señor Chawdar.

—¿Qué? ¿Qué querías decirme?

—Pues que me da la impresión de que ella lo está esperando.

A Sisnán se le escapó la frase sin haber meditado lo suficiente en lo que iba a decir. Se quedó desconcertado, arrepentido y su rostro se sonrojó. Pero el viejo le contestó con calma y cierto retintín.

—Muchas veces me da por pensar que me tomas por tonto; o que has llegado a la conclusión de que soy ya tan viejo que chocheo y no me entero de las cosas…

—No, por Alá, señor Chawdar…

—¡Sí, no lo niegues! Te crees que soy tan necio, tan patán y tan temeroso como tú. ¡Pero te equivocas! Seré viejo, pero esta cabeza mía discurre a todas horas… Alá el misericordioso cuida de mi pensamiento… Porque yo he de cuidar de ella. ¡Atiende a esto que te digo! Yo estoy consagrado a la señora y no cejaré en mis funciones… ¡No cejaré, mientras me quede un hilo de vida!… Porque cuando uno es consciente de sus responsabilidades…

Proseguía el anciano eunuco con esta perorata, que Sisnán había oído mil veces de su boca, cuando se presentó uno de los criados anunciando con el rostro demudado:

—El hayib Abuámir Almansur está en la puerta.

El pánico se reflejó en el rostro del anciano. Pero enseguida se irguió, inspiró profundamente, como para infundirse ánimo, y le dirigió a Sisnán una mirada apremiante, diciéndole:

—Vamos allá. Y procuremos al menos aparentar tranquilidad. Que el hayib no nos vea preocupados ni temerosos.

Atravesaron los jardines en silencio. Delante iba el viejo eunuco y detrás el que era más joven. El primero caminaba con aire digno, pero sacando fuerzas de flaqueza. El otro le seguía con la cabeza gacha, aguantando el peso del temor y la incertidumbre. Y así llegaron al último de los patios, donde se alzaba la soberbia puerta Dorada, que permanecía cerrada. Un menguado comité de recepción aguardaba a este lado: dos muchachos también eunucos, con libreas color azafrán, y dos criadas de la señora. Pero ella no apareció por el momento…

Tres fuertes golpes, dados desde el otro lado, resonaron en el silencio de la mañana. Sisnán dio un respingo y preguntó timorato:

—¿Abro?

—Abre —respondió Chawdar con gravedad.

Sisnán se acercó a la puerta y empujó la hoja que batía hacia afuera. Apareció un hombre grande, robusto, acariciándose la hermosa barba plateada, y vestido con la insolencia de una indumentaria enteramente confeccionada de seda roja, algo a todas luces excesivo para la edad que aparentaba, unos cincuenta y cinco años. Estaba tocado con un amplio turbante blanco, bordado con oro y adornos coloridos, a la manera de los más altos dignatarios del califato.

Todos los que estaban allí para recibirle se inclinaron y esperaron a que aquel personaje les dirigiera la palabra.

—¿Qué tal va esa larga vida, señor Chawdar? —lanzó él con su voz potente—. Ya veo que estás igual que siempre.

El anciano eunuco se incorporó lentamente, y vio ante sí a aquel hombre vestido de rojo, cuya entera presencia causaba fascinación y temor a la vez. Murmuró:

—No podemos quejarnos, señor Abuámir. Alá es misericordioso… Seré viejo, pero Alá el dadivoso cuida de mi entendimiento…

El hayib soltó una poderosa carcajada, interrumpiéndole, y añadió con aire socarrón:

—Eso es porque tú estás consagrado a la señora. Tú has de cuidar de ella y no cejarás en tus funciones mientras te quede un hilo de vida. Porque cuando uno es consciente de sus obligaciones y las cumple, Dios le echa una mano desde el cielo. ¿No es así, señor Chawdar?

El anciano eunuco esbozó una sonrisa forzada y aguzó los ojos, poniendo en él una mirada cargada de suspicacia. Contestó en un susurro:

—No debes burlarte de los ancianos, señor Abuámir.

—¡Anda ya! ¡No seas tan susceptible! No me burlo, hombre; lo digo con todo el cariño. Te he oído repetir mil veces esas palabras y te prometo que creo en ellas; yo mismo me aplico esos consejos.

Chawdar se irguió, le dirigió una mirada de enfado y le dijo, cortante:

—Siempre tuviste tú mucha gracia, señor Abuámir.

Él soltó otra tormenta de risas que hizo temblar su pecho poderoso y su barriga. Luego observó, guiñando un ojo:

—Tampoco tú te quedas manco en eso, chambelán del palacio de la señora. —Y rio otra vez.

Se produjo después un silencio. Chawdar se sumió en una espinosa confusión, por no poder mantenerse en la postura de apaciguamiento y serenidad que había tratado de adoptar. Su ánimo estaba alterado y en sus ojos se dibujaba la angustia.

Abuámir se puso a mirarle en silencio, sonriente y conciliador, antes de decir:

—Ya sé todo lo que se cuenta por ahí de mí. Pero os aseguro que no me como a nadie. ¡No temas, hombre!

El anciano carraspeó, meneó la cabeza y contestó:

—Digno hayib, hace más de un año que no te vemos. Nos preguntábamos ya si tal vez estabas ofendido, si tenías algo contra nosotros… O será que nos has tenido olvidados.

Abuámir quiso decir algo, pero en ese momento se quedó callado, como obnubilado, con la vista puesta en alguna parte detrás de los eunucos. Ellos entonces comprendieron que había algo a sus espaldas y se volvieron. La señora estaba en mitad de la escalera, detenida, observando. Ninguno se había dado cuenta de que permanecía allí atenta a todo. Curiosamente, también estaba vestida de seda roja, aunque en un tono más delicado que el de la túnica del hayib. Ella aparentaba ser la reina que era, con aquel vestido especialmente delicado y suntuoso, adornado en un hombro con un broche de brillantes que prendía largas plumas de aves raras. Tenía los brazos a lo largo del cuerpo, caídos con elegancia, y en su cuello delicado fulguraban unas piedras azulencas. Miraba con ojos tranquilos y transparentes, frunciendo los labios de una manera especial.

Al mirarla, su magnetismo había atraído todos los sentidos de Abuámir, hasta el punto de hacerle perder la conciencia del lugar, del tiempo, de los eunucos y criados que estaban presentes y de sí mismo. Algo misterioso estaba sucediendo, porque la percibía no tanto de forma sensorial como espiritual. Solía ocurrirle eso siempre que estaba en su presencia: apenas la veía, pero luego le venía a la mente su imagen, con la esbelta figura, los ojos azules serenos y la suavidad y la grandeza de su elegancia.

También ella obedecía más a su memoria que a sus sentidos mirándole. Veía esa figura poderosa y atrayente que asomaba en sus recuerdos y sus sueños, como si la fuerza de su apariencia física monopolizara toda su capacidad de pensar, de manera que casi la sumía en el vacío.

Pasado este primer momento de admiración y desconcierto, el hayib se inclinó y dijo con formalidad:

—Señora, ¿cómo estás?

Ella admitió el saludo con una sonrisa y respondió:

—Muy bien, gracias a Dios. ¿Y tú, hayib?

Él se enderezó y la estuvo mirando de nuevo en silencio, con ojos risueños. Después dijo:

—Ahora me siento feliz, porque esperaba que tal vez me recibirías de otra manera… Pero veo que de tus bellos ojos sale una mirada que me llega como la gracia. ¡Me encanta contemplarte!

—¿Has venido cargando con tu alma de poeta? —contestó

burlona la señora—. Me alegra ver que no te la has dejado olvidada por ahí con tanto viaje.

Él admitió la broma, sonriendo. Luego dijo:

—Si estás de humor para ello, me gustaría proponerte un plan.

Ella se quedó sorprendida y pensativa. Pero después se volvió hacia los eunucos, exclamando con autoridad:

—¡Dejadnos solos! ¡Id a vuestros asuntos!

8

Aprovechando el fresco del ocaso, y por la antigua carretera de los ejércitos que desde Marvao y Badajoz alcanza el valle del río Guadiato, en dirección a Córdoba, avanzaba una caravana de cierta importancia. Llevaba ya dos jornadas de camino y estaba más o menos en la mitad de su viaje. Los arrieros sacudían sus fustas, animando a los animales, ya bastante agotados. Dóciles bajo su carga, los borricos, las mulas y los bueyes discurrían en una larga fila. Detrás iba una escolta de veinte hombres armados, montados a caballo, que parloteaban con monotonía, canturreaban y contemplaban, con una expresión mezclada de tedio y curiosidad, una pequeña torre que se alzaba en un promontorio de pura roca. Por delante de ellos, flanqueado por dos hombres de confianza, cabalgaba el importante personaje que merecía ir tan protegido: Raíg al Mawla, tío materno del califa Hixem y cadí de Badajoz, que había sido convocado para que regresara cuanto antes a Córdoba por su hermana Subh Um Walad, la señora.

Entre un grupo de mercaderes y viajeros, por en medio de la caravana, también hacían el trayecto de vuelta Yacub y Farid. Sabían que debían ser prudentes y habían acordado hablar entre ellos por el camino solo de cosas intranscendentes. Ahora iban en silencio, dejándose llevar por la rutina de la marcha.

Pero, de pronto, al descender por una pendiente suave, el poeta arreó a su caballo y se adelantó al galope, sorteando a los jinetes de la guardia, hasta ponerse cerca del caballo del cadí Al Mawla. De manera sorprendente para el poeta, esta atrevida maniobra no resultó extraña para nadie, excepto para Yacub, que se quedó en la parte de atrás, atónito y sobrecogido por el inesperado arrebato de su amigo.

El camino se ensanchaba más adelante en el valle, y tal vez por eso Farid había escogido ese tramo para su propósito. A cierta distancia de los acompañantes del magnate, comprobó con alivio que su atrevimiento no causaba demasiada molestia y que nadie ponía el más mínimo reparo. Entonces se animó a dar un paso más y le dijo al cadí:

—Señor, ¿te importa que cabalgue un rato a tu lado?

Y para sorpresa del poeta los adláteres que custodiaban al tío del califa frenaron sus caballos para ponerse detrás, dejándole espacio para que marchara junto a él. Abrumado y un tanto cohibido, Farid ocupó el lugar que acababan de cederle y no se atrevió por el momento a mirar cara a cara al cadí. Hasta que este, con el rostro vuelto hacia él, dijo en tono amable:

—Tu acento no es cordobés, joven. ¿De dónde eres?

—Señor, soy egipcio —respondió el poeta, admirado por la cordialidad de esta pregunta—. Todavía no llevo cuatro años completos en Córdoba...

Raíg al Mawla sonrió y le tendió la mano, diciendo:

—Tampoco yo soy cordobés de nacimiento. Soy originario del Norte, de la tierra de los vascones. Vine a Córdoba como tantos otros, contra mi voluntad. Me costó adaptarme, pues era apenas un muchacho. Pero ahora creo que me resultaría difícil ser feliz en cualquier otro sitio.

Al joven poeta le sorprendió la confianza que le brindaba de manera tan inmediata, siendo tan poderoso. Entonces se fijó mejor en él, aprovechando que volvía a cabalgar con la mirada puesta en el horizonte. Raíg al Mawla tenía, en efecto, todo el aspecto de un hombre del Norte de pura casta: su cabello y su barba eran completamente canos, pero debieron de haber sido rubios en su juventud; sus ojos eran grises, transparentes, y la piel clara de su rostro y sus brazos estaba enrojecida, castigada por el sol del sur. No obstante, su semblante era sereno, grave, pero sin esa dureza en las facciones propia de algunas gentes de las montañas. Farid pensó que la señora seguramente tendría una fisonomía parecida, con el encanto original de las mujeres de su raza. Seguía observando al cadí con disimulo: su cabeza, su nariz recta, su cuello largo y su figura esbelta. Y, como si imaginara todo lo que de él pudiera haber en el califa, que era su sobrino, murmuró sin poder evitarlo:

—¡Qué cosas! El comendador de los creyentes lleva en sí la sangre de los hombres del Norte…

De momento, el poeta se aterrorizó, suponiendo que había cometido una imperdonable imprudencia, y se apresuró a añadir visiblemente azorado:

—¡Perdóname señor! No sé cómo se me ha ocurrido decir una cosa así…

Pero Raíg al Mawla se rio, haciendo signo de negación con la cabeza, y observando:

—Mi sobrino lleva sangre de los rumíes no solo por parte de su madre; ya su padre, sus abuelos y bisabuelos la llevaban. Tú no has dicho nada que no sepa todo el mundo. Así que no tienes por qué disculparte ante mí.

El poeta le miró con gratitud por ser tan comprensivo, en medio de la emoción que sentía al ser tratado con tanta deferencia. No había podido imaginarse siquiera que llegaría a conversar con tanta cercanía con alguien tan importante. ¡Nada menos que con el tío del califa! Y sintió el corazón como por encima de una oleada de felicidad sobre la que se balanceaba como un borracho.

Pero, de pronto, Al Mawla le lanzó una pregunta inesperada:

—¿Y cómo está el señor Chawdar? ¿Y mi hermana? ¿Va todo bien por allí?…

Farid se quedó en suspenso, pensando por un instante por qué le preguntaba precisamente a él eso. Hasta que se echó a temblar, al darse cuenta de repente de que se había producido un terrible equívoco: seguramente el cadí se había creído en todo momento que él era un hombre de confianza del palacio de la señora. Hubo un silencio entre los dos que le pareció eterno, y que duró hasta que Al Mawla añadió, como respondiéndose a sí mismo:

—Para estas cosas, siempre es mejor andar con la cabeza fría... ¿No te parece?

Al oír esto, el joven poeta, que ya estaba desconcertado, se sumió además en una espinosa confusión: era tratado como si fuera alguien del círculo íntimo de los chambelanes del palacio. Entonces comprendió por qué los adláteres se habían retirado para dejarle cabalgar al lado de su jefe, y por qué este le hablaba con tanta cercanía. El malentendido había sido producido a causa de la carta que llevaron, que a buen seguro trataba de asuntos delicados e importantes.

En los ojos del joven se dibujaron la impotencia y la angustia. Debía responder algo y no encontraba las palabras oportunas. Así que acabó balbuciendo:

—Bueno... Todo irá bien, señor...

—Eso, todo irá bien —repitió Al Mawla, sonriente y tranquilo.

Farid entonces tuvo algo de tiempo para recapacitar. Comprendió que debía cambiar rápidamente de conversación y soltó el primer pensamiento alocado que le vino a la mente.

—Señor, ¿habrá bandidos por estos parajes?

El cadí le miró, sin disimular la extrañeza que causaba en él la pregunta y el cambio de conversación. Luego contestó:

—Debe de haberlos. ¿Y dónde no los hay? Pero no se atreverán a atacar a una caravana como la nuestra. ¿Y por qué preguntas eso, muchacho? ¿Acaso tienes miedo?

Farid forzó una risotada como respuesta. Tras lo cual, dijo:

—No, señor. No tengo miedo alguno. Pero me he acordado de una vieja historia de Egipto. ¿Quieres que te la cuente?

—¡Naturalmente! —respondió encantado Al Mawla—. ¡Me

encantan las historias! No hay mejor manera de matar el tiempo cuando se hace un viaje. Si me cuentas esa historia, te lo agradeceré.

Al espíritu del poeta llegó por primera vez en mucho rato un soplo de tranquilidad. Era muy consciente de sus habilidades como narrador y sabía que contar esa historia iba a ser la mejor manera de verse libre de la embarazosa situación producida.

—Señor —empezó diciendo muy serio—, lo que voy a contarte sucedió de verdad. No se trata de uno de esos cuentos que van de boca en boca y que se repiten de memoria. Este no es el caso. Lo que narraré le sucedió a mi propio abuelo Kamal al Gawad de Fustat, que era tratante de bueyes y que solía ir hasta Dongola, en el Nilo Blanco, para hacer sus negocios al menos un par de veces al año. Pues bien, en uno de esos viajes le ocurrió algo que él solía contarnos en las cálidas noches de verano, cuando nos reuníamos en el patio de nuestra casa para disfrutar de la compañía de toda la familia conversando. Recuerdo cada palabra de mi abuelo y cada expresión de su cara al pronunciarlas; lo feliz que se sentía contando esa vieja historia y otras muchas cosas que le habían pasado en su larga y azarosa vida.

»Eran los primeros días de primavera, y en el Nilo se levantaba de madrugada una niebla plateada y transparente. A su alrededor, las colinas suaves se derretían formando ligeras olas de color ocre; el verde claro de los juncos y el denso verde del mijo se sucedían en los márgenes del río, se alternaban y se confundían en su juego de luces y de sombras bajo el sedoso cielo azul. Las pirámides parecían moverse y vagar, como barcos deslizándose con la brisa por las arenas. Mi abuelo, Kamal al Gawad, era por entonces todavía joven, pero ya había sido dotado de una intuición y una sabiduría que más bien parecían pertenecer a un hombre de mayor edad. Por eso, y dada su intrepidez, mi abuelo se arriesgaba a viajar hasta más allá de la frontera de nuestro reino, en los territorios que hay al sur del valle del Nilo, donde está la primera catarata de las seis que se suceden en los llamados reinos sudaneses. Es muy peligroso aventurarse por aquellos desiertos, donde moran fieras salvajes, bandidos y tribus de gentes bárbaras.

»Nunca hasta aquel día les había sucedido nada malo, no obstante, porque formaban caravanas nutridas y bien escoltadas. Pero esta vez, por el motivo que fuera, los bandidos decidieron rodearlos en gran número y los atacaron por sorpresa; de manera que no tuvieron tiempo para hacerles frente y no les quedó más remedio que rendirse a ellos.

»Mi abuelo entonces, al verse en aquel estado, decidió que no iba a consentir que le quitasen sus pertenencias y todo el ganado que había comprado, pagando por él un buen precio en Dongola. ¿Y qué podía hacer? Sabía que si se enfrentaba a los bandidos, ellos no dudarían un instante en quitarle la vida. Pero, a pesar de su miedo y su angustia, se dijo: "Si pierdo mis bueyes iré a la ruina y ya no volveré a levantar cabeza. Debo pensar en hacer algo. ¡Acaso mi plan resulte si actúo con ingenio y rapidez!".

»Los bandidos eran muy feroces, bárbaros de los desiertos, acostumbrados a pelear contra sus enemigos y a enfrentarse a la muerte. Pero eso no quería decir que no tuvieran sus miedos propios. Y mi abuelo, que era muy curioso y despierto, sabía que esa clase de hombres suelen guardar en su corazón grandes supersticiones y temores a los espíritus y a las artes de brujería.

»Iba él vestido con un traje extraordinariamente hermoso, envuelto en su albornoz, y con un pañuelo en la cabeza, de manera que no se le veía más que un ojo. Y de esta guisa, se apeó de repente del camello y empezó a danzar sobre la arena, con mucha gracia, dando vueltas, alzando los brazos, estirando ora una pierna ora la otra, con ritmo, y dando saltos tan altos que parecía volar. Estas habilidades las tenía desde niño y las había cultivado luego de joven, pues causaban gran admiración entre la gente y le convertían en el protagonista de todas las fiestas.

»Los bandidos, al verle actuar así, se quedaron de momento desconcertados, y luego se echaron a reír, creyéndose que estaban ante un loco. Pero el jefe se enojó y empezó a gritar:

»—¡Eh, tú! ¿Qué haces? ¡Estate quieto! ¡Quieto o te mato!

»Eso no atemorizó a mi abuelo, sino que pareció infundirle más ánimo y se puso a danzar con mayor frenesí, mientras exclamaba:

»—¡Mirad! ¡Mirad, hombres de los desiertos! ¡Un espíritu me posee!

»Solo por escuchar la palabra "espíritu", los supersticiosos bandidos se llenaron de espanto. Y él, que se daba cuenta de soslayo, se detuvo de repente, los miró con su ojo, aguzándolo cuanto podía y enarcando la ceja, y añadió con gran solemnidad, elevando al mismo tiempo los brazos:

»—¡No sabéis con quién os habéis topado! ¡Soy Jalulán Pakán, el brujo! Podéis hacerme lo que queráis si sois tan inconscientes. Pero mi espíritu os perseguirá con los peores males que podáis imaginar. No habrá descanso ni tregua para vosotros en todas vuestras vidas. Y cuando hayáis muerto entre atroces desgracias, os llevarán los demonios al pozo del fuego verde.

»Bastaron estas palabras para que los supersticiosos bandidos quedaran sobrecogidos y sin poder moverse siquiera. Lo que aprovechó mi abuelo para añadir con voz terrible:

»—¡Todavía estáis a tiempo! ¡Todavía no he soltado el conjuro! ¡Desapareced de mi vista y nada malo os haré!

»Se hizo un gran silencio, en el que los bandidos se miraron entre sí con ojos desorbitados, como sin saber qué hacer. Pero, un instante después, arrearon a sus caballos y huyeron despavoridos, desapareciendo por las laderas, dejando tras de sí una nube de polvo…

Al cadí Raíg al Mawla le gustó tanto la historia de Farid que soltó una sonora carcajada, y con el rostro iluminado por la satisfacción, exclamó:

—¡Es genial! ¡Tu abuelo era en verdad un hombre muy ingenioso! ¿A quién si no se le hubiera ocurrido algo así? ¡Me ha encantado esa historia!

—Me alegra que te haya gustado, señor —dijo el poeta—. Pero todavía no te lo he contado todo…

—¡Ah! ¿La historia continúa?

—Digamos que tiene una segunda parte. Lo que he narrado es la parte que le sucedió a mi abuelo, pero falta contar lo que luego me sucedió a mí...

Farid calló un instante, para que sus palabras causaran mayor intriga al cadí, y luego continuó diciendo:

—Esa primera parte de la historia se la oí yo contar a mi abuelo muchas veces, tantas que me la aprendí de memoria, tal y como la has oído tú hoy de mi boca. Y aunque pueda parecerte una locura, he de confesar que yo deseaba que en mi propia vida me sucedieran cosas como esas...

—¡Y a quién no! —exclamó Al Mawla—. ¡Es genial!

—Sí, pero una salida como la de mi abuelo, ante un peligro como ese, requiere un gran ingenio. Y hay que tener además arte para ponerla en práctica. Eso yo lo sabía, pero ignoraba que el arte de interpretar es también un don. ¿Quieres pues que te cuente lo que a mí me sucedió años más tarde?

—Cuenta, cuenta...

—Pues bien. Resultó que una tarde volvía yo con un par de amigos a Fustat, a mi casa, después de haber visitado el zoco de El Cairo. Era ya casi de noche y llevábamos cierta inquietud en nuestras almas, pues el camino estaba muy solitario y sabíamos que solían merodear últimamente los ladrones por allí...

»Y de pronto, como si nuestros temores fueran en verdad una certera intuición, nos salieron al paso media docena de hombres desarrapados que nos amenazaron con darnos una paliza si no les dábamos todo lo que llevábamos encima.

»Aterrados, mis amigos y yo estuvimos en un primer momento dispuestos a que nos robasen nuestras pobres pertenencias. Pero luego yo recapacité, acordándome de mi abuelo, y decidí llevar a la práctica el plan que a él le dio tan buen resultado. Así que me puse a danzar como un loco, dando saltos y vueltas. Los ladrones se quedaron como viendo visiones y se echaron a reír, mientras me gritaban.

»—¡Eh, tú! ¿Estás loco? ¿Qué haces? ¡Estate quieto!

»Pero yo, seguro como estaba de mi plan, me paré en seco y exclamé con voz rotunda:

»—¡Soy el mago Jalulán!

»Los ladrones me miraron atónitos, se acercaron a mí y uno de ellos me preguntó:

»—¿Y qué? ¿Qué sabes hacer?

»—¡Un maleficio que os traerá desgracias y os llevará luego al pozo del fuego verde! —contesté yo.

»Al oír aquello, uno de los ladrones puso en mí una mirada llena de cólera y levantó un palo que llevaba en la mano.

»—¡Calla o te doy! —gritó.

»—¡Iréis al fuego verde! —repliqué yo, sintiendo que mi convencimiento se disipaba.

»Entonces el ladrón me dio un golpe en lo alto de la cabeza, tan fuerte que noté como si toda la sangre de mi cuerpo saliese de mí, y con ella, todas mis energías. Caí al suelo y no recuerdo nada más a partir de aquel momento. Desperté luego desnudo y aturdido. Mis amigos estaban a mi lado, igualmente desnudos, y me echaban agua en la cara. Me dijeron que llegaron a temer que hubiera muerto…

»Y así, desnudos tal y como vinimos al mundo, retornamos los tres a nuestras casas, maltrechos y avergonzados. Y uno de mis amigos me dijo:

»—Será mejor que nunca le cuentes esto a nadie…

El cadí Raíg se echó a reír con tantas ganas que por poco se cae del caballo. Decía entre carcajadas:

—¡Ay, perdona que me ría! ¡No puedo evitarlo! ¡Es una desgracia, pero me hace mucha gracia! ¡Ay, Dios me perdone!…

—No te preocupes…, ríe, ríe —le dijo el joven poeta—. No es para menos. Por eso te lo he contado, señor. ¡Para causarte risa!

Al cadí hasta le dolía la barriga, de tanto como se había reído, y se llevaba las manos a ella, diciendo:

—Lo que no comprendo es por qué lo cuentas; si habíais decidido por vergüenza que nunca lo ibais a recordar…

—Pues porque uno debe saber reírse de sí mismo —respondió Farid—. Es bueno tenerse compasión y no darse importancia. Yo heredé de mi abuelo cierto talento para contar historias, pero no la habilidad para danzar y convencer a otros de cualquier cosa.

—¡Muy bien dicho! —exclamó Al Mawla—. ¡Muchacho, eres un tipo genial! ¡Cuánto me alegro de que colabores con nosotros!

9

En la espléndida luz de la mañana de verano, la señora salió del palacio a caballo. Se sacudió sus tristes pensamientos y alzó la cabeza, como si quisiera conversar con los mil pajarillos que gorjeaban en los árboles. Luego se volvió y vio a los eunucos Chawdar y Sisnán, que se habían quedado al otro lado de la puerta Dorada, contemplándola y rabiando por no haber sido capaces de convencerla para que no saliera.

—No os preocupéis por mí —les dijo ella, esbozando una sonrisa que no pudo borrar los rasgos de preocupación y ansiedad de su maduro y bello rostro.

Ellos se inclinaron en una reverencia y después se enderezaron para cerrar la puerta. Ya nada podían hacer para detenerla y la fatal resignación se dejaba ver en sus caras y sus movimientos. Porque, además, tampoco había consentido la señora en que la acompañaran en su viaje.

Un palafrenero se acercó y cogió las riendas del caballo para conducirlo hacia el edificio próximo, donde estaba alineada la guardia. Allí también esperaba el séquito: cuatro damas de compañía con las caras tapadas con velos y montadas en mulas, algunos criados del palacio con sus borricos cargados con alforjas y una pequeña escolta. Al momento se formó una fila y esta sencilla comitiva atravesó el último patio de los Alcázares, en dirección al gran arco que enmarcaba la puerta principal. Cuando esta se abrió, apareció en la calle el colorido espectáculo que formaba un cortejo más abundante y pomposo: guardias a caballo, banderolas, músicos con dulzainas y tambores, una columna de soldados de Medina Azahara y una nutrida hilera de mujeres y pajes.

La señora se sorprendió al ver todo este aparato y avanzó sin ocultar su contrariedad, mientras le preguntaba al jefe de la guardia:

—¿Y todo esto? ¿No os dije que quería salir discretamente?

—Señora —contestó azorado el oficial—, no tenemos nada que ver con estos preparativos. Nosotros nos hemos limitado a hacer las cosas según tu voluntad.

Ella miró en torno y comprendió que tenía razón, puesto que todo lo que había allí, esperando para acompañarla, había venido de otra parte. O mejor era pensar que alguien lo había llevado a propósito. Y ese alguien no tardó en hacer su aparición: el hayib Abuámir Almansur, que iba por el medio de la calle, majestuoso y sonriente, montado en su grandiosa yegua alazana, toda enjaezada con adornos dorados y gualdrapas con sus colores blancos, verdes y amarillos.

La señora fue hacia él muy seria y le dijo:

—Nada de esto era necesario.

—Eres la madre del comendador de los creyentes —replicó él—. Debes salir del palacio como le corresponde a quien es la señora de Córdoba.

—Sabes bien que no hago uso ya de estos honores. No me gusta alardear de nada. Cuando salgo de los Alcázares para ir a la ciudad voy siempre con discreción.

—Pues ya va siendo hora de arreglar eso —repuso él—. No tienes por qué ocultarte más. Yo me encargaré de que seas tratada conforme a tu rango.

La señora sacudió la cabeza, visiblemente enojada, y contestó:

—¡Vámonos ya! ¡No quiero discutir aquí, delante de todo el mundo! Ya hablaremos luego sobre eso y sobre otras muchas cosas.

El séquito se puso en marcha. Los soldados se alinearon en filas de a cuatro, los tambores redoblaron, las trompetas y los cuernos bramaron. A la cabeza partió la guardia de los Alcázares; detrás las mujeres, los pajes y los sirvientes, seguidos por la señora. Y antes de que la guarnición de cola cerrara la vistosa comitiva, iba el hayib Almansur, balanceándose sobre su montura con solemnidad regia y saludando con la mano a la multitud que abarrotaba la plaza para disfrutar con el espectáculo. Después de cruzar las murallas, la calle por la que avanzaban era una sucesión de palacios, que rivalizaban en altura y belleza. Luego apareció la mezquita Aljama, con sus alminares erguidos, los orgullosos paredones, los arcos labrados y el gentío que bullía como hormigueros, precipitándose a borbotones hacia la comitiva, emitiendo un ensordecedor griterío.

Dejaron atrás la ciudad. El verano había seguido su curso, dorando los campos, pero en las orillas del Guadalquivir exultaba el verde de los álamos. Bandadas de aves acuáticas saltaban y entraban a la frondosidad de los mimbreros. Siguiendo el camino que discurría paralelo al cauce del río, en la dirección que fluían las aguas, pronto se encontraron una sucesión de molinos y bonitas casas ribereñas, todas de ladrillo y piedra.

En esta parte del camino, Almansur se adelantó y se puso a cabalgar al lado de la señora. Ella iba seria y en silencio, mientras él le hablaba con voz protectora y cálida.

—No sé por qué te empeñas en no querer salir de los Alcázares. Nadie te retiene allí. Eres libre para ir donde desees. Mira esos campos, el río, las montañas… Siempre gozaste con la naturaleza. ¿Por qué te encierras ahora?

Ella le miró sin responder. Y Abuámir leyó en la expresión de su rostro lo que le pareció ser una réplica callada.

—A mí no me hagas sentir culpable —prosiguió él—. Jamás se me ocurriría atentar contra tu libertad. ¿No me dices nada?

La señora siguió obstinada en su mutismo y paseó su mirada fría por el horizonte. La mañana era preciosa. El sol penetraba en las orillas y doraba el sinfín de cañas, junto a las cuales florecían adelfas y arbustos, entre los que cantaban y trinaban miles de pájaros. Una garza grisácea, con el agua hasta el vientre, que hundía su pico en la corriente, alzó el vuelo espantada y se alejó hacia la umbría del espeso follaje.

—Ya estamos llegando —señaló él—. ¡Allí está la munya de Subh Um Walad! Tu retiro de verano.

Frente a ellos se alzaban unos espesos y altos muros que cercaban una propiedad que parecía un bosque cerrado, por las copas tupidas de los árboles que asomaban.

La señora era la dueña de aquella heredad, pero ya hacía años que dejó de frecuentarla. Al ver el pórtico de entrada y la preciosa cúpula de tejas verdes que asomaba por encima de los árboles, le dio un vuelco el corazón. Justamente era un lugar idílico. ¿Pero qué haría ella con ese mundo ahora que se sentía madura y ajada? En otro tiempo, cuando era joven, la vida de aquella casa de campo rodeada de jardines supuso un verdadero regalo que la sacó de la desdicha y la salvó del olvido. Ahora no podía alejar de sí la idea de que tal vez estaba regresando al reino amargo donde constantemente recordaría los días pasados.

—¿No te alegras de volver aquí? —le preguntó Abuámir, sin disimular el empeño que tenía en verla feliz.

Ella no sabía si se alegraba o si, por el contrario, sufría por el tormento de tener que recordarlo todo con una exactitud aterradora. Era insoportable la conciencia de haber ocupado un día el primer lugar ante él y luego verse frente al cotidiano espectáculo de su propia decadencia. Pero ya no había vuelta atrás. Tenía que entrar allí y conformarse. Así que dijo:

—Decidí venir cuando me lo propusiste y voy a procurar pasarlo lo mejor posible.

—Lo dices como si para ti fuera una obligación —observó él en un susurro no exento de cierto tono de reproche.

—Me he propuesto no discutir —contestó ella, zanjando la cuestión—. Así que te ruego que no me hagas preguntas incómodas y que te esfuerces para no decir nada inoportuno por el momento. Ya tendremos tiempo suficiente para hablar.

Pasaron bajo el pórtico y penetraron en la propiedad. No era una gran extensión, pero tenía el encanto de ser un terreno bellamente ajardinado y con árboles plantados desde muy antiguo. Los gruesos troncos brotaban ingobernables de la tierra y crecían a sus anchas en las alturas, lejos del alcance de los jardineros. Los setos eran viejos y tupidos, y marañas de madreselvas trepaban por los muros y emparrados, formando apretados techos que creaban frescos espacios en sombra. Y en el centro de tanta espesura, medio oculto, se levantaba un precioso palacete, todo él de color verde malaquita, oscuro y brillante.

—¡Todo está igual que siempre! —exclamó la señora.

Por el brillo de sus ojos y por el modo de morderse los labios, al hayib le pareció que se alegraba.

—¡Es un paraíso! —añadió él—. ¡Verás qué bien vamos a estar aquí! ¡Ya era hora de volver!

10

—¡Sois unos inútiles! —dijo el anciano y enfermo chambelán Al Nizami, haciendo un gran esfuerzo para incorporarse en su cama—. Si yo hubiera estado en palacio, ella no se habría marchado con ese demonio...

Los eunucos Chawdar y Sisnán permanecían en silencio, mirándole con atención. Sus rostros reflejaban la desesperación y el temor que venían padeciendo desde que la señora salió a caballo de los Alcázares.

—Esto traerá consecuencias... —prosiguió con un hilo de voz Al Nizami—. ¡Graves consecuencias! Nunca pensé que tendría que enterarme de cosas como estas... Ahora que me abandonan las fuerzas, ahora que me siento morir... ¡Esto acabará definitivamente conmigo!

Al oír esto, en la cara de Chawdar se dibujó una expresión de horror. Se arrodilló junto a la cama, cogió las blancas y mortecinas manos del moribundo y estuvo sollozando:

—¡No, eso no! ¡No morirás! ¡Ahora te necesitamos más que nunca!

El gran chambelán se removió y tosió. Parecía aún más disminuido que en la última visita de Chawdar: los brazos delgados como sarmientos caían sin vida a los costados; nada en él abultaba;

hasta las barbazas que lució cuando era un hombre todavía saludable resultaban ahora insignificantes en el rostro apagado, pálido y menguado.

Al verle en tal estado, también Sisnán se aproximó a la cama para arrodillarse junto a él, diciendo:

—¡No pudimos hacer nada, señor Al Nizami! La señora se puso terca como una mula... Como comprenderás, ¡no íbamos a encerrarla! No quería entrar en razón...

El gran chambelán se volvió hacia ellos con el rostro sombrío y observó con pesadumbre:

—En todo esto hay algo evidente: él la hipnotiza; ejerce todavía en ella un influjo mágico, fatal e ineludible. La señora es incapaz de sustraerse a su presencia y su poder... Por eso precisamente deberíamos haber evitado que volvieran a encontrarse. Nada de esto hubiera pasado si esos dos no llegan a verse.

—¡Y quién lo hubiera pensado! —replicó Chawdar—. ¡Ella le odia! Hace ya muchos años que no parece haber nada entre ellos. El hayib jamás viene a verla. Hace más de un año que no venía a los Alcázares. Eso tú lo sabes bien, señor Al Nizami. Todavía vivías en el palacio cuando él la ignoraba. La señora al principio sufría mucho por esa ausencia, porque seguramente todavía lo amaba. Pero luego le aborreció y ni siquiera permitía que se pronunciara el nombre de Abuámir Almansur en su presencia.

El gran chambelán volvió a incorporarse y se agitó en la cama, gritando:

—¿Eres idiota? ¡No digas más estupideces! ¿Acaso no sabes a tu edad que amor y odio son una misma cosa en quienes fueron amantes?

Después de estas palabras los tres eunucos permanecieron en silencio.

Al Nizami entonces cerró los ojos y dejó caer la cabeza en la almohada, exangüe, suspirando:

—¡Qué ilusa es! ¡Otra vez se ha dejado engañar! ¡Él la domina! ¡Siempre la dominó!

Los tres volvieron a quedarse callados durante un largo rato, sumidos en un angustioso estado de incertidumbre e impotencia. Hasta que Chawdar tomó de nuevo la palabra y comenzó diciendo con amargura:

—Todo esto nos cogió por sorpresa. No hemos tenido tiempo ni para pensar. Vino aquel mensajero de Alzahira anunciando que el hayib vendría a los Alcázares y no fuimos capaces de reaccionar. ¡En verdad hemos sido unos estúpidos! Yo creí que ella no le recibiría; o que si lo hacía le trataría con distancia y que apenas cruzaría con él unas frías palabras. La señora nos había demostrado muchas veces su animadversión hacia Almansur... No podíamos ni pronunciar su nombre en su presencia. ¿Cómo íbamos a pensar que...? ¡En verdad hemos sido unos estúpidos! Debimos ocultarle el aviso del mensajero; debimos mantenerla en la ignorancia... Si ella no le hubiera recibido... Pero él se presentó con toda esa arrogancia, con su imponente túnica roja, con aquella mirada hechizadora... ¡Ese diablo! Venía dispuesto a embrujarla. No sabemos lo que le diría, porque no nos dejaron escucharlo cuando estuvieron un largo rato hablando a solas entre ellos. Pero él ya traía un plan preconcebido: invitar a la señora a ir juntos a la vieja munya junto al río... Ella quedó seducida por esta proposición y se olvidó de repente de todo su odio...

—¡Y también se olvidó de nuestro propio plan! —exclamó el gran chambelán—. ¡Quiera Alá que el hayib no la sonsaque! ¡Esperemos que la señora sea prudente! Si ella dice lo más mínimo, él se dará cuenta... Porque además nuestro plan ya está en marcha. A estas horas el cadí Raíg al Mawla debe de haber emprendido el viaje desde Badajoz hacia Córdoba, después de leer nuestra carta... Si la señora comete alguna imprudencia, Almansur desconfiará y se dará cuenta de que algo se trama a sus espaldas... El hayib es un zorro...

—¡Alá no lo permitirá! —saltó Sisnán aterrorizado—. ¡Si ella habla todo se descubrirá!

Los ojos del moribundo volvieron a abrirse, esta vez con mayor luz y vida, se movieron a un lado y otro, parpadearon y luego se quedaron fijos en el cielo.

—Debemos hacer algo —dijo—. Si el hayib descubre el plan...

—¡Piensa! —gritó Chawdar—. ¡Di qué podemos hacer! ¡Si el hayib nos descubre estaremos perdidos!

—¡Calla, idiota! —le espetó el gran chambelán—. ¡Nada arreglaremos poniéndonos histéricos!

Se hizo de nuevo entre ellos un silencio terrible. Pero de pronto intervino otra vez Al Nizami, elevando la entonación de su voz, cosa que anunciaba que había tenido una idea.

—En primer lugar es necesario informar al cadí Raíg al Mawla de todo lo que ha sucedido. En cuanto llegue a Córdoba, debe estar al tanto de los movimientos imprudentes que ha hecho su hermana. No podemos permitirnos ahora dar ningún paso en falso. Esperemos mientras tanto que ella regrese pronto de sus devaneos en la munya y que el demonio del hayib no haya advertido nada raro en ella.

—¿Y el plan? —preguntó Chawdar—. ¿Seguimos con lo previsto o debemos pararlo todo?

Los corazones de los tres eunucos se encogieron. El gran chambelán tosió y luego, lleno de ansiedad, acercó su rostro al de Chawdar y le dijo con voz susurrante:

—¡El plan debe seguir! No hemos llegado hasta aquí para echarnos atrás con la primera dificultad que ha surgido. El cadí Raíg al Mawla viene de camino y todo debe hacerse tal y como está previsto. Confiemos en que la señora haya sido inteligente y no se le haya escapado ni media palabra...

—¡Alabado sea Alá! —exclamó Sisnán, agitando las manos—. ¡Esperemos que así sea! ¡Porque si no...!

—¡Calla tú, imbécil! —le espetó el gran chambelán—. ¡Todavía no he terminado de hablar!

Transcurrió un momento de silencio, cargado de desazón. Al Nizami empezó a toser, a causa del esfuerzo que había hecho al enojarse. Un criado se aproximó con una escudilla y le dio de beber.

Y él, algo más confortado, volvió a clavar sus ojos en ellos y habló de nuevo:

—Es necesario que tengamos calma; calma y confianza… Os lo he repetido mil veces: no podemos continuar con el plan si estamos aterrorizados y con el alma en vilo. Nos hace falta tener certidumbre, saber que podemos actuar y que contamos con el éxito al final. Y para averiguar todo eso no nos queda más remedio que conocer algo del futuro…

Dijo esto último con una expresión tan enigmática en la cara que daba miedo. Y luego añadió con voz pausada y terrible:

—No nos queda más remedio que consultar al adivino…

—¡El adivino! —exclamó Chawdar, circunspecto y sobrecogido.

—¡Sí, el adivino! —afirmó Al Nizami con aplomo—. Solo él nos proporcionará la tranquilidad y la confianza que tanto estamos necesitando. Yo no me puedo levantar de esta cama. ¡Ojalá pudiera ir por mi propio pie a casa del adivino! Pero no tengo fuerzas para eso… Así que deberéis ir vosotros.

—¿Nosotros? —murmuró Sisnán llevándose las manos al cuello, como si sintiera ahogo de repente—. ¡Qué miedo!

—¡Nada de miedos! —le reprendió el gran chambelán—. Iréis a su casa y os presentaréis ante él en mi nombre. Nada tenéis que temer. El adivino está acostumbrado a guardar toda clase de secretos. Él utilizará sus conocimientos y sus artes y será capaz de ver el futuro. Yo confío mucho en lo que podrá predecir. Conforme a ello actuaremos con mayor seguridad. Pero es muy importante que la señora no sepa nunca que hemos hecho uso de esos métodos extraordinarios. ¡Ya sabemos cómo es ella para estas cosas! Si llegara a enterarse de que hemos acudido a un adivino, se enojará y no querrá seguir adelante con el plan. ¡Bastante nos costó convencerla!

2

La munya de Subh Um Walad

Allí no entraba la luz,
había un viejo nido de sombras.
Mas ella era como una lámpara
cada vez que se encendían sus ojos...

Casida del poeta Abdel al Araj, el Cojo
Córdoba, año 389 de la Hégira

11

Córdoba, jueves 17 de julio del año 994 (Al jamis 30, Djuma-
da l-Ula del año 384 de la Hégira)

La munya de Subh Um Walad era una propiedad muy antigua que siempre perteneció a los omeyas. En otro tiempo se llamó
munya de Al Ruh, en honor a la favorita de Abderramán al Nasir.
La casa de campo era un edificio de planta octogonal, ordenado en
torno a un patio central cubierto por una cúpula. En un lateral se
alzaba una torre, comunicada por un estrecho corredor y una escalera de caracol. Las habitaciones estaban en el piso superior, y sus
ventanas, cerradas por apretadas celosías, daban al patio, de manera que siempre se tenía la sensación de que alguien observaba desde
arriba en secreto. En cambio, la parte de abajo estaba rodeada por
una galería abierta que se sostenía con viejas columnas romanas de
granito. No faltaba una fuente central, con su gran pila de piedra.
Los muros eran de mármol, tan pulido que los objetos se reflejaban
como en un espejo.

Cuando se hizo de noche, la señora acababa de abandonar sus
aposentos por un pasillo transversal y penetró en una sala alta,
abovedada, iluminada por cuatro faroles que se sostenían sobre
otros tantos leones de bronce. El suelo estaba cubierto de alfombras
que mitigaban el ruido de los pasos. Dos criadas la precedían e
iban encendiendo las lámparas y levantando las persianas, para que
comprobase que nada había sido alterado. Ella recorrió la estancia

y se maravilló con nostalgia al ver que cada cosa estaba en su sitio y que todo aquello permanecía igual que siempre, a su gusto, a la vez que se encontraba limpio y cuidado. Así que, cuando hubo concluido su inspección, deseó quedarse sola y les dijo a las muchachas:

—Podéis iros. Decid que nadie me moleste.

Las mujeres abandonaron la estancia y la señora permaneció quieta, hasta que el terreno estuvo libre. Entonces paseó de nuevo su mirada por aquella bonita sala, decorada suntuosamente, que tantos recuerdos despertaba en ella. En los ángulos temblaban las llamitas multicolores de candiles llenos de aceite, colocados sobre unas estanterías. Todo estaba adornado con flores y guirnaldas de plantas, de idéntica manera a como ella misma solía arreglarlo en otro tiempo. Entonces se produjo un instante mágico y quedó sobrecogida: los años parecían no haber pasado, ¡y eran demasiados años…! La señora no había previsto que la conmovería tanto el hecho de regresar allí. Pero todavía sentíase mucho más afectada por la presencia y la cercanía de Abuámir. No era que pensara ya que ella pudiera causar la más mínima atracción en él. Tal vez ni siquiera fuera esa la causa de su dolor. Lo que la mortificaba más era sentirse considerada como un mero instrumento, un arma de la cual él se servía para lograr un objetivo que no tenía nada que ver con el amor. La decisión que había tomado de acceder a ir con él a la munya, al tiempo que la humillaba, desbarataba aquella secreta seguridad que había creído tener últimamente en el fondo de sí misma. Pensaba que ya era una mujer fuerte, inalterable y arriesgada. Pero resultó luego que todas sus certezas se desmoronaron cuando él apareció con su insolente túnica roja. Y ella, igual que hubiera hecho hace veinte años, dijo que sí a todo. Y ahora estaba en la vieja munya, como dentro de una trampa. Al darse cuenta de que esto no tenía remedio, si hubiera podido, habría estallado en sollozos. Pero, por decirlo de alguna manera, sus ojos ya no eran capaces de verter lágrimas. ¿Odiaba a Abuámir? Sus emociones eran últimamente demasiado mudables como para que hubiera podido responder a esta duda. Los años no habían pasado en balde. En otro tiempo lejano quizá los sentimientos pudieron ser más claros: rabia, despecho, celos... Luego resolvió con decisión vengarse, pero incluso este deseo se borró y dejó sitio a una inmensa tristeza. ¿Quién podría enfrentarse a un hombre así? Nadie había sido capaz de pararle los pies; ¿cómo iba a hacerlo una mujer? Cuanto más reflexionaba, mejor comprendía la lógica que subyacía bajo las acciones de Abuámir: su concepción de la vida, su visión de las cosas, su libertad absoluta de pensamiento y acción, llena de desprecio por todo lo que era intocable e imperecedero para el resto de la gente; su cuestionamiento de la validez de toda jerarquía... Pero también era cierto que todo eso estaba en la raíz de su éxito. ¿Acaso no la había fascinado a ella mil veces esa actitud?

La señora decidió no darle más vueltas en su cabeza a estas preguntas. Se quedó durante un momento abstraída y volvió a observar con detenimiento cada rincón de la estancia. Hasta que, llevada por un impulso repentino, se fue hacia la parte de la celosía que daba al patio central y estuvo mirando ansiosa a través de los orificios. Por la expresión de sus ojos diríase que estuviera esperando algo. Pero no tuvo que aguantar allí su impaciencia demasiado tiempo, ya que salió Abuámir y se dirigió tranquilamente hacia la pila de la fuente, lleno de dignidad, moviéndose con un lento balanceo que manifestaba una nobleza consciente de sí misma, como si en verdad supiera que era observado en secreto desde alguna parte. La señora entonces sintió que el corazón le saltaba violentamente en el pecho, con una mezcla de emoción y miedo, y dio un paso atrás temiendo ser descubierta. Pero enseguida salió corriendo desde la celosía y fue hacia una ventana lateral, situada en un rincón más oscuro del salón, donde retiró discretamente la cortina, formando una rendija, para seguir mirándole sin ser vista.

En ese momento, Abuámir levantó los ojos con precaución, girando la cabeza hacia aquel punto; y sus facciones se iluminaron con una expresión sonriente y discreta, que hizo brotar en el rostro de ella una aureola sonrosada de rubor. Él sonrió más vivamente.

A ella entonces se le escapó un suspiro y corrió con nerviosismo la cortina, acobardada, como si quisiera ocultar las huellas de un crimen sangriento. Se alejó de la ventana y se dejó caer sobre los cojines de un diván, cerrando los ojos a causa de la fuerte impresión y la vergüenza que sentía por no haber sido capaz de reprimir su deseo de observarle. «¿Seré idiota?», se recriminó para sus adentros. Pero al instante se sobrepuso e inflamó su pecho con una profunda inspiración, mientras se decía: «¿Quién se ha creído que es? ¿No se da cuenta de que ya es un viejo?». Y un repentino ánimo, mezcla de rabia y orgullo, la poseyó y la empujó de nuevo hacia la ventana. Descorrió del todo la cortina y sacó medio cuerpo, envalentonada, desafiante, mirándole directamente a los ojos.

Abuámir se sorprendió mucho al verla aparecer tan de repente allá arriba, pero sostuvo esa mirada, rio con ganas, y le espetó:

—¡No seas niña! ¿Por qué no nos dejamos de chiquilladas? ¡Anda, baja de una vez! ¿No hemos venido aquí tú y yo para conversar?

La señora desapareció tras la celosía, dando un respingo. Y él se quedó de pie, como esperando, pero convencido de que ella no bajaría.

Un poco más tarde, el cocinero había ordenado servir la cena, pero Abuámir ni siquiera lo había advertido. En bandejas de bronce llevaron pajaritos y aves asadas, pescados fritos aliñados con limón, frutas y pasteles azucarados. Él no miró nada de eso, aunque lo hubiera encargado a propósito para impresionarla. Estaba contrariado porque su plan no estaba saliendo tal y como él quería. Sumido en sus pensamientos, sacó la tea de su soporte adosado al muro y, con un gesto hábil y prudente, apartó el tapiz que hacía las veces de puerta y podía inflamarse, entrando en el estrecho corredor desde el que una escalera llevaba hasta la terraza de la torre. Mantuvo la llama a una altura conveniente para poder iluminar el camino y subió los peldaños con decisión. Una vez en la plataforma, bajo el firmamento estrellado, aspiró el aire puro y fragante de la noche. Las copas de los pinos, como grandes masas oscuras, exhalaban su perfume cálido y ameno. Algunas luces amortiguadas centelleaban aquí y allá, de forma que el jardín estaba sumido en una penumbra perfecta. La visión desde allí arriba tenía el aspecto irreal y sobrecogedor de un sueño, y esta impresión se veía realzada por la espesa oscuridad que rodeaba las zonas de luz y que por contraste ocultaba completamente el resto del paisaje, encubriendo las montañas, el río y los campos infinitos; todo ello envuelto por millones de estrellas.

Abuámir estaba absorto y ya casi se había olvidado de la señora, cuando, de pronto, su voz susurrante le habló a su espalda:

—La misma noche, el mismo aire, los mismos olores, las mismas estrellas… ¡Como siempre! Está todo tan hermoso que me parece que nada malo ha pasado…

Él se volvió y la descubrió como una aparición: resplandeciente a la luz de la tea, con un vestido blanco, suave, flotante, enteramente tachonado con pequeños adornos plateados que refulgían. Se quedó admirado y, dulcificando el tono cuanto podía, contestó:

—Admirable espectáculo, es cierto. Pero quisiera disfrutarlo contigo, sin tener que estar todo el tiempo teniendo presente ciertas cosas que han pasado. ¿No podemos olvidarnos por un momento de los rencores y hacer como si el tiempo estuviera detenido? No sé si estás dispuesta a creer cualquier cosa que te diga, pero me gustaría mucho saber cómo estás, si disfrutas de la vida y de todo lo que tienes; o si, por el contrario, te sientes desdichada. Y, por favor, te ruego que no me contestes pensando en el antes, sino en el ahora.

La señora sonrió y le obsequió con una expresión mucho más amable que ninguna de las que había tenido hasta ese momento. Luego echó una mirada a todo lo que la noche dejaba ver desde allí. En torno, los campos tenían ese encanto del verano, cuando los días se alargan y las noches se llenan con una vida misteriosa: los grillos cantando en los parterres, las ranas croando en los estanques y los murciélagos volando cerca de las ventanas iluminadas, persiguiendo mil insectos al amparo de sus silenciosos vuelos. Ella lo apreció y dijo:

—¡Qué maravilla! Y tienes razón. El pasado es el pasado… No hay que hablar constantemente de él. Ahora es el turno de hablar del presente. Me preguntas si soy feliz. Naturalmente, podría responderte con una mentira; decirte que todo me va muy bien y que vivo como una auténtica reina. A estas alturas de nuestra vida no sé si eso realmente importa. Como tampoco creo que te causará dolor saber que soy desdichada y que mi vida es basura…

Abuámir comprendió, ante la confusión que ella manifestaba, que no le estaba resultando nada fácil estar allí conversando con él. Hacía poco más de un año que no se encontraban y, posiblemente, esta era una de las pocas veces que la señora había tenido oportunidad de salir de los Alcázares y tratar con alguien distinto al grupo de personas que habitualmente la rodeaban. Eso hizo que le entrara una ácida tristeza, que bien pudiera ser verdadera compasión. Se aproximó a ella y, haciendo gala de una gran devoción, le susurró:

—Si te digo que te deseo y que te añoro, ¿dudarás de mi sinceridad? Mírame a los ojos, pon tu mano aquí, sobre mi corazón… No tengo ninguna necesidad de andarme con fingimientos.

La señora se echó a reír y contestó:

—¡Nunca cambiarás! Tú eres capaz de decir esas cosas a cualquier mujer que tengas delante.

—Te equivocas. Y te asombraría comprobar cuánto he cambiado. También yo tengo un alma sensible y los recuerdos me causan dolor. Pensar en las cosas que nunca van a volver me desgarra por dentro…

Ella se le quedó mirando, con aire de suspicacia, pero al mismo tiempo con cierta ternura, como quien mira a un niño.

Luego hubo un silencio largo entre ellos. La brisa de la noche llegaba en oleadas, que unas veces resultaban cálidas y otras frescas, trayendo los aromas del río. Todo resultaba agradable y bello. Pero todavía sus espíritus no eran capaces de encontrarse.

Abuámir se acercó a ella un poco más, hasta ponerse casi a un palmo de su cara, y sugirió:

—Me gustaría mucho cenar contigo y beber un poco de vino.

Ella dio un paso atrás, preguntando:

—¿Todavía bebes vino?

—¡Claro! —contestó él, resoplando—. ¿Tan viejo me ves? Pienses lo que pienses, aún me quedan ganas y energías para disfrutar de la vida. ¿Y qué otra cosa voy a hacer? No todo va a ser luchar y padecer. ¿Por qué iba a haber dejado el vino, mujer?

La señora le miró esbozando una sonrisa llena de escepticismo y contestó:

—Hiciste que prohibieran el vino en Córdoba… ¡Y tú lo bebes! ¡Serás hipócrita!

—No sé quién te ha dicho eso. ¿También tú te crees todas esas tonterías que se dicen de mí? ¿Piensas que tengo autoridad para tanto? El vino lo prohibieron los ulemas cuando se declaró la guerra santa contra los infieles rumíes del Norte. Pero ya casi nadie se acuerda de la prohibición. ¿Acaso se ha dejado de beber vino alguna vez en Córdoba? De verdad, Subh, me ha dolido en el alma que me llames hipócrita…

La señora comenzaba a entrever ahora el otro rostro de aquel ser impenetrable, y sentía de repente que, pese a todo, seguía contando con su afecto y su favor. Tal vez hasta la amara, aunque a su manera. Y ella, ¿no tenía acaso razones para admirarlo? Para Abuámir, los sentimientos, el pensamiento, el amor no eran, como para ella, algo definitivo, sagrado e inviolable. En él los cariños, los entusiasmos, los enamoramientos debían convertirse obligatoriamente en acción; cada nuevo descubrimiento de su corazón lo comprometía por entero. Pero luego se volvía con la misma fuerza hacia sus otras pasiones vitales: el poder, las conquistas militares, la guerra… ¿Y no eran estas energías desapegadas lo que precisamente le habían conducido a lo más alto? ¿Por qué era así? ¿Y por qué todos obedecían sus órdenes tan ciegamente? ¿Tenía en realidad tanto poder sobre la gente? «La fuerza del espíritu —le había dicho él a menudo— es la única arma capaz de mantener el respeto de aquellos que, fuera de eso, no le temen a nada en el mundo».

La señora aguantó la presión de estos pensamientos que como

ráfagas le venían a la mente. Pero no quiso detenerse más en ellos y exclamó de repente y con resolución:

—¡Bajemos al patio! A buen seguro habrás encargado una comida magnífica a los cocineros, una de esas cenas que tanto nos gustaba compartir.

Él se quedó sorprendido, pues no esperaba esta súbita reacción en ella. La miró con el rostro exaltado, manifestando un agradecimiento sonriente, y le tomó las manos con dulzura, diciendo:

—Subh, querida mía, verás como no te vas a arrepentir de haber venido. ¡Tengo tantas cosas que contarte! Por encima de todo somos amigos. ¿O no lo somos? La verdadera amistad es mucho más grande que ninguna otra cosa en este mundo…

12

—El viaje ha sido tan ameno que hasta se me ha hecho corto —dijo sonriente el cadí Raíg al Mawla—. Tanto que no me importaría hacerlo de nuevo aunque fuera de vuelta.

—Me alegro —contestó con humildad el joven poeta Farid al Nasri—. Pero considero que exageras, señor. ¿Emprenderías otra vez este viaje? ¡Hace mucho calor!

El camino entre Badajoz y Córdoba, para un diestro jinete, podía durar cinco días; pero una caravana con tropa de escolta, mulas de carga, carretas, equipajes e impedimenta necesitaba más de una semana. Durante la última jornada del viaje, la comitiva descendía por la vertiente sur de Sierra Morena, soportando un sol abrasador, por unos terrenos agrestes y desiertos en los que apenas encontraron alguna que otra aldehuela de pastores. Se detenían a mediodía y reanudaban la marcha por la tarde, hasta bien avanzada la noche, para librarse de la fuerza implacable del astro. Cuando encontraban un río, un arroyo o un abrevadero, aprovechaban y daban descanso a las bestias. Pero en esa época del año todo estaba muy seco.

—No seas tan modesto, muchacho —manifestó el cadí—. Te digo de verdad que lo he pasado muy bien. Me he divertido mucho con las historias que me has contado.

—Gracias por dejarme cabalgar a tu lado, señor —dijo Farid—. Ha sido un inmenso honor para mí, que no soy nadie para relacionarme con alguien tan grande como tú. Fui muy osado por acercarme a ti al principio del camino. Y estoy sinceramente agradecido porque te hayas dignado a aceptar mi conversación.

—¡Ahora exageras tú! Me encanta tratar con poetas y con gente ingeniosa.

—Yo también lo he pasado muy bien, señor. Y de veras me costará separarme de ti. ¡Mira, ya se ve Córdoba allá abajo!

Cabalgaban a la cabeza de la columna, por los intrincados parajes montañosos. Cuando remontaban el último altozano, entre encinas y jaras, divisaron a lo lejos la ciudad, resplandeciendo en la llanura que se extiende desde las orillas del Guadalquivir. Los soldados descendían por la pendiente detrás de ellos, y algo distanciado, a la zaga y sin atreverse a adelantarse, iba Yacub en completo silencio. Los seguían, cerrando la caravana, los comerciantes con sus mulas aplastadas bajo el enorme peso de las mercancías y los viajeros que se habían unido para cubrir seguros el peligroso trayecto de los montes, tan asaltado por los bandidos.

Más adelante, al aproximarse al alfoz, el camino discurría primero entre amarillos rastrojos. Pero luego verdeaban los naranjales, los olivos y los almendros, en una amena extensión que llegaba hasta el pie de las murallas. Las torres, los alminares y los tejados brillaban en un cielo puro y azul. Bordearon el extremo septentrional de las fortificaciones, cruzando el arrabal y avanzando entre huertas y viñedos, antes de retomar la vieja calzada romana que desembocaba en los barrios orientales, que se abrían por la puerta llamada Bab al Yadid. Antes de entrar, el cadí presentó ante los oficiales los documentos que portaba y pagó la tasa, pues incluso a él le era exigida por la ley de la ciudad. Recibido el permiso, avanzaron en fila por una calle principal, larga y concurrida, pasando junto a sublimes caserones impenetrablemente cerrados, que preservaban sus intimidades tras setos altos y tupidos, tapias, rejas y celosías. Del interior de aquellos palacios nada se veía, ni siquiera desde la altura del caballo, excepto las palmeras y los cipreses de los jardines que asomaban por encima de los muros. Atravesaron después un mercado con tenderetes de verduras, frutas y legumbres, entre los que humeaban puestos de buñuelos, peces fritos y dulces. Un intenso aroma de comidas y especias crecía a medida que se adentraban en la medina. Al ruido de los caballos y las carretas, la gente se asomaba a las puertas, y los ciegos, tullidos y menesterosos les salían al paso reclamando limosnas.

En las inmediaciones del Zoco Grande, se detuvieron en la gran explanada donde se reunían las caravanas. Allí se hicieron los pagos correspondientes y los hombres se despidieron. Antes de separarse, el cadí y Farid aprovecharon la ocasión para intercambiar unas últimas palabras:

—No olvides ir a visitarme a los Alcázares —dijo Al Mawla—, donde me alojaré durante mi estancia en Córdoba. Mi invitación va en serio. Me encantará volver a verte.

—¿A los Alcázares nada menos? —exclamó jocoso Farid—. ¡No me dejarán entrar!

—Tú simplemente pregunta por mí. Ya me habré encargado yo de avisar en la puerta.

—Señor, no puedo ni debo desairarte. Dejaré que descanses durante un par de días de mi persona y del viaje, y luego iré a visitarte.

Cuando el cadí se hubo marchado en dirección a los Alcázares, seguido por su escolta, Yacub se acercó a Farid, y con un tono que revelaba satisfacción y contento, le dijo:

—¡Si no lo veo no lo creo! Has venido casi todo el camino charlando tranquilamente con el tío del califa…

El poeta se le quedó mirando con extrañeza y contestó:

—Supuse que estarías enfadado…

—¿Yo? ¿Y por qué iba a estar enfadado?

—Te he dejado solo durante el viaje.

Yacub le arrojó una mirada de duda y dijo socarrón:

—¿Y qué importa eso? ¡Hemos dado un paso de gigante para nuestro negocio! Por lo que he visto, te has ganado al cadí narrándole tus historias… ¿Y voy a estar yo enfadado por eso? ¡Anda, vamos a mi casa a contarle todo a mi padre!

Cuando llegaron a la plazuela donde estaba la casa del síndico del Zoco Grande, el padre de Yacub regresaba en ese momento y, al ver a su hijo, exclamó con efusión:

—¡Bendito sea Alá! ¡Bendito y alabado! ¡Mi hijo querido al fin ha regresado de su viaje!

Los criados que iban con él y otros que salieron de la casa aplaudían y vitoreaban al joven hijo de su amo, que llegaba visiblemente contento, sonriente, llevando su corcel por la brida, seguido por su amigo Farid.

—¡Preparadle el baño y una buena comida! —ordenó el síndico, mientras corría a abrazarle haciendo vibrar su blanda barriga.

Entraron todos en la casa, con aire festivo y triunfal. Y, ya en el patio, el padre se detuvo mirando con ojos maliciosos a su hijo y, guiñando un ojo, dijo con una risita:

—¡Os vieron llegar cabalgando al lado del cadí Raíg al Mawla! ¡Y vinieron a contármelo enseguida! En cuanto supe que mi hijo querido había viajado con el tío del comendador de los creyentes, pensé que este era uno de los días más grandes para nuestra familia… ¡Alabado sea Alá!

Dicho lo cual, se colgó del cuello de su hijo. Y luego le condujo hacia el interior de la casa, echándole su pesado brazo por encima de los hombros y comiéndoselo a besos.

—¡Lo tenemos en el bote, padre! —decía Yacub—. ¡Nos lo hemos ganado! ¡Ese negocio ya es nuestro!

—Cuenta, cuenta, hijo mío —le apremiaba impaciente el padre—. ¿Qué os ha dicho? ¿Os ha encargado algo más?

Yacub le lanzó a su amigo una mirada de complicidad que no necesitaba palabras, y le pidió:

—¡Cuéntale tú, Farid! ¡Dile a mi padre que has cabalgado todo el tiempo al lado de Al Mawla!

—Vamos, vamos adentro, muchachos, que me tenéis en ascuas… —dijo el síndico.

—¡Sí, padre! —añadió Yacub—. Mejor será que escuches sentado todo lo que tenemos que contarte.

—¡Fuera, fuera todo el mundo de aquí! —farfulló a los criados el síndico, agitando las manos—. ¡Dejadnos solos! ¡Id a preparar el baño! ¡Calentad la comida y poned la mesa! ¡Y no nos molestéis!

Obedeció la servidumbre atemorizada y el rico árabe cerró la puerta del salón principal dando un portazo.

—Sentémonos, hijo —propuso frotándose las manos nervioso—. Bebe agua primero y ¡cuéntame!

Cogió Yacub un vaso que estaba sobre la mesa, se refrescó la garganta y empezó a hablar con mucha tranquilidad:

—Como te digo, Farid se ha ganado al cadí durante el viaje. Empezó a contarle sus historias y Al Mawla quedó rendido por su ingenio…

—¡Deja eso, hijo mío! —le interrumpió el padre—. Vamos a lo que interesa: ¿os ha encargado alguna cosa más?

Yacub ensanchó su sonrisa, bebió otro sorbo de agua, miró la impaciencia de su padre por el rabillo del ojo, y contestó secamente:

—Le entregamos la carta y él la leyó delante de nosotros. Pero no supimos qué es lo que le decía en ella la señora. El cadí únicamente dijo que debía venir inmediatamente a Córdoba por un asunto importante…

—¡¿Eh?! —exclamó el síndico con el rostro demudado—. ¿No os dijo nada acerca de ese asunto?

El hijo resopló y respondió:

—¡Pues claro que no! Sabemos que se trata de algo secreto. ¿Por qué iba a revelarlo delante de nosotros? A fin de cuentas, solo éramos unos mensajeros.

El padre se quedó extrañado y pensativo. Después observó:

—Qué raro… La primera vez que hablé con el viejo eunuco Chawdar, me dijo que sería el cadí Al Mawla quien nos iría manifestando qué es lo que se pedía de nosotros en todo este negocio…

—Sí, padre. A mí me dijo lo mismo. Y creo que lo que ahora corresponde es esperar.

—No sé, hijo mío… Esperaba que después del viaje a Badajoz supierais ya algo más…

Yacub estaba acostumbrado a la impaciencia de su padre. Se dejó caer sobre los almohadones y empezó a hablar calmadamente. Explicó todo con detalle, soportando sus constantes interrupciones. Le contó de nuevo cómo había sido el viaje y la habilidad con que Farid se había ganado al cadí; así como que este le había invitado a ir a visitarle a los Alcázares.

Una vez más el síndico se quedó sumido en sus pensamientos. Para luego observar muy serio:

—Todo eso me parece muy bien. Pero considero que habría que ir primero a ver al viejo eunuco…

—Naturalmente, padre. Haremos todo con cuidado. Pero no me negarás que es muy importante que hayamos trabado amistad con el tío del califa.

—Sí, hijo, tienes razón. Y hay algo que no debemos olvidar en ningún momento: todo este asunto es secreto. Seamos discretos y cuidadosos.

13

Estaba anocheciendo y el anciano Chawdar se hallaba en un rincón del jardín, sentado en el borde de uno de los estanques y con los pies metidos en el agua. Entonces irrumpió de repente Sisnán, muy alterado y gritando.

—¡Está aquí! ¡Acaba de llegar!

La cara del viejo reveló todo el sobresalto y la contrariedad que producía en él esta súbita perturbación de su tranquilidad.

—¡Idiota! —exclamó enfadado—. ¡Menudo susto me acabas de dar! ¿No te he dicho mil veces que no alborotes de esa manera? ¡Soy un anciano! ¿Cómo no te das cuenta de que puede darme un síncope con estos sobresaltos?

—Es que... ¡acaba de llegar! Está ya aquí, en el palacio...

Chawdar clavó en él unos ojos desasosegados y preguntó:

—¿Quién? ¿La señora?

—No, su hermano, el señor Raíg al Mawla.

Chawdar miró en torno con expresión despavorida y quiso levantarse. Pero el cadí iba detrás de Sisnán, atravesando por en medio el parterre de las adelfas. Cuando el viejo le vio aparecer, murmuró con voz angustiada:

—Señor al Mawla..., he de decirte que...

—¡No me digas nada! ¡Lo sé todo!

Chawdar le lanzó una mirada llena de ira a Sisnán, reprochándole:

—¿Tenías que decírselo tú nada más verlo? ¿No has podido esperar a que yo le informara?

—Me preguntó por la señora y…

Se hizo un silencio largo e incómodo, que duró hasta que el viejo empezó a hacer esfuerzos para levantarse, mientras le gritaba a Sisnán:

—¡Acércame el bastón! ¡Ayúdame!

Sisnán agarró el bastón. Se estremeció y su mano titubeó un momento.

—¡Dámelo de una vez, estúpido!

Chawdar se incorporó alargando la mano con un ostensible esfuerzo para sacar los pies del estanque y ponerse en pie. Pero acabó haciendo un movimiento en falso y se cayó al agua.

—¡Ay! ¡Me ahogo! —Chapoteaba y se hundía, pues estaba muy profundo—. ¡Socorro! ¡Me ahogo!

El cadí se lanzó al agua y forcejeó con el pesado cuerpo del anciano, tratando de acercarlo al borde. Y, mientras tanto, Sisnán no hacía otra cosa que gritar levantando los brazos.

—¡Se ahoga! ¡Socorro!

Los criados acudieron alarmados por los gritos y entre todos sacaron al viejo. Lo tendieron primero en el suelo y esperaron a que se calmara, pues estaba muy alterado, con los ojos fuera de las órbitas, tosiendo y emitiendo extraños ruidos de su garganta. Pero luego lo levantaron y lo trasladaron hasta el interior del palacio, para colocarlo encima del diván.

—Me muero… —se quejaba él, con una voz apagada y sibilante, apenas audible.

Al verlo en tal estado, el cadí y Sisnán se asustaron mucho. Pero, pasado un rato, se fueron tranquilizando al darse cuenta de que el viejo estaba más asustado que otra cosa.

—Quitadle esas ropas y acostadlo en su cama —ordenó Al Mawla—. Estando solo en su alcoba se tranquilizará y no le vendrá mal dormir un rato.

Sisnán y los criados obedecieron y se lo llevaron de allí cogido en brazos. Chawdar iba con los ojos cerrados, desmadejado y ausente, sin oponer resistencia a ninguno de estos movimientos.

El cadí se quedó solo en el salón, cogió uno de los almohadones y fue a sentarse sobre una alfombra un poco alejado. Cuando estuvo tranquilo, suspiró hondamente y se refugió en sus pensamientos. Sentía angustia e impotencia por la situación en la que acababa de verse envuelto. Se desesperaba cada vez que los eunucos acababan implicándole en sus terribles escenas, en sus desatados nervios y su falta de cordura. «Esto no puede ser —se dijo para sus adentros—. ¡Están locos de remate! Estas chifladuras se tienen que acabar o terminaremos todos como ellos…». Raíg al Mawla era por naturaleza un hombre tranquilo, reflexivo y predispuesto para la racionalidad. No se había educado en esos ambientes y muchas de las cosas que veía en los Alcázares le dejaban completamente desconcertado.

14

La señora se dio cuenta de repente de que estaba alterada de forma insoportable, incluso indecentemente, para la concepción que tenía de sí misma. Lo estaba mucho más de lo que estuvo, por ejemplo, hacía veinte años, aquella primera vez en que él la rodeó con sus brazos y la apretó con fuerza, sudoroso y ardiente; y como un torbellino paseó sus manos fuertes por todo su cuerpo, llegando a lugares insospechados, con movimientos imprevistos… Aquello sucedió allí mismo, en la munya de Subh Um Walad, también en una noche de verano. Ella no había podido olvidarlo jamás. Y ahora se sorprendía al evocarlo, entrándole a la vez como un ahogo que le subía hasta la garganta y un calor abrasador en el pecho. «¡Dios mío, el corazón me va a estallar!», clamó en su interior. La habitación estaba a oscuras. Buscó a tientas la puerta y pegó la oreja a la madera por si podía escuchar algo. Un silencio absoluto reinaba en toda la casa.

Entonces llegó la hora del arrepentimiento. Abuámir le había pedido por la tarde que le dejara subir a su habitación por la noche. ¿Por qué había dicho la señora que sí? En verdad, no lo sabía. Y sentía que a lo mejor no era ella la que asintió, sino que fue la otra señora, la de hacía veinte años. ¡Qué locura! Ahora no era capaz de determinar si quería o no que él fuera. ¿Le odiaba o le deseaba? Era esa la pregunta.

Y entonces oyó una cerradura, un cerrojo que resonaba doblemente en el piso de abajo, y luego pasos firmes en la escalera. La señora se apartó aterrorizada. La puerta se abrió de golpe, como si la empujara un viento violento. Pero ella seguía sin ver nada, porque el vestíbulo estaba tan oscuro como su habitación. De la negrura surgía una voz vibrante, alegre y susurrante:

—¿Estás ahí? ¿Te escondes de mí? ¡Ven, Subh, querida mía!

La señora dio un paso atrás, aterrorizada; aunque reconstruía en su mente y reconocía a la persona que ahora, todavía oculta, le hacía frente y la llamaba.

—¡No te acerques a mí! —rogó sin fuerzas en la voz.

Él irrumpió impetuoso, envuelto en una energía invisible que estaba hecha de deseo bestial, pero sus movimientos se contenían haciéndose delicados. Ella se encontró en la oscuridad con su cuerpo, con su pecho, con sus brazos, y su cara chocó contra la barba espesa y perfumada.

—No, no, no es posible… —repetía ella en un susurro, mientras trataba de zafarse del abrazo y retroceder.

Pero él la besaba enloquecido, sin saber muy bien dónde, en las mejillas, en la cabeza, en el pelo, en el cuello y en el pecho; por todas partes… Y la señora cedía, se ablandaba y ardía, impelida por una suerte de visión interna que reconocía ese cuerpo de hombre de la cabeza a los pies, y ese fuego bienoliente que la envolvía por delante y por detrás; reconocía el perfume elegante de sándalo y su fuerte aroma la transportaba, como si los años transcurridos no hubieran existido, y como si fuera de nuevo una mujer joven, casi una muchacha, que hubiera pasado de repente del exilio lejano de su vida de ahora a la palpitante vida de antes, cuando él la abrazaba y la besaba de esa misma manera…

Perdió la razón la señora y empezó a balbucear, apretando sus suaves labios contra la barba perfumada.

—Has venido. ¡Eres tú! ¡Qué bien! ¡Cuánto te he echado de menos!

15

El jardín estaba vacío y en sombra, pero hacía todavía mucho calor. En alguna parte, el viejo perro de la señora esperó hasta ese preciso momento para romper su silencio con el ronco ladrido de la tarde. Luego apareció por allí, con pasos cansinos, y asomó el hocico canoso por entre las matas de romero. El cadí Raíg al Mawla sintió mucha lástima al ver que miraba hacia arriba con ojos asustados, como una persona, y le habló convencido de que podía entenderle.

—Eres el único ser de esta casa en quien se puede confiar; el único sensato.

Y después de decirle eso, se aproximó a él y le estuvo acariciando el lomo. El perro jadeaba ruidosamente y meneaba el rabo sin demasiado entusiasmo; hasta que, de pronto, lanzó una mirada lánguida hacia unos arbustos, delatando con ello la oscura silueta de alguien que estaba oculto tras ellos.

—¡Sisnán, sal de ahí! —exclamó el cadí—. ¡Te estoy viendo! ¿Por qué tienes que estar siempre espiando? ¡Hazte visible, hombre!

Sisnán salió tímidamente y se quedó a distancia, diciendo:

—No me escondí para espiarte. Solo quería ver si estabas enojado.

—Pues lo estoy —contestó el cadí—. Procuro tener paciencia, pero no sé qué habilidad tenéis para acabar exasperándome siempre.

Sisnán avanzó unos pasos, diciendo taciturno:

—Me duele mucho eso que le has dicho al perro.

El cadí clavó en él una mirada intensa y le recriminó:

—Acabas de decirme que no estabas espiando.

—Lo oí sin querer. Llegaba justo en ese momento. Es triste saber lo que piensas… ¿De verdad consideras que no se puede confiar en ninguno de nosotros?

Al Mawla suspiró y oró con exasperación:

—¡Oh, Señor de los cielos y la tierra!

Se hizo un silencio triste y doloroso, en el que ambos se miraban, hasta que Sisnán se llevó la mano al pecho y manifestó:

—Yo al menos trato de hacer las cosas lo mejor que puedo. Si luego las cosas no salen bien, ¿qué culpa tengo yo? Intenté persuadir a tu hermana de que no se fuera con el hayib Almansur a la munya. Pero ella no atendía a razones. Alá es testigo, Alá es testigo…

El cadí resopló moviendo de lado a lado la cabeza y caminó hasta la fuente. Se estuvo refrescando la nuca, la frente y los brazos, mientras decía con seriedad:

—Me puedo imaginar todo lo que ha pasado. ¡Y qué odioso es tenerlo que imaginar!… Porque conozco a mi hermana y sé lo testaruda que es… ¡Terca como una mula! Yo sé lo que pasa y es doloroso tenerlo que saber. Ese demonio de Abuámir es superior a todas las fuerzas de la señora… ¿Qué poder no ejercerá sobre ella para haber logrado sacarla de aquí? ¡Qué poder!, cuando la señora no quiere ir ni siquiera a Medina Azahara…

Después de estas palabras, Al Mawla se quedó como en suspenso, dubitativo; luego añadió:

—Por cierto, ¿sabe algo de esto mi sobrino?

—El califa está lejos de Córdoba —respondió Sisnán—. Hace un mes que se marchó a Berbería a cazar leones.

El cadí le miró sin hablar, mientras el eunuco se apresuraba a añadir:

—La señora no se hubiera atrevido a irse sola con el hayib si su hijo hubiera estado en Córdoba. Es terca, señor Al Mawla, pero tu hermana no es tan desvergonzada…

—¡Se hubiera ido de igual manera a la munya! —repuso sin vacilar el cadí—. Al califa le importa un comino su madre. ¡Lo sabes de sobra!

Sisnán suspiró con cierto apuro y contestó:

—Tal vez. Pero no se hubiera ido si hubiera estado aquí el gran chambelán Al Nizami.

Al Mawla le miró muy serio y preguntó:

—¿Cómo está ese viejo loco? ¿No acaba de morirse de una vez?

Sisnán se rio con ganas. Luego cerró los ojos y pasó largo rato reflexionando.

—¡Contesta! —le apremió el cadí—. ¿Cómo está Al Nizami? ¿Todavía se empeña en seguir vivo para controlarlo todo?

—No sé si debería decirte esto… —balbució el eunuco con nerviosismo.

—¡Dilo ya! No me andes con rodeos. Sé que estás deseando soltarlo.

Sisnán se acercó a la fuente y bebió un sorbo de agua del chorro. Después comenzó diciendo:

—Fuimos a ver al gran chambelán…

—¿Quiénes? —le preguntó con sequedad el cadí—. ¿La señora también?

—No. Ella no sabe nada de esto. Fuimos Chawdar y yo…

—¿Y con qué fin?

—Chawdar consideró que debía informar a Al Nizami de lo que estaba pasando. Además, ya sabes que esos dos no son capaces de hacer nada el uno sin el otro. Cuando la señora se fue con el hayib Almansur, Chawdar se quedó sin saber qué hacer y pensó que necesitaría el consejo del otro viejo fata…

—¿Y qué le dijo Al Nizami?

Sisnán rio algo apurado y respondió:

—Esas cosas misteriosas de ellos… Ya sabrás a qué me refiero…

—¿Qué cosas? ¡Habla claro!

El eunuco tragó saliva y volvió a beber del chorro de la fuente. Tras lo cual, murmuró:

—Al Nizami dijo que debíamos ir a ver al brujo.

—¡¿Al brujo?! —exclamó con violencia Al Mawla—. ¡Malditos viejos locos!

El eunuco se le quedó mirando fijamente, en silencio, apreciablemente aterrorizado, hasta que bajó la mirada confundido y murmuró en un tono desesperado:

—Pero, gracias a Alá, todavía no hemos ido. Íbamos a ir mañana precisamente. Pero, ahora, no sé qué pasará… A mí me da pavor ir… ¡Me aterra el brujo!

El cadí dio un sonoro suspiro y dijo:

—Lo siento por Chawdar, pero ojalá haya enfermado después de caerse al estanque. Lo único que nos faltaba ahora es que esos viejos fatas chiflados mezclen sus brujerías y sus supersticiones con el asunto que tenemos entre manos… ¡Con lo que nos estamos jugando! Prefiero que la señora se haya ido a la munya con Abuámir a que ese asqueroso y diabólico mago meta sus narices en el plan.

16

Por la mañana temprano, ya se había hecho completamente de día y una bellísima luz ambarina bañaba el patio central de la munya. Un ligero vapor flotaba por encima de los vasos llenos de leche caliente; había una torta de harina medio aplastada, de la que salía el relleno de miel, y un puñado de ciruelas secas, brunas, arrugadas y brillantes. La señora, con los brazos desnudos acodados sobre la mesa y la barbilla apoyada en sus dedos entrelazados, contemplaba un ramillete de flores que ella misma había cortado en el jardín un rato antes. El pelo grisáceo, abundante y largo, le caía sobre los hombros y la espalda. Sus ojos brillaban, tristes y perdidos. Se echó a llorar y se tapó la cara con las manos.

Una criada, que no le quitaba la vista de encima ni un momento, acudió enseguida, la abrazó por detrás y le dijo amorosamente:

—Señora, mi señora…, no llores.

Ella suspiró hondamente, e hizo un gran esfuerzo para calmarse. Pero no pudo detener un sollozo entrecortado, un tanto frágil y ronco, que de vez en cuando se convertía en gemidos, imprecaciones y quejidos de dolor y rabia.

—Ya, señora, ya —murmuraba la criada, besándola en la frente—. Tú eres fuerte, mi señora. Tú no lloras…

Apareció Abuámir por la puerta que daba al atrio. Su rostro

estaba pletórico, sonreía e hinchaba el pecho, como si fuera el hombre más feliz del mundo. Pero, cuando la vio en ese estado, su expresión se tornó sorprendida y luego se ensombreció, preguntando:

—¿Qué pasa aquí? ¿Por qué lloras, Subh?

Un intenso rubor bañó la pálida tez de la señora. Enseguida, arrebató el velo que llevaba la criada sobre la cabeza y se cubrió la cara con él.

—¡Eh, mujer! —exclamó Abuámir—. ¿A qué viene esto?

Fue hacia ellas con ímpetu, apartó a la muchacha y trató de abrazar a la señora. Pero Subh, poniéndose rápidamente en pie, intentó huir de él, diciendo:

—¡Suéltame! ¡Son cosas mías!

Abuámir la atrapó con facilidad, rogándole:

—¡Ven aquí! ¿Qué sucede? ¿Te hice algo que te ofendió? ¡Perdóname! Anoche se te veía tan feliz…

—¡Déjame marchar! —suplicó ella volviendo a llorar—. ¡Deja que esté a solas con mis sentimientos y mi vergüenza!

—¿Vergüenza? —replicó él—. ¿Vergüenza de qué? ¡No hay nada de lo que avergonzarse! ¡Deja que te abrace!

—¡Suéltame! —gritó la señora con los ojos anegados en lágrimas—. ¡Tú te crees que tienes derecho a poseer cuanto hay en este mundo! ¡Cómo te equivocas! ¡No te pertenezco! ¡Yo no te tengo miedo!

Su llanto se volvió frenético. De nuevo intentó escapar de las manos de Abuámir, y él se vio obligado a poner sus brazos alrededor de sus altos y esbeltos hombros, estrechándola, tratando de tranquilizarla. Hubo un forcejeo. Pero, poco a poco, la señora se fue calmando y levantó sus ojos azules, centelleantes de lágrimas, para mirar en los de él.

—Déjame un momento —dijo apartándolo de sí con suavidad—. Te he dicho que son cosas mías… Quisiera salir sola al jardín para reflexionar…

Abuámir la soltó contestando:

—Me preocupa verte así… No sé qué de malo he podido hacerte yo.

La señora bajó los párpados y él comprendió que debía dejarla sola. Pero, antes de salir, se volvió e hizo un esfuerzo para ofrecerle una sonrisa conciliadora. La señora contestó con otra sonrisa, tan triste y lánguida que le tocó el corazón.

Por la tarde, estaban echados el uno junto al otro en la habitación más alta del palacete, que estaba en el último piso de la torre. Desde la ventana abierta podían contemplar la maravillosa visión del campo infinito; se dibujaba el perfil azulado de las sierras, y más allá, donde la vista no podía distinguir en el horizonte el campo del cielo, centelleaba el fuego del ocaso. Eran saludados por una fragancia cálida del verano, que se unía a la mezcla de perfume y de sudores que los envolvía. Se abrazaban de vez en cuando, se besaban, y Subh no podía dejar de mirar el cabello gris, revuelto, de Abuámir, como tampoco sus ojos negros, sus pestañas, su piel saludable a pesar de la edad… Y, entre la suavidad de unas sábanas de seda pura, él desabrochaba el vestido purpúreo de la señora, y besaba con pasión sus hombros, mientras ambos guardaban silencio, y solo sus miradas destellaban; y ella se estremecía, gemía, suspiraba, cuando la piel de su pecho desnudo empezaba a templarse con el contacto de sus labios y el aire ardiente que entraba por la ventana…

Más tarde, les dio por hablar y acabaron recordando muchas cosas que habían vivido juntos. Como si le contara travesuras infantiles, ella le refería la emoción que sentía cada vez que él iba a verla y las artimañas que tenía que usar para que los eunucos no descubrieran lo que había entre ellos. Tenía que disimular durante días, a todas horas; delante de los fatas, con su esposo y con sus hijos. No fue fácil llevar aquella doble existencia. Pero, aun siendo la suya una historia aparentemente muy triste, en sus ademanes, en sus palabras y hasta en el timbre mismo de su voz animosa resplandecía una jubilosa audacia.

Abuámir la escuchaba, con sus enormes ojos muy abiertos, en silencio, abrumado por el profundo contenido de aquella sencilla historia de una mujer que amaba y que, durante algunos años, con resignación, se había sentido obligada a aguantar una vida que no le pertenecía.

—Todo eso sigue dentro de mí —concluyó la señora en voz queda, bajando la cabeza—. Y me parecía que por tu culpa me convertí en la criatura más desdichada de la tierra...

Él la miró negando con la cabeza y luego replicó:

—Tampoco fue fácil para mí. No te creas que no tuve mis dificultades y mis miedos. Algunas noches me despertaba de repente después de haber tenido terribles pesadillas: soñaba que nos descubrían, que me torturaban y que acababan cortándome la cabeza...

De manera inesperada, Subh se echó a reír.

—Eso no me lo contaste nunca —dijo divertida.

—¡Cómo te lo iba a contar!, te hubieras aterrorizado.

17

Delante de la tienda de Umar Efendi, el perfumista, la vieja y retorcida higuera ofrecía una generosa sombra; pero proporcionaba una atmósfera tan densa y sofocante que en nada mitigaba el calor de aquella tarde. Un sol que era pura llama se iba derrumbando sobre la ciudad, aplastando a todos los seres y levantando vahos irrespirables en los callejones del Zoco Grande, tan saturados, tan atestados de gentes sudorosas y somnolientas. El comentario era general:

—¡Qué días estamos teniendo!

Refugiados en un rincón, buscando el fresco que la higuera no era capaz de ofrecer, estaban sentados uno junto al otro Farid al Nasri y el poeta Abdel al Araj, a quien todos conocían como Abdel el Cojo. Habían terminado de beber agua con un poco de miel y albahaca y este último decía:

—Adivino en el fondo de tus ojos una curiosidad tan grande que casi no te deja dormir.

Farid sonrió y dijo con afecto:

—Amigo mío, Abdel, no hace mucho que tú y yo nos conocemos, pero pareciera que somos amigos desde siempre… Sabes leer todo lo que hay en mi alma, y te aseguro que hasta me da miedo pensarlo.

El Cojo, incrédulo, hizo un gesto con la mano.

—¡Anda ya! ¡No exageres! Ya me gustaría a mí leer tus pensamientos. Es verdad que te aprecio, no lo ocultaré, pero tú eres un joven demasiado libre y complejo como para que alguien sepa todo lo que pasa por esa bonita y loca cabeza. Así que, por favor, aparta las exageraciones sentimentales y dime de una vez qué te movió a buscarme con tanto interés.

—Quisiera que me contaras algunas cosas —respondió Farid sin ocultar su interés.

—¿Ves tú? Se trata de pura curiosidad —dijo Abdel, fastidiado, dándose una palmada en el muslo—. Simplemente quieres que te cuente algún cotilleo... Cuando resulta que yo, tonto de mí, me había hecho algunas ilusiones; y mi corazón albergaba la esperanza de que tal vez deseases pasar una de esas noches de verano, entre vino y poesía, en esta Córdoba nuestra, que enloquece de felicidad y riqueza después de las últimas victorias del hayib Almansur.

Farid soltó una carcajada y le traspasó con una mirada, con la que le manifestaba que no sabía determinar si esto lo había dicho en serio o en broma.

—Anda, no te rías de mí —le pidió—. Aunque, si te parece bien, podemos hacer una cosa y la otra: nos vamos por ahí de juerga y nos hartamos de vino y poesía; pero tú me cuentas eso que quiero saber...

Abdel el Cojo era unos veinte años mayor que Farid y ya empezaba a tener apariencia de hombre anciano, a pesar de vestir como un joven; lucía una túnica blanca floja y holgada, de fino lino, que envolvía su corpulencia con infinitas arrugas y pomposos pliegues; sonreía con desdén e ironía, con su cara llena, sonrosada, y unos labios carnosos, rojos y siempre húmedos; la frente amplia, perlada de sudor, descendía desde la línea del pelo canoso, rizado y en retirada sobre la gran cabeza redonda. Se echó hacia atrás y miró con cierta expectación mezclada de cautela, preguntándole:

—¿Me propones una noche de desenfreno como la de aquella

vez? ¿Dos poetas borrachos bajo la luna que incluso se atreverían a cantar y danzar?

—Sí.

—¿Lo has pensado bien, muchacho? Sabes que, metido en faena, tengo mucho aguante… ¿Estás dispuesto a seguirme hasta el final?

—Estoy dispuesto.

Abdel le traspasó con una mirada recelosa y continuó con sus preguntas.

—¿Y no te enfadarás conmigo si hago alguna tontería de las mías?

—No me enfadaré, te lo prometo.

—Te recuerdo que la última vez acabaste avergonzándote y me dejaste solo en la taberna del Pozo Azul.

—Esta vez será diferente. Aguantaré hasta el final.

El Cojo suspiró muy hondo y, sin dejar de mirarle, exclamó:

—¡Insoportable destino! ¡No puedo!

Farid preguntó estupefacto:

—¿Qué quieres decir? ¡A qué sales con eso ahora! ¿Cómo que no puedes? ¿Te burlas de mí?

—Es la pura verdad: no puedo salir esta noche.

—¿Y por qué no? Parecías tan interesado hace tan solo un instante ¿y ahora me dices que no puedes ir de juerga?

El Cojo se quedó pensando un tiempo lo que iba a contestar, mientras su semblante se ensombrecía. Luego murmuró con aire triste:

—Tengo diarrea.

—¡Anda ya! —replicó Farid—. ¡Déjate de bromas!

—Hablo en serio. ¡Qué más quisiera yo! Llevo tres días soltando caldo por el culo; tanto caldo que hasta lo tengo escocido. ¿No te has dado cuenta de lo pálido que estoy? Como para beber vino y hartarme de comer cordero estoy yo…

Farid sonrió burlón y dijo:

—Pues no has ido ninguna vez a aliviarte desde que estamos juntos. Si estuvieras tan malo, habrías tenido que ir a las letrinas…

Abdel contestó secamente:

—Ir o no ir no es decisión mía. Mi culo ha tomado la determinación de hacer lo que le da la gana. ¡Qué sufrimiento! Si supieras la de veces que me lo he hecho encima…

Farid se había quedado desconcertado. Calló durante un rato con la cara adusta y luego dijo:

—No puedes imaginar lo raro que me parece que no quieras ir de juerga. Tú precisamente que siempre estás dispuesto. ¡Con lo que tú eres!

El Cojo suspiró otra vez y replicó:

—¡Te digo que no es cosa mía! ¡Es mi culo quien manda ahora en mí! ¡Qué más quisiera yo!

Farid le echó una mirada especial y le rogó:

—Pues entonces, ya que no podemos entregarnos hoy a esa noche loca de vino y poesía, al menos cumplamos con la otra parte del plan…

—¿Qué parte es esa?

—Esa en la que tú me has de contar algo.

—¡Ni hablar! —contestó Abdel irritado—. No voy a satisfacer tu curiosidad si tú no me acompañas a la diversión.

—Pero… ¡si eres tú el que no quieres!

—¡Yo sí quiero! ¡Es mi culo el que no me deja!

Farid le echó una mirada escrutadora y acabó exclamando iracundo:

—¡Mira que eres un hombre raro! ¡Estás más loco que una cabra!

—¡¿Y tú me dices eso?! —le gritó el Cojo iracundo—. ¡Tú sí que eres raro! ¡Un egoísta es lo que tú eres! ¡Te digo que tengo diarrea y te enfadas!

Farid resopló y sacudió la cabeza con exasperación. Luego dijo:

—Bueno, bueno, tengamos calma.

—Yo estoy bien tranquilo —repuso Abdel—. Eres tú el que está nervioso y lleno de curiosidad.

Cambiaron ambos una mirada pesada, sombría, siniestra. Pero después Farid propuso:

—¿Y si lo dejamos para mañana? ¿No estarás mejor mañana?

—No lo sé. Pregúntale a mi culo.

—¡Ay, voy a perder la razón!

—Yo ya la he perdido.

—¡En fin! —zanjó la cuestión Farid, poniéndose de pie—. Si no me vas a contar eso…

—Te lo contaré cuando podamos salir de juerga.

—Espero que te mejores pronto.

—Eso lo espero yo más que tú.

Abdel también se levantó y se llevó las manos a la barriga, con un gesto tan apurado y una cara tan descompuesta que le hizo preguntar a Farid:

—¿Un apretón?

—¡Sí! ¡Tengo que irme o me lo haré aquí mismo!

—¡Corre! —le gritó Farid—. ¡Entra en la tienda de Umar y alíviate!

El Cojo se dio media vuelta y partió resoplando. Su cuerpo grande se bamboleaba bajo la túnica al ritmo de su cojera, mientras se perdía tras la cortina por el interior de la tienda del perfumista.

Farid se quedó allí, mirándole, apoyado en una de las ramas de la higuera. Pero, antes de que desapareciera del todo de su vista, le gritó:

—¡Que te mejores! ¡Y cuando se te pase la diarrea, házmelo saber!

Después volvió a sentarse, confundido y teniendo una extraña sensación, mezcla de hilaridad y frustración. Pasó mentalmente revisión al absurdo diálogo que acababan de tener. El Cojo era un hombre contradictorio, de ánimo disparatado y costumbres estrambóticas; pero nada de eso impedía que fuese considerado el poeta más talentoso de todos los que por entonces vivían en Córdoba. Desde hacía años, ese talento le había proporcionado dinero y la posibilidad de acercarse a los hombres más poderosos. Para

Farid había supuesto una gran suerte conocerle y esperaba que su amistad acabara reportándole algún beneficio. Pero, hasta el momento, Abdel no le había permitido participar de los círculos privados donde ofrecía su ingenio a cambio de buenas ganancias. En esto el Cojo era un poco tacaño. O tal vez estaba poniéndole a prueba. No ocultaba que Farid le atraía mucho y que valoraba en sumo grado su compañía, pero no estaba dispuesto a compartir con él su fama y su selecta clientela. Tal vez temía que el joven poeta egipcio le acabara usurpando su gloria. De momento, prefería encontrarse siempre con él a solas.

18

Dos preciosos caballos blancos aguardaban en el jardín. Abuámir estaba revisando las sillas de montar, cuando la señora salió de la casa, sonriente, exclamando:

—¡Dios de los cielos! ¡Qué hermosura!

Él se dio media vuelta y su agradable cara brilló de verdadero placer al verla tan contenta.

—Me alegro de que te gusten, querida mía. Uno de ellos es para ti y el otro para el califa.

Ella se acercó y estuvo acariciando el cuello de los animales, mientras preguntaba:

—¿Para qué los has ensillado? ¿Están domados?

—Son mansos y dóciles —respondió él sonriendo—. No le regalaría al califa y a su madre algo que pudiera causarles daño. Yo mismo los estuve domando durante las pasadas semanas. De verdad te digo que esperaba con ansiedad este momento... ¡Deseo haceros felices! Y no sé ya cómo puedo complaceros. Créeme si te repito una vez más que os amo como a mi propia familia.

La señora frunció el ceño y le lanzó una mirada llena de suspicacia. A lo que él, visiblemente entristecido, añadió:

—Nunca me crees cuando te digo estas cosas. Hace muchos años que desconfías de mí. ¿Y qué podré hacer ante eso?

La luz de mediodía brillaba sobre la piel de los caballos y hacía que parecieran de seda. La señora le habló con dulzura a la oreja a uno de ellos, preguntándole:

—¿Le fue tan fácil robaros el corazón a vosotros? ¿Consiguió que os entregarais a él pronto y sin condiciones? ¿Acaso no sabíais que es un seductor? ¡Cuidado! Tiene mucho poder...

Abuámir forzó una carcajada y luego observó vagamente:

—No los malees, mujer. Es pecado confundir a los caballos. Son animales nobles que nacen sabiendo dónde está la verdad.

La señora suspiró. Quiso cambiar de conversación y propuso:

—Podríamos dar un paseo. La verdad es que me apetece mucho cabalgar por las orillas del río. Y así podré ver si de verdad estas bellezas son tan manejables y dóciles como dices.

Abuámir sonrió complacido y le entregó las riendas de uno de los caballos. Ella puso el pie en el estribo y montó con un hábil movimiento, sin ninguna dificultad.

—¡No he conocido mujer que monte como tú! —exclamó él.

A la señora pareció gustarle ese cumplido y, elevando al cielo una mirada soñadora, manifestó con alegría:

—Montar a caballo me hace sentirme joven.

—Es verdad —afirmó Abuámir—. No hay nada que se le parezca. Ninguna sensación conlleva tanta liberación como cabalgar. Dicen los sabios teólogos que en el paraíso habrá suficientes caballos para que podamos disfrutar de ellos eternamente.

La señora rio y repuso con ironía:

—No creo que a los hombres os importen allí los caballos más que esas sensuales mujeres que os tienen prometidas si llegáis a entrar en el paraíso.

Abuámir montó de un salto y contestó:

—¡Ah, te acaba de salir el alma cristiana! No puedes evitarlo todavía. Veo que todos los años pasados aquí no han ayudado a que acabes de creer en las verdades del Profeta. Y son muchos años...

La señora replicó airada:

—¿Me estás llamando vieja?

—¡No he mencionado esa palabra! Y no se me ocurriría usarla contigo, puesto que tú y yo tenemos aproximadamente la misma edad. Si te considerara anciana estaría diciendo lo mismo de mí.

Ella no entendió lo que quería decir, pero de repente se dio cuenta de lo ridículo de la situación y, riéndose, arreó su caballo, que comenzó a avanzar con suavidad hacia la salida del jardín. Abuámir fue tras ella, y ambos se adentraron por la arboleda. La puerta crujió al abrirse. Un lacayo les hizo una señal y se inclinó a su paso, mientras salían a campo abierto. Después la señora fustigó a su caballo y cabalgó a galope tendido por el camino desigual. Su pelo suelto y plateado se agitaba, dándole un aire un tanto salvaje. Abuámir la persiguió, feliz al verla tan decidida y tan satisfecha; y mientras lo hacía, no pudo evitar el recuerdo: aquella cabellera encanecida que brillaba un día fue una mata dorada como el más puro trigo, sorprendente y deseable, como todo su cuerpo, que le atraía entonces hasta hacerle perder la razón.

Cuando la señora hizo que su caballo corriera demasiado, él se asustó y espoleó al suyo para darle alcance. Hicieron un largo recorrido por un terreno llano y polvoriento, en una persecución que terminó frente a un terraplén que descendía abruptamente. Ella vaciló y tiró de las riendas. El caballo se detuvo bruscamente y la hizo caer resbalando por las ancas.

Al verlo, Abuámir se temió lo peor y empezó a gritar:

—¡Alá de los cielos! ¡Cuidado!

Llegó junto a ella, pálido, horrorizado; descabalgó y fue a auxiliarla. Pero la señora sonreía, sentada en el suelo, tosiendo entre una nube de polvo.

—¡Estoy bien! No me duele nada…

—¡Qué locura! Estos caballos son dóciles, ¡pero no dejan de ser purasangres! Si les sacas el nervio pasa esto. ¿Cómo se te ocurre…? ¡Ya no eres una muchacha!

Ella se levantó y le miró esbozando un mohín malicioso. Decía:

—¿Ves como al final, de una manera u otra, tenías que acabar llamándome vieja? ¡Es lo que en el fondo piensas!

—¡Calla, insensata! ¡Me has dado un susto de muerte!

Abuámir la observó atentamente con preocupación. Ella no tenía ni un solo rasguño. La ayudó a levantarse del suelo, preguntando:

—¿Querrás montar otra vez?

—¡Claro!

Un rato después volvían a cabalgar, pero ahora al paso. La luz de la mañana caía sesgada, haciendo refulgir el camino en un tono rojizo, como si de fuego se tratase. Las hojas de los árboles brillaban muy quietas y los guijarros de las corrientes lanzaban destellos semejantes al metal pulido. De vez en cuando alzaban el vuelo los extraños patos silvestres, escandalosos; o alguna garza, por contra silenciosa, que se perdía como una sombra gris en la espesura. El río fluía tranquilo, plateado, en su cauce amplio, flanqueado por juncos y álamos. Los pescadores echaban las redes desde sus barcas y las lavanderas apaleaban la ropa sobre la hierba en la orilla. Rebaños de cabras regresaban a los apriscos, conducidos por escuálidos muchachos de piel oscura.

El rostro de la señora brillaba por el sudor. Sonreía ella extrañamente, con la mirada perdida en el horizonte.

—¡Qué recuerdos! —exclamó de pronto—. Ya casi había olvidado estos campos y lo bonito que es el paso del río por esta parte de la campiña.

Abuámir quería que ella hablase, que manifestase sus sentimientos o se desahogase si guardaba en su corazón recelos y rencores antiguos. Pero ella nunca fue muy locuaz, y mucho menos lo iba a ser ahora, después de todo el tiempo que había pasado. No dijo nada más y eso a él volvió a desconcertarle. Entonces él se vio obligado a decir algo, y acabó soltando el primer pensamiento que le vino la cabeza.

—Sí, qué bonitos recuerdos —dijo—. Solíamos cabalgar por aquí. Cuando eran niños, a tus hijos les encantaba. Íbamos hasta las orillas que hay más adelante y luego nos bañábamos...

Abuámir calló de repente, al darse cuenta de que había dicho algo improcedente. Ambos se miraron, compartiendo el mismo recuerdo. Un poco más allá, en esas orillas a las que se refería, había sucedido una gran desgracia: el mayor de los hijos de Subh y del califa, Abderramán, que por entonces tenía apenas ocho años, había cogido una grave insolación que al final acabó con su vida. Había sido un descuido, aunque en cierto modo se trataba de algo natural, pues el único sol que les había dado en años a los príncipes era el que entraba en los jardines de los Alcázares, y siempre filtrado por la espesura de los árboles. Sufrieron pues los dos niños grandes escalofríos, vómitos y dolor de cabeza. Hixem, el actual califa, sanó; pero a Abderramán, que como su madre era de piel mucho más clara, la insolación se le complicó con una tos persistente y una fiebre que no terminaba de írsele, y murió finalmente en el palacio unos días después.

Abuámir, por eso, se vio obligado a disculparse por haber dado pie a que ella recordara aquel triste suceso.

—No he querido entristecerte —dijo—. Perdóname...

—No has dicho nada improcedente —repuso la señora—. Lo que Dios quiere pasa, lo que no quiere no pasa.

Siguieron cabalgando en silencio a partir de ese momento, hasta tomar una desviación, y se apartaron del camino que iba paralelo al río. El nuevo sendero siguió al principio el linde de un boscaje y luego pasó junto a unos cerros completamente cubiertos de arbustos; atravesaron manchas de almendros jóvenes y olivos, con algunas encinas viejas, altas y nudosas, que se alzaban solitarias en los claros donde no hacía mucho se habían talado otras. Después la pendiente se hizo más dura al ir aproximándose a una pequeña aldea de pastores, cuyas casas rojizas se apiñaban, como perdices asustadas, sobre la colina, hechas de pobres muros de adobe que las últimas lluvias habían deshecho y que caían como montones de barro seco ladera abajo.

Dubitativo, Abuámir dijo:

—Deberíamos regresar ya a la munya.

—¿Por qué? —replicó ella—. ¿Temes que pueda sucedernos algo por aquí?

—No. Pero se hará tarde a la vuelta.

—Y qué importa. Me siento muy a gusto cabalgando.

—Pues eso es lo único que me importa a mí, que seas feliz. Así que, si no tienes apetito y no estás cansada, podemos continuar un rato más.

Finalmente decidió seguir hacia arriba. Rodearon los derruidos muros y doblaron hacia el sur, pasando frente a una muralla más sólida, de pura piedra, que defendía la empinada subida a una vieja fortaleza. Mirando hacia la altura, Abuámir comentó:

—Los antiguos dueños de Córdoba, que poseían estas tierras antes de que llegáramos los fieles a Mahoma, solían venir a cazar a estos terrenos y se hospedaban ahí arriba. Siempre he pensado que todas estas ruinas deberían reconstruirse. Le preguntaré al califa si desea que le preparemos aquí una residencia para su descanso. Mira, hay una vista preciosa de la ciudad y del río.

Ella miró y contestó:

—El califa hará cualquier cosa que tú le digas. Sabes sobradamente que su voluntad es la tuya.

Él puso en ella una mirada interpelante.

—Eso lo has dicho a mala idea.

—Lo he dicho y basta.

Comenzaron a descender dejando la muralla a sus espaldas. El camino transcurría ahora por delante de unos graneros de piedra cubiertos con tejas rojas. En esa parte las construcciones eran muy antiguas y tenían un aire pesado y sombrío, parecido al de unos cuarteles de invierno. Pero más abajo se divisaba un extenso vergel que brillaba muy verde en el lugar donde brotaban unas fuentes.

—Todo esto lo mandó edificar el primer omeya, Abderramán I, que venía de los desiertos y se quedó maravillado de todo lo que podía hacerse en un lugar tan templado y ameno como este.

Entraron al recinto por una menuda puerta del muro y llegaron a unos huertos muy bien arreglados. Allí encontraron palmeras, granados, higueras y manzanos, que se encontraban alineados o crecían en desorden entre pequeñas parcelas cultivadas con todo tipo de verduras. Entre los árboles se podía ver, pasando casi desapercibido sobre un montículo, un viejo edificio, cuadrado y macizo, y un conjunto de pequeñas casas adosadas a él.

—Los califas ya no vienen aquí —explicó Abuámir con un rictus amargo en su expresión—. Antes era su lugar preferido de recreo. Según me dijeron, pasaban aquí los veranos enteros. Ya ves qué frondoso está, merced a las fuentes, esta tierra es buena, generosa y fértil; produce todo tipo de frutas y el clima es más fresco que en Córdoba.

La señora conocía todo aquello y le vinieron a la memoria días felices pasados allí. Lo encontraba igual, a pesar de los años transcurridos desde la última visita. Los huertos, dotados con pequeñas albercas repletas de agua limpia, eran tal y como los recordaba; todo seguía en su sitio: el asno dando vueltas a la noria, la estrecha avenida con emparrados que conducía a una compacta torre, las acequias corriendo y el fondo parduzco de los muros matizado por el verde de las hiedras. Reconocía aquel paraíso familiar, cuya naturaleza era tan amable.

Al momento acudieron los hortelanos y se echaron al suelo, reverentes, aterrorizados y silenciosos. Se habían dado cuenta de quiénes eran aquellos visitantes y hasta temblaban por su presencia inesperada.

La señora les sonrió y les dijo palabras amables. También les prometió que enviaría algunos presentes y les preguntó si tenían problemas o necesidades, a lo que ellos se mostraron sumisamente agradecidos.

Y más tarde, cuando recorrían de nuevo solos un estrecho sendero que transitaba por la sierra, Abuámir le preguntó a ella:

—¿De verdad te alegras de haber venido?

—Sí, mucho. Y no pienses que siento pena o nostalgia al ver todo esto. Los paisajes, las gentes, el aire…; todo aquí me evoca momentos muy felices. Me acuerdo de que el califa Alhaquén esta ba siempre deseando venir, pero sus muchas ocupaciones no se lo permitían. Y cuando por fin veníamos, se pasaba el día entre los huertos como un hortelano. A él no le gustaba cabalgar y le fatigaba mucho andar por los montes. No iba de caza ni le gustaban los halcones.

—A él solo le gustaban los libros —observó Abuámir—. Me resulta muy curioso saber que también disfrutaba cultivando verduras.

Los dos se echaron a reír. Y luego dijo la señora:

—A mí en privado me llamaba siempre con el nombre masculino de «Chafar». ¿Te acuerdas?

—Claro que me acuerdo. Cuando ibas a caballo formando parte de su séquito al lado de tu hermano Eneko, nadie sabía que eras una muchacha.

—Todo eso empezó, precisamente, en este mismo lugar. Yo tenía trece años y el califa me vio montar a caballo. ¡Nunca en su vida había visto a una mujer encima de un caballo de guerra! Le asombró tanto que, desde ese día, quiso que yo cabalgara junto a mi hermano gemelo delante de él en la comitiva que le acompañaba cuando atravesaba la ciudad. Pero temió que eso pudiera escandalizar a los ulemas más fanáticos, por lo que decidió que me vistieran de muchacho, como al resto de los pajes. Así que los chambelanes mandaron que me cortasen el pelo y que me hiciesen un traje a medida.

Abuámir se quedó durante un rato mirándola en silencio, entre admirado y compadecido. Luego le preguntó:

—¿Eras feliz en esa época de tu vida?

—¿Por qué me preguntas eso ahora?

—No lo sé…, tal vez porque nunca lo he sabido. Nunca hablábamos de ello…

Ella meditó antes de contestar.

—Sí, creo que fui feliz; en cierto modo lo fui. Aunque no fue así al principio. A mi hermano y a mí nos arrancaron de nuestra tierra siendo todavía unos niños. Durante los primeros años nos acordábamos todo el tiempo de Navarra. Echábamos mucho de menos la libertad que teníamos allí, añorábamos a nuestra gente y nuestras costumbres… No le es fácil a un niño de apenas once años tener que empezar de nuevo en un mundo completamente diferente. Y si no lo es para un niño, mucho menos lo es para una niña aquí. Todo nos resultaba extraño, ajeno y amenazador. Pero luego el tiempo fue pasando… Y no voy a negar que fuimos tratados muy bien. Tuvimos la suerte de encontrar aquí a personas que nos amaban, nos cuidaban y se preocupaban de hacernos felices. Incluso veíamos ya lejana e irrecuperable nuestra antigua vida, porque sabíamos que se había quedado atrás con la infancia, y era imposible que volviéramos allí…

—Y luego el hijo y heredero del califa se fijó en ti para convertirte en su favorita. Eso suponía empezar a tenerlo todo.

—No, todo no —repuso ella, esbozando una extraña sonrisa, triste y segura a la vez—. Fue un privilegio, pero me quitó la poca libertad que me quedaba. Aunque ya había empezado a comprender yo que vivir no es fácil y que no se puede tener todo…

Abuámir temió que la señora se entristeciera y se echara a perder su plan de verla disfrutar con el paseo.

—Volvamos ya a la munya —propuso con firmeza—. La verdad es que tengo apetito. Encargué que nos prepararan un buen almuerzo y quiero saborearlo contigo sin que sea demasiado tarde.

Ella contestó, condescendiente:

—También yo tengo hambre. Este aire puro y este sol… ¡Gracias!

—¿Por qué me das las gracias?

—Porque necesitaba un día como este. Gracias por los caballos y por haber hecho que yo pudiera volver a montar. He sido feliz volviendo a ver todo esto y recordando… Así que no pienses que estoy triste o que añoro algo de lo que tuve entonces.

Él sonrió, llevándose la mano al pecho. Sus ojos estaban brillantes y a punto estuvieron de dejar escapar alguna lágrima.

Comenzaron a descender la pendiente en dirección a los llanos. El sol de verano estaba ya muy alto; las chicharras cantaban enloquecidas al calor y los campos secos refulgían dorados allá abajo, extendiéndose hasta las murallas de Córdoba.

19

El hamán de Bazaza, también llamado Baños del Pozo Azul, aunque pequeño, era considerado como algo especial. Tenía un bonito patio en el centro, rodeado por columnas de diferentes grosores, y todo en torno era una exuberancia de verdor, por las muchas macetas y jardineras, en las que crecían todo tipo de plantas. Pero no era este bosquecillo artificial lo que lo convertía en uno de los rincones más deseados de Córdoba, sino la maravilla de poseer en sus sótanos un pequeño aljibe, recubierto de mosaicos en tonos azules, siempre lleno de agua limpia y fresca, que nadie sabía de dónde manaba, y que permanentemente era renovada en un profundo y misterioso flujo bajo un lecho de arena clara e igualmente azulada. Envolvía el estanque una bóveda recubierta de estuco, bellamente decorada con pinturas de ramajes, flores y frutas, a la que las luces tenues de algunas lámparas bien colocadas le daban el aire de un verdadero espacio de embeleso. El lugar era tan privilegiado, tan caro, que muy pocos se permitían parar allí algunas horas.

Abdel el Cojo lo había reservado en exclusividad para disfrutarlo con Farid al Nasri. Lo que le había costado este capricho solo él lo sabía. Ambos estaban ahora metidos en el agua hasta el cuello, solos y en silencio, como en éxtasis, al verse liberados del opresivo calor que venía envolviendo la ciudad durante aquellos días. En la penumbra, las delicadas pinturas casi parecían auténticas enredaderas, y un goteo permanente, espaciado, casi melodioso, completaba el efecto de hallarse en el *summum* de la tranquilidad, la frescura y el placer. Lo cual le hizo murmurar a Farid:

—¡Ah...! ¡Gracias, gracias, amigo mío...! ¡Alá te pague haberte acordado de mí para traerme a este sitio!

Abdel sonreía de manera bobalicona, con sus ojos saltones medio cerrados y el pelo grisáceo, mojado, pegado a su redonda cabeza.

—Mi dinerito me ha costado —dijo—. Y no te diré cuánto, porque te asustarías.

—Me lo puedo imaginar. Porque estar nosotros solos y en paz, aquí los dos, en exclusiva... ¡es un privilegio!

Abdel se regocijó y rezongó:

—Lo es, en verdad lo es...

—Aunque no hacía falta que lo reservaras para nosotros solos. No me hubiera importado que otros bañistas estuvieran aquí. Y no habrías tenido que pagar tanto.

Abdel había tomado un buche de agua y tenía los carrillos abultados al retenerlo dentro de la boca. Lo fue soltando poco a poco, en un fino chorro, y luego contestó:

—¿Y cómo íbamos a hablar tranquilamente tú y yo si no? Aquí podremos conversar sin que nadie nos escuche.

Farid sonrió complacido. Su rostro, de rasgos templados y perfectos, estaba sereno y feliz. Sus ojos grandes y expresivos miraban hacia la bóveda, como si en verdad se perdiera su mirada intensa por un enramado real.

—Tienes razón, amigo mío —dijo con calor en la voz—. Y eso también tengo que agradecértelo. Te pedí que me contaras algo que me interesa mucho saber y has escogido este reservado lugar para complacerme. De veras, estoy muy agradecido.

—Agradécele mejor a Alá que me haya curado la diarrea. Hace tres días, cuando estábamos junto a la casa del perfumista, mi barriga se sentía como si dentro de ella estuvieran peleándose dos gatos rabiosos. ¡No quiero ni acordarme! Tenía dolor, retorcijones y ardor en la boca del culo…

Farid no pudo evitar soltar una carcajada. Y el Cojo le abroncó:

—¡No te rías, mal amigo! ¡No sabes lo mal que lo he pasado!

Pero el otro, sin parar de reír, replicó:

—¿Cómo no me voy a reír? ¡Es que lo cuentas de una manera!

Los dos estuvieron riéndose muy a gusto durante un rato. Hasta que Abdel, con los ojos brillándole de felicidad, exclamó:

—¡Alá es misericordioso! ¡Y en verdad es encantador estar aquí! Y es bueno reírse uno de la vida y del maldito calor que hace ahí afuera… ¿No te parece?

—¡Di que sí! ¡Y todo gracias a ti!

—¡Y a mi diarrea! Porque me dije: «¡Qué diablos! Con lo malo que he estado, ¿no me voy a dar un capricho? ¿No voy a permitirme poner el culo en remojo?».

Se echaron a reír de nuevo, con ganas, dando rienda suelta a su felicidad. Eran incapaces de estar juntos sin divertirse. Se tiraban de la lengua el uno al otro y se animaban con su irrefrenable parloteo a contarse cosas graciosas. Siempre que se encontraban acababan pasándolo bien. El Cojo era un hombre sin miedos ni complejos y eso a Farid le divertía mucho, aunque con frecuencia resultase brusco, soez e incluso desconcertante, pero tenía mucha gracia y con nadie se reía tanto como con él.

Estuvieron chapoteando, hasta que ya empezaron a tener frío. Entonces salieron del agua y fueron a tenderse sobre las piedras caldeadas de una pequeña estancia inundada de vapor. Allí Farid le rogó, algo timorato, a Abdel:

—Bueno, ¿me contarás eso ya?

El Cojo pareció despertar de su sopor y respondió.

—Has tenido suerte. Me siento tan bien que estoy dispuesto a complacerte en todo.

Farid se sentó. El vapor se había ido disipando y la desnudez de ambos poetas se hizo más evidente y más desemejante: el cuerpo del Cojo era grande, blando y desproporcionado, con la piel blanca y floja; en cambio, la figura de Farid era casi perfecta, sus miembros fuertes, equilibrados, y el moreno de tez adquiría brillo por las gotas de agua.

Abdel también se sentó sobre las piedras calientes. Le estuvo mirando y, luego, con voz aguda que recordaba la de un niño, observó:

—¡Mira que eres hermoso! Y luego dicen los predicadores que todos somos iguales a los ojos de Alá...

Farid sonrió y repuso:

—Él da y Él nos quita. Todo pasa según sus deseos y sería una blasfemia vanagloriarse por algo que acaba perdiéndose con el tiempo. Nadie puede retener su belleza.

El Cojo frunció el entrecejo y dijo desdeñoso:

—Sí, sí... Bonitas palabras. Pero seguro que, cuando te miras en el espejo, dices: «Gracias Dios mío por este cuerpecito».

En ese momento, ambos tuvieron que guardar silencio al ver entrar a un esclavo con una bandeja de dulces y una jarra, que decía:

—Señores, aquí tenéis un refrigerio. Si alguno de vosotros desea un masaje o cualquier otra cosa, no tiene más que pedirlo.

Y acto seguido desapareció.

Abdel cogió uno de los dulces, diciendo con aire despreocupado:

—Se acabó el hablar de nuestros cuerpos. Dime ahora qué es eso que quieres que te cuente.

Farid se sirvió el refresco, bebió y, dejando el vaso en la bandeja, respondió:

—¿Es verdad que trataste en persona al hayib Almansur? ¿Qué hay de cierto en todo lo que se dice por ahí de él y de la sayida?

Abdel pareció extrañado al principio por esta pregunta, pero después hinchó su blando pecho y contestó desdeñoso:

—¿Quién lo dice?

—No sé... La gente... Lo he oído por ahí...

—¿Y qué es lo que dicen?

—Pues eso: que llegaste a hacer amistad con Almansur y que frecuentabas su círculo más íntimo.

El Cojo lanzó una desagradable risotada y se removió un tanto incómodo. Luego, con una punta de malicia, respondió:

—Así que has estado cotilleando por ahí sobre mí. ¿Eso hacen los amigos?

El otro, que le conocía muy bien, le atajó:

—¡Déjate de enredos! ¡Estás deseando contármelo!

—Si así fuera —repuso Abdel—, hace ya mucho que te lo habría contado. Pero ese es un capítulo de mi vida que no me gusta recordar.

—No te creo.

El Cojo le miró con desdén y replicó:

—¡Me da igual!

Farid sonrió sin decir nada. Dándose por vencido, miró hacia otro lado y, en un arranque de exasperación, se levantó, se fue hacia la puerta y se quedó de pie en el borde del estanque. Su cuerpo armónico estaba a contraluz, presentando una silueta perfecta. De reojo, observaba la apacible mirada de Abdel; le dio vergüenza y se arrojó al agua. Estuvo un rato sumergido, como queriendo ahogar su rabia y su contrariedad; y luego, cuando sacó la cabeza, vio que el otro estaba en el borde, mordiéndose los labios como si se arrepintiera.

—Bueno, te lo contaré —dijo con un hilo de voz el Cojo.

Los ojos de Farid se llenaron de asombro y murmuró:

—¡¿De verdad?!

—Sí. Aunque no me gusta hablar de ello, haré un esfuerzo. Todo sea por el aprecio que te tengo. Pero vayamos primero a secarnos. ¿No tienes apetito? ¡Yo me muero de hambre! Nos vestiremos e iremos al Jardín del Loco. Allí podremos cenar y beber. Y te prometo que te lo contaré todo.

20

La última noche de las cuatro que estuvieron en la munya
Subh y Abuámir cenaron juntos antes del ocaso. Luego ella decidió irse a dormir pronto y se despidió de él no permitiendo dejarse
convencer.

—Necesito estar sola para pensar —se justificó—. Además,
debo dormir. Desde que vinimos no he sido capaz de descansar del
todo. Compréndelo. Han sido tantas emociones juntas...

Se retiró a sus aposentos, dejándole allí solo y algo perplejo.

Más tarde, mientras la oscuridad invadía rápidamente los jardines, Abuámir salió a dar un paseo. Las primeras estrellas aparecieron en el cielo. Caminaba bajo los altos pinos, entre los setos
cubiertos de fragante romero, y luego se adentró por una arboleda
más tupida, sin luz ni compañía.

Era ya noche cerrada cuando la señora salió de su habitación y
bajó por la escalera para dirigirse al jardín. Abuámir estaba sentado
sobre una piedra en la oscuridad y oyó sus pasos, ligeros y unifor-
mes, por el corredor central que discurría entre cipreses. Caminó
detrás de ella y la agarró por el hombro, diciéndole:

—Estoy aquí.

—¡Ah, me has asustado! —exclamó la señora, sobresaltada.

Él se acercó y le susurró ardientemente al oído:

—¿No puedes dormir?

Ella musitó:

—No. Soy incapaz.

—¿Pensabas en mí?

—Pensaba en muchas cosas… No puedo evitar la angustia que me produce todo esto… No sé si hacemos bien…

Se aproximaron a uno de los faroles y Abuámir la estuvo mirando en la penumbra durante un largo rato, inmóvil y en silencio. Después dijo con aplomo:

—Alá me castigue si creo que con esto estamos perjudicando a alguien.

La señora hizo acopio de todas sus fuerzas y contestó:

—Necesito pensar. ¿No te das cuenta de lo que me pasa cuando estoy contigo? Anulas mi voluntad y mi pensamiento. Y creía que eso ya pertenecía a mi pasado; pero durante estos días me he dado cuenta de que nunca he estado curada de ese mal.

Abuámir exclamó en un lamento:

—¡Ahora resulta que soy un mal para ti! ¿Cómo puedes decirme cosas como esas? ¡No tienes compasión!

La señora se apartó, suplicando:

—¡Déjame sola, te lo ruego! ¡Te digo que necesito pensar! Después de no poder conciliar el sueño la cabeza parecía que me iba a estallar. Vine al jardín para respirar aire fresco y puro… ¡Quería meditar!

En la luz anaranjada del farol, él la miró de hito en hito con una profunda tristeza y le dijo:

—Te juro que no he pretendido hacerte daño. Solo quiero ayudarte. Si supieras cómo me acuerdo de ti…

Ella clavó en él unos ojos enfurecidos y gritó con una voz terrible:

—¡No me digas esas cosas! ¡No soy de piedra! Toda esa palabrería tuya hace mucha mella en mi corazón; eso es lo que luego me causa tanto sufrimiento. ¿Tan listo eres y no lo ves? Tú eres fuerte, pero yo soy débil…, ¡muy débil!

Abuámir se aproximó y la besó de repente en los labios. A lo que ella respondió en un tono más duro todavía:

—¡Déjame sola! ¡Por favor, déjame!

Y, después de gritar, echó a correr por el jardín, perdiéndose entre los árboles.

Él se quedó allí de pie, viendo en silencio el vacío corredor que discurría oscuro entre los cipreses. En el cielo despejado había infinitas estrellas que asomaban entre las copas de los árboles. La atmósfera que se respiraba le hizo sentirse culpable, torpe y agotado. Exhaló un profundo suspiro y dijo como para sí en un susurro:

—Lo que Alá quiere pasa, lo que él no quiere no pasa.

3

La sayida

Si extendía sus manos blancas, si le daba por hacer eso,
derramaba como un bálsamo espléndido...
Pero toda la gracia, la esperanza y el alivio
provenían de sus claros ojos...
Era muy buena, todos lo sabían,
en la medida que la dejaban serlo...

Del *Diwán* del poeta Farid al Nasri
Córdoba, año 388 de la Hégira

21

Córdoba, 23 de julio del año 994 (Lunes 11, Jumâda Ath-Thânî del año 384 de la Hégira)

Cruzando el Guadalquivir por el magnífico puente que partía de las traseras de la mezquita Aljama, se atravesaba el angosto adarve de una pequeña fortaleza, levantada en la otra orilla. Desde allí partía un ancho camino paralelo al cauce del río, en cuyos bordes se alineaban fondas, cobertizos, almacenes y tabernas. Pocos musulmanes piadosos frecuentaban estas periferias, reservadas para los extranjeros, mercaderes, mercenarios y todo tipo de gentes extrañas que no podían encontrar dentro de los muros de la ciudad lo que allí se les ofrecía: vino en abundancia y sin cortapisas, mujeres y delectaciones insospechadas. El más afamado y selecto de los establecimientos era el que se conocía como Jardín del Loco. Sus orígenes se remontaban al reinado del primer califa, Abderramán al Nasir, cuando en Córdoba se inauguraba una época esplendorosa en la que nada era prohibido, porque las estrellas parecían conjugarse para propiciar la suerte, el éxito y el placer.

Los dos poetas se hallaban sentados, el uno frente al otro, con una mesa nacarada en medio. Un sirviente de nariz azulada, con una sonrisa estúpida, se acercó con una enorme cesta rebosante de viandas y frascas con vino. El Cojo revisó cuidadosamente toda la comida que había dentro y probó la bebida.

—No está mal —dijo sin mucho convencimiento—, pero podía ser mejor. Dile a tu jefe que acabará perdiendo los pocos clientes que le quedan si no los mima como se merecen.

El criado replicó airado:

—¡Díselo tú!

Abdel se puso de pie y alzó la mano.

—¡Imbécil! ¡Con quién te crees que tratas! ¡Cómo te dé una bofetada…!

El sirviente se marchó refunfuñando y fue a perderse por entre los árboles que saturaban aquel amplio corralón. Anochecía y un precioso cielo anaranjado tomaba consistencia hacia poniente. Todo en torno era suave, blando y ligero, merced a esta última luz y a las muchas lámparas que iba encendiendo un farolero en los rincones. Un lánguido músico tocaba el laúd sobre una tarima y cantaba con poco ánimo, al ver el escaso número de clientes.

—¡El Jardín del Loco! —exclamó Abdel sin demasiado entusiasmo, echando una ojeada a su alrededor—. Todo está igual que siempre, pero este lugar ya no es lo que era… ¡Tendrías que haberlo conocido hace veinte años!

—No sé cómo sería entonces —observó Farid, deslumbrado—. Pero a mí me parece ahora maravilloso.

El Cojo volvió a pasear su mirada soñadora por el establecimiento y exclamó con nostalgia:

—¡Ah, qué recuerdos! Si supieras cuántas horas felices pasé aquí en mi juventud… ¿Ves esa tarima? A una determinada hora de la noche, cuando ya todo el mundo estaba ebrio y enamorado de la felicidad, subían ahí las bailarinas y parecía estar uno en el paraíso… A veces rociaban todo con agua de jazmín… ¡Fíjate qué dispendio! Pero aquella sensación, en aquellas noches de luna llena, con la música más encantadora que pueda escucharse… En fin, como te decía, hace veinte años viví aquí momentos inigualables… Pero luego todo empezó a decaer… Esto ya no es la sombra de lo que un día fue…

—¿Y por qué decayó? —quiso saber Farid—. ¿Por qué no se mantuvo toda esa maravilla?

Abdel se encogió de hombros, despreciativo.

—Por estupidez, por pura y simple necedad. El alma de este lugar por entonces era su fundador: Gábal, el Loco. ¡Ah, si le hubieras conocido! Era un gigantón de barba rojiza e inmensa barriga, que recitaba poemas como nadie. No sabía componer; pero, si alguien le regalaba un hermoso poema, él se subía a esa tarima, se hacía acompañar por el laúd, y hacía oír su voz cálida y cadenciosa mientras dejaba que su mirada delirante se perdiera en el firmamento… ¡Nos dejaba sin aliento! Recuerdo alguna de aquellas canciones. Una de ellas decía así:

¡Dame tu cuello de gacela, mujer hermosa,
alárgalo hacia mí!
¡Que la vida se va!

Los ojos de Farid mostraron emoción y, llenando de vino los vasos, dijo:

—Sí que me hubiera gustado conocer aquellos tiempos…

Abdel bebió y luego exclamó con tono burlón:

—¡Hubiera sido tu perdición!

—¿Por qué dices eso?

—Porque un hombre tan hermoso como tú, y además con tu talento, ¿quién sabe cómo hubiera acabado en un sitio como este?

—Ya sería menos…

—¡Uf! ¿Qué sabes tú? Aquella época fue deliciosa en cuanto a ciertos deleites, pero en verdad uno podía verse metido en complicaciones…

—¿Tuviste problemas? —inquirió Farid.

El Cojo respondió resoplando.

—Si yo te contara…

—Cuéntame, te lo ruego.

El otro bebió y se quedó sumido en sus pensamientos, sin ocultar la pena que empezaba a sentir.

—¡Por favor! —insistió Farid—. ¡Cuéntamelo de una vez! ¡Me tienes en ascuas!

El Cojo, haciendo un gesto de desánimo con la mano, afirmó:

—Odio recordarlo. La envidia acabó con lo mejor de mi vida entonces; y por poco acaba conmigo...

—¿Qué pasó? ¡Cuéntamelo! —imprecó Farid—. Seguro que es una historia digna de ser escuchada...

El otro movió la cabeza con tristeza.

—Sí que lo es. Es una historia que resultaría ideal para un cuento, pero fue verdad... Y yo me vi envuelto en ella hasta el punto de temer por mi vida...

Farid afirmó con energía:

—¡Pues estoy dispuesto a escucharla! ¡Ya no me dejarás con la intriga!

El Cojo sonrió condescendiente, miró a un lado y otro, bebió un par de sorbos y comenzó narrando:

—Acababa de morir el gran califa Abderramán al Nasir. Yo por entonces era muy joven, más de lo que tú lo eres ahora; yo era apenas un muchacho que quería comerse el mundo y que no veía el peligro... Estaba enamorado de esta ciudad. Como seguro que a ti te ocurre. Cuando paseaba dando vueltas y más vueltas por el Zoco Grande, o cuando me llevaba a la boca un trozo de berenjena frita en algún puesto callejero, o cuando observaba embelesado los patos nadando en el Guadalquivir desde el viejo puente, de repente me daba la impresión de ser mucho más afortunado de lo que pudiera llegar a merecer. Porque tenía todavía en mi alma toda esa inocencia y la ingenuidad de quien se piensa que se puede caminar seguro por esta vida, si no se hace mal a nadie. Es decir, yo por entonces aún confiaba en la gente.

»Los hechos extraordinarios que me dispongo a referirte tuvieron su inicio precisamente en este lugar, el Jardín del Loco. Recuerdo muy bien que un rato antes caía la tarde, estaba oscurecido y llovía ligeramente. Era esa lluvia primaveral que nos llena de entusiasmo a quienes tenemos corazón de poeta. Yo andaba por el camino que conduce hasta aquí sabiendo lo que quería, decidido. Aunque te parezca mentira, no siempre fui cojo. Mis piernas estaban sanas y fuertes todavía por entonces, y me habían traído por sí solas desde el arrabal del Norte, donde yo vivía, en un caminar feliz y esperanzado. Había pues llegado hasta aquí sabiendo lo que hacía y habiéndolo meditado bien de antemano. Era un gran atrevimiento, porque yo no era nadie para algo tan grande como lo que me había propuesto: conseguir como fuera que me dejaran subir ahí, a esa tarima, y recitar uno de mis poemas con tanta pasión y tanto acierto que me permitiera alcanzar al menos un pedacito de gloria.

»Ya había venido otras veces antes. Me había gastado todos mis ahorrillos solo para darme el placer de estar en un sitio así y aprender. Al Jardín del Loco venían los más grandes; y ahí, sobre ese entablado, se derramaba la esencia más pura de los poetas cordobeses. ¿Cómo no iba a sentirme atraído a intentarlo? ¿Cómo no me iba a arriesgar a dar ese paso?

»Cuando se abrió esa enorme puerta del corralón, dejó de llover de repente. Un poco después salió la luna. Comprendí entonces que Alá estaba de mi lado. Acudió mucha gente aquella noche, porque luego el firmamento estuvo sereno, no se levantó el aire y en el jardín se estaba como en el mismo paraíso, entre las fragancias de mil flores. Yo entré de los primeros y fui viendo cómo se llenaba el establecimiento. Me quedé discretamente en un rincón y disfruté observando a los ricos y poderosos que se iban situando en sus mesas. Justo entonces fue cuando comprendí el motivo por el cual este lugar era tan afamado: estaban aquí los hombres más importantes de Córdoba, ya fuera por su dinero, por la nobleza de su sangre, por el éxito o por su arte. Me sentí insignificante. A punto estuve de arrepentirme de haber venido y me dispuse a salir por donde había entrado. ¿Cómo se me había ocurrido el atrevimiento de meterme en un ambiente que no me pertenecía?

»Pero, en un abrir y cerrar de ojos, Alá volvió a darme pruebas de que estaba dispuesto a favorecerme. Miré hacia mi derecha y vi a un hombre de aspecto verdaderamente admirable que estaba a unos pasos de mí, de pie junto a la puerta; llevaba túnica larga, blanca, con cinturón ancho de tela roja y un turbante de seda azulada; era grande, enérgico, apuesto, y sus ojos tenían ese fuego que tienen en la mirada los que están muy seguros de sí mismos. Me quedé como hipnotizado, petrificado, cuando él se fijó en mí y me dijo:

»—Oye, muchacho, ¿puedes conducirme a la mesa del visir Ben Hodair?

»Me había confundido con uno de los mozos que atienden a los clientes en la puerta. De momento, no supe qué contestar, pero luego reaccioné a tiempo, como movido por un impulso extraño que parecía no surgir de mi voluntad.

»—Señor, sígueme —respondí.

»Yo sabía muy bien quién era el visir Ben Hodair. ¿Y quién no lo conocía en Córdoba? Era un hombre célebre y adinerado que vivía en un gran palacio; caprichoso y apegado a los lujos, pero culto y refinado. Un momento antes lo había visto llegar con todo su poderío, rodeado de aduladores, y me había fijado en la mesa que ocupaba. Así que acompañé al recién llegado hasta ella. Y él quiso pagarme el servicio con una moneda. A lo que yo contesté:

»—Señor, no soy un sirviente del establecimiento. Soy poeta.

»Él me miró y esbozó una sonrisa.

»—¡Ah, poeta! —exclamó. Me dio una palmadita en el hombro y fue a sentarse.

»La noche fue avanzando. Corría el vino y las voces y las risas aumentaban el tono. Yo deambulaba un poco oculto entre los setos, observando a unos y otros. Hablaban de cacerías, de guerras, de lujos y de grandezas que no estaban a mi alcance. Arreciaban los panderos, la bella música y los cantos. Salieron las bailarinas. Los hombres babeaban y los borrachos danzaban sin temor al ridículo. El clamor de las disputas a nadie le importaba: un torrente de insultos, bastonazos, carreras y cristales rotos. Más tarde todo se calmó y el jardín empezó a languidecer sumido en su delicioso sopor. Ese era el momento que correspondía a los poetas. El Loco sabía organizarlos y darle a cada uno su lugar en el orden que solo él establecía; y se reservaba para sí el último turno, antes del cierre de la velada.

»Yo me puse cerca del estrado, esperando que un golpe de suerte me condujera arriba, pero el Loco me rechazó dándome un empujón. Aquello fue para mí como el despertar de un bonito sueño y me di cuenta de que había sido demasiado osado. Avergonzado y con la cabeza gacha, me dispuse a abandonar el jardín.

»Entonces alguien me llamó a la espalda.

»—¡Eh, tú, muchacho!

»Me volví y vi que aquel hombre del turbante azul, a quien conduje hasta la mesa del visir Ben Hodair, me hacía señas con la mano y decía:

»—Sí, tú, el poeta. Anda, ven a sentarte con nosotros.

»Me acerqué tímidamente, temblando, avergonzado.

»—No temas —insistió él—, no te vamos a comer.

»Me miraba con afecto y me puso un cojín a su lado. Me senté entre aquellos señores poderosos, que estaban alegres por la bebida y se mostraban felices y relajados.

»—Este muchacho es un poeta —me presentó el del turbante azulado—. Recitará para nosotros.

»Me dio un vuelco el corazón. Yo no había bebido ni gota de vino. Debí de palidecer. Pero alguno de los que estaban allí empezó a tocar el laúd y, al escucharlo, mi corazón de poeta palpitó. Mi boca se soltó, como por sí sola, poseída por el deseo de recitar, y declamé:

Noche viniste a mí...
Y un río de consuelos me dejaste,
pero llevabas tanta prisa
que de pronto estoy solo en esta orilla.
Al otro lado fue mi dicha,
escapó de mí sin avisarme.

Noche ya no estás…
Te arrancó la madrugada y me olvidaste,
te llevaste las estrellas y la luna.
Me has dejado aquí un pedazo de rocío;
poca cosa para un sol tan vigoroso…

»Uno sabe que ha acertado cuando se hace a su alrededor ese silencio estremecido que dura hasta que brotan los aplausos. Tanto les había gustado que hasta me abrazaron. Sentí contra mi pecho el tintineo de los oros de sus collares y noté junto a mis orejas el frío de los valiosos zarcillos al ser besado. Me veía, como por la fuerza de un ensalmo, lanzado de repente hacia las alturas.

»—¡Este muchacho tiene que estar en la tarima! —exclamó el visir Ben Hodair con una voz como de trueno.

»¿Y qué iba hacer el Loco ante el mandato de su mejor cliente? Subí a la tarima. El laúd volvió a sonar y yo empecé de nuevo, repitiendo todo lo anterior y añadiendo al final:

Noche, ¿volverás?
Eso espero pues te soy un fiel devoto,
me arrodillo ante tu velo misterioso,
pongo velas a tus pies agradecido;
y te aguardo postulante cada ocaso…

»Triunfé y me llovieron más besos y abrazos, palmadas en la espalda y un buen puñado de monedas. Pero mi mayor premio vino cuando aquel apuesto señor del turbante azulado me propuso luego que le acompañará al día siguiente a una fiesta. Acepté sin dudarlo y quedamos en encontrarnos a la puesta de sol en el lugar de la medina que él me indicó.

»No pude dormir aquella noche y anduve como en una nube todo el día siguiente. Hasta que, al ocaso, acudí a donde me había indicado, vestido con ropas prestadas, pues no tenía todavía con qué comprarlas. Él me hizo esperar y llegué a pensar que no vendría. Pero, poco antes de que anocheciera, apareció doblando una esquina. Le complació verme mejor ataviado y dijo sonriente:

»—Hoy serás mi regalo para un hombre muy importante.

»—Quiera Alá que no te defraude, señor —contesté con humildad—. Pero te ruego que antes me digas cómo he de llamarte para mostrarte mi gratitud y dirigirme a ti.

»Él me miró con afecto y tuvo a bien decirme su nombre:

»—Soy Muhamad Abuámir. Puedes llamarme con mi segundo nombre.

»—Señor Abuámir —dije—, anoche hiciste que este pobre poeta fuera el hombre más feliz de la tierra. Tu benevolencia me alcanzó el sueño que mi alma acariciaba desde hacía mucho.

»—No puede hacer demasiado tiempo —repuso irónico—, puesto que eres muy joven. Di mejor que ese momento que tanto habías esperado debía llegar pronto y ayer llegó. Porque, si tienes más poemas como aquel que recitaste, creo que te va a ir muy bien desde hoy mismo.

»Todo mi ser saltó de gozo, y me brotaron lágrimas mientras respondía con exaltación:

»—¡No te defraudaré, señor Abuámir! Seré un preciado regalo para que quedes bien con ese hombre tan importante a quien deseas complacer.

»—¡Pues vamos allá! ¡No le hagamos esperar!

»Tuvimos que caminar poco. Muy pronto estuvimos delante de la puerta de un gran palacio. Nos detuvimos y, antes de entrar, él me dijo que era la residencia del príncipe Al Moguira, uno de los hijos del califa, y, por lo tanto, uno de los herederos al trono. Por poco me caigo al suelo de la impresión. Pero él me tranquilizó.

»—No debes temer, muchacho. Al príncipe le encantarás. Conozco muy bien sus gustos.

»Entramos y me vi de pronto en un lugar tan maravilloso que parecía una alucinación. Todo eran mármoles, preciosos estucos, finas pinturas, ricas alfombras y todo aquello que pueda imaginarse que hay en un palacio de ensueño. Había muchos invitados, que eran servidos por un ejército de esclavos. Los atavíos eran tan fastuosos que me sentí desnudo con mis pobres ropas prestadas. Pero no tardó en acudir un chambelán que me llevó a un vestidor, donde me colocaron prendas de seda, me arreglaron el cabello y me acicalaron como a un lacayo real.

»Mi mentor se fue a mezclarse mientras tanto con los comensales y solo pude verle ya desde lejos. La fiesta dio comienzo y, en un determinado momento, apareció el príncipe acompañado por sus pajes, cada uno de los cuales podía también haber sido confundido con un príncipe. Al Moguira entró cargado de joyas y vestido con seda bordada en oro; parecía un ser extraño, como de otro mundo, tan alto, delgado, bello y de rasgos orientales; estirado, distante y de apariencia casi irreal. No llevaba turbante ni nada que cubriera su cabeza; el pelo denso, negro, largo y brillante, le caía recogido en una larga trenza por la espalda llegándole casi hasta las corvas; su piel era oscura y sus ojos verdosos resaltaban ribeteados con abundante kohl.

»Durante el banquete, unos recitadores elogiaban la nobleza, la estirpe y las buenas prendas del anfitrión, asegurando que era un joven singularmente dotado de hermosura, listo, prudente y sano, pero que vivía en una ciudad donde imperaban los envidiosos, los rufianes y los traidores. Y a cada uno de estos enaltecimientos, un coro de chiquillos cantaba:

¡Oh, príncipe Al Moguira!
¡Oh, flor de las flores de Córdoba!

»Los invitados vitoreaban y aplaudían. Pero, como comprenderás, esta parafernalia resultaba un tanto empalagosa. Y no es que yo me quiera poner por encima de nadie, pero allí poetas, lo que se dice poetas, no había…

»La fiesta fue avanzando. Hubo actuaciones de saltimbanquis, trucos de magia, contorsionistas, contadores de chistes, un domador de cuervos y un comedor de espadas. He de reconocer que todo el espectáculo era muy bueno y que la música resultaba fascinante.

»Por fin, vi que Abuámir se acercaba a mí para indicarme que era mi turno. Salí trémulo, aterrado y casi sin respiración. El laúd lanzó sus primeros acordes y despertó la fiera del arte que llevaba yo dentro. Me atreví a mirar directamente a los ojos al príncipe y recité:

Mis ojos he cerrado a toda luz
que no venga de tu cara despejada.
Hice añicos los espejos de mi casa,
y no me veo en el reflejo del estanque;
me da miedo de este rostro que miraste,
por si en él hallo la sombra del descuido.
Eres todo lo que buscan estos ojos,
que odian ver las torpes caras de otra gente.
Hechizado estoy ahora ante la estrella
del semblante que me ofreces esta noche,
y ya no temo, me acaricia tu mirada;
resplandece desvelando un ser divino.

»Al Moguira sonrió extasiado y se enjugó las lágrimas con un pañuelo. Estuvo suspirando hondamente durante un rato y luego extendió los brazos diciéndome con dulzura:

»—¡Ven, cariño mío! ¡Quiero besarte!

»El príncipe me abrazó y me cubrió de besos delante de todo el mundo. Entonces mi interior me habló de un tiempo nuevo y maravilloso; ese tiempo con que sueña todo poeta.

»En efecto, mi vida cambió. Saldé todas mis cuentas pendientes y me fui a vivir a aquel palacio. Todo lo demás ya lo sabes, pues te lo he contado muchas veces. Al Moguira me dio la oportunidad de sacarle el mayor partido a mi arte. Fue muy generoso conmigo, y no puedo por menos que recordarle cada día y estarle muy agradecido. ¡Alá lo haya llevado al paraíso!».

Después de concluir así su relato, Abdel estuvo sollozando durante un largo rato. La música triste del laúd parecía acompañar ese llanto, y el cantante se sumaba con su voz melancólica.

Conmovido, Farid respetó su desahogo. Le puso la mano en el hombro y le acompañó con su silencio y su comprensión. Pero más tarde, cuando el Cojo parecía estar más aplacado, le dijo:

—No deberías sufrir por aquello, sino, por el contrario, alegrarte... ¡Tu historia es maravillosa!

Abdel se limpió los mocos, mirándole con tristeza. Después replicó:

—Sería maravillosa si hubiera tenido un final feliz...

—Bueno. No existen los finales felices. ¿Y te parece poca felicidad haber vivido nada menos que en el palacio de un hijo del califa Abderramán al Nasir?

—Sí, sí... Te acabo de decir que cada día pienso en Al Moguira y que le estoy muy agradecido.

Farid se quedó pensativo, meditando sobre estas últimas palabras. Luego habló de nuevo, pues tenía todavía muchas dudas.

—Te rogué que me refirieras cómo conociste al hayib Almansur. Me lo has contado y me ha parecido que había un rictus de amargura en tu cara cada vez que pronunciabas su nombre. Eso me desconcierta. Dices que estarás siempre agradecido por lo que el príncipe Al Moguira hizo por ti. Pero... ¿no deberías reconocer también que fue Abuámir Almansur quien te condujo hacia él?

Abdel le miró de una manera que manifestaba su deseo de no volver a hablar más del tema.

—Eso es otra historia... —respondió.

—O sea, que hay una segunda parte —concluyó Farid—. ¿No quieres contármelo?

—No. Hoy ya no me encuentro con fuerzas.

—¡Cuéntamelo, por favor! Te servirá para desahogarte y te librará de los recuerdos penosos...

—Te lo contaré. Pero no hoy.

—¿Por qué?

—Porque me parece que esta maldita diarrea vuelve y tengo revuelto el vientre.

—Pues ve a aliviarte a la letrina y luego me lo cuentas.

El Cojo se puso en pie, le miró con afecto, sonrió y contestó tranquilamente:

—Me lo he hecho encima. Así que ¡tenemos que irnos ya!

22

Subh hubiera querido abrazarle una vez más, pero reprimió aquel gesto de estremecimiento apartándose con decisión de él, limitándose a hacerle una breve señal de despedida; y corrió hacia el caballo blanco que él le había regalado y que acababa de llevarle un lacayo cogido por las riendas. Una vez montada, dio órdenes a su séquito y echó una última mirada al palacete y a los altos árboles que lo rodeaban. Luego espoleó el caballo y, un instante después, galopaba a lo largo del corredor central del jardín. Pero, cuando llegó más o menos a la mitad, se volvió por última vez. Abuámir estaba allí, de pie, sonriendo sin dejar de mirarla. La señora le dijo adiós en lo más secreto de su corazón y pensó entonces que quizá esa fuera la última vez en su vida que vería aquella cara. Una extraña tristeza se apoderó de ella. Aquella partida le pesaba tanto que por poco no le brotaban lágrimas de los ojos. Pero hacía un enorme esfuerzo, casi sobrehumano, para que eso no sucediera y alguien pudiera llegar a descubrir ese sentimiento.

La comitiva que esperaba al otro lado de la puerta se puso en marcha. Los soldados se alinearon como de costumbre en filas de cuatro, los tambores redoblaron y las trompetas y los cuernos bramaron. A la cabeza partió la guardia; detrás las mujeres, los pajes y los sirvientes, seguidos por la señora. Ella no había querido esta vez que Almansur la acompañase en el viaje de regreso a los Alcázares.

Era de madrugada. Dejaron atrás la munya, con sus delicias verdes, sus palmeras y su frescura. El verano apareció de nuevo en los campos secos, pero en las orillas del Guadalquivir todavía exultaba el verde de los álamos. Bandadas de patos revoloteaban y se escondían en la frondosidad de los juncos. Siguiendo el camino que discurría paralelo al cauce del río, en dirección a la ciudad, pronto se encontraron con la sucesión de molinos y bonitas casas ribereñas, todas de ladrillo y piedra, que iban apretándose hasta formar los rabales de Córdoba.

Una profunda tristeza seguía embargando a Subh, pues se iba haciendo consciente de que le había dicho adiós a todo un mundo. Tenía la impresión de que el camino de regreso sería cortado para siempre. Nunca más volvería a aquella entrañable y deliciosa propiedad donde había sido tan feliz durante algunos años de su juventud. Pero, al mismo tiempo, sentía despertarse en su alma una impaciencia turbadora por el mañana y una curiosidad desapasionada por los misterios que adivinaba que surgirían por doquier a su alrededor. Todo ello en medio de la firme voluntad de frustrar ciertos propósitos que había emprendido y un secreto plan que ya estaba puesto en marcha y que implicaba a ciertas personas de su confianza. Se había arrepentido de ese proyecto y, aunque se hallaba sin fuerzas y derrotada por las emociones, cabalgaba firmemente decidida a no dar su brazo a torcer en cuanto a esta decisión.

Le venía muy bien mantener ese largo silencio en soledad durante el camino, para poner en orden todo ello. A pesar de la hora tan temprana, el sol ya calentaba, implacable, y sentía la cabeza pesada. Para vencer el aturdimiento, se esforzó por fijar sus pensamientos en el objetivo que un momento antes se había fijado: detener el plan secreto. Fuera de aquello, solo deseaba llegar a los Alcázares, darse un baño, tenderse… y abandonarse al extraño poder que encerraba el sueño; si es que Dios tenía a bien concedérselo, puesto que llevaba muchas noches sin dormir plenamente.

Un poco más adelante todo estaba seco, abrasado por el ardoroso mes de julio. No había plantas verdes, ni agua, ni pájaros que cantasen en las ramas; solo una tierra llana, inhóspita y vacía, que el primer sol de la mañana bañaba con una dorada luz llena de misterio. Pero ¡cuánta quietud había en aquella llanura! Encima, la bóveda del cielo todavía mostraba algunas estrellas. La señora aspiró el aire sutil, puro y perfumado de la mañana de verano. La soledad empezaba a hablar y su pena era como un ascua encendida, enterrada entre cenizas en el centro de su pecho. Sentía a Dios muy lejos, y empezó a pensar con angustia en que todo lo que le pasaba era un castigo. ¿Y qué podía hacer para que ese Padre terrible oyera su llanto? ¿Tal vez olvidarlo todo y empezar de nuevo? Tenía que volver a los Alcázares y enfrentarse a muchas cosas… ¡Qué pereza le daba! Se le ocurrió salir huyendo en ese mismo momento y no regresar. ¿Y dónde podía ir a refugiarse? ¿Acaso sería capaz de librarse del pasado? Resolvió que sería imposible, porque ese pasado es lo único que tenemos… Y la señora odió entonces su debilidad y maldijo la indecisión que había padecido en muchos momentos de su vida. Pero también fue capaz de tener alguna compasión de sí misma, al reconocer que su suerte había estado siempre unida al hecho de haber nacido mujer y de haber sido dotada de una belleza que fue más determinante en muchos momentos que todo lo que tenía en su interior.

En ese instante, y tal vez a causa de aquellos pensamientos, la señora empezó a acordarse de su infancia en Navarra. Y mirando la tierra reseca que la rodeaba, sus ojos añoraron el correr de los arroyos por entre las rocas. ¿Dónde estaría el perfume del bosque? ¿Dónde el de los frutos tempranos del otoño? ¿Dónde aquella paz de su casa? La paz que siguió a tantas revueltas y años confusos, cuando la vida en el extremo de su querida tierra del Norte era feliz, transparente, como es tan propia de esos días de nieve que son la promesa de una encantadora primavera en los prados. Cuando a ella le parecía que reinaba una quietud extraordinaria y el agua discurría fatigada hacia los valles, bajo la luz del sol que caía oblicua desde las nubes. Aquella luz sobre los campos nevados otorgaba una irradiación misteriosa al contorno de los montes, como si fueran verdaderamente sagrados, árbol por árbol, roca por roca, torrente por torrente… Y luego el aura apacible del verano, que removía mansamente las hojas en las riberas, arrancando de ellas un murmullo pacífico que sosegaba el espíritu. Recordaba especialmente cómo era el principio de aquellos veranos: nuboso y pesado. Aunque empezaba a hacer calor, todavía todo estaba húmedo; los arbustos, los troncos moteados de los árboles, la hierba, las piedras, las rejas… Recordaba la señora aquel aire sin viento, cálido, con un débil sabor a humo, y la vaga efigie de las montañas, hacia las cuales miraban todos los ojos, por estar en ellas el tranquilizador refugio, pues se temía secularmente que llegaran los moros desde el sur cada temporada.

Pero ella creció sin demasiados miedos. Porque empezó a proclamarse en las plazas que no había que temer, merced a las alianzas que la dinastía navarra estaba consolidando con los reinos vecinos. Sancho I Garcés había casado con una hija del conde de Aragón; y luego casó a su hija Urraca con Ramiro II, rey de León. Otra de sus hijas, Sancha, contrajo nupcias con Ordoño II de León, y al enviudar de este, con el importante conde rebelde castellano Fernán González. La tercera hija, Onneca, casó con Alfonso IV, también rey de León. Y la pequeña, doña Velasquita, se casaría sucesivamente con Nuño Vela, conde de Álava; Galindo, conde de Pallars y Ribagorza, y finalmente, en terceras nupcias, con Fortún Galíndez de Nájera. Se multiplicaban pues los beneficios de estas coaliciones y proporcionaron años de paz.

Todo esto propició que, a la muerte de Sancho I Garcés, con los territorios riojanos arrebatados al califato, Pamplona empezara a tomar importancia entre los poderes cristianos. Su alianza con el fuerte reino de León era estrecha y le confería prestigio y seguridad. Pero su hijo y sucesor, García I Sánchez, era todavía un niño, por lo que hubo que asegurar una regencia, que ejerció primero el hermano del rey difunto, Jimeno Garcés, y luego su viuda, la valerosa Toda Aznárez.

La señora no podía concebir su propia infancia en Navarra sin tener muy presente a esta gran reina, que determinó en su adolescencia la vida que ella iba a llevar en adelante. Porque sus padres, condes originarios de Irache, desaparecieron en una de las algaradas de los moros, dejando dos hijos mellizos muy pequeños, niño y niña, que fueron dados a la reina de Pamplona para que resolviese lo que habría de ser de ellos. Aquella niña era la señora, que entonces se llamaba Auriola, y el niño su hermano Eneko. Ambos eran igualmente rubios y bellos como ángeles, según admiraba todo el mundo.

Se fueron a vivir a palacio y los crio un ama junto a otros huérfanos nobles, como si fueran auténticos príncipes. Porque la reina Toda Aznárez era una mujer muy caritativa y muy generosa, que se preocupaba por ellos personalmente y procuraba que fueran allí felices. Así transcurrieron algunos años, que dejaron un vivo y entrañable recuerdo en el alma de Auriola. Ella recordaba cómo con frecuencia, y si todo estaba en calma, navegaban en barca por el río Arga hasta la residencia de verano, que estaba en unos prados cercanos a la ciudad. Aquellas primaveras de Pamplona, nubosas y soporíferas, guardaban su propio encanto; en la somnolencia húmeda de su Cuaresma, en la emoción de los sagrados ritos de la pasión del Señor en la catedral, en la maravilla de la Pascua que congregaba a una multitud frente al castillo. ¡Qué feliz fue allí la señora! Todos esos recuerdos que componían su infancia se quedaron aferrados al viejo palacio, a las flores amarillas de las orillas del Arga y a las empinadas callejuelas de Olite, que ella y su hermano se empeñaban en recorrer, dichosos, con las cabecitas tan rubias empapadas por aquella lluvia de abril y los cuerpecitos bañados por la dulce humedad, fragante, cálida, hospitalaria… Porque todavía sus tiernos sentidos eran nuevos y receptivos; todo lo asimilaban y lo hacían suyo: la paz de las iglesias y monasterios, las casas de piedra, el bosque envuelto en la bruma, los montes, el fluir lento del río y el brillo de las mojadas madreselvas trepando por las murallas. Su memoria revivía ahora al retornar aquellas imágenes, y hasta le parecía que volvía a escuchar cantar a los pájaros en las arboledas. Fue muy feliz la señora en aquel mundo pequeño, en el ordenado dominio de la reina Toda, que seguía apareciendo en sus sueños, como una niña sueña con las historias de los cuentos y leyendas.

Pero luego todo se trastocó. La grave inestabilidad en el reino de León a la muerte de Ordoño III, por las disputas y destronamientos entre primos pretendientes al trono, hicieron intervenir a doña Toda con decisión para evitar un desastre sangriento. Su nieto Sancho I de León, apodado el Craso por estar demasiado gordo, no era del agrado de los nobles leoneses y castellanos. Estos, encabezados por el conde castellano Fernán González, lo destronaron y nombraron rey a Ordoño IV.

Córdoba había aprovechado esta inestabilidad entre los reinos cristianos para lanzar continuas aceifas, obligando al rey de León a aceptar treguas que suponían entregar fortalezas fronterizas. La segura protección que León le ofrecía a Pamplona se derrumbó.

Doña Toda de Pamplona sabía que no le quedaba más remedio que humillarse y rendirle vasallaje al califa. Y resultaba que existía un parentesco cercano entre ella y el rey sarraceno: eran tía y sobrino. Porque la madre de Toda Aznárez, de nombre Onneca Fortúnez, había casado en primeras nupcias con el emir de Córdoba Abdalá, abuelo de Abderramán III. La reina Toda era por lo tanto hermana uterina del padre del que sería primer califa de Córdoba.

Estos lazos de parentesco invocó doña Toda cuando su sobrino el califa tomaba rumbo al reino de Pamplona al frente de su ejército, y pidió ser recibida en su campamento, que estaba levantado en Calahorra. Abderramán quiso conocerla y aceptó concederle audiencia, dando prueba de buenos propósitos. Doña Toda se presentó con su séquito en el campamento sarraceno, donde fue aclamada y acogida con altos honores. La reina rindió vasallaje a Abderramán III y selló un pacto de no agresión y de colaboración con él. A cambio, el califa invistió al hijo de Toda, García Sánchez I, el Vascón, como rey de Pamplona y sus distritos. Después de este tratado, la hueste cordobesa atravesó el reino de Pamplona, ahora aliado suyo, y marchó desde allí contra el reino de León, asolando Álava y Castilla.

Pero, como solía suceder cada vez que se firmaban grandes pactos entre reyes, hubo reciprocidades de valiosos presentes: ricas joyas, vestidos, armas, caballos y esclavos. También había costumbre de hacer intercambio con parientes y personas queridas y cercanas, no exactamente como rehenes, sino como muestra de confianza y de leales intenciones.

Entre el grupo de seres queridos enviados a Córdoba por la reina Toda, les correspondió formar parte a los mellizos Auriola y Eneko. Esta decisión, por tremenda que pareciera, resultaba irrevocable, puesto que los pequeños eran huérfanos y tenían una edad adecuada para emprender una nueva vida formando parte de la corte del califa, que, aun siendo sarracena, era considerada la más esplendorosa metrópoli en aquel tiempo.

23

El joven poeta Farid al Nasri despertó aquella mañana con el corazón henchido de emoción y embriagado todavía por las sensaciones de la noche anterior. Intentó concentrarse en las ocupaciones que tenía previstas para ese día, pero solo evocaba la historia que el Cojo le había contado en el Jardín del Loco. Estaba entregado a estos dulces sueños mientras comía un poco de pan, cuando, de repente, una voz le sacó bruscamente de ellos. Era su amigo Yacub, que le llamaba desde la calle:

—¡Farid! ¡Estoy esperándote! ¡Levántate de una vez, perezoso!

El poeta se asomó a la ventana y contestó:

—¡Calla! ¡No hace falta que grites! ¡Estoy levantado!

—Pues baja de una vez.

—¡Sube tú!

Farid vivía en un cuartucho alquilado, en el segundo piso de una vieja casa del barrio de los libreros. Siempre que Yacub entraba allí no podía disimular el desagrado que le producía aquella estancia minúscula, pobre y calurosa, en la que solo había una estera en el suelo y un canasto lleno de ropa gastada. Ante semejante penuria, nada más aparecer, dijo:

—¿Cuándo te vas a mudar? No sé cómo puedes seguir viviendo aquí, ni cómo puedes dormir echado ahí con este calor.

Farid contestó enfadado:

—¡Cuando concluyamos ese negocio buscaré algo mejor! ¡Sabes de sobra que no me lo puedo permitir por ahora!

Yacub le miró largo rato, sonriendo, como para darle ocasión a cambiar de actitud, luego replicó:

—No te enfades conmigo. Te lo digo por lo mucho que te aprecio. Porque te considero verdaderamente como a un hermano y deseo lo mejor para ti. ¿Cuántas veces te he ofrecido mi casa para que vengas a vivir?

Farid levantó la cabeza y, mirando afectuosamente a su amigo, contestó con una ligera sonrisa:

—Muchas veces, hermano. Pero yo no puedo soportar ser una carga para nadie… Bastante te agradezco ya que contaras conmigo para el negocio que tenemos tú y yo entre manos. Lo que deseo ahora es ganar ese dinero que me permitirá tener un lugar más digno para vivir. Pero, por el momento, me conformo con esto. Así que no te preocupes más por mí. Además, soy feliz, ¡muy feliz! ¡Ya llegará la hora de poseer una buena vivienda!

Una amplia expresión de satisfacción iluminó el ancho rostro de Yacub. A pesar de su dureza de carácter, era sensible a las necesidades y sentimientos del poeta, porque le quería sinceramente. Por eso quiso compartir con él desde el primer momento las ganancias del negocio que habían emprendido juntos, aunque ninguno de los dos sabía todavía en qué iban a consistir. Disfrutaba con su compañía y su colaboración, y sometía desde hacía algún tiempo la mayoría de sus decisiones al criterio de su amigo, más incluso que a los consejos de su propio padre o sus parientes.

Así que, por mucho que le molestara que él viviera en aquel cuartucho, acabó diciéndole esa mañana:

—Tienes razón, hermano: ¡ya llegará la hora! La hora de ser ricos y de que tú vivas conforme a lo que tu talento se merece.

Farid, muy cariñoso, se irguió exclamando:

—¡Eres la persona más buena y generosa que he conocido! ¡Doy gracias a Alá porque me condujera hasta cruzarme en tu camino!

160

—Yo me crucé en el tuyo. ¡Doy gracias a Alá!

El poeta rio y repuso:

—¿Y qué más da quién encontró al otro? Nos cruzamos en el camino de la vida gracias a Alá, dejémoslo así.

Yacub soltó otra carcajada, estentórea. Luego le miró atentamente y, con una expresión que manifestaba toda la curiosidad que sentía, preguntó:

—¿Cómo te fue con el Cojo en el Jardín del Loco?

Farid musitó con aire embelesado:

—Con razón dicen que es un lugar maravilloso...

Yacub no le dejó continuar y, con una voz llena de ansiedad, inquirió:

—¿Conseguiste que hablara? ¿Te lo contó? ¿Te contó todo?

El poeta sonrió, porque le divertía esta curiosidad de su amigo. Pero enseguida se puso serio, y una cierta preocupación se insinuaba en su mirada cuando respondió:

—Bueno, todo, todo...

—Entonces, ¿no quiso hablar?

—El Cojo habló. Estuvo por fin animoso y locuaz. Tanto que llegué a creer que me lo contaría todo... En verdad, puedo decir que fue una conversación sumamente interesante. Él estaba inspirado. ¡Demasiado inspirado! Y ya no me cabe la menor duda de que es un gran poeta, ¡un magnífico poeta! Eso lo vi ayer con claridad; lo vi en sus ojos, en su semblante, en sus lágrimas... Se sinceró conmigo y deberías haberle visto: ¡parecía un hombre diferente! Desapareció su orgullo, se esfumó su soberbia, se aplacó su mal humor... Abdel el Cojo me pareció ayer apenas un niño débil, indefenso y necesitado de cariño... Por su boca supe que no tuvo una vida fácil. Cuando todavía era joven buscó, se arriesgó y fue capaz de acercarse a los poderosos para tratar de encontrar su sitio: el puesto que él creía que le correspondía en este difícil mundo de la poesía... Es decir, luchó, peleó, para hacer valer su arte. Como deben hacer sin miedo los que están seguros de que han sido dotados de talento, los que sin género de duda consideran que poseen el don… ¡Y eso no es tarea menuda! Porque puedes equivocarte y te enfrentarás entonces al fracaso, a la humillación y al desprecio. Pero Abdel el Cojo poseía ese don, ese tesoro, y lo supo hacer valer en el lugar oportuno y en el momento preciso, ante los únicos que tenían capacidad para reconocerlo… Y eso también fue un regalo de la providencia… Todo eso me contó humildemente, sin adornos enfáticos ni artificiales, sin mentiras. Y yo supe que decía la verdad… ¿Comprendes lo que quiero decir?

Yacub le miraba asombrado, hizo un gesto afirmativo y respondió con una exquisita cortesía:

—En fin. Comprendo que tuvisteis una auténtica conversación entre poetas. Lo cual me parece del todo maravilloso. Pero… ¿te contó lo que nos importa?

Farid suspiró y, como hablando consigo mismo, musitó:

—Si no le hubiera vuelto a entrar la maldita diarrea…

Yacub le miró preocupado y preguntó:

—¿Otra vez la diarrea? ¿No se había curado?

—Sí, se había curado. O eso se creía él… Pero se conoce que, con la emoción de contarme aquellas cosas, con los recuerdos, se le removieron las tripas, se le soltó el vientre y… Así que tuvimos que irnos a todo correr. Una verdadera lástima, porque estaba muy animado hablando y me pareció que se sinceraría totalmente…

Yacub movió su redonda cabeza con un gesto de desesperación:

—O sea, que no te contó lo del hayib Almansur. Entonces, ¿qué te contó?

—En resumen, lo que antes traté de explicarte; eso que tú consideraste que fue solo una conversación entre poetas. Y es verdad que lo fue… Pero el Cojo supo explicarme muy bien cómo conoció a Muhamad Abuámir, cuando este todavía no había llegado a ser quien hoy es. Fue allí mismo, en el Jardín del Loco; y cualquiera pensaría que fue por pura casualidad. Pero yo fui capaz de advertir que en todo aquello había un misterio oculto; ese enigma, ese secreto que parece estar siempre presente en todo lo que rodea a Almansur… ¿Sabes a lo que me refiero, verdad?

Yacub asintió con profundos movimientos de cabeza. Luego sentenció:

—Ese misterio según el cual nadie puede saber si es Almansur quien busca a la gente o si es la gente quien busca a Almansur...; si es él quien se sirve de los demás o si son los demás los que se sirven de él. O mejor será preguntarse: ¿habrá una fuerza oculta que hace que Almansur se rodee de las personas adecuadas en los momentos oportunos?

—A eso mismo me refería —afirmó Farid, suspirando.

Se hizo un elocuente silencio entre ellos. Se miraban a los ojos, compartiendo cierto temor y una especie de respeto a lo desconocido. Luego el poeta suspiró de nuevo, como para tranquilizarse, sonrió y añadió:

—Pero Abdel el Cojo me lo acabará contando todo...

24

Cuando el almuédano de la mezquita Aljama lanzó su potente voz llamando a la oración de la mañana, el eunuco Sisnán se sobresaltó y fue hacia la ventana para echar una mirada nerviosa. El jardín estaba solitario, bañado por los vagos destellos del primer sol. El perro surgió luego de entre los arbustos y caminó perezosamente hasta la fuente; bebió con desgana y se tumbó sobre el mármol del enlosado.

Una oscura inquietud había caído sobre la vida de Sisnán desde el día que el viejo estuvo a punto de ahogarse en el estanque. Sería por la impresión, por el susto o por el frío contraste del agua por lo que Chawdar seguía en cama, sin fuerzas y sin determinación. Esto había dejado a Sisnán en tal desconcierto que se levantaba cada mañana sin saber qué hacer, y preocupado únicamente por si volvía o no de una vez la señora. A veces, hasta hablaba en voz alta cuando nadie podía escucharle. «Un día más», se decía, por ejemplo; y lo iba repitiendo mientras daba vueltas nervioso por todo el palacio. Se sentía solo, abandonado y en un sinsentido.

Aunque también era verdad que había en aquella enorme casa otra persona con la que él estaba empezando a tratar con cierta intimidad de un tiempo a esta parte: una esclava nueva; una muchacha menuda, regordeta y alegre, cuya presencia en aquel mundo cerrado le proporcionaba cierto alivio. Se llamaba Delila, y había sido traída de algún pueblo de la costa. Podía ser tan tímida e incauta como animosa y sagaz, lo cual a Sisnán le divertía mucho y conseguía evadirle algunos ratos del pesado ambiente que reinaba en los Alcázares.

Esa mañana, cuando él estaba todavía asomado a la ventana, Delila entró para llevarle una taza de leche fría.

—¡La leche! —le gritó a la espalda.

Sisnán se dio un susto y se volvió para reprenderla.

—¡Mira que eres bruta! ¡Casi me matas del susto!

Los ojos de la muchacha chisporrotearon en su cara redondita, mientras le acercaba la taza sonriendo. Y él, antes de cogérsela de la mano, le preguntó:

—¿Sabes si se habrá despertado ya el señor Chawdar?

Delila se encogió de hombros sin dejar de sonreír.

Sisnán dio un sorbo y luego exclamó por decir algo:

—¡Qué calor! Son ya demasiados días y queda mucho verano por delante…

Ella se alejó con una vivacidad que anunciaba su buena disposición y su contento. Y entonces él, que no deseaba estar solo, quiso asegurarse de que se quedaría un poco más y le pidió:

—Espera a que me lo beba todo y luego te llevas la taza.

Delila contestó con inquietud:

—No puedo. Hay pan en el horno…

—¡Tú harás lo que yo te diga! —le gritó Sisnán enojado—. ¡Y no rechistes!

—Es que se va a quemar…

—Hay más sirvientes en esta casa —replicó él—. Que se ocupen ellos, y si no, ¡que se queme!

Ella frunció el ceño y se sentó en el suelo. No le faltaba atrevimiento, pero se dio cuenta de que Sisnán estaba esa mañana más alterado que de costumbre.

Él bebía la leche despacio, mientras la miraba de reojo. En cualquier otra circunstancia, se habría terminado la taza en menos tiempo. Pero iba lento con el fin de retenerla y, entre sorbo y sorbo, dijo:

—El viejo me tiene muy preocupado. Y no creo que haya enfermado por caerse al estanque. Un remojón con este calor, en pleno verano, no es para tanto…

—Para alguien más joven quizá no —repuso ella—. Pero el señor Chawdar es muy anciano. Pasó el invierno muy mal, tosiendo todo el tiempo y metido en la cama durante días enteros. Hasta la primavera no empezó a sentirse mejor, pero ya sabes cómo se quejaba.

Sisnán se quedó pensativo y luego observó:

—Lo mismo pasó con el gran chambelán Al Nizami. Tú no estabas todavía aquí cuando el otro viejo fata empezó a perder las fuerzas y acabó encamándose. Ya no volvió a levantarse. Luego decidió irse a vivir a la medina, a una casa que se compró hace años, para ser cuidado allí por sus propios criados y no suponer una carga para nadie, según dijo. Eso fue hace más de dos años y no ha hecho intención de regresar a los Alcázares.

—Cuando los viejos se meten en la cama… —comentó Delila en son de fatalidad.

Sisnán movió la cabeza asintiendo, y luego sentenció:

—Son muy ancianos los dos; han tenido una vida larga y ¿qué más se puede esperar?

—Sí. Eso mismo digo yo: mejor morir una en su propia cama que acabar por ahí tirada en cualquier parte, como una rata vieja.

Él la miró estupefacto y le dijo displicente:

—¡Qué cosas dices, Delila! ¡Mira que eres burra!

La muchacha rio, tapándose la cara gordezuela con las manos. Tampoco él pudo evitar soltar una carcajada. Luego cruzaron una mirada cómplice, porque en otras ocasiones también habían acabado riendo juntos por cualquier cosa, aunque no resultara graciosa, pero que a ellos los divertía igualmente sin saber por qué.

Estaban riendo todavía cuando, de pronto, llegaron de lejos ruidos y voces que los sobresaltaron; y un instante después, apareció uno de los criados anunciando:

—¡Todo el pan se ha quemado!

Y detrás entró la jefa de las criadas; vio allí a Delila y empezó a regañarla:

—¿Qué haces aquí tú? ¡Boba! ¿No te encargué que cuidases del horno? ¡Nos has dejado sin pan para hoy!

La muchacha se levantó de un salto y corrió a esconderse tras las cortinas, mientras su jefa iba tras ella para pegarle, gritando:

—¡Ven aquí, desgraciada! ¡Ven, que te arrancaré los pelos!

La alcanzó, la agarró por el cabello y hubo un forcejeo entre ellas. Pero Sisnán se apresuró a intervenir, interponiéndose entre las dos, y las separaba diciendo:

—¡Basta! ¡No consiento peleas aquí! ¡Están prohibidos los escándalos en el palacio!

Pero la jefa de las criadas no cejaba; estaba fuera de sí y seguía gritando y pegando a Delila. Hasta que acabó metiéndose también en la refriega el otro sirviente, un hombre fuerte que consiguió separarlas.

Sisnán entonces, cuando cesó la pelea, trató de recobrar el resuello, muy alterado, y se dejó caer sobre los cojines del diván, gritando:

—¡Fuera! ¡Fuera todo el mundo de aquí! ¡Por Alá de los cielos! ¡Me vais a matar! ¡Con lo nervioso que estoy! ¡Fuera!

En ese instante entró Chawdar, a pesar de su debilidad, caminando torpemente apoyado en un bastón, medio desnudo, y preguntando con una voz que no le salía del cuerpo:

—¿Esto qué es? ¿Qué demonios pasa aquí? ¿Os habéis vuelto todos locos en esta casa? ¡Sisnán…! ¡Sisnán! ¿Cómo consientes estos escándalos?

Todos los ojos se volvieron hacia el anciano eunuco. Incluso el perro, que acababa de entrar, también le miraba.

—¡Señor Chawdar! —exclamó Sisnán demudado—. ¡Te has levantado de la cama!

—¿Y cómo no me iba a levantar? —replicó él—. ¡Creí que habría fuego en la casa! ¡Con un escándalo así!

Sisnán le contestó con suavidad y, al mismo tiempo, con firmeza:

—A mí no me eches la culpa. ¡Échasela a todos estos!

El anciano guardó silencio, mirando en derredor, agobiado y pensativo; luego alzó la cabeza con gesto obstinado, dio un golpe con la contera de su bastón en el suelo y gritó con las pocas fuerzas que tenía:

—¡Fuera de aquí! ¡Marchaos, pandilla de ineptos!

Los criados se apresuraron a salir de allí. Y lo mismo iba a hacer Sisnán, pero Chawdar le retuvo.

—¡Tú no, idiota!

Sisnán permaneció muy quieto, mirando el suelo. Le temblaban las piernas y era incapaz de pensar.

El anciano puso en él unos ojos llenos de cólera, mientras caminaba vacilante hacia el diván, diciendo ásperamente:

—Sabía que eras un inútil, pero no que lo fueras tanto. Me pongo enfermo y la casa se convierte en una jaula de fieras… Con los problemas que hay ya… ¡Con todo lo que tenemos entre manos!

Sisnán guardaba silencio. Luego murmuró:

—A ver si voy a tener yo la culpa de todo lo que nos pasa…

—¡Tienes mucha culpa! Porque no eres capaz de controlarte y no acabas de tener serenidad.

Sisnán se atrevió a mirarle directamente a los ojos y replicó:

—Procuro estar tranquilo, pero no me dejan.

El viejo meneó la cabeza en silencio y luego comentó apesadumbrado:

—¿Y la señora…? ¡Esa insensata! ¿Dónde diablos estará buscando su perdición?

—Nada se sabe de ella —contestó Sisnán con vehemencia, aprovechando que se desviaba de él la culpa.

Chawdar dejó caer sonoramente en el suelo su bastón y se echó suspirando en los cojines. Su cuerpo medio desnudo, blanco, débil y arrugado resaltaba escandalosamente sobre la seda encarnada. El otro le miró y dijo reverentemente:

—Señor, deberías cubrirte, no cojas frío…

El anciano ignoró esta recomendación y volvió a suspirar sonoramente, pasándose la mano temblorosa por la frente. Después miró a su alrededor con detenimiento y comentó con aire terrible:

—No quiero ni pensar en que la señora pueda hacer una locura…

—¿Una locura? —inquirió Sisnán sin disimular su turbación—. ¿Qué clase de locura?

—Quedarse con ese demonio del hayib Almansur y no volver.

Se cernió sobre ellos un silencio tan sombrío como el salón en el que se hallaban, cuyas cortinas seguían corridas. Finalmente, el viejo añadió:

—Y eso sería el final de todo…

De nuevo descendió el silencio. Hasta que Sisnán preguntó angustiado:

—¿Y qué podemos hacer?

Chawdar movió la cabeza, apesadumbrado.

—Poca cosa… Porque… si ella se alía con ese diablo…

—¡Alá no lo permitirá! —exclamó el otro, con la voz rota y chillona como la de un niño—. ¡Hay que hacer algo!

El anciano parecía estar cada vez más febril y aturdido. Repitió con pena:

—Si ella se alía con él, nuestro plan ya no tiene ningún sentido…

El temible silencio se anunció una vez más. Pero Sisnán exclamó, casi sollozando:

—¡Ojalá hubiéramos sabido eso cuando emprendimos esta peligrosa aventura!

Respirando con dificultad, Chawdar contestó:

—No digas eso… Porque tampoco ahora lo sabemos. Todo lo que te he dicho son suposiciones. Lo que esté haciendo la señora no está a nuestro alcance saberlo…

Sisnán se asustó todavía más. Fue hacia una palangana que estaba sobre una mesa y humedeció un paño para intentar ponérselo al viejo en la frente. Pero él le apartó la mano con ímpetu y siguió diciendo:

—Aunque… un adivino sí puede saberlo… ¡Hay que ir a ver al brujo!

—¡Tú no puedes ir, señor Chawdar! —exclamó Sisnán suplicante—. ¡Estás enfermo!

El anciano suspiró profundamente y cerró los ojos. Pero un instante después los abrió para clavarlos en él y decir:

—¡Irás tú!

Sisnán le miró aterrado, llevándose las manos al cuello.

—¡Sí, irás! —insistió Chawdar—. No vas a decirme que no y no pondrás ninguna pega. Tienes que ir a casa del brujo y vas a ir. Porque si no lo haces… Si no vas, no podremos saber lo que debemos hacer a partir de ahora. Además, esa es la voluntad del gran chambelán Al Nizami. Él nos ordenó que fuéramos. Yo no tengo fuerzas. Pero tú debes cumplir esa orden en nombre de los dos.

El rostro de Sisnán reflejaba toda la turbación mental y espiritual que sentía ante este mandato.

—No puedo… —murmuró.

—¡Sí puedes!

—Tengo un miedo horrible… Yo no estoy hecho para esas cosas… ¿Por qué no le pides que vaya al cadí Raíg al Mawla?

El viejo le respondió sin pensarlo.

—¡Idiota! ¿Cómo puedes ser tan idiota? Sabes de sobra que el señor Al Mawla no iría jamás. ¡Se reiría de mí si se lo pido! Él es como la señora: su hermana y él tienen almas de rumíes cristianos y no creen en estas cosas… ¡Irás tú!

—¿Cuándo? —preguntó Sisnán con voz casi inaudible.

—Mañana. ¿Por qué esperar más? ¡Y no se hable ya del asunto!

Sisnán vaciló un rato, sollozó, dio vueltas por la habitación con los ojos clavados en el suelo. Pero luego sintió que, en cualquier caso, era mejor hablar que seguir callado, y preguntó en tono cauteloso:

—¿Y qué pasará si decido no ir?

El viejo, indignado, le apuntó con el dedo mientras respondía:

—¡Maldito seas hasta el día del juicio! Piensa que el gran chambelán Al Nizami puede morir en cualquier momento… ¿No sabes el peligro que conlleva negarse a cumplir la voluntad de un moribundo? Si no vas al brujo, y Al Nizami muere, se te aparecerá durante toda tu vida. Y si el que abandona este mundo antes soy yo, te juro que mi espíritu no te dejará dormir en paz ni una sola noche.

25

Después de que se acallaran los últimos ruidos en torno a los Alcázares, el cadí Raíg al Mawla mandó llamar a Sisnán y le dijo en privado, con aire grave:

—Esta noche saldré del palacio en secreto para unos asuntos, y no quiero que nadie sepa que he estado ausente. Iré solo, vestido con ropas oscuras.

El eunuco se agobió al tener que enfrentarse a aquella inesperada decisión del cadí y no pudo evitar preguntarle:

—¿Lo que vas a hacer tiene que ver con el plan?

—Eso a ti no te concierne —respondió severamente Al Mawla.

—¿El señor Chawdar lo sabe?

—No. Y no debe saberlo. Ya te he dicho que nadie debe enterarse.

Sisnán se quedó en silencio, mirándole. Y el cadí le ordenó:

—Ayúdame a vestirme.

—¿Y si me pregunta?

—Le dirás que duermo.

El eunuco se rascó nerviosamente la cabeza y dijo con testarudez:

—Creo que deberías decirme adónde vas. Estoy tan preocupado…

Al Mawla soltó un bufido de rabia y fue hacia un baúl para abrirlo y sacar su ropa, diciendo:

—Empiezo a cansarme de tanta preocupación… ¡El viejo y tú sois el mayor problema en esta casa!

Un instante después, Sisnán le ayudaba a vestirse, con los ojos enrojecidos por el llanto y el terror prendido en el rostro. Las ropas que se puso encima el cadí eran oscuras y demasiado cerradas para una noche tórrida de verano.

—Tendrás mucho calor —dijo el eunuco, con la resignación de quien ya no tiene más recursos ante tanto sobresalto—. Además pueden tomarte por un bandido y hacerte algo malo.

El cadí le miró, forzó una sonrisa y contestó:

—¿Cómo tienes tanto miedo siempre? Todo te asusta. ¡Anima esa cara!

Sisnán insistió:

—Te vas a asfixiar con todo esto encima, señor.

—Ya te dije que quería ir tapado para atravesar la medina sin que nadie pueda reconocerme. Si paso calor es cosa mía. Tú preocúpate de tus asuntos, de lo que te toca a ti hacer en todo esto.

—Me preocupo porque no sé adónde vas ni qué pretendes hacer…

—Ya te he dicho que eso no es cosa tuya.

—¿Y por qué vas solo? —preguntó machaconamente el eunuco—. Debería acompañarte alguien.

Raíg soltó un resoplido de fastidio y replicó:

—Esto debo hacerlo yo solo. Nadie más debe saber adónde voy y lo que voy a hacer.

—¿Y por qué no voy yo contigo? Guardaré el secreto…

—¿Tú? —contestó con ironía el cadí, dándole palmaditas en la espalda—. ¡Te cagarías de miedo!

Al oírle decir esto, Sisnán no pudo evitar pensar en la aterradora misión que tenía que cumplir él a la mañana siguiente: ir a la temida casa del brujo. Pero eso no se lo podía decir al cadí. Así que asintió con la cabeza y terminó de abrocharle el cinturón. Luego le envolvió la cabeza en un turbante negro y dijo:

—Ya está, señor. Si te tapas bien la barba, dejando al descubierto solamente los ojos, nadie podrá saber que eres tú.

Al Mawla se miró en el espejo que estaba colgado en un extremo de la habitación y observó con indolencia:

—Tampoco debe preocuparnos demasiado que alguien me vea. Esto es una simple precaución. Si salgo a plena luz, a la fuerza deberé ir acompañado. Ya sabes que la guardia tiene que cumplir su cometido... En fin, me voy antes de que sea más tarde.

Sisnán lo acompañó hasta la parte trasera de los Alcázares, donde estaba la pequeña y secundaria puerta que solía usarse solamente para salir con discreción al adarve sur de la muralla.

—Que la providencia te defienda —dijo el eunuco, abriendo la puerta—. Y ten sumo cuidado, señor. Hay mucha gente perversa por ahí...

—Anda, no seas tan miedoso y deja de preocuparte.

Salió el cadí y lanzó una mirada sobre el adarve, que estaba ya sumido en la oscuridad. Recorrió el estrecho callejón y salió al exterior de los últimos muros que cercaban el palacio, dirigiéndose hacia una plazoleta a la que daban las puertas falsas de varios caserones. Dio un gran rodeo eludiendo el barrio rico y llegó, recorriendo un dédalo de callejuelas, junto a la mezquita de Al Saluli, cuyos jardines lindaban con la parte norte de la medina. Atravesó una tupida arboleda y se dirigió a los muros de una gran casa. En la esquina derecha le estaba esperando un hombre tan embozado como él, que le hizo una señal con la mano y, sin hablarle, le indicó una pequeña puerta que estaba abierta. Entraron los dos en silencio y caminaron a tientas por un angosto pasaje, tropezando con las muchas piedras que había en el suelo. Luego, cuando sintieron que estaban en el final, echaron los cuerpos a tierra y se arrastraron sobre sus estómagos, hasta detenerse donde les cerró el paso una portezuela; la empujaron y aparecieron en un huerto oscuro. Otro hombre, pequeño y delgado, los recibió, saliendo de las sombras y diciendo:

—Soy el criado. Mi amo está en la casa. Seguidme.

Caminaron en la oscuridad, en silencio, entre árboles y arbustos. El cadí lanzó una mirada hacia el fondo y vio una ventana que dejaba salir una débil luz.

—Mi amo está ahí —indicó en un susurro el hombre que los guiaba.

—Bien —instó Al Mawla, haciéndole a la vez un gesto de apremio al que entró con él—. ¡Vamos allá!

—¿Tú o yo? —preguntó el otro.

—Hazlo tú —respondió el cadí—. En eso quedamos.

El otro tenía la cara iluminada tenuemente y le miró con gesto sombrío. Luego se dirigió al hombre pequeño, que decía ser el criado, para pedirle:

—Dame eso.

El criado se acercó hasta unos arbustos cercanos y sacó de entre ellos un hacha de tamaño mediano.

—Aquí la tienes.

El cadí empuñó el hacha y se quedaron entonces quietos. Solo se oían sus respiraciones ansiosas.

El tiempo pesaba sobre ellos, y el cadí acabó preguntando en un susurro:

—¿Lo vas a hacer de una vez o tendré al final que hacerlo yo?

—¡Vamos, dame el hacha! —contestó el otro—. Lo haré.

Caminaron los tres hasta la ventana donde brillaba la luz, que estaba más o menos a la altura del pecho de un hombre de mediana estatura. Se agazaparon los tres por debajo, pegados al muro. El cadí le dio una palmada en el hombro al que había dicho que lo haría, y este alzó el hacha.

—¡Vamos, con decisión! —le arengó Al Mawla.

—¡Vamos allá!

Un instante después saltó, y junto a él, casi al mismo tiempo, entró por la ventana el criado. El cadí se quedó fuera y se agachó cuanto pudo. Se oyó dentro un forcejo y voces ahogadas. La refriega se prolongaba en el interior. Entonces Al Mawla no pudo aguantar su deseo de asomarse; se puso en pie y vio la espantosa escena que se desarrollaba en la débil luz interior: los que habían saltado por la ventana estaban asesinando a un hombretón, que se debatía dando manotazos, con la garganta y la cabeza abiertas, mientras un denso chorro de sangre brotaba salpicándolo todo.

—¡Muere! —le decía el que tenía el hacha en la mano, mientras le daba sonoros golpes con ella—. ¡Muere de una vez, maldito!

El cadí sintió como si el corazón le fuera a estallar dentro del pecho, al ver cómo aquel hombretón, ataviado con una túnica tan roja como la sangre que salía por las terribles heridas, lanzaba un rugido estertóreo por la boca abierta y le brotaban espumarajos sanguinolentos sobre la barba grisácea.

—¡Dios! ¿Qué os pasa? ¿No podéis con él? —exclamó Al Mawla angustiado—. ¡Acabad de una vez!

El hombretón cayó al suelo, revolviéndose en el charco que formaba su propia sangre, pataleó y finalmente se quedó inmóvil. Los dos asesinos se cercioraron bien de que habían acabado con su vida y saltaron luego al jardín. Corrieron los tres, tropezando en la oscuridad con las piedras del suelo varias veces y chocando otras tantas con árboles y arbustos, hasta llegar a la pequeña abertura por donde habían entrado.

Tras ellos se empezaron a oír voces entrecortadas y gritos de terror que provenían de la casa. Entonces el cadí, mientras se metían por el oscuro y angosto túnel, preguntó con angustia:

—¿Estará muerto del todo?

—¡Sí! ¡Muerto y bien muerto!

26

La señora regresó deshecha a los Alcázares antes del mediodía. Entró en sus aposentos sintiéndose presa de una angustia desgarradora, como si el pecho, alcanzado por un rayo, le fuera a estallar en pedazos. Pero se propuso con todas sus fuerzas mantener la calma, e incluso afectar una sonrisa, cuando el eunuco Sisnán fue a anunciarle:

—Señora, tu hermano está en Córdoba. Hace tres días que llegó.

Ella contestó con tranquilidad:

—Me alegra mucho saberlo. ¿Dónde está?

El cadí no había vuelto desde que se marchó en secreto la noche anterior. Sisnán recordó la advertencia que le había hecho antes de salir y tuvo que pensarse lo que debía contestar.

—No te preocupes —dijo—. El señor Al Mawla no se halla en el palacio. No sabía que ibas a regresar hoy y se fue esta mañana temprano a no sé qué asuntos suyos. No creo que vuelva hasta la tarde.

Ella suspiró manifestando su cansancio y dijo:

—Mejor así. Porque, aunque deseo encontrarme con él y abrazarle, quisiera antes de nada tomar un baño y descansar. Él comprenderá que estoy agotada.

—¿Dispongo entonces que te preparen el baño para ahora mismo?

La señora sintió un gran alivio al saber que no tendría que encontrarse por el momento con su hermano, pues no deseaba dar explicaciones; y respondió con firmeza:

—Sí, ordena que me preparen la bañera, pero con agua no demasiado caliente. He pasado mucho calor cuando venía hacia aquí… Y dile a todo el mundo que quiero estar sola. Que a nadie se le ocurra siquiera venir a mis estancias hasta mañana.

Después de dar esta orden, cerró la puerta de su habitación. También se fue hacia la ventana y corrió las cortinas con tal fuerza que casi las arrancó de sus soportes. Permaneció en silencio, confundida y envuelta en la oscuridad. Estaba completamente alterada y era incapaz de poner en orden sus pensamientos. Caminó casi a tientas hacia la cama y se sentó en el borde, sintiendo con angustia cómo los instantes felices pasados en la munya se alejaban en aquella atmósfera oscura, llena de duda y desesperación.

Después se tumbó boca arriba. Deseaba dormirse, pues apenas había podido conciliar el sueño del todo ninguna de las noches anteriores. Y un instante después, de repente, aún despierta, tuvo repentinos destellos de imágenes y recuerdos en su mente, efímeros, borrosos, que desaparecían demasiado rápido como para que pudiera retenerlos y analizarlos; la tomaban desprevenida y la llenaban de confusión al aparecer en el momento más inesperado. Veía los rostros de sus hijos cuando eran niños, a su esposo el califa Alhaquén; se veía a sí misma siendo niña en Pamplona o le venían a la memoria momentos ya olvidados.

Acabó poniéndose en pie, pero temió que las piernas no la sostuvieran, mientras todas esas imágenes se agolpaban en su mente. Abrió los ojos y miró en derredor, desorientada. Entonces sollozó y gritó en voz alta:

—¡Dios mío! ¿Qué me está pasando?

Le faltaron las fuerzas y volvió a tenderse. Intentó serenarse. Pero era consciente de que tenía tantas cosas que pensar, tantos enigmas que resolver… Todo se había trastocado y confundido desde que se marchó con Abuámir a la munya. Ahora nada estaba claro. Sus recuerdos eran como alfileres y todo su pasado le resultaba punzante y envenenado: una infancia torcida y condenada finalmente por el destino. Nunca antes le habían asaltado pensamientos como aquellos y empezó a sentir una angustia terrible. Aunque no se dejó arrastrar totalmente al vacío y la fatalidad, sino que acabó aferrando su esperanza al amor que había sentido a lo largo de su vida, a los momentos de felicidad que había tenido y a cosas más naturales y sencillas, como el sonido del canto de los pájaros que le llegaba desde el jardín o el rumorear de la fuente, que la sosegaban y le hablaban de que existía un mundo bello más allá del control que la memoria estaba ejerciendo sobre ella.

También se puso a rezar aquella antigua oración que aprendió siendo niña en un idioma que ahora no reconocía, pero que le devolvía la paz del alma cuando todo a su alrededor era espanto y oscuridad:

Pater noster qui es in caelis…

Estas palabras, comprensibles solo a medias, la dejaron caer de buen grado en una especie de profundo sopor, llevada por la gravedad de recuerdos bellos y lejanos, de otro mundo diferente y olvidado. Cuanto más se acercaba al presente, no obstante, más irreal le parecía su vida, como si todo lo que había allí afuera, en la bulliciosa ciudad, no le perteneciera en absoluto.

Santificetur nomen tuum.
Adveniam regnum tuum…

Su vida parecía irle pasando por delante; todos los años, todas las esperanzas gastadas y todos aquellos sueños e ilusiones que jamás llegarían a realizarse.

Fiat voluntas tua,
Sicut in caelo et in terra…

La presencia atractiva, seductora y dominadora de Abuámir se le representaba muy viva; su voz cálida, los movimientos de sus poderosos brazos, la barba hermosa, ahora encanecida, y el penetrante aroma que emanaba de él y que parecía envolverla todavía a ella.

Panen Nostrum quotidianum da nobis hodie,
et dimitte nobis debita nostra
sicut nos dimittimus debitoris nostris…

La señora tuvo que reconocer que seguía sintiéndose muy atraída por él. No sabía si todavía le amaba, pero su corazón no albergaba duda alguna sobre el hecho de que deseaba ardientemente estar con él, abrazarle y sentirse abrazada por él, besarle y ser besada, amarle y ser amada.

Et ne nos inducas in tentationem…

No le deseaba ningún mal; no quería que Abuámir sufriera ningún perjuicio y temía que pudiera morir. Pero resolvió que tenía que mantenerse alejada de él. Ese era el mensaje de sus recuerdos.

Sed libera nos a malo. Amen.

La señora se quedó al fin dormida. Era como si todo se hubiera evaporado a su alrededor, y lo que tanto le causaba angustia se hubiera alejado hasta un lugar perdido, sin que fuera capaz de regresar. Incluso también sintió como si se desvaneciera ella misma en la nada, disolviéndose y desapareciendo de este mundo. Daba gracias a Dios por ello en el fondo de su alma, sin reparar siquiera en que era de algún modo consciente de que seguía estando en el mismo sitio y de que todo permanecía con ella.

De pronto, unos golpes en la puerta la sobresaltaron sacándola del consuelo dulce del sueño. Y luego una voz susurrante de mujer le habló:

—Señora, señora… ¿Estás ahí, señora? El baño está ya preparado.

A ella estas palabras de momento no le decían nada. Tardó un rato en saber dónde se hallaba y hacerse consciente de lo que le pasaba. Se removió, se sentó en la cama y contestó con parquedad:

—Voy.

Salió y se dirigió hacia la habitación del baño con pasos cansinos, casi arrastrando los pies. Entró, perpleja y turbada, y dejó que la despojaran de la abaya. Se sumergió en la bañera lentamente. El agua estaba tibia, agradable. Se tendió de espaldas, abandonándose a una dulce pereza. Pero pronto se descorrió la cortina de la entrada y apareció el rostro menudo y regordete de Delila, que la miraba por la abertura, con una expresión llena de preocupación y ansiedad.

—¿Qué pasa? —le preguntó la señora con aire de fastidio—. ¿Por qué no me dejáis estar sola?

Delila siguió allí, mostrando con su cara llena de angustia que tenía que comunicar algo importante. Y cuando vio que la señora le hacía un gesto con la mano para que entrase, se atrevió a acercarse, diciéndole:

—Señora, tengo que darte una mala noticia.

Ella no tenía fuerzas para escuchar nada desagradable en aquel momento y contestó:

—Estoy muy cansada y tengo ya demasiadas preocupaciones…

La muchacha se tapó la cara con las manos y dijo en un susurro:

—Me han ordenado que te dé la noticia. Si no lo hago, me castigarán. Ten compasión de mí. ¡Bastante me ha costado ya tener que molestarte!

—Habla —le ordenó la señora—. Dime lo que pasa.

—Señora, perdóname —sollozó Delila.

—Te he dado permiso para que hables. ¿Qué ha sucedido?

Con voz grave, la muchacha le anunció:

—Anoche asesinaron al visir Al Quadrí en su casa de la medina. Uno de sus sirvientes ha traído hace un rato la horrible noticia.

27

—Lo raro de todo esto es que ya han muerto, con este último, tres hombres importantes de Córdoba —dijo circunspecto el padre de Yacub al Amín, síndico supremo del Zoco Grande de Córdoba—. ¡En idénticas circunstancias, en apenas tres meses y de la misma horrible manera! Asesinados los tres sin un motivo aparente. Algo extraño está pasando...

Un nutrido grupo de comerciantes y orfebres del sector más rico y significativo del Zoco Grande se había congregado desde muy temprano ante la puerta del síndico. También estaban allí su hijo Yacub y el joven poeta Farid al Nasri. Todos estaban muy pendientes de los acontecimientos, por si había alguna noticia más, un esclarecimiento del suceso o si ya se sabía quién podría haber hecho algo así.

Los demás habitantes del barrio y los que pasaban por allí se acercaban o se volvían para mirarlos. Las mujeres se asomaban por las ventanas, los que transportaban mercancías en sus borricos o en sus carros de mano se paraban con curiosidad, y lo mismo hacían los que portaban cestos en la cabeza. Todos, grandes y pequeños, se preguntaban intrigados: «¿Por qué los habrán asesinado?». Y había como una especie de consenso en querer escuchar lo que el síndico del Zoco Grande tenía que decir al respecto, puesto que era la persona de mayor autoridad y respeto de cuantos allí se hallaban reunidos. Y él, entrelazando los dedos sobre su oronda barriga, proseguía especulando:

—Están pasando cosas muy raras últimamente en la medina. Porque, digo yo, si no han robado nada; si no se trata de una venganza, ¿quién se arriesgaría a entrar en un palacio y matar a hachazos a un magnate?

Todos se miraban interrogativamente; unos asentían con graves movimientos de sus cabezas y otros murmuraban:

—Tal vez por celos.

—¿Quién sabe?

—Desde luego, es muy extraño.

Y el síndico, sabiéndose respaldado en sus opiniones por su relevante cargo, demandaba:

—Alguien tendrá que averiguar esto. Tendrán que investigar y darnos respuestas; porque, si no, ¿cómo podremos sentirnos seguros?

Se hizo un silencio terrible que duró un instante. Hasta que algunas voces exclamaron:

—¡Eso! ¡Que se busque a los culpables!

—¡Que hagan averiguaciones!

—¡Que redoblen la guardia de la ciudad!

Hasta que de repente sonó la voz del almuédano y todos callaron, alzando las miradas.

—¡Llaman al entierro! —dijo el síndico—. Debemos ir; todos debemos estar allí haciéndonos presentes. ¡Vamos!

Y echó a andar en dirección a la mezquita Aljama. Los demás le siguieron como un rebaño de ovejas sigue al carnero guía. Yacub y Farid también se vieron forzados a ir con ellos y se pusieron a la cola, cerrando la fila.

En voz baja, el poeta le preguntó a su amigo mientras caminaban:

—¿Y ese tal Al Quadrí quién era?

Yacub le miró extrañado.

—¿No lo sabes?

—No.

—Era un general eslavo, jefe de la guardia que defiende las costas del sur y también visir gobernador de los puertos de África. Pertenecía al círculo más íntimo del hayib Almansur. Era pues un hombre con mucho poder. Aunque bien es verdad que corrían últimamente algunos rumores que decían que había caído en desgracia y que estaba siendo relegado poco a poco de sus funciones…

Farid, lanzando a su amigo una mirada cargada de intención, dijo:

—Tendría enemigos.

—Es posible —asintió Yacub, haciendo una mueca de asco—. ¿Y qué poderoso no los tiene? No se puede subir alto sin cosechar envidias y recelos. ¡Hatajo de resentidos! Seguro que había quienes le querían mal y ahora, al verle decaer en su poder, han ido a por él… ¡Buitres!

Farid preguntó:

—¿Y los otros? ¿Quiénes eran esos otros dos a los que también degollaron?

—Igual que él, eran hombres que habían envejecido e iban cayendo en desgracia. Las tres circunstancias son muy semejantes. Todo lleva a suponer que se la tenían guardada desde hace tiempo y ahora habían visto llegado el momento más oportuno para acabar con ellos.

Farid, con voz insegura, comentó:

—Da miedo pensar en todo esto…

Prosiguieron caminando, sin hablar más, en pos del grupo de comerciantes y hombres del Zoco Grande. Más adelante se unieron a una multitud que afluía hacia la mezquita Aljama por todos los callejones. La gente iba envuelta en un denso murmullo, pero, al llegar al patio de los Naranjos, se iba haciendo un silencio impresionante. El aire estaba lleno como de tensión e incertidumbre. Los pocos que hablaban lo hacían en voz baja, y solo enunciando los hechos gloriosos del difunto en África, en las fronteras y al frente de los ejércitos que tantas victorias habían reportado a Córdoba.

Un hombre dignamente ataviado dijo con amargo gesto:

—Si han sido capaces de asesinar a este, con tantos partidarios como tenía, mañana pueden matarnos a cualquiera…

Muy pocos de los que acudieron con la intención de acompañar el cadáver antes de ser enterrado pudieron aproximarse. Delante de la mezquita Aljama, en el amplio patio, escenario de los acontecimientos más importantes de la ciudad, se había levantado un gran estrado. En él estaban el hayib Almansur, sus hijos y los más altos dignatarios del califato. En la distancia no se oían los rezos, ni tampoco luego los sermones y discursos que se pronunciaron ante el pabellón mortuorio. Y tuvo que abrirse a la fuerza un pasillo entre el gentío cuando entró desfilando la guardia, pertrechada y armada como si fuera a la batalla.

Por la tarde acompañaron el cortejo fúnebre muchos militares, aguerridos eslavos y jefes mercenarios. Una fila interminable de hombres a pie y a caballo cruzó la ciudad en dirección a la puerta de Amir, pasando por plazas y mercados repletos de gentes que observaban llenas de consternación. El claro sol del verano proyectaba sus ardientes rayos cuando el acompañamiento desfiló pausadamente por los amplios baldíos donde se veían los infinitos cementerios sembrados de sepulturas. El suelo polvoriento parecía brillar entre los túmulos de piedra.

Enterraron a Al Quadrí cuando era más patente el ocaso y el cielo se había tornado de un rojo intenso hacia el poniente. La multitud no pudo acercarse para ver cómo era sepultado, y empezó a disolverse después para regresar a sus barrios antes de que cayera la noche.

Farid y Yacub, siguiendo al padre de este y al grupo de mercaderes y orfebres, se encaminaron de regreso al Zoco Grande, mientras a sus espaldas arreciaban las lamentaciones y el llanto de los más allegados al difunto.

En la calle, abarrotada, de vez en cuando se alzaban voces encrespadas:

—¡Alá maldiga a esos asesinos!

—¡Que se haga justicia y acaben los malvados como ese pobre servidor de Alá!

Yacub sacudió la cabeza con rabia y dijo:

—A ver si el hayib Almansur se toma esto como algo propio y ordena que busquen a los culpables. Esto debe aclararse, porque la gente está muy indignada.

Pero Farid no contestó. Sus ojos brillaban de inquietud. Solo una cosa ocupaba su mente calenturienta en aquel momento: juntarse cuanto antes con Abdel el Cojo para hacerle muchas preguntas...

28

Farid al Nasri y el Cojo caminaban a paso quedo hacia los Baños del Pozo Azul. Era por la mañana y un sol implacable empezaba a caer sobre Córdoba. Las calles ardían en un silencio que era roto por el golpeteo monótono del bastón. Sudaban a chorros, deseando llegar, pero tenían que ir al ritmo desigual que marcaba la pierna deficiente del veterano poeta.

—Me he disgustado mucho por eso que me dijiste esta mañana —comentó de pronto Farid con pesadumbre—. No dejo de pensarlo…

El Cojo se detuvo mirándole y contestó:

—Esta mañana hemos hablado de muchas cosas… ¿Cómo voy a saber a qué te refieres?

—A lo que me has dicho de los Baños del Pozo Azul. Me parece muy extraño que los hayan cerrado. No es el mejor hamán de Córdoba, pero los hay mucho peores. Además, los Baños del Pozo Azul tienen algo especial…

El Cojo contestó con sencillez:

—El dueño, que es un buen amigo mío desde hace años, me explicó que el negocio ya no le resultaba tan rentable como antes, que es un establecimiento demasiado pequeño para las necesidades del barrio donde se encuentra, y que sus clientes prefieren otros baños más espaciosos y nuevos. Ya sabes lo variable que es la gente. Mantener un hamán de lujo resulta muy caro. Al parecer le han hecho una buena oferta para comprárselos y no se lo ha pensado.

Farid se puso en marcha de nuevo, preguntando:

—¿Y dices que nos dejarán entrar a pesar de ello?

—No lo sé. Lo intentaremos. Y si no nos dejan, iremos a otro hamán. Aunque en ninguna otra parte podremos encontrar la tranquilidad y la soledad de los Baños del Pozo Azul.

En el fondo Abdel todavía confiaba en que no les negasen la entrada. Y no se equivocaba. El mozo que guardaba la puerta los dejó pasar con un cordial saludo.

—Menos mal —dijo Farid—. Al menos podremos despedirnos del lugar en un día tan caluroso como este.

Entraron y recibieron la bofetada del vaho denso, tan peculiar de aquel sitio, mezcla de vapor y punzante olor a jabón con esencia de jazmines. Cruzaron el patio rebosante de macetas y se hallaron en la sala de pequeñas dimensiones donde resplandecía, con luz intensamente azul, el profundo estanque que daba nombre al lugar.

Apareció un hombre alto y robusto, de semblante amable, que se encaminó hacia ellos. Según todas las apariencias era el amo de la casa de baños. Por su expresión y sus ojos brillantes de dicha se conocía que no estaba nada preocupado o triste por tener que deshacerse del negocio. Durante un rato, se los quedó mirando sonriente. Luego saludó, extendiendo las manos acogedoramente.

—¡Sean con Alá bienvenidos los poetas! Seréis los últimos clientes que visitan esta casa mientras este servidor la regenta. A partir de mañana cerraré las puertas y el Todopoderoso decidirá lo que pasará luego con este negocio que heredé de mis abuelos. Pero, de veras, me honra que sean hombres tan ilustres quienes cierren conmigo la casa de baños.

—Dime la verdad —inquirió el Cojo con una punta de malicia—, amigo mío, ¿no te da pena tener que dejar algo a lo que te has dedicado con cariño toda tu vida? Ya sabemos que el dinero no da la felicidad… Y por mucho que te hayan pagado, me cuesta creer que vayas a desprenderte del todo de este maravilloso y entrañable lugar.

El dueño de los baños suspiró con fingida resignación, y respondió con una calma que parecía un lamento:

—Ya sabes, glorioso poeta, que no hay nada eterno en esta vida. Todo cuanto tenemos es pasajero... Nada poseemos del todo...

La sonrisa maliciosa del Cojo se intensificó cuando repuso:

—Sí, sí, querido, pero el dinerito se posee con mucho gusto... ¡Qué no te habrán pagado!

—De verdad, no ha sido tanto como imaginas —replicó poniéndose muy serio el bañero—. El dinero ha influido en mi decisión, no lo voy a negar. Pero sé comprensivo, y piensa también que yo puedo estar cansado. Las casas de baños son un negocio muy duro que conlleva pesados trabajos y una dedicación permanente. Sabes que no tengo hijos y nadie de mi sangre va a heredar el oficio. Tarde o temprano acabaría vendiéndolo y cuando me sienta más viejo... ¿Acaso no es mejor ahora que todavía me quedan tal vez años y fuerzas para disfrutar un poco de la vida?

Hubo un silencio. Luego Abdel preguntó:

—¿Y podemos saber quién te ha hecho la compra?

El dueño de los baños soltó una breve risa seca y contestó:

—Lo siento, pero eso no te lo puedo decir. Y no por mí, sino por el comprador. Él desea mantenerse discretamente en el anonimato.

—¿Y para qué quiere él los baños, con lo rico que debe de ser? —insistió preguntando machaconamente el Cojo—. Según tú, esto es un negocio ruinoso...

Se hizo un nuevo silencio embarazoso, en el que el bañero sostuvo su sonrisa forzada, pero dejando que trasluciera su incomodidad a causa de tanta curiosidad. Luego dijo, como con prisa:

—Señores, he de dejaros; tengo importantes cosas que hacer. Mi esclavo os atenderá. ¿En qué puede serviros esta casa en vuestra última visita?

Farid y Abdel se miraron. Tomó la palabra el segundo y dijo orgulloso:

—¡En fin! También mi amigo y yo tenemos importantes asuntos que tratar entre nosotros. Ve a tus cosas; no pretendemos importunarte más, y tampoco queremos ser molestados… Tomaremos un baño de vapor y luego otro de agua. Además, puesto que es la última oportunidad, desearíamos disfrutar de todos los demás servicios de esta casa: una sangría, unas ventosas, un corte de pelo y, mientras nos bañamos, un buen refrigerio.

El dueño se marchó tan sonriente como estaba cuando llegaron. Después entró el esclavo llevando una palangana, jabón, estropajo y todo lo necesario para complacerlos en el servicio que habían pedido.

Ellos se desnudaron y se tendieron sobre el mármol caliente. El criado se inclinó sobre ellos y les enjabonó con asombrosa celeridad la espalda, los brazos y las piernas. Cuando Farid quiso darse cuenta de lo que pasaba, ya le había puesto las sanguijuelas en la barriga y las muñecas. Así que protestó:

—¿Por qué tenemos que ir tan deprisa? En vez de tranquilizarme, me estás poniendo nervioso.

El muchacho se quedó mirándole con un curioso aire expectante y contestó:

—Mi amo me ha ordenado que acabe pronto. ¿No sabéis que hoy se cierra el negocio?

Abdel el Cojo se removió incómodo al lado, se incorporó y gritó colérico:

—¡Fuera! ¡Déjanos en paz! No queremos más servicios… ¡Déjanos solos! ¡Si llego a saber esto, no vengo! He sido un buen cliente de esta casa durante años. Dile a tu amo que es un desconsiderado. Va a cerrar el negocio y ya se ha olvidado de las buenas maneras… ¡Vete!

El esclavo miró a su alrededor como si la cosa no fuese con él. Recogió sus aparejos y se marchó encogiéndose de hombros.

29

Sisnán estaba esperando en el patio cuando apareció Delila, vestida con una túnica azul tan larga que le arrastraba por el suelo y no dejaba que se le vieran los pies; le quedaba además visiblemente grande, holgada y caída de hombros; le sobraba tela por todas partes. No obstante, su cara regordeta brillaba de felicidad.

Sisnán, al verla, le lanzó una mirada fulgurante, preguntando con indignación:

—¿Adónde vas así? ¡Pareces un espantajo!

A lo que ella respondió con voz temblorosa:

—Esta abaya me la regaló la señora... Es lo mejor que tengo... Para una vez que voy a salir de casa...

El fastidio apareció en el rostro del eunuco, que la regañó diciendo:

—Siempre pienso que eres una muchacha lista... De verdad, siempre lo pienso... Pero a veces, Delila, ¡mira que eres burra! ¿No podías haberte arreglado esa prenda? ¡Tú no tienes el cuerpo de la señora!

Ella contestó en tono triste:

—Lo pensé. Pero no he tenido tiempo para hacerlo. Además, me parecía que meterle la tijera a la túnica de la señora era como un sacrilegio... ¿Y qué hago ahora? No tengo otra ropa...

Sisnán gritó encolerizado:

—¡Me sacas de quicio, Delila! ¿Cómo que no tienes otra ropa? ¡Yo te he visto con buenas prendas!

Ella esbozó una sonrisa vaga y no le quedó más remedio que confesar:

—Me apetecía llevar la túnica azul de la señora. Me dijiste que iríamos al barrio de Al Muin… Cerca hay mercado y mucha gente por la calle. ¡Para una vez que voy allí!

Sisnán movió la cabeza con desesperación y replicó:

—¡No vamos de fiesta! Vamos a un asunto muy serio y no estoy como para discutir sobre ropas… ¡Estoy muy nervioso! ¡Ve a quitarte esa abaya y ponte algo más normal!

Un rato después, caminaban por la medina. La mañana era ardiente. Había soplado el viento del sur durante la noche y se había detenido al amanecer, dejando un aire espeso y sofocante en la ciudad. La gente parecía estar refugiada en lo más recóndito de las casas.

—¡Vamos! —le apremiaba Sisnán a Delila—. ¡No te pares, mujer!

Andaba él al frente, deprisa, con una mirada cargada de angustia e incertidumbre. La muchacha iba por detrás, vestida con una saya tosca, como de color berenjena, con el rostro y el pelo tapados con un pañuelo; solo se le veían los ojos, soñadores y risueños. Se detenía a cada instante para asomarse al interior de las casas por las puertas abiertas; curioseaba los talleres, las tiendas, los negocios… Y se plantaba como absorta y exultante en el medio de las plazas para mirar todo lo que había en derredor. Eso a él le exasperaba.

—¡No te pares, Delila!

Se adentraron después por el meollo de la ciudad, caminando por el laberinto de callejuelas que se desenvolvían como un ovillo de intestinos alrededor de la medina. Poca gente transitaba por allí. Dieron vueltas. Pasaron varias veces bajo el mismo arco. Sisnán iba por delante, como perdido, mirando cada puerta, cada arco, cada rincón… Y Delila no sabía qué estaba buscando o hacia dónde se dirigían, porque Sisnán no se lo había dicho; simplemente le ordenó que le acompañara a la medina, sin darle más explicaciones. Ella creía que iban de compras.

Pero de pronto el eunuco se detuvo, resopló y se lamentó con desesperación:

—¡Oh, bendito Profeta! ¡Resulta ahora que no recuerdo qué casa era!

Delila le preguntó suspensa:

—¿Cómo que no te acuerdas? ¿Buscas una casa y no sabes dónde está?

—Sé lo que busco… Lo que no recuerdo es dónde está la casa… Me parece que este es el barrio… Cuando vine la otra vez era de noche y no soy capaz de reconocer la fachada…

Volvieron a intentarlo. Cruzaron tres veces una pequeña plaza, torcieron a derecha e izquierda y regresaron al mismo sitio.

—¡Nada! —exclamó él—. ¡No me acuerdo!

Delila soltó una carcajada y le espetó:

—¡Hay que ser bobo!

Él la miró con rabia.

—¡Como te dé una bofetada!

Ella ignoró esta amenaza y añadió:

—Anda, bobo, dime de una vez quién vive en esa casa y yo llamaré a una de estas puertas para preguntar.

—¡Ni hablar! —contestó él, yendo a buscar la sombra junto a una fresca pared.

—Por favor —insistió ella—, dime de una vez qué estamos buscando. Será tan fácil como preguntar.

Sisnán sacó un pañuelo de seda bordado y se estuvo secando el sudor de la frente, volviendo a mirar hacia las casas de aquel barrio recóndito cuyas fachadas eran muy parecidas.

—Creo recordar que era una de esas tres —señaló.

—Si me dijeras por quién he de preguntar… —sugirió ella—. ¿Por qué no me lo dices de una maldita vez?

El eunuco fue a sentarse sobre el umbral de piedra de una

de las puertas. Permaneció pensativo durante un rato y luego le rogó a ella:

—Anda, ven aquí a sentarte a mi lado.

Delila hizo lo que pedía. Él entonces suspiró y le dijo, como derrotado:

—No quería venir solo… Necesitaba que alguien me acompañara. Hay asuntos a los que uno no debe venir sin compañía…

Ella puso en él una mirada interrogante y compadecida, preguntándole:

—¿Adónde? ¿A qué? ¿A qué asuntos te refieres?

El eunuco se echó a llorar, cubriéndose la cara con las manos.

—¡Es un secreto! —sollozó—. ¡No te lo puedo decir!

—Eso sí que no lo comprendo —replicó Delila—. Me ruegas que te acompañe y no me dices dónde ni para qué. ¿No te das cuenta de que estoy aquí contigo y acabaré enterándome? ¡Y luego me llamas burra a mí!

Sisnán alzó hacia ella sus ojos llorosos y asintió:

—¡Tienes razón!

—Pues, anda, dime por quién debo preguntar.

La cara del eunuco reflejó todo el pavor que sentía al responder:

—Por la casa de Nunún el Sabio.

Ella sonrió muy satisfecha, se puso en pie y fue hacia una de las puertas que tenían enfrente. Llamó y salió una mujer. Sisnán no podía oír desde allí lo que decía, pero la vio señalar y dar explicaciones. Delila volvió junto a él y le dijo con ironía:

—Anda que ibas tú acertado… ¡Vamos, que no es por aquí!

Volvieron a atravesar la plazuela y preguntaron en una de las esquinas. Luego caminaron por un callejón cerrado y oscuro hasta llegar a otra plazuela. Allí Delila llamó a una puerta ancha. Parecía que Sisnán había perdido ya toda determinación y que era ella la que estaba al frente del asunto.

Salió un hombre cetrino, seco, adusto; los miró y le preguntó a Sisnán, mientras señalaba a Delila:

—¿Esta quién es?

—Viene conmigo —respondió con apocamiento el eunuco.

—Pues no puede entrar —dijo ásperamente el que había abierto.

—Nos vamos entonces —replicó Sisnán.

Aquel hombre pareció pensárselo y acabó diciendo, en tono más amable:

—Los clientes vienen normalmente al atardecer. Sabes que mi amo solo trabaja por las noches y no atiende a estas horas.

—Me envía el gran chambelán Al Nizami —manifestó el eunuco con una prudencia y un miedo que no podía disimular.

—Está bien —cedió el adusto criado—. Voy a preguntar. Pasad mientras tanto al vestíbulo.

Desapareció por dentro de la casa, dejándolos esperando en un pequeño zaguán. Ellos estuvieron mirándose en silencio unos instantes, mientas Sisnán intentaba conseguir dominar sus sentimientos; pero su voz tembló luego, cuando dijo en voz baja:

—Si supieras el miedo que me dan estas cosas… Por eso necesitaba que me acompañaras.

Delila, en cambio, parecía estar encantada pudiendo ser partícipe de todo aquel misterio. Sus pequeños ojos, vivos, chisporroteantes, reflejaban la curiosidad y la emoción que sentía. Preguntó con voz taimada:

—¿Qué secretos te traes entre manos? ¿Para qué necesitas tú a un sabio?

Un rato después volvió el criado de la piel cetrina diciendo:

—Mi amo el brujo Nunún os espera.

30

La señora supo que su hermano había llegado cuando el perro enderezó las orejas y salió con alegría al jardín. Solo a él iba a recibirle de esa manera. Ella entonces se asomó a la ventana y le vio venir, con su porte agradable y su caminar lento y elegante.

—¡Eneko! —le llamó la señora.

El cadí se detuvo y levantó los hombros, su cara se iluminó y buscó a su hermana. Únicamente ella usaba ese nombre para él.

—¡Aquí, en la ventana! —exclamó la señora—. ¡Entra, hermano!

Raíg al Mawla la miró largo rato como buscando en su cara los signos de su estado de ánimo y contestó esbozando una sonrisa:

—¡Auriola, hermana, no sabes cuánto me alegra verte!

—¡También yo deseaba verte! ¡Entra!

Él pareció vacilar y dijo:

—Vengo del funeral de Al Quadrí...

—Lo sé. Me dieron ayer la noticia.

Él bajó la cabeza y dijo:

—Has hecho muy bien en no hacerte presente. El ambiente está muy caldeado y habrías tenido que soportar situaciones incómodas...

El pesar apareció en el rostro de la señora.

—Entra, Eneko, te lo suplico… Tenemos que hablar.

Él pasó al interior del palacio y fue directamente a la sala donde solían reunirse en privado. Ella ya estaba allí esperando y corrió a abrazarle.

—Menos mal que te tengo a ti, hermano —le susurró al oído, suspirando—. ¡Te echaba tanto de menos!

Se estuvieron mirando a los ojos durante un largo rato, sin decirse nada, como si sus sentimientos se comunicaran sin necesidad de palabras.

Después ella fue a sentarse en el diván, llevándole de la mano. El cadí se descalzó y tomó asiento a su lado, diciéndole:

—También yo te he echado de menos y deseaba regresar a Córdoba. Dios quiera que todo salga como lo tenemos planeado para que no tengamos que volver a separarnos…

Ella sonrió y contestó:

—Hay que hablar de eso y de muchas otras cosas…

Se abrazaron, comunicándose de nuevo con miradas y caricias. Luego conversaron largo rato. Él contó cómo había sido su vida en Badajoz durante los últimos meses y ella le hizo partícipe de las novedades de palacio, que no eran muchas. Después hubo un largo silencio que duró hasta que el cadí preguntó en un prudente susurro:

—¿Fuiste con él a la munya?

La señora apretó los labios, manifestando el pudor que sentía por tener que responder a esa pregunta.

—Auriola, ¿fuiste? —insistió él.

—Lo sabes de sobra —acabó contestando ella, cogiéndole las manos para tratar de relajar su tensión—. Los eunucos te lo habrán contado todo…

Se quedaron callados. El cadí no quiso hacerle pasar a su hermana un mal trago haciéndole preguntas incómodas. Pero ella rompió el silencio para decir con débil voz:

—Sentí que debía ir… Debes comprenderme, hermano…

Él la miró con cariño durante un largo rato y después observó:

—El hayib Almansur estuvo frío y ausente durante el funeral de Al Quadrí. Como si la cosa no fuera con él…

Las pupilas de la señora se dilataron y su rostro palideció.

—No te he preguntado por Abuámir —dijo, moviendo la cabeza para manifestar su contrariedad—. Y no tenía pensado preguntarte si lo habías visto en el funeral…

El cadí se inclinó hacia ella, apenado.

—Ya lo sé. Pero consideré que debías saberlo. Hay quien dice que a él no le ha importado lo más mínimo esa muerte… Abuámir es duro como el pedernal y cada vez se muestra más lejano e insensible…

El corazón de la señora se encogió, al preguntar temerosa y asustada:

—Dime la verdad, Eneko, ¿quién crees que ha asesinado al visir Al Quadrí?

El cadí permaneció en silencio largo tiempo, con la indecisión dibujada en el rostro.

—¡Dímelo! —insistió ella—. ¿Qué dice la gente?

Él agitó la cabeza en señal de protesta y contestó:

—¡Auriola, no quiero hacerte sufrir más! Es mejor que estés al margen de todo esto.

La señora suspiró de forma audible, como diciéndole: «¡Deseo tanto que seas sincero conmigo!».

Eneko tendió hacia ella una mano cariñosa y le acarició la mejilla.

—¡Ay, Dios mío —exclamó—, no me hagas hablar!

—¡Soy tu hermana! —contestó ella con voz suplicante, mientras le cogía la mano con dulzura—. Te ruego que no me tengas en la ignorancia… Quiero saber lo que está pasando. Sabes que he tomado la decisión de hacer frente a los años que me queden de vida y poner remedio a muchas cosas… ¡Bastante encierro y olvido he sufrido ya!

Él resopló, expandiendo su aliento, que olía a vino, y diciendo:

—Está bien, Auriola. Quieres que hablemos y vamos a hablar.

No quería tener que llegar a decirte esto, pero no me dejas más opción: creo sinceramente que no has hecho bien yéndote con él a la munya… Cuando me enteré, llegué a pensar que te habías vuelto loca… ¿Cómo se te ocurrió hacer algo así? ¿No has pensado en que podías poner en peligro el plan?

La señora le soltó la mano con brusquedad, resopló y se puso en pie.

—¿Lo ves? —dijo él, encogiéndose de hombros—. Quieres hablar… Pero no se te puede decir nada que no deseas escuchar… ¡Eso no es hablar!

Ella replicó con frialdad:

—Eneko, no te escapes del tema tú. ¡Sí que quiero hablar! Te he preguntado por la muerte de Al Quadrí. ¿Qué dice la gente?

—Anda, ven a sentarte —le rogó él.

Auriola se dirigió hacia el diván y se sentó, insistiendo tozuda:

—Tiene que haber suposiciones, hermano. Seguro que has estado hablando de ello con alguien. ¡Por favor, dímelo! ¿Qué dicen? ¿Qué piensan? ¿Quién ordenó que lo asesinaran? ¡Dímelo, Eneko!

Él estuvo mirándola largo rato a los ojos, apretando los labios, como con indecisión, pero luego acabó hablando.

—Al Quadrí no se merecía esto —empezó diciendo, aparentemente consternado—. Los que le conocían bien dicen que jamás le oyeron despotricar ni quejarse… a pesar de la injusticia que habían hecho con él apartándole de sus cargos. Pero el visir se conformaba. Se retiró a la soledad de su casa y apenas recibía a los amigos íntimos… Su muerte ha sido a todas luces un acto malvado e injusto…

—Pero… ¿Quién, Eneko? ¿Quién ordenó su muerte?

El cadí levantó hacia ella sus ojos afligidos, dudó un poco y contestó:

—Seguro que lo supones, Auriola… Te ruego por eso que no me obligues a ir más allá…

Ella se irguió, clavando en él una intensa mirada.

—No me hago ninguna suposición, Eneko.

Él bajó la cabeza:

—¿Puedo yo hacerte a ti una pregunta, hermana?

—Quiero ser sincera. Pregúntame lo que quieras.

—¿Sea lo que sea?

—Sí, lo que sea.

—¿Por qué te fuiste con él a la munya? —preguntó él con tristeza—. ¿Por qué te fuiste, hermana? Te dejaste convencer una vez más por Abuámir... ¿Por qué precisamente ahora? ¡Teníamos un plan! ¿Para esto hemos luchado tanto? ¿Para esto hemos dado pasos tan importantes?

Ella se refugió en el silencio y evitó sostener la mirada cruel e interpelante de su hermano.

—Ha sido una locura, Auriola —prosiguió él, elevando el tono de su voz—. ¡Una estupidez que traerá consecuencias!

La señora suspiró hondamente y luego acabó rompiendo a llorar, con un llanto sofocado que parecía brotarle desde lo más íntimo.

A lo que él, sin compadecerse, respondió con aspecto enojado:

—De verdad te digo, hermana, que no puedo comprender cómo todavía te dejas engañar por ese demonio. ¿Qué clase de embrujo te ha hecho? ¿Qué veneno te ha dado para dominarte de esa manera?

El silencio volvió de nuevo. Solo se oían los gemidos entrecortados de la señora, a los que se unieron el rumorear de la fuente en el jardín y el gorjeo de los pájaros.

Más tarde fue disminuyendo la tensión. El cadí iba siendo vencido por el desconsolado llanto de su hermana. Se aproximó a ella, la besó en la cabeza y le estuvo acariciando los hombros. Su voz entonces fue más cálida al decir en tono de disculpa:

—Espero que no pienses que quiero controlarte y que me empeño en meter la nariz en tus asuntos... ¡Espero que no te tomes todo esto de otra manera! Debes comprenderme, Auriola. El plan sigue adelante y temo que podamos dar un paso en falso. Eso es lo que más me preocupa, que todos los que estamos metidos en esto tengamos la suficiente serenidad para no meter la pata y que todo se eche a perder... ¿Comprendes lo que quiero transmitirte? ¿Cómo no me iba a enojar al saber que te habías ido con él a pasar unos días los dos solos en la munya?

La señora agitó la cabeza y mostró al fin sus ojos llorosos.

—Tú no me comprendes a mí, Eneko... —insistió con voz entrecortada—. Tú no sabes nada de lo que me pasa...

—¡Pues habla, hermana! ¡Háblame y dime lo que sientes!

Ella se levantó, fue a por un pañuelo y se estuvo enjugando las lágrimas. Luego volvió a sentarse, como haciendo un gran esfuerzo para recobrar la calma, y dijo:

—Me fui con él porque necesitaba hacerlo... Tenía que saber cosas, recordar cosas... ¡Necesitaba encontrar alguna razón en mí misma!

—¿Yéndote con él a la munya? Lo siento, Auriola, no te comprendo.

La señora estaba como si hubiera perdido la facultad de expresarse, perdida entre la confusión y la vergüenza. El resultado de toda aquella discusión y de los reproches de su hermano era haberla sumido en la desesperanza. Pero un instinto de autodefensa la lanzó a usar los recursos de la humildad, y contestó con pena:

—Si pudiera irme... Si pudiera regresar a nuestra tierra... Muchas veces pienso que esa sería la solución para nosotros: huir a Pamplona y pedirles asilo a nuestros parientes. Estoy segura de que ellos nos recibirían con los brazos abiertos...

El cadí se desconcertó, cambiándosele el color de la cara. Tragó saliva, bajó la mirada rehuyendo la de su hermana y permaneció en silencio. Ella entonces protestó:

—¿No respondes a eso? ¡Dime algo, Eneko! ¿No has pensado nunca en volver?

Como si esta pregunta le hubiera tocado en lo más profundo, él respondió con gravedad:

—Sí, lo he pensado. Pero eso que me dices es el fruto de la confusión y el miedo que ahora sientes. Sabes de sobra que es un sueño irreal. Tú no dejarías a tu hijo Hixem solo aquí.

En los ojos de la señora se dibujaron la tristeza y la angustia. Se puso a abrir y cerrar las manos con inquietud, y luego dijo con voz lastimera:

—Es verdad, hermano, él es lo único que me retiene aquí. Hixem es lo único que me preocupa. Por eso, hermano, me fui con Abuámir a la munya; porque necesitaba saber cuáles eran sus sentimientos hacia el califa... Y no te voy a ocultar que también quería saber lo que todavía él sentía por mí... Por eso decidí pasar con él esos días...

Calló un instante para que sus palabras penetraran hasta las entrañas de su hermano y continuó diciendo:

—Y te asombrarías, Eneko, si vieras como yo lo he visto, que Abuámir no quiere nada malo para nosotros...

Al oír esto último, el cadí se levantó de golpe, volviendo a estar enfurecido. Dio vueltas por la sala, con los puños cerrados, como si deseara dar golpes con ellos en alguna parte, y acabó gritando:

—¡¿Cómo me dices eso ahora?! ¡Estás loca!

Ella no se arredró y habló de nuevo diciendo:

—El pasado... Sé que es el pasado. Pero consideré que necesitaba dejarlo bien cerrado. No quiero que pienses que ha sido una traición o que me he echado atrás de nuestros planes. ¡Ha sido una verdadera necesidad! Necesitaba saber quién soy y poner en orden mis sentimientos antes de cometer una locura.

—¿Una locura? —replicó el cadí—. ¿Ahora llamas a nuestro plan una locura?

—¡Eneko, debes escucharme! —le rogó ella, yéndose hacia él para mirarle directamente a los ojos—. Soy una mujer que se ha acercado ya al final de su vida y que está llena de remordimientos. ¡No quiero perder mi alma!

Al oír esto, el cadí dio un paso atrás, alejándose de ella, para ir a dejarse caer sobre los cojines del diván.

—No comprendo nada... —murmuró—. No sé a qué viene ahora todo esto... ¿Y el plan? ¿Y nuestro plan? ¡Estabas tan segura hace solo un mes!

Se hizo un silencio, que se alargó hasta que ella continuó diciendo con tranquilidad:

—Eneko, he rezado últimamente... Creí que había olvidado las oraciones, pero resulta que me acuerdo de ellas...

—¿Qué oraciones? —preguntó confundido él—. ¿De qué hablas ahora, hermana?

—¿Tú no rezas ya, Eneko? —le preguntó a su vez ella, con cierta audacia en la mirada.

El cadí respondió con apuro y fastidio:

—Rezo en la mezquita.

—No, no me refiero a eso. He querido decir que recuerdo las oraciones cristianas. Puedo recitar de memoria el *Pater Noster*, desde el principio hasta el fin... Últimamente lo rezo cada noche y encuentro en ello mucha tranquilidad y mucho consuelo... Al final va a resultar que los eunucos tenían razón cada vez que me echaban en cara que mi alma en el fondo seguía perteneciendo a la religión cristiana...

Ella le miró fijamente y, puesto que él alargaba su silencio, prosiguió con mayor calma:

—Eneko, hermano mío, no quiero causar mal a nadie. No lo soportaría... Tenemos que volver a pensarnos muy bien todo esto; meditar y saber si nosotros somos gente capaz de llevar a cabo cosas como esas... ¿Es ese plan lo que Dios quiere de nosotros? Dime, hermano, ¿eso nos pide?

Él lanzó un suspiro, que en el fondo era como una queja profunda. Bajó las cejas grises con dolor y abatimiento. No sabía qué contestar ni tenía fuerzas ya para enfrentarse a ella después de esas últimas palabras. En su interior se despertó el deseo de aliviar sus preocupaciones y desahogar su inquietud. Dijo en voz baja:

—También yo recuerdo el *Pater Noster* y lo rezo cuando siento angustia y temor...

Ella sonrió al fin, mientras seguía interrogándole con los ojos, sin hablar; y él volvió a intervenir:

—Me preguntas qué quiere Dios de nosotros... No lo sé, hermana. ¡Ojalá Dios hablara! Pero yo creo que estamos obligados a hacer algo con nuestras vidas y no quedarnos de brazos cruzados ante la injusticia… Por eso tenemos el plan. Creo con firmeza que debemos restituirte tu dignidad, como Um Walad, señora de Córdoba, madre del califa, y también darle a tu hijo el lugar que le corresponde: comendador de los creyentes y jefe supremo del califato. Debemos poner en su sitio legítimo todo aquello que Abuámir ha trastocado por su ambición personal. ¿No es esa nuestra obligación? ¿No crees que se nos pide actuar? ¿O debemos acaso seguir igual que hasta ahora? Alguien tiene que hacer algo, y nadie lo hará si nosotros no nos ponemos al frente…

—Todo eso me asusta —replicó la señora con pavor en el rostro—. ¡Me da miedo! Porque sé que morirá gente… Estas cosas siempre acaban con mucha sangre…

El cadí asintió con graves movimientos de cabeza y dijo:

—Eso no se podrá evitar, porque es inherente a un plan como el que vamos a llevar hasta el final.

—¡Es terrible!

—Sí que lo es. Pero recuerda que a nuestros padres los asesinaron en Irache cuando éramos niños. Nosotros nos libramos de la muerte o de la esclavitud de puro milagro… La vida es cruel de por sí. Hay oscuras reglas en este mundo que ni tú ni yo podemos cambiar…

Ante estas palabras, ella le empujó, gritando:

—¡No! ¡Nosotros somos cristianos! ¡Está por encima de todo la ley de Dios!

Él se acercó, le acarició suavemente la mejilla y le dijo con dulzura:

—No, Auriola, no somos ya cristianos ni tú ni yo. Tú eres la madre del comendador de los creyentes de Alá; eres Subh Um Walad, la favorita, la reina madre del califato. Así que olvida tu pasado y afronta la realidad.

La señora puso la mano sobre el ancho hombro de su hermano y repuso con sinceridad y tristeza:

—Eso no cambia lo que yo siento por dentro… Seré todas esas cosas, pero soy también mucho más… Mi alma guarda recuerdos, emociones y sentimientos que no se pueden borrar. Muchas veces acuden a mi mente palabras en nuestra lengua materna; palabras y frases que me refrescan el espíritu, como la lluvia aquella de Navarra refrescaba el aire y la tierra… Quiero saber quién soy y lo que Dios quiere de mí. El califa Alhaquén, padre de mis hijos, me impuso el nombre de Chafar; Abuámir siempre me llamó «Subh», cuando todos en Córdoba me llamaban «Favorita»; luego recayó sobre mí el rimbombante título de «Gran Señora», «Sayid al Kubra»; tú me llamas «Auriola»; mi hijo, simplemente, «madre» y la gente «Um Walad»… Pero… ¿quién soy para Dios? Pienso mucho en ello, y en mis adentros hay cosas de mí que solamente sé yo… Y estoy muy segura de que no deseo para nadie el mal que tanto odio; el mismo mal que se llevó a nuestros padres y a muchos de nuestros vecinos vascones… Detesto la violencia y todo aquello que acaba con sangre. Por eso te pregunto: ¿qué dice la gente sobre el asesinato de Al Quadrí? ¿Quién ordenó su muerte? Y te ruego que, además, hermano mío, me digas con sinceridad lo que tú piensas.

El cadí la miró con ojos suplicantes, implorándole:

—¡Calla! ¡Te pedí que no me hicieras hablar!

A estas palabras ella contestó suspirando, a la vez que trataba de abrazarle.

—¡Habla, por Dios! ¡Dímelo!

Él se inclinó un poco hacia atrás, pues no fue capaz de mirarla a los ojos al responder con débil voz:

—El que ordenó la muerte del visir Al Quadrí es ese de quien sospechas en el fondo de tu alma: Abuámir Almansur.

—¡No! —gritó ella—. ¡Te equivocas! ¡Yo no creo eso!

—Sí, Auriola, no debes negarlo. Sabes bien que fue así. Abuámir ordenó la muerte de ese hombre justo y cumplidor de sus obligaciones.

—¡No hables por mí! ¿Tú qué sabes de lo que hay en mi interior? Yo no sospecho de Abuámir. Eso no tiene sentido… ¿Por qué iba él a desear la muerte de Al Quadrí? ¡Abuámir no necesitaba para nada esa sangre!

El cadí clavó en su hermana una dura mirada, para responder:

—En efecto, no la necesitaba; lo cual le hace aún más culpable. Él ya es un hombre insensible a todo; su alma es fría como el hielo. Abuámir Almansur, como quien aplasta con el pie una cucaracha, se quita de en medio sin vacilar a cualquiera que él sienta que le molesta lo más mínimo...

La señora sacudió la cabeza, haciendo ver que tener que oír eso era superior a sus fuerzas. Pero el cadí prosiguió, añadiendo con una extraña calma:

—Y por eso, Auriola, debemos seguir adelante con el plan. Debemos evitar mirar atrás y no dejar de pensar en que, mañana, tu hijo, yo o tú misma podemos suponer un estorbo para Abuámir Almansur... Y entonces, nada le detendrá...

4

EL HAMÁN

Llevado el calor del verano,
en mí despierta el otoño el temblor del deseo.
La tarde bosteza y las nubes traen luces relampagueantes.
Llamo a la lluvia…
¡Lluvia! ¡Lluvia! ¡Lluvia!
Y ella viene…

Casida del poeta Abdel al Araj, el Cojo
Córdoba, año 389 de la Hégira

31

Córdoba, lunes 4 de agosto del año 994 (Al iznain 18, Jumâda Ath-Thânî del año 384 de la Hégira)

Por encima de la sala de baños, en el centro de la cúpula, una gran abertura redonda dejaba entrar la luz a raudales. Era este el mayor encanto que poseía el establecimiento, sobre todo a mediodía, cuando el sol penetraba casi en vertical, irradiando todo su poder sobre el agua del pozo azul, que adquiría entonces una transparencia y unos tonos que llegaban a parecer irreales, merced a las refulgencias de las infinitas teselas que recubrían su fondo: doradas, azulencas, violáceas…

El joven poeta Farid al Nasri ya se había recreado sobradamente contemplando con embeleso aquel prodigio, después de refrescarse entre sus resplandores. Ahora estudiaba el rostro de Abdel el Cojo, aguardando de él una respuesta a una comprometedora pregunta que acababa de hacerle.

—Te lo contaré todo —contestó al fin Abdel—. Aunque no acabo de comprender el porqué de esa curiosidad tuya por la señora Subh Um Walad que parece no dejarte vivir tranquilo últimamente…

—¡Y cómo no voy a sentir curiosidad hacia ella! —replicó Farid con vehemencia—. ¡Esa mujer me resulta fascinante! Se cuentan por ahí tantas cosas… Deseo saber cuánta realidad hay en ellas o si son inventos de la gente. Y sé que tú conoces la verdad de lo que sucedió. Somos poetas tú y yo, amigo mío; ¡nos encantan las bellas historias! Pero mucho más si sabemos que son verdaderas…

El Cojo sonrió. Pensó largamente cómo debía abordar su relato y empezó diciendo, con elocuencia y afectación:

—Nadie sabe con certeza en Córdoba dónde ni cuándo tuvo lugar el nacimiento de aquella niña que llegaría a ser Subh Um Walad, la favorita del califa Alhaquén y madre de sus dos únicos hijos. Pero parece ser que su origen, como el de tantas esposas y concubinas de los califas, está en el Norte, en la montañosa Vasconia. Debía de ser hija de nobles y dicen que respondía en su infancia al nombre cristiano de Auriola. Sería casi adolescente cuando ella y su hermano gemelo vinieron a Córdoba, entre otros muchos paisanos suyos, a vivir en Medina Azahara, enviados al parecer por la reina Toda de Pamplona que era pariente del califa Abderramán al Nasir. Como podrás comprender, de no haber sido extraordinariamente dotados de belleza, salud e inteligencia, los gemelos no habrían formado parte del valioso presente humano que, según cuentan, aquella reina del norte envió al califa como pago por no sé qué pacto firmado entre ambos monarcas. Trasladados a los harenes del palacio, debieron de ampliar la educación que ya tenían por su origen, adquiriendo capacidades y virtudes intelectuales y artísticas conforme al gusto de la corte de Abderramán, que ya se sabe que eran de mucha exigencia.

»He oído decir por boca de muy buena fuente que, en Azahara, los hermanos vascones llamaban la atención por su gracia y por la impresionante hermosura que poseían; pues eran muy rubios, de naturaleza saludable y empezaban a ganar talla, armonía y perfección a medida que pasaban los años. Todo ello atrajo al heredero Alhaquén, que pese a haber alcanzado ya determinada edad no acababa de encontrar a nadie que fuera capaz de ganarse su frío corazón, entregado únicamente a los libros y a las ciencias.

»Auriola y su hermano no fueron unos esclavos más de los muchos que había dentro del harén, cuya misión era dar compañía y entretener a la extensa familia del prolífico Abderramán, con cantos, danzas y conversaciones cultas. Los gemelos vascones fueron tratados con predilección y terminaron de criarse entre los muchos hijos del califa, en un ambiente selecto, en el que convivían indistintamente las esposas y las concubinas con toda la descendencia real y participaban de los mismos beneficios y privilegios que ellos. Y este favoritismo seguramente se debía a que, como es sabido, la mayoría de los príncipes y herederos de los califas omeyas fueron hijos de mujeres del Norte. Estas princesas y príncipes de Azahara estaban encantados con tener allí con ellos a la pareja de gemelos que, en cierto modo, eran compatriotas suyos.

»Lo que pasó en los años siguientes es un misterio cuyo secreto solo deben de conocer los eunucos, los parientes y los más íntimos sirvientes de Azahara. Aunque hay quien dice que Alhaquén se sintió atraído igualmente por el uno y la otra, puesto que el príncipe era ambiguo en sus preferencias amatorias. Y tal vez este fue el motivo por el cual el califa Abderramán separó al varón en cuanto fue hombre, llevándoselo lejos, para darle cargos y prebendas en otras ciudades y apartarlo así de su hijo. Y desde que estuvo sola en el palacio, Auriola se fue interesando en los gustos que al heredero le atraían: los libros, la naturaleza, los paseos a caballo, la música y la conversación. Además, siguiendo la antigua moda de Bagdad para las mujeres más escogidas, ella se vestía con prendas de hombre, adoptando los modales de un efebo; y desde entonces, el príncipe la empezó a llamar con el masculino apodo de Chafar. Con todo ello, la vascona no solo atrajo al primogénito del califa, sino que llegó a ganárselo tanto que él la hizo su favorita. Alhaquén ya tenía casi cincuenta años, mientras que ella apenas tendría veinte, por lo que él se sintió muy agradecido cuando le dio el primer hijo, y pidió que fuera nombrada desde entonces como Subh Um Walad. Y cuando un año después, a la muerte de Abderramán, fue proclamado califa, la convirtió en preferida y madre del príncipe sucesor, otorgándole el título de Gran Señora, Sayid al Kubra, que aún hoy ella ostenta. Luego vendría en seguida el segundo hijo, que se llamó Hixem, el que sería con el tiempo nuestro actual califa, porque el

215

primer vástago, Abderramán, murió a los ocho años de edad a causa de una insolación grave, según dijeron.

»Tampoco sabría decirte cómo Muhamad Abuámir, el futuro hayib Almansur, entró al principio en los Alcázares como administrador de los bienes de la sayida; y luego siguió allí como preceptor del príncipe Abderramán y continuó a la muerte de este con los mismos cargos en la casa del califa. Aunque no parece haber dudas sobre el hecho de que dos hombres muy poderosos ejercieron su influencia definitiva: el excelso visir Ben Hodair y por recomendación suya el hayib Al Mosafi. Porque Abuámir no tenía una familia tan influyente como para respaldarle a la hora de alcanzar un cargo tan importante…

Al llegar a este punto, el Cojo calló un instante, alargando la mano para coger una jarra y beber unos tragos de agua, ya que sentía seca la garganta. Entonces Farid aprovechó para preguntarle con gran interés:

—¿Y tanto valía Muhamad Abuámir para que le confiaran nada menos que la custodia de la fortuna de la sayida y el cuidado de sus hijos?

Abdel sonrió extrañamente al responder:

—Ese es quizás el mayor misterio en toda esta historia… La formación de Abuámir en Córdoba fue costeada por sus familiares y se desenvolvió bajo la guía de ilustres maestros y prestigiosos ulemas y estudiosos. Pero luego no pasó de ser escribano público en el patio de la mezquita Aljama y contable de una tienda cercana a los Alcázares que pertenecía a una viuda rica. Ya ves, eso y nada es lo mismo, para luego llegar a lo más alto…

—¿Y cómo lo consiguió entonces?

—Pues gracias a su natural habilidad para ganarse a la gente. Abuámir logró entrar a formar parte del Consejo del cadí supremo, Abén al Salim, con el que sin embargo no se llevaba bien. Y desde ahí, intrigando y ganándose a los superiores de este, llegó en algún momento a entrevistarse con el excelso visir Ben Hodair, envolviéndolo de tal modo con sus encantos personales y su palabrería que hizo que acabara llevándole a presencia del hayib Al Mosafi, que igualmente quedó encantado con él. Desde esta posición llegó nada menos que al califa, a quien también sedujo... La puerta de los Alcázares se abrió para él.

—¡Es asombroso! —exclamó Farid.

—Sí que lo es. Parece hasta cosa de brujería...

Después de observar esto, el Cojo se quedó con la cara inmóvil y los ojos mirando hacia arriba, hacia el cielo de seda azul que formaban en la bóveda los reflejos del agua. Luego añadió lacónicamente:

—Esa brujería profunda que tiene en su mirada, según dicen, con la cual debió de seducir fácilmente a la sayida en cuanto la tuvo a su alcance...

32

El oscuro sótano de la casa de Nunún el Sabio estaba inundado por el humo que emanaba de un gran brasero, sobre cuyas ascuas el criado del adivino arrojaba hierbas aromáticas secas que se quemaban cargando cada vez más el ambiente. Con los ojos y la garganta irritados, Sisnán y Delila soportaban este suplicio y casi estaban ya a punto de desmayarse, agotados de toser y sin apenas poder respirar. El eunuco estaba tan aterrado que era incapaz de articular palabra, pero la muchacha se quejó con voz ahogada.

—No eches más hierbajos al brasero… ¡Que nos asfixiamos!

El criado clavó en ella unos ojos furibundos y replicó:

—¡Calla! Debéis ser purificados antes de nada. Mi amo no aparecerá hasta que el humo ritual no os libre de las malas fuerzas que traéis con vosotros.

—¡No traemos fuerzas algunas! —exclamó ella—. Y las pocas que pudiéramos tener las vamos a perder con este ahogo… ¡No se puede respirar aquí! ¡Nos vamos a morir con este humo!

—¡No me has comprendido, estúpida muchacha! Me refiero a los espíritus impuros y hostiles que pueden haber entrado con vosotros aquí.

Al oír aquello, Sisnán soltó un agudo sollozo que puso de manifiesto su estado de pánico. Y aulló:

—¡Abre la ventana!

—¡Abre! —gritó Delila—. ¿No ves que nos falta el aire?

El criado fue hacia un ventanuco y lo abrió, refunfuñando:

—Si vamos a empezar así, protestando, mi amo no podrá hacer su trabajo como manda el rito. El humo es necesario y ¡hay que aguantarse!

—¡No estamos protestando! —contestó ella—. ¡Es pura necesidad! Nos íbamos a asfixiar…

Parte del humo salió y pudieron verse mejor las caras. Los ojos enrojecidos de Sisnán, anegados de lágrimas, resaltaban en su impávido rostro. Ella sacó un pañuelo y le estuvo enjugando el sudor de la frente, mientras le decía:

—Respira, respira hondo.

En esto, entró de pronto el brujo y se plantó delante de ellos, cubriéndose la cara con la mano y mirando por entre los dedos. Nunún era un hombre delgado, de cuerpo enjuto y piel negra y arrugada. El humo ya se había disipado y aparecieron los contornos del sótano; una estancia sombría de forma circular, cuyas paredes estaban cubiertas con amuletos, fetiches y colgajos de pieles, plumas, reptiles secos y haces de yerbajos. Otro criado entró tras él y se puso a golpear frenéticamente un pandero, mientras el que ya estaba allí hacía lo propio con un tambor.

Nunún no dijo nada, solamente aulló y aulló, emitiendo sonidos terroríficos que helaban la sangre al ir en aumento. Aquellos aullidos eran tan agudos, tan inhumanos y expresaban una rabia tan intensa, que a punto estuvieron Sisnán y Delila de empezar a gritar también ellos. Pero el adivino calló en un momento dado para ponerse ahora a danzar, primero sobre un pie y luego sobre el otro, dando vueltas y vueltas por la estancia a la pata coja al ritmo que marcaban el tambor y el pandero y los agudos cánticos de los dos ayudantes.

A Delila entonces se le pasó el poco miedo que tenía y en cambio le entró risa. El brujo lo advirtió y se paró en seco, gritando:

—¡Basta! ¡Se acabó!

Sus criados dejaron de tocar y cantar y se hizo un gran silencio que duró un buen rato, mientras Nunún permanecía sentado en el suelo, mirando a Sisnán y Delila muy fijamente. Hasta que cerró los ojos, denotando con ello que leía sus visiones interiores, y habló por fin en tono terrible:

—El gran chambelán Al Nizami ha de saber que le quedan ya pocos días de vida. Su tiempo se acaba y no verá realizada en este mundo esa venganza que tanto desea. Aunque, si lo tienen a bien los poderes de la otra orilla, se le permitirá ver desde allá eso que ha esperado tanto y que le mantiene aún vivo a pesar de su mala salud.

Hizo una pausa después de predecir esto. Clavó luego su mirada en las ascuas del brasero y las estuvo removiendo con una paleta a la vez que manifestaba con aire enigmático:

—Veo aquí cosas, veo muchas cosas… ¡Cosas que me causan espanto!

Sisnán se removió en su asiento, temblando, y preguntó con un hilo de voz:

—¿Qué cosas? ¿Son cosas malas?

Nunún permanecía en silencio, mientras seguía removiendo las ascuas. El eunuco se puso todavía más nervioso y suplicó lloroso:

—¡Te lo ruego! ¡Habla! ¡Dime lo que estás viendo!

—¡Dinero! —contestó al fin el brujo—. ¡Mucho oro! ¡Oro y poder!

Sisnán se estremeció y exclamó:

—¡Alá de los cielos! ¿Quiere decir eso que el plan saldrá bien?

—¡No! —negó tajantemente el adivino—. Lo que veo en el fondo de las brasas es que hay en todo esto mucho oro y mucho poder. Los viejos fatas Chawdar y Al Nizami se juegan mucho…

—Pero… ¿saldrá bien? —insistió con voz temblorosa el eunuco—. ¿O habrá algún problema? ¡Dímelo! ¿Saldrá bien?

El brujo estaba muy serio y manifestaba una frialdad y una calma que denotaban que estaba muy seguro de lo que debía decir y hacer. Removió de nuevo las ascuas, aguzó sus ojos fijos en ellas, inspiró profundamente y respondió con aplomo:

—Los espíritus se interponen impidiéndome una visión clara del futuro en cuanto a eso que quieres saber.

Al oírle decir aquello, Delila se puso en pie y se acercó al brasero, diciendo:

—A ver si yo soy capaz de ver algo.

Esto enardeció al brujo, que le dio un empujón, espetándole:

—¡Quieta ahí, mujer impertinente! ¡Tu atrevimiento acabará enojando todavía más a los espíritus!

—¡Siéntate, Delila! —le ordenó Sisnán, aterrado.

Nunún seguía clavando su fiera mirada en el eunuco y la muchacha, frunciendo las cejas para darles a entender su estado de ánimo. Dijo con voz tonante:

—Creo que los espíritus no están hoy de nuestra parte. Esa mujer que has traído contigo —señaló a Delila— los ha contrariado.

La confusión se apoderó de Sisnán hasta hacerle palidecer aún más.

—¿Y qué podemos hacer? —preguntó.

—Ella debe irse —respondió el brujo.

—¡Ni hablar! —saltó Delila, dando una fuerte palmada—. ¡Yo no me iré! He venido acompañando a Sisnán y no le dejaré aquí solo. Así que remueve la lumbre otra vez a ver si hay más suerte.

Desconcertado, el brujo miraba a Sisnán esperando a ver su reacción. Pero el eunuco estaba como paralizado y pendiente ya solo de lo que decidiera Delila.

—¡Ella debe irse! —insistió Nunún en un tono no exento de violencia, agitando la mano impaciente—. Si no se va, no sigo con la predicción.

Delila se puso en jarras, se fue hacia él con decisión y le apremió enojada:

—¡Tú a lo tuyo! ¡Remueve el brasero a ver qué hay! ¡Que yo no me voy!

El brujo miró de nuevo a Sisnán y luego a sus criados. Carraspeó y murmuró:

—Tiene miga la cosa…

En los ojos de Delila había un interés interrogador. Pero, al ver que el adivino seguía en sus trece, se acercó al brasero y escudriño las ascuas.

—Ahí no hay nada más que lumbre —observó incrédula—. A ver si todo esto va a ser cuento… En mi pueblo había una vieja que le sacaba el dinero a la gente… Miraba las tripas de las gallinas muertas y decía que veía lo que iba a pasar en el futuro… ¡Fíjate qué guarrería! No acertaba casi nunca. Pero la gente es tan incauta…

El negro rostro del brujo se contrajo en una mueca espantosa, mostrando unos blancos y apretados dientes.

—¡Esto es el colmo! —rugió—. ¡Se acabó!

Delila intercambió con él otra mirada llena de ira y exigencia, espetándole:

—¡¿Cómo que se acabó?! ¡Haz tu trabajo! ¡Has dicho que ibas a mirar ahí a ver qué había! ¡Pues mira de una vez! ¿O es que acaso va a ser todo esto una engañifa? ¿No será que no hay nada que ver ahí?…

—¡Yo no he dicho eso en absoluto! —replicó Nunún, mientras respiraba profundamente, como si expulsara de su pecho la ansiedad y la confusión que esta circunstancia no esperada producía en él—. He dicho que los espíritus nos están siendo contrarios y que nos impiden saber lo que pasará. ¡Y eso es por tu culpa!

—¿Por mi culpa? —Ella se encaró con él—. ¿No será por la tuya?

El brujo resopló al ver que ella era mucho más terca y más decidida de lo que había supuesto. Así que, después de permanecer dubitativo un rato, acabó diciendo en tono un tanto suplicante:

—Bueno, tranquilízate, mujer… No hay nada más odioso para mí que este enojo tuyo. Hablemos con calma…

—¡Eso, hablemos con calma! —contestó ella a gritos—. ¿Cuánto hay que pagarte para que hagas tu trabajo?

—Calma tu ánimo, te digo, y hablemos con tranquilidad…

—¿Cuánto? ¡Cobra tu dinero y dile al señor Sisnán de una vez lo que va a ser del dichoso plan ese! ¡No vamos a estarnos aquí todo el día…!

Nunún miró al eunuco y dijo, tragando saliva:

—Págame el dinar de oro que le pedí a Chawdar por el trabajo completo y te diré lo que veo ahí.

—¿Un dinar de oro? —gritó Delila estirándose ante él—. ¿Un dinar de oro por remover ascuas en un brasero?

—Es lo acordado —dijo el brujo, esbozando una sonrisita conciliadora—. No he variado en nada el precio. Un dinar de oro le pedí a Al Nizami y él me prometió que me lo daría cuando se cumpliera el vaticinio. Y luego, cuando vino el señor Chawdar, no le pedí más, sino un dinar de oro igualmente.

—¡O sea, tres dinares de oro con este! —concluyó ella, presa de una enorme furia.

—¡No, no, no…! —se apresuró a aclarar el brujo—. ¡Un solo dinar! ¡Siempre el mismo! ¡El que se me debe! No pido sino lo que se me prometió. ¡Yo soy de fiar!

—¿De fiar? ¿Un brujo de fiar?… —repitió ella con retintín, mirándole de reojo ensoberbecida.

A todo esto, Sisnán asistía a la discusión moviendo la cabeza con un gesto de víctima inocente y guardando silencio. Delila se fue hacia él y le dijo displicente:

—Dale el dinar que pide este caradura. ¡Y acabemos de una vez!

Sacó el eunuco el dinar y se lo dio a ella. Delila se lo entregó al brujo, diciéndole:

—¡Toma! ¡Y acierta, negro!

Ella le había perdido ya todo el respeto; y el adivino, haciendo un gesto con la cabeza, como si quisiera recobrar con él su orgullo, contestó muy digno:

—Cobraré cuando haga mi trabajo. ¡Sentaos! ¡Os asombraréis de mi poder!

Hizo una señal a sus ayudantes y ellos se apresuraron a echar hierbas aromáticas en el brasero. El humo brotó de nuevo llenando la estancia.

—¡Ahora veréis! —exclamó Nunún alzando la voz y los brazos—. ¡Un iblis vendrá y os dirá lo que queréis saber!

Al oír esto, Sisnán se echó a temblar de nuevo; pero Delila, que no estaba impresionada, le tranquilizó susurrando:

—Un iblis. Esto sí que tiene gracia.

Salieron los criados y regresaron un momento después llevando sujeto por las asas un gran baúl. Lo dejaron en el medio del sótano y se quedaron a distancia, esperando a que su amo continuase con la ceremonia, mientras ellos volvían a hacer sonar el tambor y el pandero.

—¡Iblis del abismo! —invocó el adivino—. ¡Iblis privado de toda bondad y compasión! ¡Iblis que conoces el porvenir!

Hizo una pausa después de estas frases y se quedó como expectante. Entonces el baúl se agitó y salió de su interior como un ruido de fragmentos removidos. A lo que Sisnán respondió emitiendo un gemido de terror.

—¡Iblis, óyeme! —prosiguió el brujo—. ¡Acude a mi llamada y humilla la soberbia de estos incrédulos!

Volvió a removerse el baúl y una voz desde dentro contestó débilmente:

—¡Iré! ¡Acudiré!

El brujo rio con una carcajada estentórea, y su rostro se tornó satisfecho y jactancioso. Hizo luego una señal a sus ayudantes. Ellos abrieron los cierres del baúl y levantaron la tapa.

—¡Mirad dentro! —dijo Nunún—. ¡El iblis surgirá del lugar de los muertos!

Asustados, Sisnán y Delila se asomaron con cuidado para ver lo que había dentro del baúl: aparentemente, estaba lleno hasta el borde de huesos secos.

El brujo rio de nuevo con una risa breve y forzada. Luego exclamó con voz potente:

—¡Iblis, sal!

Se removieron los huesos y salió de entre ellos un hombrecillo, feo y muy flaco, de piel amarillenta, apergaminada, vestido solo con un taparrabos; el gesto adusto y una barba fina y larga, como de chivo.

Sisnán dio un grito y Delila se estremeció a su lado.

—¡Iblis, habla! —le ordenó Nunún al extraño hombrecillo.

—¿Qué quieres saber? —preguntó él con voz quebrada.

—Si saldrá bien el plan que tienen tramado —respondió el brujo.

El iblis enarcó las cejas, cerró los ojos y empezó a mover la cabeza como si fuera presa de una cierta duda. Luego anunció con aire misterioso:

—Habrá una muerte… Pero todo acabará bien para quienes han tramado el plan…

—¿Una muerte? —preguntó con voz temblorosa Sisnán—. ¿De quién?

El iblis se golpeó el pecho exclamando:

—¡Ya he hablado! ¡Nada más diré!

Luego se encogió entre los huesos y se cubrió con ellos.

Los criados acudieron enseguida y cerraron el baúl.

Hubo a continuación un silencio atento, en el que todos parecían estar esperando a que sucediera algo más. Pero el baúl no volvió a removerse y ningún sonido se oyó en su interior. Entonces los criados, obedeciendo a una señal del brujo, lo cogieron por las asas y lo sacaron de la estancia por la misma puerta por donde lo habían traído. Después Nunún dio una palmada, diciendo:

—¡Se acabó la sesión! Mi trabajo ha concluido. Págame lo que se me debe.

Cabizbajo e impávido, Sisnán le estregó la moneda de oro.

—Podéis iros —dijo el brujo.

Pero Delila se acercó a él y, mirándole muy seria, le dijo con aire receloso:

—No te lo tomes a mal, pero resulta que…

—¿Qué pasa ahora? —preguntó el adivino, enojándose.

—Pues que a este iblis me parece que lo he visto yo vendiendo nabos en el mercado de las verduras… O al menos se parece mucho a un hortelano que todos los días…

—¡Fuera! —gritó exasperado el brujo—. ¡Fuera de mi casa o haré recaer sobre vosotros una maldición!

33

Sería ya más de media mañana cuando un rayo de luz vacilante entró por la angosta ventana abierta en la bóveda. La señora se despertó de buen humor, sintiendo que había descansado profundamente, a pesar de sus preocupaciones. La voz del almuédano, alta y penetrante, llegó desde el minarete de la mezquita más próxima a los Alcázares. Entonces ella se dio cuenta de que, extrañamente, había dormido algo más que los días anteriores.

—¡Delila! —llamó a la criada con la voz un poco ronca.

La muchacha no acudió.

—¡Delila! —insistió la señora con más fuerza—. ¿Dónde estás, Delila?

Otra de las criadas asomó por entre las cortinas para decirle:

—Delila salió con Sisnán esta mañana temprano.

La señora se extrañó y, tras un instante de vacilación, preguntó:

—¿Con Sisnán? ¿Y adónde han ido?

—No me lo dijeron. Sisnán solo ordenó que no hiciéramos ruido para no despertarte, mi señora, puesto que necesitabas descansar.

—Esta noche ha hecho menos calor —observó la señora, como excusándose por estar todavía en la cama a esas horas—. Debe de ser por eso por lo que he dormido mucho mejor que los días anteriores.

La criada sonrió, manifestando que se alegraba por ello, y preguntó:

—¿Te ayudo a vestirte?

La señora cerró los ojos, como interrogándose, y luego los abrió para responder:

—No. Quiero ir esta mañana a la mezquita de Al Muin y he de decidir primero qué ropa voy a ponerme.

—La mañana está fresca —dijo la criada—. Corre una brisa maravillosa.

En medio del alivio que proporcionaba esta noticia, la señora se puso un vestido sencillo, enteramente blanco, y se echó por encima una ligera capa de amplias mangas, que creía que sería adecuada para ir a la mezquita con el suficiente decoro. Luego comió algo y se sentó en el salón a esperar a que Sisnán y Delila regresasen de donde quiera que hubieran ido.

Un rato después, apareció el cadí Raíg al Mawla y se extrañó al ver a su hermana echada en el diván y vestida como para salir de casa, con los ojos cerrados, como dormida.

—Eh, Auriola —le dijo con suavidad.

Ella abrió los ojos, le miró y dijo con una voz apenas audible:

—¡Hermano! No sé qué pasa hoy que no hay nadie en el palacio. Pensaba ir a la mezquita de Al Muin, pero no están ni Sisnán ni Delila.

—Será porque el día está fresco, y aprovechan para hacer cosas en la ciudad.

—Será por eso…

La señora bostezó y le invitó a sentarse a su lado con un gesto de su mano. Luego sacudió la cabeza, como tratando de espantar su somnolencia.

—Hermana, ¿sigues estando triste? —le preguntó él con aire recatado y lleno de afecto.

Ella contestó suspirando de forma audible, como si la pregunta removiera su pesar.

—Nada ha cambiado en mi interior... Pero, gracias a Dios, he podido conciliar por fin el sueño. No sufras por mí, hermano.

Él sonrió y murmuró:

—Me alegro mucho de que hayas podido descansar. Estaba tan preocupado por ti...

A estas expresiones de cortesía sucedió un breve silencio, tras el cual, el cadí se dispuso a entrar en materia. Le tomó la mano a su hermana y, con mucho tacto, añadió:

—Si de veras estás más tranquila y descansada, he de decirte algo. Pero solo hablaré de ello si lo deseas. Nada más lejos de mi voluntad que hacerte sufrir de nuevo o causarte fatiga.

Ella movió la cabeza como queriendo decirle: «Si lo que debemos tratar tiene que ver con la conversación de ayer no me encuentro con fuerzas». Él leyó este pensamiento en su cara y dijo con forzado entusiasmo:

—¡Es que quiero enseñarte algo, Auriola! Algo que sé que te va a gustar y que tal vez consiga animarte. ¿Me dejas que te lo muestre?

La señora dudó haber entendido la propuesta y le miró con fijeza. Luego le preguntó:

—¿Qué es?

—Prefiero no decírtelo sin que lo veas. ¡Es una sorpresa!

Ella le lanzó una ojeada, como diciéndole: «No estoy con ánimo para bromas». Y el cadí se apresuró a añadir sonriente:

—¡Te encantará!

—Está bien —contestó la señora con el tono de quien consiente por no quedarle más remedio—. Muéstramelo...

El cadí se puso en pie sin poder contener su alegría y exclamó:

—Pues levántate y ¡vámonos!

Ella hizo un gesto interrogativo. Y él explicó:

—Iremos a la ciudad. Lo que quiero mostrarte no está lejos de aquí. ¡Sacúdete la modorra y vámonos! Te alegrarás.

La señora le miró sin ocultar su contrariedad y replicó:

—Te dije que pensaba ir a la mezquita de Al Muin. Estaba esperando a que volvieran Sisnán y Delila. Hace tanto tiempo que no voy allí a rezar…

—¿Ellos saben que los esperas para ir allí?

—No.

—Pues entonces es posible que se retrasen aún más y que acabes al final quedándote aquí. Si quieres, podemos ir primero a ver eso que quiero enseñarte y luego yo te acompañaré a la mezquita de Al Muin.

Pasó un momento de silencio antes de que ella aceptase, aunque con cierta indiferencia.

—Está bien, vamos.

Salieron a caballo de los Alcázares acompañados tan solo por una menguada escolta de seis guardias, sin criados ni pajes. Era ya media mañana y de aquella brisa fresca que sopló al amanecer solo quedaba el recuerdo. En su recorrido por las calles no se encontraron con demasiada gente, pero los pocos que había se quedaban asombrados ante el paso de la comitiva; se inclinaban y saludaban invocando bendiciones para la madre del califa. Al penetrar en el abigarrado conjunto de la medina, la señora se alegró al estar en aquella parte de Córdoba que hacía ya tiempo que no frecuentaba; y el gozo y el entusiasmo iluminaron su rostro al exclamar:

—¡Esto es encantador! Ya no recordaba que, a estas alturas del verano, todavía los patios aquí pueden verse llenos de rosas de todos los colores. ¡Y estos deliciosos aromas de las comidas que se cocinan dentro de las casas!

El cadí se sintió feliz por esta súbita reacción de su hermana y sentenció:

—Esto es Córdoba, Auriola; la auténtica Córdoba. Se equivocan quienes piensan que esta ciudad es única por sus palacios. Hay palacios en muchos lugares, pero en estas calles se puede hallar misterio y una especie de hechizo como en ninguna otra parte.

—Es verdad —asintió la señora, lanzando una mirada soñadora a su alrededor—. Casi me había olvidado ya de la belleza que tiene todo esto…

Un poco más adelante, la calle rebullía de hombres y mujeres de toda edad. Había corrido la noticia de que la madre del califa andaba a caballo por la medina. Desde su montura, ella se asombró ante el entremezclarse de grandes turbantes de todos los colores y formas: era un ir y venir de señores, sirvientes, pajes, gentes pudientes o sencillas, curiosos, desocupados, mendigos… Y la señora adivinó el motivo de este hormiguear, experimentando por ello una leve turbación; pero, tras un instante, se dijo conformándose: «Está bien que sea así: hace mucho tiempo que no me ven en la calle». Y decidió condescendientemente retirarse el pañuelo de la cara para mostrarles su rostro.

Hubo un denso murmullo de asombro y después un silencio casi absoluto. Seguida por mil ojos, prosiguió la comitiva su recorrido, llevada como en triunfo y escoltada por una muchedumbre sobrecogida y respetuosa. Hasta detenerse donde indicó el cadí, delante de las puertas de un edificio grande, sólido y sin ventanas.

Ella miró con extrañeza las paredes toscas de adobe y ladrillo, para volverse después hacia su hermano con aire interrogante.

—Aquí es —dijo el cadí—. Esto es lo que quería mostrarte. Entremos y comprenderás.

Descabalgaron ante la expectación del gentío congregado y alguien llamó a la puerta del caserón. Salió un hombre de mediana estatura, que se postró ante ellos con asombro, exclamando:

—¡Señores! ¡Mi amo no está! No sabíamos que vendríais hoy…

—No importa —contestó el cadí—. Queremos verlo ahora. Tú nos lo mostrarás.

La cara de aquel hombre manifestó todavía mayor estupor al declarar:

—Mis señores, ¡disculpad!… Porque siento tener que avisaros de que hay clientes en el interior.

—¿Clientes? —preguntó con sequedad Al Mawla—. ¡No puede haber clientes!

—Pues los hay, mi señor. No me preguntes por qué, pero hay clientes. No me atrevería a mentirte.

—¡Apártate! —le dijo impetuoso el cadí—. ¡Entraremos de todas formas!

Pasó al interior él por delante, seguido por la señora y por la guardia. Aterrado, el que les había abierto la puerta se puso detrás del grupo lamentándose con voz llorosa:

—¡Ay, señor! ¡Si yo lo hubiera sabido…! ¡Si alguien me hubiera avisado! ¡Yo no sé nada! ¡Yo soy un pobre esclavo!

34

De vuelta hacia los Alcázares, Sisnán y Delila dieron un rodeo y salieron fuera de la muralla, para recorrer el arrabal sur, que se extendía extramuros con su increíble surtido de tenderetes de vasijas de barro, objetos de forja, jaulas con aves de corral, baratijas, instrumentos y toda clase de alimentos. Pasando por la calle central que discurría entre cientos de puestos de frutas y verduras, Delila se detuvo de repente y señaló:

—Ahí están los vendedores de nabos. ¡Vamos allá!

El eunuco la agarró por el brazo, reteniéndola:

—¡Quieta, insensata! ¿Qué vas a hacer?

Ella se rio con una risa breve, y su rostro apareció encantador y juvenil bajo el brillo del sol. Contestó:

—Voy a preguntar por el hombrecillo. ¿No te he dicho que estoy segura de haberlo visto ahí vendiendo nabos? ¡Salgamos de dudas de una vez! A ver si es iblis o sinvergüenza.

Él suspiró, exclamando:

—¡Qué burra eres, Delila! ¿Cómo va a estar el iblis aquí?

Delila caminó delante y estuvo husmeando, recorriendo los puestos uno por uno. Decía señalando una esquina:

—Era ahí, estoy segura.

Los mercaderes ofrecían insistentemente sus productos: zanahorias, perejil, hinojo, eneldo, comino, nabos, rábanos, remolachas…

—¡Eh, muchacha! ¿Qué buscas? ¿Qué te vendo?

Ella se paró entre dos tenderetes, preguntando:

—¿Y el hombrecillo que suele ponerse ahí a vender nabos?

—¿El enano? —contestó uno de los verduleros.

—Sí, un hombrecillo feo, amarillo y escuálido.

—No ha venido hoy. No siempre se pone a vender. Vive lejos de la ciudad.

Ella dio una palmada, diciéndole a Sisnán:

—¿Lo ves? ¡El enano es el iblis! ¡Lo sabía!

Él la miró confuso e interrogante. Y Delila manifestó triunfal:

—¡Se descubrió el pastel! ¡Es todo mentira! ¡Menudo engañador el Nunún ese!

—No comprendo… —murmuró Sisnán, dando muestra de un gran agotamiento—. No comprendo nada…

—Claro que no lo comprendes, cariño —dijo ella, echándolo a broma, mientras le cogía del brazo—. Yo me crie en un puerto… ¡Hay que ser de puerto para entender ciertas cosas! ¡Vamos, te lo explicaré!

Un rato después, el eunuco y la muchacha estaban sentados en unos taburetes bajo el toldo de un puesto de dulces. Ella, reposada y natural, devoraba un gran buñuelo impregnado en miel; se chupeteaba los dedos y daba lametones al dulce. Él le dijo con asombro:

—Delila, no sé cómo puedes tener apetito después del mal trago que hemos pasado.

Ella soltó una carcajada y contestó:

—¿Mal trago? ¡Si ha sido muy divertido! Nunca podré agradecerte lo suficiente que me hayas llevado a la casa del brujo ese… ¿Qué digo brujo? ¡Ese sinvergüenza!

Luego hizo un gesto con las manos y con la cabeza, agitando el cuerpo gordezuelo con un movimiento particular, como invitándolo a no darle mayor importancia al asunto.

234

Él sonrió al fin de buena gana, mientras mascullaba:

—Pues yo me lo creía… Me lo creía y me moría de miedo… Y no pienses que todavía estoy demasiado seguro de que…

—¡Anda ya! —exclamó ella con guasa—. ¡Hatajo de farsantes! Se veía a la legua que todo era engaño.

Los ojos de la muchacha echaron chispas de felicidad y placer mientras saboreaba el buñuelo. Él la contemplaba, sintiéndose más relajado, y le dijo:

—Si te apetece, puedes comerte otro buñuelo.

Ella le miró con la cara iluminada por la gratitud, y contestó melosa:

—Mejor una empanadilla rellena de higos y nueces. ¿Puedo?

Como si esto fuera una orden, el vendedor de dulces, que estaba atento a su negocio, se apresuró a cumplir el deseo de la muchacha.

Delila rio echando la cabeza hacia atrás, mientras exclamaba con gandulería:

—¡Qué bien lo estamos pasando!

El eunuco no dejaba de mirarla asombrado. Ella le había devuelto la tranquilidad, aunque él no era capaz de olvidarse del todo del brujo. Y también le preocupaba mucho tener que enfrentarse con Chawdar para contarle la verdad de lo que había sucedido. Así que su rostro se volvió serio al murmurar:

—No sé cómo le voy a decir al viejo que le tenían engañado…

—¡Pues no se lo digas! —observó ella con gran seguridad—. ¿Para qué se lo vas a decir?

—¿Y cómo no? El viejo debe saberlo…

—¿Para qué? Deja que se lo siga creyendo y tú no te metas en líos. Tendrías que darle un montón de explicaciones para que acabara comprendiéndolo. Y me temo que no llegaría a enterarse… ¡Los viejos son tercos como mulas!

Sisnán se quedó en silencio, meditando el consejo. Luego repuso:

—Me sabe mal tenerle engañado…

Ella alargó la mano y se la puso con cariño en el antebrazo, diciéndole con voz meliflua:

—Mira que eres bueno... bueno e inocente.

El eunuco sonrió agradecido por estas palabras. Y después de otro silencio, contestó con tristeza:

—Pues nadie parece darse cuenta de ello.

—Yo sí me doy cuenta, cariño. Así que no te sientas tan solo. ¡Me tienes a mí!

Él rio al fin, enternecido, y dijo:

—Sí. Y no puedo más que decirte: ¡gracias!

El rostro esplendoroso de Delila se iluminó con una sonrisa en la que brillaba una nueva vitalidad. Contestó:

—¡Anda, cómete un dulce para celebrarlo! Y pídeme otro a mí.

Él sonrió ampliamente, como si le declarase: «Empiezo a sentirme tranquilo por primera vez en mucho tiempo; tranquilo e incluso feliz». Luego permaneció en silencio, viendo cómo ella se relamía mientras partía los dulces por la mitad para compartirlos. Aunque a él no se le escapó cuánto de teatral había en los gestos de Delila; pero eso no le preocupaba...

—¿Ves? —dijo la muchacha cuando él comió con gusto el pastel—. ¡Tú también tenías apetito!

Se echaron a reír los dos, aunque no había un motivo que justificara suficientemente aquella risa. Se miraban de reojo y volvían a reír sin saber el porqué. La cabeza de Delila estaba cubierta por un pañuelo verde, mientras su cuello brillaba desnudo, blanco, deslumbrante. Él la miró embelesado largo tiempo, como preguntándose por qué le gustaba tanto observarla. Luego se ruborizó y dijo:

—No sé qué me pasa cuando estoy contigo, Delila...

—¿Y qué es lo que te pasa?

—Pues eso, que no lo sé...

Ella le dio un pellizquito cariñoso en el dorso de la mano y le dijo con aire pícaro:

—¡Qué bien me lo paso contigo! Tampoco yo acabo de adivinar por qué, pero me siento muy a gusto a tu lado.

35

—¡Calla un momento! —exclamó Farid al Nasri—. ¡Se oyen voces!

—¿Voces? —contestó Abdel el Cojo—. ¡Será el personal de los baños! El negocio está cerrado.

Habían estado solos y tranquilos hasta ese momento, conversando, tumbados desnudos sobre las frescas piedras de mármol junto al borde del pozo azul; pero, de repente, les llegaba murmullo de conversaciones cercanas que provenían del patio, con revuelo de pasos y ruido de puertas que se abrían. El silencio que había reinado en los baños hasta ese instante se rompió causando en ellos estupor y cierta indignación.

—¡Este estúpido bañero! —refunfuñó el Cojo—. ¡Si será falso! Me dijo que nos dejaría disfrutar solos del establecimiento por última vez, pero se ve que ha dejado entrar gente. Creí que hacía una deferencia con nosotros, pero veo que no somos los únicos.

Inquieto y alarmado, Farid dijo:

—Voy a ver. No te muevas de aquí.

—No voy a moverme —contestó malhumorado Abdel—. ¿Adónde voy a ir así? ¡Tenemos toda nuestra ropa en el vestíbulo de la entrada!

Farid salió de la sala donde estaba el estanque y recorrió el angosto pasillo que comunicaba con el patio. Como iba desnudo, tuvo la precaución de asomarse por la rendija de la puerta que permanecía entreabierta. La luz exterior le deslumbró, pero pudo ver un grupo de personas bajo la galería, entre las que distinguió la inconfundible presencia de una mujer. Esto le indignó aún más y se volvió sobre sus pasos para regresar junto a su amigo; le dijo con preocupación y desagrado:

—¡Hay gente en el patio! En efecto, ese sinvergüenza no ha respetado nuestra intimidad y ha dejado que entren otros clientes.

Los ojillos de pez de Abdel mostraron su enojo; se alzó bruscamente y exclamó:

—¡Ahora mismo me va a oír! ¡Esto no se me hace a mí!

—¡Quieto! —le retuvo Farid—. No salgas así… ¡Incluso han dejado pasar a una mujer!

El Cojo resopló con desprecio y se tapó las partes pudendas.

—¡Encima una mujer! ¡Es el colmo!

—Sí, una mujer. ¡Es indignante! ¿Y ahora qué hacemos? Nuestra ropa está allá y no podemos ir así…

En esto, apareció de sopetón el esclavo de los baños; la ansiedad se reflejaba en su rostro flaco y pálido al avisar con susurros:

—¡Señores, hay gente ahí! ¡Vienen hacia acá! ¡Hay una mujer! ¡Rápido, tenéis que ocultaros!

Abdel se encogió de hombros despreciativo, y replicó:

—¡Que se los lleven los diablos! ¡No vamos a escondernos! ¡Si los habéis dejado pasar, no es nuestra culpa! ¡Impide tú que entren aquí!

—¡Señores, por el Profeta! ¡Haced lo que os digo! —rogó angustiado el esclavo—. ¡No sabéis quién viene ahí!

—¡Como si viene el califa! —gritó el Cojo—. ¡Es humillante! ¡Te digo que no nos esconderemos! Hemos venido a relajarnos y no a aguantar sobresaltos…

La cara del sirviente no traicionaba que era sincero al desvelar fuera de sí:

—¡Ahí está la madre del califa en persona! ¡La señora Subh Um Walad! ¡La sayida os verá desnudos si no os escondéis!

No tuvo tiempo de añadir nada más, porque la señora y su hermano el cadí aparecieron en la puerta. Todos allí se quedaron como paralizados, mudos de estupor. Solo el esclavo balbució algo, y al instante enrojeció, quedándose callado.

Farid al Nasri estaba de pie, enteramente desnudo como lo estaba a su lado el poeta Abdel el Cojo, aunque este se hallaba sentado en el suelo. Ninguno de los dos se atrevía siquiera a mover un dedo. La situación era tan inesperada que resultaba irreal, envuelta en un silencio y un azoramiento impresionantes.

Pasado ese primer momento de sorpresa y desconcierto, que pareció ser eterno, el primero que abrió la boca para hablar fue el cadí Raíg al Mawla.

—Disculpadnos —dijo con gran pudor y respeto—. Si hubiéramos sabido que… En fin, pensábamos que el negocio ya no estaba abierto al público…

Apresuradamente y con preocupación, el esclavo se colocó en medio, tratando de tapar con su cuerpo la visión de los dos hombres desnudos, explicando azorado:

—Perdonad, mis señores… Por el Profeta…, sed comprensivos… y entended que no sabíamos que ibais a venir hoy…

—No tiene importancia alguna. ¡Es de comprender! —contestó benevolente el cadí—. Ha sido un error venir así, de repente y sin avisar. Tu amo me dijo que los baños ya estaban cerrados, pero supongo que tendría algún compromiso todavía… Son cosas que pasan…

Mientras continuaba esta apurada conversación, el joven poeta Farid se había metido en el agua del estanque para ocultar de algún modo su desnudez. Pero el Cojo seguía sobre el mármol, con el rostro enrojecido y, no obstante, sonriente; jugueteaba con el vello de su pecho con los dedos de una mano, mientras se tapaba con la otra los genitales.

Entonces el cadí, avanzando unos pasos hacia el borde del estanque, soltó una breve carcajada y se dirigió a Farid diciendo regocijadamente:

—¡Qué casualidad! ¡Eres el joven poeta!

Al sentirse reconocido, Farid tragó saliva con dificultad y contestó, temblándole todo el cuerpo:

—Sí, señor Al Mawla. ¡Menuda casualidad!

—¡Es increíble! —exclamó alegremente el cadí—. Había pensado en ti esta mañana y resulta que te encuentro aquí... ¡en los Baños del Pozo Azul!

—¡Sí que es una casualidad!

Farid levantó la cabeza, sin ocultar su azoramiento, y balbució angustiado:

—Sí, en los baños, en el estanque...; en el agua... y así...

Pero, a pesar de esta queja, el cadí solo se fijaba en lo oportuno que resultaba para él aquel encuentro, sin terminar de reparar en lo apurado de aquella situación. Y volviéndose hacia su hermana, le dijo con entusiasmo:

—Auriola, este es el joven poeta del que te hablé a mi regreso, ¿lo recuerdas? Él fue a Badajoz junto al hijo del síndico del Zoco Grande para llevarme la carta. ¡Qué viaje tan ameno hice hasta aquí gracias a sus ingeniosas historias!

La señora contestó sonriendo:

—Sí, hermano, lo recuerdo. Y comprendo que estés encantado por habértelo encontrado aquí. Pero tú debes comprender que le hemos chafado su baño y... ¡mira cómo está!

El cadí agitó la cabeza haciendo un gesto de asentimiento. Y comprendiendo las penosas circunstancias en que se hallaba Farid, dijo con guasa, mirándole:

—Sí, está desnudo... Pero una desnudez como esa ¿a quién puede molestar?

—¡A mí! —gritó el Cojo, que seguía sentado en el frío suelo.

Todos le miraron, y él añadió burlón:

—A mí me molesta esa desnudez porque pone más en evidencia la mía... Compadeceos de mí, señores, y dadme permiso para que vaya a por mis ropas...

36

Sisnán y Delila regresaron a los Alcázares a mediodía. Volvían sin apetito alguno, por estar ahítos de dulces; y se hallaban como vivificados por el consuelo que mutuamente se habían proporcionado durante aquella larga mañana de diversión y conversación. Pero, al entrar en el palacio, se encontraron con la desagradable presencia de la jefa de las criadas, gordinflona, fea y gruñona, que se puso a gritar:

—¡Ven acá, Delila! ¿Dónde te has metido toda la mañana? ¡Perra! ¡Otra vez se quemó el pan!

Al ver que iba hacia ella para pegarle, Delila buscó desesperadamente la protección de Sisnán, echándose a sus pies y alzando hacia él una mirada suplicante.

El eunuco se quedó al principio como paralizado, pero luego se interpuso entre las dos mujeres, vociferando:

—¿Adónde vas tú? ¿Qué pretendes hacer? ¡No le pongas la mano encima!

Pero la jefa le apartó de un manotazo, agarró a Delila por los cabellos y empezó a sacudirla fuertemente y a propinarle bofetadas. A lo que Sisnán respondió metiéndose en la pelea para clavarle a aquella mujerona enfurecida las uñas y los dientes en la espalda.

Los tremendos gritos hicieron que el resto de los criados acudieran; y, viendo lo que pasaba, trataron de separarlos en un forcejeo que acabó convirtiéndose en una riña colectiva con más voces, mayor violencia y cuerpos entrelazados rodando por el suelo. Cayeron muebles y cacharros, que se hicieron pedazos. El ruido de los golpes y los alaridos guturales alarmaron a la guardia. Entró el oficial que custodiaba la puerta y se asustó tanto que llamó a sus hombres. Solo tenían permiso para entrar en caso de emergencia, pero la pelea que se había armado entre la servidumbre era tal que justificaba sobradamente la intervención. La lucha fue feroz, entre lágrimas, aullidos e insultos. La turbamulta acabó saliendo al jardín, como un río desbordado, y solo allí se disolvió en torno a la fuente. Aunque continuó la discusión.

—¡Tú no mandas! —le reprochaba la jefa de todos al eunuco—. ¡Manda el señor Chawdar! ¡Aquí cada uno tiene sus atribuciones! ¡Y el superior de todos nosotros es el señor Chawdar!

—¡El señor Chawdar está enfermo! —replicó Sisnán, yéndose hacia ella con los puños crispados—. ¡Y no me faltes al respeto que me debes! ¡Yo soy el segundo al frente de esta casa! ¡Y aquí mando yo ahora!

En medio del silencio que siguió a estas voces, de repente, se oyó el inconfundible carraspeo del anciano Chawdar, sus toses y el golpeteo de la contera de su bastón. Todos miraron en aquella dirección.

—¡Señor Chawdar! —exclamó desesperada la jefa de las criadas—. ¡Ven y pon orden!

Apareció el viejo eunuco con su trabajoso caminar, arrastrando un pie por el corredor central del jardín. Estaba tan pálido como el mármol de la fuente y parecía que se iba a caer al suelo de un momento a otro. Se detuvo y dijo con voz rota:

—¡Ya es suficiente, Alá de los cielos! ¡Compadeceos de mí!

En los ojos de Sisnán se dibujaron la impotencia y la angustia. Se puso a abrir y cerrar las manos con inquietud, y luego dijo con una voz dolida y lastimera:

—¡Señor Chawdar, sabes que no debes levantarte de la cama!… ¡Compadécete tú de ti y compadécete de mí!

Chawdar se tambaleó, como si perdiera la poca fuerza que le quedaba, y sus ojos se quedaron en blanco. Balbució:

—¡Un respeto, por Alá! Un respeto…

La jefa de las criadas lanzó entonces un alarido y se fue hacia él para sujetarle. Sisnán trató de hacer lo mismo, pero ella le apartó de un empujón, diciéndole con aire desgarrado y gran afectación:

—¡Está demasiado débil para que le demos estos disgustos!

—¡Loca! ¡Tramposa! —explotó Sisnán con impotencia y rabia—. ¿Quién te crees tú que eres? ¡Hipócrita! ¡Tú y solo tú eres la causante de todo esto!

—¡Ay! —se lamentó el anciano con una voz casi inaudible, tambaleándose—. ¡Ya es suficiente!…

La mujerona cogió en brazos al anciano y fue a sentarlo en uno de los bancos. Él, con los ojos cerrados, hacía unos extraños movimientos con la cabeza y emitía una especie de ronquido.

—¡Se muere! —gritó Sisnán—. ¿No veis que le está dando un ataque?

Pero el anciano abrió los ojos de repente y, fijándolos en él, replicó, haciendo un gran esfuerzo para hablar:

—¡No, no me muero!… Pero acabaréis matándome entre todos…

Sisnán se quitó el turbante y corrió a mojarlo en la fuente, para luego ir a humedecerle la frente, mientras le decía:

—La culpa es de esa, que quiere mandar sobre todo el mundo… ¡Ella lo empezó!

La jefa de las criadas le lanzó una mirada furibunda, pero enseguida se volvió hacia el anciano para acariciarle la mano con dulzura, mientras le decía calmadamente:

—Señor Chawdar, no te conviene estar enojado ni darte estos caldeos…. No le hagas caso… ¡Está loco!

—¡Falsa! —le gritó Sisnán—. ¡Ella tuvo la culpa de todo, señor Chawdar!

El anciano le miró fijamente, con apreciable inquina, y le dijo entre dientes:

—Calla de una vez, escandaloso, alborotador… ¡Toda la culpa es de tus endemoniados nervios! ¡Quítate de mi vista! ¡Tú eres el loco!

Estas palabras penetraron hasta las entrañas de Sisnán, que, bajando la cabeza, comenzó a retirarse lentamente, hundido y humillado.

—¡Fuera! —añadió Chawdar—. ¡Fuera todo el mundo! ¡Id a vuestros quehaceres!

Todos le miraban, sin atreverse todavía a moverse, y él levantó el bastón y gritó aún más fuerte:

—¡Fuera todo el mundo! ¿No me oís?

Se levantó y caminó renqueante hacia sus aposentos, tosiendo y emitiendo aquel bronco carraspeo que denotaba su gran dificultad para respirar.

Sisnán fue a ocultarse al rincón más sombrío y reservado del jardín. Se sentó en el suelo invadido por la tristeza, bajó la cabeza y permaneció en silencio.

Delila le siguió, se sentó frente a él y le estuvo observando con ojos abatidos. Luego suspiró desde lo más hondo y le dijo con voz débil:

—Nos tienen envidia a ti y a mí, Sisnán. Eso es lo que pasa… Es la triste realidad…

Él la miró con una expresión cargada de ingenuidad e interrogación. Y ella, acariciándole el cabello, añadió:

—Nos tienen envidia porque se dan cuenta de que somos amigos, de que nos queremos y nos ayudamos… Esa es la triste realidad… En este palacio nadie soporta ver que alguien empieza a ser feliz… Esto es una jaula de pajarracos… Hay muchas gallinas viejas en este corral…, demasiadas gallinas viejas…

Sisnán cerró los ojos y se quedó pensativo. Pero luego empezó a moverse, como en un espasmo de risa, y soltó una carcajada que reprimió tapándose la boca con las manos. De lo que la muchacha se extrañó y le preguntó:

—¿Y ahora de qué te ríes?

Él la miró meneando la cabeza y sonriendo. Contestó:

—De lo burra que eres, Delila... Pajarracos, gallinas viejas...
¡Tienes unas cosas! ¿Cómo no me voy a reír?

La respuesta de ella fue reír también y abalanzarse sobre él para
abrazarle.

37

La señora y su hermano abandonaron los Baños del Pozo Azul en dirección a los Alcázares después de su visita. El aire era extremadamente cálido y el cielo había empezado a nublarse, presentando un panorama de tormenta.

—Démonos prisa —dijo el cadí—, seguramente va a llover.

La señora parecía sobrecogida y sonreía de una manera extraña. Echó una ojeada a las nubes, inspiró profundamente y observó:

—¡Humm...! ¡Huele a tierra mojada! Me encantan las tormentas de verano.

Él se quedó mirándola como asombrado. ¿Por qué parecía ella tan contenta? ¿Era a causa del aroma que traía aquella ardiente brisa o había otras razones? ¿Sería porque le habían encantado los baños? Si estaba feliz a causa de este último motivo, el cadí pensó que debía decirle en aquel momento para qué la había llevado hasta allí. Pero antes creyó oportuno preguntarle para estar seguro.

—Hermana, ¿qué te ha parecido? ¿Te ha gustado?

Ella se volvió y le dirigió una mirada sonriente, al tiempo que se ruborizada al responder:

—¡Qué bobo eres, Eneko! ¿Y a quién no le gustaría?

Él suspiró como con alivio y exclamó en tono victorioso:

—¡Que alegría me da oírte decir eso! ¡Sabía que te iba a gustar!

Reinó el silencio, y llegó a sus oídos el murmullo de las ramas que agitaba el viento, junto con el crujido de la hojarasca en los tejados y el gorjeo de los pájaros. El cadí reparó en que los ojos de su hermana lo examinaban con una mínima curiosidad injustificada, que su expresión se había vuelto más audaz y confiada, sugiriendo una complicidad amable que estaba muy lejos de sus discusiones de los últimos días. Ella observó la inquietud de su hermano y se rio de forma indolente, mientras le decía como en broma:

—Tenía que gustarme a la fuerza. La belleza siempre gusta…, tanto en el hombre como en la mujer… Y ese joven poeta es verdaderamente guapo… ¡Demasiado guapo! Lo es tanto vestido como desnudo…

Después de decir esto, ella soltó una risita, a la que siguió un silencio. A su lado, el cadí no daba crédito a lo que acababa de oír, puesto que la pregunta que le había hecho se refería a los baños y no al joven poeta. Y por ello sintió una especie de escalofrío y el cabello se le erizó. Bajó la vista por temor a mirar a su hermana, mientras la oía reírse con aquella frescura e impudicia, a pesar de lo que acababa de decir.

En ese momento, se oyó un gran trueno y arreció el viento, levantando una nube de polvo. La gente corría a refugiarse porque el cielo estaba ya enteramente oscurecido por los nubarrones. Apretaron el paso, pero ya no pudieron librarse del chaparrón, que empezó a caer primero con gruesas gotas y luego se convirtió en un aguacero repentino que irrumpió como una cortina sobre la ciudad.

—¡Eh, señores, entrad aquí! —les gritó un hombre desde la puerta de su palacio.

Ellos descabalgaron para ponerse a resguardo allí dentro. Toda la servidumbre de aquella preciosa residencia corrió inmediatamente a echarse a los pies de la madre y del tío del califa.

—¡Alá os colme con sus bendiciones, mis señores! —exclamaba el dueño del palacio, postrado también de rodillas delante de ellos—. ¡Bienvenidos seáis a mi casa! ¡Alabado sea el Todopoderoso que nos concede un honor tan grande! ¡Pasad, pasad, mis señores! Tomad posesión de vuestra casa.

Ellos respondieron de buen grado a la invitación y entraron, marchando por el corredor central mientras su escolta se quedaba en el gran vestíbulo bajo techo.

—Por aquí, mis señores —indicaba solícito el propietario del palacio, entre reverencias y postraciones. Era un hombre ya de cierta edad, muy bien vestido, de aspecto digno y bondadoso—. ¡Pasad a vuestro salón y poneos cómodos! ¡Oh! ¡Estáis mojados, mis señores! Ahora mismo mis criados os darán ropa seca…

La señora y el cadí conocían muy bien a aquel hombre que de manera tan atenta y cariñosa les ofrecía su casa: Abdelgawad el sastre, un viejo servidor de los califas que, desde que era un muchacho, había vivido en Medina Azahara sirviendo en la sastrería del califa Abderramán, y luego, a la muerte de este, en la de su sucesor Alhaquén. Ahora, siendo ya abuelo, estaba casi retirado del trabajo y residía con toda su familia en uno de los palacios de la zona más noble de Córdoba. Pero todavía era él quien se encargaba de crear y dirigir la confección de las mejores ropas del califa Hixem y su madre. Así que entraba y salía con frecuencia en los Alcázares, donde era tan querido como si se tratara de un pariente.

La señora y su hermano se secaron y se vistieron con cómodos albornoces. Luego se sentaron en aquel precioso salón para esperar a que pasase la tormenta. Con gran respeto y cortesía, el dueño de la casa ordenó a su servidumbre que los dejaran estar solos; e hizo ademán él mismo de cerrar las puertas desde fuera, sin pretender siquiera permanecer un momento con ellos. Pero la señora le dijo con afecto:

—No, Abdelgawad, no hace falta que te retires; quédate un rato con nosotros.

—Sayida —contestó él, sonriente y guiñándole un ojo—, no seré inoportuno. Además, quiero encargarme de que mi gente os prepare algo digno de esta inesperada y feliz visita.

La señora respondió a su cortesía con otra sonrisa, haciendo a la vez un gesto con su mano, permitiendo con él que se retirara. El sastre salió cerrando la puerta tras de sí.

Cuando los hermanos se hubieron quedado solos, el cadí comentó:

—¡Qué viejo está el buen sastre! Tendrá ya más de sesenta años y ha engordado mucho.

—¡Es encantador! —exclamó ella con cariño—. Las personas como él no deberían morir nunca.

—Y muy fiel a nosotros —observó el cadí—. Tan leal que sería capaz de dejarse quemar vivo con tal de no traicionarte.

—Me conmueve eso que me dices, hermano.

Otro gran trueno retumbó afuera y el crepitar de la lluvia se hizo más intenso. La señora quiso moverse, asustada, pero el cadí la detuvo poniéndole con suavidad su mano en el antebrazo; y luego le dijo circunspecto:

—Hermana, te asombrarías si supieras cuánta gente detesta a Abuámir y odia tener que estar bajo su poder. Muchos nobles añoran los bellos tiempos de Abderramán al Nasir y su hijo Alhaquén, cuando los califas eran como una luz sobre Córdoba…

Ella le miró con intensidad, como diciéndole: «No quiero retornar a esa conversación». Pero él acentuó la aspereza de su voz al añadir:

—Este hombre, Abdelgawad, por ejemplo, tuvo que abandonar Medina Azahara; y seguro que siente nostalgia de aquella feliz época. Como tantos en Córdoba, hermana mía, como tantos… ¿De verdad no piensas en eso?

La señora no pudo responder, confusa como estaba. Su hermano entonces se enfadó y le preguntó en tono de reprobación:

—¿No quieres ayudar a que tu hijo Hixem sea como su abuelo y su padre? ¿No quieres que participe de aquella gloria que ellos gozaron? ¡Cuántos cordobeses serían felices al ver a Hixem reinando como un verdadero califa!

Ella contestó con firmeza:

—Eneko, ya hemos hablado suficientemente sobre este asunto.

Tú sabes igual que yo que mi hijo Hixem es diferente. Él no es como sus antecesores… No, no es ni como su padre ni como su abuelo.

—Porque no le dejan serlo —replicó seriamente el cadí.

—¡No quiero hablar más sobre ello!

Después de estas palabras, la señora agitó la cabeza como añadiendo: «Y que sea lo que Dios quiera».

El cadí captó su deseo de abandonar aquella conversación en ese mismo instante y temió enfurecerla. Le disgustaba verla de nuevo triste, después de la mañana tan encantadora que habían pasado, paseando primero por la ciudad, luego en los baños y hacía solo un rato con el inicio de la tormenta. Así que se propuso guardar silencio, como esperando a que el maravilloso sonido de la lluvia le devolviera a ella la dicha que había manifestado antes.

La señora tampoco hizo ningún comentario más sobre el asunto, pero mostró una gran ternura al decirle a su hermano:

—Eneko, dejemos que este día feliz termine bien. De verdad, lo he pasado muy bien. Te agradezco que me llevaras a esos preciosos baños…

Él sonrió agradecido e hizo un elocuente gesto de aceptación. Luego dijo:

—Deberías salir más del palacio, hermana. Te prometo que me encargaré de eso.

—Prométeme una cosa más —le rogó ella, esforzándose para sonreír—; prométeme que le harás un regalo al dueño de este palacio por haber sido tan cariñoso y generoso con nosotros.

—Ya lo he pensado, hermana. Pero el mejor regalo que ha recibido Abdelgawad en mucho tiempo es precisamente el hecho de que tú hayas entrado hoy en su casa.

Ella echó una ojeada al salón y comentó:

—Tiene un gusto delicado, fino. ¡Cómo se nota que estuvo mucho tiempo prestando su servicio en Medina Azahara!

Raíg movió la cabeza asintiendo, pensativo, y luego le preguntó:

—¿Hace mucho que no vas allí?

—¿A Medina Azahara? Mucho, hermano, mucho… La verdad es que no me apetece ir. Siempre que he ido allí he vuelto luego muy triste…

—Pues yo tengo pensado acercarme hasta allá uno de estos días —observó él—. He de sondear allí el ambiente, para saber si contamos entre aquellos palacios con gente tan leal como el dueño de esta casa.

La señora le lanzó una mirada discrepante y replicó:

—No hay que sondear nada; no hay que saber nada… Deja que todo siga como está y no compliques más las cosas.

—¡Hermana, debemos adoptar precauciones!

Esto acabó exacerbando a la señora, que se puso a decir:

—Nadie nos hará nada malo, Eneko. ¿Cómo podría yo meterte eso en la cabeza? Una cosa es tener que soportar que Abuámir se vaya haciendo el amo de todo, pero otra muy diferente es pensar que planea hacernos algo malo. ¡Eso no va a pasar!

—Está bien, hermana, está bien —contestó él, temiendo que ella terminara enojándose del todo—. Te prometo que no volveré a sacar el tema.

—Prométeme además que detendrás por el momento el plan —le rogó ella en un tono que más parecía un mandato.

Él apretó los labios contrariado, pero asintió a la vez con un movimiento de cabeza. La conversación había puesto ya en evidencia todos los prejuicios que la señora tenía en contra del plan, por un lado; y por otro, su miedo como madre a las consecuencias que pudiera acarrear para su hijo. Así que no tenía sentido alguno insistir para acabar irritándola. Había pues que desviar su atención hacia otros asuntos.

—De manera que te gustó —dijo de repente el cadí, con una sonrisa maliciosa—. ¿Eh, hermana? ¡Te gustó!

Ella le devolvió una débil sonrisa, cuyo significado a él se le escapaba. El cadí empezó a examinarla, moviendo la cabeza con evidente satisfacción, y luego exclamó suspirando:

—¡Ay, hermana! ¡Ay, Auriola!

La señora no pudo contener la risa al contestar:

—¡No te rías de mí! ¡No seas malo!

Los dos se rieron, hasta que él fingió ponerse serio para decir:

—Pues resulta, Auriola, que hace un rato, antes de la tormenta, yo no te preguntaba si lo que te había gustado era el joven poeta…

Ella frunció el ceño, manifestando no estar dispuesta a seguirle la corriente, y después le regañó:

—¡Cállate! ¡Me da mucha vergüenza!

—Pero te gustó, Auriola; ese joven te entró por los ojos y ni te fijaste en los preciosos Baños del Pozo Azul…

Se calló un instante y luego prosiguió riendo:

—Cuando resulta que yo lo que quería era mostrarte esos baños que he comprado para ti…

La señora miró a su hermano con unos claros ojos que reflejaban sus cavilaciones. Luego preguntó, como si hablara consigo misma:

—¿Para mí?

—Claro, hermana, claro… —contestó él sin dejar de reír—. ¡Esos baños son mi regalo! ¡Son para ti, hermana! Pero parece que te causó mayor impresión el joven poeta…

—¡Calla! ¡Déjame en paz, Eneko!

—Está bien —dijo él, secándose las lágrimas de la risa con el dorso de la mano—. Ya no mencionaré más al muchacho… Aunque me alegra mucho saber que puedes gozar con la belleza de un hombre…

—¿Quieres decir: a pesar de mi edad? —preguntó ella con retintín.

—No, Auriola. Lo que quiero decir es que me hace feliz verte dichosa.

Ella se conmovió ante estas palabras y le acarició con dulzura la mejilla. Luego dijo:

—Gracias, hermano. ¡Esos baños son sorprendentes! Me hace muy dichosa tu regalo. Y no lo digo por simple compromiso. Es un lugar muy especial…

—Y todavía lo será más —observó el cadí con entusiasmo—.

Porque el regalo no está completo del todo. He encargado que se hagan obras para convertirlos en los baños más bellos que hayas podido ver. ¡Te asombrarás, Auriola! ¡Ya lo verás! Y quiero que, cuando estén terminados, vayas siempre que desees a pasar allí un rato de tranquilidad y placer fuera de los Alcázares. Lo necesitas, hermana, tú sabes que lo necesitas... ¿Irás?

La señora inclinó la cabeza con agradecimiento, luego dijo con sinceridad:

—Iré, te lo prometo.

El cadí observó el cambio que se había producido en ella con una mirada de victoria y satisfacción; pero le dio miedo continuar hablando y dijo con prudencia:

—La tormenta parece haber cesado y se ha hecho tarde para que vayas a la mezquita. Regresemos a los Alcázares.

Ella se levantó y fue hacia la puerta para abrirla. Al momento apareció el dueño del palacio con su familia y su servidumbre, y todos se postraron.

—Gracias —dijo la señora—. Ha sido un verdadero regalo de Dios encontrar esta casa en nuestro camino. Levantaos.

El dueño del palacio hizo una seña a sus criados y estos le presentaron a la señora un par de preciosos vestidos, de colores y hechuras muy diferentes. Ella aceptó el obsequio, sonriente y agradecida; entró en el aposento contiguo, se puso uno de los vestidos y salió de nuevo luciéndolo con una expresión de viva alegría.

Afuera, en la calle, los guardias ya tenían preparados los caballos. Ella montó y elevó sus bellos ojos claros hacia el cielo para contemplar las nubes que iban en retirada.

Mientras tanto, el cadí se había reunido un momento a solas con el dueño del palacio y le estaba diciendo en voz baja:

—La señora y yo queremos obsequiarte por tu amabilidad...

—¡Señor, no hace falta! —exclamó él—. ¡Me siento muy honrado por haber podido serviros hoy!

—Ya lo sé. Pero la sayida desea recompensarte. Así que harás lo que yo te diga y así le darás mayor gusto y alegría.

Abdelgawad se inclinó con humildad, aceptando este mandato.

—Mañana —prosiguió el cadí—. Cuando sea medianoche, ve tú solo hasta la noria de los huertos que hay más allá de la explanada de Um Salma, en el arrabal de Al Rusafa. ¿Sabes dónde te digo?

—Sí, mi señor. Allí estaré, si eso es lo que me mandas. Mi único deseo es estar pronto a contentar a la señora y a ti.

—Bien. Me esperarás junto a la casa en ruinas que está junto a la noria, porque quiero hablar contigo de manera privada. Y recuerda esto —le advirtió severamente el cadí—: ve tú solo. Nadie debe saber que has salido de casa esa noche… No te dejes ver, ni mucho menos acompañar. Ve embozado, sin que te reconozcan, y no hables ni te pares con nadie por el camino…

—Eso haré, mi señor; tal y como tú lo ordenas.

—Muy bien. ¡Que Alá te guarde! ¡Hasta mañana! ¡Te alegrarás de haber ido! Y gracias una vez más por tu lealtad.

38

Con la mirada brillante, resplandeciente el rostro de satisfacción y rebosante de orgullo su corazón, el joven poeta Farid al Nasri estaba cenando con el cadí Raíg al Mawla. ¿Cuándo pudo soñar él estar a solas con el tío del califa de Córdoba y hermano de la sayida? Se hallaban ambos en la terraza ajardinada de uno de los palacios más antiguos de la medina. Acababan de comer anguila pescada esa misma mañana en el río, aceitunas, queso y pato cocinado en salsa hecha con las primeras ciruelas amarillas de la estación; y ya se habían bebido un par de jarras de dorado vino malagueño. Los criados se habían marchado por orden del cadí después de servir la cena.

El cadí parecía estar de un humor afectuoso y locuaz, mientras hablaba con voz tranquila y armoniosa.

—Muchacho —decía—, quería cenar a solas contigo porque he sentido durante estos días la necesidad de conocerte mejor. Debes creerme si te digo que lo deseaba desde que hicimos juntos el viaje. Y ayer, cuando te encontré sin esperarlo en los Baños del Pozo Azul, comprendí con claridad perfecta que no había sido por pura casualidad…

El poeta temía que saliera a relucir en la conversación el suceso de los baños.

—Señor, perdóname… —balbució sonrojado—. Si hubiéramos sabido que aquel día la sayida y tú…

—¡No debes avergonzarte! —le interrumpió Al Mawla—. No tienes ningún motivo para hacerlo. Estabas desnudo; algo natural en el hamán… ¿Es que estabas haciendo algo malo? La culpa fue del antiguo dueño de los baños, que no tuvo la precaución de advertir a su esclavo de que yo podía presentarme allí en cualquier momento. Así que no sufras por ello más.

—Gracias por tus palabras, señor —contestó ruboroso él—. Pero… me refiero a que… estábamos… estábamos allí, eso, ¡desnudos!, y ella nos vio así… ¡Qué fatalidad!

El cadí se echó a reír y luego llenó los vasos, diciendo:

—¿Y qué se le va hacer?… Nosotros entramos en el hamán creyendo que no había nadie allí… En todo caso, deberíamos haber tenido la precaución de avisar. La cortesía tiene sus normas y no se debe entrar en ciertos lugares sin antes llamar a la puerta. ¿O no tengo razón?

Al ser tratado con esta delicadeza, el asombro se apoderó de Farid hasta tal punto que se quedó un instante sin decir palabra; luego se sobrepuso y respondió:

—Sí, señor; y te agradezco tanta deferencia y comprensión, pero para nosotros fue un mal trago…

El cadí esbozó una sonrisa cargada de significado, antes de sentenciar:

—Ningún cuerpo hermoso debería avergonzarse por ser visto desnudo.

Y luego, sin inmutarse, añadió:

—Y mi hermana, la sayida, es tan de carne y hueso como tú y como yo. La cuestión es tan simple como eso. Así que no se hable más del asunto.

Disminuyó la tensión. El joven poeta se alegró de recibir estas palabras llenas de magnanimidad hacia él. Sobre todo por provenir de quien las decía; una persona a la que ya consideraba como modelo de nobleza y grandeza. Además —acaso sería por el vino—, en aquella terraza la noche había empezado a parecerle distinta; la atmósfera, invadida por los aromas de las flores y los arrayanes, se percibía suave y delicada. Se sintió sobrecogido al ver las tenues luces de la ciudad, ante tanta belleza; y el respeto, la admiración y la gratitud anegaron su alma. Estaba siendo consciente de que aquellos eran quizá los momentos más preciosos e intensos de su vida, esos con los que había soñado durante tantos años, y que ya estaban allí; ¡al fin habían llegado!

El cadí advirtió su emoción y su asombro y le dijo sonriente:

—¡Siéntate más cómodo, muchacho! Aquí estamos completamente solos y podremos hablar sin temer a ser escuchados. Les ordené a mis criados que dejasen servida la cena y que se marchasen; puedes estar seguro de que no se le ocurrirá aparecer a ninguno de ellos. Así que siéntete como en tu propia casa.

Farid se recostó en los cojines y contestó con humildad:

—No merezco ser tratado así… ¡Es demasiado, mi señor! ¡Yo no soy nadie ante ti!

Una lámpara cercana irradiaba luz sobre el rostro sereno del cadí. Su mirada era tan penetrante que en algunos momentos causaba inquietud, a pesar de su permanente sonrisa. No tenía puesto el turbante y su pelo abundante y plateado brillaba revuelto. Bebió un par de sorbos de vino y luego dijo con voz firme:

—Muchacho, sé que puedo confiar en ti; lo supe casi desde el primer día que te conocí. Creo firmemente en la providencia y sé que no te cruzaste en mi camino por pura casualidad. No, no fue un hecho casual… Yo necesitaba a alguien como tú; alguien con inteligencia, sagacidad e ingenio… Y además, alguien con ciertos dones… Y he aquí que lo encontré, ¡gracias a Dios!

Temblando y atónito, el poeta contestó:

—No quisiera defraudarte… ¡Me siento tan halagado!

—No me defraudarás, eso yo lo sé.

Todavía los labios de Farid musitaron algunas palabras más de agradecimiento, luego, ambos callaron. El joven se quedó observando un rato un alminar cercano que la luna iluminaba. Sentía la mirada del cadí fija en él como se sienten los rayos del sol aunque no se lo mire, y eso le impulsó a preguntarle directamente:

—¿Y qué puedo hacer yo por ti, señor?

—Mucho, mucho más de lo que piensas… ¿Estás dispuesto a ayudarme?

—¡Claro, señor! —contestó, cada vez más intrigado—. Dime lo que he de hacer y, si Alá me da capacidad para ello, cuenta conmigo.

—Sé que eres sincero —afirmó circunspecto Al Mawla—. Y debes saber primero que odio la falsead y la inconstancia. Cuando uno se compromete…

Al oír el tono de su voz, Farid le interrumpió exclamando impulsivamente:

—¡Señor, no te fallaré!

—Lo sé. Pero no está de más una advertencia, puesto que he de encomendarte cosas de mucha importancia. Debes comprender que debo, antes que nada, dejar tranquila mi conciencia. ¿Estás dispuesto a hacer lo que yo te mande?

—Señor, ya te lo he dicho; ¡deseo estar a tu servicio!

El cadí sonrió mostrando su satisfacción por esta vehemencia de su respuesta. Después alargó la mano y cogió algo que estaba sobre una pequeña mesa a su lado. Dijo, entregándoselo a Farid:

—Toma, muchacho. En esta talega hay cincuenta dinares de oro. Lo primero que harás será comprarte ropa decente, un buen caballo y todo aquello que creas necesitar o que desees por puro capricho…

—¡Señor! —exclamó con voz temblorosa el joven—. ¡Es demasiado…, señor! ¡Todavía… todavía no he hecho nada por ti!

—Pues ya tienes algo que hacer: acepta ese oro y obedece mi mandato.

Las lágrimas asomaron a los ojos de Farid. Era incapaz de articular palabra.

—Y harás algo más —prosiguió el cadí—. Te vendrás a vivir a este palacio. Para que puedas servirme como yo espero de ti, he de tenerte a mano. Además, es necesario que estés cómodo y que vivas con dignidad conforme a la nueva condición que irás adquiriendo a medida que pasen los meses.

—Gracias…, gracias…, señor… —contestó el poeta con la voz entrecortada por el llanto.

El cadí le miró conmovido y siguió explicando con calma:

—Este palacio me pertenece desde hace años. Fue un regalo del anterior califa, Alhaquén. Aquí me vine a vivir con mi esposa y aquí nacieron mis cuatro hijos. Pero, años después, fui enviado a gobernar Badajoz. Me llevé a mi familia y parte de mi servidumbre. Ahora, como ves, esta residencia está cerrada y vacía. Pero quiero acondicionarla y mantenerla habitada, pues ya se sabe que los edificios desocupados acaban hechos una ruina. He decidido darte una oportunidad que no le daría ni siquiera a personas de mi confianza: quiero que vivas en este palacio, que te encargues de él y que sea aquí donde comiences a servirme conforme al plan que, poco a poco, te iré desvelando.

El corazón de Farid al Nasri brincó lleno de alegría, y esperó seguir oyendo otras maravillosas noticias que culminaran tan sorprendentes palabras. Pero Al Mawla calló, bebió vino por última vez y se puso en pie. Así que el joven creyó oportuno decir:

—Gracias, señor, por tu confianza y tu bondad. Que de ninguna manera merezco…

El cadí le miró largamente desde su gran estatura, le puso la mano en el hombro y manifestó:

—Ya te he dicho con toda claridad lo que quiero: mañana te trasladarás a vivir aquí. No hay por qué esperar. Abandona el lugar donde te has hospedado hasta ahora y tráete al palacio todas tus pertenencias.

—Mis pertenencias son tan escasas que caben puestas en mi cuerpo… —contestó el joven en tono jocoso.

—Pues eso se ha de acabar. A partir de mañana podrás tener muchas cosas.

Ambos rieron, mirándose con afecto y complicidad. Finalmente, el cadí dio por terminada la cena y la conversación, ordenándole:

—Ahora márchate a descansar. Tus trabajos empezarán muy pronto. Pero, antes de separarnos, vuelvo a recordarte que debes ser discreto y que no podrás contar nada de lo que hable contigo; ni siquiera a las personas de tu mayor intimidad.

Farid se levantó, se inclinó y le besó la mano, manifestando una vez más:

—Gracias, señor, no te arrepentirás de haber confiado en mí.

Al Mawla echó a andar, y el joven le siguió sin volver a decir palabra. Ambos descendieron por la escalera y fueron apagando a su paso todas las luces que encontraron; y lo mismo hicieron al atravesar el palacio hasta la puerta de salida. Antes de abandonar el zaguán, Al Mawla abrazó afectuosamente al joven poeta y le dijo al oído en un susurro:

—No me acompañes. Alguien me espera ahí afuera.

Allí mismo, el cadí se envolvió la cabeza con el turbante y se cubrió la cara dejando al descubierto solamente los ojos. Soplaron la llama del último candil que quedaba encendido y salieron.

Farid vio en la calle a un hombre alto y esbelto, enteramente vestido de negro, que aguardaba en una zona iluminada por la luna, y que se acercó al momento inclinándose ante el cadí. Luego ambos se encaminaron por un callejón estrecho que partía de allí mismo y desaparecieron en la oscuridad.

El joven poeta se marchó en dirección contraria. Las palabras de Al Mawla resonaban en sus oídos: «Quiero que vengas a vivir a este palacio. Es necesario que estés cómodo para que puedas servirme con dignidad, conforme a la nueva condición que irás adquiriendo a medida que pasen los meses». ¡La nueva condición! ¡Vivir en su palacio! ¿Cómo había sido tan generoso el destino con él? ¿Cómo había sobrevenido, como por encantamiento, esta oportunidad maravillosa? Y mientras caminaba hacia el barrio donde vivía, palpó la bolsa que llevaba entre sus ropas, sintiendo los contornos de las monedas de oro entre sus dedos…

39

En plena noche, el cadí Raíg al Mawla y su misterioso acompañante, alto, esbelto y enteramente vestido de negro, caminaban por las calles de Córdoba en dirección al arrabal de Al Rusafa, que se hallaba en el extremo norte de la ciudad, extendiéndose desde la puerta de Al Yahud hasta las Alfarerías. Al cruzar la enorme explanada donde se alzaba la preciosa mezquita de Um Salma, les llegó murmullo de voces de alguna parte. Embozados como iban parecían dos sombras que se movían con sigilo en la oscuridad. Pero temieron encontrarse con alguien y fueron a ocultarse en el bosquecillo de cipreses que negreaba tras las tapias de un viejo y ruinoso caravasar. Desde allí vieron pasar un tropel de muchachos vocingleros que marchaba hacia la medina entre cantos y albórbolas. Esperaron a que el último de ellos desapareciera doblando una esquina y volvieron a salir para atravesar aprisa la gran extensión que separaba la mezquita del arrabal. Luego se adentraron por una estrecha vereda, entre huertos de frutales, en la que se respiraba la tímida y húmeda brisa que provenía de las acequias. Por allí anduvieron a escondidas, dando saltos, evitando los canales y las zanjas, hasta llegar frente a una noria que iluminaba la luna. Los ruidos de la ciudad quedaban lejos y solo se oía el murmullo del agua corriendo.

—Escondámonos ahí y esperemos —dijo en un susurro el cadí.

La noche fue siendo más luminosa a medida que una luna llena se asomaba detrás de las tenues nubes y, proyectando profundas y oscilantes sombras, le daba a todas las formas una imagen nueva e inesperada. El siseo de una lechuza le proporcionaba un aire sobrecogedor a los contornos de una casucha medio derrumbada que estaba un poco más allá de la noria.

—Escucha, se oyen pasos… —susurró el acompañante del cadí.

—Sí, ya está ahí —afirmó Al Mawla—. Pero no salgamos hasta que no se acerque.

La silueta redondeada del cuerpo de un hombre grueso y de mediana estatura apareció de pronto junto a un paredón ruinoso que la luna iluminaba. Iba despacio, con pasos de hombre anciano. Se detuvo, miró a un lado y otro, dio una vuelta por los alrededores y luego alzó la voz llamando:

—¡Señor! ¡Mi señor, Al Mawla! ¿Estás por ahí?

—¡Calla, insensato! —contestó el cadí desde su escondrijo en voz baja—. ¡Ya voy! Espera ahí sin moverte.

—¡Soy Abdelgawad, el sastre!

—¡Ya lo sé, no hace falta que te presentes!

El cadí y su acompañante fueron al encuentro de aquel hombre envueltos en la oscuridad del bosquecillo de cipreses. Pero, antes de hacerse visibles, se cercioraron bien de que no había nadie más por allí. Y, no obstante, Al Mawla preguntó:

—¿Has venido solo?

—Sí, mi señor.

—¿Sabe alguien que has salido de tu casa?

—Nadie, mi señor.

—¿Te has parado con alguien por el camino hasta llegar aquí?

—No, mi señor. He hecho todo tal y como tú me ordenaste. ¿Cómo se me iba a ocurrir desobedecerte?

—Muy bien, muy bien —dijo el cadí acercándose más a él—. Veo que sigues siendo el hombre leal que siempre fuiste. Por eso te cité aquí…

—¡Señor! —exclamó emocionado Abdelgawad, inclinándose para besarle las manos—. ¡Mi señor! Yo siempre seré fiel a nuestro comendador de los creyentes, el único califa, nuestro amo Hixem. A él y a su madre, la sayida Um Walad, ¡Alá la bendiga y la guarde en salud! Y a ti, mi señor Raíg al Mawla. ¡El Todopoderoso os ampare!

—Lo sé, lo sé —contestó el cadí—. Pero no levantes la voz. Ya sabes que es peligroso hoy en día ser fiel…

—¡Alá perjudique a los traidores! —exclamó el sastre, dándose a la vez un fuerte golpe en el pecho con el puño cerrado—. ¡Y Alá premie a los leales!

—¡Baja la voz! —le suplicó el cadí en un susurro—. Y vayamos a un lugar más escondido, puesto que aquí estamos demasiado visibles bajo esa luna.

Caminaron los tres hasta la noria y se detuvieron junto al brocal de un gran pozo. El lugar era algo más oscuro al estar arropado por la copa de un árbol alto. Allí Al Mawla le habló con calma al sastre, señalando el brocal del pozo:

—Amigo, siéntate ahí. Deseo recompensar tu lealtad y el hecho de que ayer, cuando nos sorprendió la tormenta a mi hermana y a mí, nos ofrecieras tu casa con tanta amabilidad.

Abdelgawad asentía con profundas reverencias, emocionado y agradecido por estas palabras.

—¡Siéntate ahí! —insistió el cadí, señalando con la mano el brocal del pozo—. ¡Siéntate, que quiero recompensarte!

El sastre vaciló. El pretil estaba más alto que sus posaderas y se removió torpemente a causa de su gordura y su edad. Pero finalmente, haciendo un gran esfuerzo, dio un saltito y se sentó. Miró sin poder evitarlo al fondo del pozo: el agua parecía negra con la sombra de la noche, y aunque brillara la luna entre las ramas del árbol, ni el más leve rayo de luz podía penetrar allí.

Súbitamente, sin mediar palabras, el cadí le dio un fuerte empujón. El sastre cayó al pozo lanzando un terrible alarido, y se oyó el pesado golpe de su cuerpo grueso sobre la superficie del agua, la zambullida y el posterior chapoteo entre gritos desgarrados:

—¡Señor…! ¡Mi señor…! ¡Me ahogo…! ¡Señor!…

En un movimiento rápido, el acompañante de Al Mawla se agachó, cogió un gran pedrusco y lo arrojó al interior del pozo. Lo mismo hizo el cadí con otro de mayores dimensiones aún. Los golpes secos en la cabeza del sastre retumbaron en el fondo. Los gritos cesaron y siguió un silencio aterrador.

—¡Vámonos! —dijo el cadí—. ¡Ese ya no abrirá la boca!

Pero aquel desdichado lanzó todavía un último alarido de dolor, a lo que ellos contestaron arrojando más piedras sobre él.

—¡Basta! —exclamó Al Mawla—. ¡Marchémonos! Ha gritado mucho. ¡Pueden haberle oído!

—¿Y si vive todavía? —preguntó con ansiedad el acompañante—. ¿Y si continúa dando voces y acude alguien?

—¡Vamos! —le apremió el cadí, echando a correr en dirección a la ciudad—. ¡Debemos alejarnos de aquí! ¡Ese ya está muerto!

Cruzaron los huertos, el arrabal y la explanada de Um Salm sin cruzarse con nadie. Luego fueron bordeando la muralla interior que rodeaba la medina hasta las traseras del Zoco Grande, deteniéndose allí en una plazuela, junto a una fuente. El cadí apoyó la espalda en una pared y dijo jadeante y con voz entrecortada:

—¡Ya soy viejo para estas cosas!… ¡Me asfixio…!

Tragó saliva. Le costaba recobrar el resuello y el corazón parecía querer subírsele por la garganta hasta la boca. Pero luego se fue calmando. Se estuvo refrescando la cara con el agua de la fuente y bebió unos tragos.

Su acompañante era más joven que él y le miraba con preocupación. Dijo para animarle:

—Señor, muchos hombres quisiéramos tener cuando lleguemos a tu edad esa agilidad tuya… ¡También yo estoy que no puedo con mi cuerpo! Estas cosas agotan, señor… Ya sabes que agotan…

El cadí atisbó ansiosamente la oscuridad circundante y, llevándose el dedo a los labios, contestó:

—¡Chis! ¡Separémonos aquí!

—¿Vas a volver solo, señor? —preguntó preocupado el otro.

—Sí. Que cada uno marche por su propio camino… Ya nos veremos mañana para decidir cómo hemos de abordar el resto de los asuntos que tenemos entre manos…

40

La señora estaba contemplando la ciudad al amanecer desde la torre más alta de los Alcázares. Una hermosa luz ambarina bañaba los tejados, las murallas, las almenas, los contornos… Reinaba el silencio. Luego fueron despertando los sonidos; primero el canto de los gallos, algún rebuzno y más tarde se inició el monótono y metálico golpear de los martillos en las lejanas fraguas. Todo era como siempre. A ella se le alegró el alma al ver los alminares y los aleros de la mezquita Aljama brillando con el primer sol, como si emergieran del plateado Guadalquivir. Inspiró hondamente y dejó que su pecho se llenara del aire matutino, limpio y aromático. Se sintió aún más tranquila cuando un bando de palomas azuladas alzó el vuelo para dirigirse hacia los campos que amarilleaban a lo lejos. El olor a albahaca fresca que emanaba desde las orillas le pareció un efluvio celestial.

Pero, de repente, llegaron las violentas voces de las criadas que estaban cocinando y lavando en los patios traseros del palacio. La señora miró hacia abajo, asomándose a la balaustrada que rodeaba la torre: dos mujeres se peleaban; una de ellas era la jefa de todas las demás, que agitaba acaloradamente los brazos amenazando a Delila, que no se arredraba y se defendía alzando un escobón y respondiendo a los insultos con un lenguaje aún peor. Las demás mujeres habían tomado partido por su jefa y atronaban el palacio con voces groseras e injurias. Aparecieron también los eunucos con Sisnán a la cabeza y se enfrentaron a las mujeres con más gritos e insultos.

La señora, asombrada y disgustada al ver y oír aquello, corrió hacia la escalera para ir a poner orden.

—¡Señora, señora, señora…! —empezaron a gritar todos al verla aparecer, y prorrumpieron en un escándalo de acusaciones y excusas tal que hacía imposible saber cuál había sido el motivo de la disputa.

—¡Basta! —alzó la voz la señora, a la vez que levantaba los brazos para hacerlos callar—. ¡He dicho: basta!

Se hizo un silencio impresionante, en el que todos la miraban fijamente sin atreverse a levantar la voz. La señora los examinó, como horrorizada al verlos con aquel ánimo enardecido y belicoso.

—¿Qué está pasando aquí? —preguntó con tristeza y asombro—. ¡Por Dios! ¿Qué está pasando?

La jefa de las criadas gritó con rabia, señalando a Delila:

—¡La culpa la tiene esa!

—¡No grites! —suplicó la señora—. Di lo que tengas que decir, pero, ¡por Dios!, no más gritos en esta casa…

La mujer resopló y dijo:

—Tres veces, señora, tres veces con la de hoy se ha dejado quemar el pan esa inútil… ¿Quién se cree que es? ¡Es una simple esclava y trata de darnos lecciones a las demás! Hoy pretenderá zafarse otra vez de su trabajo… ¡Todos los días lo mismo!

La señora miró a Delila, como preguntándole: «¿Es verdad eso que dice?». La muchacha bajó la cabeza y miró de soslayo a Sisnán con sus pequeños y vivos ojos, diciendo con apocamiento:

—Señora, que te lo explique el señor Sisnán, que sabe muy bien lo que pasa en esta casa…

—¡Será fullera y mentirosa! —exclamó la jefa furiosa—. ¡Es ella la que le tiene a él como envuelto y hechizado!

Sisnán entonces saltó, vociferando encrespado:

—¡Fullera, tú! ¡¿Cómo te atreves a decirle eso a la señora?! ¡Tú eres la única que se cree alguien en el palacio! ¡Tú tienes envueltas y hechizadas a las demás! ¡Tú que tienes envidia a Delila! ¡Tú que la odias!… ¡Tú eres la única culpable de todo lo que pasa!…

La señora acabó enojándose. Se fue hacia él y le recriminó:

—¡Cállate! ¡Deja de decir disparates! ¿Estás loco? ¡Dios mío! ¿Qué comportamiento es este? ¡Sisnán, estás desconocido!

Él se tapó la cara con las manos y se echó a llorar. Estuvo gimiendo y pateó en el suelo rabioso para salir luego corriendo de allí.

—¡Eh! —le gritó la señora—. ¿Adónde vas? ¡Aclaremos esto de una vez! ¡Vuelve! ¿Qué niñerías son estas?

La jefa de las criadas soltó una fuerte carcajada que destilaba veneno, y luego dijo con tono insolente:

—¿Te das cuenta, sayida? ¿Cómo se puede tratar con una persona así? Desde que el señor Chawdar enfermó, él está como desatado… ¡Tú lo has visto, sayida! Y la culpa es toda de esa. —Lanzó su dedo acusador hacia Delila.

La señora se enfureció:

—¡Cállate tú! ¿Quién te ha dado permiso para hablar? ¿Qué locura es esta? ¿Acaso os han poseído los iblis a todos?

Paseó su mirada por las caras, tristes y sulfuradas, y añadió:

—¡Fuera de mi vista todo el mundo! ¡Volved a vuestras ocupaciones! ¡Y que esto no se vuelva a repetir!

La servidumbre obedeció cabizbaja y abandonó el patio. Pero, antes de que Delila se fuera, la señora la llamó y le ordenó:

—Ve a buscar a Sisnán y dile que se presente inmediatamente en mis aposentos. Y no te vayas tú muy lejos porque contigo también tengo que hablar…

La señora esperó sentada en el diván, tratando de sosegarse. Se preguntaba para sus adentros: «¿Cómo es posible que sigamos viviendo en medio de estas discordias? ¿Por qué no puede haber paz y algo de amor en este palacio? ¿Acaso está maldito? ¿Estará habitado por demonios además de por nosotros?». Y oró en voz alta, con tristeza:

—¡Dios mío, haz algo!

Sisnán entró abatido y gimoteando. Se quedó a unos pasos de distancia sin decir nada, aguardando a que ella hablara primero.

La señora se dio cuenta entonces de que tenía un ojo hinchado y se acercó para mirarlo de cerca.

—¿Y esto? ¿Qué es esto?

—La jefa de las criadas me dio un puñetazo —respondió él, apesadumbrado.

La señora volvió a sentarse, exclamando enfadada:

—¡¿Violencia?! ¡¿En mi propia casa?! ¡Esto ya es demasiado! No os conformáis con odiaros, además os agredís… ¡Acabaréis matándoos!

Sisnán contestó con ansiedad:

—¡Todo porque nos tienen envidia, señora! ¡Ellos nos odian!

Ella suspiró y replicó con amargura:

—¡Todos tenéis vuestra parte de culpa! ¡Todos estáis llenos del mismo odio!

Sisnán rompió a llorar como un niño. Y ella le gritó desdeñosa:

—¡Sí, llora! ¡Llora ahora! ¡Primero os peleáis y luego el llanto!

A estos reproches siguió un silencio en el que solo se oían los gemidos y los suspiros del eunuco. Ella entonces empezó a sentir compasión.

—Me parte el alma verte así… —observó afligida—. ¡Sabéis que no puedo veros sufrir!

Sisnán alzó hacia ella unos ojos suplicantes y se echó a sus pies sollozando:

—¡Señora! ¡Ay, mi señora! ¡Todo es porque…! ¡Nos envidian, señora…! ¡Esa es la triste realidad…!

Ella le miró intensamente, tratando de ser compresiva, y le preguntó:

—¿Qué es eso que dices? ¿Qué es eso de que os envidian? ¿Qué pájaros se os han metido en la cabeza a Delila y a ti?

Él se limpió las lágrimas y los mocos con un pañuelo, se sonó la nariz un par de veces y luego respondió con voz rota:

—Yo no sabría explicártelo, señora… Pero Delila sería capaz de ponerle las palabras a lo que yo siento… Hazme caso, mi señora, habla con Delila y escucha todo lo que tiene que decirte…

Ella se quedó pensativa y preocupada. Se levantó y se fue a la ventana para mirar por ella ansiosamente. Después volvió junto a él y le dijo:

—Anda, ve y trae a la muchacha. Hablaré con ella.

Sisnán dio un respingo y se puso a llamarla:

—¡Delila! ¡Entra, Delila!

La muchacha no andaba lejos y no había necesidad de ir a buscarla. Oyó las voces del eunuco y entró apocada:

—Pasa, no temas —le dijo con dulzura la señora.

Pero Delila temblaba y se aproximó diciendo con voz entrecortada:

—Sayida…, perdona, sayida.

El corazón de la señora se estremeció. La examinó con su mirada, evitando cualquier asomo de severidad, y le preguntó con voz suave:

—Habla, ¿qué es eso que tienes que explicarme?

Delila miró a Sisnán, como buscando en él la razón de aquellas preguntas.

—¡Díselo, Delila! —le rogó el eunuco con excitación—. Explícale a la señora eso que me dijiste del amor y todo lo demás…

La muchacha dio un paso atrás asustada. Pero la señora le instó:

—Habla, no tengas miedo.

Delila pensó lo que iba a decir y pareció que perdía súbitamente el pudor y los temores.

—Hay cosas que una mujer ve… —empezó diciendo—, cosas que una siente y que le hacen sufrir… Aquí nadie soporta que haya confianza, amistad… Me duele mucho tener que decírtelo, señora, pero en este palacio nadie soporta ver que alguien empiece a ser feliz… Esa es la triste realidad… Por eso, señora, nos envidian a Sisnán y a mí; porque hablamos, nos reímos juntos y tratamos de hacernos la vida más llevadera… ¿Comprendes, señora? Les molesta que seamos un poco felices con nuestras cosas… Y yo sé que tú, mi señora, eres diferente; en tu alma hay otras cosas… No participas tú de ese rencor… Por eso debes comprendernos; por eso debes saber que somos incomprendidos y odiados…

La señora esperó a que la muchacha continuara, pero, al ver que no lo hacía y que callaba compungida, se volvió hacia Sisnán y le preguntó:

—¿Y tú sientes también eso? ¿A eso te referías?

—Sí, a eso mismo. Delila ha expresado lo que ambos sentimos… Yo no sabría explicarlo como ella…

El rostro de la señora se ensombreció. Se quedó callada y pensativa durante un rato, sin ocultar toda la amargura que le habían producido esas palabras. Después dijo con voz ronca y como aturdida:

—He comprendido… Podéis retiraros…

41

El joven poeta Farid al Nasri seguía al jefe de los criados del cadí Al Mawla mientras este le iba mostrando las dependencias del palacio. A través de los postigos entornados de las ventanas y por las celosías se filtraba algo de claridad; pero una media luz solemne, y a veces inquietante en algunos rincones, lo envolvía todo. Los salones se sucedían, mostrando su gloria antigua en las solerías, en las columnas de mármol y en los apabullantes estucos abigarrados de oro viejo. Las alacenas estaban repletas de vidrio labrado, cerámicas y platería. En las puertas y ventanas que daban a un patio interior estaban incrustados grandes cristales ambarinos o verdosos que, entre los resplandores de la azulejería, depositaban coloridos reflejos en las sedas de los tapizados, las alfombras y los cojines. Los techos eran altos y oscuros, pero tachonados de adornos nacarados y dorados… Farid se sintió sobrecogido ante tanta belleza, y el respeto, la admiración y el temor anegaron su alma. Su corazón latía con fuerza; se imaginaba quiénes y cómo habían vivido en aquellas lujosas dependencias. Y se emocionó todavía más al empezar a hacerse consciente de que, a partir de ese día, él iba a ser el principal morador de la fastuosa casa que parecía descender ante él desde sus sueños. Le había llegado el momento de enfrentarse cara a cara con sus deseos hechos realidad. Y allí estaba, vestido con su modesta túnica descolorida, su turbante de ajada gasa y sus pies descalzos.

El jefe de los criados se detuvo de repente y le miró a los ojos con una extraña expresión en el rostro, mezcla de desidia y aceptación. Era un hombre alto, esbelto, todavía joven, de bello rostro, pero impasible; llevaba afeitado el labio superior y ya tenía hilos de plata en la barba. Su aspecto acicalado y su ropa pulcra y elegante le daban un aire orgulloso que al poeta le desconcertó de momento. Pero luego el criado le saludó con tal reverencia que casi rozó el suelo con la frente al postrarse, diciendo:

—Mi señor Raíg al Mawla me ordena que te sirva como si le sirviera a él mismo. Mi nombre es Sabán.

Farid vio luego en sus grandes ojos negros una mirada que le tranquilizó, y se sintió obligado a contestar con timidez:

—Gracias… Pero yo no deseo que me trates como si fuera tu amo… Prefiero que seamos amigos, ya que tenemos que vivir en la misma casa.

Pese a estas palabras, el criado siguió serio y, con esa especie de resignación que había en sus ojos oscuros y tristes, dijo:

—Sígueme, te enseñaré tu alcoba.

Subieron los peldaños de una escalera y llegaron al piso superior. Bajo un techo muy adornado, se extendía una larga galería despejada; caminaron por ella hasta el extremo, que daba a otra escalera. Subieron a la terraza donde la noche anterior habían cenado Farid y el cadí. Bajo las enredaderas de jazmín, el poeta pensó emocionado: «¡Veré desde aquí la ciudad cada amanecer y cada puesta de sol!». Aquella parte de Córdoba estaba en alto, y como en una torre izada sobre la cumbre de una montaña, así su mirada abarcaba desde allí toda la inmensa extensión de casas que, desde la muralla, bajaban a lo largo del Guadalquivir hasta el arrabal de Al Rusafa. A esa hora de la mañana, por ser todavía temprano, el sol lanzaba sus dulcísimos rayos sobre los tejados y los jardines, dorando las cornisas y las balaustradas de las terrazas en los palacios más ilustres. Los árboles, tras los muros de los huertos, recibían esa tierna luz como si fuese miel que chorreaba por las ramas tupidas del verano; y los pájaros, entre las hojas, dentro de los setos de romero, de laureles y arrayanes, ya se habían despertado y cantaban.

—Por aquí, señor Farid —le dijo el jefe de los criados, sacándole de su absorta contemplación—. Aquí está tu alcoba.

Se alejaron de la baranda y entraron en una sala grande y antigua, en cuyo final había una cama de aspecto confortable.

—¿Esta cama? ¿Tan grande? —exclamó el poeta.

Sabán sonrió al fin, aunque muy levemente; se acercó a la ventana y la abrió. Farid fue a asomarse y vio las sierras a lo lejos, los campos de labor y la maravilla resplandeciente de los palacios de Medina Azahara entre los bosques parduscos. La vieja estampa de aquellos montes, la prohibida ciudad de los califas y aquel cielo le hicieron estremecerse y exclamar:

—¡Es demasiado…! ¡Me abruma! ¡Todo esto es demasiado para mí…!

Sabán se le quedó mirando fijamente unos instantes y luego preguntó:

—¿No te gusta, señor? ¿No es de tu agrado?

Farid enarcó sus oscuras y perfectas cejas y contestó con voz melodiosa:

—¡¿Cómo no me va a gustar?! ¡Me siento honrado y encantado! ¡Es como un sueño!

Esta vez el jefe de los criados del palacio sonrió ampliamente. Y al ver que cambiaba la expresión de su cara, el poeta continuó explicando efusivamente:

—Quería decir que todo esto es demasiado para mí… Yo no soy nadie; no me he criado entre lujos como estos… ¡Me siento tan agradecido!

Estas manifestaciones sinceras, de alegría humilde, parecieron ganarse definitivamente el corazón de Sabán, y respondió a ellas vivamente:

—¡Me alegra, señor! Mi amo se sentirá feliz al saber que todo ha sido de tu agrado. Y te ruego que me pidas todo aquello que necesites, puesto que mi señor Al Mawla me ordenó encarecidamente que cumpliera tu deseo.

Farid contestó lanzando una mirada a su alrededor por aquella gran alcoba:

—¿Y qué puedo yo necesitar en un palacio como este? ¡Solo que Alá me dé salud para disfrutarlo!

Sabán le miraba con admiración, como si dudara y no acabara de tomarse en serio sus palabras. Y dispuesto como estaba a complacerle en todo, le preguntó:

—¿Dónde tienes tus pertenencias, señor? Ya que estás conforme con venirte a vivir aquí, mandaré inmediatamente a los esclavos para que traigan todo tu equipaje.

El poeta, riendo de buena gana, contestó:

—¡Todo lo que tengo en la vida lo llevo encima! Vivía en una pequeña habitación alquilada en la calle de los libreros, pero ya he saldado mi deuda para no volver. Mis viejas y sucias ropas las dejé allí. ¡Solo tengo lo puesto!

Esta respuesta pareció desconcertar a Sabán, y dijo:

—Señor, necesitarás ropa.

Farid guiñó un ojo y contestó:

—Gracias a la generosidad de tu amo podré comprarla esta misma tarde.

El criado volvió a inquietarse, pero no lo demostró, y respondió con expresión inocente:

—No necesitas ir a comprar nada, señor Farid. En esta casa hay vestidos de sobra que nadie utiliza. Bastará con llevarlos al sastre para que los arregle a tu medida.

Y dicho esto, se fue hacia un ropero y lo abrió para empezar a sacar prendas que fue extendido sobre la cama, mientras añadía:

—Mira, todo está nuevo.

Farid estuvo mirando aquella ropa, que era toda ella demasiado lujosa, y exclamó sonriendo:

—¿Y adónde voy yo vestido así? ¡No puedo presentarme delante de mis amigos de repente como si fuera un príncipe! ¡Se reirían de mí!

Sabán se encogió de hombros, entre interrogante y preocupado, luego, dijo como suplicando:

—Señor, tú y yo debemos hacer lo que manda mi amo el cadí… Y él quiere que mañana estés bien vestido antes del almuerzo…

El jefe de los criados calló un momento, y Farid le preguntó:

—¿Mañana? ¿Con qué fin?

—Acompañarás a mi amo a Medina Azahara antes del mediodía.

—¡Oh, Señor de los cielos y la tierra! —exclamó el poeta de forma inconsciente.

Sabán continuó diciendo:

—Te ruego que te pruebes uno de esos vestidos para que te lo arreglen a tu medida esta misma tarde, puesto que mañana deberás ir ataviado como corresponde a quienes han de entrar allí.

42

Un par de muchachos de unos catorce años estaban sujetando sendos caballos en la puerta del palacio de Al Mawla. Cuatro guardias de los Alcázares, armados con lanzas, esperaban también un poco más allá. Era casi media mañana y el calor apretaba. Salió el cadí Raíg con paso decidido, montó y agarró las riendas con mano petrificada, mirando la neblina de los humos de la calle. Era la hora en que se encendían los fogones en todas las cocinas en aquellos nobles caserones para empezar a preparar el almuerzo. Un instante después, apareció tímidamente el joven poeta Farid al Nasri, acicalado y vestido con delicadas y llamativas ropas de seda; se detuvo en la puerta y miró a un lado y otro, como indeciso.

—¡Vamos, sube al caballo y no perdamos más tiempo! —le apremió el cadí al verle vacilar—. Tenemos una hora de camino y debemos estar allí antes del mediodía.

La vida en esta parte de la ciudad era más sosegada y silenciosa; los edificios sobrios y las moradas escondían sus intimidades detrás de impenetrables muros, en cuyas alturas tan solo se asomaban las delgadas palmeras o las retorcidas ramas de algún nogal. Pero luego atravesaron la medina repleta de sus gentes, que eran muchas, a las que se sumaban aquel día las oleadas humanas que acudían por ser el día del mercado semanal. El fuerte sol de agosto proyectaba sus ardientes rayos y los caballos de los guardias que iban delante se abrían paso con considerable esfuerzo entre el gentío, los puestos, los carromatos y las bestias que colmaban los angostos callejones. Los olores de las frituras, los estofados y las especias impregnaban el aire. Continuaron sin parar, avanzando todo lo rápido que permitía aquella aglomeración, por los bazares y los talleres de los artesanos; pasando por delante de la gran variedad de tenderetes donde los aromas se esparcían como indicadores: penetrantes perfumes, esencias puras, drogas narcóticas, hierbajos secos, cueros, tejidos y malolientes jaulones de gallinas y palomas. Los enormes portalones que marcaban los confines de cada barrio permanecían abiertos de par en par, y la muchedumbre se agolpaba, antes de esparcirse por la maraña de retorcidas callejas y plazuelas que formaban el Zoco Grande.

Cuando lograron alcanzar el final de los abarrotados mercados, les refrescó los rostros el aire puro que llegaba desde las sierras, y pudieron hacer trotar a los caballos recorriendo el ancho adarve, para después abandonar la ciudad por la puerta de Amir y adentrarse en los campos baldíos que se extendían desde las murallas. A derecha e izquierda, un arenal agostado por el verano cobijaba infinitas sepulturas, pobres y anónimas, señaladas apenas por montoncitos de piedras. Los montes se veían a los lejos, parduscos y misteriosos.

El ancho camino discurría más adelante atravesando agrestes y montuosos campos, entre apretados arbustos, peñascos y retorcidas encinas. Ni la más mínima brizna de aire corría ya a esa hora y las chicharras se empeñaban en recordar que el calor sería implacable a mediodía.

Divisaron al fin las aparatosas puertas de Azahara, que estaban cerradas y resplandecientes por estar recubiertas de pulido bronce. Las altísimas tapias escondían todo el misterio que había detrás… Un miedo reverencial anegó el corazón del joven poeta al saber que iba a penetrar en uno de los lugares más prohibidos y secretos del mundo. Pero, nada más ver al cadí Al Mawla desde la torre de vigía, los guardias salieron mostrando un respeto rayano en el temor, y les franquearon el paso sin mediar palabra.

Cuando, al mediodía de aquel sábado de verano, Farid al Nasri saltó del caballo, en medio de la nube roja de polvo levantada por la columna de jinetes armados y del tumulto de los hombres a pie, vio aparecer ante sus ojos las columnas rosáceas y los preciosos arcos a lo lejos, en el borde de una planicie cubierta de mirtos y de cipreses, sobre el fondo de los montes parduscos. ¡Ah, aquella era Medina Azahara, la ciudad de Al Nasir, el jardín del sabio Alhaquén! Y lloró de júbilo, lloró de mística emoción, cayendo de rodillas sobre la arena dorada, como si se hallara en lugar sagrado.

El cadí le miró sorprendido. Pero comprendió enseguida que se le había despertado al joven su alma de poeta y le dijo:

—Ahora, al ver tu emoción, me alegro todavía más de haberte traído conmigo. ¡Vamos adentro!

Penetraron en unos inmensos jardines cuajados de verde espesura, pero magníficamente ordenados con interminables y laberínticos setos de arrayanes, laureles y romero; sombreados por sicomoros, cipreses y palmeras que brotaban entre adelfas floridas, jazmines y rosales. Aquella disposición bella y perfecta se extendía en armoniosas terrazas que se adaptaban a las laderas irregulares, de forma que se iba recorriendo y ascendiendo por ellas, siguiendo senderos y escalinatas, hasta la plataforma en que se alzaban los edificios principales: torres, cúpulas, palacetes, arcos y alminares, cubiertos de jaspe y oro centelleantes. Todo estaba en quietud y silencio, envuelto en un ambiente casi sacro.

Al llegar frente a la entrada principal, el cadí le explicó con aire grave a Farid:

—Esa es la puerta del califa y está reservada en exclusiva para el paso del comendador de los creyentes.

Dieron pues un rodeo evitando los jardines que había delante y fueron hacia la muralla de poniente, adentrándose por los fragantes huertos sembrados de orégano, lavanda, espliego y tomillo, regados por una red de acequias cuya agua fluía transparente, acompañada de su agradable sonido.

—Aquí hay que descabalgar —dijo Al Mawla, deteniendo su caballo frente a un pequeño alcázar de piedra rosada.

Salieron al momento unos lacayos y se hicieron cargo de sus monturas mientras echaban pie a tierra. Los palafreneros y los guardias se quedaron en los establos, y Farid y Al Mawla caminaron por un corredor abierto entre granados y olivos. Se accedía al bello edificio por una arquería casi oculta entre limoneros.

Al verse en las intimidades de la vedada Azahara, el poeta se preguntó para sus adentros si lo que le estaba pasando era real o si se trataba de un sueño. El asombro y el temor se habían adueñado de su corazón de tal forma que era incapaz de articular palabra; las lágrimas le acudían a los ojos sin que pudiera evitarlo y hasta le parecía que iba a perder el sentido de un momento a otro. El cadí, en cambio, acostumbrado como estaba a salir y entrar allí como si fuera su propia casa, se manifestaba frío e indiferente, sin prestar atención al estado de asombro y confusión en que se hallaba su acompañante, y solo allí le explicó con parquedad el motivo de aquella visita.

—Venimos a ver al príncipe Abdalá. Quiero que te conozca.

Esto acentuó todavía más la ansiedad de Farid. Se sentaron aguardando en un amplio y cuadrado patio, delante de un estanque igualmente cuadrado, en cuyo centro rumoreaba una fuente. Frente a ellos había un gran soportal de madera y la puerta de entrada a las dependencias de los chambelanes eunucos. El sol iluminaba las celosías y permitía ver varias siluetas inquietantes, inmóviles, que espiaban desde el interior.

Al fin salió un mayordomo sonriente y ceremonioso, que se inclinó ante el cadí y luego le indicó con un gesto de su mano una puerta lateral, mientras le decía:

—Mi señor el príncipe Abdalá te espera en el jardín de sus aposentos privados.

Pasaron al interior del palacete y recorrieron varias cámaras, antes de salir a un nuevo patio ajardinado. El príncipe estaba sentado a solas en un lateral, bajo la oscura sombra de una parra repleta de hojas. Se puso en pie sonriente y extendió los brazos. Era un hombre alto, rubicundo, de anchas espaldas, miembros largos y grandes manos, que caminó desgarbado y lento hacia ellos, exclamando:

—¡Raíg, hermano mío! ¡Bienvenido! ¡Alá te trae a mí para hacerme dichoso!

En su cara enrojecida aparecían unos rasgos muy marcados: nariz recta, ojos grises y fríos, mandíbula cuadrada y vello claro hirsuto. Pertenecía a la rara raza de los omeyas, príncipes originarios de Arabia, pero cuya sangre se había mezclado mil veces con mujeres rubias y pelirrojas del norte.

—¡Príncipe Abdalá —contestó el cadí—, mi hermano! ¡Bendito sea el Señor de la vida!

Se saludaron con un efusivo abrazo, mientras sus miradas y corazones chispeaban con la alegría de la amistad. Ambos se tenían desde hacía muchos años por confidentes y dignos compañeros; se habían criado juntos en Medina Azahara. El príncipe Abdalá era nieto de Abderramán al Nasir, nacido de la mayor de sus hijas, la princesa Hind, que recibió el sobrenombre de Ayuzal Mulk, es decir, la Anciana del Reino, porque vivía aún a pesar de su mucha edad. Por lo tanto, Abdalá y Al Mawla estaban unidos indisolublemente desde la infancia por el agradecimiento suscitado por incontables favores mutuos, y por una complicidad que ni siquiera necesitaba palabras, sino simples miradas. No en vano compartían colaboradores y planes, enemigos y desconfianzas. Además, eran parientes cercanos los dos del califa Hixem, e igualmente ambos le debían sus cargos, posesiones y privilegios. Pero había algo que los unía más que ninguna otra cosa: la veneración y lealtad hacia la señora Subh Um Walad, a quien habían servido durante todo el tiempo desde que su hijo recibió el poder del califato a la muerte de Alhaquén y a pesar de la omnipresente sombra del hayib Almansur.

En aquel abrazo que se daban delante de él, el poeta advirtió que se unían almas y mentes. Y le oyó decir al cadí en un susurro, pegado al oído del príncipe:

—Hermano mío, he traído conmigo al hombre que necesitamos...

—¡Deseaba verte a ti! —contestó Abdalá con tono alegre y franco.

Cuando se separaron después del apretón, el príncipe señaló el fresco rincón bajo la parra, donde estaban dispuestos un tapiz, unos cojines y una mesa con manjares. Al Mawla soltó una carcajada y preguntó con guasa:

—¿Y ya vamos a comer? ¿No vamos a hablar primero de nuestros asuntos?

—Está bien —contestó el príncipe—. Preséntame primero al muchacho, ya que tienes tanto interés en ello.

—Hele aquí —dijo el cadí, agarrando al joven poeta por el brazo—. Su nombre es Farid al Nasri y nació en Egipto.

El poeta se arrojó al suelo de hinojos. Pero Al Mawla le ordenó al instante:

—¡Levántate, muchacho! El príncipe debe verte bien.

Abdalá le echó una larga mirada y, poniéndose muy serio, preguntó:

—¿Y no es demasiado hermoso? ¿Y no es demasiado joven?

—Tú mismo lo estás viendo y así lo reconoces. Pero no te fijes solamente en el exterior; Farid es al mismo tiempo juicioso y agudo. ¡Es lo que yo necesitaba!

La respuesta del príncipe fue echarle al cadí el pesado brazo por encima de los hombros, diciendo con desdén:

—Vamos adentro. Mis criados se encargarán de darle de comer a este poeta que te tiene tan privado… ¡Tú y yo almorcemos juntos en el palacio! Aquí en Azahara parece que siempre es primavera, pero en verano resulta más placentero comer en la frescura de los salones…

Entraron en el palacio y, después de un par de corredores, subieron una pequeña escalera y encontraron la mesa dispuesta en una pieza espaciosa y de techo alto. Como en cualquiera de aquellas estancias, la decoración era bellamente caprichosa, al estilo de los omeyas. Una gran celosía se alzaba sobre los jardines y dos ventanas amplias daban a Córdoba. La claridad que entraba hacía brillar los estucos, los muebles y el suelo cubierto con alfombras de vivos colores.

—Vamos, siéntate donde te plazca —le dijo Abdalá a su invitado.

El cadí escogió el primer cojín delante de la mesa, que miraba a los ventanales. Se sentó mientras sus ojos pasaban cuidadosamente revista a la sala, hasta que se detuvieron en la luminosa visión de los campos y la ciudad a lo lejos. Sonrió encantado, suspiró y observó:

—Esta sala siempre me trae bonitos recuerdos… Cada vez que me siento aquí me parece que vuelvo a ser niño…

—Solíamos escaparnos trepando por las enredaderas… —dijo el príncipe con mirada soñadora, sentándose a su lado para no robarle las vistas—. Y una vez te caíste desde lo alto del ventanal… ¡Creíamos que te habías matado! Pero te levantaste del suelo como si tal cosa. Los eunucos no volvieron a dejarnos jugar aquí.

Los criados sirvieron la comida de una vez, disponiéndola toda en bandejas de plata, y luego desaparecieron obedeciendo a la estricta orden de no molestar. Porque el hecho de hallarse a solas, sin la presencia de otros miembros de la familia real, prometía una tertulia tranquila y sin discordias durante la comida. Justo lo que ambos necesitaban: una reunión en la que poder hablar sinceramente, sin la agotadora controversia y las opiniones divergentes de parientes que en otras ocasiones compartían la mesa.

Cuando se hubo retirado el último de los criados, el príncipe agitó la cabeza en señal de satisfacción y dijo:

—Ahora no hay prisa… Lo que tengo que decirte es importante… ¡Te asombrarás!

Al Mawla lanzó un profundo suspiro y contestó con circunspección:

—También yo tengo mucho que contarte. Es tan necesario que tú y yo hablemos…

Abdalá sonrió ampliamente y su rostro se tornó aún más rojo; su frente brillaba perlada de sudor. Pero después se puso serio y empezó diciendo sin más preámbulos:

—El califa viene ya de camino hacia Córdoba. Hace una semana que cruzó el estrecho, pero se ha detenido para visitar al emir de Ronda…

El cadí no pudo evitar un gesto de contrariedad al lamentarse:

—¡Qué insensatez! Debería hacer el viaje sin detenerse… ¡Nunca acabará de aprender!

Abdalá lanzó una ojeada mezclada con tristeza sobre la hermosa visión de Córdoba que se extendía ante sus ojos. Luego asintió:

—Tienes toda la razón… Nunca obra como manda la prudencia, sino conforme a lo que le apetece en cada momento… ¿Y qué podemos hacer ante eso? Hay cosas en todo esto que ya no podremos cambiar…

El príncipe calló un instante, para dar mayor énfasis a lo que iba a decir a continuación, y añadió misteriosamente:

—Pero hay algo muy bueno que debes saber…

Y calló de nuevo, para elevar luego la voz al decir:

—¡Alá está con nosotros! ¡El califa viene acompañado por el hermano del emir de África Ziri ben Atiya con todo su ejército! Ayer mismo llegaron los mensajeros para anunciarlo.

—¡¿Mensajeros…?! —exclamó Al Mawla sin poder contener su entusiasmo—. ¡Al fin! Eso quiere decir que podemos seguir adelante con el plan…

—Como te digo, Alá parece haber decidido ayudarnos… ¡Bendito sea el Señor de los mundos! El emir de África Ziri ben Atiya ha enviado sus mensajeros para anunciar que está dispuesto a todo… ¿Te das cuenta? ¡A todo!

El cadí le miraba con atención y sorpresa, como si no acabara de dar crédito a lo que estaba oyendo. Y el príncipe agitó su cabeza grande con satisfacción al añadir:

—Ayer llegó un correo a Azahara con una carta escrita por los ministros de Ben Atiya en la que se decía, aunque con sutilezas y rodeos, que el emir está dispuesto a escuchar lo que tenemos que proponerle…

—¡Oh, Dios! Si fuera verdad, si nos escuchara… ¡Sería maravilloso! —exclamó Al Mawla, llevándose las manos al pecho—.

Pero… ¿podemos confiar en él? Dicen que es voluble y engañoso como una falsa moneda…

Las rubicundas cejas del omeya se alzaron, como si se interrogase a sí mismo; y luego contestó circunspecto:

—Tendremos que fiarnos… ¿Qué remedio nos queda? Ya hemos empezado esto y no tenemos más opción que ponernos en manos de Alá… Gracias a él, parece que por el momento todo transcurre tal y como lo planeamos. Y no está lejos de nuestras manos conseguirlo, puesto que ya parece haber un ejército dispuesto a secundar la acción… Si el emir de África ha decidido ponerse en marcha es porque desea intervenir uniéndose a nosotros… Esta noticia supone un paso de gigante en la consecución de nuestros objetivos. De algo ha servido que enviáramos todo ese oro… El oro no todo lo puede, ¡pero puede mucho!

El cadí sintió que su entusiasmo crecía con esta conversación. El deseo y el enardecimiento iluminaron su rostro cuando dijo:

—¡Tienes razón, hermano Abdalá! ¡Ahora todo será más fácil! Alá parece estar de nuestra parte…

Se quedaron en silencio, meditando en cuanto habían hablado a la vez que contemplaban desde allí la ciudad brillando bajo el sol.

Hasta que, de repente, Al Mawla resopló con preocupación, y luego añadió:

—Lástima que nuestro mayor problema no acabe de solucionarse…

El príncipe le miró compartiendo su inquietud y preguntó:

—¿Te refieres a la sayida?

—Sí. No termino de ver convencida a mi hermana. Y de eso precisamente necesitaba hablar contigo.

Abdalá no pudo evitar entristecerse a su vez al rogarle:

—¡Habla! Cuéntame todo lo que pasa con ella. Sabes que puedes confiar en mí.

El cadí puso en él una mirada seria y anhelante, se quedó pensativo durante un momento y, al cabo, contestó:

—Subh teme causar grandes males y muchas muertes si seguimos adelante. No soy capaz de convencerla del todo de que es lo mejor para su hijo y para ella… Además, su corazón sigue teniendo sentimientos contradictorios hacia Abuámir Almansur. Me pregunto si en verdad le odia tanto como parece… o si, por el contrario, todavía siente algo hacia él…

El príncipe sentenció con su tono tan seguro:

—Le ama, hermano mío, no lo dudes, ella le ama todavía… ¡Ese es el problema!, nuestro problema. Es una mujer, y ya sabes que las mujeres tienen más presto el corazón que la cabeza…

El cadí le volvió de perfil su cara y se quedó en silencio con aire contrariado, volviendo a contemplar la distancia. Pero un instante después, dirigiéndole una mirada oscura como de nube de tormenta, le dijo con tono de enfado:

—Tú puedes pensar lo que quieras, pero no sigas creyéndote eso de que las mujeres cavilan y sienten al revés que nosotros los hombres… Eso es una simpleza; una falsedad propia de la manera en que se las trata en lugares como este… No debes olvidar cómo y dónde se crio mi hermana. En aquel mundo donde nacimos nosotros las mujeres tienen decisión y se les permite hacer muchas más cosas. Auriola recuerda ahora más que nunca nuestra tierra de origen y no está dispuesta a perder su propia iniciativa. He hablado con ella mucho últimamente y me doy cuenta de que guarda en su alma profundas e íntimas razones; motivos para actuar de ciertas maneras y que nunca va a desvelar.

—¡Eh, no te enojes conmigo, hermano mío! —replicó con disgusto el príncipe—. A veces es verdad que se me olvida que sois en el fondo rumíes y que eso no se puede borrar… Lo cual también es un problema…

Después de decir esto, Abdalá emitió una especie de carraspeo que se alargó hasta convertirse en una risita llena de orgullo. Pero enseguida le puso la mano con cariño en el hombro al cadí y añadió:

—Yo te comprendo, hermano. ¿Cómo no te voy a comprender, si nos hemos criado juntos? Y también comprendo a la sayida en cierta manera, créeme. ¡Aunque es mujer, la comprendo! La comprendo y la amo. Si no fuera así, ¿iba a poner mi vida, mi propia familia y todo lo que tengo en peligro por ayudarla?

—Pues —dijo Raíg al Mawla, llevándose la mano al corazón—, si la amas tú, ¡imagina lo que yo siento por ella! Tengo mujer e hijos, pero Auriola es Auriola… No sabes las cosas que he tenido que hacer para convencerla de que consienta en seguir adelante con el plan; cosas que nunca pensé que llegaría a hacer… Tú no lo sabes. Si supieras, si yo te contara…

—Lo sé, lo sé…, hermano mío. Pero ¡hay que convencerla!

—Sí, hay que convencerla… Y lo intento. Me esfuerzo para que ella vea que Abuámir es enemigo de cualquiera que les sea leal al califa y a ella; procuro que mi hermana acabe viendo que todo cambiaría si por fin su hijo llega a tener el poder, todo el poder, y no solo las migajas que él le deja… Y para lograr eso hago cosas de las cuales hasta me avergüenzo, cosas terribles que nunca haría si no fuera por esta situación insostenible…

—Lo sé, hermano mío, lo sé… —asintió el príncipe abriendo los ojos de par en par, con aire fiero—. Pero piensa que toda esa sangre derramada es necesaria; que no es en vano nada de lo que haces…

El cadí miró hacia lo alto, confuso, lamentándose:

—Es triste tener que asesinar uno a uno a los que le son leales… ¡Es horrible!

—¡Pero hay que hacerlo! ¡Es necesario para que piensen que Abuámir es sanguinario! ¡Esa sangre acabará haciendo que los grandes de Córdoba se harten de una vez y se revuelvan!

—Sí, es necesario… Pero lo malo es que mi conciencia no me deja dormir en paz al pensar que yo soy el sanguinario… Y temo, además, que mi hermana llegue a enterarse un día de lo que estoy haciendo…

El príncipe cogió el pan y lo partió con brusquedad, diciendo con bravura:

—¡Siempre tiene que morir alguien! Las muertes son necesarias para que cambien las cosas… ¡Así es la vida! Y basta de pensar en eso; no debemos hablar más de ello… Almorcemos y consolémonos sintiendo que Alá está de nuestro lado… ¡Un día u otro acabaremos con ese impostor y Córdoba volverá a ser de verdad omeya!

Estuvieron comiendo en silencio, como si pesara sobre ellos la dura conversación que habían mantenido, hasta que, después de dar un buen trago, el cadí dijo muy seguro de sí:

—Ese joven poeta, Farid al Nasri, me viene como anillo al dedo para un plan que tengo muy bien pensado.

—¡Cuéntame! —le pidió sonriente el príncipe, con una pizca de incredulidad en los ojos—. Porque no acabo de ver qué utilidad puede tener un poeta en todo esto…

—Mucha, de verdad, mucha —contestó con vehemencia el cadí—; más de lo que puedas imaginar… Porque ese muchacho es justo lo que yo estaba necesitando para romper de una vez con todo aquello que ha convertido a la sayida en una mujer triste, resignada y sin ilusión.

Abdalá le lanzó una mirada de duda, frunciendo el ceño. Y Al Mawla prosiguió diciendo en tono despreciativo:

—Esa vida de Auriola, siempre teniendo que soportar a esos viejos eunucos, trastornados, maniáticos, imposibles… Esos Alcázares tristes y sombríos, con su pesada rutina…; eso es lo que a ella acabará amargándola del todo… Mi hermana está sola; es una mujer que vive de sus recuerdos y que no es capaz de ver luz por delante. A fuerza de ser engañada, ha llegado a creerse de verdad que no tiene derecho a ser feliz… Abuámir supuso para ella el soplo vivo y fresco de la juventud, y después de aquello piensa que nada mejor le puede pasar en lo que le queda de vida…

El príncipe insinuó, escudriñándole con la mirada:

—¿Un poeta a estas alturas de una vida…? ¿Tanto pueden los poetas…?

—¡Mucho! ¡Te asombrarás de lo que un joven como ese puede hacer solo con su presencia!

Abdalá sonrió y advirtió con malicia:

—¡Cuidado! Una cabeza hueca puede acabar acarreándonos todavía más problemas…

—No sé por qué dices eso ahora —replicó el cadí enfadado—, cuando sabes que mi hermana vive rodeada de cabezas huecas… ¡Esos endiablados viejos eunucos!

El príncipe se quedó en suspenso, como meditando sobre la manera en que el otro había dicho eso. Luego observó:

—También estabas muy convencido de lo útil que podía resultar ese tal Yacub al Amín, el hijo del síndico del Zoco Grande. ¿Acaso te ha desilusionado?

—No es tan inteligente como pensaba. Pero, en principio, me ha sido de gran utilidad trayéndome al poeta. Y pienso seguir sirviéndome de él, aunque de otra manera… Tengo que reformar los Baños del Pozo Azul y para eso valdrá. Pero en las demás cosas que tengo pensadas lo dejaré al margen. El joven poeta es quien llevará adelante esa parte del plan, y sé que no me defraudará…

El príncipe suspiró y rogó sin demasiado énfasis:

—A ver, dime de una vez lo que tienes pensado, porque has acabado despertando mi curiosidad.

—Ese joven poeta, Farid al Nasri, es egipcio —empezó diciendo Al Mawla entusiasta—; o sea, extranjero. ¡Eso es lo mejor de todo! Nadie le conoce en Córdoba. Y cuando digo nadie, me refiero a todos esos que podrían traicionarnos… ¿Te das cuenta de lo que estoy diciendo, hermano mío? El joven poeta está limpio de polvo y paja. Ha sido providencial encontrar a una persona inteligente, despierta, ingeniosa y hábil para ganarse el corazón de cualquiera. Y una persona que no está mezclada en el turbio ambiente de envidias, delaciones y traiciones que emponzoña esta ciudad nuestra desde hace años. Él ha venido a Córdoba con el noble y puro propósito de hacer valer su arte y hacerse un hueco entre los poetas cuya fama corre por el mundo. Es decir, quiere ganarse protectores que le permitan darse a conocer y alcanzar algo de gloria. Está pidiendo a gritos amor y protección. Y eso a mí me parece providencial… Farid es justo lo que yo necesitaba: un encantador de serpientes… ¡Y encima, un bello encantador!

El príncipe replicó atónito:

—¡Si no lo oigo de tu propia boca no lo creo! ¿Estás planeando envolver a la sayida en las redes de un seductor? ¿Acaso te has vuelto loco?

El cadí se echó hacia atrás en los cojines, tan campante, como si saboreara ya el éxito de su plan; y contestó:

—Hermano mío, habrás oído aquello que dice: «La mancha de mora con una verde se quita…». Pues bien, aquí hay una mancha vieja y oscura…; pero yo he dado con un fruto fresco y luminoso que la borrará…

Luego hubo un silencio, durante el que se estuvieron mirando, como si ambos saborearan esta ocurrencia tan oportuna. Un rato después, Abdalá se puso en pie y dijo:

—Hermano mío, entra a ver a mi madre antes de partir de vuelta a Córdoba. Ya sabes cómo se alegra ella cada vez que te ve.

—¿Pensabas que me iba a ir de Azahara sin antes ir a saludarla?

Salieron al patio. Al Mawla conocía muy bien el camino que llevaba al ala del palacio donde se encontraban los aposentos de la princesa Hind. Después de un pequeño jardín, tras un muro de piedra, estaba el edificio con habitaciones en la planta baja, y el primer piso, cuyas puertas antiguas, oscuras y labradas recordaban las de los Alcázares. Una grajilla domesticada se paseaba por el patio interior, emitiendo desagradables quejidos. De repente, se abrió una de las puertas del segundo piso y apareció por el pasillo una mujer que tiró al suelo el agua de una jarra de plata y luego volvió a sus tareas sin prestarles la más mínima atención.

—¡Eh! ¡Jadiga! —le llamó la atención el príncipe—. ¿No ves que estamos aquí? ¡Anda, ve a avisar a mi madre de que tenemos visita!

Unos momentos después se abrió la puerta de una de las habitaciones de la planta baja y salió por ella una mujer que debía de haber estado vigilando desde detrás de las cortinas; sonrió y dijo:

—Podéis entrar. Mi señora está ya lista para recibiros.

Entraron al recibidor y oyeron el rumor de unas lentas pisadas, la puerta se entreabrió y por el resquicio unos ojos viejos los examinaron.

—Déjanos entrar, madre —dijo Abdalá—. ¡Mira quién viene a verte!

—¡Misericordia de Alá el Bondadoso! —exclamó la anciana abriendo la puerta.

Dentro, la casa era como el auténtico nido de una reina, escueto y limpio. Saltaba a la vista que aquella mujer había sido más tiempo viuda que esposa. Estaba muy delgada y encogida; aparentaba tener cerca de cien años. Sus ojos, todavía brillantes y azules, miraron hacia Raíg al Mawla con una alegría desbordada, pero daba la impresión de que habría bastado un soplo para hacerla caer al suelo de espaldas. El cadí esperó a que ella se aproximara y se inclinó para besarle las manos, diciéndole con ternura:

—Gran señora Hind, me alegra mucho verte tan bien.

—Raíg, ya no eres un joven, pero conservas tu buena planta.

Después de estos saludos, una criada también anciana se acercó y les sirvió sirope de rosas en unas bonitas tazas. Otra les ofreció unos cojines para que tomaran asiento y les dio pan con queso de cabra.

—¿Cómo está tu hermana Subh? —preguntó la princesa Hind.

—Mi hermana se encuentra muy bien de salud y me manda que te transmita su cariño y sus saludos.

La anciana sonrió. Pero al instante se puso muy seria para decir:

—¿Y cuándo se librará de ese demonio de hayib?

—Madre, no le digas esas cosas —intervino Abdalá.

—¡Yo soy vieja y digo lo que me da la gana! —contestó ella—. Si no hay quien se atreva a echarle un buen veneno en el vino a ese demonio, Hixem nunca será el auténtico califa. Pero sois todos unos cobardes... ¡Y este hijo mío el más cagón de todos!

43

—¿Dónde te has metido durante todo este tiempo? —le preguntó Yacub al Amín al joven poeta Farid al Nasri sin ocultar un punto de enfado en su expresión y en el tono de sus palabras.

Farid estaba acicalado, con la barba perfectamente recortada y tocado con un turbante de vistosa seda verde. Su rostro parecía iluminado por una sonrisa que traslucía toda la dicha que le recorría por dentro.

—¿Tanto tiempo…? —contestó con retintín— ¡Si solo hace tres días que no nos vemos!

—¡Hace más de una semana! —repuso Yacub, haciendo una mueca de disgusto—. Como no sabía nada de ti, fui hasta el barrio de los libreros y pregunté en la casa donde vivías… Allí me dijeron que habías pagado todo lo que debías de alquiler y que te habías marchado con tus pocas pertenencias… Me preocupé, sinceramente, porque yo te ofrecí en su tiempo mi casa y no aceptaste. Pensé que tal vez pudieras haberte ido lejos sin decirme nada; o que quizás había surgido algún problema.

Estaban en la puerta de la casa del síndico y pasaba mucha gente por allí a esa hora de la tarde. Farid miró con preocupación hacia un lado y otro de la calle y luego dijo:

—Tengo que explicártelo todo con calma… ¡Y hay mucho

de lo que hablar! Vayamos a un sitio tranquilo y te lo contaré todo.

Yacub le lanzó una ojeada de arriba abajo y movió la cabeza como diciendo: «¿Y esas ropas?». El poeta comprendió el sentido de esa mirada y se ruborizó al repetir con aire avergonzado:

—¡Hay mucho de lo que hablar!

Su amigo le reconvino, sonriendo irónico:

—¡Y tanto! Desapareces durante más de una semana y luego vienes a verme vestido como un príncipe…

Farid estaba contento, pero también nervioso de manera apreciable. Agarró a Yacub por el antebrazo y le advirtió:

—Me sorprende que te preocupe tanto todo eso, cuando lo que tengo que decirte te hará olvidar las insignificancias y alegrarte tanto como yo lo estoy. ¡Vamos a otra parte a hablar, que aquí estamos llamando la atención de los curiosos!

—¡La llamas tú con esas ropas!

—¡Vamos, amigo mío! Debemos ir a un sitio tranquilo…

Yacub sacudió la cabeza resignado y propuso:

—Está bien, vayamos al caravasar de Abén Samer; en el reservado del último patio nadie nos molestará.

—No —contestó con firmeza el poeta—. Te llevaré a un lugar mucho mejor. ¡Sígueme!

Echó a andar, y su amigo le seguía con una resignación algo malhumorada, rezongando:

—A ver qué demonios has inventado, a ver qué te traes entre manos.

—Tú sígueme, que te alegrarás…

Después de un largo recorrido por el retortero de la medina, llegaron a los Baños del Pozo Azul. Farid se detuvo y señaló:

—Aquí es.

Yacub se quedó clavado delante de la puerta, con los brazos puestos en jarras y echando la barriga por delante.

—¡¿Aquí?! Estos son los antiguos baños de Bazaza, los del estanque azul… ¿Y para esto tanto misterio? ¡Este negocio está cerrado!

El poeta contestó suspirando:

—¡Fíate de mí, por el Profeta! En efecto, los baños se cerraron al público, pero no para mí.

Y dicho esto, sacó de entre sus ropas una llave grande de hierro, la metió en la cerradura y la hizo girar, diciendo ufano:

—Ahora yo me encargo de este lugar. Yo y nadie más que yo puede entrar aquí por el momento. ¡Adentro!

Se deslizaron al interior y el poeta cerró la puerta tras ellos, echando la llave mientras añadía con tono exaltado:

—¡De esto es de lo que tenía que hablarte, amigo mío! ¿Te das cuenta? ¡Soy el encargado! ¡Y esto sí que será un buen negocio! ¡Nos haremos ricos!

Yacub le miraba atónito, meneando la cabeza y dando a entender con toda su persona que no comprendía nada de lo que estaba pasando.

—¿Te vas a hacer bañero…? —balbució—. ¿Te has vuelto loco…?

—¡Nada de eso! —respondió resueltamente el poeta, con los ojos bailándole de pura felicidad— ¡Se trata de algo maravilloso! ¡Es como un sueño! Sentémonos tranquilamente, que lo que tengo que contarte va para rato.

Dos horas después, la cara redonda de Yacub reflejaba todo el asombro que sentía ante lo que el poeta le había contado; pero, también, había en ella un poso de duda. Farid le miraba en silencio, escudriñando en la expresión de su amigo el asomo de cierta incredulidad.

—Es todo tan raro… —dijo Yacub con un hilo de voz—, tan raro y tan increíble que…

—¡Que no te lo crees! —le interrumpió el poeta.

—Bueno —contestó con aire de reproche Yacub—, es natural que me cueste asimilarlo… Vienes a mi casa después de desaparecer más de una semana y me cuentas que la sayida te vio desnudo en este lugar, que vives en un palacio, que has visitado Medina

Azahara y que te ha encargado el tío del califa que adecentes esto para que su hermana pueda venir aquí a pasarlo bien… ¡Cómo me lo voy a creer! ¡Es todo una locura!

Farid se mordió el labio y luego exclamó angustiado:

—¡Ay! ¡Cómo te comprendo! Porque suena como algo increíble… ¡Pero es tan verdad como la gloria del Profeta! ¿Y para qué iba yo a mentirte? ¡Estaba deseando contártelo y ahora no me crees!

Yacub le replicó con acritud.

—¿Deseando? ¡Te he buscado durante días! ¿Por qué no viniste enseguida a contármelo?

—Porque ha sido todo muy rápido. Todavía yo mismo estoy tan asombrado que tampoco acabo de hacerme a la idea de lo que me ha pasado. ¡Pero todo es la pura realidad!

Luego miró el rostro de su amigo, que le observaba confuso, expectante, como aguardando a que diera más explicaciones que corroboraran sus palabras.

—¡Todo es verdad! —insistió en voz alta el poeta, suspirando.

Yacub siguió observándole en silencio, hasta que acabó levantándose, y dio vueltas por debajo de los arcos del patio, pensativo. Después volvió junto a su amigo y, como si de pronto se hubiera hecho la luz en su mente, afirmó:

—Así que se trataba de esto… ¡Este era el misterioso plan del cadí Raíg al Mawla!

El poeta se fue hacia él para abrazarle, exclamando:

—¡Somos unos afortunados! ¡Nos han encargado que hagamos feliz a la sayida en este maravilloso lugar!

Yacub se apartó de él, mirándole entre desconcertado y angustiado. Dijo:

—¡Es una gran responsabilidad! Se trata de la sayida… ¿Y si fracasamos…?

El poeta sonrió para tranquilizarle y contestó:

—¿Y por qué íbamos a fracasar? No es tan difícil lo que tenemos que hacer…

—¿Y qué es en concreto lo que tenemos que hacer? —preguntó Yacub, sin abandonar su desasosiego.

—De momento, adecentar este lugar: reformarlo, embellecerlo, y adecuarlo para quien vendrá aquí: ¡la sayida! De esto te encargarás tú, porque nadie mejor que tú puede buscar a los alarifes, artistas y orfebres que deben llenar esto de belleza y comodidad. Luego yo haré la parte que me corresponde: traer música, poesía y entretenimiento cada vez que ella venga aquí a relajarse y divertirse. Supongo que querrás colaborar, amigo mío… ¡No hay límite de gastos!

Yacub se mostró de acuerdo, sonrió ampliamente y fue a estrechar entre sus brazos a su amigo, exclamando con decisión:

—¡No hay nadie tan listo como tú! ¡En verdad me llena de ilusión todo esto! ¡Es la oportunidad de nuestras vidas! ¡Triunfaremos y nos haremos ricos!

44

Delila, lívida y con los ojos horrorizados, recorría los jardines de los Alcázares buscando a Sisnán. Pero, en su deambular, se topó de pronto con la señora, que estaba cortando rosas cerca de la fuente. Se miraron y luego la muchacha se postró, entre desconcertada y angustiada.

—¿Qué te pasa, Delila? —le preguntó la señora.

—Buscaba a Sisnán para decirle que ha pasado algo terrible…

—¿Y no puedes decírmelo a mí? —inquirió con inquietud la señora.

—Yo estaba en la cocina —respondió demudada la muchacha— y entró uno de los mozos que barrían la entrada del palacio… ¡Es horrible, señora!

—¿Qué es horrible? ¡Dime qué ha pasado!

—El muchacho dijo que, por la calle principal, un grupo de hombres llevaban a un muerto en unas angarillas… Salimos a ver y nos encontramos con que llevaban a su casa el cadáver de Abdelgawad… ¡Señora, han asesinado al sastre de Azahara!

Delila acababa de dar la triste noticia, cuando apareció de repente Sisnán, con los brazos en alto y gritando:

—¡Pobre Abdelgawad! ¡Un hombre tan bueno! ¡Asesinos! ¡Malditos asesinos!

Tras él venían el resto de los criados, todos ellos acongojados y con los rostros despavoridos al acabar de saberlo.

La señora soltó las rosas y se llevó las manos al pecho, en un gesto de estupor y desazón.

—¿Le han matado…? —preguntó con un hilo de voz—. ¿Por qué…? ¿Quién…?

Como aturdido, Sisnán se acercó a ella respondiendo lloroso:

—Apareció muerto en el fondo de un pozo de los huertos de Al Rusafa… Le arrojaron allí y luego le abrieron la cabeza a pedradas…

Todos se estremecieron y el eunuco gritó:

—¡Asesinos! ¡Abdelgawad era un buen hombre!

La señora se dio media vuelta y caminó con paso vacilante hacia el interior del palacio. Su rostro estaba pálido y con una expresión ausente.

—Señora, señora… — Sisnán fue tras ella, sollozando—. ¡Están pasando cosas terribles!

Ella se volvió hacia él y dijo con calma y tristeza:

—Me acompañarás ahora al palacio del sastre; deseo estar con la viuda y mostrarle mi cariño y mi dolor a toda la familia…

Salieron de los Alcázares y la señora caminó con el rostro cubierto por un velo, seguida solo por el eunuco y por dos guardias. Las mujeres se asomaban a las ventanas agitando los brazos y gritando:

—¡Abdelgawad! ¡Abdelgawad! ¡Alá le haga justicia!

Por todas partes había llanto, maldiciones, invocaciones a Alá y clamores pidiendo venganza. Todo el mundo que se había enterado lloraba y alzaba la voz a los cielos. Porque el duelo, en Córdoba, no era un duelo de uno solo, ni de unos cuantos, ni de muchos, sino de todos; porque el dolor de una familia conocida era el dolor de toda la ciudad. Y a ello se sumaba el hecho de que el sastre de Azahara era un hombre muy querido y admirado, cuyos trabajos de años se consideraban como una de esas maravillas que a todos pertenecían. Ya que, cuando el califa se presentaba en público para, por ejemplo, asistir al rezo en la mezquita Aljama en la fiesta del Nacimiento del Profeta, los fieles le contemplaban extasiados y alababan su vestimenta, diciendo: «Abdelgawad es un genio» o «Esta vez Abdelgawad se ha superado» o «Los vestidos de Abdelgawad parecen haber sido hechos en el mismo cielo»… Porque el sastre de Azahara no hacía prendas para nadie más que para el califa y su familia inmediata; y eso suponía que todas esas obras de arte, creadas y confeccionadas por él en su taller, se guardaban como un tesoro más que solo podía ser admirado en las grandes celebraciones y solemnidades.

La señora entró en el palacio de Abdelgawad, cuyas puertas estaban abiertas de par en par, mostrando el hervidero de gente exaltada y escandalosa que lloraba y gritaba dentro. Callaron cuando ella se quitó el velo y mostró su rostro maduro, bello y apenado. Se hizo un corro en torno y todos se postraron a sus pies. Solo se oían los suspiros y algún que otro ahogado gemido.

La señora echó una ojeada al salón principal, donde había estado sentada confortablemente junto a su hermano el día de la tormenta. Los tapices y las pinturas de las paredes exhibían los mismos colores que aquel día feliz. Las vajillas de plata, los muebles y los adornos estaban en su sitio; pero había ya un algo diferente en la casa: esa especie de vacío que siempre deja la muerte…

La viuda del sastre, que también se hallaba de hinojos con sus hijos y nietos ante la señora, alzó la cabeza hacia ella y explicó entre lágrimas y amarguras:

—Mi esposo desapareció hace tres días. Salió de casa de noche sin que nadie se diera cuenta… y ya no volvimos a saber de él… hasta que hoy vinieron a avisarnos de que lo habían encontrado en el fondo del pozo… sayida, a Abdelgawad lo asesinaron al día siguiente del que tú y tu hermano honrasteis esta casa con vuestra presencia durante la tormenta…

Estas palabras se clavaron como un puñal en el corazón de la señora. Se mordió los labios sintiendo una angustia terrible, y luego le dijo a la viuda:

—Álzate.

La anciana se puso en pie temblorosa. La señora la abrazó y le dijo al oído, llorando también ella:

—Siento tu dolor como si fuera mío… ¡Créeme! Los animales salvajes que hayan hecho esto serán descubiertos y castigados. Abdelgawad era querido en mi casa y no se consentirá que una injusticia así quede impune…

El sastre fue enterrado al día siguiente en el cementerio contiguo a los huertos de Al Rusafa, no lejos de la mezquita de Um Salma y del lugar donde lo asesinaron. A su funeral asistieron muchos importantes hombres de Córdoba; la mayoría pertenecientes a las familias más cercanas al califa, servidores de Medina Azahara como él y también algunos hombres cercanos al hayib Almansur. La señora no solo estuvo presente, sino que, en representación de su hijo el califa, recibió los pésames junto a la familia del difunto. Durante el cortejo fúnebre, y luego en el entierro, la rabia contenida de la gente parecía flotar en el aire, junto con la duda y la sospecha.

Por la tarde, el cadí Al Mawla fue a ver a su hermana a los Alcázares. La encontró sentada en el atrio, llorando todavía, e intentó consolarla con dulces palabras, que ella soportaba sin levantar la cabeza ni responder, rodándole las lágrimas por las mejillas.

Más tarde se quedaron los dos en silencio y así permanecieron durante un largo rato. Hasta que la señora, llena de tristeza y dolor, observó en un susurro:

—¿Cómo se puede hacer algo así? ¿Cómo puede haber gente tan mala?…

Él miraba por la ventana apesadumbrado y le habló con aparente franqueza:

—Auriola, a ver si te enteras de una vez de esto: acabarán matando cruelmente a cualquiera que muestre amor y lealtad a ti o a tu hijo el califa.

Y después de decir algo tan terrible, lanzó un hondo suspiro, se fue hacia ella, la miró intensamente a los ojos y, con una ternura inusitada en él, añadió:

—Pero yo no quiero que sufras más, hermana mía... Mi mayor deseo ahora es que seas feliz. Y yo te juro que haré lo posible para que olvides todo este mal que nos rodea y puedas gozar todavía de la vida.

Ella hizo un esfuerzo para sonreír, tratando de combatir su desesperación y su dolor. Él volvió a decirle con mayor serenidad:

—Yo te lo juro, hermana mía. Aunque te cueste creerlo, yo sé que todavía hay dicha reservada para ti... Y también sé dónde podrás hallarla... Te libraré de estas absurdas e incomprensibles maldades que te rodean y que no sabemos de dónde vienen...

45

Dos meses después, cuando los primeros vientos suaves del otoño se habían llevado el fuego estival, el joven poeta Farid al Nasri y su amigo Yacub se hallaban en los Baños del Pozo Azul, supervisando los últimos retoques de su obra. Nada más necesitaba aquel lugar para aumentar en magnificencia a sus ojos. Pero aquella tarde de finales de septiembre incluso tenía un aspecto diferente al habitual, no solo por las mejoras, sino también por la luz del sol que se derramaba sobre el patio. Todas las superficies y todos los muros parecían ceñidos por un collar de perlas luminosas, gracias a las diminutas teselas doradas y a las incrustaciones de cuarzo y otras piedras resplandecientes. Además de la claridad natural, cientos de lámparas brillaban en los rincones, desde la parte baja de las paredes hasta los interiores más oscuros; y colgaban espejuelos en la puerta colosal, en las columnas y hasta en los árboles del jardín, pareciendo que sus hojas, flores y frutos cobraban luz propia. En todas las ventanas los vidrios de colores enviaban reflejos y el agua que brotaba de los caños de las fuentes también emitía destellos. Todo allí parecía gritar invocando la alegría.

Lanzando un último vistazo a la galería del patio, Yacub suspiró exclamando:

—¡Qué maravilla! He ido viendo, hora a hora, día a día y semana a semana, cómo hacíamos todo esto, y me sorprende que hayamos conseguido dejarlo así en tan poco tiempo... ¡Es como un prodigio! ¿No sientes tú lo mismo que yo?

Farid sonreía y respondió aparentando indiferencia, aunque ese mismo gesto denotaba orgullo:

—Sí que nos ha quedado bien; pero hemos trabajado mucho...

—Y hemos gastado mucho —añadió Yacub, moviendo la cabeza con aire de inquietud—. ¿El cadí Al Mawla estará contento?

Farid resopló y respondió:

—¡Claro que estará contento! ¿Crees que alguien hubiera podido hacer este trabajo mejor que nosotros y en menos tiempo?

Yacub lo miró con una expresión llena de profunda admiración y a la vez de sinceridad. Dijo:

—Amigo mío, todo gracias a tu inteligencia. Tu cabeza rebosa genialidad e imaginación. ¿Cómo lo hubiéramos logrado sin tus ideas y tus geniales ocurrencias?

El poeta contestó riendo:

—¡Ha sido muy divertido! A mí se me ocurrían las cosas y tú buscabas lo necesario para realizarlas.

Yacub también rio, añadiendo:

—¡Y falta lo mejor! Porque todavía hay que poner en funcionamiento todo lo que tenemos preparado para llenar de vida y alegría esta maravilla... ¡Uf! ¡Alá quiera que todo salga tal y como está concebido!

—No hay que preocuparse —le dijo con voz tranquilizadora Farid—. El trabajo está hecho y lo demás tiene que ir bien a la fuerza. El espectáculo está ensayado, estudiado y preparado para que no haya fallo alguno. Ahora ya solo nos queda esperar el momento y confiar...

Una hora después, una pequeña comitiva se detuvo en la puerta. Grupos de niños y jovenzuelos, que aguardaban curiosos en las proximidades del hamán del Pozo Azul, se alborotaron al confirmarse que venían la sayida Subh Um Walad y su hermano el cadí. La calle se llenó de gente que se congregaba a cierta distancia. Los vítores y las albórbolas de alegría sirvieron de aviso a Farid y Yacub: el momento había llegado. Rápidamente, se dieron las órdenes oportunas y los criados de los baños corrieron a ocupar sus puestos. Los nervios, que ya estaban a flor de piel, produjeron un desconcierto inicial que enseguida dio paso a un orden preciso que seguía el plan preconcebido.

La señora descabalgó delante de la entrada principal y puso sus delicados pies en la arena, rubia como el oro, que se había extendido a modo de alfombra en torno al portal. Allí su hermano la retuvo un instante, diciéndole con una viva sonrisa:

—Auriola, bienvenida a la casa de la inspiración. Aquí te olvidarás de muchas penas…

Ella le miró recelando. Pero luego su cara se alegró con aire soñador, al pasear sus ojos claros por el amplio zaguán de los baños, admirándose al ver los cientos de lamparillas encendidas que la recibían creando una luminosidad fantástica. No obstante, pareció vacilar una vez más, antes de entrar animosa, esbozando una sonrisa vibrante.

Su hermano la retuvo todavía en el vestíbulo para convencerla de que debía dejarse poner un pañuelo de seda como venda en los ojos. Ella quedó ciega, seria y a la vez muda de asombro, permitiendo en adelante ser llevada de la mano por su hermano.

Farid hizo una señal a un grupo de músicos que permanecían escondidos detrás de un cortinaje y se inició una encantadora melodía. La señora volvió a sonreír. Entonces una voz profunda y armoniosa recitó un poema desde lo alto de la galería:

Como los que añoran,
como los que esperan,
como aquellos que sienten los ojos secos de llorar,
como se agosta el pecho por el viento áspero del dolor…
Al igual que el río sin agua,

donde el pescador triste recoge el trasmallo
y deja varada su barca junto a las cañas rotas...

La voz calló. La música seguía ahora sola. La señora estaba seria y lívida; el bello y largo cuello estirado, con el brillo de unas piedras verdes en él. Un temblor de congoja asomó en su pecho y sus hombros, e hizo ademán de llevarse la mano al pañuelo. Pero el cadí la retuvo con suavidad, diciéndole al oído:

—No temas, Auriola. Aguanta, escucha, confía...

Ella bajó la mano, permaneciendo quieta y visiblemente anhelosa. La música se intensificó y la voz cálida prosiguió:

Como el alma se seca,
como se vacía el recuerdo,
como el amor se aja,
como la rosa se deslustra, se desluce y se desflora...

Por debajo del pañuelo, a lo largo de la perfecta y recta nariz de la señora, corrió una lágrima. En ese momento, el cadí tomó con delicadeza del brazo a su hermana y la hizo avanzar, recorriendo con ella el vestíbulo y llevándola hasta el primer patio.

Allí los músicos iniciaron una melodía más viva, y una voz de mujer cantó con dulzura:

Bosteza la tarde y aún siguen
haciendo cosquillas los ruiseñores
al cobijo de los árboles...

En ese momento, se empezaron a oír alegres trinos, en diversos tonos y volúmenes; gracias a la habilidad con que unos muchachos hacían sonar sus flautines, chiflos y demás instrumentos que imitaban fielmente el canto de los pájaros.

Los labios de la señora esbozaron una sonrisa de admiración y alivio. Y su hermano aprovechó ese instante para retirarle la venda de los ojos. Ella miró en derredor, algo deslumbrada y desorientada, pero enseguida se encontró con el fascinante espectáculo: el juego de luces que el sol creaba haciendo brillar teselas, incrustaciones y espejuelos en todos los árboles, paredes y rincones.

La música fue allí más intensa, alegre y sugestiva. Con un bello canto a varias voces:

Se ahogan las tristezas en la luz transparente,
¡brillan los sueños y la esperanza!
La vida parlotea en los gorjeos de las aves...

La señora estaba como extasiada, lanzando miradas perdidas a su alrededor, mientras el canto se iba haciendo más y más vivo:

Cuando tus ojos sonríen,
las vides se llenan de hojas
y bailan las luces en el río...

El cadí la tomó de nuevo de la mano y la condujo ahora hasta el segundo patio, que estaba envuelto en una penumbra seductora, gracias a la espesura de las palmeras y a la luz suave que penetraba con reflejos de colores por las vidrieras. Allí estalló de repente un trueno. La señora se asustó y dio un respingo. Pero fue calmada al instante por otra música encantadora y por la armoniosa voz que recitaba:

Llevado el calor del verano,
en mí despierta el otoño el temblor del deseo.
La tarde bosteza y las nubes traen luces relampagueantes.
Llamo a la lluvia...
¡Lluvia! ¡Lluvia! ¡Lluvia!
Y ella viene...

En ese instante, por una suerte de mecanismos combinados a los efectos, empezó a lloviznar desde lo alto agua fina y perfumada, que le caía a la señora en la cabeza, en la cara y en los hombros. Y, mientras, proseguía el poema entre más truenos:

Atesoran relámpagos los montes.
La lluvia se lleva los reproches.
Beben las palmeras y se sacian.
Se abre el corazón, fruto jugoso…

Desde allí, el cadí condujo a su hermana hasta la última estancia, donde se hallaba el famoso pozo azul. Ella se dejaba llevar, sonriente, arrobada, como si su espíritu hubiera sido arrebatado en un éxtasis de asombro, sorpresa y felicidad. Se encontró de pronto frente al precioso estanque, que resplandecía con reflejos cerúleos, en medio de una atmósfera acogedora, cálida y aromática.

—Ahora, hermana, entra y ¡báñate! —le dijo él, saliendo y cerrando la puerta tras de sí.

Ella obedeció sin dudarlo a este mandato, se desnudó y se sumergió en el agua cálida. Un inmenso placer y una felicidad desconocida la inundaron por dentro, mientras se relajaba y su cuerpo parecía expandirse y disolverse en un gozo desconocido.

5
Híxem

Aquella indecisión no era solo temor;
había también soledad torpe…
Era pusilánime por haber recibido demasiado
sin pagar por ello nada a cambio.
Pero era bello como la luz de la mañana…

Crónica anónima de un poeta de la época

46

Córdoba, sábado 11 de octubre del año 994 (Assabt 11, Shabán del año 384 de la Hégira)

Desde la tarde anterior, se extendió un gran alboroto por todas partes cuando corrió la noticia de que regresaba el califa. Al amanecer, la polvareda estaba a dos leguas y se veía ya desde Córdoba. Luego la nube se disipó, cuando los caballos se detuvieron a media milla de las murallas. Mientras el sol de octubre iluminaba los campos con su fulgor de fuego, una muchedumbre cruzaba el antiguo puente portando hojas de palmera y ramas de olivo, extendiéndose luego para buscar la sombra en las alamedas y bajo los olivos, más allá de las orillas. También en los alminares, en las azoteas, en las almenas e incluso encaramada en los tejados había gente. En las torres albarranas que se alzaban en ambos costados de la puerta de Alcántara, los vigías oteaban como petrificados el horizonte. Desde las primeras luces, se habían colocado estandartes en todas las alturas y el verde de los omeyas fulguraba en grandes colgaduras de seda que pendían de los paredones de los edificios más señeros. La guardia de la ciudad, con la caballería, se hallaba formada en perfecto orden en el extenso atrio que se extendía hacia poniente. La sayida Subh Um Walad esperaba a su hijo bajo un baldaquino en la entrada principal de los Alcázares, rodeada de la parentela de los califas, que había venido desde Medina Azahara revestida con ropajes principescos. El hayib Abuámir Almansur,

313

con sus hijos y todos los visires, se hallaba sentado, bajo un dosel blanco, sobre un vistoso estrado que miraba al sur; y en otro contiguo, levantado delante de la mezquita Aljama, el Consejo de ulemas y los magistrados. No faltaba al recibimiento ningún magnate ni nadie cuyo nombre fuese de algún modo relevante, ya fuera por su riqueza o por la nobleza de su linaje. Hasta el nasi de los judíos, Jacob abén Jau, con los ministros y rabinos de la judería, ocupaban un lugar destacado vistiendo sus mejores galas. En un segundo plano, algo retirados de las últimas autoridades, estaban los jueces cristianos con el valí de los mozárabes a la cabeza. La medina, las plazas, los zocos y los barrios del interior de la ciudad se habían quedado casi desiertos, permaneciendo solo los enfermos, los ancianos y los que por algún motivo no podían salir de sus casas. Todo el mundo se mostraba muy excitado a causa del gran acontecimiento: el califa Hixem regresaba de su viaje a África con el visir Mugatil ben Atiya, de los zanatas Banu Hazar, reyes de aquellos territorios.

De repente, el almuédano lanzó desde el alminar más alto un largo, fuerte y desgarrado grito. Daba gracias a Alá porque Hixem retornaba sano y salvo a Córdoba, y añadía las consabidas alabanzas:

—*¡Al láju Ákbar!* (¡Dios es el más Grande!). *¡Subjána Laj!* (¡Gloria a Dios!). *¡Al jamdú lil Láj!* (¡Alabado sea Dios!).

La multitud se sobresaltó y pronto se empezaron a oír gritos, vítores y alabanzas. La gente se arremolinaba, se agitaba y empujaba, exclamando entre palmas:

—¡Regresa Hixem a Córdoba!

—¡Alá es Poderoso! ¡La victoria es suya!

—¡Gloria y bendición al Profeta!

La nube de polvo empezó a acercarse a la ciudad. Entonces pudieron distinguirse en la lejanía las banderolas y los gallardetes. La hueste estaba compuesta por unos cuatro mil hombres, la mayoría de ellos a caballo o a lomos de camellos, por lo que el avance era rápido. El inmenso arenal donde solían acampar los ejércitos se llenó muy pronto de bestias y hombres que se iban situando siguiendo las órdenes de los oficiales; y el campamento iba tomando cierta forma ordenada en los diversos emplazamientos que correspondían a cada sección. Cuando les era asignado un sitio, los soldados se apresuraban a levantar de inmediato sus tiendas para guarecerse del fuerte sol en ellas, aunque muchos se tumbaban en el campo a cielo abierto, muertos de cansancio, porque seguramente no tenían más pertenencias que las bestias que montaban.

En esta orilla, el viejo adarve bullía, y los mercachifles no iban a desperdiciar una oportunidad como aquella. En medio de la masa humana, los pequeños borricos aguantaban el peso de las alforjas llenas de castañas, garbanzos tostados y peladillas. También los aguadores se desgañitaban y los vendedores habían armado sus toldos en cualquier rincón. La población estaba como de fiesta, despreocupada; salía de sus casas y andaba entre los tenderetes, sudorosa, sonriente y ansiosa. En las banastas había higos, pasas, ciruelas, algarrobas, habas y lentejas; en lebrillos de barro, aceitunas, alcaparrones, cebollinos en vinagre y arrope; sebo y enjundia en orzas y aceite en alcuzas.

Y a cada instante, por encima de las cabezas, resonaban los intensos gritos de los almuédanos:

—¡La jaulá ua alá Kuwuata il la bil lájil aliyul adzime! (¡No hay fuerza ni poder excepto en Dios, el Altísimo, el Magnífico!).

A lo que la gente, entusiasmada, respondía dando palmas y contestaba:

—¡Al Láju Ákbar! (¡Dios es el más Grande!).

—¡Subjána Laj! (¡Gloria a Dios!).

—¡Al Jamdú lil láj! (¡Alabado sea Dios!).

Al otro lado del río, las primeras tropas ya estaban detenidas, mientras no paraban de llegar destacamentos. El polvo levantado envolvía los cuerpos fatigados de los soldados, los caballos, los camellos, las mulas y los borricos, e igualmente las carretas, los estandartes y las armas, confiriendo al conjunto un aire de pesadez y desgana. Era ya casi mediodía cuando los últimos soldados llegaban deshechos por el cansancio y se dejaban caer sentados en el suelo.

La multitud corría por el puente para congregarse en el arrabal del extremo sur de la ciudad, que se extendía extramuros, al otro lado del río, entre las puertas de la impresionante empalizada que rodeaba el real del ejército, donde se alzaba la mezquita de los militares.

Se vio al fin el delicado cortejo del califa. Delante estaba alineada en perfecta formación la guardia creada por Al Nasir: aguerridos eslavos, grandes como gigantes, a caballo, con largas lanzas de brillantes y afiladas hojas, y filas de arqueros y peones armados con mazas. Las corazas y los yelmos brillaban; el cuero rojo y el metal pulido componían una visión sobrecogedora.

De repente, los guerreros bereberes del desierto iniciaron una ruidosa y alegre cabalgada desde el horizonte, gritando y levantando más polvo. Y tras ellos, lo mejor de la tropa califal avanzó al trote entonando canciones de alabanza al comendador de los creyentes, agitando bien altas sus banderas en el aire y ensalzando las virtudes del Profeta y la gloria de Alá. El resto de la hueste avanzó mientras por los flancos a la deshilada, acercándose a las murallas a paso quedo.

La carroza real se detuvo en la cabecera del puente y se vio salir de ella a Hixem, enteramente vestido de blanco y oro. Allí mismo montó en la dócil yegua blanca, enjaezada con lujo, que le acercó un paje. El joven califa era alto, esbelto y de elegantes y pausados ademanes, pero en la distancia apenas podían distinguirse de su rostro el tono dorado de la piel y la barba rubia. El gentío enloqueció al verle cabalgar, arreciando el vocerío y el agitarse de las palmas y ramas de olivo.

El hayib Almansur descendió del estrado y montó en su caballo para ir a recibirle en la puerta de Alcántara. Cabalgó despacio, muy erguido en la silla, mirando de manera seria y escrutadora hacia el otro extremo del puente, mientras el soberano iba hacia él. La ardiente esfera que brillaba en los cielos se reflejaba en los plateados adornos de su vistosa capa roja. Cuando al fin su mirada se encontró con los grandes, azules y dulces ojos de Hixem, ambos se sonrieron manifestando una alegría sincera por volver a verse.

—¡Mi señor! —exclamó Almansur con un vozarrón que se pudo oír en todas partes—. ¡Bienvenido seas! ¡Córdoba ya te añoraba! ¡¿Por qué has tardado tanto en volver?! ¡Hemos llorado tu ausencia! ¡Benditos sean tu estampa y tus ojos que son luz para nosotros! ¡Alá sea contigo, Abú al Walid Hixem abén Alhaquén! *¡Al Láju Ákbar!* (¡Dios es el más Grande!). *¡Al Jamdú lil láj!* (¡Alabado sea Dios!). ¡Toma posesión de tu ciudad, comendador de Alá!

La multitud rompió en gritos de gloria y alabanzas que respondían a estas invocaciones:

—*¡Al Láju Ákbar!* (¡Dios es el más Grande!).

—*¡Subjána Laj!* (¡Gloria a Dios!).

—*¡Al Jamdú lil láj!* (¡Alabado sea Dios!).

También la señora montó en su caballo blanco y cabalgó hasta la puerta de Alcántara, radiante de felicidad. Esto hizo que el gentío acabase de enloquecer de júbilo, viendo cómo la impresionante capa de seda color azafrán de la madre del califa se agitaba, mientras ella se aproximaba sin dejar de observar con impaciencia a su hijo. Y a su llegada junto a él, los vítores ascendieron hasta alcanzar una intensidad frenética y, después, descendieron de pronto sumiéndose en un silencio sobrecogedor que resonaba en los oídos con más fuerza que los gritos. Muchos, entre la multitud, se dejaban caer de rodillas y se postraron en tierra; y los que no podían moverse debido a la presión de la masa alzaban sus brazos y agitaban las verdes palmas y ramas.

El cadí Raíg al Mawla, que estaba sentado con la familia de los omeyas, con su rostro sumido en la acostumbrada expresión fría y cautelosa, no quitaba los ojos de la escena que se estaba desarrollando. A su derecha el príncipe Abdalá sudaba bajo un sol que se elevaba y lanzaba secretas miradas a sus parientes, como si les dijese con ellas que toda aquella vistosa ceremonia no era más que un fraude.

47

—¿No tienes frío? —le preguntó su madre a Hixem, cuando el camino torció hacia las alamedas del río y una ráfaga de viento desapacible agitó las banderolas que los precedían.

—Sí, sí que hace frío —respondió el hijo, mirando hacia el horizonte con sus grandes ojos de iris gris azulado.

En el cielo incoloro de la mañana de otoño un cuervo voló pausadamente sobre los rastrojos. Había llovido durante la noche, una lluvia fría que refrescó los campos, haciendo que el recuerdo del verano se fuese borrando. La señora y su hijo habían salido temprano de los Alcázares, para viajar a caballo hasta el viejo palacio que el primer califa omeya mandó edificar en la sierra de Córdoba. En las conversaciones que mantuvieron durante el camino hubo insinuaciones de la madre sobre algo misterioso y feliz; y ese algo era como si flotara en el aire fragante que los rodeaba y en la belleza del otoño que estaba prendida ya en las hojas de los árboles. Sí, el rostro maduro de la señora traslucía una felicidad enigmática y evasiva. Ni ella ni su hijo eran demasiado habladores, y su falta de elocuencia era suplida con miradas delicadas y un familiar intercambio de sonrisas.

Más adelante, cuando el camino se hizo más estrecho y pedregoso al ir ascendiendo la pendiente, una brisa persistente y fastidiosa les heló los rostros. Entonces la madre hizo que su caballo se acercase al de su hijo y estuvo a punto de alargar la mano para ajustarle la capa; pero, al advertir en él una mirada hostil, se abstuvo de este cuidado maternal retirando con rapidez la mano; y se ajustó la suya, envolviéndose en ella mientras le decía:

—¡Abrígate, hijo! El viento frío te da en el pecho y podrías enfermar...

El joven califa no reaccionó. Había una mirada extraña en sus ojos fijos en la montaña, y una expresión un tanto audaz en su cara de rasgos perfectos y bellos. Tenía ya treinta años cumplidos, y si no fuera por la barba rubia tan cerrada, podría pasar por un muchacho de veinte o incluso menos. En esto había heredado la naturaleza de la señora, como así era ponderado por todo el mundo.

—¿No vas a obedecer a tu madre? —insistió ella—. ¡Abrígate y no seas terco como un crío mimado!

Él se volvió para responderle con una sonrisa cargada de significado. Y ella le espetó con fingido enojo:

—¡Anda, no seas tozudo!

Hixem hizo al fin lo que quería su madre y se envolvió en la capa. El terciopelo verde sobre sus espaldas rectas le daba un aire majestuoso, aunque bien era cierto que cualquier cosa que se hubiera puesto encima aquel hombre tan agraciado hubiera resultado en él una prenda elegante. La señora así lo sentía, y le miraba con un asombro y un cariño que lo decían todo. Pero el joven califa alzó los hombros con indiferencia, como si temiese que ella manifestase su complacencia con palabras melosas, y se apresuró a preguntarle:

—Madre, ¿y por qué te has empeñado en que visitemos el viejo palacio de la sierra?

El deseo y el entusiasmo iluminaron el rostro de la señora al decir:

—Porque tengo tantas cosas que contarte... Hijo mío, tú y yo tenemos que estar a solas y tratar de nuestros asuntos.

—¿Y por qué tan lejos? En los Alcázares podemos estar tranquilos si manifestamos que no queremos ser molestados...

Las cejas de la señora se alzaron, como si se interrogase a sí misma; y luego contestó sonriendo:

—¿En los Alcázares…? ¿Cómo dices eso? Allí no hay manera de guardar un secreto.

Siguieron cabalgando en silencio durante un largo rato, hasta que el califa, como si no deseara perder el hilo de la conversación, le preguntó a su madre con tono serio:

—¿Y es verdad que el viejo Chawdar ha estado a punto de morirse? ¿Para tanto ha sido la cosa?

—¡Vive de puro milagro! Se cayó al estanque y enfermó de fiebres. ¡Tres semanas ha estado en cama! Pensábamos que ya no iba a levantar cabeza… Pero ¡ahí le tienes! Ya ha vuelto a sus tareas…

Calló un instante y luego prosiguió riendo:

—Que es como decir que ha vuelto a sus guerras… Porque está peor que nunca de sus endiablados nervios…

Y el hijo no pudo evitar reírse a su vez al exclamar:

—¡Pobre Sisnán!

—Sí, pobre Sisnán… ¡Y pobres también todos los habitantes del palacio! Hasta el perro parecía aliviado… Y ya ves…

Hixem la asaeteó con la mirada, mostrando que no se tomaba en serio sus palabras, y luego dijo:

—No te quejes, madre. Tú eres la única culpable de que esos retorcidos y viejos eunucos sigan al cargo de los Alcázares.

—¿Y qué voy a hacer? —contestó ella resignada—. Esa es la herencia que recibí cuando tu padre me envió a los Alcázares. Y puedo darme por contenta porque me librara del harén de Medina Azahara, donde hubiera sido mucho peor para mí. Así que no me quejo…

Hixem quiso hacer un comentario a sus palabras, pero les llegó desde detrás una voz que preguntaba:

—¿Necesitas algo de más abrigo, señora? Va haciendo cada vez más frío.

Se volvieron y a unos pasos de distancia vieron a Sisnán y Delila, que se acercaban hacia ellos montados en sus borricos. La cara regordeta y alegre de la muchacha brillaba con la profundidad del cielo, más claro ya a esta hora cercana al mediodía; y el rostro pálido del eunuco también parecía contento.

—No necesito nada —les dijo la señora—. O, mejor dicho, necesito hablar con mi hijo a solas todo el tiempo que pueda.

Ella dijo esto sin acritud alguna, procurando sonreír. Ellos comprendieron que debían evitar molestarla durante aquel viaje, por lo que se detuvieron para dejar que el califa y su madre continuaran su camino alejándose por delante.

Después, en voz baja, Hixem le preguntó a la señora con aire extrañado:

—¿Y esa quién es?

—Es la amiga de Sisnán. Se llama Delila.

—¿La amiga? ¿Y qué significa «amiga» en este caso?

—¿Por qué lo preguntas? ¿Porque él es eunuco?

—¡Pues claro, madre! ¡Qué pregunta!

La señora soltó una risita y luego hizo un esfuerzo para ponerse seria al decir:

—Hijo, esa es una de las muchas cosas de las que quería hablar contigo.

La señora calló un instante, observando el rostro de su hijo. Luego prosiguió diciendo:

—De verdad, hijo, no sé lo que puede haber o no haber entre esos dos; a mí esas cosas se me escapan… Pero he comprobado que Sisnán ha cambiado mucho desde que se ha hecho inseparable de esa esclava. Delila es una muchacha campechana, alegre, y él se divierte con ella; eso salta a la vista. Pero no se trata solo de eso; Delila es, sobre todo, muy despierta… He observado a Sisnán y, créeme, es otro hombre gracias a esa amistad o amor o lo que quiera que sea…

El califa se volvió para mirar hacia donde ellos los seguían a cierta distancia y vio que conversaban muy animados cabalgando la una al lado del otro. Luego agitó la cabeza, admirado, y comentó:

—No sé qué habrá… Pero es verdad que a Sisnán se le ve más contento… ¡Qué cosas!

—Ese rostro, esas miradas, esas risas… —indicó la señora, sin dejar de traslucir cierta ironía—. Cualquiera diría que están enamorados…

Hixem volvió la cabeza de nuevo y los estuvo examinando con mayor atención. Luego se echó a reír exclamando:

—¡Esos andan enredados! Desde luego hay algo entre ellos.

La señora rio también. Pero enseguida observó seriamente:

—Lo que haya o no haya entre ellos, a mí me da igual. Lo que de verdad me interesa es que sean felices. ¿Y quién puede negar que el amor y la amistad son capaces de cambiar la vida de las personas?

El joven califa puso en su madre una intensa mirada y luego dijo burlonamente:

—¡Mira que eres buena, madre! Y comprensiva… ¡Eres una santa!

—¡Anda, no seas malo! ¡No te rías de tu madre! He dicho lo que de verdad siento, hijo: creo que todo el mundo tiene derecho al amor, a ser feliz, a elegir sus amistades… Ya tiene la vida lo suyo… ¿Y quién sabe qué batallas se están librando dentro de cada alma? No, nadie lo sabe… Por eso estoy cada día más convencida de que estamos obligados a no odiar ni juzgar, y a hacernos felices unos a otros en la medida que podamos.

Él iba cabalgando con los ojos fijos en la montaña y se había puesto serio después de esta reconvención. Miró a su madre y la encontró observándole, con una lágrima corriéndole por la mejilla. Ella entonces le preguntó:

—¿No dices nada a eso?

—¿A qué, madre?

—A lo que te acabo de decir. ¿No crees que ya es hora de buscar la manera de que seamos felices, hijo?

—¡Yo soy feliz, madre! —contestó él con desdén—. Y no sé a cuento de qué viene ahora todo este sermón acerca del amor, la amistad, la felicidad…

—Te extraña porque nunca hablamos de estas cosas tú y yo, Hixem —observó ella con algo de amargura en el tono.

A esto, el califa respondió secamente:

—Lo que les pase a los eunucos y a los esclavos no es cosa nuestra. Ellos tienen que preocuparse por nosotros y no nosotros por ellos. Esa es la realidad, esa es la ley que rige los destinos, madre.

La señora, examinando a su hijo, agitó la cabeza enérgicamente y repuso:

—No, ni esa es la realidad ni esa es la ley. En eso te equivocas, como tanta gente. Por eso no hay felicidad, por eso no hay compasión ni amor; por esa ley y esa realidad trastocadas. Y yo ahora te digo que estoy muy segura de que Dios no quiere ni esa ley ni esa realidad. Aquí todos tenemos que hacer un esfuerzo para ver las cosas de otra manera…

—¿De otra manera? —replicó él, dirigiéndole una mirada llena de estupor y desdén—. ¿De dónde sacas ahora esas ideas? ¿Qué demonios han entrado en tu cabeza mientras he estado en África? Me voy durante nueve meses de Córdoba y cuando regreso encuentro que mi madre me habla como si fuera una ermitaña. ¿Qué te ha pasado durante mi ausencia para que se te hayan metido todas esas locuras en la cabeza?

—¿Te sienta mal que te hable así? Ninguna necesidad me mueve a hacer sufrir a los que quiero. Y yo, hijo mío, deseo más que nada que seamos felices.

Prosiguieron a partir de ese momento en silencio. Hixem estaba tan sorprendido y extrañado que pensó que solo Dios podría saber lo que le pasaba por la mente a su madre. Tal vez había viajado al cielo y le habrían mostrado allí otra manera de ver las cosas. Pero no sabía que ella estaba deseando contarle a su hijo lo que había sucedido durante su ausencia; el gran regalo que su hermano Eneko le había hecho.

Y un poco más adelante, con el rostro iluminado, la señora le empezó a contar lo de los Baños del Pozo Azul, pormenorizando todo lo que sintió desde el primer momento en que estuvo allí y el descubrimiento que supuso para ella aquel lugar tan especial.

Hixem la miraba extrañado, con una pizca de incredulidad en los ojos.

—Eso que me cuentas me parece asombroso, madre. Pero me extraña mucho tratándose de mi tío Eneko…

—¿Y por qué te extraña?

—No lo sé… Quizá porque él es muy dado al trabajo; demasiado recto, estricto, severo… No me cuadra eso que me cuentas con su manera de ser…

La señora se rio y luego dijo con aire soñador:

—¡El amor a las propias obligaciones y la responsabilidad no se oponen a la degustación de la belleza! Tal vez para tu tío todo esto haya supuesto un feliz descubrimiento, como lo ha supuesto para mí…

—Tal vez… —rio el califa a su vez.

Ella escudriñó a su hijo con la mirada, con una sonrisa extraña en los labios. Y al cabo de un rato, le preguntó en tono serio:

—¿Quisieras venir conmigo a esos baños? Te aseguro que no te arrepentirás…

Hixem soltó una risa breve, como la vibración de una cuerda, y contestó con indiferencia:

—¡Vaya empeño tienes con eso, madre!

—Anda, haz feliz a tu madre. ¿Vendrás?

—Me lo pensaré…

El silencio reinó de nuevo entre ellos, y volvieron a sus oídos el murmullo de las pisadas, el crujido de las hojas secas en el camino y el gorjeo de los pájaros. Mientras cabalgaban a paso quedo, el califa observó que los ojos de su madre lo examinaban de vez en cuando con un afecto más calmado; que su mirada era más alegre y confiada, sugiriendo una mayor confidencia entre ellos; y pensó que ella le llevaba a aquel viaje, seguramente, para revelarle algunas cosas de gran trascendencia. Él sintió entonces como un pinchazo en el corazón y se preguntó si todo había sido predestinado, pues también él tenía cosas importantes que contarle a ella en la intimidad.

Más adelante encontraron al lado del camino las antiguas cabañas de piedras y troncos de los pastores, con sus techados cubiertos de una espesa capa de musgo azulado. El viejo palacio de los omeyas emergió entre los árboles del bosque. Los caballos subieron al paso la colina y, detrás de ellos, la comitiva formada por la guardia, la servidumbre y una recua de mulas cargadas con el equipaje. En el cielo incoloro un águila volaba lentamente tomando altura.

La madre contempló el edificio y emitió un sonido leve que parecía un gemido. Luego dijo suspirando:

—¡Qué recuerdos! ¿Verdad, hijo mío? Aquí podremos hablar con calma tú y yo, juntos; hablar y recordar… Hay que tratar de tantas cosas…

48

Todo era ansiedad esa tarde en Medina Azahara. El príncipe Abdalá y el cadí Al Mawla se hallaban en una sala del palacio y esperaban, desazonados e impacientes, a Mugatil ben Atiya, el hermano del virrey de África, que había venido a Córdoba con el califa cuando este regresó, hacía ya una semana. Esta reunión era para ellos de una importancia trascendental y definitiva, puesto que de ella dependía, en última instancia, la puesta en funcionamiento del plan que venían urdiendo durante tanto tiempo. Pero su exaltación iba quedando por momentos desvaída ante el temor de que el africano decidiera finalmente no acudir a la cita.

—No vendrá —dijo el cadí, moviendo la cabeza para expresar su honda preocupación—. Me temo que no vendrá…

El príncipe le miró con aire de estar igualmente sumido en la zozobra, pero no obstante repuso, haciendo un gran esfuerzo para sobreponerse:

—Vendrá, sí que vendrá. No seamos pesimistas…

—Si no viene —aseguró con fatalidad el otro—, todo ya será inútil…

Caminaban con parsimonia por el gran salón, acercándose a cada instante a la galería desde donde se contemplaban los inmensos jardines, las murallas y la puerta principal de entrada a la privilegiada ciudad de los omeyas. El ancho camino se veía despejado y solitario en medio del paisaje revestido por los colores del otoño. El cadí se asomaba y el príncipe le seguía a escasos pasos como una sombra. Los temores de ambos magnates no eran nada infundados, puesto que todavía no estaban en absoluto seguros de la actitud con la que el dignatario africano venía a Córdoba. No sabían si iba a comunicar que su hermano el virrey estaba decidido a unirse a ellos para secundar su plan; o si, por el contrario, sus intenciones eran otras…

El cadí miró una vez más y bajó la cabeza con gesto sombrío al ver que no venía. Dijo apesadumbrado:

—Hixem debería estar aquí… Si el califa no está en lo que tiene que estar, ¿cómo vamos a pretender que nos sigan a nosotros?

—Tienes razón —asintió el príncipe Abdalá—. ¡Ese niño mimado! No acabaremos sacando nada de él… Tendría que haber venido; tendría que ser él quien llevase las riendas de todo esto…

Se lamentaban porque habían intentado que Hixem, que era sobrino de ambos, estuviera presente en la reunión, pero había declinado la invitación a última hora. Además, no habían podido hablar con detenimiento con él todavía acerca de los graves asuntos que tenían entre manos. Con el pretexto de estar muy cansado por el largo viaje de vuelta, se refugió en los Alcázares bajo los cuidados de su madre y no dejó que sus tíos fueran a complicarle de momento la vida.

—¿Y dónde dices que se ha ido ahora? —le preguntó enfadado Abdalá a Al Mawla.

—¡Y yo qué sé! A cualquier parte donde poder eludir sus responsabilidades. Como siempre hace nuestro sobrino… ¿O no le conoces tú tanto como yo?

—Ella tiene mucha culpa en todo eso —sentenció con circunspección el príncipe, enarbolando un dedo acusador—. Siempre tuvo Subh una gran parte de culpa en el problema…

—¡Claro! —asintió el cadí—. ¡Esa es la pura verdad! Mi hermana no acaba de darse cuenta de que tiene que tomar de una vez una decisión: ¡o todo o nada! Ya no debe arropar a ese hijo mimado entre sus faldas; porque ya no es un niño: ¡tiene treinta años! Pero, si ella no se da cuenta de eso, ¿qué podemos hacer nosotros? Yo lo he intentado; tú lo sabes, príncipe Abdalá; sabes todo lo que hago para convencer a mi hermana de que ha llegado el momento de actuar.

—Lo sé, hermano mío, lo sé… No te atormentes más, porque más no puedes hacer.

Al Mawla enrojeció de pura rabia, dio un puñetazo en la pared y rugió:

—¡Maldita sea! ¡Nunca acabaremos de llevar esto adelante si ella no colabora!

El príncipe fue hacia él y le puso afectuosamente la mano en el hombro, diciéndole:

—No te atormentes, hermano mío. Si perdemos nosotros la esperanza, todo será inútil. Sigamos confiando, tengamos fe y, cuando menos lo esperemos, Alá nos dará luz para ver con claridad la mejor salida a todo esto…

El cadí volvió la cabeza hacia él y le miró con ojos de angustia al confesar:

—No quería decírtelo…, pero ya no me queda más remedio. Mi hermana y su hijo salieron esta mañana de los Alcázares para pasar unos días en el viejo palacio de Abderramán, en la serranía. ¡Me da tanta vergüenza decirte esto! ¡Mira qué inconscientes son! ¡A las sierras de Córdoba! ¡Ahora! ¡Con todo lo que tenemos entre manos! ¡Ahora que está aquí el visir Mugatil! ¿Te das cuenta, hermano mío? ¿Cómo vamos a esperar que ellos se tomen todo esto en serio?

El príncipe le miró atónito. Contestó:

—¡Es inaudito! ¡Como siempre! ¡Nunca cambiarán! Pero… ¿en qué mundo viven esos dos?

Completamente desazonado, el cadí fue una vez más hacia el ventanal y, perdiendo su mirada en la lejanía, se estuvo lamentando:

—¿De qué ha servido lo que he hecho? ¡Con todo lo que he

preparado! A ella le he regalado días como nadie le había dado nunca; días de poesía, de música, días de felicidad… He ido envolviéndola en la idílica ilusión de lo que podía tener si se decidiera de una vez a colaborar… ¡He asesinado! He derramado sangre inocente con mis propias manos para convencerla. He hablado con unos y con otros, arriesgando mi vida… ¡Y todo por ella y por su hijo! Para devolverlos al lugar del que nunca debieron ser desplazados. Y ahora… ¡se van tranquilamente a las sierras! Como si no pasara nada, como si tal cosa… ¡Malditos sean!

Seguían quejándose y desahogándose, con lo que descuidaron la costumbre de asomarse al ventanal; y no vieron que, mientras conversaban, el visir africano Mugatil ben Atiya se había presentado por fin en Medina Azahara. Un criado fue a anunciarlo y ellos no tuvieron más remedio que reconocer que se habían precipitado en sus juicios y suposiciones.

—¡Hacedle pasar inmediatamente! —ordenó el príncipe sin disimular nada su sorpresa y su alegría—. Le recibiremos aquí mismo. ¡Y que nadie nos moleste hasta la hora del almuerzo!

Abdalá y el cadí fueron a sentarse cada uno en un diván, frente a la puerta. Se miraron, compartiendo la misma ansiedad, y luego Al Mawla propuso en un susurro:

—Dejémosle que sea él quien hable el primero; que manifieste lo que quiera…

—Sí, sí —contestó el príncipe nervioso—; que hable, que hable… Así sabremos cuál es su actitud…

Entró el visir en el salón, se inclinó en una reverencia y luego caminó hacia ellos diciendo con aire solemne:

—¡Alá el compasivo os colme de bendiciones!

El africano era un hombre delgado y huesudo, de piel amarillenta y vivos ojos; enteramente vestido de azul. Después del saludo, paseó su mirada por la estancia, sin ocultar su desconcierto al no encontrar allí al califa.

El cadí se puso en pie y fue a su encuentro, diciendo con una forzada sonrisa:

—Bienvenido a Azahara, príncipe Mugatil ben Atiya. El comendador de los creyentes no vendrá a la reunión. Se encuentra todavía cansado por el largo viaje.

El emisario africano esbozó una sonrisa comprensiva y exclamó:

—¡Alá sea con él! ¡Alá lo guarde en salud!

Abdalá y Al Mawla se miraron, como decidiendo qué debería decirse a continuación y quién debía hablar primero. Tomó de nuevo la palabra el cadí y manifestó, señalando gentilmente con su mano al príncipe:

—He aquí al príncipe Abdalá abén Abderramán. Él ostentará la representación del califa y tratará contigo en su nombre. Todo lo que tengas que decir de parte de tu hermano Ziri ben Atiya puedes transmitírselo a él, pues su sangre es la misma que la del califa Hixem; y no traicionará su sangre, que es del linaje del Profeta.

Mugatil sonrió ampliamente, denotando complacencia y confianza. Luego se aproximó al príncipe, besó su mano con reverencia y se inclinó sobre su oído, permaneciendo un largo rato en esa postura mientras susurraba su mensaje. El cadí apreció que el rostro de Abdalá se iluminaba y que le lanzaba una mirada llena de satisfacción; pero tuvo que aguantar su incertidumbre y su impaciencia durante todo el tiempo que duró la secreta comunicación. Al cabo, el emisario se enderezó diciendo:

—Eso es todo. Ya sabes lo que mi hermano el virrey desea y lo que está dispuesto a hacer.

Abdalá se puso en pie, suspiró hondamente y exclamó con visible alivio:

—¡Todo eso es maravilloso! ¡Alá de los cielos sea bendito! ¡Son las mejores noticias que podían llegar a Córdoba desde África!

Al cadí se le habían cubierto las mejillas de rubor y ya no era capaz de disimular su agitación. Se fue hacia el príncipe y le rogó apremiante:

—¡Necesito saberlo! ¡Quiero saberlo! ¡Dímelo, te lo ruego! ¡Yo también estoy en esto igual que tú! ¡No debe haber secretos delante de mí!

Al verle en tal estado, Abdalá le dijo al emisario:

—Él es Raíg al Mawla, hermano de la sayida Subh Um Walad; es por lo tanto también de la sangre de Hixem. Puedes decirle a él todo lo que me has contado a mí.

—Vaya, vaya —comentó Mugatil sin dejar de sonreír—. Me doy cuenta de que esto es cosa de familia, tal y como me aseguró el califa durante nuestro viaje. Porque, señores, Hixem ya me lo contó todo…

Ardiendo de curiosidad e inquietud, el cadí se fue hacia él y le instó:

—¡Habla! ¿Qué te contó Hixem? ¿Y qué intenciones traes de parte de tu hermano el virrey?

Mugatil resultó ser un hombre nada impresionante, pero de carácter amable, simpático y con cierto sentido del humor. Alzó los ojos hacia Al Mawla, que le sacaba más de una cabeza, y contestó:

—El califa Hixem habló a mi hermano del plan que tenéis tramado… ¡Maravilloso plan! Tanto Ziri como yo, y con nosotros todas las tribus zenatas, estamos dispuestos a cualquier cosa para que la sangre omeya, que es la sangre del Profeta, tenga el poder y la gloria que le corresponde aquí, en Córdoba, que es cabeza y guía del califato. Alá, que ve lo que hay en todos los corazones, es testigo de esto que digo sin sombra de duda o fingimiento. ¡Alá es Grande y Muhamad es su profeta!

El cadí y el príncipe se miraron conmovidos. Se abrazaron y luego se fueron a abrazar al emisario, exclamando:

—¡Bendito sea Alá! ¡Alabado sea! ¡Alá es el más Grande! ¡No hay dios excepto Alá!

49

El califa Hixem había heredado la belleza y algo del temperamento de su madre, pero también un rasgo racial más antiguo, atávico, consistente en el gusto arbitrario, y a menudo deplorable, de hacer en cada momento lo que le daba la gana; es decir, una falta de voluntad para vencer las inclinaciones de la naturaleza y la tendencia al placer. Esta propensión familiar se manifestó en su abuelo Abderramán convertida en lujuria, sobre todo; pero también en una delectación consentida que se extendía hacia cualquier tipo de placeres: la comida, la bebida, los excesos en las fiestas… Nadie pudo saber nunca cuántos amores hubo en su vida, ni si realmente hubo amor auténtico alguna vez o solo afectos desordenados y posesivos hacia ambos géneros, incluyendo su aborrecible tendencia de servirse caprichosamente, y con la misma fruición, tanto de niños como niñas, con frecuencia demasiado núbiles. En Alhaquén el egoísmo natural omeya, en cambio, no anduvo nunca por estos bajos derroteros, extendiéndose más bien hacia el descuido de los asuntos de gobierno, que siempre delegó en sus visires; tampoco quiso nunca saber nada de la guerra, que puso en manos de los generales. Y en lo que atañía a las cosas internas de su casa, no atendió nunca ni a su única mujer ni a sus hijos. Bien es cierto que cuidó de que no permanecieran en el harén de Azahara, en el viciado ambiente propiciado por su voluptuoso padre; pero los puso en manos de administradores, despreocupándose sencillamente, sin importarle siquiera que algún extraño usurpase su figura en lo que se refiere al cariño paterno. Al ilustrado y estudioso califa Alhaquén lo que siempre le privó fue la lectura, los libros y su extraordinaria biblioteca, única en el mundo, a la que dedicó la mayor parte de su tiempo desde su juventud hasta el final de su vida.

Hixem era en verdad hermoso, aunque nada fornido, gandul y distraído, gozador de jóvenes campesinas en sus largos paseos a caballo; enamoradizo, ensimismado y a veces hasta tristón. En él la indolencia omeya cobraba incluso mayor realidad y visibilidad merced a su general aire flojo y apático. Aunque en algunas ocasiones, y solo cuando estaba de ánimo, sabía combinar el tono de voz, profundo, afectado, con el encanto de su figura de ángel, los ojos grandes y hondamente azules, la bella cara angulosa, aquella piel rosada de niño y esas mejillas limpias, en las que brotaba la barba dorada y perfecta. Eran estos maravillosos atributos los que le proporcionaban un general afecto, si bien nada merecido, entre los que le rodeaban, y en el pueblo, que enloquecía de felicidad y admiración cuando su califa se les hacía visible.

De estas contradicciones era muy consciente la señora; pero el amor de la madre es superior siempre a los defectos del hijo y estaba propensa a disculparle en todo. Y en este caso, se unía también el hecho de ser vástago único, por haber muerto el hermano mayor a tierna edad. Ello tenía sus inconvenientes, como era la circunstancia de que los consentimientos y mimos habían seguramente acentuado las lacras heredadas del linaje. Pero tampoco se podía negar que, entre madre e hijo, había una complicidad y un amor sinceros que los reconstruían a ambos en muchos momentos de su nada corriente existencia.

Por eso quiso ella estar con él después de su regreso de África en la intimidad que solo les podía proporcionar el alejamiento de los Alcázares. Y la estancia en los palacios omeyas de la sierra de Córdoba, inmersos en el sugerente ambiente del otoño, era la mejor ocasión para que Hixem le pudiese contar con tranquilidad el viaje a su madre.

Habían hablado largamente. Hixem no era demasiado elocuente, pero se animó a contarle su aventura con una mezcla de ingenuidad y regocijo: la travesía en barco, las largas marchas por territorios desérticos, las cacerías de leones, las recepciones de los reyezuelos en las cabilas, las montañas pedregosas, las incomodidades, el encuentro con el virrey Ziri… Ella había escuchado atenta, asombrada y divertida, interrumpiéndole a cada instante para hacerle preguntas. Estaba encantada al ver que su hijo, por primera vez a sus treinta años, había sido capaz de salir de sus faldas y parecía que volvía contento.

Al atardecer, estaban echados sobre cojines y envueltos en suave piel de nutria, contemplando los colores que el último sol dejaba como en una caricia sobre las copas de los árboles. El hijo se recostaba sobre el regazo de la madre, mientras ella se inclinaba sobre su obra, y permitía a sus manos delicadas que se deslizasen ingrávidamente desde la cabellera rubia, suave y tibia, a la ardiente nuca. Era esta la sensación más dulce, más poderosa, más misteriosa, que podía experimentar Hixem; sintiendo al instante que retornaba a ser niño, aflojándose y sumiéndose en una modorra invencible. En la dolorosa fatiga de tantas jornadas por los caminos en las semanas pasadas, nada podía haberle hecho presentir aquella ternura acariciadora, aquel descanso del cariño incondicional. Y aunque ni siquiera se lo planteaba, una noción interior le sugería sin pensamientos que habría querido permanecer indefinidamente sobre la redondez exquisita del vientre materno, percibiendo ese aroma dulce y entrañable que le devolvía a la antiquísima memoria del seno.

—Este sitio no está mal —comentó Hixem, elevando los ojos hacia su madre—, pero es verdad que deberías mandar que lo adecuasen. Todo está viejo y los jardines tan descuidados que se confunden con el bosque.

La señora le dio un tironcito del pelo contestando:

—¿Y tengo yo que encargarme de ello? ¡Esto es tuyo, hijo mío! ¿Por qué no ordenas tú que lo adecúen a tu gusto?

—¡Uf! Sería gastar tiempo y dinero en vano —dijo él con aire perezoso—. No voy a Azahara que está mucho más cerca ¿y voy a venir aquí...?

Su madre le besó en la frente y empezó a hostigarle.

—¿Ves, hijo mío? Y luego no quieres que insinúe siquiera que no te ocupas de nada...

—¿A qué viene eso ahora? —replicó él levantando la cabeza bruscamente—. ¡No voy a encargarme de que arreglen este viejo palacio! Porque a mí no me interesa nada venir aquí. Si tienes tú algún interés, encárgate tú de que lo restauren como quieras; porque ya es tuyo... ¡Te lo regalo en este mismo instante!

—¡Ah! ¿Me lo regalas? ¿Y no será para quitarte de encima la responsabilidad de tener que cuidarlo?

—¡Haz lo que quieras! ¡Y no me des más la tabarra con este ruinoso palacio!

—Anda, no te enfades conmigo —dijo ella besándole de nuevo con dulzura—. Hemos venido hasta aquí para hablar tranquilos y no para discutir.

Después de decir esto, Hixem volvió a sumirse en su estado indolente, recostando de nuevo la cabeza en el regazo de su madre y cerrando los ojos, como haciendo saber con ello que no tenía ningún interés en volver a hablar de hacer obras o arreglos en el palacio o en cualquier otra propiedad.

—Está bien —dijo la madre al comprender que él no iba a seguir discutiendo—, acepto el regalo. A partir de mañana mismo, todo esto empezará a restaurarse. El próximo verano lo pasaré aquí. ¡Gracias, hijo de mi vida!

El califa abrió los ojos y puso una mirada suspicaz en su madre, observando lacónico:

—Eso no te lo crees ni tú, madre. No vas a pasar aquí un verano entero...

—¿Y tú qué sabes?

—Nos conocemos demasiado bien, madre.

La señora dio un profundo suspiro de hastío para zanjar la cuestión. Luego, apartando con el dorso de su mano de nudillos rosados el mechón de oro que se había deslizado sobre un ojo de su hijo, canturreó:

—¡Sí, es verdad, tesoro mío! ¡Nos conocemos demasiado bien! ¡Cuánta razón tienes!

Él clavó en ella unos ojos de niño travieso y preguntó divertido:

—¿Te mofas de mí, madre? ¡Cuidado con mofarse del califa!

Se echaron a reír los dos. Entonces entró el viejo perro, levantó hacia ellos una mirada apagada y húmeda, caminó hacia la ventana, contempló la puesta de sol como si fuera un hombrecillo y luego se echó sobre un almohadón que estaba allí dispuesto para él.

—¡Ay! —se lamentó la señora suspirando—. ¡Me da tanta pena de él! ¿Recuerdas cuando corría detrás de los caballos? Ahora han tenido que traerlo en una alforja a lomos de mula…

—¿Y bien? —dijo Hixem, tras el esbozo de un beso en el dorso de la mano de su madre—. Es ley de vida… Un día de estos se morirá…

Ella le fulminó con una mirada; o fingió hacerlo.

—¡Hixem, no seas tan frío, hijo de mi vida! No tenías quince años cumplidos cuando tu tío Raíg te regaló el perro… ¿Ya no te acuerdas de lo que jugabas con él? Es como de la familia. Yo no puedo imaginar los jardines de los Alcázares sin él…

Hubo un silencio.

—Claro que me da pena, madre —contestó luego él, calmosamente—. Aunque tú no lo creas, hay muchas cosas que me preocupan y me entristecen…

La señora miró a su hijo íntimamente, poniéndose muy seria.

—Hixem… —comenzó diciendo con voz débil; pero se detuvo como tantas otras veces había empezado y se había detenido durante los últimos años. Aunque había que hablar, no obstante,

336

de todo ello algún día. Pero sintió, como tantas veces, que el momento no estaba bien elegido.

Hixem se incorporó entonces, se fue hacia la ventana, miró y después se agachó para acariciar al viejo perro, mientras le decía tristemente:

—¿Te morirás pronto, verdad? Todos moriremos; todos tenemos que dejar este mundo tarde o temprano...

La señora se levantó y se fue hacia su hijo para abrazarle, muy conmovida. Pero él la apartó y le dio la espalda, volviendo a mirar hacia el horizonte, que ya estaba revestido de sedas violáceas.

Una hora después, cuando todavía despuntaba algo de luz, empezó a lloviznar, un criado entró entonces, cerró las ventanas y encendió las lámparas. Luego se situó ceremoniosamente en el centro de la estancia y preguntó:

—¿Mis señores quieren cenar ya?

—Sí —respondió la señora—. Di que nos pongan la mesa aquí.

Les sirvieron allí la cena. El califa y su madre se sentaron frente a frente y empezaron a comer en silencio. Hasta que de pronto la señora dijo con una sonrisa forzada:

—Hijo, la última vez que disfruté de una cena contigo fue en el invierno del año pasado. Llevabas una preciosa capa de terciopelo negro con capucha de seda blanca... ¿Recuerdas?

—Sí —respondió él secamente—. Era la fiesta del final del ayuno y esperábamos a Abuámir... Pero no se presentó...

Continuaron en silencio mientras un aire de pesadumbre e incomodidad flotaba sobre ellos; porque sabían que tenían que hablar de ciertas cosas y, sin embargo, ninguno de los dos se atrevía a iniciar la conversación.

La blancura del mantel y el brillo de las velas atraían tímidas mariposas grises de otoño que venían a posarse sobre la mesa o en los platos. El califa atrapó una de ellas y la aplastó entre sus dedos. Su madre le regañó:

—¡Qué asco, Hixem! ¡No hagas eso!

Él arrojó al suelo el insecto y puso en ella una mirada seria e interpelante, preguntado:

—Madre, ¿por qué no me has dicho que estuviste con él?

La señora bajó la mirada y respondió en un susurro:

—Iba a contártelo todo...

—¿Cuándo, madre? Llevamos aquí dos días y solo hemos hablado de mi viaje a África...

Ella lanzó a su hijo una mirada de enfado y luego le preguntó a su vez, irritada:

—¿Y cuándo me vas a contar tú la verdad del motivo de tu viaje? Porque no pensarás que me creo que has ido solo a cazar leones... No eres tú tan aficionado a la caza como para eso...

Hixem se irguió y contestó cortante:

—¿Estuviste a solas con él? Si me lo cuentas todo yo te contaré lo mío.

Ella sacudió la cabeza con disgusto y dijo:

—Nunca hemos tenido secretos entre nosotros. ¿Por qué tenemos que tenerlos ahora?

—Pues habla. ¿Estuviste a solas con él?

La señora resistió la dura mirada de su hijo y respondió:

—Sí, aunque no sé por qué tienes que someterme a esto, cuando estoy segura de que ya te lo habrán contado todo.

—No, madre, todo no —replicó él frunciendo el ceño—. Me contaron que fuisteis primero a tu antigua munya y que luego él y tú cabalgasteis hasta aquí en los caballos que te regaló. Pero no sé lo que él y tú pudisteis tratar en todo el tiempo que estuvisteis juntos y solos...

—Fueron cuatro días —observó ella con gesto adusto—. Eso también te lo habrán dicho.

—Sí, también, madre. Y cuatro días es mucho tiempo... Demasiado tiempo para dos personas que hacía ya casi un año que no se veían... ¿Tanto teníais que hablar? ¿O había algo más que solo hablar entre vosotros?...

—¡Calla! —le gritó ella poniéndose en pie—. ¡Si me sigues hablando en ese tono te daré una bofetada, por muy califa que seas!

—¡No me trates como a un niño! —replicó él, levantándose a su vez para encararse con ella—. ¡Y no soy un niño! ¡A mí no me ocultarás qué clase de trato has tenido con él!

Ella le estuvo mirando fijamente a los ojos mientras resistía las ganas de abofetearle. Luego contestó en tono brusco:

—¡Te he pedido que no me hables de esa manera! Ni soy una mentirosa ni es justo que me trates como tal. Te contaré lo que crea que debo contar a un hijo… Así que ¡calla y escúchame! ¡Y te aseguro que no me dolerán prendas para darte un bofetón si me vuelves a faltar al respeto debido!

Hixem se desconcertó, cambiándole el color de la cara; tragó saliva y bajó la mirada, rehuyendo la de su madre. Luego caminó hacia la puerta, cabizbajo. A lo que ella le gritó:

—¡Quieto ahí! ¡Ahora no te irás! ¡Íbamos a hablar y hablaremos!

Él se volvió y dijo en un susurro:

—Voy a ordenar que me traigan vino… No pensaba dejarte con la palabra en la boca, madre. Necesitaré un trago para ver las cosas de otra manera.

—Muy bien —otorgó ella con más calma—; que te traigan vino. También yo beberé un trago.

50

El cadí Raíg al Mawla abandonó temprano los Alcázares por la puerta trasera que daba al río. Salió acompañado solo por un guardia y se detuvo para contemplar la niebla que se elevaba ligera y transparente en las alamedas de la orilla; y a lo lejos, en la otra ribera, más allá del puente, los hilillos de humo blanco sobre las tiendas del gran campamento del ejército africano. En el trasfondo de las llanuras, como una rueda de fuego, el sol parecía enredado por un torbellino de nubes oscuras que atrajo su mirada, suscitando en él un pensamiento lleno de inquietud: lo que iba a hacer esa mañana era tan importante que quizá todo el plan dependiera de ello. Aspiró profundamente el aire húmedo y luego caminó por el adarve hacia su derecha, bajando por la suave cuesta hasta la plaza donde se empezaba a instalar un mercado de cacharros de cobre; y allá dio la vuelta hacia el callejón que conducía al barrio de los judíos, que estaba al norte de la medina, extramuros. Las calles del inmenso suburbio de los mercaderes extranjeros estaban, aun siendo tan pronto, atestadas de soldados y de una muchedumbre vociferante. En la segunda muralla, más baja y terrosa, se abría la puerta de los Judíos, que daba directamente a la plazuela donde los cambistas tenían sus negocios; una especie de gran patio dominado a un lado por los flancos de la sinagoga principal, y al otro, por la alta fachada del palacio donde durante largos años habitó el insigne rabino Moses ben Hanoch. Allí Al Mawla se dirigió al frente con pasos decididos, hacia la residencia del nasi de los hebreos, que era el príncipe y primer juez de todas las comunidades judías de Alándalus.

Le esperaba en la puerta un delgado joven de largos cabellos que le caían sobre los hombros; tenía un rostro pálido y demacrado en el que los ojos brillaban con una fijeza dolorosa. Al ver al cadí, dio un respingo y se arrojó a sus pies diciendo:

—Mi padre te espera. ¡Adelante, señor!

El joven pasó precediéndole, cruzando un amplio vestíbulo que estaba en penumbra. Caminaba con la cabeza alta, ligeramente, y a su paso se iban inclinando con reverencia todos los miembros del Consejo de rabinos, que aguardaban con sus largos y oscuros ropajes con las espaldas pegadas a la pared, como estatuas que custodiaban la entrada. Al final había una escalera y una puerta entreabierta. Allí se detuvo el joven e hizo un gesto con la mano al cadí para que entrara.

El nasi estaba sentado solo en el centro de una sala grande. Saludó con una sonrisa leve, diciendo:

—Bienvenido a nuestra casa, señor Raíg al Mawla.

El príncipe de los judíos de Córdoba era por entonces Jacob abén Jau, hombre de unos cincuenta años, con un perfil hermoso, la barba blanca larga y tupida, la frente alta y unos ojos negros y brillantes en la tersa palidez del rostro. Se puso en pie, se quitó ceremoniosamente el alto gorro de piel y añadió con una voz dulcísima:

—Perdóname, mi señor. Yo tendría que haber ido a rogarte a ti que me recibieras en audiencia cuando tus muchas ocupaciones te lo hubieran permitido… Pero debes tener motivos muy importantes para haber preferido acudir tú a verme y honrar así esta casa.

El cadí sonrió con indulgencia, avanzó hacia él y explicó:

—Ahorrémonos cualquier cortesía. Era obligado que yo viniera aquí, puesto que la cuestión requiere cautela y discernimiento. No tengo por ahora un lugar donde recibirte con la necesaria intimidad. Y haberte citado en cualquier otro sitio habría sido mucho más comprometido que el hecho de venir yo aquí.

Abén Jau se quedó un rato callado, sin poder ocultar toda la turbación que causaban en él estas explicaciones, que venían a unirse a la inquietud que ya había sentido al saber que el cadí iba a visitarle. Miró a un lado y a otro, descendiendo de la pequeña tarima donde estaba su silla, y susurró con preocupación:

—Aquí tampoco podemos hablar con tranquilidad…

—Pues tú dirás dónde podemos hacerlo —dijo el cadí en tono áspero—. Porque hoy, sin mayor demora, he de tratar contigo y contarte todas las novedades que hay, que son muchas.

—Comprendo, comprendo… —murmuró el nasi cautamente, y como un hombre que está a punto de tratar sobre algo muy secreto y transcendental, recogió las manos sobre su pecho, cerrando los ojos, y empezó a menear la cabeza demostrando su gran preocupación.

—Todo se ha precipitado —añadió Al Mawla con aire imperioso—. Ya se hace necesario decidirse de una vez por todas y empezar a actuar.

—Comprendo, comprendo… —balbució el príncipe de los judíos, poniéndose cada vez más nervioso—. Pero… no hablemos de ello aquí, te lo ruego… Debemos ir a mis aposentos privados…

Anduvo el nasi por delante y condujo al cadí por los corredores de aquel enorme y desabrido palacio, hasta las estancias interiores, más reducidas y acogedoras. Entraron en una pequeña habitación y el judío echó el cerrojo. Había muy poca luz allí y apenas se veían las caras.

El judío fue a sentarse en un rincón sobre un tapiz acolchado y le indicó al cadí un sitio a su lado, diciendo con voz meliflua:

—Debemos ser rápidos y dejar todo claro. Seguramente será difícil en adelante que podamos volver a juntarnos… El cielo sabe que todo esto causa un gran pesar en mi corazón. Espero pues que no me propongas nada violento y sanguinario… Mi alma no lo soportaría…

—Se hará lo que deba hacerse y nada más —sentenció el cadí, haciendo patente por su voz tonante el enojo que causaban en él estos reparos.

Abén Jau se llevó la mano al pecho para expresar su dolor y bajó la vista, dispuesto a escuchar.

—La hora definitiva que tanto habíamos esperado parece que ya ha llegado —empezó diciendo Al Mawla—. El califa ha regresado de su viaje a África y trae para nosotros una buena noticia de parte del virrey Ziri: todo está dispuesto por él a la espera de que nosotros demos el primer paso… Así que tienes que empezar a cumplir tu parte en el plan desde mañana mismo.

El cadí calló, observando en la penumbra el efecto que estas palabras causaban en el rostro del nasi; y al ver que no levantaba la cabeza ni manifestaba reacción alguna, le preguntó con dureza:

—¿Por qué no dices nada? ¿Quizá tienes miedo todavía? Es ya el momento de dejar de temer y actuar de una vez.

Abén Jau alzó unos ojos perdidos en el miedo y la angustia, y contestó con voz ahogada:

—¿Qué esperáis de mí? No es tanto lo que yo puedo hacer… No tanto como habréis supuesto… Y tiemblo al pensar en todo el horror y toda la sangre que esto puede acarrear…

—Ya no es momento para pensar en eso. Y no pienses en nada más que en lo que ahora toca —replicó contrariado el cadí—. ¡Ya no hay vuelta atrás! O das un paso adelante o lo perderás todo. Nada te será respetado; todo se te arrebatará… ¡Todo! Incluso tu vida y la de los tuyos…

Jacob abén Jau sintió en ese momento que su pasado y su presente, quien fue y quien era ahora, se le venían encima con una fuerza incontenible, como un edificio que se hunde o una montaña que se desmorona cayendo por el precipicio. Porque, antes de ser príncipe supremo de todos los judíos de Alándalus, fue un simple fabricante de seda rico, pero ignorado y sin influencia, al que el destino o la Providencia habían bendecido con dones inesperados. Él y su hermano José, cuando todavía eran demasiado jóvenes, recibieron una importante suma de oro que sus antecesores habían guardado generación tras generación con mucho celo. Y en vez de seguir atesorándolo, resolvieron generosamente emplear parte del dinero para hacer valiosos regalos al califa Hixem y al hayib Almansur con el fin de ganarse sus favores. Haciendo uso de las habilidades que su familia había perfeccionado durante siglos, confeccionaron sedas preciosas para prendas de vestir y banderas con lemas y emblemas bordados en oro, como nunca antes se habían visto, y se los presentaron a los ministros del califa. Entonces el poderoso Almansur, que era quien en realidad gobernaba el califato, se mostró muy agradecido y usó sus prerrogativas para designar a Jacob como príncipe y primer juez de todas las comunidades judías, invistiéndolo con facultades para nombrar consejeros y rabinos. Al mismo tiempo, su hermano José abén Jau también fue ungido como él con esplendores principescos y se le otorgó el poder de determinar y cobrar los impuestos que los judíos debían pagar a las arcas del califa. A la familia Abén Jau se le concedió guardia de honor con librea de brocado dorado, como a los grandes de Medina Azahara, y un carruaje siempre a su disposición. También se les reconoció el derecho de transmitir estas dignidades a sus descendientes. Sin embargo, con el paso del tiempo, los hermanos Abén Jau fueron cayendo en desgracia a los ojos de Almansur, porque no fueron capaces de exprimir con los tributos a sus correligionarios como se les pedía, y tampoco fueron demasiado espléndidos a la hora de financiar las grandes campañas guerreras que se emprendieron en los años siguientes. El hayib ya no los llamaba en ninguna ocasión a su presencia ni los recibía, no los invitaba a los actos solemnes y no contaba con ellos para nada. Habían sido relegados y olvidados.

El nasi tembló a causa de las palabras tan duras y las advertencias severas del cadí, pero no tenía más opción que escuchar la propuesta que venía a hacerle. Así que dijo desazonado:

—El califa y su madre la sayida, a quienes el Eterno dé todas sus bendiciones, han de saber que seguimos siendo fieles al linaje puro que ostentan… Pero es muy terrible pensar que nosotros, los judíos, siempre acabamos llevándonos la peor parte en estas cosas…

—¡Te he dicho que no es ya tiempo de pensar en nada! —le gritó Al Mawla—. Dime ahora si estás o no en lo que tenemos previsto.

El judío se desconcertó aún más, cambiándole el color de la cara. Tragó saliva, bajó la mirada rehuyendo los interpelantes ojos grises del cadí y permaneció en silencio. Al Mawla protestó con energía, implacable:

—¡Habla! ¿Por qué callas? ¡Habla o me iré de tu casa y ya no te daremos más ocasiones para rectificar!

—¡Temo! —exclamó el nasi, con una voz aguda y desolada—. ¡Es una tesitura terrorífica! No quiero arrastrar una vez más a mi pueblo al horror… Si esto sale mal, nadie tendrá compasión de nosotros…

El cadí se puso en pie haciendo ademán de marcharse, pero Abén Jau le agarró por la orla de la túnica suplicando:

—¡Espera! Dame al menos tiempo para consultar con mi hermano…

Al Mawla le miró frunciendo el ceño y otorgó con sequedad, advirtiéndole:

—Tenéis dos días para decidiros. ¡Ni una hora más! Si al final queréis colaborar con el califa, id pasado mañana al amanecer a mi palacio. Pero si no estáis con el califa, aguardad vuestro destino sin esperar nada más de mí…

51

Al día siguiente por la mañana, en el viejo palacio omeya de la sierra, la señora se levantó al amanecer, después de no haber podido conciliar el sueño en toda la noche. A su lado, en cambio, su hijo Hixem dormía plácidamente, con los ojos medio abiertos, como cuando era niño. El cabello rubio, extendido por la almohada, suscitó en ella el deseo maternal de abrazarle y besarle. Pero no quiso despertarle y salió de la alcoba con pasos suaves, arrastrando los pies con cuidado para no hacer ruido, por lo que se golpeó, haciéndose daño en el escalón. Cruzó el umbral cojeando y descendió por la escalera oscura hasta empujar una puerta lateral. Había fuego encendido afuera, en el descuidado jardín. Un hombre gordo vestido de blanco se sorprendió al verla, gritó algo y se arrojó al suelo de hinojos. Ella pasó a su lado caminando deprisa y siguió por un corredor abierto entre la espesa arboleda, hasta el palacete donde se hospedaba la servidumbre. Abrió una puerta y casi se cayó; había otra escalera que descendía, un montón de leña al fondo y una montaña de escombros. Al descender por allí, una gallina asustada escapó cacareando ruidosamente y dando saltos. «Me he equivocado», se dijo la señora, creyendo que había ido a parar a los gallineros. Pero reconoció aquella fría, vacía y espaciosa sala cubierta de polvo y suciedad que en otro tiempo había sido una especie de pabellón donde se exponían las piezas de caza al término de las batidas. Probó una puerta, que resultó estar cerrada con llave. Movió arriba y abajo el tirador varias veces.

—¿Quién es? —gritó de pronto una voz ronca y somnolienta desde dentro.

Se oyó el crujido del cerrojo al descorrerse y salió uno de los mozos de mulas, que inmediatamente se arrodilló ante la señora.

—¿Dónde duerme Sisnán? —le preguntó ella.

El criado señaló una de las puertas al otro lado de la sala. La señora fue hacia allí y llamó. Salió Delila cubriendo su desnudez con una manta y enrojeció de vergüenza. Detrás de ella apareció Sisnán vistiéndose y más abochornado todavía que la muchacha, balbuciendo:

—Señora…, Delila estaba aquí porque ha venido a despertarme temprano… Íbamos a salir ahora mismo para disponer que prepararan todo para la vuelta a Córdoba…

La señora le lanzó una mirada sonriente y cargada de suspicacia, y dijo insinuando:

—Vaya, vaya… Así que ¡como dos tortolitos!… No sabía yo que…

—¡Hacía frío! —gritó de pronto el eunuco, presa de una gran ansiedad al verse descubierto—. Ella vino a encenderme el brasero…

—Sí, sí… ¡El brasero! —observó la señora con retintín, mirando de reojo a Delila.

La muchacha salió despavorida; pero luego miró hacia atrás y se detuvo con una sonrisa picarona, diciendo en tono de defensa:

—Señora, es amistad, pura y simple amistad…

—Claro, Delila —ratificó la señora—; pura y simple amistad. No opondré ningún reparo al afecto que pueda haber entre la gente de mi casa.

Luego se dirigió a Sisnán y le ordenó:

—Manda que nos preparen unos huevos cocidos con tortas de harina fritas. El califa y yo comeremos aquí antes de partir.

Salió de allí pensativa y asombrada, como si estuviera perdida en una pesadilla; se apresuró a recorrer el camino de regreso, repitiendo para sí misma: «Qué cosa tan rara, qué cosa tan rara… Él es eunuco, eunuco…». Salió inesperadamente al jardín y caminó entre los árboles, hasta que se encontró con el fuego y el hombre que lo cuidaba volvió a echarse al suelo al verla venir. Se detuvo y de repente oyó una risa familiar sobre su cabeza. Levantó la cara. Era Hixem, desde el balcón de su habitación, quien se reía; apoyados los codos en la barandilla, apretando las palmas de las manos contra sus mejillas cubiertas de vello rubio y moviendo la cabeza en un leve gesto de reproche.

—¡Madre! —exclamó—. Te levantas y me dejas aquí solo… ¿Dónde has ido tan ligera de ropa? ¡Hace frío!

La señora miró la amenidad de la cara de su hijo, los ojos azules burlones y el pelo dorado echado hacia atrás, como esperando ver qué se proponía hacer ella.

—¡Fui a recoger huevos frescos! —le gritó alegremente—. Recordé que siempre desayunábamos huevos cocidos y tortas de harina frita cuando veníamos aquí. ¿Te acuerdas?

—¡Cómo lo iba a olvidar, madre! —contestó él, abriendo los brazos en un gesto de vaga aclaración.

La señora bajó la cabeza y entró en el palacio sonriendo.

Un rato después, madre e hijo estaban sentados en el comedor, disfrutando con tranquilidad y delectación de los huevos y las tortas que les habían preparado, amén de otros manjares.

Hixem miraba de soslayo a la señora, con aire de duda y curiosidad, como escrutando la expresión de su rostro. Y ella, a su vez, también le lanzaba miraditas, como si le dijera: «Si vas a hablarme, hazlo ya, decídete». Pero él no acababa de decir nada, mientras, con movimientos pausados, lánguidos, derramaba miel brillante sobre las tortas fritas, quizá esperando a que ella tomase primero la iniciativa.

No había enfado entre ellos, aunque sí cierta tensión, por causa de la fuerte disputa que habían mantenido la noche anterior. Porque, después de la cena, el califa terminó de contarle a su madre el viaje a África. A raíz de ello, empezaron a hablar seguidamente de asuntos espinosos, subiendo poco a poco el tono de sus voces, sin llegar a ningún acuerdo, hasta enzarzarse en una acalorada discusión, con recriminaciones, gritos y alguna que otra ofensa. Incluso hubo un par de bofetadas restallantes que la señora le propinó a su hijo, cuando él se atrevió a echarle en cara ciertos rumores que corrían sobre el tipo de relación que la señora mantenía con el hayib Abuámir. «¡Eso sí que no!», había gritado ella, tajante, después de abofetearle. «¡A ti no te consiento que me hagas esa clase de reproches! ¡Por muy califa que seas! ¡Porque, antes que califa, eres hijo!». Él se asustó al verla así, se tapó la cara con las manos y lloró rabioso y ofendido; pero no tardó en ir a abrazarla y le pidió perdón entre sollozos. Ella también lloró mientras le ceñía con sus brazos maternalmente y le cubría de besos. Y más tarde, suspirando en medio de una inmensa tristeza, la madre le suplicó al hijo: «No discutamos más tú y yo, Hixem, no, hijo de mi alma, no nos peleemos entre nosotros; que nuestro amor y cariño es lo único que tenemos, ¡lo único seguro y bello!, en medio de todo este odio y toda esta maldad». A lo que él, muy conmovido, contestó también sollozando: «No, madre, no… ¡Te lo juro!». Después de eso, siguieron recuerdos puramente personales, recuerdos oportunos, útiles; tanto lo bueno como lo malo: la infancia de Hixem, la muerte del califa Alhaquén y la despreocupación que siempre tuvo hacia ellos como esposo y padre, lo que dio lugar a la llegada de Abuámir como administrador a los Alcázares. Recordaron las atenciones y esmeros del hayib, pero también su dominio e injerencia, hasta llegar a convertirse en el dueño efectivo de toda la autoridad y todo el poder. No le temían, pero su omnipresencia, la potencia de su temperamento y la influencia que ejercía sobre madre e hijo eran demasiado patentes en las vidas de ambos. La reflexión y la memoria dieron paso al juicio sobre lo inevitable. Pero ya no tenían deseo de discutir ni fuerzas para ello. Comieron algún dulce, para conformarse, y bebieron vino, como bálsamo. Luego se fueron a dormir en la misma alcoba. Hixem enseguida entró en un estado de sosiego que se manifestó en su respiración, pasando pronto a un sueño profundo. La señora, en cambio, tuvo que hacer grandes esfuerzos para no estar moviéndose todo el tiempo, incapaz de conciliar el sueño, dando vueltas en su cabeza a tantas preocupaciones…

Ahora, mientras desayunaban, ninguno de los dos podía escapar a la reminiscencia de lo que había sucedido entre ellos la noche anterior. Y aunque trataban de disimularlo lo mejor que podían, la señora estaba deseosa de hacer alguna aclaración sobre lo hablado; y no quería, al mismo tiempo, que se le pasase la oportunidad de lanzarle una reconvención a su hijo sobre la ardua cuestión que dio origen a todo. Y cuando estaba decidida a hablar por fin, él le tomó la delantera y se dirigió a ella con inusitada ternura, diciéndole:

—Madre, es de agradecer todo lo que has hecho por mí… ¡Y lo que aún haces! Así que perdóname sí…

—¡Nada hay que perdonar! —le interrumpió ella, sonriendo benevolente—. Eres mi hijo, mi querido hijo; lo único que tengo…

Él le devolvió la sonrisa. En sus labios había una perla de miel dorada que ella limpió con su dedo cariñosamente. Luego la madre añadió, poniéndose seria:

—Y he comprendido, hijo mío, que tienes tus razones, unas razones que no puedes hacer valer por culpa de mis miedos, por mis desasosiegos y recelos…

—¡Madre!… —exclamó Hixem.

Pero ella hizo un gesto brusco con la mano, haciéndole saber que deseaba seguir hablando sin ser interrumpida, y prosiguió en un tono que fue pasando de grave a vehemente:

—He comprendido que vas a cumplir treinta y un años muy pronto y que, a esa edad, ya no se te puede tener más tiempo así: ¡relegado y sin poder hacer uso de todo lo que te corresponde por derecho! ¡Por tu sangre omeya, hijo! ¡Porque eres el califa legítimo!… Eso me llena de angustia y… ¡me roba la paz!

Esto la señora lo dijo con despecho y dolor; no pudo evitar que le brotaran las lágrimas y sollozó con rabia:

—¡Es una injusticia!… ¡Por Dios, no hay derecho! Pero… ¿qué podemos hacer?… ¡Dios mío, qué!

Rompió a llorar y a lamentarse. Se llevó el pañuelo a los ojos y se los estuvo enjugando. Luego insistió con voz temblorosa, sofocando las lágrimas:

—¿Qué se puede hacer, Dios mío?… ¿Qué?… Me aterra solo pensar en que pueda haber una guerra; que haya asesinatos, que la gente muera, que sufran las familias, que lo acaben pagando los inocentes… Porque, hijo mío, no seamos ingenuos; no creamos que todo esto se va a solventar con cuatro palabras y con palmadas en la espalda… ¡Habrá sangre! Mucha sangre, muchas lágrimas y mucho dolor… Es lo que pasa siempre con estas cosas, hijo. Los hombres se convierten en animales, ¡en bestias!… Y cuando brota la sangre… Cuando brota ya no para…

Hixem soltó la torta con miel sobre la mesa y se dejó caer en los cojines con un gesto de desesperación, contestando:

—¡Madre!… ¿Y qué hacemos? ¿Seguimos como hasta ahora? ¿Dejamos sin más que todo siga igual?

—Se puede hablar con Abuámir una vez más —propuso la señora con brillo soñador en los ojos—; se puede intentar… Ya te conté anoche que conmigo estuvo complaciente y deseoso de conversar. Me pareció que había cambiado, que su actitud era otra; más condescendiente, más comprensivo… No me parecía el hombre que fue. Tiene ya una edad, tal vez se ha hecho viejo… Los viejos son más sabios, más cautos, menos prepotentes… Quizá si se le hablara con calma y razonamientos esté propenso a llegar a un acuerdo…

—¡Qué incauta! —replicó él dando un puñetazo en la mesa—. ¡Te volvió a engatusar!… Es muy listo, madre; muy listo y muy hábil. ¡Mira de qué está hecha su gloria! Abuámir ha trabajado toda su vida por ella y no renunciará a conservarla ni a agrandarla. Y lo que es peor: no consentirá que le sea negada a sus hijos, a su descendencia, a su sangre… ¡No confundas tus deseos con la realidad, madre! ¡Almansur no me dará nunca el poder! ¡Habrá que arreba-

351

társelo! ¡No queda más remedio, madre! ¡O se le quita por la fuerza o no lo soltará de sus manos!

—¡Hixem!… ¡No me asustes! —exclamó ella temerosa y dolida—. Me hablas ya como tu tío Eneko. Me estaba pareciendo ahora mismo que era él quien estaba frente a mí y no tú. ¿Tu tío ha influido tanto en ti que hablas ya como él?

Como si la pregunta de su madre le hubiera tocado en lo más profundo, él respondió con gravedad e ironía:

—Madre, resulta que yo nunca pienso por mí mismo… Siempre manejado, siempre influido, siempre postergado… Incluso en el plan que se ideó, ¿qué misión tengo yo? ¿Cuál era mi cometido? Ya no lo sé ni yo mismo…

Se produjo un silencio entre los dos. La señora se sumió en una espinosa confusión, al darse cuenta de que no podía mantenerse en la postura de apaciguamiento que había adoptado. Se puso a mirar a su hijo en silencio, mostrando su ánimo alterado, antes de hablarle con angustia en la voz:

—Nos propusimos idear un plan porque nos dábamos cuenta de que el tiempo pasaba y Abuámir no acababa de darte los poderes que asumió, poco a poco, sin que yo hiciera nada para evitarlo, cuando todavía eras un niño… Con nuestro primer plan queríamos hacer fuerza para presionarle y que acabara comprendiendo que el califa eras tú y que ya tenías edad suficiente para hacerte cargo de los asuntos de gobierno del califato. Pero luego la cosa se fue dilatando, hasta llegar a este punto en que ahora nos encontramos. Eneko convirtió el plan en una conspiración sin mi consentimiento. Pero eso no era lo pretendido al principio. El primer plan era pacífico y conciliador. Ahora tu tío quiere actuar de inmediato usando la fuerza, pero yo me niego a que se derrame sangre… Eso es todo, hijo, eso es todo…

En los ojos azules de Hixem se dibujaron la tristeza y la desazón. Se puso a abrir y cerrar las manos con rabia e intranquilidad. Luego dijo con una voz dolida y lastimera:

—Madre, ¿tú tampoco acabas de darte cuenta de que también

me anulas? ¿No reparas en que tampoco tú me dejas que piense por mí mismo?

—¡Ya es suficiente, Dios mío! —explotó ella desesperada—. ¡Compadécete de mí, hijo! ¡Yo solo quiero que vivamos en paz!

—Sí, en paz... Pero yo seguiré anulado y Abuámir les acabará dando a sus hijos todo lo que me corresponde por derecho. Esa es la única realidad en todo esto, la única posibilidad... Si no actuamos; si no hacemos que el plan sea un plan de verdad y no un mero apaño...; si no nos tomamos esto en serio seguiremos siempre igual.

La señora volvió a quedarse como abstraída, mirando a su hijo. Parecía que no iba a contestar nada, pero sentenció con un aplomo que a él le sorprendió:

—Lo que Dios quiere pasa, lo que Dios no quiere no pasa.

—¿¡Qué significa eso ahora!? —preguntó Hixem lleno de perplejidad—. ¿Acaso quieres decir con ello que hay que seguir conformándose?

—No, hijo mío. Quiere decir que tu madre lo ha intentado todo, como madre, como mujer, como lo que trato de ser desde hace tantos años... ¡Compréndeme tú a mí, hijo! ¡Yo solo quiero que vivamos en paz! Pero veo que esto ya es inevitable... Los hombres al final acaban dejando que su instinto violento se apodere de sus espíritus... ¡Y yo que creía que tú eras diferente! Suponía que algo de tu padre había pasado a ti: su odio a las armas, su conformidad con todo y con todos para lograr la paz, su deseo de justicia...; esa sabiduría paciente que sabe que romper la armonía y la concordia es el final...

—Madre, todo eso que dices es muy hermoso... pero no olvidemos que es a mi abuelo Abderramán al Nasir a quien debemos todo lo que tenemos. Y él nunca dudó de lo necesaria que es la guerra.

—No eres como tu padre, hijo, pero tampoco serás como tu abuelo... Tú, mi vida, eres diferente.

A Hixem le invadía la tristeza. Bajó la cabeza y permaneció en silencio. Su madre le lanzó una larga mirada. Luego volvió a hablar.

—Me aterra imaginar lo que podéis estar tramando… ¿Qué, Dios mío? ¿Qué andará maquinando ese bruto hermano mío?

El califa suspiró desde lo más hondo y observó a su madre con ojos abatidos, preguntándole con voz débil:

—¿De verdad quieres saberlo?

—No quiero saberlo, pero debo saberlo… Tú solo contesta sí o no a lo que voy a preguntarte. ¿Estás de acuerdo con decirme la verdad? —le dijo ella en tono de súplica, reflejando la irritación de su rostro.

—Sí, madre.

—¿Has pedido ayuda al virrey africano?

Hixem vaciló, pero, ante la mirada interpelante de la señora, respondió:

—Sí, madre.

—¿Habéis implicado a los judíos en el plan?

—Sí, madre.

—¿Tu tío ha buscado mercenarios?

—Eso no lo sé…, madre.

La señora no tenía más preguntas que hacerle. Apuró su tazón de leche, suspiró y apostilló, como si hablara consigo misma:

—¡Dios de los cielos! ¿De qué le sirve a una tanto sufrimiento? No dudo de que alguien apreciará la bondad de mis intenciones y mi deseo de arreglar esto…; pero una mujer es una mujer…, por mucho que crea en sí misma… Lo que Dios quiere pasa, lo que Dios no quiere no pasa.

52

Cuando la última luz del día se extinguió, un viento húmedo empezó a remover las copas de los álamos. El cadí Raíg al Mawla iba despacio montado en su caballo por la vereda que discurría junto al río. No había luna, pero todavía el cielo y el agua clareaban algo, viéndose el perfil de las orillas, aunque débilmente. El misterioso hombre vestido de negro que solía acompañarle en sus correrías nocturnas lo seguía de cerca también a caballo, fiel como un perro. Tenían motivos suficientes para no atravesar la parte más populosa de la ciudad ni pasar por los adarves. Salieron temprano por una de las puertas secundarias, e hicieron tiempo durante la tarde entre las arboledas hasta la puesta de sol. Ahora, con la oscuridad, había llegado el momento de ir hasta la otra orilla. Alcanzaron el puente y el camino resultó más fácil, pues la luz de los múltiples faroles iluminaba sus pasos. Cruzaron y continuaron cabalgando en silencio, hasta que empezaron a oírse, primero débilmente y poco a poco más fuerte, el trepidar de los tambores y las enérgicas voces de los soldados. Un inquietante resplandor, hecho de miles de fogatas, señalaba el lugar donde se hallaba el gran campamento de los ejércitos mercenarios. Mucho antes de que llegaran a la puerta, Raíg al Mawla se detuvo a prudente distancia y el hombre de negro se adelantó al trote para dar el aviso pertinente.

Un rato después, se le vio regresar galopando en la luz anaranjada que desprendían las hogueras; le acompañaba otro hombre a caballo. Este último detuvo su montura, saltó con un movimiento rápido y hábil, y avanzó con las manos abiertas para recibir al cadí, diciendo:

—Salud, en el nombre del gran Bidun el Rojo, nuestro jefe. Soy su ayudante, y te doy la bienvenida a nuestro acuartelamiento.

Al Mawla alzó la mano saludando y arreó su caballo para seguir el camino en dirección a la puerta. Aquella luz le ensombrecía las mejillas y mostraba sus ojos claros brillando de tal manera que parecían casi blancos. El hombre que le había recibido era joven y más ágil que musculoso; se movía con la sutileza de un gato y de un salto volvió a montar para seguirle. Solo él habló para dar las oportunas indicaciones una vez que entraron en aquel inmenso campamento; una babel de almas guerreras provenientes de tierras y reinos distintos y que hablaban sus respectivas lenguas. Atravesaron un terreno llano y oscuro, atestado de tiendas, barracones, cabañas y toda suerte de refugios; envuelto en un aire pestilente saturado de humos y olores acres de cuero, hierro y excrementos. Desde la distancia, se veían miles de hogueras iluminando las lonas y los cobertizos. En todas partes se amontonaba la leña puesta a secar, los pertrechos guerreros, los escombros y las basuras. Pequeñas empalizadas separaban las parcelas de las distintas secciones y tropas. Cerca pululaban ya los mercachifles, buscavidas y oportunistas que acudían a sacar provecho de los soldados así de día como de noche. No paraban de llegar borricos con alforjas cargadas de panes, vino, comidas y frutas, pregonadas a gritos por los quincalleros; y bandadas de muchachos fisgones que sencillamente se quedaban a distancia para curiosear los movimientos de los extranjeros.

Se detuvieron en la rudimentaria puerta de uno de los emplazamientos y pasaron bajo un pobre arco hecho con palmas secas. Los guardias que vigilaban apenas los miraron. Un heraldo le dijo algo en su idioma a un joven y este echó a correr como enloquecido a través de las tiendas; de vez en cuando tropezaba en la oscuridad, caía, volvía a levantarse y reanudaba la carrera. Al tiempo que corría, gritaba en su jerga desconocida, y pronto hasta el último hombre había abandonado el abrigo de sus tiendas y observaba la aproximación de los recién llegados con tenso interés. Esto le molestó mucho al cadí, que protestó enérgicamente:

—¡Esto es absurdo! ¿He venido de noche y con discreción para que ahora pregonéis a voces mi llegada?

—Señor Al Mawla —respondió lleno de nerviosismo el que le acompañaba—, nuestros hombres se han enterado y no sabemos cómo.

—¡Banda de idiotas! —gritó con rabia el cadí—. ¿Quién manda entre vosotros en el campamento?

—Bidun el Rojo, señor; ya te lo he dicho. Ahí está su tienda.

Al Mawla lanzó una ojeada llena de irritación hacia lo que se veía por delante a la luz de las fogatas: estandartes deshilachados que se agitaban al viento húmedo y un abigarrado despliegue de cruces y signos cristianos que anunciaban que allí estaban acampados hombres de algún reino del Norte. Delante de un gran pabellón de lona oscura que se alzaba en el centro de las demás tiendas de campaña, uno de aquellos estandartes lucía un águila negra. El cadí se encaminó hacia allí y descabalgó. Una recia y fuerte voz le saludó en la lengua del Norte:

—¡Salud, Eneko! Ven aquí y entra.

Un hombre muy corpulento le esperaba a la entrada, pero solo se podía distinguir su silueta en la oscuridad que había dentro; su presencia exhalaba un aire de tal dignidad y dominio que parecía hallarse por encima de los demás.

—¿Eres Bidun? —preguntó adusto el cadí haciendo uso del mismo idioma.

—No. Bidun te espera dentro de la tienda. Yo soy Garindo de Leiza. ¡Y me alegra saber que no has olvidado nuestra lengua!

Estas palabras infundieron algo de confianza en Al Mawla y dio unos pasos al frente; pero, cuando alcanzó la entrada de la tienda, vio que otros dignos hombres avanzaron arracimándose en el exterior, vestidos con sus mejores galas que el viento agitaba, como esperando en silencio que también se les concediera la venia de entrar. El cadí descubrió en sus sombríos rostros el sobresalto de un encuentro largamente esperado y receló; se dio media vuelta, miró alrededor y, tras constatar que el hombre de negro que le acompañaba seguía allí, le llamó hablando en árabe con una voz más ruda de lo habitual:

—¡Tú, entra conmigo!

Al tal Garindo de Leiza no le gustó esto, y así lo hizo saber sacudiendo la cabeza y diciendo con voz resonante:

—Estás nervioso, Eneko. ¿No te fías de nosotros?

Al Mawla volvió a examinar los alrededores con un rápido vistazo. Todo el entorno era un susurro huidizo, esquivo; sombras de soldados se movían en todas direcciones. Nadie levantaba la voz.

—No me gusta nada lo que veo —manifestó con seriedad el cadí—. ¿Qué hace aquí toda esta gente? Dejé bien claro que quería verme a solas con el Rojo. Y ahora llego al campamento y me encuentro con que todo el mundo está enterado de mi visita. ¿Cómo voy a estar tranquilo?

—Yo no puedo decirles que se vayan. Entra de una vez y Bidun decidirá lo que ha de hacerse.

Accedió al fin el cadí, aunque a regañadientes. Cuando pasaron al interior se encontraron con una penumbra desagradable. Un sillón, como una especie de trono, estaba colocado sobre una tarima; pero la tienda se hallaba vacía, aunque dispuesta con una mesa rodeada de cojines, como a la espera de una reunión. Esto causó más inquietud todavía en Al Mawla. Echó una ojeada a todos los rincones y vio la silueta de un hombre bajito en uno de los ángulos que formaba la lona.

—¡Basta de misterios! —exclamó el cadí enfadado—. ¿Eres tú Bidun el Rojo?

El hombre bajito contestó algo en árabe que sonó como:

—*Salam… Alilalahah…*

Esto acabó con la poca paciencia que le quedaba al cadí, que protestó sin la menor vacilación en la lengua del Norte:

—¡No tengo más tiempo para tonterías! ¿Eres Bidun?

—Soy Bidun de Larraga —se apresuró a responder el otro, mientras se acercaba para hacerle una reverencia—. ¡Salud, Eneko!

—¡Muestra tu cara! —le dijo el cadí—. Manda que enciendan las lámparas para que nos veamos.

Al momento entró un ayudante con una vela encendida y puso luz en todos los rincones de la tienda. Entonces se pudo ver bien a aquel hombre menudo: era pelirrojo, bizco y pecoso; de miembros pequeños, pero nervudos. Sonreía mostrando unas encías desdentadas y una gran cicatriz rosada partía desde la comisura del labio, como prolongando esa sonrisa hasta el lóbulo de su oreja. Señaló ceremoniosamente el único sillón y se lo ofreció a Al Mawla diciendo:

—Siéntate, Eneko. Aquí debes sentirte entre paisanos, como si estuvieras en tu tierra de origen.

El cadí se sentó, pero no abandonó su gesto adusto ni su aire receloso y enojado. Por lo que Bidun le dijo en tono amable:

—No tienes por qué preocuparte…

Pero no había terminado de hablar cuando empezaron a entrar hombres en la tienda.

—¡Y cómo no me voy a preocupar! —replicó con voz tonante Al Mawla—. Desde que he llegado no cesa de aparecer gente. ¡Esto parece una romería!

—Todos estos caballeros son mis compañeros de armas —replicó sutilmente Bidun—; no tengo secretos para ellos. ¡Son mis hermanos!

—Pues yo no tengo por qué confiar en ellos —contestó el cadí, poniéndose en pie bruscamente—. ¡Así que me marcho!

—Quieto, hombre, quieto ahí… —le dijo Bidun—. No seas tan impulsivo. Ellos se marcharán, pero deja también tú que ese acompañante tuyo vaya afuera con los demás.

Salió todo el mundo de la tienda y se quedaron solos ellos dos, mirándose, como esperando cada uno a que el otro tomara la palabra. Entonces el Rojo señaló la mesa con la mano, indicando con ello que era su deseo que ambos se sentasen allí. Y cuando estuvieron colocados, ordenó que se sirviera la comida y el vino. Comieron y bebieron, casi sin hablar. Bidun se manifestaba extraordinariamente tranquilo y dueño de sí, con toda su atención puesta en un solo punto: la cara del cadí. Pero este, en cambio, no le devolvía las sonrisas ni las muestras de confianza y hospitalidad. Esta situación duró hasta que el Rojo alzó su copa y dijo en tono sincero:

—Solo reconoceremos un poder en Córdoba: el del único y verdadero califa, Hixem, hijo de Alhaquén y de Auriola, la vascona. No hay más rey legítimo ni señor por encima de él; salvo el Dios todopoderoso que hizo el cielo y la tierra, por el cual juro que esto que digo es verdad sin doblez alguna.

Después de oírle decir esto, Raíg al Mawla le miró muy fijamente durante un largo rato. Luego extendió su mano y manifestó muy serio:

—Eso es lo que quería oír de tus labios; y con ese presupuesto podemos negociar.

—El dinero aquí es lo de menos —contestó muy sonriente Bidun—. Lo importante es que se haga justicia. ¡Muerte al usurpador!

6

Los viejos
eunucos

Sus cabezas albergaban tantos pájaros...
Eran de la piel de las cabras
y daban coces como mulas.
Quien no es amado no sabe amar...

Del *Diwán* del poeta Farid al Nasri
Córdoba, año 388 de la Hégira

53

Córdoba, domingo 16 de noviembre de 994 (Al ahad 4, Shawal del año 384 de la Hégira)

Sisnán y Delila paseaban por el jardín de los Alcázares enfrascados en una divertida conversación. Estaban riendo a carcajadas cuando pasaban por delante del laurel, y se llevaron un gran susto al descubrir allí al anciano Chawdar, medio escondido entre las ramas, que los observaba con gesto huraño. Los dos, sobrecogidos, estuvieron mirándole durante un instante, sin decir nada ni saber qué hacer, hasta que el viejo eunuco salió para ir hacia ellos con cara de pocos amigos, diciendo despectivamente:

—¡Contigo quería yo hablar, Sisnán!

Y después, señalando con su bastón a Delila, le espetó a ella con brusquedad:

—¡Tú, muchacha perezosa y entrometida! ¿No tienes nada que hacer a estas horas? ¡Fuera de aquí!

Delila se marchó despavorida, ante la atónita y asustada mirada de Sisnán. Y Chawdar, agitando el bastón con rabia, añadió:

—¡De esa precisamente quería yo tratar contigo!

Él se sintió desconcertado. Tragó saliva y contestó con forzada ternura:

—¡Ay, señor Chawdar! Ya te habrán estado caldeando los ánimos otra vez… Recuerda que no debes alterarte; has estado muy enfermo y no es bueno que te disgustes.

El anciano rezongó y agitó la cabeza, como diciendo: «No estoy dispuesto a que cambies el tema de conversación». Luego le replicó colérico:

—¡Tú no me dirás lo que debo o no debo hacer! Aquí están pasando cosas…, cosas muy graves… Y tú sabes muy bien que no soy tonto y que no estaré dispuesto a consentirlas.

Sisnán, suspirando, dijo con suavidad, como intentando quitar importancia a su advertencia:

—Yo lo único que quiero, señor Chawdar, es ahorrarte a ti preocupaciones y problemas. Tus achaques ya no te permiten estar en todo y no me ha quedado más remedio que tomar algunas decisiones por pura y simple responsabilidad. Porque la señora…

El anciano le interrumpió malhumorado:

—¡Calla, mentecato! ¡No metas en esto a la señora! ¿Ahora va a resultar que eres tú quien decide aquí cuándo hay que hacer las cosas? ¿Ahora hasta me mandas a mí?

—Ha sido solo una indicación, un simple consejo… ¡Me preocupo por ti! —respondió Sisnán con amargura.

Chawdar golpeó el suelo con el bastón y frunció el ceño, objetando con ironía:

—¿Consejos? Así que das consejos… Vaya, vaya… ¿Y esa esclava astuta y entrometida…? ¿Ella es quien te aconseja a ti?

Sisnán, respirando profundamente, respondió:

—Si entramos en estas discusiones no llegaremos a ninguna parte. Ella y yo simplemente estábamos paseando con tranquilidad por el jardín. No hacíamos nada malo. Hablábamos de nuestras cosas…

—Vaya, vaya… Vuestras cosas; así que vuestras cosas…

—No te empeñes en arrastrarme a otra bronca, pues no lo toleraré —replicó Sisnán, torciendo el gesto.

—¡Ah, no lo tolerarás! —gritó el viejo, lleno de cólera—. Ya veo, ya veo… Me voy dando cuenta de que esta mosquita muerta que eres está dispuesta a mandar aquí… Con el consejo de esa pequeña bruja, naturalmente…

—Y yo veo que esto no tiene remedio, porque estás de mal humor y todo tu empeño es reñir —contestó Sisnán, y se dio media vuelta para terminar con la disputa, regresando hacia el interior del palacio.

Pero Chawdar se fue hacia él con violencia, lanzando una especie de gemido de rabia que se le ahogó en la garganta, y le agarró por las ropas, reteniéndole.

—¡Quieto ahí! ¡Tú a mí no me darás la espalda!

Sisnán se volvió y dijo alzando la voz:

—¡Eso sí que no! ¡No te consentiré ninguna violencia! ¡Suéltame ahora mismo!

El anciano, sin soltarle, levantó el bastón amenazadoramente. Pero Sisnán se armó de valor y le clavó unos ojos furibundos que no reflejaban el más mínimo temor.

—¡Suéltame he dicho!

Chawdar entonces empezó a temblar de pura ira, y seguidamente le golpeó con el bastón, haciendo uso de su poca energía. A lo que el otro respondió tratando de zafarse y cubriéndose como podía la cabeza con las manos, mientras gritaba:

—¡Déjame! ¡Por el Profeta! ¡Déjame o no respondo!…

—¡Perro inmundo! —rugía el viejo propinándole bastonazos—. ¡Por todos los iblis que yo a ti te mato! ¡Tú a mí no me arrebatarás el puesto!… ¡Ni esa pequeña bruja te volverá a llenar la cabeza de pájaros!… ¡Porque a ella también la mato yo!…

—¡Te lo ruego, no me pegues más! ¡Déjame o no respondo!

—¡Te mato, perro! ¡¿Así me pagas todo lo que he hecho por ti?!

El viejo seguía gritando y pegándole en la cabeza, en los hombros y donde podía. Hasta que Sisnán, de pronto, como llevado por un impulso súbito y poco meditado, le arrebató el bastón y acto seguido lo arrojó con toda su fuerza contra el suelo, rompiéndolo en pedazos, mientras vociferaba:

—¡Se acabó! ¡A mí tú ya no me pegas más, viejo asqueroso!

Entonces Chawdar, que de ninguna manera esperaba que los acontecimientos fueran por esos derroteros, alzó una mirada desconcertada hacia él, quedándose como atónito y paralizado. A lo que el otro respondió con mayor valor y furia, agarrándole por el cuello y zarandeándole, mientras no paraba de gritar como fuera de sí:

—¡Se acabó! ¡Tú a mí no me tocarás más! ¡Esto se acabó! ¡Te mato yo a ti!

—¡Socorro! —profería angustiado y con ahogada voz el anciano—. ¡A mí…! ¡Auxilio, que me mata!…

Sin embargo, Sisnán, lejos de cobrar sensatez, le apretaba y agitaba cada vez con mayor brusquedad:

—¡A mí tú ya no me pegas más, viejo asqueroso! ¡Te mato, te mato, te mato…!

—¡Socorro! ¡Auxilio! ¡Venid, que me mata!…

Los criados oyeron al fin los gritos y acudieron, quedándose estupefactos ante lo que veían.

—¡Socorro! ¡Haced algo! —seguía gritando el viejo, con los ojos fuera de las órbitas y ya casi sin voz ni fuerzas—. ¡Que me mata!

Se oyó un murmullo de inquietud entre los criados, que tardaban en reaccionar en torno a ellos. Pero no tuvieron que intervenir, porque Sisnán acabó soltando al anciano y marchándose de allí.

—¡Sois testigos! —les dijo Chawdar a los sirvientes del palacio, con voz entrecortada, sulfurado y lleno de ira—. ¡Vosotros habéis visto lo que ese animal me ha hecho! ¡La señora ha de saberlo!…

54

A media tarde, la señora estaba ensimismada en el jardín. Se puso a recorrerlo, yendo y viniendo por el corredor central, entre la celosía de la entrada principal del palacio y el muro cubierto de hiedra que daba al patio de la puerta Dorada. No estaba ya preocupada, pero se entregaba a fantasías diversas. Había transcurrido un precioso día de otoño, bañado por una luz alegre que pacificó su alma desde la mañana, y ahora todavía brillaban las copas de los altos árboles y las banderas que estaban desplegadas en los minaretes. Contempló el cielo con la tranquilidad de un espíritu en reposo y se dijo para sus adentros: «Recuerda: es inútil la ansiedad. Mientras tus pies pisen esta tierra no dejará tu corazón de estremecerse, agitado por latidos de emoción, temor, nostalgia…; como el árbol que zarandea ese viento tan necesario que trae la lluvia y el aire purificado». Estas palabras sensatas y realistas no le infundían una mera conformidad, sino que la unificaban con la verdad del mundo y la ayudaban a serenarse y a tener confianza. Porque tales pensamientos hermosos se los había entregado como un regalo, mucho tiempo atrás, un hombre bueno y sabio: Asbag, Abén Nabil, que fue consejero del califa Alhaquén. La señora se acordó de él sin saber por qué, y al instante sintió resonar en su interior la conclusión que seguía a esta reflexión como una sentencia: «Cualquiera que fuere el fracaso que tuviste mientras recorrías la tierra con tus pies, el dolor por un sueño pasajero, la frustración por la felicidad esperada y que no llegó o la pérdida de una ilusión; y a pesar de las peores desdichas, la ausencia, el abandono o la soledad; en algún lugar, tal vez en otro tiempo, aguarda el consuelo de tu corazón y todo el amor que esperabas alcanzar y que nunca llegó en esta vida».

Recordaba estas palabras, recibiéndolas como una medicina, para curarse con ellas y defenderse del mal que pudiese sobrevenir en un futuro, así como también de las esperanzas engañosas y del miedo paralizador; y para saber con certeza dónde estaba su sitio en medio del crispado mundo que la rodeaba.

El silencio que reinaba en torno fue por un momento también como un bálsamo. Pero poco a poco fue retornando el murmullo de las conversaciones y las voces entrecortadas desde las cocinas, y volvieron también a sus oídos los rumores de las hojas que agitaba la brisa y el gorjeo de los pájaros, que ella acogía con la emoción rehabilitada y el corazón reconstruido. Se estremeció agradecida, porque eran sensaciones que había creído imposibles en su alma hasta hacía poco tiempo.

Luego oyó el ruido de la contera del bastón de Chawdar sobre los peldaños de mármol de la escalinata. Se volvió y vio que venía desde la galería, sonriendo con una expresión forzada de cortesía y sumisión.

—Buenas tardes, señor Chawdar —saludó ella.

—Buenas tardes, señora —contestó él en voz baja, revelando una cierta inquietud.

—¿Hay algo que debas contarme?

—Sí, señora. ¿Puedes dedicarme ahora un momento? Ha sucedido algo que debes saber, algo muy grave que a buen seguro te disgustará…

El jefe de los eunucos dijo esto en un tono tal que la señora sintió desvanecerse en un instante toda la tranquilidad que sentía hasta ese momento. Ella se dirigió entonces hacia uno de los bancos de piedra y se sentó, alzando los ojos hacia el cielo para orar en su interior: «Ten misericordia de mí, Señor, y ayúdame».

—Señora, ayer… —empezó diciendo Chawdar, con una gran afectación en el tono y una mirada no exenta de cierto asomo de odio.

—Sé lo que sucedió ayer —le atajó ella con voz tranquila y haciendo un esfuerzo para que resultara armoniosa—. Ya me han contado que Sisnán y tú habéis vuelto a pelearos. Y antes de que me des tu versión de los hechos, quiero que sepas que me causa mucha angustia y tristeza que no seamos capaces de vivir en paz en esta casa de una vez y para siempre.

Chawdar suspiró hondamente y exclamó con voz llorosa:

—¡Ay, mi señora, eso mismo pienso yo! ¡Y qué más quisiera que fuera como dices! ¡A mí también me causa angustia! ¡A mí también me entristece!…

Después de estos lamentos, esbozó una ligera sonrisa, lastimera y aparentemente conciliadora, que duró unos segundos en sus labios. Luego pareció esperar algo y, como la espera se alargaba mientras la señora ponía en él una mirada seria e interpelante, volvió a hablar en tono dolido:

—Soy ya muy viejo, señora… ¿Hay derecho a que se me trate así a mi edad? ¿Dónde está el respeto? ¿Dónde queda la debida compasión por los ancianos?…

—La cuestión es más simple que todo eso —replicó la señora—. Hay que llevarse bien. Se trata de convivir en paz.

Chawdar se atrevió a levantar el tono de su voz al decir:

—¡Naturalmente, señora! ¡Eso mismo pienso yo! Pero… ¡mira! ¡Mira mi cuello, señora!

El anciano le mostró las señales de la pelea: la piel enrojecida y amoratada en su cuello y sus brazos.

—¡Mira, señora! ¡Me pudo matar! ¡Ese animal! ¿Hay derecho a esto? ¿Te parece bien acaso que le hagan esto a un hombre de mi edad? ¿A un hombre a quien se le debe respeto y consideración?

—No, Chawdar, no me parece nada bien —contestó ella con

tranquilidad—. No me gustan estas peleas en mi casa, ya te lo dije antes. ¿Y qué otra cosa puedo hacer? Lo único que me queda es rogaros que no vuelva a suceder. ¡Por Dios, llevaos bien!

Chawdar se irguió gritando, molesto y ofendido:

—¡Debes castigarle! ¡No permitas que una cosa así quede sin castigo!

La señora suspiró profundamente y en sus bellos ojos apareció una mirada implacable. A lo que el anciano gritó más fuerte:

—¡Ah! ¿No te importa? ¿Ves lo que me ha hecho y no vas a hacer nada? ¿No le vas a castigar?

—No, bastante castigo tiene ya con tus maltratos —contestó ella con firmeza.

La soberbia afloró en el rostro del viejo, cuyos ojos, encendidos de ira y odio, le lanzaron una mirada terrible al reprochar:

—Mi señora, me sorprende que seas tan ingrata; y me duele mucho que no quieras hacerme justicia... Esto no me lo esperaba yo, señora; no me lo esperaba... ¡Con todo lo que yo he hecho por ti!...

Ella le interrumpió, se puso en pie y se plantó derecha y firme ante él; agitó sus cabellos grises con un movimiento de autoridad y le contestó tajante:

—No, Chawdar, no aguantaré una vez más ese discurso. ¡Eso se acabó! Aquí vamos a vivir en paz, sin reproches, sin echarnos las cosas a la cara, sin exigencias ni rencores... ¡Aquí se va a convivir! ¡Bastante guerra hay ya en este mundo!

Chawdar palideció de furia y rezongó algo entre dientes. Luego, fríamente, lanzándole una mirada amenazante, le dijo:

—Ya veo, señora..., ya veo... Se me relega, se me aparta de mis funciones... ¿Y qué puedo esperar? Me doy cuenta de que aquí están pasando cosas, cosas muy graves que me hacen pensar en que no se contará conmigo... Se me desecha como a un cacharro inútil...

—¿Qué quieres decir con eso? —inquirió ella alterada.

—¡Me refiero al plan! —respondió el anciano, furioso y heri-do—. ¡Ya me lo temía yo! ¡Resulta que estorbo! ¡Estorbamos los grandes chambelanes! Echasteis de palacio al pobre Al Nizami y ahora queréis libraros de mí...

La señora se estremeció al oírle hablar de aquella manera y trató de calmarle diciendo:

—No mezclemos las cosas, señor Chawdar... El hecho de que te hayas peleado con Sisnán nada tiene que ver con eso que estás diciendo... ¡No exageres las cosas!

El anciano gritó, dando rienda suelta a su cólera y sabiendo que mentía:

—¡Seguro que habéis planeado mi muerte! ¡Como planeasteis la del pobre sastre Abdelgawad!

—¡Qué locuras estás diciendo! —gritó la señora completamente alterada ya—. ¡Dios mío! ¡Estás sacando las cosas de quicio! ¿Qué quieres decir? ¡Fuera! ¡Fuera de mi vista! ¡Déjame!

Chawdar se marchó, haciendo sonar con fuerza la contera de su bastón contra el mármol y refunfuñando:

—Así se me paga... ¡Alá el compasivo! Así se me trata después de toda una vida de sacrificio... ¿Quién me hará justicia? ¿Quién?... ¡Alá de los cielos!

La señora volvió a sentarse, dejándose caer como derrotada, y empezó a llorar angustiosamente.

55

—Me alegra mucho lo que acabas de decirme —manifestó el príncipe Abdalá esbozando una sonrisa de satisfacción—. ¡Es una maravillosa noticia!

El cadí Raíg al Mawla estaba dándole la espalda, mientras miraba por el gran ventanal del palacio. El tímido sol de finales de otoño se deslizaba sobre Medina Azahara, formando cintas que descendían desde oscuros nubarrones y que hacían brillar los enlosados de mármol como si fueran lagos de luz. Nada había en el cielo o en la tierra que se saliese de lo normal en todo aquello a lo que él estaba tan acostumbrado a ver en la impresionante ciudad palatina, pero su alma se veía enfrentada a una violenta ola de excitación y de sensaciones que le sacaban de sus casillas.

El príncipe Abdalá se daba cuenta de ello y, aun acabando de expresar su alegría y su satisfacción por tenerle allí, se fue hacia él, le puso la mano en el hombro y le preguntó:

—Hermano, ¿qué te preocupa? ¿Por qué estás turbado y nervioso? Acabas de contarme la conversación que tuviste en el campamento de los mercenarios con Bidun el Rojo… ¿Será acaso que no te fías de él? Dime la verdad, hermano mío, ¿dudas? ¿Desconfías de esos navarros?

El cadí se volvió y clavó en él una mirada intensa. Luego respondió a sus preguntas, asegurándolo con la cabeza, como si estuviese convencido de lo que decía:

—Me fío plenamente de ellos, hermano. Esos guerreros son mercenarios que se ganan su sueldo haciendo la guerra donde les conviene y sirviendo a quien les ofrezca más dinero, pero jamás harían un juramento para no cumplirlo luego. Y a mí me juraron que decían verdad en lo que hablaron. Por eso no desconfío en absoluto de ellos, porque son navarros, y un navarro no juraría en falso. ¡Jamás! Porque para ellos eso sería un gran deshonor y, peor todavía, un gran pecado.

Abdalá esbozó una sonrisa vaga y dio una palmada, exclamando:

—¡Es maravilloso! ¡Es lo mejor que podía pasarnos! Fuiste al campamento sin tener ninguna seguridad. No sabíamos cómo iban a responder a nuestra propuesta… ¡Era un gran riesgo! Porque imagina que hubieran decidido seguir siendo fieles a Abuámir. ¿Qué haríamos nosotros entonces? ¡Qué espanto! Si se hubieran negado a colaborar en nuestro plan, ahora estaríamos en un grave peligro… ¿Y si nos hubieran traicionado?

Al Mawla negó con la cabeza, volviéndose hacia él, y contestó con reprobación:

—¡Jamás nos hubieran traicionado! ¡Tú no sabes cómo es esa gente! Están acostumbrados a recibir propuestas de todo tipo; unas las aceptan y otras las desprecian, pero no son traidores ni juegan con malas artes. Para ellos la guerra es un trabajo, un simple y puro negocio. Si no hubieran estado dispuestos a participar en nuestro plan, nunca habrían desvelado a nadie nuestra propuesta. ¿No comprendes que no pueden crearse una fama de perjuros y traidores? Si cayeran en ese error se acabaría el negocio para ellos.

Reflexionó Abdalá un momento y después bajó la cabeza, diciendo con aire de perplejidad:

—Entonces, hermano mío, no comprendo tu preocupación. Los mercenarios navarros están dispuestos a ayudarnos, como así te lo ha jurado Bidun el Rojo, que es su jefe supremo; y eso es lo mejor que podría pasarnos después de estar seguros de que el ejército del virrey de África también nos apoyará. Todo va pues saliendo conforme a nuestros planes. No podemos pretender que encajen absolutamente todas las piezas según los propósitos que tenemos, pero, hasta ahora, no podemos quejarnos… ¿Qué temes pues?

El cadí levantó las cejas y movió la cabeza de un modo ambiguo al responder:

—Nos falta algo…, algo que es muy importante…

—¿Qué es ello? ¿De qué se trata?

—Dinero, hermano —le respondió Al Mawla en voz baja—. Necesitaremos mucho dinero.

El príncipe soltó un bufido de hastío y luego replicó:

—¡Vaya novedad! ¡Eso lo sabíamos desde el principio! ¡Siempre hemos contado con el problema del dinero!

—Sí, hermano —repuso con voz quejumbrosa el cadí—. ¡Pero nunca pensamos que pudiera ser tanto!

Abdalá le dirigió una mirada llena de asombro y le preguntó luego con aire circunspecto:

—¿Cuánto te ha pedido Bidun el Rojo?

—Veinte mil dinares de oro.

El príncipe se rio brevemente, revelando sin embargo su alegría mezclada con desconcierto.

—No es tanto… ¿Veinte mil dinares de oro?… ¡Podría haberte pedido más!

Al Mawla ratificó sus palabras diciendo:

—Es mucho, hermano; mucho más de lo que podemos pagar, puesto que el virrey de África nos ha pedido cuarenta mil dinares de oro a cambio de la ayuda de su ejército. Si lo sumamos, por el momento necesitaremos sesenta mil dinares. ¿De dónde sacaremos todo ese dinero?

La cara del príncipe se ensombreció y se quedó pensativo durante un rato. Luego movió la cabeza con pesar, diciendo:

—Tienes razón, es mucho; ¡demasiado oro!

—Por eso estoy tan preocupado —le hizo saber el cadí con aire afligido—. Todo va bien hasta el momento, es cierto; pero sin dinero no iremos a ninguna parte…

—¿Y los judíos? —preguntó esperanzado Abdalá—. Me dijiste que se ponían también de nuestro lado.

El cadí se rio y su risa denunció su desesperanza. Respondió:

—Los judíos no podrán darnos más de treinta mil dinares de oro. El nasi Abén Jau me dijo que no dispondrán ni de una sola moneda más. ¡Y ya es eso mucho para ellos! Los judíos están siendo extorsionados y exprimidos para pagar los muchos impuestos que Abuámir les exige con el fin de sufragar sus campañas.

—¡Pues que se rebelen! —saltó el príncipe—. ¡Que no suelten ni un dinar más!

—Están amenazados y tienen mucho miedo…

—¡Que se unan a nosotros!

—No acaban de decidirse. Quisieran ayudarnos, pero el miedo es más poderoso que su voluntad.

Con el rostro demudado por la angustia, el príncipe Abdalá inquirió:

—¿Estás queriendo decirme que tal vez los judíos no van a ponerse de nuestra parte?

—Exactamente eso —confirmó el cadí abatido—. Nos darán algo de dinero, pero no están dispuestos a jugarse el todo por el todo.

—¡Eso no puede ser! —gritó el príncipe—. ¿Se han vuelto locos? ¿Prefieren seguir pagando ingentes cantidades a quien los está despojando y arruinando?

Después de un breve silencio, Al Mawla contestó:

—Tienen pánico, ya te lo he dicho. Fui a entrevistarme con el nasi Abén Jau y le di un ultimátum. Le dije que debía ir a los Alcázares para comunicar su decisión en un par de días. Ayer se cumplió el plazo y no se ha presentado…

Abdalá se quedó atónito; sus pupilas se dilataron y su rostro palideció. Ante esto, el cadí no pudo evitar mover la cabeza apenado y decir:

—Esta es la triste realidad. Hice los mayores esfuerzos para convencerle de que sería lo mejor para ellos, pero me temo que el miedo al final les pudo. Sienten terror hacia Abuámir, porque seguramente él los ha amenazado.

—¡Ese perro…! —rugió entre dientes Abdalá.

Se hizo un largo silencio entre ellos, que duró hasta que el cadí dijo en voz baja:

—¿Comprendes ahora por qué estaba tan preocupado a pesar de las buenas noticias?

—Sí, lo comprendo. ¿Y cómo no lo voy a comprender? Nos apoya el gran ejército de África, podemos contar con los mercenarios navarros, pero no tenemos dinero para pagar a unos y a otros…

—Así es —confirmó con pesadumbre el cadí.

Y tras otro silencio, añadió:

—Y todavía hay otras cosas que me preocupan…

—¡Dime qué cosas son esas! —le rogó con ansiedad el príncipe, agarrándole por el antebrazo.

—El hayib Abuámir ha convocado al califa a su palacio.

—No comprendo… ¿Qué quieres decir con que lo ha convocado?

—Que lo ha citado. Lo llama a su presencia. ¿Te das cuenta?

La cara del príncipe se encendió de ira.

—¡Hijo de ramera! ¿Cómo se atreve?

—Eso, ¡cómo se atreve!

—¡No debe ir! —dijo Abdalá con enojo—. Hay que convencerle de que se mantenga en su sitio. Tu hermana debe evitar que dé ese paso humillante.

Al Mawla apretó los labios y luego masculló:

—Ella no hará nada. Una vez más mi hermana Auriola tiene otras preocupaciones en su palacio…

—¿Qué le pasa ahora? Me contaste que habías conseguido que se sintiera más feliz y que poco a poco la estabas convenciendo para que se echara adelante.

Al Mawla contestó resoplando:

—¡Esos nocivos eunucos! ¡Esos locos insoportables! Todo lo

que hago por ella, ellos lo estropean… ¡Maldita la hora en que decidí contar con ellos en el plan!

—¡Ah, se trata de eso! —manifestó el príncipe al saberlo, con cierto alivio, a pesar de la preocupación del cadí—. ¿Y qué han hecho ahora?

—La agobian, no la dejan vivir en paz… Están siempre peleándose entre ellos y metiéndose en todo. Ese endiablado Chawdar, el viejo, todavía quiere llevar las riendas del palacio… Y el otro anciano, Al Nizami, que pretende seguir gobernando a todos los demás desde la cama donde no termina de morirse de una vez.

Abdalá lanzó una mirada perdida a su alrededor. Y después de meditar, dijo:

—La señora necesitará un administrador. Eso lo hemos hablado muchas veces. Hay que buscar una persona de confianza que se encargue de los asuntos del palacio.

—¡Tengo ese administrador! —contestó sin vacilar el cadí—. Yacub al Amín, el hijo del síndico del Zoco Grande, es la persona indicada. Y le ayudará el joven poeta Farid al Nasri. ¿Quiénes mejor que ellos? Son jóvenes, instruidos e inteligentes, y están libres de toda sospecha… Serán unos intendentes inigualables para servir a nuestros propósitos.

—Sí, estoy de acuerdo. Pero… ¿cómo van a admitir algo así los eunucos? ¡Nunca los aceptarán!

—Ese es el problema. Mientras esos metomentodo sigan ahí, nada podemos hacer sin contar con ellos…

Se hizo un dilatado silencio entre ambos, mientras estas últimas palabras continuaban como flotando en el aire. Se miraron largamente, sintiendo que compartían los mismos pensamientos, hasta que Abdalá lanzó un hondo suspiro, diciendo:

—Pues hay que hacer algo. No nos queda más remedio que adoptar alguna solución drástica…

Se hizo otro silencio, mientras algo arrebatador y terrible se apoderaba del aire y de sus espíritus. Seguían mirándose y parecían compartir alguna idea cruel.

Luego, moviendo la cabeza afectado, el cadí murmuró entre dientes:

—Ay, si yo tuviera valor… Si yo fuera capaz de… Pero pienso en mi hermana y esos pensamientos huyen de mi cabeza… No, hermano, yo no podría hacerlo nunca… Con otros he sido capaz, pero a estos ella los considera su familia, a pesar de todo lo que le hacen sufrir… No, yo no le haría a ella algo así…

De nuevo callaron, permaneciendo meditabundos y consternados. Hasta que el príncipe se fue hacia él y, mirándole a los ojos muy fijamente, le dijo con frialdad:

—Yo me encargaré de eso. No te preocupes más, hermano. ¡Yo lo arreglaré!

—¡Cuidado! —le advirtió Al Mawla—. Si ella llegara a sospechar algo, perderíamos para siempre la posibilidad de que respalde el plan. Auriola nunca consentiría una solución cruel y ya no confiaría en nosotros nunca más.

—Sí, lo sé. Pero déjalo de mi cuenta. Puedes estar seguro de que me encargaré de que la cosa se haga muy bien…

—¿Cómo? ¿De qué manera?

—Yo sabré hacerlo de forma que nadie sospeche nada… Y se me ocurre una idea inmejorable para ese fin…

Hizo una pausa y luego añadió:

—Y tú debes evitar a toda costa que Hixem mañana vaya a Alzahira.

56

—¡Tú eres el califa! —le dijo el cadí Al Mawla a su sobrino dando muestras de su ánimo alterado—. ¡Es Abuámir quien debe pedirte audiencia a ti y no al revés! No tienes por qué rebajarte e ir a Medina Alzahira, ¡a su casa!, como si fuera él quien se dignara a recibirte a ti. Abuámir es tu ministro, y no tu señor. ¡Que te pida audiencia él a ti!

Toda esta consternación era causada por el hecho de que Hixem iba a salir de los Alcázares para trasladarse hasta la ciudadela palaciega donde residía el hayib Abuámir Almansur. La señora estaba presente en la discusión que se había provocado y en sus ojos se dibujaron la tristeza y la angustia. Se fue hacia su hermano y le dijo con voz dolida:

—No compliques más las cosas, Eneko. Dejemos que todo transcurra en paz.

—¡Es absurdo! ¡Intolerable! —explotó el cadí, dominado por su ira—. Otra vez es él quien determina lo que ha de hacerse. Y os plegáis a sus caprichos. ¡Siempre igual!

El califa miró a su madre y a su tío en silencio, sumido en una espinosa confusión. Estaba ya vestido con los suntuosos atavíos de su rango, que combinaban los colores verde y blanco de las sedas con los adornos de oro y pedrería; broches, cinturones, prendedores y anillos; la llamativa sobrepelliz purpúrea que brillaba y las polainas amarillas con la parte inferior dentro de las botas tachonadas con plata. Estas galas correspondían a los actos de mayor importancia y significado, como era en este caso reunirse con el Consejo formado por el hayib y los visires. Los criados le habían arreglado de esa manera a primera hora de la mañana, porque un mensajero comunicó la intención que tenía el hayib de reunirse con él en su palacio a la hora del almuerzo.

La señora no vio nada malo en esta invitación; por el contrario, le pareció una deferencia y una buena ocasión para que su hijo pudiera manifestarle una vez más a Abuámir, y de manera determinante, su deseo de intervenir en los asuntos del gobierno del califato. A Hixem también le agradó la idea de encontrarse con el hayib para proponerle en persona sus necesidades y opiniones. Sin embargo, el cadí Al Mawla y el príncipe Abdalá consideraron que se trataba de una exhibición más de la prepotencia y altanería del hayib, ya que se atrevía a convocar al califa para que acudiera a su terreno, a su palacio, despreciando con ello la tradición de que fuera en Medina Azahara donde debían sustanciarse todos los asuntos concernientes al gobierno.

—Es un paso más —decía Al Mawla—. ¿No os dais cuenta? Abuámir recibe al califa como si se tratase de un simple ministro suyo, o de un embajador enviado por él a África y que regresa ahora para rendirle cuentas. ¡Eso es intolerable! ¿Cuándo dejaréis de rebajaros ante él?

La señora percibió el tono de reprimenda y contestó elevando la voz:

—¡Tampoco haremos las cosas como tú digas! ¡No malmetas más, hermano! ¡No nos envenenes más la sangre!

Al Mawla levantó hacia ella sus fríos ojos grises, como interrogándola, y le reprochó ofendido:

—¡Ah! ¡Ahora resulta que yo voy a ser el culpable de todo!

—Cálmate, Eneko —le dijo ella, haciendo ahora uso de un tono más benevolente—. No le des a esto tanta importancia. Yo creo que será más un beneficio que un inconveniente. Hixem necesita saber lo que en el fondo piensa Abuámir. ¿Cómo se va a negar a ir ahora que manifiesta deseos de hablar con él?

El cadí se volvió hacia su sobrino con el ceño fruncido.

—¡Eso! ¡Solo falta que estés pendiente de lo que él piensa! ¡Tú eres el califa! ¡Tú eres el comendador de los creyentes!

—¡Se lo haré saber! —gritó Hixem—. ¡Para eso voy! Quiero que Abuámir sepa que ya no soy un crío y que deseo hacer frente a mis responsabilidades. Tal vez ha llegado ya el momento de hacerle ver que debo ocupar el lugar que me corresponde.

Al Mawla soltó una risotada llena de ironía. Luego replicó:

—¡No te dejará! No seas iluso. Él ya no va a soltar el poder.

—Dios mío —terció la señora—, ¿vamos a discutir entre nosotros? Hablemos con calma, os lo ruego. Es necesario que estemos de acuerdo nosotros, si no, esto acabará convirtiéndose en una locura.

—¡Ya es una locura! —gritó el cadí—. ¿Ya no os interesa el plan? ¡Tenemos un plan!

—Sí, sí, ¡tenemos un plan! —asintió Hixem—. Pero debemos antes agotar todas las posibilidades.

Al Mawla, con el ceño fruncido, paseó su mirada llena de recelo entre su sobrino y su hermana. Luego le echó en cara a la señora:

—Ya veo que lo has sabido llevar hacia tu estúpida idea de intentar un acuerdo…

Ella asintió con la cabeza, con la tranquilidad de estar segura de esa salida.

—Eso es. Lo intentaremos todo antes de permitirte que nos envuelvas en un torbellino de odio y sangre.

El cadí se encaró con su sobrino, preguntando:

—¿Todo? ¿Y qué significa ese «todo»?

Hixem miró a su madre, como esperando a que fuera ella quien le diera la respuesta. Pero el cadí, volviéndose también hacia su hermana, le gritó enfadado:

—¡Cállate tú! ¡Que conteste él! ¡Él es quien debe echarle redaños a esto y no tú!

La señora lanzó un profundo suspiro y fue a sentarse. Después hubo un largo silencio en el que todos se intercambiaban miradas cargadas de significado sin que ninguno se atreviera a decir una última palabra. Hasta que Hixem, en tono lastimero e irritado, se dirigió a su madre reprochándole:

—En eso mi tío tiene toda la razón, madre. ¿Por qué te empeñas siempre en hacerte presente en todos mis asuntos? ¿Cómo voy a pretender que Abuámir confíe en mí, si tú no lo haces?

Desesperada, ella le volvió la cara y le dirigió a su hermano una mirada llena de reconvención y perplejidad. Pero él, ignorando el sentido de este gesto, le dijo con sorna y sonriente:

—Tu hijo tiene toda la razón. ¡Y ya era hora! Ya es hora de que por fin hable así, como un hombre.

—¡Sí, como un hombre! —apostilló el califa con una voz entre pacificadora y desafiante al mismo tiempo—. ¡Y eso os lo digo a todos! ¡Callaos y escuchad mi parecer!

Su madre y su tío se volvieron hacia él, mirándole fijamente, entre el asombro y la duda. Hixem también clavó en ellos sus ojos claros, removiéndose entre los pliegues de su capa púrpura, con aplomo y altivez; y continuó con voz tonante:

—Iré a ver a Abuámir. Iré y le diré lo mismo que acabo de deciros a vosotros dos: que me trate como trata a sus hombres, de tú a tú, y no como se trata a un muchacho…

—Te oigo hablar así —le interrumpió Al Mawla con una sonrisa burlona— y me parece que no lo conocieras…

—¡Cállate tú! —le espetó su sobrino, fastidiado—. ¡Os he rogado que me dejéis hablar ahora!

Se hizo un silencio, en el que ellos manifestaron con la expresión de sus caras que estaban dispuestos a oír lo que él tenía que decirles sin interrumpirle más. Y el califa, con la tranquilidad de verlos en esa actitud, prosiguió diciendo:

—Este será mi último intento… ¡Lo juro delante del Dios de los cielos! Iré y le pediré que me deje ir al frente del ejército en la próxima campaña militar, como le corresponde por derecho y obligación al comendador de los creyentes. Y también le manifestaré mi intención de vivir desde ahora en Medina Azahara para gobernar desde allí. Yo soy el califa legítimo, porque la sangre coraychí del Profeta corre por mis venas.

—¡Bien dicho, hijo! —musitó tímidamente la señora, emocionada, pero sin atreverse a levantar la voz.

—¡Calla, madre! —le gritó él—. ¡Todavía no he terminado!

Ella asintió con la cabeza. Y el califa añadió, mirando fijamente a su tío Al Mawla:

—Si Abuámir me desprecia, si no me toma en consideración ni se manifiesta dispuesto a darme lo que legítimamente me corresponde, entonces...

Calló, mirando ahora con dureza a su madre. Luego sentenció:

—Entonces se pondrá en funcionamiento el plan con todas las consecuencias, ¡y que pase lo que Dios quiera que pase!

Tras estas palabras, paseó Hixem la mirada entre su madre y su tío, para ver qué efectos producían en ellos. La señora se levantó de su asiento y fue hacia él con lágrimas en los ojos, le estuvo colocando la capa y le atusó el cabello, arreglándole el turbante y los adornos. Luego le miró a los ojos con ternura y le dijo:

—Hijo mío, así se habla. Ve y haz lo que debas hacer. Tu madre te apoyará en todo, en todo...

También el cadí fue hacia él y le abrazó, apostillando:

—Que todo se haga así y que Dios te ayude. ¡Que Dios nos guarde!

Después de estas declaraciones de afecto, el califa salió de la estancia para ir hacia Medina Alzahira.

La señora y Al Mawla se quedaron luego en silencio, intercambiando miradas reconciliadoras, sin que ninguno de los dos decidiera volver al asunto sobre el que habían disentido con tanta excitación. Hasta que ella, en un tono tranquilo y pacificador, masculló:

—En todas las casas, en todas las familias se dan estos litigios, Eneko. Así es el mundo desde que Nuestro Señor lo creó. Y nosotros no somos diferentes… Lo cual no quiere decir que vayamos a separarnos o enemistarnos… No, hermano, ¡eso nunca! Una cosa es pensar de cierta manera y otra muy distinta es el amor que nos tenemos. Nacimos juntos y siempre estaremos juntos. No hay fuerza en este mundo que pueda separarnos… ¡Que Dios nos proteja y nos asista!

El cadí estaba conmovido y sonrió con una ternura inusitada en él. Luego, sin poder articular palabra a causa de la emoción que sentía, la abrazó y la besó en la frente.

57

Medina Alzahira se alzaba sobre un promontorio poco elevado, junto al río, en el centro de una de las llanuras más extensas. Cuando el califa llegó montado en su caballo frente al edificio principal, algunos de los vasallos fueron a su encuentro, pero ni el hayib ni sus hijos salieron a recibirle. Los inmensos jardines se veían despejados y solitarios; una bella y solemne quietud lo envolvía todo. Hixem desmontó en la rampa que conducía a las puertas de entrada. La gente de palacio se acercó a él para besarle las manos y la orla de sus vestiduras. Le condujeron ceremoniosamente y en silencio a otro jardín con caminos de mármol. Seis hermosos caballos negros pastaban en la hierba, sueltos y sin vigilancia. Había grupos de edificios dispersos en el interior, construcciones de diversas clases y formas, y varias mezquitas pequeñas entre ellas. Los edificios eran casi todos de mármoles de diferentes colores y tonalidades, y la mayoría tenían grandes celosías, arcos y ventanas con vidrios transparentes; y en las partes más elevadas azulejos verdosos y ambarinos, de modo que la luz solar hacía que los aleros de los tejados brillaran como gemas preciosas. A pesar de la riqueza, el recinto tenía un cierto aire de desamparo, como si por debajo de una pátina de opulencia los edificios estuvieran vacíos, fríos y tristes; el fulgor inicial de la primera impresión se iba desvaneciendo hasta dejar tan solo una especie de reflejo desanimado. El camino por el que marchaba Hixem precedido por los chambelanes era de mármol blanco, pero la costosa piedra estaba tan pulida que se temía el resbalón a cada paso. Los remates de bronce dorado que coronaban los tejados estaban también demasiado lustrosos y resultaban excesivos. Apenas había árboles y la falta de sombra y vegetación acentuaba esa especie de desabrigo tan presente en los espacios anchurosos.

El califa fue conducido, atravesando la resplandeciente y pulcra ciudad, por amplias calles hasta los aposentos interiores del palacio. Abuámir se hallaba al final de un desmesurado salón de la planta alta, sentado solo y mirando hacia la puerta de entrada con rostro tenso y ojos complacidos. El trono estaba sobre un tapiz que cubría el centro de una soberbia tarima de madera de cedro labrada. Un dosel rojo envolvía el estrado. Cuatro sublimes gerifaltes encaperuzados descansaban a un lado sobre sus alcándaras. El asiento, forrado de piel de lobo, le aportaba una sobriedad agreste al conjunto. Abuámir siempre había sido sensible al frío, por lo que estaba envuelto en su capa pardusca, si bien vestía debajo una soberbia túnica roja con franja de oro.

El califa caminó hacia el fondo, llegó frente a la tarima y se detuvo a apenas diez pasos de su sitial. Solo en ese momento el hayib se puso en pie y saludó muy sonriente:

—Hixem, Alá te conceda salud. Esperaba tu visita, pues deseaba ver tu cara. Siempre es para mí una dicha tenerte cerca.

El joven califa estaba serio. Su voz sonó metálica y apagada al contestar con frialdad:

—Muhamad Abuámir, mi hayib, yo esperaba que tú me visitaras en mi palacio después de mi regreso a Córdoba.

Al hayib se le heló la sonrisa en los labios. Sin duda no había supuesto que el califa fuera capaz de hablarle así en su propia casa. Hubo un silencio largo e incómodo entre ellos. Después Abuámir se enderezó todavía más y soltó una tormenta de risas que retumbaron en las bóvedas. Esto desconcertó del todo a Hixem, pero se atrevió todavía a añadir con voz trémula:

—Los visires deben pedir audiencia al comendador de los creyentes y no al contrario…

Abuámir sacudió la cabeza, lanzó una ojeada llena de enojo a su alrededor y ordenó a sus vasallos:

—¡Fuera! ¡Salid todos! ¡Dejadnos solos!

Salieron los chambelanes, los secretarios y los guardias. Cerraron las puertas por fuera y el salón pareció más grande y desolado todavía. El hayib descendió del estrado con pasos decididos y caminó enérgicamente hacia Hixem para enfrentar a él su estampa grande y poderosa; le miró con altanería y le dijo:

—Todo eso que me has soltado seguramente te lo habrá dicho tu madre. No esperaba que vinieras a verme trayendo palabras de la sayida. Deseaba que fueras tú quien me hablara de hombre a hombre; pero… ¡qué decepción! Vienes con reproches propios de mujer… Dile a tu madre que puede decirme en persona todo lo que desee y que no hace falta que envíe al hijo como mensajero.

—He hablado por mí mismo, no como hijo de nadie, sino como califa —repuso Hixem con parquedad.

—¡No me lo creo! —replicó Abuámir con voz tonante.

—No tengo por qué mentir. He hablado siendo sincero y manifestando lo que siento. Mi madre y yo no hemos tratado sobre ese asunto. Ella ha estado en todo momento muy conforme con que sea yo quien venga a visitarte a tu palacio. Puedes creer eso o no. Lo que te he dicho es cosa mía y no de ella. Yo no puedo añadir nada más al respecto.

El Hayib levantó las cejas y cerró los ojos en señal de no estar satisfecho con estas explicaciones. Luego exclamó:

—¡Ay, Hixem, Hixem…! ¡Como si yo no supiera lo que pasa!

A pesar de que estaba dolido, furioso e indignado, su dolor, su furia y su indignación se contuvieron ante la presencia bella y estática del joven califa; y se alejó de él desilusionado, dejando de mirarle a los ojos, como retrocede una fiera arrebatada cuando se le presenta delante una presa tan frágil e indefensa que neutraliza su rabia. Se quedó cavilando sobre la discusión que se había producido y fue hacia una mesa cercana para llenar un par de copas con vino. Luego volvió cabizbajo, le ofreció a Hixem una de ellas con forzada humildad y murmuró en voz casi inaudible:

—¡Alá el misericordioso, perdóname los pecados pasados y los futuros, Tú que perdonas y tienes misericordia!

Hixem se conmovió ante esta especie de plegaria reconciliadora. También él se quedó desarmado. No podía atacarle ni siquiera en lo más profundo de su alma, pues su corazón continuaba guardándole a su manera respeto, temor y también amor, en cierto modo; como si fuera un dios cuya sentencia no pudiera aceptarse sino con resignación, adhesión y confianza. El papel que se había empeñado en representar ante él, de dureza, recriminación e indiferencia, y el esfuerzo autoimpuesto de soportar su tremendo poderío, permaneciendo frío e inalterable, redoblaron su nerviosismo hasta que su dorada cabeza se vio aplastada por el peso de lo inevitable; y sintió que perdía fuerza, que se derrumbaba y que ya no sería capaz de cumplir lo que se había propuesto. Aceptó la copa, bebió y permaneció en silencio. Aunque, de manera contradictoria, se preguntó cuántas veces su madre habría claudicado ante ese señorío y esa presencia arrebatadora, para no vacilar en ceder una y otra vez a sus deseos.

Abuámir también bebió y luego dijo en un tono mucho más amable:

—Me ha sorprendido que vinieras a mí así, con esa cara seria y esas palabras sin afecto… Pero trato de comprender… Y sé que tengo que perdonar…

Hixem levantó la cabeza hacia él para contestar algo, pero no fue capaz de articular palabra y disimuló su gesto bebiendo de nuevo. Entonces el hayib, que se había dado cuenta, se apresuró a decirle con vehemencia:

—¡Habla!, habla sin miedo; suelta todo lo que llevas dentro.

El califa siguió mudo. Y él esbozó una extraña sonrisa, a la vez que insistía:

—Habla, Hixem, habla, porque seguro que tienes pensamientos e ideas que te queman por dentro. Cuando eso sucede, es mejor desahogarse y decir lo que uno siente. ¿Acaso piensas que me voy a enfadar? ¡Y no tengas miedo, hombre! ¡Tú sabes que no me como a nadie!

El califa se defendía de sus miradas penetrantes e indagadoras, haciéndose consciente de que no podría escapar ni huir de allí. Temía que Abuámir acabara llevándole a su terreno con su conocida terquedad, y que su corazón aceptaría finalmente que la conversación discurriera por los caminos marcados solamente por él. Aunque también era como si lo deseara al mismo tiempo, no porque resucitara una nueva perspectiva, sino porque esperaba un poco de consuelo tras las disculpas y el apuro que inexorablemente le había causado el momento inicial del encuentro. ¿Qué podía hacer? Tenía que resolver el asunto hablando cuando él se lo pedía, porque Abuámir no acostumbraba a vacilar ni a plegarse a los sentimientos del otro, y no aceptaba aparecer —ni por un solo instante— como alguien carente de autoridad. Entonces Hixem empezó a ser consciente de que aquella situación se había repetido infinitas veces. De hecho, cuando se veían últimamente —lo que cada vez iba siendo más difícil— comenzaban siempre por la disputa o el desencuentro, antes de que el vino los llevase en volandas hacia el mundo que nada sabe de preocupaciones ni de problemas. Sin embargo, en la misma medida en que el califa sentía que era dueño de sus opiniones y no se apartaba de ellas, era incapaz de librarse de buscar reafirmarlas con el consejo de Abuámir. Todo esto era así; y resultaba una gran frustración para Hixem el hecho de darse cuenta de ello y, aun así, no poder cambiarlo.

—¿No vas a hablar? ¿No vas a decirme nada? ¿Tienes algo contra mí? ¿Deseas manifestar alguna opinión o reproche? —insistía el hayib con una obstinación que resultaba ya angustiosa.

Luego se sumió en un silencio atento. No dejaba de mirarle, y mientras duraba su mutismo, el califa empezó a dejarse dominar por la sensación atormentada de que su visita se convertía en un crimen abominable, que había hecho necesaria toda aquella discusión y toda aquella consternación, como si hubiera ido a deshonrarle o incluso a echarle en cara sus defectos, ante los suyos y en su propio palacio. Reprobaba Hixem su propia conducta como con los ojos de un niño que ve la cara de su padre interpelándole después de una travesura o una rabieta; y esta silenciosa crítica interna se mezclaba con un sentimiento rebosante de amargura y cólera. Era como si su lógica le estuviera repitiendo por dentro: «O callas y aguantas todo lo que él tenga que decirte o no haber venido».

Abuámir era demasiado inteligente y contaba además con una autoridad natural sobre el joven, que era conocida y reconocida por ambos. Por eso sabía muy bien que Hixem no iba ya a abrir la boca delante de su perspicaz mirada. Así que le volvió la espalda, y mientras llenaba de nuevo las copas, se puso a hablar él calmadamente.

—Ya que no quieres decirme nada, no me dejas más remedio que darte yo a ti algunas explicaciones.

Volvió junto al califa, puso la copa en su mano, sonrió extrañamente y continuó:

—Me ha preocupado el tono en el que me has hablado al llegar a mi palacio, Hixem; sinceramente, me ha llenado de inquietud. Creo que nunca te había visto con ese gesto torcido y ese orgullo innecesario ante mí. No olvides, muchacho, que yo te conozco desde que viniste a este mundo. Yo estaba ya aquí y te he visto crecer; es más, te he ayudado a crecer. Eso no debemos olvidarlo nunca. Como tampoco debemos olvidar que, seguramente, no estarías ahora aquí si no fuera por ciertas cosas que yo decidí hacer. Yo no tenía por qué hacer esas cosas, ese esfuerzo por tu madre y por ti, pero decidí hacerlo, con pleno convencimiento, con plena voluntad… No, Hixem, yo no he olvidado nada de eso y espero que tu madre tampoco lo haya olvidado… ¿Acaso tú lo has olvidado?

El califa bajó la cabeza y negó con ella, tímidamente. Pero todavía en su semblante había un algo de rencor y angustia. Por lo que Abuámir, que lo advertía, prosiguió diciendo, a la vez que clavaba sus severos y negros ojos en él:

—Ingratitud y olvido unidos constituyen una gran injusticia cuando afectan a quienes se debe tanto en la vida; tanto como esa propia vida. Alá, que conoce lo que hay dentro de cada corazón, y que es justo, sabe reconocer el alma agradecida… Igual que desdeña y castiga la ingratitud.

Hixem alzó de repente la cabeza hacia él y le gritó con despecho:

—¿Tendré que aguantar encima un sermón? Si quieres hablar, habla. Yo te escucharé como he hecho siempre, pero ahórrate la predicación… ¡No eres un imán!

Abuámir consideró esta réplica como una aceptación del debate y la discusión, y se enardeció otra vez diciendo:

—¡Ah! Resulta que te molesta que mencione a Alá. Cuando nuestras responsabilidades son ejercidas en nombre de Alá; toda noble lucha es en nombre de Dios. ¿No eres tú el comendador de los creyentes en Alá?

Hixem tenía todavía algo de fe interiormente en poder rebatir la grandilocuencia de su interlocutor, pero esa misma fe, y el sentimiento de debilidad que sentía al mismo tiempo frente a él, le hicieron recuperar de inmediato su nerviosismo y su temor. Lo que aprovechó Abuámir para recriminarle con aire dolido:

—Vuelves a ese orgullo; tu cara me muestra odio. Eso me causa mucho dolor, Hixem, mucho, mucho dolor… ¿Qué te pasa? ¿Qué tienes en mi contra? ¿Quién ha envenenado tu corazón hasta el punto de que me hables así? ¿Te he tratado yo mal a ti? Te invité a venir a mi casa con la mejor intención, pero veo que traías una idea fija: enfrentarte a mí. ¿Piensas que te he llamado para que discutas conmigo?

—No —negó con voz débil Hixem—. Sé que querías verme y por eso me llamaste.

La boca del hayib se entreabrió con una débil sonrisa, y dijo:

—Me alegra oír eso, me alegra oírlo de ti más que de nadie. Tú eres para mí alguien muy preciado y no soportaría que hubiera odio entre nosotros. Así que te ruego que no me hables en mal tono y que no vuelvas a manifestar ese desprecio…

El califa alzó sus cejas rubias con cierto apuro y se sonrojó, lo que el hayib interpretó como una disculpa, y se apresuró a añadir:

—No te estoy haciendo ningún reproche. La verdad es que me hubiera gustado que nos abrazásemos en un primer momento y que luego nos sentásemos juntos a la mesa, como hacen un padre y un hijo, o si lo prefieres, como dos amigos queridos que hace tiempo que no se ven.

Pronunció estas palabras con una dulzura vibrante y con un brillo cariñoso en la mirada. Eso hizo que el joven califa tuviese que librar una lucha dentro de sí, diciéndose para sus adentros: «No, esta vez no logrará envolverme con su falso afecto; esta vez no». Porque volvió a tener muy presentes todos los propósitos que se había hecho antes de entrar en aquel palacio. Sin embargo, temiendo regresar al enfrentamiento, esbozó una sonrisa que pretendía aparentar sinceridad y buena voluntad.

—¡Vaya! —exclamó el hayib complacido—. ¡Al fin sonríes! Eso me agrada mucho.

A esta declaración siguió un silencio, en el que los dos respiraron con tranquilidad. Hixem pensó que el severo interrogatorio había terminado en paz y que ahora podría poner en práctica otra táctica en la que no tuviera que contarle nada comprometedor. Pero, cuando creía que le iba a indicar que se sentaran a la mesa para almorzar, Abuámir, de repente, se dirigió a un armario, lo abrió y metió su mano en él, mientras el joven califa lo seguía con la mirada sin saber qué ocurría. Después el hayib volvió con el Corán y lo puso sobre la mesa, lo miró largo rato y luego lo señaló con el dedo, diciendo con extrema seriedad:

—Jura que vas a ser sincero en todo lo que vamos a hablar tú y yo antes del almuerzo.

Hixem dio un respingo y retrocedió asustado, con un movimiento reflejo que le sorprendió sin poder evitarlo, antes de haber meditado la situación. Se quedó clavado en el sitio, fijando los ojos en el libro, desconcertado y alterado.

—¿Qué pasa? —preguntó Abuámir calmadamente—. ¿Es que no quieres jurar?

El califa seguía mirando como paralizado. Luego su rostro enrojeció como si se encendiese, y contestó susurrando, con un temblor convulsivo:

—¿Me vas a tomar juramento? ¿Tú me vas a hacer jurar a mí? Eres mi visir y yo soy el comendador de los creyentes…

Abuámir permaneció con la mano extendida hacia el libro, mirándolo, mientras respondía con voz reposada:

—Por eso, precisamente, porque eres el comendador de los fieles de Alá y el primero entre ellos, tu juramento tendrá mayor valor.

—No tengo por qué jurar —murmuró Hixem—. Y no voy a jurar.

Abuámir no se inmutó, sonrió y dijo:

—Está bien. Entonces juraré yo.

Y colocando él su mano sobre el libro sagrado, pronunció con voz solemne:

—En presencia del santo Corán y delante de ti, yo juro ante Alá el omnipotente decirte la verdad.

Luego llevó el libro a su sitio, lo guardó y después estalló, gritando con una voz atronadora que a Hixem le pareció una bofetada en plena mejilla:

—¡Ya ves! ¡Aquí me tienes! ¡Si tú no juras, jura Almansur! Yo no permito que nadie se ría en mis barbas. ¿Quién te has creído que soy yo…? Y tú, ¿quién te has creído que eres? Tú eres el comendador de los creyentes, pero yo también tengo una encomienda de parte de Alá… ¡Y la cumpliré!

El silencio los envolvió. Hixem, que le miraba desconcertado, cerró sus ojos, como si le venciera el cansancio, pero los abrió luego un momento y le rogó con una voz tenue, sin rastro de excitación:

—No voy a discutir…

—¿Ah, no? ¿Ya no quieres hablar? ¿No habías venido a hablar? ¡Pues ahora me escucharás a mí!

58

Antes de la oración de la tarde, un lacayo fue a avisar al chambelán Chawdar de que se había presentado en la puerta de los Alcázares un hombre que preguntaba por él y que, según había dicho, venía de Medina Azahara. El anciano jefe de los eunucos se colocó el turbante, se echó el alquicel sobre los hombros y cogió su bastón para ir a ver qué quería de él. En el recibidor se encontró al criado de mayor confianza del príncipe Abdalá y se sobresaltó, pues no se esperaba esa extraña visita.

—¿Qué desea tu amo de mí? —le preguntó muy extrañado.

—Señor Chawdar —respondió el otro con voz melodiosa y susurrante—, ¿no sabes quién soy?

—¡Claro que te conozco! —contestó irritado el eunuco—. ¡Eres el doméstico del príncipe Abdalá!

El rostro del criado se iluminó al exclamar:

—Sí, señor Chawdar. Vengo de parte de mi amo para comunicarte algo importante.

El anciano apretó los labios.

—¿Qué?

—Mi señor el príncipe tiene una gran noticia que darte.

Después de decir esto, hizo una pausa observando el rostro del eunuco, tras la cual añadió:

—Pero esa noticia afecta también al gran chambelán Al Nizami.

Chawdar hizo un gesto de extrañeza y contestó:

—¿Y no sabe tu amo que el señor Al Nizami se encuentra enfermo y que hace ya tiempo que no se levanta de la cama?

—Sí, lo sabe.

El anciano frunció el ceño como diciendo: «¿Y entonces qué debemos hacer?». El criado sonrió y explicó:

—Mi amo quiere que vayas a casa del gran chambelán Al Nizami para un asunto importante que os afecta a ti y a él. Ya te he dicho que esa noticia debe darse en presencia de los dos a la vez y no a cada uno por su lado.

Chawdar se quedó pensativo un instante y luego objetó con aire vacilante:

—Hace tiempo que no salgo del palacio. Yo también he estado muy enfermo y todavía estoy recuperándome…

El criado insistió:

—Es muy importante, señor Chawdar. Haz un esfuerzo, porque no te arrepentirás de ir… ¡Te alegrarás mucho, te lo aseguro!

Todavía dudó el anciano, pero luego contestó suspirando:

—Si he de ir, iré. Además, necesito ver al gran chambelán.

El doméstico sonrió satisfecho, se inclinó y dijo:

—Yo mismo te acompañaré hasta allí. Ahí fuera tengo mi borrico. La casa de Al Nizami no está lejos y no hace frío a esta hora de la tarde. ¿Te parece bien?

Chawdar entrecerró un poco los ojos, como si meditara, antes de responder:

—Me parece muy bien. Así no tendré que decirle a nadie que he salido un momento del palacio.

A continuación, el jefe de los eunucos les ordenó a los guardias que no comunicasen su partida, montó en el borrico ayudado por el doméstico y salieron.

***

Cuando Chawdar entró en la alcoba donde se hallaba Al Nizami en su cama, este exclamó con un hilo de voz:

—¡Oh, Alá de los cielos! Hermano mío, ¡cuánto tiempo!

—Yo también estuve enfermo —se excusó Chawdar—. Creí que moriría antes que tú, hermano mío…

—Eso no hubiera sido justo —contestó el otro—; yo soy más viejo que tú… ¡Y más pecador!

Ambos chambelanes rieron con esfuerzo, cogiéndose las manos. A cierta distancia, el esclavo del príncipe los observaba desde un rincón en penumbra junto a los criados de la casa. Al Nizami se dio cuenta de ello y les dijo con aire molesto:

—¡Eh! ¡Salid de la habitación! ¡Dejadnos solos!

Se inclinaron los criados y salieron cerrando la puerta. Luego, en un susurro, el viejo gran chambelán le dijo a Chawdar:

—Acércate, hermano mío.

El otro se aproximó y percibió el desagradable hedor que desprendía la cama, pero no dijo nada al respecto, sino que observó sonriente:

—El príncipe debe de haber tenido conocimiento de algo importante y al parecer desea compartirlo con nosotros. Eso significa que aún nos tienen en consideración. ¿No te parece?

Al Nizami le miró con ojos desorbitados y dijo con tono agrio:

—Ya no sé si fiarme…

—¿Por qué?

—Porque me ha dado por pensar que se trama algo a nuestras espaldas.

—¡No digas eso, hermano! —exclamó Chawdar, echándose hacia atrás, más por librarse del mal olor que por la sorpresa que había causado en él la afirmación de su compañero.

—No me fío… No…

Al Nizami balbuceaba de forma tan ostensible que Chawdar se dio cuenta.

—¿Qué te ocurre, hermano? —le preguntó con voz suave—. ¿Por qué esta desconfianza ahora?

El gran chambelán alargó la mano y cogió un vaso que estaba en la mesita que había junto a la cama. Bebió y luego dijo:

—No me pasa nada…, hermano… Simplemente, tengo una corazonada…

Chawdar se sentía cada vez más desconcertado. ¿Qué significaba todo aquello? Le habían sacado de su casa a esa hora de la tarde para darle una noticia feliz en casa de Al Nizami y ahora se encontraba con que este recelaba. No obstante, manifestó con vehemencia:

—¿Por qué te inquietas tanto? Hace años que conocemos al príncipe y siempre hemos tenido buena amistad con él. No tenemos ningún motivo para pensar que trama algo en contra nuestra. Él nos confió el plan…

—Sí…, siempre nos hemos fiado… ¡Y así nos ha ido! ¿No te das cuenta, hermano?

Chawdar se quedó pensativo, mirándole con una perplejidad imposible de disimular. Después le dio por pensar que quizá Al Nizami hubiera perdido la razón y volvió a preguntarle:

—¿No te encuentras bien? ¿Qué te preocupa, hermano mío?

El otro emitió un suspiro que era más bien una queja, y contestó:

—Somos ya muy viejos, hermano. Nadie podrá encontrar una solución a eso… No podemos ocuparnos ya de las cosas de la señora como antes…

—Sí, sí, somos viejos. Pero eso nada tiene que ver en cuanto al hecho de que…

—¡No seas ingenuo! —le interrumpió el otro, incorporándose en el lecho con los ojos desorbitados—. Ya nadie nos tiene en cuenta… ¿Cómo no ves eso?

Chawdar no comprendía nada de lo que su compañero quería decirle. Aunque, para sus adentros, no pudo evitar pensar: «Tal vez se está muriendo y por eso el príncipe ha querido que yo esté presente».

En esto, llamaron a la puerta. Un momento después entró uno de los criados de la casa y anunció:

—Ya está aquí Nunún el Sabio.

Ambos chambelanes se miraron. Al Nizami no manifestó en su cara ningún indicio de entusiasmo. Chawdar, en cambio, pareció sorprendido, pues no se esperaba que el brujo fuera a ir, y exclamó:

—¡El brujo!

—Sí, el brujo.

—¡Ah, lo sabías!

—Sí —respondió Al Nizami—. Esta mañana me hizo saber el doméstico de Abdalá que era Nunún quien nos daría esa noticia. Todo esto es muy raro, hermano… ¿No te parece?

—¡Que pase! —ordenó Chawdar sin ocultar su entusiasmo.

Entró Nunún seguido por su ayudante; venía altivo y sonriente, mostrando una familiaridad excesiva. Se inclinó reverente y luego dijo en voz alta:

—Señores, ¡mis señores! Hoy tengo que comunicaros una gran noticia de parte del príncipe Abdalá abén Abderramán.

Los eunucos se miraron, intercambiando una expresión de sorpresa y agrado, que era mayor en el rostro de Chawdar al exclamar:

—¡Oh, el príncipe Abdalá! ¡Nuestro amado Abdalá!

Pero, sin embargo, Al Nizami apostilló con amargura:

—Sí, nuestro amado príncipe Abdalá que hace ya tiempo que se olvidó de nosotros.

Nunún sonrió y extendió las manos en un gesto de entusiasmo, diciendo exaltado:

—¡Él se preocupa por vosotros! Y por eso me envía: quiere que estéis tranquilos y ¡que seáis felices!

Por la indiferencia con que acogió Al Nizami estas palabras y, sobre todo, por el modo en el que levantó los párpados al mirar a Chawdar, este comprendió que no daba crédito a estas expresiones del brujo.

—¡Sí, mis señores! —prosiguió Nunún—. El príncipe se preocupa por vuestra salud y me envía para dar solución a vuestros achaques…

Al Nizami intervino replicando con disgusto:

—¡No me lo creo!

—¡Calla, hermano! —le dijo Chawdar—. Escuchemos lo que tiene que decirnos.

Nunún continuó pausadamente:

—Como os decía, el príncipe Abdalá os ama y está muy agradecido a todo lo que habéis hecho en vuestras largas vidas a favor de la casa omeya, su familia. Él no puede soportar que ahora estéis enfermos y sin los cuidados que puedan aliviar vuestros achaques propios de la edad. Por eso, se ha preocupado de buscar el mejor remedio para que tengáis salud, a pesar de la ancianidad. Con ese fin, y sabiendo que me conocéis y confiáis en mí desde hace muchos años, me mandó investigar y buscar una medicina, ¡la mejor medicina!, costase lo que costase…

El brujo hizo una pausa, esbozando una gran sonrisa que acentuaba las arrugas de su cara cetrina. Lanzó una mirada a su ayudante y le hizo un gesto con la mano. El esclavo sacó al instante un envoltorio y se lo entregó a su amo.

—¡He aquí! —exclamó Nunún, desliándolo y mostrando un frasco.

Ellos le miraban atónitos. Y Chawdar abrió la boca, alterado, preguntando:

—¿Qué es?

Nunún se estiró, manifestando una gran seguridad en lo que decía con aplomo y jactancia:

—¡La medicina de la senectud! ¡La secreta fórmula que descubrió Matusalén!

Al Nizami soltó una carcajada burlona y replicó con voz sibilante:

—¡Otro camelo más! ¡La vejez no tiene remedio! Solo la muerte soluciona el problema de los viejos…

—Sí, eso es verdad —apostilló el brujo—. No se ha descubierto, y seguramente no se descubrirá nunca, la solución al paso de los años. Pero este brebaje secreto da remedio a muchos males de la senectud: fortalece los miembros debilitados, ayuda a mejorar la vista, da buen humor, aumenta el apetito y el gusto por la comida, aguza el oído y la inteligencia... No devuelve la juventud, desde luego, pero... ¡mejora la vida de los ancianos!

—¡Maravilloso! —exclamó Chawdar, golpeando a la vez el suelo con la contera de su bastón.

Nunún le miró satisfecho al verle tan crédulo, y luego clavó la vista en el rostro de Al Nizami, diciéndole con certeza y persuasión:

—Esto que tengo en mis manos ha costado una auténtica fortuna. Nadie podría permitírselo, excepto un califa...

Los eunucos estaban ya en suspenso, pendientes de sus palabras con una mezcla de admiración, ilusión y anhelo. Y Nunún continuó con aire enigmático:

—¿Y por qué creéis, mis señores, que el gran califa Abderramán al Nasir vivió tanto y con una salud de hierro? ¡Decidme! ¿Cómo fue posible que satisficiera a sus muchas esposas en el lecho hasta el mismo día de su muerte?... ¿Cómo pudo engendrar un hijo incluso pocos días antes de dejar este mundo? Vosotros le conocisteis y sois testigos de esto que digo. ¿Cómo os lo explicáis?

Los dos eunucos, llenos de asombro, y como si esas preguntas les hubieran tocado en lo más hondo, se miraron con gravedad.

El brujo alzó entonces el frasco exclamando:

—¡He aquí el secreto! ¡La medicina de Matusalén! Solo algunos escogidos pudieron beneficiarse de ella... Y vosotros seréis unos más de esos escasos privilegiados. Pero deberéis guardar el secreto, puesto que hay quienes matarían por esto...

Los ancianos ya estaban vencidos por las persuasivas palabras del brujo.

—¿Y cuánto nos costará eso? —le preguntó Al Nizami—. Nosotros no tenemos la fortuna que tenía Abderramán.

—¡Nada! —respondió el brujo con rotundidad—. Lo mucho que cuesta esta medicina ya ha sido pagado por el príncipe Abdalá. Esa es la gran noticia que él quería comunicaros.

Los eunucos se miraron una vez más sin disimular la alegría

que esto causaba en ellos. Entonces Nunún, sin dejar de sonreír, les explicó con aire solemne:

—Todos los días deberéis hacer una toma en ayunas. De la disciplina y constancia que tengáis dependerá el efecto de la medicina. No lo olvidéis, pues ninguna mañana podéis faltar a esa obligación. Y empezaréis a notar los efectos en pocas semanas: un renovado vigor, unas ganas de vivir, una diferente, nueva y optimista manera de ver las cosas…

Después de decir esto observó las caras de los viejos durante un instante, antes de añadir:

—Pero no olvidéis que esto es un gran secreto. A nadie le digáis que poseéis esta medicina, pues la gente sería capaz de matar para conseguirla…

59

La señora, desconcertada, fijó la vista en la cara de Hixem. Estaban descansando los dos junto a la ventana, después de almorzar. Era a mediados de diciembre; llovía, los árboles mojados parecían suspirar. Chawdar caminaba por el corredor central del jardín, sonriente, con pasos esforzados, cortos y ligeros, apoyándose en su bastón; iba y venía entre los setos con un sombrero de paja desfigurado por la lluvia. El califa le observaba con asombro y extrañeza.

—¿Qué le pasa al viejo? —le preguntó a su madre—. Mírale; está muy raro de un tiempo a esta parte.

La señora se puso en pie, preocupada; siguió con la mirada los movimientos del eunuco y contestó:

—Está empapado… ¡Qué inconsciencia!

Después de decir aquello, abrió la ventana y gritó:

—¡Chawdar!

La voz resonó como un eco bajo la galería, mientras sus ojos seguían fijos en el anciano. Él se detuvo y echó una ojeada en torno para determinar de dónde venía la llamada.

—¡Chawdar! —volvió a gritar la señora—. ¿Te has vuelto loco? ¿Qué haces paseando bajo la lluvia? ¡Entra en el palacio!

Él se volvió hacia ella, la descubrió en la ventana y esbozó una sonrisa todavía más grande, mostrando al completo sus encías desdentadas. Luego contestó con voz melodiosa:

—Señora…, mi señora, ¡La lluvia de otoño es maravillosa!

—¡Sí, es maravillosa! —replicó la señora—. ¡Pero te estás mojando! ¡Entra y no hagas locuras!

El anciano la miró pensativo, con una expresión bobalicona, y dijo:

—Eso no importa…

—¡Entra de una vez! —gritó la señora—. ¡No me hagas que salga a por ti!

Chawdar obedeció al fin, con un súbito entusiasmo, y entró canturreando.

La señora y su hijo se miraron, confundidos. Luego ella comentó:

—Sí que es verdad que está raro. Parece otra persona. ¡Está animoso y de mejor humor!

El califa meneó la cabeza y murmuró:

—¿Y si está enloqueciendo?

Su madre contestó con una lentitud que trataba de disimular su preocupación:

—Eso complicaría todavía más las cosas…

Se estuvieron mirando en silencio, compartiendo su inquietud y su incertidumbre durante un instante. Después Hixem, frunciendo el ceño, dijo secamente:

—Mientras deje en paz a los demás, ¡que se moje cuanto quiera!

La señora se alzó rauda, mostrando su enfado, y lo recriminó:

—¡No hables así, Hixem! ¡Ten compasión! Es un anciano y merece un respeto.

Él suspiró, la miró largamente y luego esbozó una sonrisa fría que denotaba impasibilidad. Su madre sostuvo esa mirada, visiblemente enojada, y alegó con resentimiento:

—Tú también estás muy raro, Hixem. Sabes que tenemos que hablar seriamente tú y yo, pero no me das la ocasión. Me rehúyes y eso me tiene muy preocupada…

Él se rio con una risa forzada, como queriendo quitarle importancia al asunto. Pero ella volvió a la carga con seriedad:

—Hace ya dos días que fuiste a ver a Abuámir a su palacio y todavía no me has contado lo que hablasteis entre vosotros.

Hixem replicó irritado:

—¡Te lo he contado, madre!

—No, hijo, todo no… Yo sé que tal vez haya cosas entre tú y él que…

—¡Yo sé, yo sé…! ¡Tú lo sabes todo, madre!

La tristeza se hizo patente en el rostro de la señora y calló, mientras volvía su mirada hacia la ventana y dejaba que se perdiera entre los árboles amarillos y mojados.

Él suspiró y, poniéndose la mano en el pecho, dijo:

—Madre, te lo he contado todo. ¿Por qué iba a mentirte?

La señora clavó los ojos en él y le objetó firmemente:

—Me has contado que Abuámir te recibió bien, que almorzasteis juntos y que estuvisteis hablando. ¿Eso es todo, Hixem? ¿Pretendes que me crea que no tratasteis sobre ningún asunto importante que nos concierna? Te conozco muy bien y me parece adivinar que hubo algo más en vuestra conversación…

El califa tragó saliva, en tanto ella le urgía con una mirada angustiada e interpelante, insistiendo:

—¿Eso fue todo, Hixem? ¿O hay algo más? ¡Cuéntamelo todo, hijo! ¡Soy tu madre!

Él se resistía a mentirle, pero no quería causarle dolor. Habló por fin, con los ojos azules plenos de seriedad y determinación:

—Cuando llegué, iba muy seguro, pensando pedirle aclaraciones. Pero Abuámir fue tan amable conmigo, tan cariñoso… Me recibió sin orgullo alguno y le vi dispuesto a escuchar lo que yo tenía que decirle…

El silencio volvió a invadir el aposento, sin que la señora apartara su mirada del rostro de su hijo. Él pareció dudar un instante, pero prosiguió:

—Así que no me pareció nada oportuno iniciar una discusión…

Los ojos de la madre se dilataron, a la par que se fruncía la comisura de su boca, como si fuera a sonreír. Pero enseguida apartó la vista, confusa.

—Veo que no me crees —le dijo él—, y no te exigiré que me creas, madre. ¿Crees que discutí con Abuámir? ¿Crees que pasó algo desagradable entre él y yo?

Ella se llevó las manos a la cara y rompió a llorar, refugiándose en las lágrimas para escapar de sus pensamientos. Hixem se le acercó entonces, tendió la mano hacia su hombro y la atrajo hacia sí, preguntándole con dulzura:

—¿No me crees, verdad, madre? ¿Por qué lloras?

La señora miró a su hijo a través de las lágrimas, sollozando entrecortadamente y contestando:

—Sí, te creo, hijo, claro que te creo…

—¿Y qué piensas? ¿Por qué lloras? No discutí con Abuámir. Él me trató bien, madre.

Ella suspiró. Estaba tan conmovida que su pecho se agitaba con ansia. Respondió:

—Hiciste muy bien, hijo… Dios te inspiró lo que debías hacer… He sufrido mucho pensado que tal vez habríais discutido… Eso me daba mucho miedo…

Hixem la abrazó, mintiéndole con voz temblorosa:

—No, madre; no hubo discusión alguna. Todo fue cordialidad y paz entre nosotros…

Ella se apartó un poco, le miró y exclamó anhelante:

—¡Menos mal, hijo mío! ¡Menos mal! Yo lo que quiero es que vivamos en paz. Quería que tú estuvieras al fin en el lugar que te corresponde y, por eso, te impulsé para que fueras a verle. Pero después temí que las cosas pudieran llegar a complicarse aún más y que surgiera un enfrentamiento entre vosotros. ¡Eso habría sido terrible!

Con un movimiento espontáneo, la mirada del califa se dirigió hacia la puerta del aposento, que estaba cerrada; luego la fijó en su madre y dijo con calma:

—No va a pasar nada, no tiene por qué pasar nada. Confiemos en que todo se vaya arreglando.

—Eso, que todo se arregle con la ayuda de Dios.

En ese momento se abrió la puerta y apareció la silueta de Chawdar, apoyándose en el bastón. Su cara estaba demudada y le temblaban los labios.

—Señora…, mi señora —balbució—… el gran chambelán Al Nizami ha muerto… Su criado acaba de venir a comunicarlo…

60

El gran chambelán Al Nizami fue enterrado en el cementerio de los eunucos de Medina Azahara, junto a la pequeña mezquita que mandó edificar Alhaquén en los campos que se extendían por detrás del palacio de las mujeres. Al funeral asistió poca gente: los miembros de la familia omeya, la servidumbre y unos cuantos nobles ancianos. El difunto era tan viejo que ya quedaban muy pocos vivos que se acordasen de él. Había servido en el harén desde los lejanos tiempos en que todavía vivía la princesa Muzna, y sus últimos veinte años los pasó residiendo anónimamente en los Alcázares, hasta que se fue a vivir al palacio que se compró con sus ahorros en la medina. Fue siempre un hombre reservado, de costumbres desconocidas y trato difícil, por lo que no tuvo en vida demasiados amigos. Podría decirse que no confiaba nada más que en su compañero Chawdar, el único que conocía sus íntimos secretos y el último que mantuvo familiaridad con él. En el cortejo fúnebre estuvieron, participando a distancia, un grupo de ancianas concubinas de Al Nasir que hicieron de plañideras. Pero fue el príncipe Abdalá quien recibió los pésames, aunque con la silenciosa desaprobación de algunos miembros de la parentela califal, que nunca vieron con buenos ojos al muerto. Durante el entierro, Hixem y su madre permanecieron en silencio junto a la fosa, sintiendo que todo un mundo pasado desaparecía sepultado en cada paletada de tierra. Llovía y un aire desapacible arrastraba de manera desagradable las gotas de agua, al mismo tiempo que agitaba los árboles arrancando nubes de hojas marchitas.

Cuando casi toda la gente se hubo marchado, se vio que se acercaba un extraño hombre, delgado y de piel amarillenta: Nunún el brujo, que fue a depositar con aire misterioso un puñado de arena encima de la tumba. Chawdar se acercó a él apoyándose en su bastón y le dijo en voz baja, entre sollozos:

—Tu medicina no ha podido salvarle de la muerte…

El brujo contestó sentenciando:

—La hora final nadie la conoce y no hay medicina que pueda detener la mano invisible que escribe el destino. Solo el Todopoderoso gobierna esa pluma y decide la longitud del trazo…

Chawdar asintió con resignación y tristeza:

—Sí. Alá ha sido misericordioso con Al Nizami y le ha concedido una vida larga. ¡Bendito y alabado sea!

Hubo luego un silencio, en el que el eunuco estuvo mirando la cara cetrina de Nunún, antes de decirle:

—Yo me he tomado cada día la medicina, sin olvidar ni una sola vez que debía hacerlo…

—Haces bien —dijo el brujo—; haces bien… Tú vivirás todavía muchos años más… Se te ve en la cara. Estás más lozano y contento.

Chawdar sonrió, a pesar de su pena, y se marchó después en pos de la señora y su hijo, que ya iban descendiendo la cuesta en dirección a la puerta principal de Medina Azahara.

El cementerio se quedó solitario mientras declinaba la luz y el viento arreciaba. A cierta distancia, el príncipe Abdalá y el cadí Raíg al Mawla estaban a cubierto bajo un tejadito del jardín del palacio, conversando al mismo tiempo que veían cómo se alejaban los pocos que habían acudido al entierro.

—¿Quién es ese extraño hombre con quien hablaba Chawdar? —preguntó el cadí.

—Es el sabio Nunún —respondió el príncipe.

—¡Ah, el brujo ese! —exclamó Al Mawla—. Es la primera vez que veo a ese maldito embaucador a quien acudían los viejos fatas para conocer el futuro… ¡Qué ilusos!

Abdalá rio y observó con ironía:

—¡Sí, qué ilusos! Los viejos eunucos llevaban años confiando en él. Pobres, a pesar de haberse pasado la vida intrigando, se van a morir sin saber distinguir a un amigo de un enemigo.

El cadí clavó en él una mirada llena de extrañeza al preguntar:

—¿Por qué dices eso?

—Por nada, por nada… O quizá porque esos incautos han hecho rico a ese Nunún pensando que tenía la solución a todos sus problemas.

Tras estas palabras hubo un largo silencio que hizo más patente el ulular del viento, que empezaba a resultar lastimero y lúgubre ante la visión de las tumbas bajo la última luz de la tarde. Todos los del duelo ya habían desaparecido de su vista, y estaban solos ellos dos allí. Entonces el príncipe le dio a Al Mawla una palmadita en el hombro, como de consuelo, diciéndole:

—Bueno, hermano mío, ya hay un estorbo menos para nuestros planes. El chambelán Al Nizami siempre supuso un peligro…

El cadí se volvió hacia él suspirando y musitó:

—Queda vivo Chawdar… ¡Y está imposible! Él es más peligroso todavía que Al Nizami, porque sus nervios pueden traicionarle y llevarle a hacer algún movimiento en falso que delate nuestros propósitos.

Abdalá se le quedó mirando pensativo y luego se lamentó:

—Nunca debimos mezclar a los eunucos en esto. Contar con ellos para el plan fue un gran error. No han hecho sino tonterías en todo este tiempo.

—¿Y cómo íbamos a tenerlos al margen? —replicó Al Mawla—. No hubiéramos podido dar ni un paso sin que los fatas se enteraran, puesto que viven en los Alcázares. No nos quedaba más remedio que hacerlos partícipes. En un principio eso parecía ser una gran ventaja, pero luego me di cuenta de que había sido un gran error. Al Nizami empezó a hacer movimientos por su cuenta y era de temer que acabara con algún despropósito.

—Algunas cosas las hicieron bien —apostilló consoladoramente el príncipe—. Ellos buscaron al hijo del síndico del Zoco Grande que tan útil ha resultado para que tú encontraras al joven poeta. ¿No es cierto?

—Sí, muy cierto.

—Pues consolémonos entonces pensando que no todo ha salido tan mal.

Se le acercó más y le dijo al oído:

—Tengamos paciencia… No creo que le quede ya demasiado tiempo de vida a Chawdar…

La cara del cadí, de suyo habitualmente impasible, se contrajo en un gesto de amargura. En el cementerio reinaba ya el mayor de los silencios y aquel aire destemplado y persistente los azotaba con frías gotas de agua. El príncipe dio un paso adelante, diciendo:

—Será mejor que entremos en el palacio.

Pero Al Mawla no se movió y contestó con una inquietud imposible de disimular:

—Han pasado últimamente algunas cosas que tengo que contarte…

Abdalá comprendió lo que quería decir.

—Me lo imagino, hermano mío. Desde que vi tu cara esta tarde a primera hora, me di cuenta de que tu preocupación nada tenía que ver con la muerte del gran chambelán.

El cadí asintió con un movimiento grave de cabeza y echó a andar por delante en dirección al palacio.

Una hora después, siendo ya noche cerrada, ambos estaban al amor del fuego en un pequeño aposento de la residencia del príncipe, tomando un caldo caliente y mirándose con las caras llenas de significado. El cadí decía:

—Ya te lo he contado todo, hermano. Como comprenderás, es para estar preocupado…

Abdalá se quedó en suspenso. Pero luego dijo sin preámbulos, como empujado por los pensamientos que le rondaban:

—No sé cómo te extrañas tanto de ciertas cosas. Si el califa ha ido a hablar con Abuámir, y no ha sido capaz de enfrentarse a él, ¿acaso cambia eso algo? ¿Qué esperábamos? ¿Qué esa fiera le recibiera con los brazos abiertos y le entregara todo el poder en cuanto Hixem abriera la boca?

Al Mawla movió la cabeza, negando, y replicó con voz tonante:

—¡No has comprendido! ¡Eso no es lo que me preocupa!

El príncipe meditó, mirándole como sorprendido por este enojo súbito, y luego preguntó:

—¿Y qué es pues lo que tanto te preocupa?

—¡Le quería obligar a jurar! —Se enfureció—. ¿No te das cuenta de lo que eso significa?

Abdalá seguía mirándole con una expresión de duda y desconcierto, sin atreverse ya a contestar. A lo que Al Mawla reaccionó poniéndose todavía más nervioso y voceando:

—¡Quiso hacer jurar al califa! ¡Será hijo de puta! ¿Quién se ha creído que es?

Durante un rato hubo un tenso silencio, y luego el príncipe observó con prudencia y calma:

—Bueno, bueno… Aceptaremos que es el mayor atrevimiento que se le ha ocurrido a ese hijo de perra… Pero tú mismo acabas de contarme que Hixem se manifestó en un principio de manera brusca y un tanto desabrida ante él. Abuámir es muy listo y…

—¡Y sospecha! —le interrumpió el cadí—. ¡Sospecha! ¿Si no sospechara le iba a poner delante el Corán al comendador de los creyentes? ¡Hijo de perra!

Contrajo la cara de ira, resopló y añadió:

—Ha bastado que el califa se mostrara por una vez exigente con él para ponerle delante del Corán y tomarle juramento. ¡Es demasiado! ¿Hasta dónde piensa llegar?

El príncipe sopló sobre el tazón, aunque el caldo ya no quemaba. Guardó silencio un rato, con los ojos brillantes a la débil luz de las ascuas, y luego musitó:

—Pero Hixem no juró... El califa no cayó en esa trampa, ¡gracias a Alá!

—No, claro que no juró... ¡Solo faltaría que lo hubiera hecho! ¡Jurar delante de él! ¿Quién se cree que es ese hijo de puta?

—Menos mal, menos mal que no pasó —repitió resoplando con alivio Abdalá—. Si te soy sincero, he de decirte que yo jamás hubiera pensado que Hixem obraría de manera tan audaz...

El cadí agitó la cabeza, apostillando con vehemencia:

—Ni yo, hermano mío, ni yo...

El rostro del príncipe se iluminó mientras decía:

—¡Peor sería si se hubiera plegado a dar ese paso! ¡Eso sí que hubiera sido humillante para él! ¿No te parece?

Al Mawla respondió sin mirarle:

—Sí, peor hubiera sido. Pero le humilló de otra manera: después de que se negara a jurar delante del Corán le maltrató y le rebajó, amonestándole y hasta amenazándole, para que no le quedase duda de quién era el que mandaba allí...

—¡Cuéntame eso! —le rogó apesadumbrado Abdalá—. Ya sabía yo que había más cosas... ¿Qué pasó después de que Hixem se negara a jurar?

El cadí respondió irritado:

—¡Abuámir le interrogó! ¡Le sometió a un severo examen! Le hizo un montón de preguntas sobre su viaje a África. Quería saber cuál era la actitud del virrey Ziri. Le preguntó a Hixem acerca de lo que habían hablado en África... Y te puedes imaginar su actitud mientras le interrogaba, así como el tono en que le hacía esas preguntas... Abuámir trató al califa como si fuera un imberbe.

—Me lo imagino —asintió circunspecto el príncipe—. ¡Claro que me lo puedo imaginar! Y empiezo a comprender lo que tratas de explicarme: sin duda Abuámir ha empezado a sospechar...

Ambos intercambiaron una larga mirada, llena de aprensión, hasta que el príncipe continuó diciendo:

—Ya sabíamos a lo que nos enfrentábamos… Es muy listo, ¡un zorro! Pareciera incluso que lee las mentes…

El cadí levantó hacia él sus ojos grises, fríos ante lo inevitable, dudó un poco y observó:

—Pero ya no podemos echarnos atrás…

—No, de ninguna manera.

Volvieron al silencio, en el que Abdalá soltó un sonoro suspiro que compensaba la ausencia de palabras. Pero luego se enderezó en su asiento y preguntó:

—¿Y qué pasó después?

—Hixem es poco hablador, ya lo sabes… Supongo que se quedaría apocado ante las preguntas incisivas que le hacía Abuámir.

—Pero… ¿fue capaz de sacarle algo ese zorro?

—No lo sé, pero tampoco creo que pudiera… El califa debió de estar tan asustado que no sería capaz de decirle nada.

—¡Alá quiera que sea así!

—Sea como fuere —apostilló el cadí—, no nos queda más remedio que seguir adelante y jugarnos el todo por el todo.

El príncipe le lanzó una mirada fulgurante y llena de inquietud, para después alzar la voz, preguntándole:

—¿Y la señora? ¿Sabe tu hermana lo del juramento y todo lo demás?

—No, ¡gracias a Dios! Yo me adelanté para que eso no sucediera. Cuando mi sobrino me lo contó, le previne muy seriamente y le advertí de que debía ocultarle todo eso a su madre. Si ella llegase a saberlo, se asustaría aún más y ya no sería capaz de reaccionar.

—Hiciste muy bien, hermano —le dijo con afecto el príncipe, poniéndole la mano en el antebrazo—. Abuámir será un zorro, pero tú eres un lince…

El cadí esbozó una sonrisa vaga. Pero enseguida movió la cabeza con pesar, murmurando con aire grave:

—Todavía me queda por decirte una cosa…; algo peor si cabe…

El príncipe se sobresaltó y no pudo evitar dar un respingo al exclamar:

—¡¿Qué?!

Después de un breve silencio, Al Mawla dijo con voz afectada por la ansiedad:

—El hayid Abuámir Almansur me ha citado para que acuda ante él.

—¡¿Cuándo?!

—No lo sé. El lacayo me dijo que sería avisado.

Abdalá se echó hacia atrás en su asiento, mientras le clavaba una mirada interrogante y a la vez aterrada; balbució:

—Eso sí que es grave… ¿Y qué querrá de ti? ¡Alá de los cielos! ¿Qué querrá el cadí supremo?… ¿Y si sabe algo de…?

Al Mawla se encogió de hombros desdeñosamente y contestó, haciendo un gran esfuerzo para denotar tranquilidad:

—¡Que sea lo que Dios quiera! Iré y que sea lo que Dios quiera…

—¡Bien dicho! —exclamó el príncipe—. Ahora no vamos a ponernos nerviosos nosotros como los eunucos.

Al Mawla pareció saborear esta firme determinación durante un largo rato en el que estuvo callado. Pero después dijo:

—Ahora mi único propósito es solucionar el asunto de los Alcázares… Es muy importante nombrar a los administradores ahora que el gran chambelán ha muerto…

Abdalá le miró y apostilló con semblante grave:

—Y que al viejo Chawdar le quedan ya pocos días…

—¿Cuántos? —quiso saber el cadí.

—Eso es imposible de precisar; tal vez un mes, semanas, días… Para hacer las cosas bien, y sin que nadie sospeche, hay que confiar en que el brujo prosiga con su método… Dejemos que él actúe y nosotros sencillamente tengamos paciencia.

—Bien —dijo Al Mawla—. Pero yo he de cumplir mi propia parte del plan. Y con ese propósito he de hacer que mi hermana siga como en una nube…

61

Todos en el palacio lo decían: «El viejo está loco». Lo decían Sisnán y Delila, lo decía la jefa de los criados, lo decían los guardias de la puerta Dorada; hasta lo decía la señora ya, después de haberle visto danzar en el patio vestido con ropas de mujer. Por ello, cuando soplaron los primeros vientos nortes de aquel diciembre, tenían que encerrarle bajo llave en su alcoba, para que no se levantase desnudo en mitad de la noche y saliera a perderse por los jardines. Sin embargo, lo más desconcertante de aquella demencia —que se achacó a la senilidad— era el hecho de que Chawdar manifestaba una energía inusitada y un apetito anormal para su edad; parecía no cansarse e incluso se había olvidado de su bastón. Esto habría sido una buena noticia, si no le hubiera dado por hacer cosas estrambóticas, como contonearse ante canciones obscenas, sobándose de paso el pecho y las nalgas, o cantar historias tan desvergonzadas que habrían hecho enrojecer al más desfachatado mozalbete. Pero nada resultó tan preocupante como el hecho de que se le desatara una lengua descarada y empezase a desvelar sus recuerdos de juventud en los harenes de Medina Azahara. Esto despertó una curiosidad morbosa entre los domésticos de la casa, que no podían resistirse a la oportunidad de conocer los secretos de alcoba del gran califa Abderramán al Nasir o los devaneos y juegos sexuales de los demás príncipes omeyas. Aunque sería justo decir que todo esto, si bien tenía su lado patético, no dejaba de resultar divertido en ciertos momentos. Como, por ejemplo, cuando el viejo eunuco se revistió con los fastuosos ropajes que le correspondían como chambelán de los Alcázares y se presentó de esta guisa ante todo el personal, portando en sus manos una preciosa y pequeña caja de marfil, asegurando que llevaba un rico presente dentro de ella. Todos le siguieron el juego, y hasta le animaron y jalearon con el único propósito de reírse de él. Chawdar hizo entonces las reverencias y gestos protocolarios, que se sabía de memoria después de tantos años de servicio como fata principal; pronunció un discurso y declamó con solemnidad las fórmulas rituales que precedían a la entrega de regalos en el salón principal del palacio. La servidumbre siguió con excitación y regocijo la grotesca ceremonia, y al final de la misma, el viejo eunuco abrió la caja y mostró lo que había en ella: el ojo de cristal que había pertenecido a la bella esposa del emir Abdalá I, llamada Durr, que era tuerta y a quien todos apodaban la Perla.

Esta locura de Chawdar, aun teniendo cierto encanto, sobrepasó todos los límites de lo que podía considerarse tolerable dado su estado. La señora fue informada y se alarmó mucho, al darse cuenta de lo peligroso que resultaba el hecho de que determinados secretos de la dinastía estuvieran siendo desvelados por un anciano demente; sobre todo, porque nadie sabía hasta dónde llegaba el alcance de sus informaciones y lo que pudiera contar todavía en adelante. Turbada y sin saber qué hacer al respecto, la señora habló con su hijo. El califa también se preocupó y lo puso a su vez en conocimiento de su tío el cadí Raíg al Mawla. Y este, intuyendo que todo aquello era consecuencia de las malas artes del brujo Nunún, no dudó ni un momento en ir a Medina Azahara para pedirle explicaciones al príncipe Abdalá.

—Algo ha debido de salir mal —dijo el príncipe sin ocultar su contrariedad—. El sabio me aseguró que todo tendría los normales visos de una enfermedad senil, como ha sucedido en el caso del gran chambelán Al Nizami. Pero esto que me cuentas me parece algo terrible que de manera alguna formaba parte de nuestros planes. Habrá que pensar en buscar una solución…

Ante estas explicaciones tan tibias, el cadí montó en cólera y salió de allí gritando:

—¡Maldita sea! ¡Tendría que haberme encargado yo! ¡Debí hacer lo que se me pasó por la cabeza en un principio!

Nadie, excepto Al Mawla, llegaría a saber nunca qué sería eso que se le pasó por la cabeza en un principio. Pero una de aquellas mañanas, cuando los criados fueron a abrir la puerta de la habitación del anciano, se encontraron con que la cerradura había sido violentada y él no estaba dentro. Le buscaron por todos los rincones de los Alcázares sin encontrarle. Durante varios días, los guardias y los criados, junto con patrullas formadas por pescadores, cazadores y hortelanos, registraron los arrabales de la ciudad y las orillas del río, barranca por barranca, arboleda por arboleda y junquera por junquera, sin hallar rastro de Chawdar. Los hombres y los perros volvían al atardecer, deshechos de cansancio, sin poder mostrar indicio alguno. Nadie lo había visto, lo cual resultaba a todas luces extraño, porque no se podía salir del palacio sin pasar por delante de los guardias que custodiaban las puertas. La única posibilidad era que hubiera abandonado las contramurallas por uno de los pasadizos secretos que partían de los sótanos, recovecos antiguos y peligrosos que él conocía muy bien y cuya finalidad era facilitar la huida en caso de peligro inminente. Si hubiera sido este el caso, la salida natural desembocaba en el río directamente. Por lo que se acabó concluyendo que el viejo, en su locura, tal vez salió en plena noche, extraviándose y cayendo a las aguas, que iban muy crecidas por las lluvias. Arrastrado por la corriente, el cuerpo pudo acabar muy lejos y por eso resultaba imposible encontrarlo. Finalmente, pasadas tres semanas, no quedó más remedio que darle por muerto. Así se comunicó al cadí supremo de Córdoba y este dispuso que se hicieran las oportunas honras fúnebres en la mezquita Aljama con la fórmula prevista para los cadáveres ausentes.

7
Los intendentes de los alcázares

Contado, tasado, medido...
¡Ah, qué felicidad administrar la dicha!

Antiguo proverbio, escrito con carbón, posiblemente en el siglo x, en una tinaja de lo que debió de ser un almacén de alimentos de Córdoba

62

Córdoba, martes 23 de diciembre de 994 (Azulaza 12, Dhu l-Kada del año 384 de la Hégira)

La señora, movida por un afecto sublime hacia su hermano, murmuró:

—Gracias…

Era ya invierno y estaban sentados bajo la cálida y hospitalaria galería de los Baños del Pozo Azul. El cadí supo entonces que se había cumplido su propósito: lograr que ella hallara al final esa parcela de felicidad que durante tanto tiempo le había sido despojada. Porque se había preguntado tantas veces: ¿cuál era el sentido de cualquier plan o acción si ella se negaba a colaborar? ¿Qué podía hacer para convencerla si ella insistía en cerrarse a toda propuesta? ¿Dónde hallaría su alma la fuerza? ¿Dónde sus ojos la luz? ¿Dónde su corazón la alegría y el calor? Y ahora, mirándola, descubría en su cara la respuesta: la poesía y la música la habían resucitado. Parecía hasta más joven y más hermosa, como revitalizada y rebosante de salud. El desconsuelo y la humillación se habían desvanecido; el dolor y la angustia ya no eran visibles en su rostro maduro y lleno de serenidad y agradecimiento.

Habían transcurrido ya varios meses desde que ella entró por primera vez en los baños recién reformados, entre desconfiada y remolona, para disfrutar de aquella especie de representación mágica que la dejó sin aliento y muda de asombro. Aquel día no habló nada, pero su cara lo dijo todo. Desde entonces, no faltó ningún sábado al espectáculo de música y poesía que preparaban los poetas Farid y Abdel. Siempre era algo sorpresivo. Nunca quedó decepcionada. Ella lo esperaba cada semana con ansiedad, sin preocuparse lo más mínimo porque su impaciencia fuera visible.

«¡Lo conseguí!», se decía para sus adentros su hermano Al Mawla. Y se repetía lleno de convencimiento y satisfacción: «¡Que ella se sienta feliz, sea al precio que sea! ¡Que lo sea para amar a quien quiera! ¡Que sea dichosa hasta para reírse ante las narices del maldito Abuámir!». Porque, durante largos años, no había podido soportar verla mendigando la felicidad como la luz que anhela el ciego.

Sería por todo eso por lo que Raíg, dejándose llevar por un impulso demasiado arriesgado, había preparado para esa tarde con los poetas algo muy especial, algo que sería como la guinda definitiva en aquel maravilloso pastel que venía ofreciendo a su hermana por partes, sábado tras sábado, para completar la transformación que se inició aquel primer día.

—Auriola —le dijo, con una audacia sonriente—, todavía no sabes quién ha estado disponiendo, arreglando y componiendo cada uno de los espectáculos que te han hecho tan feliz desde el pasado verano.

Ella contestó burlona, encogiéndose de hombros:

—¡Ah! ¿No has sido tú?

—¡Qué boba eres! ¡Anda, hermana, no te burles de mí! Sabes de sobra que mi sangre es fría como la de un pez y que yo no sería capaz de idear cosas como esas…

La señora se echó a reír recostándose en los cojines. Y su hermano dio un salto lleno de impetuosidad hacia la mesa, que estaba dispuesta un poco más allá para la cena, volviendo enseguida con una jarra y dos copas.

—Hoy tú beberás conmigo —dijo al sentarse, manifestando un entusiasmo desbordante—. ¡Hoy tú y yo seremos como esos príncipes del Norte! ¡Como hacen los hombres y las mujeres de nuestra tierra de origen! ¿Recuerdas?

Ella abrió desmesuradamente los ojos, denotando que no se

esperaba esa proposición de su hermano. Pero al instante alargó la mano y cogió la copa, echándose a reír.

—Tus ojos expresan malicia y encanto —le dijo él—. ¿Eres feliz, hermana?

La señora meditó su respuesta y luego murmuró:

—Quiero serlo. Pero…

—¿Pero?

—Ya sabes… Pienso mucho en mi hijo…

—¡Saldrá adelante! ¡Se acerca su momento!

Ella contestó en un susurro:

—¡Dios lo quiera!

El cadí tomó su copa y bebió. Luego fijó en ella una larga y cruel mirada, mientras decía:

—A ver si se hace un hombre de una vez…

Ella frunció el ceño, dando a entender que le molestaban esas afirmaciones, pero no le contestó.

Entonces el cadí temió haberla enojado y que se esfumase el halo de felicidad que parecía haberla envuelto hasta hacía solo un instante. Y para animarla de nuevo, exclamó levantando la copa:

—¡Lo que tenga que ser será! Hoy tengo un regalo para ti muy especial. Pero antes de que lo veas, ¡bebamos!

Ella saboreó el dulce vino e hizo una mueca de satisfacción con los labios. Luego preguntó intrigada:

—¿Qué sorpresa es esa?

El cadí sonrió interiormente, satisfecho por esta ansiedad que su hermana manifestaba, y luego dio una sonora palmada. La señora miró entonces hacia un gran cortinaje verde que estaba corrido, donde sabía ella que iba a empezar el espectáculo de un momento a otro. Y tal como solía suceder en cada representación, se inició detrás una melodía dulce de laúd y rabel. Luego brotó una voz armoniosa de hombre que recitó con mucho sentimiento:

Me contentaría con tu amistad,
consideraría su encanto por encima de mi cordura;

la fuerza del sentimiento haría temblar el cielo sobre mí
y la tierra bajo mis pies.
Pero eso sería locura que daría paso al amor,
un amor que no sería correspondido por ti…

En este punto del poema, el laúd se animó y un pandero se unió a él, con un estremecido ritmo, a la vez que la voz se exaltaba para declamar casi a gritos:

¡Mendigaría la turbulencia de tu alma ansiosa,
de sus deseos y exaltaciones!
Lo suplicaría mi cara torpe,
con una sonrisa tierna o una palabra dulce.
¡Todo menos tu tristeza y tu dolor!
¡Todo! Aunque fuera la causa de mi locura…

La fuerza de estas palabras y el tono en que fueron recitadas, casi como en un lamento, hirieron la mente y el corazón de la señora, hasta el punto de dejarla como petrificada y sin respiración. Tragó saliva y se llevó la mano al pecho. Entonces su hermano temió que aquello hubiera sido demasiado para ella, pero bien sabía él que había una segunda parte…

Empezó a sonar una flauta muy dulce, a la que acompañaron cadenciosos el laúd, el pandero y el rabel. A continuación, se fue descorriendo el cortinaje. Detrás había un escenario en penumbra y un hombre solo de espaldas, sentado en el suelo y con los brazos alzados; era de cuerpo grande y de formas rollizas. Despacio, se fue volviendo, hasta ponerse de perfil, y mirando de soslayo a la señora, recitó con una voz hermosísima, ardiente y sugerente:

Mendigaría todo eso que hay en el fondo de tus ojos:
tanto dolor y a la vez tanta estima…
Aunque fuera la causa de mi locura y mi destrucción,
querría mirar de frente tu gran amor y tu verdad.

La señora hinchó el pecho, como para recobrar el resuello, y después se echó a llorar, en un llanto convulso, liberador y a la vez sanador. Pero sintió vergüenza por ello y se tapó la cara con las manos.

Por un momento, el patio principal de los baños se quedó en silencio, un silencio estudiado para dejar que ella disfrutara de la magia de la situación. Solo se oían los suspiros y los entrecortados sollozos de la señora… Y mientras ella lloraba, su hermano no le quitaba los ojos de encima, satisfecho por saber que el duro cántaro se había roto al fin y que brotaban libres los sentimientos. Esa catarsis él la había esperado y era la puerta que daba entrada al último acto de su plan tan minuciosamente meditado y urdido.

El laúd, esta vez solo, soltó sus notas pausadas, profundas y amables, que fueron ganando en intensidad. La señora abrió los ojos llenos de lágrimas sintiendo que le costaba distinguir bien lo que había delante de ella, ya que tenía empañada la visión. Además, una intensa luz inundaba ahora el tablado gracias a una infinidad de lamparillas. Pero no pudo evitar que se le escapase un pequeño grito de emoción cuando apareció ante ella, en un acrobático y elegante salto, el joven poeta Farid, exultante, con una sonrisa que mostraba todos sus dientes nacarados. Su figura, enteramente vestida de negra seda, tachonada de brillante azabache, parecía más esbelta y graciosa. El joven estaba radiante y la miraba por primera vez con descaro a los ojos, mientras recitaba con cadenciosa voz:

¿Dónde fue ese sentimiento magnífico y hermoso
que alumbraba tu corazón?
¡Ah, si el pasado pudiese llegar a dominar el alma!,
¿qué fuerza podría quitarle al verdadero amor?
¡Ay, no era solo ilusión, era auténtico!
Pero hasta lo auténtico tiene medido su tiempo…

La señora levantó sus ojos hacia él con algo similar al apuro o la vergüenza, como si le resultase difícil mantener su aplomo y compostura ante aquella sonrisa y aquella estampa perfecta y elegante. Pero se sobrepuso, levantándose y riendo de repente, como si nada ya le importase, como si hubiera perdido el pudor y la razón. Dio palmas y agitó su cuerpo al ritmo de la música, ebria de felicidad; y volviéndose de pronto hacia su querido hermano, le susurró con lágrimas de alegría:

—Gracias, Eneko… ¡Gracias!

—No, Auriola —repuso él—. El mérito no es mío. A ellos les debemos todo esto: ¡a los poetas! ¡Nuestros maravillosos poetas!

Dijo esto último con exaltación, señalando con su mano el entablado, donde estaban Farid al Nasri y Abdel el Cojo, henchidos de satisfacción. Ellos habían preparado todos y cada uno de los espectáculos que se habían ido ofreciendo a la señora durante tantas semanas seguidas; ellos compusieron las poesías, idearon las representaciones, los escenarios y los decorados; eligieron a los músicos y las melodías, organizaron los ensayos y cuidaron de que todo saliera a la perfección para causar ese efecto que ahora apreciaban en el rostro encantado de la señora.

Y ella, tan llena de complacencia y reconocimiento como estaba en aquel momento, les regalaba una excelente sonrisa, diciendo:

—Mi alma está feliz y agradecida. ¡Que Dios premie todo esto que habéis hecho por mí! También yo os recompensaré como os merecéis por este precioso trabajo.

Ruboroso y emocionado, Farid le rogó:

—Sayida, ¿me concedes permiso para hablarte?

—¡Di lo que quieras! —otorgó ella.

—Gracias, sayida. Me atrevo a hablar porque considero justo que también se reconozca el mérito de mi amigo Yacub, hijo del síndico del Zoco Grande. Él ha buscado a los alarifes, orfebres, jardineros, decoradores…; todo lo bello que han visto tus ojos fue organizado y dispuesto gracias a su trabajo.

—¡Ah! —dijo ella—. ¿Y dónde está tu amigo?

—¡Ya puedes salir! —llamó Farid a su amigo.

Yacub surgió tímido desde el escondido lugar desde donde asistía de manera anónima a lo que sucedía en los Baños del Pozo Azul; se subió al entablado y saludó con una reverencia.

La señora se dirigió entonces a todos diciendo:

—¡Qué hermoso es que unos hombres buenos dediquen su vida a la belleza y al bien! Yo me encargaré mañana de que seáis reconocidos. Pero hoy me encantaría que cenáramos juntos aquí…

Esta invitación los dejó atónitos, y miraron los tres al cadí, como si esperaran que él diera su anuencia a algo tan insólito. El hermano de la señora contestó con una sonrisa:

—Hagamos todo lo que la sayida desee. Pues aquí ese es nuestro principal cometido.

La señora dio a continuación órdenes a su servidumbre para que se sirviera la cena que habían llevado preparada desde los Alcázares. La mesa se dispuso en una sala interior. Pero, antes de que se sentaran, les hizo una petición:

—Me encantaría que mi hijo gozase de una jornada de música y poesía en el Pozo Azul… Quiero que él descubra ese mundo mágico que tanto bien ha hecho al corazón de su madre. ¿Haréis eso por mí?

La exaltación se dibujó en los ojos de los poetas. Pero el cadí no pudo evitar reírse a su vez al suponer:

—¡Sería maravilloso! Pero Hixem tal vez no quiera…

—¡Querrá! —se apresuró a decir la señora con gran seguridad—. El califa hará lo que su madre le mande.

—Pues entonces, ¡no se hable más! —zanjó la cuestión Raíg—. Nos pondremos manos a la obra y prepararemos para Hixem una sesión muy especial.

—No —repuso la señora—. No inventéis nada nuevo por el momento. Quiero que mi hijo experimente las mismas sensaciones que yo sentí la primera vez. Os pido que hagáis para él la representación que hicisteis para mí el primer día; con la lluvia, las luces y todo lo demás.

—Se hará lo que la sayida desea —asintió Farid, excitado—.

431

¡Eso será muy fácil para nosotros! ¡Haremos que descubra el júbilo y el hechizo como su madre!

—Una bonita respuesta… —observó ella, elevando el registro de su voz, igualmente entusiasmada—. Espero que sea una buena manera de hacerle entrar de alguna forma en el mundo que siempre amó tanto su padre, el califa Alhaquén.

El interés brilló en los grisáceos ojos de Al Mawla, mientras decía:

—Lo haremos, hermana, lo haremos…

Y, después de afirmarlo, se quedó en silencio un momento, antes de añadir:

—Pero yo tengo que proponer algo más hoy, algo que viene dando vueltas en mi cabeza desde hace tiempo y que a buen seguro también te hará feliz saber, Auriola.

—¿Qué es eso? —preguntó ella con tono risueño.

—Los ancianos chambelanes del palacio han muerto, Auriola —respondió su hermano con prudencia—. Los Alcázares necesitan administradores jóvenes que puedan poner en orden, de una manera nueva y diferente, la intendencia y la servidumbre. Eso es muy necesario y urgente.

La señora miró a su hermano con un interés imposible de disimular. Y él continuó:

—Debemos abordar ese espinoso asunto sin demora. Y yo ya he pensado en las personas que podrán hacer mejor que nadie ese trabajo. Aquí los tienes, Auriola; yo ya he hablado con ellos y estarán dispuestos: Yacub al Amín, que es hijo del síndico del Zoco Grande, y Farid al Nasri, que tiene una buena formación y es idóneo para una tarea como esa.

La señora se volvió hacia ellos. El asombro se hizo visible en su cara. Se quedó en silencio, como tratando de asimilar lo que su hermano le acababa de decir.

Luego exclamó:

—¿De verdad? ¡Ojalá!

—Sí, hermana. Mañana iré a visitar al cadí supremo de Córdoba y se lo propondré. Si él no ve ningún inconveniente, el califa podrá nombrarlos para el cargo.

Ella se enderezó en su asiento, y dejó escapar una risa ligera como el susurro de los deseos. Luego preguntó admirada:

—¡Cómo se te ha ocurrido eso, Eneko? ¡Es una genial idea!

—La intuición es algo espontáneo —respondió él—. De pronto me di cuenta de que el palacio necesitaba sangre joven, nuevas ideas y algo de alegría. ¡Eso es todo!

63

El cadí supremo de Córdoba, llamado Ben Zarb, vivía en las afueras, en los confines del arrabal de Secunda, donde conservaba la vieja casa de sus abuelos. A todo el mundo le sorprendía el hecho de que, a pesar de ostentar un cargo tan importante, no se hubiera trasladado a una vivienda más lujosa en los barrios donde residían los más altos funcionarios de la ciudad; ya fuera en el extremo oriental de la medina o en las ciudades palatinas de Azahara o Alzahira. Pero Ben Zarb era un alfaquí convencido de sus obligaciones; un hombre piadoso, austero y sacrificado, que siempre tuvo a gala que su carrera no había sido lograda mediante dinero o por el peso de los apellidos, sino a fuerza de estudio y honradez. Sus antepasados fueron ganaderos durante generaciones; y solo él, según había memoria en su familia, se dedicó a las leyes y la teología, después de ser elegido por los ulemas de la mezquita Aljama, siendo todavía niño, por su gran inteligencia y capacidad retentiva. Los méritos y su fama de honestidad y rectitud le fueron aupando luego de escribiente a notario, alfaquí mayor, oficial de la sala de Justicia y finalmente al grado más alto de los jurisconsultos: gran cadí de Córdoba, cargo que venía ejerciendo desde que fuera nombrado cuando todavía reinaba el califa Alhaquén. Y esto era, precisamente, lo más asombroso de la clara y ejemplar vida de Ben Zarb: que continuaba en su puesto después de tantos años, cuando nadie que tuviera en sus manos grandes responsabilidades en los tiempos de Alhaquén las mantenía ahora. Nadie excepto, naturalmente, el hayib Abuámir Almansur, a quien por otra parte se debía que todos los antiguos magnates hubieran desaparecido o, cuando menos, sobreviviesen apartados y ensombrecidos. De hecho, se sabía que el poderoso hayib tenía un gran respeto y una especial consideración hacia el supremo cadí. Los testimonios públicos de esta predilección eran numerosos y sorprendían a todos. Abuámir siempre se levantaba de su asiento para darle la bienvenida y luego le obligaba a sentarse a su lado y a la misma altura. Le manifestaba aprecio y le alababa delante de los grandes, le consultaba importantes cuestiones del gobierno y no dudaba en seguir sus consejos en algunos espinosos asuntos que llegaron a quitarle el sueño en determinadas ocasiones. Ben Zarb era intuitivo, certero y, sobre todo, un hombre justo. Y el hayib era demasiado inteligente a su vez como para no darse cuenta de que necesitaba de su valía y buen juicio; además de ponderar al mismo tiempo los problemas que le hubiera acarreado enfrentarse a quien cosechaba la admiración y la estima de los cordobeses. Y esto, no obstante, a pesar de que el gran cadí nunca concedió su aprobación pública a la insólita circunstancia de que Abuámir Almansur reuniera en su mano todos los poderes efectivos del califato, relegando para ello al califa legítimo. Así lo manifestaba Ben Zarb sin ambages y conservaba empero su dignidad y su magisterio público.

Cuando Raíg al Mawla estaba ya lejos de la última muralla, olía a cabras y a esparto quemado, porque empezaba el inmenso arrabal de los ganaderos, en el que se sucedían los cercados, apriscos y establos alineados a lo largo de un camino recto e interminable. Las pobres cabañas de los pastores se alternaban con las casas grandes de los propietarios de los rebaños y alquerías. Un muchacho vestido con pieles de borrego le acompañó hasta la puerta de la vivienda del supremo cadí. Había en su patio delantero dos higueras, un pozo profundísimo y una vieja morera más alta que el tejado. Dentro, en el pequeño vestíbulo de catadura bereber, reinaba una continua penumbra. La edificación no era pequeña; engañaba a primera vista porque estaba construida más a lo largo que a lo ancho, distribuyéndose en complicadas dependencias que seguramente se habían ido añadiendo, una tras otra, formando una especie de laberinto debido a su confusión y desorden. Un criado negro condujo a Al Mawla hacia el interior y tuvo que atravesar a su paso incluso una suerte de cocina, en cuyas cornisas, ménsulas y alhacenas se encontraban infinidad de recipientes, tinajeras, pedazos de antiguos cacharros y figurillas de todo tipo. Como Raíg se detuviera con curiosidad a contemplar esta sucesión de objetos, la mayoría rotos e inservibles, el criado se sintió obligado a explicarle:

—Nada de todo esto que ves sirve para algo. No pienses que en esta casa somos tan pobres que no tenemos más vajillas que esa porquería. Lo que pasa es que mi amo es aficionado a rebuscar por la tierra cosas de los antiguos, que luego colecciona, colocándolas por toda la casa… ¡Alá sabrá para qué!

En la sala familiar, Ben Zarb se hallaba sentado en la alfombra, rodeado por sus nietos, que estaban en aquel momento recitándole suras del Corán de memoria. Un gran triángulo dibujado en la pared contenía, escrito en perfectas letras cúficas, la consabida frase: *No hay más dios que Alá y Muhamad es su profeta*. La presencia del gran cadí, con su sencilla túnica de lino blanco, transmitía una piedad indefinible; anciano, delgado, con la piel pegada a los músculos y los nervios, el rostro alargado, apacible y bondadoso. Alzó la mirada y su voz rompió la monótona cantinela de los niños:

—¡Silencio! Ahora, hijos míos, saludad al tío del comendador de los creyentes como se merece y marchaos a vuestros juegos.

Los nietos se inclinaron con reverencia y Al Mawla alargó la mano para que se la besaran uno a uno. Después ellos se despidieron de la misma manera de su abuelo y desaparecieron a todo correr, encantados por la inesperada finalización de su pesada tarea.

Ben Zarb se dirigió entonces a su criado negro para ordenarle:

—Lava y perfuma a mi invitado como se merece.

El sirviente llevó la jofaina e hizo lo mandado, lavando, secando y perfumando con agua de jazmín. Luego se marchó y al punto regresó con una bandeja que contenía pasas, queso de cabra y sirope. Lo puso todo sobre una mesa ante la atenta mirada de su amo y se marchó sin abrir para nada la boca. En el conjunto de aquella casa no solo reinaba la penumbra, sino también la calma y el silencio.

El gran cadí de Córdoba, con una voz sincera, dijo en primer lugar:

—Murieron ya los grandes chambelanes del palacio de la señora, Subh Um Walad. ¡Alá los tenga en su paraíso! Ya le transmití al califa y a su madre mis condolencias; acéptalas tú también, por la parte que te corresponde.

Al Mawla asintió con un agradecido movimiento de cabeza y luego oró a su vez:

—El todopoderoso premiará sus desvelos y sacrificios.

Ben Zarb puso una mirada penetrante en él y apostilló:

—Sí, es verdad que los fatas tuvieron una larga vida de desvelos y sacrificios sirviendo a la familia del comendador de los creyentes.

Luego hizo un silencio meditativo e interpelante, tras el cual añadió:

—Y Alá les concedió generosamente que ambos murieran en fechas tan próximas.

A Raíg le cogió por sorpresa esto y no fue capaz de contestar, limitándose a mover la cabeza en sentido afirmativo.

—Aunque... —prosiguió el gran cadí con seriedad y apreciable dolor en la mirada— hay quienes andan sospechando precisamente por eso... Se rumorea sobre el hecho de esas muertes y de otras que acaecieron en el verano y algunos insinúan que tal vez puedan haber sido asesinados...

Al Mawla levantó la cabeza y se desabrochó el cuello de la camisa para dar paso a la circulación, porque se agobió debido a que no se esperaba que el supremo cadí abordase un asunto tan espinoso de repente y sin preámbulo alguno. No obstante, fue ágil a la hora de responder sin titubear:

—Sí, eso está diciendo la gente. Esos rumores no han cesado.

Ben Zarb seguía mirándole, pensativo. Después de un prolongado silencio, preguntó:

—¿Y por qué crees tú que la gente piensa eso? ¿Quién propaga tales rumores? ¿A quién le puede interesar sembrar sospechas?

Había bajado la voz, y era ahora una voz tensa y confidencial. Concentrado en sus palabras, tenía la misma expresión que cuando se hallaba en la sala principal del palacio donde impartía justicia.

—Supremo cadí —respondió Raíg con la seguridad y el convencimiento de alguien que sabe muy bien de qué habla—, tú has tenido conocimiento de una sucesión de muertes terribles que han ocurrido recientemente en Córdoba; crueles asesinatos de hombres buenos y justos que nunca habían hecho mal a nadie. Eso ha dado mucho que pensar…

Hizo una pausa, para darle más énfasis a su reflexión. Luego prosiguió:

—Son muertes arbitrarias, sin aparente sentido, que causan un gran terror y desconcierto. Habiendo sucedido algo así, es lógico que la gente ya intente encontrar alguna conexión con esas muertes cada vez que muere un personaje importante de Córdoba.

—Dime una cosa, Raíg —preguntó Ben Zarb con cierta solemnidad—. ¿Y tú qué piensas de esas muertes? ¿Crees tú que hay alguna conexión entre ellas?

La pregunta era tan directa y tan comprometedora que le hizo bajar la cabeza y pensarlo un momento antes de responder:

—Tú, supremo cadí, no necesitas preguntarme eso a mí. Porque seguro que ya tienes tu propia idea al respecto.

—Me importa mucho tu opinión. Aunque, como comprenderás, no voy a obligarte a responder.

Raíg echó una ojeada a su alrededor para cerciorarse de que continuaban solos allí. El sol declinaba ya y apenas penetraba un delgado hilo de luz por la ventana. El siseo de los pastores y las voces que acarreaban el ganado indicaban algo más: todo aquel barrio estaba entregado a las últimas faenas de la jornada, y era imposible que nadie pudiese escuchar la conversación que hubiera dentro de una casa, en medio del ruido de las pisadas, los ladridos, los balidos, los cencerros...

—No tienes nada que temer —dijo con obstinación el cadí—. Aquí puedes hablar tranquilo. No tienes por qué darme esa opinión, pero yo te ruego que me la des.

Al Mawla se encogió de hombros y contestó:

—Yo no sé nada, cadí supremo. Yo solo sé lo que va diciendo la gente. Y solo pensar en ello me causa pavor.

—Te comprendo. Entonces, dime lo que va diciendo la gente.

Raíg pensó muy bien lo que iba a hablar. Después adoptó una fría expresión, que igualmente podía estar causada por el estupor o por la indiferencia, y empezó diciendo:

—Cuando mataron al visir, Al Quadrí, que fue el tercero de los asesinados, empezaron las sospechas. Al principio nadie se atrevía a decirlo, pero la gente fue atando cabos y resultaba inevitable recordar que todos esos hombres tenían algo en común: todos fueron leales al califa Alhaquén primero y después a la señora Subh Um Walad. Ninguno de ellos había aceptado luego entrar a formar parte del círculo adepto al hayib Abuámir Almansur. Había pues una conexión clara entre esas muertes.

Al Mawla hizo una pausa, como de resignación, y emitió un suspiro. Se recostó luego contra la pared y, a la vez que miraba por la ventana, empezó a hacer girar en su dedo el anillo de piedra negra y pulida que siempre llevaba. Luego continuó en un tono mucho más decidido y cargado de consternación:

—La muerte que más dolió a la gente, el asesinato más cruel e injustificado fue el del sastre de Azahara, Abdelgawad... Aquello fue un acto tan malvado que bien pudo ser obra del mismo diablo... El sastre era un pobre anciano cuyo único deseo era ver feliz a la sayida y a su hijo... El más fiel y abnegado de sus servidores... ¡Alá maldiga hasta el día del juicio a quien lo hizo!

El cadí supremo no movió siquiera las pestañas al insistir una vez más con su pregunta:

—¿Y quién pudo hacerlo? ¿Por qué motivo? ¿Con qué fin?

—Quienes se atreven a hablar sobre ello son muy pocos, y se conforman con hacer insinuaciones. Pero tú sabes gran cadí Ben Zarb que el principal sospechoso es el hayib Abuámir Almansur. La gente en el fondo piensa que nadie, excepto él, pudo tener motivos para ordenar esos crímenes.

Ben Zarb, a pesar de ser un hombre de una gran entereza, no pudo disimular una terrible sofocación interior.

—Me resulta muy difícil concebir algo así —dijo con apenas un hilo de voz casi inaudible—. No cabe en mi cabeza la suposición de que Abuámir sea en el fondo un hombre tan desquiciado y tan alejado de la voluntad de Alá…

—Eso mismo me pasa a mí —asintió con pesar Raíg—. Pero tú me has preguntado por lo que dice la gente…

La expresión del gran cadí, llena de interés y de dolor a la vez, le instaba a continuar.

—Y la gente también dice que, alguien que fue capaz de ordenar el asesinato de su propio hijo sin vacilar, ¿cómo no iba a ser capaz de hacer cualquier otra horrible cosa? Porque no debemos olvidar que el hayib ordenó, sin compasión alguna, la muerte de su hijo Abdulah cuando se sintió traicionado por él…

El terror y el desaliento se apoderaron del rostro de Ben Zarb y exclamó:

—¡Alá el compasivo! Tener que oír todo eso me desgarra el corazón…

—Tú me has preguntado y yo he contestado.

Se miraron y cayó sobre ellos un espeso silencio cargado de pesadumbre. Afuera ya no se oían las cabras ni las voces de los pastores. Solo de vez en cuando ladraba algún perro.

El cadí supremo se puso en pie, con los ojos brillantes a la débil luz de la sala, y luego sentenció:

—El mal solo acarrea más males. ¡Alá tenga misericordia!

—Sí. Alá se apiade de nosotros, porque estamos saciados de injusticias —apostilló Raíg, levantándose también.

Ben Zarb inclinó la cabeza enturbantada, vaciló un momento y acercó su boca al oído de Al Mawla, diciendo en un susurro:

—Estos males solo tendrán solución cuando el comendador de los creyentes reciba todo el poder y la legítima autoridad que le corresponde.

Al Mawla asintió con profundos movimientos de cabeza. Luego se apartó para mirarle a los ojos y añadió muy serio:

—Confiemos en que muy pronto Alá extienda su mano para poner cada cosa en su sitio.

El cadí supremo guardó silencio, para asegurarse de que escogía las palabras más adecuadas. Luego manifestó con solemnidad:

—Nuestro señor el califa debe saber que siempre tendrá un fiel servidor en mí. Comunícale eso a la señora Subh Um Walad. Si alguna vez sucediera algo, aquí estaré con mi vida y con la pobre ofrenda de mis oraciones…

A Raíg le complació mucho esta declaración de fidelidad. Sonrió agradecido y se inclinó reverentemente. Pero luego dijo:

—Hay algo más que debo consultarte, supremo cadí.

—Habla, pues.

—Los viejos fatas han muerto y la sayida desea nombrar intendentes para su palacio.

—Está en su derecho. Que los nombre.

—Sí. Pero considera que el oficio sería mejor desenvuelto por hombres leales que no sean eunucos.

El rostro de Ben Zarb puso de manifiesto su sorpresa.

—No comprendo… —murmuró—. Si no son eunucos, ¿de dónde los va a elegir la sayida?

—Ni la sayida ni el califa desean volver a la vieja fórmula de los chambelanes eunucos. Eso les ha causado ya numerosos problemas…

El cadí supremo le miró largamente, con una expresión hermética. Luego observó abatido:

—Que recuerde la sayida lo que pasó cuando el califa Alhaquén le nombró un administrador que no era eunuco...

—Tengo a las personas adecuadas —contestó sin vacilar Raíg—. Yacub al Amín, el hijo del síndico del Zoco Grande. Gente honesta y de toda confianza. Y le ayudará un joven de origen egipcio que tiene una preparación ideal para el cargo. Ambos son jóvenes, instruidos e inteligentes, y están libres de toda sospecha...

Ben Zarb asintió con aire tolerante:

—Que el califa y la sayida hagan lo que consideren más conveniente. Yo refrendaré los nombramientos.

64

La señora apresuró el paso por el jardín de los Alcázares en dirección a la puerta Dorada, y en el camino su imaginación urdía fabulosos sueños. Se había puesto el bonito vestido color azafrán, que para ella era el color que mejor representaba la alegría, y su rostro brillaba radiante por toda la felicidad que llevaba dentro. La acompañaba el viejo perro, cansino y jadeante, pero igualmente expresando a su manera un punto de dicha en los ojos. La estaba esperando en la salida del palacio el joven poeta Farid al Nasri, sujetando el caballo blanco por las riendas, y la miró como si la viera por primera vez o como si en ella descubriera la mujer nueva que había sido capaz al fin de liberarse de sus viejos demonios. Ella aguantó esa mirada con una sonrisa burlona y, mientras montaba ayudada por él, preguntó con fingida indiferencia:

—¿Qué me tendréis preparado hoy…?

Él soltó un largo:

—Aaaah…

Los ojos de la señora se encendieron de interés y curiosidad y exclamó:

—¡Pues no perdamos más tiempo! Que luego todo se me hace corto…

La hora del crepúsculo apenas había llegado cuando la gente

comenzó a amontonarse en la calleja de los Baños del Pozo Azul. La noticia había corrido veloz: el califa iba al hamán. La espera no fue larga, porque un hombre que estaba encaramado en las terrazas de las casas más altas gritó de pronto:

—¡Ya viene!

La muchedumbre se agitó y empezó a dar palmas y a vitorear, enloquecida de contenta. Un instante después, asomó el estandarte omeya doblando la esquina y, detrás de él, con la pompa requerida, apareció la guardia de honor con los tambores y flautines que anunciaban el paso de la comitiva. Hixem iba a caballo, con su delicado y armonioso cuerpo revestido con colores de fiesta, verdes y dorados. Delante de él se derramaba una generosa lluvia de relucientes monedas de cobre, peladillas y golosinas, como solía hacerse en las grandes celebraciones religiosas, como en la fiesta del Nacimiento del Profeta o en el Final del Ayuno. La gente de aquel escondido barrio de la medina nunca había tenido la oportunidad de ver tan cerca, desde las ventanas de sus casas, al comendador de los creyentes. Él les sonreía, con una sonrisa tan amplia que los hacía enloquecer de felicidad.

Pero nadie sabía que, por el otro lado de la calle, iba a aparecer otro cortejo: el de la sayida Subh Um Walad, que también iba a los baños, sin saber que su hijo estaba citado con ella allí a la misma hora. Esa era la sorpresa que le tenían preparada. Hixem, que sí lo sabía, descabalgó y la esperó entre su séquito para que su madre no le viera, pues estaba dispuesto a colaborar en el juego.

La señora se extrañó por el gentío, el revuelo y la expectación, sorprendiéndose por aquel alboroto más grande del habitual junto a la puerta de los baños, y no pudo por menos que pensar que era por su propia llegada. Pero, cuando oyó la fanfarria de tambores y flautines, miró y vio de pronto en el otro extremo del callejón el estandarte moviéndose entre la muchedumbre, los guardias de librea y los pajes del califa. El corazón le comenzó a latir violentamente y descabalgó precipitándose desde el caballo, roja como una guinda. Se quitó el velo mientras gritaba:

—¡Al fin Hixem ha venido a los Baños del Pozo Azul!

El aire se llenó de voces y aplausos cuando el califa y su madre se encontraron. Ellos cruzaron sus miradas y después se abrazaron.

—¡Me hace tan feliz verte aquí! —exclamaba la señora, mientras llevaba a su hijo de la mano, casi a rastras, hacia el interior—. ¡Gracias por haber venido! ¡No te arrepentirás!

Farid al Nasri ya lo tenía todo preparado para que el califa disfrutase del mismo espectáculo que se le ofreció a su madre la primera vez. Pero hubo primero que esperar a que afuera se hiciera el silencio, puesto que se colaba en el interior un gran escándalo, mezclado de las palmas, las voces, las risas y los berridos de todo el gentío que abarrotaba la calle.

Todos temían que Hixem pudiera todavía negarse a que le pusieran la venda en los ojos. Pero, lejos de eso, una dulce sonrisa se dibujó en sus labios cuando su madre le vendó con entusiasmo, mientras le decía con autoridad y alegría:

—¡Esto es así! ¡No podrás ver hasta que yo te lo diga! ¡Hay que aguantarse!

Por fin, reinó la quietud y el silencio. La señora se mantenía muy erguida al lado de su hijo, envuelta de nuevo en su velo color azafrán, del que solo asomaba su rostro sonrosado, unos rizos plateados y sus preciosos ojos claros.

Empezó la música y ella no apartaba la mirada de Hixem, sintiendo que el corazón le daba saltos siguiendo el maravilloso ritmo de los panderos.

La sangre le corría avivada por las venas y toda ella experimentó aquella excitación de la primera vez, cuando, cegada como él lo estaba ahora, se hallaba en el mismo lugar.

El califa a su vez sonreía cuando el recitador empezó a desgranar las preciosas palabras de sus poesías, y la ligera hostilidad que pudiera albergar en su corazón un instante antes se desvaneció. Para alegría de su madre, permaneció en todo momento completamente absorto en el espectáculo, sin que nada de lo que sucedía ante él, ya fuera música, canto, danza o recitación, lograra aminorar su entusiasmo.

—¿Verdad que estás feliz? —le preguntó su madre con satisfacción, mirando su rostro radiante.

—Sí, ahora lo comprendo todo, madre… —murmuró él.

65

Cuando el cadí Al Mawla llegó a Medina Alzahira a primera hora de la jornada, fue informado de que el hayib Almansur se hallaba en el pabellón de los halcones y que allí le recibiría. La mañana era fresca y fragante, después de la lluvia caída durante la noche; pero el viento se había calmado y un sol tímido despuntaba entre cortinas de bruma. Un silencio sobrecogedor envolvía los fastuosos edificios, causando en el corazón de Raíg una inquietud vaga y desconocida. Atravesó los jardines en solitario, pues allí era tratado con toda la confianza que merecía alguien muy cercano y reconocido, pero no pudo evitar la sensación de advertir cierto recelo en los vasallos del palacio. Cabalgaba sin prisa por un ancho y largo sendero, entre delgados y oscuros cipreses, sin encontrar a nadie. Sabía que a cada paso que daba se alejaba más de la posibilidad de escapar a lo que pudiera sucederle, que no había vuelta atrás, y que quizá solo pudiera encontrar alguna salida o solución artificial o violenta. Pero un poco más adelante, cuando ya sus ojos veían el precioso pabellón entre los árboles, avanzó de forma más decidida y al mismo tiempo más sosegada, como alguien que sabe que no hay fuerza humana que pueda detenerlo. Sin embargo, también era capaz de reconocer en el fondo que esa determinación era absurda, frente a lo que pudiera estarle esperando en cualquier rincón de aquellos jardines tan

447

bellos y cuidados, donde tal vez hubiera mil ojos escondidos, observándole como aves de rapiña que se van a lanzar de un momento a otro sobre su presa.

El sendero terminaba en un gran edificio cuadrado, todo él amarillo pálido por las piedras con que estaba construido, y coronado por una cúpula de tejas verdes. Un pórtico arrojaba sombra sobre el arco de entrada en la débil luz de invierno. Allí se detuvo el cadí y echó un vistazo desconfiado al interior. Para su sorpresa, vio a Abuámir de espaldas, rodeado solo por los halcones, limando con mucho cuidado el pico a una de las aves. Esto le tranquilizó, pero su instinto le advirtió que no debía olvidarse de sus prevenciones. Permaneció muy quieto en la puerta y dijo con una voz que casi no se oía:

—Aquí me tienes, hayib.

Abuámir no se inmutó, siguiendo entretenido con su delicada tarea. Por lo que Al Mawla tuvo que insistir un poco más fuerte:

—Ya estoy aquí.

El hayib se volvió, le miró con ojos sonrientes y se llevó el índice a los labios en señal de advertencia:

—¡Chist!

El cadí se desconcertó aún más, sufriendo una inquietud cuya causa no comprendía. Entonces quiso acercarse para cruzar el arco, pero el otro lo paró con un gesto de su mano y susurrando a la vez:

—No…

Al Mawla retrocedió lentamente, mientras el hayib volvía a ensimismarse con lo que antes hacía. Hasta que, pasado un rato que pareció eterno, concluyó la operación y dejó el halcón sobre el posadero. Luego se giró con la cara sonriente, diciendo como si tal cosa:

—Perdona que te haya hecho esperar, Raíg. No quiero que nadie se ocupe de ciertas obligaciones que no admiten demora. Porque en el arte de la cetrería sigo el sabio consejo de mi padre: el halcón nunca será tu halcón si otro lo cuida… ¡A estas aves las tocan solamente mis manos!

El cadí fue hacia él, haciendo un gran esfuerzo para sonreír, pero se detuvo a unos pasos, mirándole sin hablar. El hayib entonces se le acercó, con el rostro apacible y extendiendo los brazos, reprochándole:

—¿Qué te pasa? ¿No me abrazas? ¡Demonios, qué frío eres, Raíg! Llevas en Córdoba desde principios de verano y no has venido a verme. Hasta que no me ha dado por llamarte no se te ha ocurrido venir a mi casa.

Durante el abrazo sus miradas se cruzaron. Y Al Mawla, llevado por su confusión, dijo titubeante:

—Es cierto, hayib… Debí venir, pero… pero no sabía si sería conveniente sacarte de tus ocupaciones…

Tras abrazarle, Abuámir le palmoteó cariñosamente la espalda, con una sonrisa permanente en los labios que desde luego no anunciaba nada que pudiera causarle inquietud. Al Mawla sin embargo sospechaba del significado de aquel gesto y pensó, abatido y resignado: «Es demasiado zorro como para descubrir sus sentimientos a la primera. Así que ahora vendrá lo peor…».

Pero el hayib volvió la cabeza hacia él y murmuró con evidente afecto y alegría:

—¡Qué ganas tenía de verte! ¡Siempre me alegra estar contigo!

El cadí retrocedió, preguntando en un tono que no podía disimular su inquietud:

—¿Por qué? ¿Qué tienes que decirme?…

Abuámir le miró taciturno durante un instante, antes de responder:

—Muchas cosas, amigo… Cosas importantes que hace mucho tiempo que debí solucionar…

Al Mawla agitó la cabeza, perplejo y dubitativo, mientras empezaba a decir:

—¿Y por qué no me llamaste antes…? Si yo hubiera sabido que…

Pero el otro le interrumpió, cambiando el tono de su voz y el semblante:

—¡Son cosas del demonio! Y cuando el demonio se mete por medio…

Al cadí el corazón le dio un vuelco. Desde ese instante todo presagiaba lo peor. Pero no fue capaz de reaccionar, quedándose clavado en su sitio, desesperado. Y al advertir Abuámir que su rostro se demudaba y que no articulaba palabra, le preguntó:

—¿Qué te pasa? ¡Demonios, qué raro estás!

Él pensó contestarle, pero se contuvo por pura ansiedad. Luego recobró el aliento, después de librarse de aquel pánico repentino; pero, apenas hubo sentido un poco de alivio, lo devoró de nuevo el miedo. Entonces se llevó la mano a la empuñadura de la espada y la agarró, dispuesto a desenvainarla en cualquier momento, como quien sabe que va a morir irremediablemente, pero no quiere que suceda sin antes defenderse.

La mirada de Abuámir seguía pendiente de él e insistió:

—¿Qué te preocupa? ¿Qué te pasa por esa cabeza?

Al Mawla comprendió que no debía refugiarse en ningún tipo de excusas y respondió rindiéndose:

—Muchas cosas, hayib; tú bien lo sabes… Los viejos fatas de los Alcázares han muerto. Me duele que mi hermana continúe en aquel ambiente cerrado, rígido y enrarecido, envuelta en la rutina y el aburrimiento… Ella se merece una vida mejor. Gracias a Dios tiene buena salud y debe pasar el resto de sus años feliz, si eso pudiera ser…

Abuámir alzó las cejas interesado, al tiempo que aparecía en sus ojos una mirada de duda mezclada con asombro, y contestó con aire curioso:

—He sabido que sale del palacio últimamente y que acude a los antiguos baños de Bazaza… ¿Es verdad eso? ¿O se trata de un cotilleo?

—Eso es cierto, hayib. Yo mismo me ocupé de que esos baños fueran reformados y convertidos en un lugar digno de la madre del califa. Compré para ella el establecimiento y se lo regalé para que allí pueda pasar algunas horas felices.

—¡Me asombras! —exclamó Abuámir—. ¡Me parece una idea extraordinaria! Antiguamente los emires de Córdoba solían regalar a sus madres o esposas unos baños que luego recibían su nombre. Por ejemplo, el hamán que Abderramán II mandó construir para su favorita Tarub. Solo las mujeres tenían permiso para entrar allí. Y todavía los viejos hablan de aquellos famosos baños de Tarub.

—A estos los hemos llamado Baños del Pozo Azul. Yo he querido además que Auriola pueda escuchar allí música y recitaciones de poemas.

—¿Está pues contenta?

—Mucho, hayib. Hasta le ha cambiado la cara. Por eso quería hablarte yo, porque quiero que sepas que voy a nombrar nuevos intendentes para el palacio.

—¿Eunucos? ¿De dónde los vas a sacar? ¿De Medina Azahara?

—No. Eso es precisamente lo que nunca haré. Ni Auriola ni Hixem desean volver a la vieja fórmula del cuerpo de fatas y chambelanes eunucos.

Abuámir le miró largamente, con una expresión indescifrable. Luego observó taciturno:

—Puedo imaginarme el motivo de esas decisiones…

Hizo un breve silencio y después le puso con aparente afecto la mano en el hombro, añadiendo con aire comprensivo:

—¡Haced lo que creáis más conveniente! ¡Nombrad a esos administradores! Pero hacedlo con cuidado. No podéis meter allí a cualquiera…

—Ya los tengo elegidos —contestó Al Mawla—. Y te puedo asegurar que no darán ningún problema. Son hombres que nada tienen que ver con el viciado ambiente de los eunucos de Medina Azahara.

El hayib soltó una sonora carcajada que mostró su conformidad. Luego dijo en tono amable:

—¡Vamos a mi casa! Yo tengo que contarte cosas y tú también a mí. Eso requiere tiempo, tranquilidad y unos tragos de vino que nos vendrán bien a los dos.

El hayib echó a andar en dirección al palacio. Los jardines estaban en calma, solitarios y silenciosos. Pero, un poco más adelante, Raíg vio que cuatro esclavos salían por una de las puertas secundarias cargados con baúles que sacaban del edificio donde estaban los aposentos de las mujeres. No parecía sin embargo haber nadie a cargo de nada o vigilando las entradas. Entonces salió un tipo corpulento y con la piel de color de aceituna, a quien reconoció: Gamali, el jefe de la guardia personal de Abuámir, que se acercaba a ellos de una manera que pretendía ser a un mismo tiempo obsequiosa e insolente. Esto inquietó al cadí todavía más y se detuvo vacilante.

—Tenemos problemas —masculló Gamali, mirando de reojo.

Abuámir resopló y contestó con desdén:

—Ya lo sé… Pero ahora tengo un invitado. Luego hablaremos tú y yo. ¡Y no seas descortés! ¡Saluda a Raíg al Mawla!

Aquel rudo hombre de aspecto feroz se llevó la mano al pecho tratando de esbozar una sonrisa y se inclinó ante ellos.

—Disculpa, señor Al Mawla —expresó con parquedad.

Gamali no dijo nada más y se alejó por los jardines apresuradamente, hablándoles algo con precipitación a los esclavos que permanecían aún allí cargando con los baúles. Y el hayib, que tan solo unos minutos antes había estado alegre y expansivo, aunque no sin dignidad, y parecía feliz en su papel de anfitrión, ahora estaba apreciablemente malhumorado y tenía la frente cubierta de sudor. Sus ojos miraban de un lado a otro y Raíg leía en ellos una adusta perplejidad. O eso le parecía advertir. Por lo que su preocupación no dejaba de ir en aumento.

Más allá del tercer patio del palacio estaban las dependencias más privadas. Al Mawla conocía cada rincón de aquella morada y seguía a Abuámir con pasos amortiguados cuando entraron en las estancias, grandes y ostentosas, donde él y sus hijos hacían la vida. Solo se encontraron a su paso con un lacayo anciano que saludó, juntando ceremoniosamente sus talones, y se retiró. Por fin, después de un largo corredor oscuro, llegaron a la cámara suntuosa donde las cortinas estaban echadas propiciando una silenciosa oscuridad perfumada de incienso. Conforme sus ojos se fueron acostumbrando a la mortecina luz, se vio un cuerpo grande echado en un diván suavizado por una gran abundancia de cojines y cubierto con una manta ricamente bordada. El hayib se fue hacia él y le propinó una sonora palmada en las posaderas, al mismo tiempo que le decía:

—¡Hijo mío, mira quién ha venido a visitarnos!

Aquel cuerpo grande se removió y rezongó. Luego, sin mostrar su cara, brotó de él una voz ronca y adormilada, que Al Mawla reconoció como la de Abdalmálik, el hijo mayor de Abuámir, y que balbució entre resoplidos:

—Eh… ¡Uf! Me había quedado dormido…

—¡Venga, arriba! —le espetó el hayib, dándole una nueva palmada.

Abdalmálik se incorporó. Con veinticinco años, apuesto, fornido y templado, todo el mundo decía que era incluso más avispado y decidido que su padre. Su mirada, no obstante, carecía de ese fuego provocador y desafiante que había en los grandes ojos de Abuámir. El largo cabello del joven, negro y abundante, estaba empapado de sudor y él se lo levantó desde la nuca, alborotado, para colocárselo sobre el hombro derecho. Todavía atolondrado por el sueño, echó una ojeada a su alrededor y, al descubrir allí a Al Mawla, se puso en pie y se fue hacia él para abrazarle, diciéndole:

—Alá te dé salud, señor Raíg al Mawla…

Su voz sonaba cansada y un poco pastosa, como si hubiera bebido. Y el cadí se reafirmó en esa conclusión cuando sintió el aroma del vino en su aliento y sus exudaciones.

En ese instante, se oyeron gritos furiosos de mujer en algún lugar, en los recovecos de las estancias traseras. El padre y el hijo se miraron circunspectos, como compartiendo una misma inquietud. Luego el hayib dirigió sus ojos hacia una mesa donde había una cabeza de carnero asado y algunas otras viandas iluminadas tenuemente por la luz que entraba por una rendija abierta entre las cortinas. Abdalmálik sonrió y dijo:

—Mis hermanos y yo estuvimos compartiendo la cena aquí anoche. Debe de haber vino ahí. ¿Tenéis apetito?

Abuámir se fue hacia las ventanas y empezó a descorrer los cortinajes, exclamando:

—¡Qué oscuridad! ¡Y qué olores! ¡Esto parece una zorrera, hijo!

—Sí, padre. Discúlpame. No esperaba que vinieras… —contestó él en son de excusa.

—¡Anda, espabila de una vez! —le dijo Abuámir—. Sírvete una copa y danos otras dos a Raíg y a mí.

El joven obedeció solícito a lo que su padre ordenó. Y mientras servía el vino, el hayib se acercó al cadí y le dijo seriamente:

—Te estarás preguntando por qué te he hecho venir.

—Como no podía adivinarlo —respondió él—, decidí que era inútil especular sobre ello. Supongo que lo que tienes que decirme es muy importante…

—Sí, mucho.

Entonces, de nuevo sonaron voces alteradas de mujer en alguna parte. Abuámir miró en aquella dirección e hizo un gesto violento con la mano, al tiempo que gritaba:

—¡Diablos! ¿No se pueden callar ni un rato? ¡Malditas sean!… ¡¡Qué se callen esas fieras!!

Un lacayo entró y se aproximó a él, con el rostro demudado; le consultó algo y los dos se retiraron del salón a una habitación interior. Abdalmálik se quedó mirando a Raíg con las copas en la mano y le dijo con aire de justificación:

—Van a acabar con la paciencia de mi padre… ¡Si supieras por lo que está pasando!

En la cámara contigua, resonante de murmullos y susurros, estaba sucediendo algo parecido a una refriega con pasos apresurados y voces entrecortadas. Al Mawla seguía sin comprender nada y contestó, por decir algo:

—¿Puedo ayudar?

—No —suspiró el hijo del hayib—. ¡Solo mi padre podrá ponerle remedio a ese problema! Él te lo contará…

Bebieron en silencio, soportando el peso de aquella inquietud e incertidumbre. Hasta que regresó Abuámir, mucho más alterado de lo que ya estaba. Su hijo le puso la copa en la mano y él la apuró de un trago. Luego se secó el sudor de la frente y gritó alterado:

—¡Esto se acabó! ¡Por Alá de los cielos que no aguanto más!

El cadí sintió cierto embarazo, que pronto se disolvió en una oleada de preocupación producida por el hecho de recordar de pronto todos los temores que había tenido desde que entró allí. Pero creyó oportuno preguntar de nuevo tímidamente:

—¿Puedo ser útil en algo?

Pero el hayib se acercó bruscamente a la mesa, fingiendo ignorar su pregunta, y se sirvió más vino, exclamando:

—¡Por Alá que todo lo sabe y todo lo ve!, se me ha pasado el tiempo volando… ¡Y ahora me encuentro con estos problemas en mi propia casa!…

El joven Abdalmálik también estalló, gritando con rencor y dolor a su vez:

—¡Toma una decisión, padre! ¡No te mereces esto! ¡Al diablo con esa bruja!

Pese a la gravedad que parecía tener aquella situación, a Abuámir no le gustó la dureza en la forma de hablar de su hijo, y le hizo saber con una severa mirada que se sentía molesto.

—¡Calla tú! Tu padre hará las cosas como crea conveniente… ¡Fuera! ¡Déjanos solos a Raíg y a mí! ¡Qué sabrás tú de estas cosas!…

Abdalmálik se inclinó respetuosamente y salió de la cámara. El cadí no sabía hacia dónde dirigir su mirada. Un sudor frío empezó a correrle por la espalda al ver la rabia en el rostro del hayib, así que esperó a que fuera él quien rompiera el silencio. Y, poco a poco, el brillo colérico en los ojos de Abuámir se extinguió y estos recobraron su expresión habitual, límpida e inteligente, con la sola diferencia de que ahora parecían un tanto cansados.

Al Mawla dio un trago de vino y suspiró sonoramente para que él volviera a ser consciente de su presencia. Entonces también suspiró el hayib, bebió a su vez y empezó diciendo en tono tranquilo:

—Intento tener paz a mi alrededor… ¡Necesito esa paz! Cuando vengo a esta casa, después de los fatigosos viajes, las batallas y todo lo que supone la guerra, mi único deseo es tener calma, silencio y armonía. Pero… ¡Alá de los cielos! ¡Es imposible! Trato de contentar a todo el mundo, me prodigo en cuidados, afectos y detalles con todos… ¡Y así me lo pagan! ¡No es justo!

Volvió a alterarse y ello provocó que al cadí le corriera de nuevo el sudor frío por la espalda, ya que seguía sin poder imaginar siquiera a qué venían todas aquellas quejas y lamentaciones.

—Este hijo mío, Abdalmálik —continuó Abuámir ahora con brillo de emoción en los ojos—, es lo mejor que tengo. ¡Oh, Alá, cómo lo amo! ¡Tú, mi Señor de los cielos lo sabes! Si no fuera por él… ¡Ay, si no fuera por Abdalmálik!

Calló y emitió unos suspiros seguidos, de modo que parecía que se iba a echar a llorar, pero bebió un par de tragos y volvió a encerrarse en sus pensamientos. Por lo que Al Mawla se sintió obligado a observar:

—Sí, los hijos son lo mejor que Dios nos da…

El otro le miró un instante, el tiempo aparentemente necesario para recordar que estaba allí para algo.

—Sí, gracias a Alá —asintió el hayib—. Es el mejor regalo de la vida; la mayor herencia…

Hizo una pausa, y en sus ojos reapareció aquel brillo iracundo y malvado cuando añadió:

—Si alguien se atreviera a… Si a alguien se le ocurriera tramar algo en contra de este hijo mío…

La voz del hayib no solo estaba ya desprovista de todo tipo de ansiedad o dolor, sino que a Raíg le pareció amenazante e incluso fúnebre.

—¡Daría mi vida por este hijo mío! —exclamó Abuámir—. ¡Toda mi sangre!

Se hizo un silencio impresionante, en el que Al Mawla le miraba con sus ojos grises, tratando de descubrir por qué hacía uso de palabras tan determinantes y terribles. Y, creciendo sus temores, se atrevió a preguntar:

—¿Por qué hablas así, hayib? ¿Qué clase de inquietud oprime tu corazón?

Abuámir balanceó la cabeza con amargura al contestar:

—Hay quienes se empeñan en complicarlo todo... Hay malditos renegados, insidiosos, ingratos...

—¿Quiénes, hayib? ¿A quiénes te refieres? ¿Sospechas de alguna traición?

El hayib respiró profundamente y sus párpados se entrecerraron como si estuviera teniendo una visión.

—No lo sé..., pero lo presiento... Es una corazonada...

—¿Qué presientes? ¿Tienes alguna sospecha en concreto?

Abuámir sirvió más vino y luego respondió, con los ojos todavía entrecerrados, enturbiados apenas por un velo transparente:

—Esas muertes. ¿Quién estará detrás de esas muertes? ¿Quién pudo asesinar de esa manera al sastre Abdelgawad? ¿Con qué motivo? ¿Y al visir Al Quadrí? ¿Qué ganaban con esas muertes? Todo eso es muy extraño... Y la única conclusión a la que puedo llegar es que hay traidores que pretenden que no haya paz; por algún motivo oculto que solo ellos saben...

Al Mawla era cada vez más consciente del escabroso giro que iba adoptando la conversación. Esas preguntas del hayib, tal y como habían sido expresadas, por el tono, por su sinceridad, demostraban que no había doblez ni maniobra oculta alguna. El cadí sentía el paladar seco e incluso tuvo la audacia de ir él mismo a por otra botella, ya que la anterior estaba vacía. Sirvió vino y dijo con aplomo, aun sabiendo que mentía:

—Es maldad, pura y simple maldad. Tú lo has dicho, hayib: es para quebrar la paz, ahora que nuestra ciudad se beneficia como nunca de todo lo que tú has conseguido para engrandecerla y llenarla de riqueza.

—Sí, sí, —asintió Abuámir—. Pero yo lo averiguaré... Me

encargaré de que den con esos asesinos y de que les hagan pagar sus crímenes como se merecen.

—¡Cuenta conmigo para todo eso! —le dijo efusivamente Al Mawla—. Buscaré a los hombres que sean capaces de investigar y encontrar a los asesinos.

Abuámir respiró profundamente y, haciendo un esfuerzo para reponerse y olvidar el asunto por el momento, dijo:

—Pero yo te he mandado llamar por otro motivo.

El cadí puso en él una mirada interrogante y de nuevo cargada de inquietud.

—Te he mando llamar —prosiguió el hayib— porque necesito que me hagas un gran favor.

—Lo que sea —contestó el cadí con la mano en el pecho—, haré por ti lo que sea.

Abuámir asintió con la cabeza, esbozando una sonrisa agradecida.

—¡Dime lo que tanto te preocupa! —rogó Raíg—. Si puedo servirte, si puedo serte útil… ¿Qué favor es ese?

El hayib contestó lanzando un suspiro largo, como de desesperación y agotamiento, y empezó diciendo:

—Esa mujer, mi tercera esposa, ya no la soporto…

El cadí no pudo reprimir un ligero estremecimiento y musitó:

—¿Abda?

—Sí, Abda, ¡maldita sea! —se derrumbó Abuámir sobre el diván, con una expresión amarga—. Esa mujer tiene revuelto el palacio a causa de su soberbia y su mal carácter. ¡Es una loca y nos acabará volviendo locos a todos los de la casa! No se lleva bien con ninguna de las otras mujeres y se empeña en tener siempre la razón, obligando a que todo el mundo la obedezca. A mí me odia y no me dirige la palabra. Ya he agotado todos los posibles remedios: regalos, consideraciones, atenciones… Y ella, sin embargo, cada vez ha ido encerrándose más en sus caprichos y sus desplantes. Es turbulenta y egoísta… ¡Una fiera!

Tras esta queja suspiró. Hizo un silencio pensativo. Luego volvió a lamentarse con mayor rabia y angustia.

—Y lo peor de todo: también odia a mi querido hijo Abdalmálik, se atreve a despreciarle, insultarle y humillarle, cuando no le da también por negarle la palabra como a mí… ¡Y eso sí que ya es demasiado! ¡Eso no se lo puedo consentir! ¡Abdalmálik es lo mejor que tengo en el mundo! ¡Mi querido hijo es el mayor regalo de Alá! ¡Esto se acabó!

Solo entonces Raíg comprendió la inquietud que parecía pesar sobre él y que advirtió desde el primer instante que estuvo allí. Los temores que tenía acabaron de disiparse, porque se dio cuenta de que las preocupaciones de Abuámir nada tenían que ver con lo que él había supuesto. Ambos cruzaron una mirada larga. Luego Al Mawla dijo:

—¿Y qué has pensado hacer?

El hayib hizo una inspiración profunda y contestó con irritación:

—O la echo de aquí o un día de estos la mato…

Raíg asintió asombrado con un movimiento de cabeza. Hubo un silencio, en el que el hayib dejó la mirada perdida en un punto indefinido. Después dijo:

—Para eso te he mandado llamar. Quiero que te lleves de aquí a esa fiera.

—¿Yo? —contestó Raíg pasmado—. ¿Y adónde he de llevarla?

—A los Alcázares —respondió Abuámir con seguridad—. Te la llevarás de momento a los Alcázares. Tu hermana Subh, que es vascona como ella, sabrá entenderla. ¡Yo no la soporto aquí ni un momento más!

El cadí le miraba sin salir de su asombro.

—Es tu esposa… —murmuró—, la madre de tu hijo Abderramán…

—¡Sí! —gritó Abuámir—. ¡Y deseo separarla de ese hijo mío! El muchacho tiene ya once años y se da cuenta de todo. Ella lo tiene dominado y le malmete todo el tiempo en contra mía y en contra de su hermano Abdalmálik. No quiero tener en mi propia casa un hijo díscolo que con el tiempo llegue a ser un rebelde y un enemigo…

Abuámir dijo esto con tanta amargura que a punto estuvieron las lágrimas de asomarle en los ojos. Luego, empecinándose en sus razones, prosiguió:

—Yo ya he pasado por eso en mi vida y es lo más horrible y doloroso… Cuando a un padre le sucede algo así el alma se le hace pedazos…

Raíg bajó la cabeza, como señal de compresión y condolencia, porque recordaba lo que ocurrió con Abdulah, el primer hijo del hayib, de cuya muerte trágica habían transcurrido ya cinco años. La sombra funesta de aquel suceso oscuro y terrible seguía estando presente, aunque hubiera un acuerdo tácito para no hablar de ello. Pese a la gravedad de la situación, no se le ocultó a la perspicacia del cadí la utilidad que tenía para él aquel giro en los acontecimientos; y no dudó en aprovecharla, poniéndose inmediatamente al lado de Abuámir.

—Dime lo que piensas hacer —manifestó—. ¿En qué puedo yo ser útil? Ya te he dicho que estoy a tu disposición.

—La voy a repudiar legalmente. Quiero que te la lleves de aquí mañana, después de que yo pronuncie las palabras de la fórmula del repudio delante del supremo cadí de la ciudad.

—¿La vas a echar por un tiempo o para siempre?

—Para siempre. Te la llevarás por el momento a los Alcázares, para que pase allí el invierno. Ahora no se puede emprender un viaje tan largo y peligroso hasta el reino de sus padres. Pero, cuando llegue la primavera, llevarás a Abda al campamento de los mercenarios navarros y se la entregarás a Bidun el Rojo para que la custodie hasta Pamplona y se la devuelva a su padre, el rey. El hijo que ella me dio, Abderramán, se quedará aquí conmigo, como es natural, ya que tiene uso de razón y la ley me ampara en eso. A ella no quiero volver a verla nunca más en mi vida. Si no fuera por ese hijo mío que parió, desearía no haberla conocido… ¡Demonio de vascona!

66

El joven poeta Farid al Nasri y su amigo Yacub al Amín se hincaron de rodillas y posaron la frente en el suelo. Estaban aterrorizados y temblaban por el gran estado de agitación, inquietud y zozobra de ánimo que producía en ellos el hecho de estar en el salón principal de los Alcázares, ante el trono del califa. Aunque este todavía no había aparecido.

Esa mañana se habían levantado muy temprano. Se asearon y se ataviaron a conciencia, con sus mejores ropas, tal y como les había recomendado Raíg al Mawla la tarde anterior, cuando les comunicó la inesperada noticia de que iban a ser recibidos en audiencia por el comendador de los creyentes. Ellos se sobresaltaron tanto que se quedaron sin aliento, pues ni en sus mejores sueños podían haberse imaginado que algo así les iba a suceder. ¿Por qué iban a ser presentados ante el califa? ¿Qué esperaba de ellos? ¿Iban a ser agraciados con nuevas responsabilidades y servicios? ¿Aumentarían sus ganancias? Todas esas preguntas se hicieron los dos jóvenes, pero no se atrevieron a formulárselas a Al Mawla. Lejos de eso, se quedaron mudos por la sorpresa y la acogieron con agradecidas reverencias.

—Debéis estar allí al amanecer —les explicó Raíg—. Presentaos ante la puerta de servicio, que da al patio que mira al río. Allí encontraréis la fila de proveedores del palacio que estará esperando a que salgan los criados para recoger sus productos. Adelantaos a todos ellos y preguntad por el intendente general, que es eunuco. Él os conducirá hasta las dependencias donde yo os estaré esperando. No deis explicaciones a nadie de camino hasta los Alcázares, ni después, cuando estéis dentro. Tampoco habléis con los mayordomos ni con los eunucos. Decid solamente vuestros nombres y que yo os mandé ir. Ellos ya estarán informados de vuestra llegada y no os pondrán ninguna objeción. Y todavía debo advertiros sobre una cosa más, la más importante: ¡ni se os ocurra contarle a nadie nada de esto! ¡Ni siquiera a vuestros familiares! Volved ahora cada uno a vuestra casa. Hasta mañana.

Ni Farid ni Yacub pudieron dormir un solo instante aquella noche. El poeta se encerró en su habitación en el palacio de Al Mawla y el otro se fue a su casa del Zoco Grande. Las horas se hicieron largas, interminables, entre el temor y la incertidumbre. La ciudad se sumió en el silencio del sueño y a ambos les pareció que el sol no acabaría de salir. Así que, cuando todavía los gatos seguían cazando ratas en plena oscuridad, al canto del primer gallo, saltaron de sus camas y procedieron a acicalarse cuidadosamente como habían acordado, tratando de dominar los nervios.

Yacub llegó el primero ante la puerta, cuando aún no había allí ni un solo proveedor de los que mencionó el cadí. Un instante después, apareció Farid, tan vistosamente ataviado que al otro le hubiera dado la risa en otras circunstancias.

—No he pegado ojo —observó Yacub.

—Tampoco yo.

Esperaron con una impaciencia casi imposible de soportar a que se abriera la puerta, mientras iban llegando hombres cargados con sus diversos productos: uno en un borrico con las alforjas llenas de castañas, otro empujando un carrito con nueces y algarrobas, un tercero tirando de la cuerda que amarraba el cuello de un carnero; pescadores con cestos de peces, un cazador con seis perdices y una avutarda… Todos fueron ocupando sus lugares ordenadamente.

—¿Quién se comerá todo eso? —preguntó Farid.

—¡Y yo qué sé! El califa, supongo… Habrá un banquete.

La puerta se abrió y salió un intendente delgaducho seguido por seis criados. Fueron revisando uno a uno los productos, siguiendo el orden de la fila y, al llegar a ellos, se detuvieron.

—¿Seréis vosotros los dos jóvenes que espera el señor Al Mawla? —les preguntó el supervisor, pues ellos no se habían atrevido ni a abrir la boca para presentarse.

—Lo somos —contestó Farid.

—Pues ¡adelante! Seguidme.

Entraron y llegaron hasta el patio, que estaba entre las dependencias de los esclavos, las caballerizas y las cocinas.

—Aguardad aquí —les dijo el mayordomo, y fue a perderse por un estrecho y oscuro corredor.

Un largo rato después, apareció Sisnán por la misma puerta, con cara adormilada y vestido con camisón largo.

Los miró y dijo desdeñoso:

—¡Ah, los poetas!

Yacub se quedó perplejo y contestó, señalando a Farid:

—Yo no soy poeta. El poeta es él.

—¡Y qué más da! —replicó altivo el eunuco—. ¡Ya sabré yo lo que me digo!… ¡Vamos!

Esta actitud del intendente general del palacio desconcertó a los dos amigos, pero no respondieron nada más, limitándose a seguirle por el corredor. Atravesaron otro patio, varias estancias casi idénticas que se sucedían y un inmenso vestíbulo adornado con una suntuosidad que solo se podía adivinar en la poca luz que apostaban las ventanas entrecerradas.

—Habéis venido demasiado temprano —refunfuñaba Sisnán—. ¡A quién se le ocurre! No es día aún… ¡Yo estaba en la cama!

—El señor Raíg al Mawla dijo que viniéramos a la hora de los proveedores.

El eunuco se detuvo, se volvió con aire enojado y replicó:

—¿A la hora de los proveedores? ¿Y qué hora es esa? ¡Los proveedores van llegando durante todo el día! ¡Vaya cosas tiene el señor Al Mawla! ¡Qué sabrá él de proveedores!

En la parte del palacio donde entraron después reinaba ya la agitación. Las criadas parloteaban alrededor de su jefa, alta, gruesa y malhumorada. Sisnán pasaba entre ellas, que callaban al verle y se inclinaban con respeto. Todo un ejército de domésticos, vestidos de verde claro, entraban y salían, barrían, regaban y fregaban las baldosas del suelo, arrodillados, en una efervescencia cautelosa. El aroma de la limpieza emanaba de todos los rincones; una pulcritud insólita se iba desvelando a medida que el sol entraba por las celosías. Admirados, sobrecogidos, Farid y Yacub contemplaban los mármoles, los estucos, las maderas finas…

—¡Vamos! —los apremiaba el eunuco con su voz chillona—. ¡Vamos! Tanta prisa como teníais…

No había ni una sola viga de los techos que no estuviera profusamente labrada, ninguna chimenea cuya monumental campana no se adornara con versos del Corán o invocaciones a Alá en preciosos rótulos de vivos colores. En todas partes, el suelo estaba recubierto por lana de Persia y los muros por tapices descomunales. Consolas y aparadores nacarados sostenían la deslumbrante orfebrería labrada de oro y plata.

Y, de pronto, salió de una de las estancias el viejo perro. Ellos se aterraron ante su tamaño y su oscuro pelaje; se detuvieron y comenzaron a retroceder.

—¡Vamos! —gritó Sisnán—. ¡Por Alá! ¡Qué miedosos! Es manso… ¿No veis que no hace nada?

El perro los olió y movió después el rabo con desgana, olvidándose de ellos para seguir su camino en dirección a los jardines.

—Esperad aquí —les dijo el eunuco, señalando un pequeño cuarto—. Iré a ver si mi señor Al Mawla está ya levantado.

Y debía de estarlo, porque apareció un instante después. Los miró e hizo un gesto aprobatorio, antes de observar:

—Muy bien. Llegáis con puntualidad. Así me gusta.

Ellos estaban postrados ante él y se alegraron al saber que le complacían.

—Alzaos y seguidme —les dijo Raíg—. Ahora os mostraré los Alcázares.

Los hizo retornar sobre sus pasos, siguiéndole; pero esta vez caminaban despacio, deteniéndose cada vez que él les daba explicaciones. No parecía ahora que hubiera ninguna prisa. Sisnán caminaba detrás, respetuoso, silencioso, y solo se adelantaba para ir abriendo puertas o retirando cortinas. De esta manera, fueron recorriendo el palacio, estancia tras estancia, cámara tras cámara; los patios, los jardines, las caballerizas, las cocinas, las despensas, las bodegas, los almacenes, la armería… ¿Por qué les enseñaban todo aquello? ¿Por qué era Al Mawla tan explícito y tan machacón al mostrar los muchos y ricos enseres que por todas partes había? ¿Qué intención le movía para conducirlos a ver hasta los últimos sótanos, las mazmorras y los pozos ciegos? Ese empeño en descubrirles los misterios de los Alcázares era ciertamente muy extraño para ambos jóvenes, que lo miraban todo boquiabiertos.

—Lo que veis —les iba diciendo Raíg—, requiere mucha atención, mucho cuidado, mucha inteligencia… No puede administrar cualquiera unos palacios como estos…

Y Farid y Yacub se sentían honrados por aquella confianza y deferencia, a la vez que seguían sin comprender nada de lo que estaba pasando.

—Los grandes chambelanes siempre estuvieron al frente de todo esto —proseguía sus explicaciones el tío del califa—. Los dos últimos jefes de los eunucos han muerto recientemente. Ya eran ancianos… Ahora es Sisnán quien gobierna la servidumbre.

Mientras les decía esto, salieron a los jardines. El sol hacía resplandecer los mármoles regados del corredor central y el agua clara de la fuente. El perro volvió a aparecer por allí y emitió un par de ladridos roncos al verlos; después los ignoró y se echó perezosamente en el suelo fresco. El palacio, con las dependencias contiguas de servicio y los cuarteles de la guardia, era tan grande y complejo que había avanzado la mañana mientras lo recorrían.

—La visita termina aquí —les dijo el cadí—. Esta es la parte más noble y reservada de los Alcázares: la residencia privada del califa y su madre, la señora Subh Um Walad, mi hermana.

Farid y Yacub pensaron que no iban a pasar más allá de la gran puerta Dorada. Pero Al Mawla les indicó con un gesto que debían seguirle. Entraron en un amplio vestíbulo; aunque la luz penetraba por las estancias adyacentes, el elevado techo era luminoso, merced a los adornos coloridos. Después, accedieron al enorme salón del trono de los tiempos de los emires, plagado de puertas y ventanas trazadas con arte. El blanco de los muros hacía que la luz allí fuera más intensa, y se extendía a todo lo largo de la sala un friso pintado en tonos azules. Era hermoso el efecto de los pilares, también azulados, y de las columnas de madera policromada y dorada. Todo era de un lujo perfecto en el estrado, hecho de marfil y ébano, cubierto por suaves cojines bordados y pieles.

—Ahí veréis al comendador de los creyentes cuando salga de sus aposentos privados —dijo el cadí, señalándoles el trono—. Ahora debéis postraros para esperar a que él entre cuando lo desee.

Y de esta manera permanecieron ellos, de hinojos y con las frentes posadas en el suelo, aterrorizados, temblando por la inquietud que causaba en su ánimo la larga espera. El silencio reinaba allí. Los pies descalzos de los criados no hacían el menor ruido al pisar sobre las alfombras, y el cadí intercambiaba con el mayordomo Sisnán unas pocas palabras, con apenas un hilo de voz. En medio de grandes ademanes, entraban y se inclinaban los reservados eunucos, colocándose en torno, igualmente postrados.

Hasta que, de pronto, alguien recitó en voz alta la *Shahada*:

—¡*La ilaha illa-llahu Muhamad rasulu-llah!* (No hay más dios que el Dios, Muhamad es el mensajero de Dios).

—Podéis alzar la cabeza —dijo el cadí—. He ahí a nuestro señor y dueño el califa de Córdoba Abú al Walid Hixem abén Alhaquén.

Ellos levantaron los ojos aterrorizados. Allí estaba Hixem, a apenas veinte pasos de ellos, sentado sobre los cojines y las pieles, en el diván de ébano y marfil. A su lado, resplandecía la amena y elegantísima presencia de la señora; sonriente, visiblemente complacida por tenerlos allí.

—¡Aquí están! —manifestó Al Mawla con alegría, dirigiéndose al califa—. Estos son, mi señor, los dos jóvenes de los que tanto te hemos hablado. Ahora tú debes decidir si deseas hacerles preguntas o someterlos a alguna prueba para conocer sus capacidades y conocimientos. Tanto la señora, tu excelsa madre, como yo, los consideramos sobradamente aptos para ser administradores de los asuntos domésticos en tus palacios. La decisión final es solo tuya.

—Los nombro intendentes de los Alcázares —dijo contento Hixem, en un susurro—. Que empiecen su trabajo mañana mismo.

67

Sisnán estaba descorazonado, tan deshecho por dentro que no le salía la voz del cuerpo. Delila, sentada a su lado, le miraba compadecida e igualmente consternada, como si todo lo que a él le hacía sufrir le afectara a ella de la misma manera.

—Esto… esto no tiene remedio… —balbució el eunuco con apenas un hilito de voz, entre sollozos ahogados—. Nunca pensé que… ¡Qué mala pata! ¡Me han arruinado la vida!

Delila tuvo que hacer un gran esfuerzo para fingir entereza. Pero su voz delató su rabia y su desconsuelo al decir:

—¡Eso es imposible! ¿Cómo van a hacer algo así?

Él alzó sus ojos llorosos hacia ella y contestó furioso:

—¡Sí! ¡Lo han hecho, Delila! ¡Lo han hecho delante de mí! Sin ninguna consideración y sin que yo tuviera conocimiento alguno previamente… ¡Cómo iba a imaginar yo que…!

Su llanto arreció, cobrando un tono tan agudo que acabó contagiándoselo a ella. Arrancó a llorar también Delila y preguntó entre lágrimas:

—¿Y qué dijo el califa? ¡Por Alá! ¿Qué dijo?

Sisnán había cerrado los ojos y apretaba los puños.

Respondió sollozando:

—¡Ah, el califa! ¿Y qué iba a decir el califa? ¿No te he dicho mil veces que Hixem siempre hace lo que le dicen su madre y su tío? Si el califa no ha tenido decisión en su vida para nada… ¡Cómo va a preocuparse de las cosas domésticas del palacio! A él eso le importa un comino…

Delila se secó las lágrimas, suspiró profundamente para infundirse ánimo y movió la cabeza diciendo:

—Parece mentira… ¡Qué desastre! ¡Qué desconsideración!

—Sí, ¡qué desastre! ¡Qué mala pata! ¡Qué rabia!…

La muchacha le seguía mirando compadecida, y de pronto sus ojos se encendieron de interés desdeñoso al preguntar:

—Pero ¿quién diablos son esos dos? ¿De dónde han salido esos para que les den un cargo tan importante en el palacio?

—¡Unos poetas!… —respondió con desprecio Sisnán—; solo eso, un par de poetas… Unos oportunistas que han sabido meterse en el bolsillo al señor Al Mawla y a la señora haciéndoles teatro en los baños esos del Pozo Azul… ¡Fíjate tú! De cantar y recitar han pasado a ser nombrados intendentes y administradores de los Alcázares del califa. ¡Nada más y nada menos! Y yo, que llevo aquí toda la vida… ¡Es como para clavarse uno un puñal!

—Es increíble, increíble… ¡Y cómo te comprendo, Sisnán! Tú que has estado aquí sirviendo humildemente durante tantos años, sin rechistar, sin dar un problema… Y ahora te ignoran y te hacen esto… ¡Es como para clavarles el puñal a esos dos! ¡A todos! Malditos desagradecidos… ¡Deberíamos echarles veneno en la comida! ¡Eso es lo que se merecen!

Sisnán la miró espantado y le espetó:

—¡Calla, insensata! ¡Mira que eres burra!

Delila remachó, muy dolida:

—¡Se merecen eso y más! Digo lo que siento. ¡Es injusto y desconsiderado! A mí también me han partido el corazón con lo que te han hecho. Tú no te merecías esto, Sisnán. Mira que ir a buscar por ahí a unos desconocidos para el puesto que han dejado los viejos fatas al morirse… ¡Estabas tú antes que nadie! ¡Te corresponde el cargo de intendente general por derecho propio! ¿Cómo no se dan cuenta? ¡Malditos sean! Deberían haber contado contigo en vez de con los poetas piojosos esos.

El eunuco suspiró, emitió algo así como un gemido largo y rompió a llorar de nuevo. Luego, convulsionado por el llanto entrecortado, estuvo contando:

—Yo entré a servir a la familia omeya cuando tenía once años… ¡Ya tengo casi cincuenta! Llevo aquí toda mi vida; era tan niño y tan débil que no he conocido más vida que la de servir a los califas y a la señora… ¡Con lo que llevo pasado! ¡Alá de los cielos, con lo que me han hecho padecer entre unos y otros! Y ahora esto…

La muchacha le puso una mano con ternura en el hombro, mientras con la otra le acarició el poco pelo que le caía sobre la frente. Y él, dulcificando algo su voz, prosiguió diciendo afligido:

—Me cortaron mis partes y… ¡Qué dolor! ¡Alá de los cielos! Fue algo espantoso, terrible… No puedes imaginar lo terrible y dolorosa que es esa operación. Te atan a una cama y te agarran entre todos… Y luego, ¡zas! Y nadie se ocupó de mí durante la convalecencia… Por poco me muero… Porque ya te he contado mil veces, Delila, que cuando nos hacen eso a los eunucos muchos se mueren en los días siguientes… Muy pocos sobreviven, muy pocos… Pero Alá quiso que yo siguiera adelante. He servido a tres califas y a la señora. Chawdar y Al Nizami siempre me trataron como a un trasto inservible; nunca tuvieron la más mínima consideración hacia mí… Ellos se creían de una casta diferente y me despreciaron desde el principio. Tú has sido testigo, Delila, de la manera en que me trataban… Tú lo has visto… ¡Y ahora esto!

El rostro de Delila enrojeció de pura rabia. Se quitó el velo y lo arrojó al suelo. Luego, con calma deliberada, sin quitar los ojos de él para ver el efecto que surtían sus palabras, dijo:

—Tú no te mereces que te hagan una cosa así, Sisnán. Es una grave injusticia y deberías hacer algo.

Él también endureció la mirada hasta cobrar una fea expresión, y exclamó desdeñosamente:

—¡Sí, son unos desagradecidos! Yo sé cómo se debe llevar este palacio y todo lo que se necesita para que aquí funcionen las cosas. ¿No se dan cuenta de que me he criado aquí? Y ahora traen a dos pelagatos que lo único que sabrán es ir de taberna en taberna para beber, recitar y cantar… ¡Qué sabrán esos! ¡No son eunucos! No han recibido la formación que debe tener un intendente…

Delila le atajó con una risita burlona:

—Pues que los capen… ¡Que les corten lo que les sobra! ¡Que los hagan eunucos!

Sisnán ignoró estas palabras y el tono en que fueron dichas, para proseguir lamentándose:

—Hay que ver cómo es la vida… ¡Es increíble! Yo ya pasé por esto otra vez y ahora vuelve a tocarme tener que vivir la misma situación. Porque el califa Alhaquén, igual que ha hecho ahora su hijo, también nombró a un administrador de fuera, que tampoco era eunuco: Muhamad Abuámir, el hayib Almansur. ¡Fíjate, Delila! ¡Qué maldita coincidencia! Yo recuerdo lo mal que les cayó a los fatas por entonces aquella decisión… ¡Por poco se mueren de pura rabia! ¿Y quién iba a decirle al difunto Alhaquén que aquel joven que metió al frente de los Alcázares acabaría apropiándose de todo? Ni podía imaginarse que ese usurpador acabaría anulando con el tiempo a Hixem…

La joven le escuchaba echando chispas por los ojos. Con aire malicioso observó:

—¿Y quién le iba a decir también que el tal Abuámir acabaría llevándose a la cama a la madre de sus hijos? Porque, si el hayib hubiera sido eunuco, no se habría estado acostando durante años con la señora. Y mírala ahora a ella: suspirando todavía por él…

A Sisnán la osadía de Delila le causó espanto y la miró estupefacto. Pero ella siguió con sus maliciosas murmuraciones:

—Y veremos a ver si esos poetas despabilados no se la acaban llevando también a la cama… Que a ella seguro que no le faltan las ganas…

—¡Calla, loca! —le gritó Sisnán con irritación—. ¡Mira que eres burra! ¿Cómo se te ocurre decir eso?

Ella se golpeó el pecho y replicó:

—¡Lo digo porque es la verdad! ¡Qué hipocresía! Todo el mundo lo sabe y nadie puede negar que eso fuera así: Abuámir y la señora estaban liados. Pero nadie se atreve ni siquiera a mencionarlo… El hayib no era eunuco y mira lo que pasó… Si le hubieran cortado lo que le cuelga, como te lo cortaron a ti, no se habría acostado con la señora… Y no se habría aprovechado de eso para llegar a ser quien es hoy.

—¡Calla, burra! ¡Calla o te doy un bofetón!

—¡Me importa un comino! ¿Por qué no lo voy a decir? A la señora le gustó el joven Abuámir entonces y… ¿Y qué iba a hacer? ¡Ella también se benefició! Y mira cómo lo pagó después: ahí la tienes ahora; sola y con su hijo hecho un inútil califa que lo único que gobierna es este palacio de puertas para adentro…

—¡Calla de una vez, Delila! ¡Eso son habladurías de la gente! Me aterra oírte decir esas cosas. ¿Cómo te atreves a hablar así de la señora?

Pero ella le miró con expresión de desafío, contestando:

—Lo digo porque es la pura y simple verdad. —Y luego añadió dulcificando el tono—: Y porque te quiero. Te quiero mucho, Sisnán, y me duele en el alma que seas tan inocentón. ¡Despabila de una vez, hombre! ¡Échale redaños al asunto! ¿O es que no tienes redaños?

Al darse cuenta de lo que acababa de decir, ella se llevó la mano a la boca y se echó a reír. A lo que él respondió:

—Claro… Claro que no tengo eso… ¡Soy eunuco! Y encima tú te ríes… ¡Mira que eres burra, Delila!

Ella, risueña y compadecida de él, le abrazó y empezó a cubrirle de besos, diciéndole amorosamente:

—No te preocupes, Sisnán mío, no te preocupes… ¡Todo se arreglará! Ya verás como al final esto no va a ser tan malo… Buscaremos la manera de encontrar tu sitio, con esos administradores o sin ellos. Me tienes a mí; no estás ya solo. Yo me encargaré de ayudarte a salir adelante…

8

La princesa abda

Se mustió aquella sutil y bonita planta,
cuando la sacaron del tiesto.
La pusieron en un ancho arriate
y no florecía.
¿Qué le pasaba? ¿Era flor de maceta?
No. ¡Era herbaje silvestre del campo!
Una flor rebelde del norte…

Casida del poeta Abdel al Araj, el Cojo
Córdoba, año 389 de la Hégira

68

Córdoba, viernes 16 de enero de 995 (6 Al yumuá, Dhu l-Hidjdja del año 384 de la Hégira)

La hora señalada era la de la oración de la tarde, pero el supremo cadí, de un modo completamente inopinado, se retrasó. Raíg al Mawla, en cambio, estaba en Medina Alzahira desde antes del mediodía, pues debía encargarse con antelación de todos los preparativos que requería el traslado de la princesa Abda a los Alcázares. Hacía un frío húmedo que calaba hasta los huesos. Y desde el primer instante en que entró en los aposentos del palacio del hayib, a la primera ojeada, advirtió que reinaba allí una gran ansiedad y que la cosa no iba a resultar nada fácil. Pronto comprendió que la esposa que era repudiada no estaba nada conforme con esa decisión y que se iba a oponer a ella con todas sus fuerzas. Abuámir, por su parte, manifestaba una extraordinaria reserva y un aplomo del que podía inferirse que estaba definitivamente dispuesto a seguir adelante. Sin embargo, esa tranquilidad, después de todo, era más aparente que efectiva. Lo cual apreció Raíg enseguida, porque, nada más salir a recibirle, el hayib se dirigió a él con aire de condescendencia impostada y con una rigidez que dejaba traslucir toda la rabia y la vergüenza que sentía por dentro. Además, Abuámir permitió que se le escaparan unas frases que delataron su estado de consternación:

—Te ruego que hagamos todo con rapidez y el máximo silencio —manifestó en voz baja y con aire cuidadoso—. No quiero que mis hijos sean testigos de una escena desagradable. Ella es muy orgullosa y tratará de convertirse en una víctima lastimera e inocente. ¿Comprendes a qué me refiero?

—Por supuesto —contestó Raíg—. No te preocupes por eso.

El hayib le miró significativamente y preguntó en tono cauteloso:

—¿Qué ha dicho la sayida de todo esto?

—Auriola está conforme con tener como huésped a Abda en su casa todo el tiempo que sea necesario. Ya sabes que mi hermana nunca consentiría que una mujer que está pasando por algo así no fuera, además, tratada con caridad y consideración. Ya le han preparado unos aposentos dignos en los Alcázares. De modo que no debes preocuparte más por eso. Si ya es firme tu decisión, ¡adelante! Nosotros cuidaremos de que Abda se encuentre lo mejor posible mientras esté todavía en Córdoba. Y después yo me encargaré de que Bidun el Rojo la custodie en primavera hasta Pamplona. Puedes estar tranquilo. Todo saldrá como está previsto.

La exactitud de la expresión y el tono respetuoso con que Al Mawla dijo aquello halagaron visiblemente al hayib, que asintió:

—Bien, bien… ¡Gracias, Eneko! Ya sabía yo que la señora no me iba a defraudar en una situación como esta.

Después Abuámir le miró con decidida altivez, y poco menos que en son de burla, añadió:

—Sinceramente, espero que Abda no os complique la vida como ha hecho conmigo… ¡Es una fiera! Y, desde luego, os autorizo a que seáis duros con ella y que no le consintáis en ningún caso que se salga con la suya. ¡Es muy peligrosa!

—Será tratada con respeto y no dará problemas. Estate tranquilo.

Al hayib se le notó que le gustaba oír aquello. La observación de Raíg, por su seriedad y candor, disipaba las últimas huellas de sus temores y desconfianzas.

—¡Pues vamos allá! —dijo con resolución—. Ha llegado la hora de enfrentarse a esa fiera.

Los aposentos de las esposas se encontraban en un segundo piso del palacio destinado solo a las viviendas de mujeres de Alzahira. Cada una de ellas tenía sus propias dependencias, con habitaciones para sus hijos y sirvientes, cocinas separadas y hasta jardines propios. Al cabo de la escalera clara y espaciosa se llegaba a una especie de palacete que constaba de unas seis o siete piezas. Desde el mismo recibidor arrancaba un pasillo a cuyos lados se distribuían las estancias; y a su mismo final, en una sala grande, estaba esperando la princesa, con la única compañía de su dama más fiel. Abda era todavía joven, de veinticinco años —Abuámir la desposó cuando solamente tenía trece—, de mediana estatura, delgada, con una cara no muy agraciada, pero que sin duda poseía ese secreto raro de agradar sin belleza, y de ejercer una seducción con la expresión atrayente que podía llegar a ser apasionada. El mirar de sus ojos garzos y penetrantes se mantenía grave, pensativo e inquietante; a veces demasiado severo, sobre todo en aquel momento tan difícil. También se traslucía en su rostro entereza y resolución, presintiéndose en una primera impresión que su firmeza podía llegar a ser todavía más enérgica e inclusive agresiva. A la vista estaba que hasta Abuámir temía su temperamento fuerte y fogoso. Aunque todos los que la habían tratado decían que a veces afectaba ella mucha jovialidad, humor y simpatía, así como que tenía una conversación graciosa e inteligente.

Al Mawla se dio cuenta de que el hayib había subido algo temeroso la escalera y que avanzó luego por el pasillo haciendo acopio de energías para darse ánimo. De camino, iba susurrando:

—A ver cómo se lo toma… Esperemos que no le dé por gritar… En cierta ocasión hasta me arañó en la cara… Lo más grave ya ha pasado durante estos días… Es posible que ya lo haya aceptado… ¡Que sea como Alá disponga! Lo que él quiere pasa, lo que él no quiere no pasa…

Ninguna otra mujer se hizo visible. Todo estaba solitario, silencioso y como envuelto en una atmósfera de fatalidad y desamparo. El hayib se había encargado de antemano de que no estuvieran presentes el resto de sus esposas, ni sus hijas e hijos, ni otros testigos que los estrictamente necesarios. Abda ya se había despedido de su hijo, que ahora estaba recluido en un lugar alejado de la casa, para evitarle el mal trago. El hayib quería limitar en todo lo posible la invencible fuerza de los influjos sentimentales.

Lo que había sucedido entre Abuámir y Abda era todo un misterio. Se sabía, eso sí, que hubo un tiempo, al principio, en el que él no le escatimó a ella libertad ni caprichos; contaba con su amor o si acaso con cierto embelesamiento, y se entregó al esfuerzo de deslumbrarla, ante todo, con la comodidad y el fasto, aun sabiendo que se contraen con ello fácilmente hábitos de antojo y de lujos, que luego van creciendo hasta convertirse poco a poco en falsa necesidad. La princesa era hija de reyes y siempre se consideró con mayor derecho y por encima del resto de las esposas y concubinas. Por lo demás, Abda quiso que su hijo varón, por ser precisamente nieto del rey de Navarra, debía ser el preferido y el más mimado por el padre. Sumábase a eso, para mayor desconcierto de todos en Alzahira, el hecho de que el muchacho, de nombre Abderramán, resultaba gozar de un impresionante parecido físico con su abuelo, Sancho Abarca de Pamplona, por lo que acabaron apodándole Sanchuelo.

Cuando entraron en su cámara, Abda estaba horriblemente excitada y no ocultaba su ira; irguió amenazadora la frente y, con gesto retador, paseó sus ojos centelleantes, con altivez e impaciencia, por Al Mawla y su todavía esposo Abuámir. Toda ella era como nube de tormenta, contenida algún tiempo y que por fin estalla, se rasga de cólera y derrama toda la furia que lleva dentro.

—¡Fuera! —gritó—. ¡Fuera de mi casa! ¡¿Cómo os atrevéis?!

Abuámir pareció ignorar esta brusca reacción y contestó en tono forzadamente tranquilo:

—Princesa Abda, ya es la hora acordada. Está a punto de llegar el cadí supremo de Córdoba. Así que será mejor que recojas tus últimas pertenencias y salgas lo antes posible. Debemos cumplir lo que manda la ley.

—¡Fuera! ¡Puerco sarraceno! —gritó ella—. ¡A mí tú no me

tratarás como a una simple esclava! ¡Tus bárbaras leyes no me obligan! ¡Fuera!

El hayib hizo caso omiso a estos insultos y regaños, se volvió hacia Al Mawla y le dijo:

—¿Te das cuenta? O la echo de aquí o la mato… Y lo peor es que mi hijo ha tenido que oír todo lo que esta cristiana loca le ha estado metiendo en la cabeza durante años…

Raíg miró a Abda, cuyo rostro altivo y retador seguía esperando cualquier movimiento de Abuámir. A su lado, su dama de compañía parecía un ángel asustado; una muchacha bella en extremo, candorosa, pálida y temblorosa.

De repente, se oyó por detrás una voz que anunciaba desde el patio la llegada del cadí supremo. Así las cosas, su aparición resultó hasta oportuna. El aviso suscitó perplejidad en la expresión de la princesa, denotando con ello que no había pensado ni remotamente en que iba a llegar ese momento. Pero, pasada su sorpresa, reaccionó de manera inesperada, diciendo:

—¡Que a nadie se le ocurra tocarme siquiera! Yo iré por propia voluntad y no porque se me obligue. Porque ya nada me obliga a vuestras leyes sarracenas inhumanas. ¡Marchaos pues! He de vestirme de manera adecuada.

—¡Oh, gracias a Alá! —exclamó inmediatamente Abuámir con cierto alivio, dándose media vuelta para salir de allí.

El cadí supremo, Ben Zarb, se hallaba ya en el atrio principal del palacio. El escribiente que había llevado consigo estaba sentado en el suelo a su lado, sosteniendo el documento en el que se iba a consignar la constancia notarial del repudio. También estaban presentes los testigos y el hijo mayor del hayib, Abdalmálik.

La princesa tardó en bajar, lo cual acabó de exasperar a Abuámir. Pero el cadí supremo le tranquilizó, diciéndole, con la misma grave dignidad con la que había estado un momento antes recitando la ley:

—No tenemos ninguna prisa. Si habéis vivido doce años juntos, podemos esperar doce horas más.

El hayib no volvió a abrir la boca. Se sentó, bastante azorado, en su cojín al lado de Ben Zarb; y parecía poseído de un entusiasmo por él mismo incomprensible, que se apoderaba de su alma al verse ya libre de quien le había estado amargando la vida durante años.

Apareció al fin Abda, vestida enteramente de negro, a propósito, con el pelo recogido y una diadema delicada, toda hecha de piedras de azabache engarzadas en cadenillas de plata. No era lo que se dice bella, pero se la veía joven, sana, florida, bien desarrollada, con unos hombros admirables, pecho firme, brazos vigorosos, casi visibles, y una expresión digna y segura. No dijo nada y no vertió ni una sola lágrima.

Abuámir se puso en pie y pronunció con decisión la fórmula de repudio, que consistía en repetir tres veces la frase:

—¡Te suelto!

Cuando esto fue dicho por tercera vez, el cadí supremo certificó el acto y mandó que se estamparan los sellos, sentenciando:

—Abda, quedas repudiada. Eres pues libre. Pero no podrás alejarte y regresar a tu tierra hasta que no se demuestre que no estás embarazada.

—¡No lo está! —aseguró el hayib con voz tonante—. ¡Yo sé bien que no está preñada de mí!

69

—¿Por qué no me lo habías dicho? —se quejó la señora con ira y desesperación—. ¡Dios mío! ¿Por qué me lo ocultaste?

Su hermano la examinaba atentamente, dándose cuenta al mismo tiempo de que la situación se hallaba en el estado que tanto había temido.

—No te lo dije porque sabía que te ibas a poner así…

—¿Así? ¿Qué quieres decir con «así»?

—Me refería a este mismo enfado que ahora tienes conmigo y a la rabia que te corre por dentro cuando has sabido que Abda se quedará viviendo aquí hasta la primavera.

—¿Y cómo me lo iba a tomar? —replicó ella con irritación—. Te presentas de repente aquí para decirme que esa mujer va a venir a mi casa… ¡Porque esta es mi casa, Eneko! ¿Y no me voy a enfadar? ¿Qué quieres? ¿Que me ponga a cantar y a bailar?

Se enzarzaron en una agria discusión sobre el asunto. Raíg trataba de que ella comprendiera sus razones: a él también la cosa le había caído por sorpresa. Fue a ver al hayib Abuámir y él se lo dio ya todo hecho, como algo irremediable, sin darle opción siquiera a pensarlo. Entonces, viendo que iba a resultar peligroso oponerse, decidió no contrariarle en nada, pues se dio cuenta enseguida de que Abuámir ya no iba a echarse atrás y que estaba resuelto a solucionar su problema quitándoselo simplemente de encima. Debía echar a Abda de su palacio y ¿adónde iba a enviarla mientras pasaba el invierno? No podía dejar que continuara viviendo en Alzahira, una vez repudiada; pero tampoco iba a buscarle otra residencia en Córdoba. Nadie lo hubiera comprendido. Abda era hija de rey y hermana de rey; no podía ser tratada, pues, de cualquier manera, aunque el matrimonio se hubiera roto de forma irremediable. Solo quedaba la posibilidad de alojarla en los Alcázares provisionalmente, al amparo de la sayida, hasta que llegase la primavera y el buen tiempo permitiese que fuera devuelta a su reino de origen.

—No me pude negar, Auriola —dijo Al Mawla con expresión tajante—. ¿Cómo iba a decirle que no? Me lo pidió como un favor. No están ahora las cosas como para enojar a Abuámir. Eso le hubiera puesto definitivamente en contra de Hixem. Además, estaba convencido de que iba a acceder a su ruego. ¿No lo comprendes, Auriola?

Ella conocía bien a su hermano y se dio cuenta de su astucia, lo cual acabó de irritarla. Haciendo un esfuerzo para conservar la calma, le preguntó:

—¿Le dijiste que Hixem y yo estábamos de acuerdo?

—Sí. Eso le dije. No podía hacer otra cosa.

—¿Sin contar con nosotros? ¿Sin preguntarnos siquiera nuestra opinión al respecto? ¡Mentiste! ¡Eneko, eres un embustero!

—Hermana, tienes que comprenderlo. Te lo repetiré otra vez, pues no quieres escucharme: consideré que no debíamos enemistarnos con el hayib. Ahora Abuámir nos deberá el favor y tendrá que manifestar su gratitud de una forma u otra.

La señora estaba tan enfadada que se dio media vuelta para presentarle su espalda, como señal de que no estaba dispuesta a aceptar esas razones de su hermano. Entonces él, con una estudiada rotundidad que trataba de colocar el conflicto en un punto final e irremediable, zanjó la cuestión afirmando de manera tajante:

—¡Esto es lo que hay, Auriola! Hice lo que creí que sería más oportuno. ¡Ya no hay remedio! Ahora no podemos cerrarle la puerta a Abda y devolvérsela al hayib. ¡Eso sería terrible! No, hermana, no debes cometer ese error del que luego os arrepentiríais Hixem y tú toda la vida. Debes aguantar y alojarla aquí. Estamos en enero; quedan apenas unos meses para la primavera. No es mucho tiempo, y los beneficios, por un pequeño sacrificio de algunos meses, serán inmensos para nuestra causa.

Ella no se dejó enredar por su fingido aire fatalista, y contestó:

—Dices: «no podemos», «nuestra causa»… ¿Y yo qué? ¿Qué pinto yo en todo esto? ¿Y mi hijo? ¡También él vive aquí! ¡Y nos metes en casa a una mujer desconocida para nosotros! ¿Te das cuenta, Eneko? Según me has contado, la princesa es insoportable. Tiene un carácter terrible. Si Abuámir no la aguanta, ¿por qué tenemos que soportarla nosotros?

—Habrá que mirar hacia delante y asumir las cosas tal y como vienen, Auriola. Tú sabrás ponerla en su sitio.

—¡Esto es el colmo! —gritó la señora—. ¡Era lo que nos faltaba!

—No exageres, hermana.

Ella fue hacia un aparador e hizo sonar una campanilla que había encima de él. Al momento apareció Sisnán y se inclinó:

—¿Está el califa en sus aposentos? —preguntó.

—Sí, mi señora.

—Pues ve a decirle que su madre le espera aquí. Y, por favor, que no se demore.

En cuanto Sisnán se retiró, una nube de negras ideas volvió a ensombrecer la mente de la señora. Desde hacía algún tiempo estaba convencida de que todos hacían las cosas a sus espaldas, de que no la tenían en cuenta y tramaban planes sin contárselos, y de nuevo se puso a despotricar.

—Antes de hacer nada, deberías habérmelo consultado. ¡No consentiré que me releguéis!

Su hermano Eneko se mantuvo todo el tiempo pacientemente sentado, escuchándola, frunciendo ligeramente el ceño sin quejarse. Porque, aunque había podido imaginar el enfado que ella tendría al enterarse, en ningún momento se le pasó por la cabeza que pudiera negarse a recibir a Abda en los Alcázares.

Al cabo de un rato entró el califa. Su madre, nada más verle, le preguntó:

—¿Sabes lo que ha organizado tu tío sin nuestro consentimiento? ¿Sabes que ha dejado que Abuámir nos meta en casa a su repudiada esposa Abda?

Hixem escuchó estas preguntas sin moverse y luego miró a su tío. Al Mawla contestó por él:

—Sí, Auriola, Hixem lo sabía todo. Yo se lo dije el primer día.

La señora pasó a un estado todavía peor. Enrojeció de furor. Pero, antes de que diera rienda suelta a su cólera, su hijo se apresuró a decirle en tono tranquilizador:

—¿Y qué podíamos hacer, madre? ¡No podemos negarnos! Abuámir no lo comprendería…

La señora clavó sus ojos enfurecidos en él y quiso decir algo, pero luego se derrumbó y fue a sentarse en el diván, moviendo la cabeza, consternada, y murmurando:

—Esto es el colmo… ¡El colmo! Aquí yo soy la última esclava que no se entera de nada… ¡Dios mío, esto es lo que me faltaba!

Hixem esperó a que ella acabara de quejarse, mirándola con lástima. Luego se acercó y le dijo con calma y tono meloso:

—Anda, no te pongas así… Van a ser solamente unos meses, madre. Hagamos un esfuerzo para tratarla lo mejor que podamos…

La señora se dirigió a su hermano y le echó en cara:

—Ya veo que lo tenéis todo hablado… Ya le has metido en la cabeza todas tus ideas… Nada de lo que yo diga valdrá ya para nada…

Después de decir esto, la señora lanzó un hondo suspiro y se puso en pie, yendo de nuevo hacia el aparador para hacer sonar la campana. Al momento se presentó Sisnán.

—Tú dirás, mi señora.

—Ve a buscar a los administradores y diles que vengan ahora

mismo a mi presencia. He de tratar con ellos un asunto de suma importancia.

Al disponerse a desaparecer de nuevo el eunuco, ella le retuvo todavía para ordenarle:

—Anuncia a todo el palacio que deberán reunirse esta tarde en el segundo patio. Una invitada va a venir a alojarse en el ala norte de los Alcázares. Deberéis limpiar y preparar concienzudamente aquellos aposentos para ella.

70

Al día siguiente, antes de la oración de mediodía, la señora salió al último patio y se colocó, rodeada por sus más fieles servidores, bajo el arco de la puerta Dorada. Se había estado pensando mucho dónde debía recibir a la princesa Abda, y al final pudo más la bondad de su corazón que toda la rabia que le corría por dentro. Fue capaz de reflexionar y ponerse en el lugar de la esposa repudiada, decidiendo que no iba a hacer ni un solo gesto que pudiera causar mayor daño a una mujer en tal situación. Iba a ser con ella, sobre todo, hospitalaria y comprensiva. Por otra parte, no conocía a su huésped; nunca había tenido ocasión de encontrarse con ella, y le parecía cuanto menos injusto no tratar bien a alguien que nunca hizo nada malo, viniese de donde viniese y a pesar de todo lo que hubieran podido contarle acerca de ella. La señora pensaba en el fondo que la amarga verdad siempre acaba infligiendo su duro castigo a quien decide de antemano no actuar con buena voluntad. No obstante, desde el primer instante tuvo muy claro que Hixem no debía salir a recibir a su invitada. Una cosa era el califa y otra muy distinta su madre.

El día estaba frío y triste. El cielo parecía cubierto por un espeso velo gris y ya se hacía evidente que el sol no iba a aparecer. Todo el personal de palacio se había abrigado convenientemente y aguardaba, ocupando cada uno su lugar, donde la señora había dispuesto la tarde anterior. Ella estaba sentada en el centro del atrio, bajo el arco, rodeada por sus sirvientas; detrás, le guardaba las espaldas su hermano Raíg al Mawla. Vestidos adecuadamente con sus libreas y sentados también, pero no por debajo de ella, los eunucos se situaron a los lados y un poco adelantados. Separados a un lado, de pie en un rincón, esperaban también los intendentes Farid y Yacub.

De pronto la puerta se abrió, empujada por los guardias de la otra parte, y apareció la princesa seguida por su dama de compañía, que caminaba casi al lado de ella. Abda se detuvo turbada, con la cara hosca, nerviosa. Iba enteramente vestida de negro e igualmente lo estaba su acompañante. La señora la miró fijamente, tratando de esbozar una sonrisa acogedora. Pero la princesa sostuvo esa mirada con un gesto a la vez atrevido y arrogante. Tenía el rostro muy pálido y delgado, los ojos almendrados y las cejas espesas; un cerrado velo le cubría todo el pelo, las orejas y la frente. A la señora le pareció que estaba delante de una monja, porque además se había atrevido a colgarse del cuello una cruz grande y vistosa.

—Abda de Pamplona, Dios sea contigo —le dijo la señora con sumo respeto, dulcificando el tono cuanto podía—. Siéntete bienvenida a la casa del califa Hixem abén Alhaquén abú al Nasir.

La princesa paseó la mirada en torno y en silencio, mientras la señora proseguía:

—Tus aposentos y el de tu dama ya están preparados. Pido al Dios altísimo que tu estancia aquí sea de tu agrado, que te sientas como en tu propia casa y que halles el consuelo y el cariño que necesitas.

La princesa no contestó a este saludo, pero cruzó el umbral, y lo mismo hizo su asistente. Entonces la señora se levantó de su asiento y caminó hacia ellas, con una sonrisa de oreja a oreja de bienvenida, diciéndoles cálidamente:

—¿Veis a toda nuestra gente? Todos los sirvientes personales del califa y todos los míos están a vuestro servicio. Aquí no vais a necesitar nada de lo que habéis dejado atrás. Todo lo que os haga falta, pedidlo.

Abda volvió a echar una ojeada en torno, pero no abrió la boca. Se hallaba como sumida en su locura, muy trastornada, y no hacía el menor esfuerzo para disimular la contrariedad y todo el enfado que tenía. Cada vez que su mirada se cruzaba con la de la señora, esta sentía una turbación mayor. Sus ojos se encontraban un breve instante y acto seguido, despreciativa, la princesa volvía la cabeza hacia otro lado. Esto tenía tan desconcertada a la señora, junto al hecho de que no se dignara a hablar, que no sabía ni si era mejor adelantarse más hacia ella o más bien cederle el paso. Esta incertidumbre acentuó su incomodidad y, finalmente, no pudo sino hacerse a un lado, murmurando con voz apenas audible:

—¡Adelante, Abda! ¡Bienvenida!

La princesa pasó al frente, caminando a cada paso con mayor decisión, mientras era seguida de cerca por la señora, que se iba preguntando si había actuado como era debido o había metido la pata. Aunque en mayor indecisión se hallaban los criados, que se pusieron a seguirlas sin saber qué hacer, hasta que, atravesando los jardines, llegaron todos al palacio interior. Allí se detuvo Abda y esperó inmóvil a que se le dijera por dónde debía continuar, preguntando a la vez con aire desdeñoso:

—¿Dónde se ha preparado mi cárcel?

La señora sintió en ese momento que se le venía abajo todo su esfuerzo de cordialidad y hospitalidad, notando que le hervía la sangre y que de buena gana la hubiera puesto en su sitio, insultándola y humillándola delante de todos. Pero reprimió estos impulsos. Sin embargo, se había cansado del juego y acabó plantándose delante de Abda para decirle con tono directo y seguro:

—Bueno, Abda de Pamplona, ya está bien. Comprendo toda tu indignación, y el estado de dolor y humillación en que te hallas, pero estoy tratando de ser amable contigo. Así que te ruego que no me lo pongas más difícil. Debes comprender tú que para mí esto también supone un amargo trago. ¡Vamos, sígueme!

La señora recorrió el vestíbulo por delante con pasos decididos y luego subió por las escaleras, furiosa y arrepentida por haber sido tan indulgente. Al mismo tiempo, miraba de reojo para ver si era seguida por la obstinada princesa, y como viera que continuaba allí sin moverse, le gritó con irritación:

—¡Te he dicho que me sigas! ¿Estás sorda?

Subieron hasta los aposentos del ala norte del palacio, cuyas ventanas miraban hacia las sierras. Allí entraron solas la señora y Abda en la estancia que se había estado preparando para ser convertida en una habitación cálida y agradable, a la vez que suficientemente lujosa.

—Aquí vas a estar muy bien —dijo la señora, cerrando la puerta y haciendo un gran esfuerzo para retomar la calma—. Serán solo cuatro meses y después mi hermano Raíg al Mawla se encargará de que seas llevada a tu reino. Cuatro meses puede ser poco tiempo… o mucho, según la actitud que decidamos tener…

Abda la miró con una sonrisa despreciativa, se quitó el velo y lo arrojó sobre la cama, dejando suelta toda su abundante cabellera de color castaño claro. Se colocó luego junto a la ventana y estuvo mirando hacia el horizonte. Su expresión de arrogancia fue mayor que nunca cuando se volvió de pronto para hablar por fin.

—Así que tú eres Auriola… —dijo, con una ironía ofensiva—. ¡La famosa Auriola! Ya me imaginaba yo que debías de ser ya vieja… Pero nadie me había dicho que lo fueras tanto…

La señora se fue hacia ella y la reconvino:

—Tengo ya una edad, eso es verdad. Y lo que yo no imaginé nunca es que la hija de un rey de Pamplona fuera capaz de hablar con tan poco respeto a una paisana suya que la recibe en su casa. ¿Esa es la cortesía que aprendiste en la casa de tu padre?

Abda soltó una risita llena de significado y contestó:

—Tú no eres una paisana. ¡Qué más quisieras tú! ¡Eres mora!

—Creo que deberíamos hacer un esfuerzo y tratar de llevarnos bien —le dijo la señora, conteniéndose cuanto podía y acercándose un poco más.

La primera entonces se revolvió y escupió en el suelo, con tanto odio y despreció que le hizo gritar a la señora:

—¡En mi casa no harás eso! ¡Si te quieres presentar como cristiana delante de mí, no hagas gestos del mismo diablo!

No obstante esta reconvención, Abda volvió a escupir, con más saña aún.

—¡Basta! —la reprendió la señora—. ¡No se te ocurra volver a hacerlo o te rompo la cara! Ahora empiezo a comprender por qué Abuámir te ha repudiado…

La princesa apretó los dientes y, echando chispas por los ojos, alzó la mano para pegar a la señora. Pero esta, que era más alta y fuerte, la agarró por las muñecas, gritándole:

—¡Eso sí que no! ¡Levantarme a mí la mano! ¡Eso sí que no te lo consiento!

Hubo un forcejeo, en el que la señora tenía todas las de ganar por su fuerza y tamaño, y acabó dominando a Abda, hasta arrojarla sobre la cama y propinarle dos restallantes bofetadas. Luego salió de la habitación y dio un portazo, dejándola allí dentro.

Afuera estaban la dama de compañía y parte de la servidumbre, esperando atónitos e inmóviles, después de haber oído las voces y el ruido de la refriega.

—¡Dejadla sola! —dijo con voz tonante la señora—. ¡Que llore y que patalee cuanto quiera! ¡Ya se le pasará!

71

Llegó a Córdoba lo más duro del invierno, muy repentinamente, como solía suceder. Eran los días oscuros, en los que todo el mundo pasaba la mayor parte del tiempo recluido en sus habitaciones. La fría niebla apareció una madrugada, haciendo invisibles los minaretes de las mezquitas, las torrecillas de los Alcázares, los enhiestos cipreses y las umbrías alamedas del Guadalquivir. Una ansiedad grande se apoderó del alma de Farid al Nasri, como le pasaba cada año en esa época. Ni siquiera toda aquella felicidad que sentía por su cargo, ni el privilegio de poder entrar cada día en los palacios califales, podían ayudarle a vencer ese sentimiento de tristeza. Acudía a su trabajo puntualmente, pero dominado por una pereza un tanto mustia, que le hacía dejar en manos de Yacub casi todas las obligaciones de la intendencia. El joven poeta se perdía dando vueltas por los jardines, con la mirada en el vacío, o sentábase lánguido en un poyete, con los pies enterrados por las hojas muertas y húmedas. Veía desde las almenas las barcas cruzar el río gris y la torre del otro lado del puente a lo lejos, envuelta en brumas hostiles. Un cielo blanquecino se derramaba sobre toda la ciudad. El canto de los muecines por la mañana parecía un hondo lamento que le llenaba de congojas. No le apetecía otra cosa que componer poemas tristes y recitárselos luego a solas, asomado al insondable vacío de las vistas invernales.

493

Solo se sinceraba con su amigo el poeta Abdel, el Cojo, contándole con voz taciturna aquel estado melancólico que le dejaba sin fuerzas ni determinación.

—No tengo ganas de nada, a veces solo de llorar —le decía—. Es como si los iblis me robaran el alma… ¿Estaré enfermo?

Abdel se echaba a reír, haciendo temblar su barriga, y le contestaba:

—Sí. Estás enfermo, mi amigo. ¡Tienes falta de flores y vino! Desde que te has recluido en los Alcázares, esa dolencia se te ha acentuado… Ahora tendrás dinero, pero el oro no cura ciertos males… Estás falto de amor. A tu edad, ya deberías dejarte de mujerzuelas y buscarte algo más sorprendente, una belleza arrebatadora, alguien capaz de volver a encender el ardor en tu corazón…

Pasaron los días y, como se aburría, Farid empezó una mañana a husmear por cada rincón del palacio. Había terrazas y pequeños patios que no tenían una finalidad o destino concreto en el complejo palaciego. La curiosidad del joven poeta no le dejaba permanecer quieto. Había comenzado a lloviznar al amanecer y continuó hasta el mediodía. Todo estaba silencioso e inmóvil. Daba la impresión de que las cornejas eran las únicas dueñas de los tejados, las cúpulas y los árboles. Entonces su excitación le llevó a indagar por las innumerables estancias que se sucedían por las interioridades del edificio. Nunca antes se había atrevido a ir más allá del gran patio que separaba la verdadera residencia del califa de las edificaciones donde hacía la vida la servidumbre. Pero sentía un irrefrenable deseo de aventurarse por el ala norte del palacio, donde residía la princesa Abda con su dama de compañía. Pasó por delante de la galería que guarnecía la entrada a los aposentos de la señora. Más adelante estaban las cocinas a mano derecha y, frente a ellas, unos almacenes donde se guardaba el mobiliario de los jardines durante el invierno, envuelto en telones impregnados con aceite y sebo de cordero para librarlos del óxido. El olor acre de los ungüentos era intenso allí. A mano izquierda, un sendero empedrado conducía a las caballerizas, que también tenían entrada por el jardín principal, por si el califa o su madre querían salir a caballo por la parte más digna, que miraba a la puerta Dorada.

Cruzó aprisa los almacenes, donde había criados ocupados en sus labores de preparar más envoltorios empapados en betún, pez y grasa. En tiempo de lluvia había que preservarlo todo. En los establos, las bestias tiritaban y desprendían vapor blanco. La tierra allí estaba revuelta y formaba barro. Se hundió hasta los tobillos y, contrariado, temió dejar huellas después, al ir más adelante. Pero su intrepidez le hizo continuar. Llegó hasta un enorme seto que crecía frente a los altos muros que guardaban el último jardín. Supuso que la puerta estaría al final y siguió una pared de tierra, húmeda y musgosa. Dio por fin con una reja cerrada con llave y comprobó que los jardines eran inaccesibles.

Apoyó el rostro en los fríos hierros y se asomó, pero apenas se veía parte del brocal de un pozo, un bonito círculo de arrayanes y una hilera de cipreses. El palacio del ala norte era pequeño, pero muy hermoso, con un gran ventanal sobre la puerta principal. Permaneció así un largo rato, frustrado por no poder pasar más allá y atravesar el desierto y silencioso espacio. Entonces reparó en lo ingenuo que había sido al imaginar que le sería tan fácil penetrar en aquella parte tan reservada. Pero, para su sorpresa, apareció por allí un viejo jardinero que le vio, y se acercó a él con gran respeto y reverencia para preguntarle:

—¿Necesitas entrar, señor administrador?

Farid, sorprendido gratamente, no vio el peligro al responder:

—Sí. Quisiera revisar esta parte del palacio.

El jardinero sacó la llave, abrió y le franqueó sin más el paso. El poeta entonces se adentró por entre los setos y los árboles, husmeando, maravillado por lo fácil que le estaba resultando aquella aventura. Y tanta inspiración le causó el viejo y encantador jardín, que se puso a recitar en voz alta:

¿De verdad todo se acabó?
¿Adónde van las primaveras?
¿Dónde se esconden los veranos?
¿Por qué son traidores los otoños?
Dejaron los árboles desnudos,
los parterres despojados,
los rosales hostiles…
Y yo me quedo aquí,
solo.
Para lloriquear y hacer el tonto…
¿Y si las flores están escondidas
detrás de los setos tristes?
¿O detrás de las paredes esperando?
¿Y si cierro los ojos y las imagino?
¡Qué estupidez!
¡Otra vez a lloriquear!

Oyó una risita en alguna parte. Farid alzó los ojos hacia el alto ventanal y la vio allí, muy quieta, mirándole fijamente. Era la dama de compañía de la princesa Abda, y su cara preciosa delataba el color de sus sentimientos. Aparentemente se la veía como entre curiosa y divertida, y era indudablemente bellísima. Brillaban sus delicados ojos castaños y sus labios entreabiertos esbozaban una mueca de candidez extasiada.

A él le pareció adivinar que alguna lágrima resbalaba por las claras mejillas. Se acercó un poco, caminando despacio, y se puso bajo el ventanal. Ella siguió todavía allí quieta, mirándole intensamente durante un rato. Pero después se retiró, sonriendo, para desaparecer de su vista. En aquel primer encuentro fugaz no hubo ninguna palabra.

Al día siguiente, a la misma hora, estaba el joven de nuevo bajo la celosía y pendiente del ventanal. Rezaba implorando que el rostro de la muchacha brillara de nuevo para él. Recitó con mayor fuerza y emoción que el día anterior; se desgañitó, y solo consiguió espantar a las palomas. Pero luego una voz de mujer le gritó, entre risotadas, en tono guasón:

—¡Silencio! ¡La señora de los Alcázares no consiente que se alce la voz en sus palacios! ¡Menudo tostón nos das por las mañanas! ¡Pesado!

Se ahogó el poema en su garganta. Quedó mudo. Se hizo entonces un silencio expectante, en el que el poeta no se atrevía a moverse. Pero luego, poco a poco, fue echando una ojeada en torno, hasta volver a alzar la mirada hacia el ventanal. No se veía a nadie en ninguna parte.

—¡Eh, estoy aquí! —dijo la voz.

Él miró a derecha e izquierda. Nadie.

—¡Aquí, tonto!

De repente escuchó el crujido de unos pasos entre las hojas muertas y el frufrú de las telas. Alguien se aproximaba por detrás de un seto, aunque solo podía adivinar el color del vestido, de un verde brillante. Aterrorizado, se agachó, pensando que podía ser la señora, y buscó cobijo entre los arbustos. Echó un vistazo entre el ramaje y vio que una mujer estaba junto al pozo, mirando en derredor suyo, buscándole sin duda. Era ella, que preguntaba:

—¿Dónde te has metido? ¿Por qué te escondes de mí?

Farid salió tímidamente de su escondite y se enfrentó a la mirada indagadora de la joven, que le preguntó enseguida:

—¿Quién eres?

A él se le pasó por la cabeza mentir, alegando que era un jardinero. Pero no le dio tiempo, pues ella se respondió a sí misma, diciendo:

—El administrador Farid al Nasri, el poeta. —Y se echó a reír.

Permanecía él quieto y sin saber qué hacer, mientras ella se aproximaba apostillando:

—El que recita por las mañanas a voz en cuello y pone de mal humor a mi señora la princesa Abda. Te vemos desde el ventanal. Anda, ven aquí, no tengas miedo. No te voy a comer…

El corazón le latía al joven arrebatadamente en el pecho.

—¡Vamos, acércate! —insistía ella con enérgica voz.

—Me perdí… y acabé en este jardín —dijo apocado Farid, dejando escapar la primera excusa que se le ocurrió.

Ella soltó otra carcajada.

—¡Mentiroso! ¿Dices que te perdiste? Por aquí no se va nada más que a la zona del palacio donde vivimos. ¿Eres el administrador de los Alcázares y no los conoces? ¿Dónde ibas pues?

Él se animó al ver el descaro con que ella le trataba y contestó resuelto:

—Quería verte a ti.

—¿A mí?… Vaya, vaya… ¿Y para qué?

—Te vi cuando tu señora y tú llegasteis al palacio. No he dejado de pensar en ti ni un solo momento desde entonces…

Ella se sonrojó, no obstante su descaro.

Hubo luego un silencio, tras el cual otra voz habló desde lo alto del ventanal, diciendo:

—Tampoco ella ha podido dormir durante esta noche pensando en ti.

El joven poeta levantó la mirada y vio a la princesa Abda, que estaba asomada y con los codos apoyados en la balaustrada, con una cara entre arrogante y traviesa, mientras añadía:

—Esta tortolita madruga todos los días para escuchar las tonterías que recitas. Así que no me ha quedado más remedio que dejarla salir para que espere y pueda verte de cerca. ¡Mira si soy comprensiva!

Farid se volvió hacia la muchacha y la estuvo mirando un rato. Ella apretaba los labios con una expresión rara y la inicial audacia de su mirada iba decayendo. Era muy bella, alta, pero de figura ligera.

—No sabes cómo me alegra conocerte… —dijo ella, dulcificando definitivamente el gesto—. ¡Me encantan tus poemas!

—¡Anda ya! —refunfuñó la otra desde la ventana—. ¡No seas embustera! Lo que te gustaría es darle un beso… ¡Aprovecha! ¡Ojalá pudiera dárselo yo!

La joven avanzó entre risas y besó a Farid en los labios. Luego se dio media vuelta y echó a correr, entró en el palacio y cerró la puerta tras de sí.

Él se quedó allí como un pasmarote. Entonces la princesa, con el mismo tono guasón, le espetó:

—¡Vete ya a tus cosas, poeta! ¡A ver si nos vamos a buscar un lío con la regañona de tu señora!

Cuando Farid llegó a la administración, iba como en una nube. Yacub estaba preocupado y, al verle entrar, le reprochó:

—¿Se puede saber dónde demonios te metes? ¡Estás muy raro últimamente!

El poeta dudó un momento, miró después a su amigo con expresión bobalicona y respondió mascullando:

—Las he visto… Ella estaba hoy en el jardín…

Yacub lanzó un suspiro de fastidio y se puso a despotricar furibundo.

—¿Eh…? ¿De qué me hablas? ¡Déjate de mujeres! ¡Si serás inconsciente! ¡Tenemos problemas! ¡Tenemos muchos problemas!

—¡Basta! —exclamó, Farid dando un respingo—. ¡No me grites!

—¡Cómo no te voy a gritar! ¿No te he dicho ya lo que pasa? Cada vez vienen menos proveedores… He enviado a los criados a los mercados para que compren lo necesario y no consiguen que les fíen.

—No te enojes. Ya lo arreglaremos. ¡Cómo no van a querer venderle a la casa del califa!

—¡Pues no nos fían! ¡Te lo llevo repitiendo toda la semana! Pero como tú lo único que haces es enredar por los jardines… ¡Como se entere la señora…! ¡Ten cuidado, por Alá!

72

El joven administrador de los Alcázares Farid al Nasri dormía profundamente en su alcoba del palacio de Al Mawla, cuando fue despertado por unos repentinos clamores: brillantes gorjeos, trinos agudos, dulces silbidos y algún que otro graznido áspero. En un primer momento, no comprendió el sentido de aquel concierto de cantos de pájaros, pero no tardó en darse cuenta de que eran los esperados sonidos que venían a expulsar el silencio del invierno. Una felicidad vibrante le poseyó. Se levantó y deslizó los pies en sus babuchas. Al abrir la ventana y encontrarse con la preciosa luz ambarina sobre los tejados, se sintió como un niño. Se lanzó de la cama y se vistió con prisa. Salió y, en la gran escalera, Sabán le saludó con una mirada grave. Farid le exhortó:

—¡Anima esa cara, hombre! ¿No oyes cómo cantan los pájaros?

El rostro del criado respondió a esta interpelación con un gesto de asombro mezclado con seriedad.

—Pronto será primavera —apostilló Farid, dirigiéndose hacia la puerta.

El frío le recibió en la calle, recordándole que todavía era febrero y que el invierno resistía contumaz e insensible a toda su dicha de aquella mañana. Pero el joven poeta se sentía bien, ¡demasiado feliz!, como para que su rostro helado por la brisa matinal perdiera su expresión radiante y despreocupada. Y de esta manera, con pasos decididos, alegres, cubrió la escasa distancia que separaba el palacio de la puerta de servicio de los Alcázares. Entró, saludando a los guardias con voz cantarina, y atravesó el primer patio sin importarle nada de lo que pudiera encontrar a su paso. En el segundo y el tercer patio apenas se detuvo para darle los buenos días a la servidumbre. Pero, al llegar al jardín, paseó extasiado su mirada por la encantadora fachada del palacio interior, reparando en la armonía de los arcos, las ménsulas y las columnas, como si lo viera por primera vez. Todo aquello aparecía ante sus ojos, como de costumbre, silencioso y envuelto en su delicioso misterio. Pero esa mañana, sería por el canto de los pájaros o por la luz, le pareció más hermoso y apacible. Se adentró entonces por las interioridades que conducían a los jardines del ala norte. Alzó la mirada hacia el ventanal al llegar y sintió un repentino ahogo en el pecho, faltándole casi la respiración, cuando vio las dos siluetas moviéndose por detrás de los orificios de la celosía; y su corazón de poeta voló hacia ellas con ternura y deseo. Sonrió aún más vivamente, a sabiendas de que su cara y sus movimientos estaban siendo observados a conciencia, e hizo que aquella sonrisa se convirtiera en un mudo saludo que se mantuvo un largo rato. Pero, finalmente, se dio media vuelta y volvió sobre sus pasos, respirando a fondo, para cruzar de nuevo el jardín e ir a la intendencia a ocuparse de sus obligaciones diarias.

Cuando entró en el despacho, ya estaba allí el otro administrador, su compañero y amigo Yacub al Amín, sentado delante de la mesa y muy ocupado ordenando los cuadernos de notas. Farid se le aproximó por la espalda y le susurró:

—Buenos y felices días, hermano.

Yacub se volvió hacia él y le miró con fijeza, como observando y tratando de interpretar aquella radiante sonrisa y aquel aire despreocupado que traía consigo el poeta. Luego le preguntó:

—¿No quedamos tú y yo en que vendríamos todos los días un rato antes para poner en orden todo esto?

Farid le lanzó una ojeada como diciéndole: «Sí, ¿y qué?», y luego le habló de manera melosa:

—Estas mañanas, en las que crece la luz y empiezan ya a cantar los pájaros, me llenan de felicidad y de ganas de vivir.

Yacub volvió a mirarle con seriedad y luego señaló el montón de cuadernos que estaban esparcidos con desorden sobre la mesa, diciéndole en tono irónico:

—Estas cuentas y estas relaciones de gastos, que no tienen ni pies ni cabeza, me llenan a mí de angustia y de arrepentimiento por haber aceptado este cargo.

Farid ignoró estas insinuaciones agrias de su amigo y contestó:

—¿Sabes una cosa? Cuando fui a los jardines del ala norte hace un momento, ellas estaban en la ventana, como cada mañana, quietas tras la celosía, mirando hacia la verja.

—¿Quieres decir que te esperaban? —preguntó Yacub con tono todavía más irónico y hasta un punto enojado.

—Bueno, estaban allí… Como ayer, como todos los días…

Yacub cambió el tono irónico y le reprendió con seriedad.

—¡Farid, te vas a buscar un problema! ¡Nos vas a meter en un lío! ¿Por qué no te preocupas más del trabajo y un poco menos de las mujeres?

La cara del poeta se iluminó al exclamar:

—¡Alá lo sabe! Solo pensar en que esas lindas mujeres están ahí, a tan solo unos pasos de nosotros, me hace olvidar todo lo demás…

Yacub se quedó atónito, como quien es sorprendido por algo del todo inesperado. Se puso en pie, resoplando, haciéndole ver a su amigo que el fastidio y el enfado se habían apoderado de él, por razones bien claras que puso de manifiesto.

—¡Me asombra que seas tan insensato, hermano! Mira, mira todos estos cuadernos que tenemos que poner en orden. Las cuentas del palacio del califa son un auténtico desastre… ¡Esto es una ruina! Hace años que no se paga a los proveedores, se debe dinero por todas partes y ya es difícil conseguir que alguien nos sirva lo necesario… Los administradores que nos precedieron trabajaron solo en su propio provecho, sin vergüenza ni recato alguno. ¡Como verdaderos ladrones! Y me doy cuenta de que ni la señora ni el califa saben nada de esto… ¡No tienen ni idea! A nosotros nos corresponde ahora tener que justificar todo esto, hacer los pagos atrasados y convencer a los abastecedores de que en adelante se les pagará puntualmente… ¿Y cómo lo haremos? No hay fondos… Se lo han gastado todo… ¡Todo! Aquí no queda ni un dinar… ¡Nos ha caído encima un buen problema!

Farid sonrió, confuso y avergonzado, al ver que no le quedaba más salida que hacer frente a aquel problema que ya venía de largo. Se quedó pensativo, como si estudiara el asunto en todas sus facetas, para contestar después con circunspección:

—Comprendo lo que me dices, hermano. Pero no olvides que esto es un gran honor para nosotros. ¿Cuándo pudimos soñar siquiera que nos veríamos en un cargo así?

Yacub dio un puñetazo en la mesa, replicando:

—¡Sí, un gran honor! ¿Y de qué nos sirven los honores si aquí nadie nos va a pagar un solo dinar? ¿Es que no te has enterado de lo que trato de explicarte cada día? Pero como piensas únicamente en esas mujeres del ala norte…

—Sí, sí que lo comprendo, hermano. ¿Cómo no me voy a enterar de ello si me lo estás repitiendo a todas horas?

—¡Pues dime tú qué podemos hacer! Porque, si encima de que tenemos que solucionar esto, te preocupas solo de las mujeres… Por mucho honor que sea este cargo, podemos acabar mal si defraudamos la confianza que han puesto en nosotros… El cadí Al Mawla espera mucho de nuestra gestión, no olvides eso.

Yacub siguió dando rienda suelta a sus palabras, desahogándose, desatando la lengua, reprochando y volviendo a reprochar.

—¡Y todavía te diré una cosa más! ¡Ten sumo cuidado, hermano! ¡Esas mujeres encierran mucho peligro! ¿Cómo no te das cuenta? Esas mujeres pertenecen al harén del hayib Almansur… ¿Cómo se te ocurre tontear con ellas? ¡Por Alá de los cielos! ¿Cómo se te ocurre? ¡Vivir para ver…! ¡Menuda insensatez!

Farid se sintió abrumado y pesaroso al darse cuenta de que su amigo tenía razón. Pero trató de justificarse, diciéndole de manera tranquilizadora:

—Pero… ¡si casi nunca hablo con ellas!

—Las miras, Farid; levantas los ojos todos los días hacia las celosías y esperas a que ellas crucen la mirada contigo… ¿Cómo se te ocurre?

El poeta bajó los ojos para disimular su sonrojo al verse abroncado de aquella manera. Se sentó junto a la mesa, presa de una extraña confusión, y sin saber qué hacer, se volvió hacia su amigo diciendo en voz baja, apurado:

—Ya sabes que a mí la esposa repudiada del hayib no me interesa. La que me vuelve loco es la otra… ¿No puedo yo mirar a una mujer que me gusta? Ella es libre. ¿No puedo mirarla?

La pregunta, que se le había escapado en tono de turbación, enojó todavía más a Yacub.

—¡La otra es la dama de compañía! ¡Siempre están juntas las dos! ¿No eres capaz de darte cuenta del peligro? ¿Y si se entera la señora? O peor todavía, ¿y si se entera el hayib Almansur? A fin de cuentas, la princesa es la madre de su hijo… Además, se irán en primavera… ¡Y no las volverás a ver!

Farid se le quedó mirando con una perplejidad triste. Luego farfulló algo ininteligible, poniendo su atención sobre los cuadernos de cuentas, y después suspiró, como si respondiese a sus propios balbuceos:

—A ver qué demonios hay en todo esto… A ver cómo lo arreglamos… Ya se me ocurrirá algo…

Yacub le clavó una mirada de amarga crítica y le dijo socarrón:

—Eso, piensa, piensa con la cabeza… ¡Y no con la entrepierna!

73

—¡No comprendo nada! —dijo la señora, protestando, confusa y con cierto embarazo—. Si no os explicáis con más claridad, no me entero de lo que me estáis diciendo.

Frente a ella estaban Farid y Yacub, azorados, tratando de encontrar las palabras adecuadas para hacerle ver lo que había sucedido durante años en la administración de los Alcázares. Pero debían ser discretos y cuidadosos, en la medida de que se trataba de un asunto sumamente espinoso. También estaba allí el cadí Raíg al Mawla, igualmente sorprendido y atónito por lo que ellos iban contando.

—Señora —continuó explicando Farid—, lo que Yacub trata de decirte es que nos cuesta trabajo encontrar abastecedores para el palacio, puesto que los que solían traer sus mercancías nos ponen excusas, nos dan largas y no se muestran nada dispuestos a prestar ese servicio.

—¡Canallas! —exclamó con desprecio la señora—. ¿Se niegan a servirle al califa?

—En resumen se trata de eso, señora —respondió Yacub—. Nos volvemos locos para encontrar géneros, hemos intentado ir nosotros a comprar personalmente, pero, en cuanto se enteraron de que somos los nuevos intendentes, hasta cierran sus tiendas cuando saben que vamos a presentarnos en ellas.

—¡Ingratos! ¡Desleales! —Alzó la voz ella, enojada—. ¡Se arrepentirán por obrar así!

Farid y Yacub se miraron, sin atreverse a decir nada más al ver esta reacción de la señora. Entonces tomó la palabra Al Mawla para instarles a que dieran más explicaciones:

—Creo que debéis contarle a la sayida todo, sin omitir nada. Ella tiene que saber lo que pasa en el palacio.

Los intendentes se angustiaron todavía más al sentir sobre ellos la mirada sería e interpelante de la señora. Farid tragó saliva y, con una voz que le costaba salir del cuerpo, murmuró:

—Sayida, no queremos causarte dolor… Si podemos ahorrarte tener que conocer ciertas cosas…

Ella empezó a mover la cabeza de derecha a izquierda, poniendo en ellos unos ojos impacientes y severos.

—¡Hablad! —los exhortó con voz tonante—. ¡Soltad todo lo que sabéis y no me ocultéis nada! Si ocurre algo grave yo debo saberlo.

Farid y Yacub volvieron a cruzar miradas llenas de azoramiento, como tratando de ponerse de acuerdo entre ambos sobre quién de los dos iba a responder. No se decidían y la tensión aumentó cuando el cadí Raíg les ordenó tajantemente:

—¡Tenéis que hablar! Y si no, no haberme dicho a mí nada. No me obliguéis a que yo trate de explicarlo, cuando es cosa vuestra.

—¿Qué ha sucedido? —insistió preguntando la señora, dirigiéndose a Farid—. Si tan grave es, con mayor motivo lo debo saber yo.

El miedo, la compresión y la afabilidad impulsaron al poeta a responderle, aunque luchando contra la confusión que le dominaba.

—No puedo acusar a nadie, no debo hacerlo —empezó diciendo con cautela—. Solo Alá sabe los motivos que hay en cada corazón… ¡Bien sabe el Misericordioso que yo no señalo a nadie! Todos somos hijos de Adán y Eva… ¡Que Alá se apiade de todos nosotros!

La señora le miró entornando los ojos de una manera que mostraba que había llegado al paroxismo en su inquietud por temerse lo peor en lo que Farid iba a contarle.

—Sayida —prosiguió el, llevándose la mano al pecho en señal de sinceridad—, los abastecedores se deben a sus negocios, que son el sustento de sus familias. Aquí está mi compañero Yacub al Amín, que es hijo del síndico del Zoco Grande y conoce muy bien a todos esos mercaderes, gente honrada que desea servir a su califa lo mejor que puede…

Se calló un buen rato para darle tiempo a la señora para ir comprendiendo y asimilar mejor lo que debía decirle a continuación. Luego continuó con aire afligido.

—Pero… ¿Y qué van a hacer los proveedores? ¿Qué van a hacer si hace años que nadie les paga lo que se les debe? Porque, cuando esos mercaderes, de buena voluntad, han servido su mercancía, sintiéndose muy honrados por ser elegidos, y si bien en un principio, por gratitud, por benevolencia, por lealtad… no han exigido el precio… Pero, mi señora, cuando eso ha sucedido no una ni dos, ni tres, ni cuatro… ¡Cuando nunca se les ha pagado! Y al decir nunca, he querido decir en ningún caso, ninguna cantidad, ni la mínima parte del precio… En fin, cuando esa deuda aumenta, a ellos puede sobrevenirles la ruina, porque, como es de comprender, a ellos sus propios abastecedores les cobran lo debido… Y si no pagan… ¿Qué les sucede si no pagan? Pues que son llevados ante el juez y condenados justamente a pena de cárcel, como manda la ley, que es igual para todos. Y tú comprenderás, sayida, que esos buenos mercaderes nunca evadirían sus deudas alegando que la causa de ellas es que el comendador de los creyentes no les paga a ellos.

La señora se quedó mirándole en silencio, impávida, mientras su corazón latía con desasosiego. Entonces tomó la palabra Yacub para insistir, con el tono de quien siente que va a descubrirle una verdad que ella ni siquiera podía imaginar que pudiera ocurrir:

—Sayida, hemos revisado los cuadernos de cuentas uno por uno y hemos visitado a cada proveedor. Lo que acaba de decirte Farid es la triste realidad: hace años que los administradores de los Alcázares no pagan a nadie. No sabíamos cómo decírtelo, pues comprendíamos que durante todo ese tiempo el califa y tú habéis estado ajenos a lo que estaba sucediendo, pero no podíamos continuar ejerciendo nuestro cometido como intendentes sin solucionar cuanto antes este problema. Ayer Farid y yo hablamos sobre ello y decidimos de común acuerdo afrontar el arduo asunto. Temíamos, como es natural, lo que pudiera pasar, pero no podíamos esperar más. Perdónanos, sayida, por haberte causado este gran disgusto.

—También nosotros estamos afligidos y no hemos podido dormir en toda la noche —apostilló Farid—, porque nada hay más lejano a nuestras intenciones que tu pena.

La señora frunció el ceño para concentrar toda su atención en el asunto. Luego suspiró hondamente y, a pesar de su dolor y su vergüenza, hizo un gran esfuerzo para aparentar serenidad.

—La culpa es toda mía —dijo finalmente con voz débil—. Debí estar más atenta a estas cosas. Me confié y… ¡Dios mío, qué tonta he sido! ¡Qué ingenua!

—¡Cómo que la culpa es tuya! —exclamó bruscamente el cadí Raíg—. ¡La culpa es de todos esos sinvergüenzas y ladrones!

Ella le miró desolada. Se puso en pie y dejó el salón en dirección a la galería exterior. Pero, antes de salir, se volvió y dijo con rotundidad, aunque bajando un poco la voz:

—No quiero que habléis de esto con nadie… ¿Me habéis oído? ¡Con nadie! Yo también tengo mi parte de responsabilidad en todo ello y debo solucionarlo a mi manera.

A pesar de estas palabras, su hermano fue hacia ella y le replicó:

—¿Cómo que a tu manera? ¿Cómo que tu parte de culpa? ¡Aquí hay unos ladrones que deben pagar por ello como se merecen! ¡Hay que llevar el asunto ante el cadí supremo para que sean juzgados!

—¡Ni hablar de eso, Eneko! —respondió ella, con voz turbada pero firme—. ¡Bastantes problemas tenemos ya! Todo esto ha sido por pura y simple negligencia de los viejos eunucos. Pero ellos ahora ya están muertos… ¡Alá los perdone! ¡Y Dios maldiga al demonio y sus tentaciones!

74

Sisnán se golpeaba el pecho con el puño cerrado, mientras le decía con voz rota a la señora:

—Yo no sé nada de eso, mi señora... Chawdar se encargaba de esas cosas...

—¡Mentiroso! ¡Mentiroso! —gritó ella con el rostro sombrío y lágrimas en los ojos—. ¡Me habéis estado engañando todos durante años! ¡Tú lo sabías! Yo misma te di dinero a ti muchas veces para que hicieras la compra y pagases lo que se debía... ¡No lo niegues!

—Sí, mi señora —respondió él completamente apurado y a punto de echarse a llorar—, pero el viejo luego se hacía cargo del dinero, diciéndome que eso era cosa suya. ¡Menudo era Chawdar! ¡No se le podía rechistar! Si uno no hacía lo que él mandaba era capaz de abrirte la cabeza a bastonazos...

—¡Mientes! ¡Dime la verdad! ¡Tú sabías que hacía ya años que aquí no se pagaba a nadie! ¿Dónde está el dinero?

—No lo sé, mi señora... ¡Te juro que no lo sé!

—¡Mientes! ¡Embustero! ¿Crees que voy a creerte mientras viva después de lo que me ha pasado? ¡Me fiaba de vosotros! ¡Puse todo en vuestras manos! ¡Y me habéis estado engañando!

A todo esto, Delila estaba un poco más allá, aterrorizada y

medio escondida tras un cortinaje. La señora se dio cuenta de que observaba y le clavó una larga mirada. La muchacha entonces se ocultó del todo.

—¡Y tú! —la llamó la señora—. ¿Qué haces tú ahí? ¡Sal de tu escondite, que te he visto!

Salió Delila tímidamente y fue a echarse a los pies de la señora, gimiendo:

—¡Todo esto es injusto! ¡Por Alá el misericordioso! ¡Qué injusto es, mi señora!

—¡No digas eso! ¡Tú también lo sabías! ¡Dime la verdad! ¡Decidme los dos qué ha estado pasando!

Delila levantó llorosa la cabeza y le tendió las manos, balbuciendo:

—Sí… ¡Debemos ser sinceros! Y cuando sepas la verdad nos juzgarás justamente…

—¡Hablad pues! ¡Soltadlo de una vez! ¿Qué ha sido de todo ese dinero?

Entonces Delila, con el rostro surcado por las lágrimas, se volvió hacia Sisnán para exhortarle entre sollozos:

—¡Vamos a decírselo! ¡Ella debe saberlo! ¡La pura verdad no puede hacerle daño a nadie! ¡Sé valiente y díselo ya!

El eunuco se cubrió el rostro con las manos y empezó a negar con la cabeza, prorrumpiendo en un amargo llanto.

—¡Vamos, sé valiente, Sisnán! —insistía ella—. ¡Alá nos perdone! ¡Cuéntale todo!

La señora lo miró frunciendo el ceño y le gritó:

—¡Habla! ¡Di de una vez que lo que tengas que decirme y acabemos cuanto antes con esto!

El eunuco posó sus ojos aterrados y enrojecidos en la señora y luego miró a Delila, rogándole:

—Cuéntaselo tú… ¡Yo no puedo! ¡No puedo!…

La muchacha suspiró hondamente, como para armarse de valor, y le dijo a la señora:

—Sí tú me das permiso trataré de explicártelo, aunque solo

podré contar hasta donde yo sé. Hay cosas que desconozco, porque yo no estaba todavía en esta casa cuando sucedieron.

La señora clavó la vista en su rostro y le ordenó secamente:

—Di lo que sabes.

Delila se enjugó las lágrimas, se sonó los mocos y, más calmada, empezó a hablar pausadamente; su voz sonaba sincera y simulada a la vez, cuando trató en un principio de justificar en todo a Sisnán. Volvió a intentar cargarle toda la culpa primero a Chawdar, y también después al gran chambelán Al Nizami. Pero estas explicaciones no causaron en el ánimo de la señora otro efecto que un mayor enfado. Entonces la muchacha fue derivando poco a poco el sentido de sus palabras hacia un cierto sentido de culpa. Era muy lista y sabía hacerlo muy bien. Rompió a llorar y a lamentarse, diciendo:

—En esta casa, mi señora, siempre se han hecho las cosas de una determinada manera y… ¡qué difícil resulta cambiar eso! ¡Qué difícil! ¿Qué podía hacer Sisnán? ¿Qué podría hacer este pobre, mi señora? ¡Ahí le tienes! ¡Mírale! ¿No te da lástima? Desde que era casi un niño estuvo bajo el pie de los otros eunucos, más fuertes, más poderosos, más seguros de sí mismos y de su mando… Ellos hacían y ellos deshacían; nada aquí se podía cambiar sin su consentimiento. ¡Y qué genio tenían! Que a nadie se le ocurriera rechistarles siquiera…

—Todo eso lo sé de sobra —la interrumpió la señora, con fatigada voz—. No me hables de cosas que ya conozco. No des rodeos… ¡Al grano! ¿Qué hay de todo el dinero que se les fue dando a los eunucos durante años? Y no te pregunto por el dinero que se les entregó a Chawdar o Al Nizami, sino por el que yo misma le entregué a Sisnán. ¡Era mucho dinero! Así que no te vayas por las ramas y contesta a eso si lo sabes. Y si no sabes nada será mejor que te calles y le dejes a él que se explique. Porque yo sé apiadarme, pero debo saber en qué medida he de apiadarme.

Delila se asustó al verse inmersa, sorpresivamente, en el centro de una dura acusación de la que ella había creído hasta hacía un instante poder mantenerse al margen hasta el final; o quizá se engañó pensando que podía llevar a la señora hasta el terreno de la pura y simple compasión. Entonces buscó con sus vivos ojos una ayuda de parte de Sisnán. Pero este estaba tan desconcertado y atemorizado que no abrió la boca. En vez de ello, instó con la mirada a la muchacha a que prosiguiera en su intento de encontrar alguna salida. Y la señora, que estaba al tanto de sus complicidades, insistió haciendo un movimiento de impaciencia con la mano y preguntando de nuevo:

—Mi paciencia se agota. ¿Dónde está el dinero?

Delila se desconcertó, cambiándole el color de la cara. Bajó la mirada rehuyendo la de la señora y permaneció en silencio. Entonces Sisnán se puso todavía más alterado y empezó a gemir, suplicando:

—¡Señora, perdónanos! ¡Ay, mi señora! No era mi intención…

La señora se levantó de su asiento y se fue hacia él, gritándole:

—¡Dímelo de una vez! ¡Deja de lloriquear y dímelo!

—¡Señora! —intervino Delila, viendo que Sisnán era incapaz de articular palabra—. ¡Yo te lo diré! El dinero se gastó; se gastó todo, hasta el último dinar… No podrá pues Sisnán decirte dónde está…

La señora miró, entre atónita y enojada. Luego murmuró:

—¿Gastado…? ¿Todo? ¿Tanto dinero?

—Sí, mi señora, todo. No queda ni un dinar…

—Pero… ¿en qué? ¡Por Dios!, ¿en qué?

—Yo solo sé lo que Sisnán me ha contado… —respondió la muchacha.

—¡Pues habla tú, Sisnán! —se dirigió a él la señora.

El eunuco estuvo gimiendo todavía durante un rato. Luego abrió la boca por fin y confesó:

—Al Nizami se compró la casa de la medina donde vivió sus últimos días hasta morir… Chawdar se compró una munya a diez leguas de Córdoba…

En los ojos de la señora se dibujaron el estupor y la angustia. Murmuró luego:

—¿Una casa? ¿Una munya?…

—Sí, señora —respondió con un hilo de voz Sisnán—. Y no solo una casa y una munya. También se compraron otras casas y otras munyas, a las que apenas fueron en su vida; además de huertos, tierras de labor, ganados… Compraban y compraban sin parar…

Se produjo un silencio. La señora quedó sumida en una espinosa confusión.

Entonces tomó la palabra Delila para explicar:

—Ya ves, señora, se compraban casas, palacios, tierras y posesiones que nunca llegaron a disfrutar. Gastaron cantidades inmensas, derrochando y creyendo que todo eso les haría felices algún día… ¡Pobres viejos locos! Ya están muertos y enterrados…

—¡Ya es suficiente, Dios mío! —explotó la señora desesperada—. ¡No me lo puedo creer! ¡Me robaban para tirar lo robado! ¡Es una locura!

—Eso es lo que sabemos, señora —añadió Delila—. Y muchas más cosas habrá… Pero, ahora que están muertos, ¿quién podrá averiguarlo?

La señora se irguió, le dirigió una mirada dura y le dijo cortante:

—¡Calla! ¡Es suficiente!

Luego se volvió hacia Sisnán, señalándole con el dedo, y le preguntó con severidad:

—¿Y tú? A ti también se te dio bastante dinero para pagar a los proveedores. ¿Qué hiciste con ello?

Sisnán se dejó caer en el asiento con un suspiro de desesperación y contestó con débil voz:

—¡Perdóname, señora! También yo me compré un viejo palacio en la medina…

El rostro de la señora reflejó una mezcla de hastío y dolor; paseó pensativa y derrotada por la habitación. Luego dijo con gravedad:

—Debería llevarte ante el cadí supremo. Eso es lo que debería hacer…

El eunuco se arrojó a sus pies de rodillas, implorando:

—¡Ten piedad de mí! ¡Por Alá el misericordioso! Te juro que no sabía lo que hacía… Yo hice lo que vi hacer a los viejos durante años…

—¡Vosotros deberíais haber tenido piedad de mí! —se lamentó la señora—. ¡Mirad cómo habéis ensuciado el nombre de mi hijo! ¡Insensatos! ¡Y quién arregla esto ahora! ¡Dios mío! ¿Quién?… ¿Qué habrán pensado de nosotros todos esos mercaderes? ¡Dios de los cielos! ¿Qué habrán estado hablando? Yo dando limosnas por ahí a la gente, sin pagar lo que me estaba comiendo en mi propia mesa…

75

Como cada día, y a la misma hora de la mañana, el intendente Farid al Nasri atravesaba los jardines de los Alcázares para ponerse justo debajo de la ventana del palacete donde residían las
mujeres. Se acercaba con los ojos anhelantes, agitándosele en sus
órbitas, para otear las celosías, entre la esperanza y el temor por su
atrevimiento. Lanzaba una mirada al amplio ventanal corrido;
luego otra a los balcones del costado del edificio; y más tarde, ya
detenido, una tercera al lugar exacto donde solían aparecer puntualmente las dos siluetas de mujer. Pero, en esta ocasión, ellas no
estaban esperándole. El joven permaneció allí plantado un largo
rato, mientras los pájaros parecían acompañarle en su impaciente
deseo. De buena gana se habría unido él a sus cantos para llamar-
las, haciendo que se asomaran mostrando ese rostro que aparecía
en sus sueños con la imagen de la amada. Y al no producirse la
maravillosa sorpresa, no le quedó otro remedio que marcharse ca-
riacontecido y suspirando de tristeza. Su frustración llegó hasta tal
punto que casi pregunta a Sisnán por ellas al encontrarse con él en
la puerta de la intendencia.

El eunuco también parecía abatido y le lanzó una mirada tor-
va, antes de decirle sin saludarle siquiera:

—La señora ordena que tú y el otro administrador estéis esperándola puntualmente, delante de la puerta Dorada, cuando el almuecín llame a la oración de la mañana.

A Farid no le gustó el tono ni la expresión de Sisnán al decirle aquello, pero asintió con la cabeza a la vez que le regalaba una sonrisa afable. El eunuco no pronunció una sola palabra más y se marchó de allí con la misma cara de amargado.

Farid entró en el despacho de la intendencia, donde ya estaba Yacub entregado a los dichosos cuadernos de cuentas; alzó la cabeza al verle y le dijo adusto:

—Otra vez te has retrasado.

Al joven poeta le fastidió este recibimiento, que venía a unirse a su decepción y al desagradable encuentro con el eunuco, y farfulló:

—¿Qué le pasa hoy a todo el mundo?

—¡Aquí no hay quien se aclare! —refunfuñó Yacub, volviendo a clavar la vista en los pergaminos—. ¡Es injusto que tengamos que poner todo esto en orden!

Farid se acercó a él para decirle:

—Sisnán me ha anunciado que a la hora de…

—¡Sí, ya lo sé! —No le dejó terminar su amigo—. Tenemos apenas dos horas para hacer una relación de proveedores a los que se les debe dinero.

—¿Para qué?

—La señora sabrá para qué. Pero supongo que querrá saldar todas las cuentas pendientes, pagar las deudas y solucionar de una vez el descalabro que los eunucos han hecho en su hacienda y su fama. Lo que no sé es de dónde va a sacar tanto dinero, porque aquí me sale un saldo de más de quince mil dinares de oro…

—Hagamos lo que podamos —observó Farid—. Ella comprenderá que ha puesto en nuestras manos una responsabilidad demasiado grande. Le daremos esa relación hecha hasta donde se pueda llegar.

Yacub contestó sin levantar la cabeza:

—Los que han robado ya no van a responder. Pero nosotros

tenemos que empezar a pagar a los proveedores a partir de mañana. No podemos cumplir en nuestro oficio si no se nos dan los medios que necesitamos. Y empiezo a temerme que, por mucho califa que viva en esta casa, aquí no hay dinero. Los fondos del califato y los impuestos los manejan los intendentes del hayib. No sé lo que podrá haber en Medina Azahara, pero las arcas de los Alcázares están vacías.

Cuando el almuédano hizo su llamada, los intendentes Farid y Yacub ya estaban frente a la puerta Dorada obedeciendo a lo que se les había mandado. Un rato después apareció el califa, rodeado por sus eunucos de confianza y seguido por su madre, por su tío Al Mawla y por Sisnán. También llegó en ese momento el jefe de la guardia con sus subalternos. Todos iban en silencio, con semblantes graves y con cierto aire de solemnidad. Los intendentes se postraron inmediatamente, presos de una especie de terror reverencial, ante aquella inesperada comitiva, pues suponían que se iban a encontrar solamente con la señora.

—¡Alzaos! —los exhortó el cadí Al Mawla.

Ellos se pusieron en pie, sin atreverse a levantar las cabezas.

Entonces la voz de la señora sonó fuerte y firme ordenando:

—¡Abrid la puerta!

El jefe de la guardia y sus subalternos abrieron de par en par la puerta Dorada. Apareció el gran vestíbulo principal de los Alcázares, que solo se usaba en las grandes recepciones y acontecimientos. El califa pasó por delante sin abrir la boca, seguido por sus fieles eunucos; detrás entró su madre con Sisnán y tampoco dijo nada. A continuación, se adelantó el cadí Raíg y, al pasar al lado de los intendentes, les habló en tono serio, con un punto de serenidad.

—Ahora entraréis en un lugar prohibido. Dentro de un momento veréis algo que muy pocos hombres han visto. Esto debe serviros de advertencia: si alguna vez, y aunque sea solo una vez, habláis o mencionáis siquiera nada de lo que se os va a mostrar, moriréis entre atroces tormentos. Pensadlo pues cuando todavía estáis a tiempo... Si atravesáis esa puerta, ya formaréis parte del secreto que se guarda tras ella.

Farid y Yacub estaban tan aterrados que permanecieron en suspenso, sin atreverse a contestar ni a levantar las miradas. A lo que el cadí respondió instándoles:

—¡Hablad! ¡Jurad! ¿Juráis por vuestras vidas cumplir con lo que os he dicho?

—Juramos —contestaron ellos al unísono y con débil voz.

—¡Pues vamos! —ordenó Al Mawla, pasando por delante.

Le siguieron, entrando ellos en el vestíbulo, sobrecogidos y sin comprender todavía nada de lo que estaba sucediendo. Ya el califa y la señora con sus acompañantes habían atravesado la enorme estancia y esperaban en un extremo, donde el jefe de la guardia estaba introduciendo una llave en la cerradura de una de las muchas puertas que había. Abrió y entraron todos por allí.

—Vosotros también —les dijo el cadí a Farid y Yacub.

Apareció un cuarto pequeño y otra puerta cerrada con candados. El jefe de la guardia extrajo otra llave del manojo que llevaba en la mano y la abrió. Desde allí subieron por una estrecha escalera de caracol por lo que parecía ser una torre. Por delante iban los guardias con faroles. Nadie hablaba mientras ascendían, peldaño tras peldaño; solo se oían los jadeos y el ruido de las pisadas. Al final, en una estancia circular, una nueva puerta, más pequeña aún, daba a un verdadero laberinto de pasadizos; unos subían y otros bajaban, torciendo a derecha e izquierda. Resultaba ya imposible orientarse o determinar en qué parte del palacio se hallaban. Todo aquello era angosto, húmedo y oscuro. A no ser por las antorchas que iban encendiendo a su paso y por los faroles que portaban los guardias, la sensación de opresión y angustia hubiera sido insoportable.

Por fin, se detuvieron en un espacio extraño, cuadrangular y cubierto por una bóveda alta. Cuando encendieron allí más lámparas, aparecieron sus amplias dimensiones y unas grandes aberturas formando arcos de piedra perfectos. Cada una de estas aberturas daba a una cámara. Al acercarle los guardias la luz a una de ellas se vio que estaba abarrotada hasta el techo de arcones, tinajas y cajas de madera cubiertas con pez.

El califa y su madre se aproximaron a una de ellas.

—Sacad de ahí —dijo la señora, señalando con el dedo una de las tinajas que reposaban junto a la pared.

Se aproximó el jefe de la guardia con un mazo de hierro que descansaba a un lado del arco y le dio un fuerte golpe a la tinaja, haciendo que se rompiera su vientre en pedazos, sonoramente; y al instante se derramó, como en una cascada, un torrente de monedas de oro por el suelo.

—Con eso habrá suficiente —dijo la señora con visible satisfacción—. Llevadlo arriba, contadlo y pesadlo.

Farid y Yacub estaban atónitos y mudos de asombro, sin poder apartar sus ojos del montón de monedas, cuyos resplandores se prodigaban con ese particular encanto que las llamas proporcionan al metal precioso. El cadí entonces se dirigió a ellos diciéndoles:

—Ya habéis oído lo que la sayida ha ordenado. El jefe de la guardia se encargará ahora de que todas esas monedas sean llevadas a la contaduría, donde vosotros debéis hacer las anotaciones.

Ellos acogieron el mandato con una rendida reverencia. Al enderezarse vieron que el califa y la señora iban a otra de las cámaras y pasaban bajo el arco. También el jefe de la guardia iluminó aquel espacio y se vio que estaba lleno hasta el techo de preciosos objetos de orfebrería de oro puro, mesas labradas, recipientes, vasos, cálices, figuras…

Tomó la palabra de nuevo el cadí Al Mawla para explicar solemnemente:

—Todo esto que se guarda aquí es el tesoro de la dinastía omeya. Durante generaciones, primero los emires y luego los grandes califas, fueron atesorando la parte que les correspondía en los botines de las guerras. Muy pocos en Córdoba saben que todo ello se encuentra aquí. Esta impresionante fortuna es propiedad privada del califa. Solo a él pertenece, pues se trata del fruto de los esfuerzos y sacrificios de sus antecesores. Solo en caso de extrema emergencia y necesidad se debe hacer uso del tesoro omeya, como así dejaron mandado en su testamento cuantos agrandaron y conservaron estas reservas. Por lo tanto, consideremos que es sagrado lo que veis. Lo que se va a sacar y será llevado a la contaduría tiene como fin saldar las deudas que ensucian la buena imagen del califa. Lo demás que aquí queda no se tocará. ¡Quiera Alá que no vuelva a haber necesidad alguna de entrar aquí! ¡Duerma pues el oro que asegura nuestras vidas!

76

Un día más, al amanecer, aunque Farid al Nasri se caía de sueño por las preocupaciones inherentes a su oficio, cruzó la parte del jardín de los Alcázares que le era vedada, pero que él, mañana tras mañana, no podía sustraerse a visitar, desde que sus ojos se encontraron por primera vez con las dos gentiles siluetas tras la celosía. Caminaba con discreción atenta, a pesar de que sabía que nadie vigilaba aquella parte del palacio. Como siempre, la puerta principal estaba cerrada con cerrojos y cadenas. Se detuvo ante ella y levantó los ojos hacia la ventana, esperanzado y completamente seguro de que ellas estarían allí. Pero no advirtió ninguna sombra ni movimiento. Esperó un rato e incluso se atrevió a ir un poco más allá, haciendo ruido adrede con sus pasos. Nada. Luego, decepcionado como el día anterior, decidió volver sobre sus pasos para ir hacia la intendencia. Y no había hecho nada más que darse la vuelta, cuando alguien le chistó desde algún lugar cercano. Alzó la mirada y escrutó cada celosía. ¿Quién le había llamado si no se veía a nadie?

Entonces, oyó otra vez:

—¡Chist! ¡Chist!

Y luego:

—Eh, tú, acércate.

Le dio un vuelco el corazón cuando descubrió que esa voz no provenía de arriba, sino de un ventanuco abierto en la pared casi a la altura de sus ojos, por donde asomaba media cara de mujer en penumbra.

—¿Yo…? —balbució él mirando hacia derecha e izquierda.

—Sí, tú.

Farid avanzó un par de pasos hasta el ventanuco, asustado y conmovido. Cruzó su mirada con el ojo que asomaba y volvió a preguntar tímidamente:

—¿Yo?

—¡Claro, tonto! —le espetó la mujer—. ¿Quién va a ser si no? ¡No ves que no hay nadie más? ¡Anda, guapito, haz lo que te pido!

Hubo luego un silencio, en el que a él le pasaron por la cabeza todo tipo de suposiciones; pero no tuvo tiempo para pensar demasiado, porque ella le indicó con voz firme:

—Ahí, junto al saledizo del arco, tras la columna, está colgado el manojo de llaves. Anda, cógelo y tráelo acá.

Se quedó parado, vacilando, mientras le temblaban las piernas. A lo que ella rugió sulfurada:

—¿Qué te pasa? ¿Eres tonto? ¿No me has oído? ¡Anda y cógelo!

Farid obedeció sin rechistar. Fue hacia un arco lateral, cerrado por una reja, que daba a una galería decorada con guirnaldas verdes y rojas.

—¡Ese no, tonto! —le gritó la voz—. ¡El otro! ¡He dicho a la izquierda! ¡Mira que eres lelo!

—No me has dicho nada ni de izquierda ni de derecha —protestó él, quedándose parado.

—¡El de la izquierda! —refunfuñó la mujer—. ¡Haz de una vez lo que te digo, guapito!

El joven se apresuró a ir hacia el otro arco y metió la mano por detrás de la columna. Vano esfuerzo.

—¿Qué pasa? —le apremió la voz—. ¡Date prisa, hombre!

Él estaba tan nervioso que no atinaba a dar con lo que buscaba. Movía la mano de arriba abajo, entre el polvo acumulado y alguna que otra telaraña, mientras palpaba la pared, los huecos entre los ladrillos y la parte de atrás del mármol.

—¡Vamos! ¡Está ahí! —Se impacientaba la mujer, poniéndole más alterado—. ¡Eres tan guapo como tonto!

Por fin, en un escondrijo situado más abajo, dio con el manojo de llaves.

—¡Lo tengo! —exclamó.

—¡Chist! ¡No grites! Y ve ahora hacia el otro arco, el de la derecha. Una de las llaves abre el candado de la reja y otra la de la puerta que hay bajo la celosía. ¡Vamos, guapito, entra! Que te esperamos…

Farid hizo lo mandado con manos temblorosas. Probó un par de veces y consiguió abrir, a pesar de sus nervios y de la agitación tan grande que sentía en el pecho. Atravesó un patio y luego un par de salones. Ya solo podía ir por una escalera. Subió y, por el camino, en una habitación de esquina, encontró, de pie, delante de un alto ventanal, a las dos mujeres que había visto, día tras día y semana tras semana, arriba en la celosía y cuyas figuras conocía bien: la princesa Abda y su dama de compañía. La primera de ellas, delgada, de mirada viva y aire arrogante, estaba vestida con oscura saya; se adelantó hacia él y le miró de arriba abajo. Luego le dijo a la otra:

—Mira, Segunda, ¡un hombre como Dios manda! ¡Mucho más hermoso de lo que parecía desde la altura!

Él enrojeció ante esta espontaneidad; luego se inclinó con respeto y temor. Pero la princesa le dijo con desparpajo:

—¡Nada de formalidades! Aquí nos hemos saltado todas las normas y vamos a tratarnos sin contemplaciones.

Tras estas palabras, las dos se echaron a reír. Entonces Farid aprovechó para poner los ojos en la más joven. Vestía Segunda un largo sayo de seda color manzana, con volante blanco. En sus cabellos castaños una especie de diadema de cuentas ambarinas reflejaba la luz dorada. La celosía estaba abierta sobre el jardín y ella tenía apoyada la mano sobre la jamba de la ventana. Su largo cuello, su naricilla rosada, su piel blanca como los lirios, las curvas de sus contornos y aquellos ojos grandes, de intensa mirada e iris oscuro, le dejaron boquiabierto.

Ellas se echaron a reír de nuevo, con descaro y un punto de malicia. Él entonces fue perdiendo el miedo, rio también y luego se presentó:

—Me llamo Farid al Nasri. Soy el intendente general del palacio del califa.

—Ya lo sabíamos, tonto —contestó la princesa Abda, en tono jocoso—. Nosotras sabemos todo lo que pasa en estos palacios. ¿Y tú? ¿Sabes tú lo que pasa aquí dentro?

Él sonrió frunciendo el ceño y decidió echarle valor al asunto. Respondió con arrogancia:

—¿Cómo lo voy a saber si no me lo decís vosotras? ¡Soy el intendente general de estos palacios, pero no puedo entrar en esta parte!

Ellas se miraron, compartiendo esa complicidad y esa guasa que habían manifestado desde el principio. Luego Abda le señaló con un dedo acusador, diciéndole irónica:

—Nos has estado espiando día tras día. ¡Zorro!

—¡Eh! ¡También vosotras me habéis estado espiando a mí! —replicó él, siguiendo el juego.

La princesa soltó una ruidosa carcajada que sobresaltó a su dama de compañía. Luego dijo:

—Que nosotras estemos mirando por el ventanal para ver quién hay por ahí no tiene nada de particular, puesto que estamos muertas de aburrimiento. Lo raro de todo esto es que el intendente general de los Alcázares venga a husmear cerca de donde viven unas mujeres solas… A ver, guapito, ¿qué tienes que decir a eso?

—Mi cargo me obliga a revisar todos los palacios, por si hay algo que no funciona, algún problema, alguna necesidad…

—¡Eso no te lo crees ni tú! —replicó Abda, con fingido enojo—. Tú vienes aquí buscando algo.

Farid acabó ruborizándose ante aquel descaro. Carraspeó, se

compuso las ropas haciendo un esfuerzo para manifestar algo de dignidad y contestó:

—¿Me habéis dado las llaves para luego regañarme? Mira que sois raras…

Ellas se miraban divertidas y se echaban a reír cada vez que él abría la boca. La princesa se le acercó hasta verle la cara a un palmo de distancia y, mirándole fijamente a los ojos, le dijo:

—Vamos al grano, guapo. Tú has venido aquí, día tras día, porque besaste a esta. Has vuelto, una y otra vez, para ver si te caía otro beso. Así que no mientas.

El joven poeta estaba tan azorado, tan embrollado por esa actitud loca y atrevida, que no supo qué contestar. Entonces ella se animó a proseguir con mayor desvergüenza todavía:

—A ver, guapo, ¿tú quieres besarla otra vez? Vamos, ¡habla! ¿Quieres besarla?

Al instante, se apoderó de Farid un deseo muy fuerte, como si volver a besar a la joven fuera la cosa más importante de la vida. No pudo resistirlo y sonrió, moviendo la cabeza prudentemente como si dijese: «¡Quiero, pero estoy confundido!». Entonces la princesa se volvió hacia Segunda y le dijo:

—¡Ven aquí, boba, que tú también estás deseando!

Se acercó la muchacha, sonriendo pícaramente, le rodeó el cuello con sus brazos y le besó en los labios tiernamente. A Farid le gustó, le gustó tanto que casi pierde el sentido. Pero luego reaccionó, reflexionando con un punto de temor sobre todo lo que le estaba pasando, y retrocedió.

—¡Qué raro eres! —le dijo ella protestando—. ¿Cuál es la causa de que ahora te apartes de mí?

—¡Eso! —exclamó la princesa suplicante—. ¡Anda, bésala otra vez! Es un espectáculo que vale la pena presenciar. No me prives de él…

Él se lo pensó, pero la besó de nuevo, y luego, mirando a Abda, dijo:

—Estas cosas con testigos… ¿No comprendes que me da vergüenza si estás tú presente?

—Lo que yo me imaginaba —contestó desdeñosa la princesa—: un alma de crío en un cuerpo de hombre. ¡Todos estos guapitos son iguales! Bueno, me marcharé un instante. Besaos todo lo que os dé tiempo mientras voy a por un plato de fruta. Pero os advierto que dejaré la puerta abierta hasta que vuelva, no sea que os entre la tentación de pasar a otros lances…

Abandonó la habitación, dejándolos allí solos. Y ambos, con el corazón palpitante, fueron a ocultarse en un rincón de la estancia, mientras se oían los pasos en su camino hacia la cocina. Se besaron, se abrazaron, se palparon todo el cuerpo, riendo a la vez que suspiraban… Poco después, volvió la princesa llevando un plato de ciruelas, golpeó en la puerta y esperó un instante; luego la empujó y entró sin cerrar. Allí estaban ellos sonrientes.

—Muy bien, tortolitos —dijo Abda—. ¡Esto se acabó por hoy! Ahora el intendente general se irá por donde ha venido. Pero, antes, deberá recitar una poesía.

Farid meditó, hizo memoria, y recitó:

Se mustió aquella sutil y bonita planta
cuando la sacaron del tiesto.
La pusieron en un ancho arriate
y no florecía.
¿Qué le pasaba? ¿Era flor de maceta?
No. ¡Era herbaje silvestre del campo!
Al devolverla a su tierra,
supieron que era
una flor rebelde del norte…
Un precioso y sublime lirio montaraz.
Quien lo viera, no lo olvidara…

La princesa se le quedó mirando largamente, con una chispa inteligente y amistosa en los ojos. Luego le dijo, con una mezcla de disgusto y ternura:

—¡Lástima que tengas que irte! Con estas cosillas se alarga la vida y todo se aguanta mejor… Vuelve por aquí cuando quieras. Ya sabes dónde están las llaves…

Cuando Farid ya se retiraba, Segunda le sujetó por la manga.

—Un beso más, un beso más —repetía, con voz balbuceante, moviendo apenas los labios entreabiertos en un abandono agitado, haciendo cuanto podía por impedirle reflexionar y decir no.

Entonces Abda dijo que ya bastaba, que le dejase marchar.

—¿Por qué? ¿Por qué? ¡Por favor, que se quede un ratito más!

Él rechazó suavemente sus pequeñas y bonitas manos temblorosas y salió aprisa de allí.

Cuando llegó a la intendencia, se encontró con que su compañero Yacub ya tenía perfectamente colocados sobre la mesa todos los montones de dinares que debían entregar a los acreedores, cada uno con su nota al lado, en la que se consignaba el montante de la deuda, el motivo de la misma y el nombre del mercader a quien debía ser pagada. Él había aligerado ya la mayor parte del trabajo. Por eso miró al poeta con cara de pocos amigos, antes de reprocharle:

—De verdad te lo digo, hermano, me parece mentira que te tomes tan a la ligera un asunto tan importante como este. ¡Ver para creer! ¿Cómo puedes ser tan inconsciente? Llevo aquí desde mucho antes de que saliera sol. ¿Cómo no te das cuenta de que me he cargado yo todo el trabajo? ¡Egoísta!

Farid tenía una sonrisa bobalicona en los labios manchados de rojo a causa de la ciruela que acababa de comerse. Balbució:

—Si yo te dijera, hermano mío… Si te contara…

—¡No me digas! ¡No me cuentes! ¡No quiero saber nada de tus líos! Tenemos que salir inmediatamente para ir al zoco a empezar a pagar a los acreedores. La señora ha ordenado que se haga cuanto antes.

527

77

Farid abrazó a Segunda, le besuqueó el cuello y las pequeñas y bonitas orejas. Luego le tomó las manos blancas y repartió más besos por cada uno de los delicados dedos, que tenían las uñas rosadas y mordisqueadas. Ella sintió algo de vergüenza y musitó a modo de excusa:

—He estado muy nerviosa…

—Yo también me muerdo las uñas —contestó él, mostrándole sus manos.

Segunda sonrió y se abalanzó sobre él, para besarle con ímpetu en los labios. El joven entonces la apretó fuertemente contra su pecho, alzándola del suelo, y la sentó en un diván cubierto por una suave piel de zorro. La muchacha cruzó las piernas, se puso las manos en la nuca y se tumbó, suspirando:

—¡Ay, Dios mío! ¿Quién me iba a decir a mí que me pasaría esto?

Farid se sentó a su lado y se echó sobre ella, palpándole los brazos, las caderas y el pecho.

—¡Ten cuidado! —Se sobresaltó ella—. Puede entrar la princesa Abda…

—¿Y qué? —protestó él, aferrándose más a ella.

—No quiero que nos vea.

—La princesa no vendrá —dijo con seguridad el joven, volviendo a ponerle la mano en el pecho.

Segunda le miró con una cara completamente extrañada.

—La princesa no vendrá —añadió Farid—, porque está ahora con la señora.

—¿Con la señora? ¿La princesa con la señora?… ¿Y tú cómo lo sabes?

—Porque la vi entrar en los aposentos privados de la señora. Hablarán ellas dos y es de suponer que la cosa irá para rato.

—¿Y si tienen poco que hablar? No creo que esas dos puedan llegar a entenderse… La princesa regresará pronto…

Farid se incorporó y la estuvo mirando. ¡Qué guapa le parecía allí, bajo la ventana! El sol de la tarde, teñido levemente de púrpura, la iluminaba. El cuerpo menudo, gracioso y ágil, ceñido por el vestido azulado, resultaba para él fresco y tentador. La cara redonda, de ojos castaños oscuros y la nariz respingona, rodeada por el pelo revuelto, brillante, le inspiraban una ternura palpitante. Y toda la estancia, Segunda incluida, quedaba inundada por una luz viva, dorada, que no llegaba a herir la vista y que daba una forma inesperada a cada contorno, resaltando a la vez el rojo y el verde de los viejos tapices. Él estaba embobado. Era todo ojos. La muchacha le parecía como bañada en oro momentáneamente…

Pero ella estaba inquieta y empezó a morderse las uñas, mientras repetía:

—¿Y si la princesa regresa pronto? Me has dejado preocupada con eso que me has dicho… Abda odia a la señora… ¿Qué pueden tener que hablar? ¿Cómo no me lo has dicho antes?

—Precisamente he venido porque no estaba Abda —respondió Farid con voz melosa—. No me pareció que fuera tan importante que ellas se juntaran para hablar. Supuse que ya habría llegado el momento de que arreglaran sus diferencias… ¿No comprendes que necesitaba estar contigo a solas? ¡Y no te muerdas más las uñas! ¿No te digo que tardará en venir?

El joven poeta decía esto con plena seguridad, porque había

visto a la princesa Abda pasar bajo la galería y ser recibida por la señora delante de la puerta principal de su palacio. Sabía, como trataba de explicarle a la joven Segunda, que la conversación entre ambas iba a ser larga y ardua. Estaba convencido de ello, por el simple hecho de que había sido Abda quien había pedido ser recibida por la madre del califa. Eso significaba que quizás había reflexionado y quería mostrar su buena voluntad. Seguramente iban a hacer las paces. No había pues temor a que volviera pronto, puesto que, en tal caso, era de esperar que más tarde compartieran la cena. Entonces Farid vio que se le presentaba una ocasión única para encontrarse a solas con su amada. No dudó a la hora de asumir el riesgo. Corrió hacia el ala norte de los Alcázares, atravesó los jardines lleno de ansiedad, sacó de su escondite el manojo de llaves y abrió la puerta. Luego subió de dos en dos los peldaños de la escalera, con el corazón latiéndole frenéticamente, y se plantó ante Segunda con los brazos abiertos. Ella dio un grito, mitad por el sobresalto y mitad de emoción, y se quedó como paralizada; pero al instante corrió a abrazarle.

El joven poeta sabía ya que la amaba. Él, que se había enamorado y desenamorado muchas veces, veía en ella mucho más que una belleza ideal. Por eso se atrevió a ponerse en peligro de aquella manera. Era la gran oportunidad para hablar en intimidad y transmitirle sinceramente todo lo que sentía.

—Escucha —empezó diciéndole, mirándola muy fijamente a los ojos—. Necesitaba verte. Y creo que Dios ha querido que la princesa Abda saliera para que pudiéramos vernos a solas.

Segunda se levantó y se colgó de su cuello, exclamando:

—¡Yo te quiero! ¡Nunca he conocido a nadie como tú! ¡Dios mío! ¡Esto es una locura!…

—No, no es una locura —le susurró él al oído—; esto es lo más natural del mundo. La vida es así. Lo que no es normal es que tengamos mil puertas cerradas en medio de nosotros… El amor no soporta esos obstáculos…

Ella se apartó para mirarle, sonriendo con labios carnosos, almibarados y brillantes. Después volvieron a besarse en la boca, largamente. Ardían de puro deseo y no podían separar sus cuerpos. Pero Farid necesitaba hablarle a ella, por lo que hizo un gran esfuerzo para hacerse a un lado, y continuó diciendo:

—Tenemos que estar juntos, tenemos que vernos todos los días… ¡Yo ya no puedo pensar! ¡No puedo dormir!

—¿Y qué podemos hacer? —preguntó ella con voz casi inaudible.

Farid se pasó la mano por la frente y suspiró. Segunda entonces se respondió a sí misma:

—¡Dios mío! ¡Esto no va a poder ser!

Nada más decir esto, se echó de nuevo sobre el diván y se cubrió el rostro con las manos para llorar. Farid la miraba impotente, oyéndola sollozar, a punto de las lágrimas también él, y diciéndole:

—Sí, sí que podemos hacer algo. ¡Tenemos que pensar en algo!

Estuvieron así un rato, como aturdidos, incapaces de encontrar solución alguna. Ella seguía llorando sin mirarle. Farid no apartaba los ojos de ella, conmovido, deshecho de dolor, hasta que, de pronto, levantó la voz para decir con determinación e ímpetu:

—¡Hablaré con la señora! ¡Eso haré! ¡Le diré a la señora lo que nos pasa!

—¡No, por Dios! —gritó ella, poniéndose en pie de un salto—. ¡¿Estás loco?!

—La señora comprenderá la situación…

—¡No!

—¿Por qué no? Debemos intentarlo…

—¡He dicho que no! —Segunda se había puesto roja y su cara manifestaba todo el temor mezclado con la irritación que sentía.

Farid mostró vacilación en la expresión de su rostro, al replicar:

—¡Es nuestra única solución! ¡Tenemos que intentarlo! ¡La señora es nuestra esperanza! ¿Por qué no quieres que hable con ella?

Segunda le respondió en un tono no exento de rabia, como si aquella idea la hubiera puesto furiosa de repente.

—¡Menuda esperanza! ¡La señora es más falsa y más mala que un demonio!

Esta frase provocó mayor perplejidad y extrañeza en Farid, que se fue hacia ella, y mirándola fijamente le preguntó:

—¿Cómo dices eso?

—¡Porque lo sé! ¡Es mala y embustera! ¡Es una bruja!

Farid no consiguió más que mover los labios, sin poder hablar por la impresión que causaba en él esta inesperada reacción de la joven. Estaba ella como llena de una cólera violenta y prosiguió furiosa:

—La señora es adúltera… Eso lo sabe todo el mundo en Medina Alzahira… ¿Acaso no sabes tú que se ve a escondidas con el hayib Almansur? ¡Todo el mundo lo dice! Esos dos demonios… ¡Qué bien se entienden entre ellos esos dos demonios! ¡Todos los males son por causa de esos dos!

—¡Calla! ¡No digas esas cosas! —contestó gritando Farid—. ¡Me destroza el alma oírte decir cosas así de la señora!

Se le había hinchado la yugular y golpeó el borde del diván con el puño. Pero la joven siguió gritando:

—¡Es mala, mala, mala…!

—¡Cálmate! ¡No sabes lo que dices!

—Sí que lo sé. Tú no sabes lo que ha sufrido la princesa Abda por culpa de la señora… Si lo supieras, no la defenderías. La señora es soberbia y egoísta. Todo lo quería para ella y para su hijo, ¡todo! ¿Y qué se merece ese hijo inútil y cobarde que tiene? ¿Qué se merece Hixem?

Farid la miraba sin terminar de comprender su irritación y su inquina. Incluso se le escapó una risa nerviosa de puro desconcierto, que controló enseguida para refutar sus argumentos, diciendo:

—Todo eso se lo habrás oído decir a la gente del hayib Almansur. ¿Y cómo van a decir otra cosa? En Medina Alzahira odian a la señora y al califa. ¡Ellos son los egoístas y traidores!

Segunda agitó la cabeza negando y rompió a llorar de nuevo. Entonces él se llenó de amargura y exclamó:

—¿Estás enfadada conmigo por esto?… ¡Qué mala suerte! ¡No me lo merezco!

Hubo luego un silencio largo, con suspiros y sollozos. Él comprendía que todo su plan se había venido abajo y también se echó a llorar, maldiciendo aquella fatalidad. Se sintió invadido por una ola de agotamiento y dolor tan grande que decidió marcharse de allí.

Pero, antes de que se diera media vuelta, se oyó de pronto una fuerte voz a su espalda:

—¡¿Qué está pasando aquí?!

Era la princesa Abda, que estaba en mitad de la puerta, con los brazos en jarras y una expresión entre sorprendida y enojada.

Segunda entonces se levantó del diván en un santiamén y se fue a un rincón de la estancia. Farid también se sobresaltó y retrocedió unos pasos. Ambos se pusieron muy colorados y bajaron los ojos evitando aquella mirada indagadora. Un silencio penoso y extraño reinó durante un rato que se les hizo eterno.

Hasta que la princesa abrió la boca para decir con cierto retintín:

—Así que me ausento un momento y… Vaya, vaya… ¿Quién me mandaría a mí decirle a este pájaro dónde estaban las llaves?

Segunda, abochornada y fuera de sí, se acercó a ella balbuciendo:

—No hemos hecho nada malo… Solo hemos discutido…

—Ya lo sé —contestó Abda—. No he podido evitar oír los gritos, los lloros y todo lo demás…

Una vez más se hizo un silencio abrumador. Estaban los dos que habían sido sorprendidos allí, el uno junto al otro, sin mirarse, buscando en sus mentes alteradas una salida para aquella situación extremadamente embarazosa. Ambos estaban bañados en sudor; ambos sufrían de un modo insoportable, a ambos los consumía el miedo y la vergüenza. De buena gana habrían salido huyendo, pero… ¿Cómo iban a irse? Y ¿qué le estaba pasando por la cabeza a la princesa?

Pero ese silencio no resultaba tan terrible como pensaban. El primer instante, el más molesto, el más difícil, ya había pasado, y Abda, que había escuchado parte de la discusión, ya tenía decidido lo que iba a decirles. Se sentó, suspiró hondamente, y luego habló:

—No, la señora no es mala. El joven poeta tiene razón, Subh también ha sufrido mucho… Ahora lo sé todo. Ella me habló, me habló desde su corazón y la he comprendido… la compadezco, como me compadezco a mí misma… ¡Y Dios se apiade de nuestros hijos!

78

La señora abrió los ojos y su mirada se posó sobre Hixem, que estaba sentado en la cama a sus pies, observándola con sus bellos ojos, que se debatían entre el amor y la duda.

—¿Has dormido bien, madre? —le preguntó él.

Ella sonrió, se incorporó y atrajo a su hijo para abrazarlo y besarlo con un cariño inmenso, mientras respondía:

—Sí, muy bien. ¡Gracias a Dios! He dormido profundamente, como si se vaciaran en el sueño todas mis preocupaciones... Solo Dios sabe cuánto necesitaba dormir así...

Después de decir esto, emitió un suspiro suave y se volvió hacia la ventana. La luz de la mañana entraba por las rendijas de la celosía.

—¡Hay un precioso sol de primavera! —exclamó Hixem—. El jardín se va cubriendo de flores de hora en hora, como por arte de encantamiento.

Con la alegría de ver el querido y bello rostro de su hijo bañado con aquella luz, sereno y sonriente, la señora contestó:

—Nadie puede hacer eso por medio de ningún arte. No es encantamiento, Dios va obrando sin que nos demos cuenta. Por eso me ha ayudado a dormir mucho esta noche, porque ayer obró milagrosamente en mi favor y eso me hizo tener en paz el corazón. ¡Qué noche tan dulce, hijo! ¡No la olvidaré mientras viva!

Hixem se la quedó mirando, como extasiado. Su cara brillaba de felicidad al ver a su madre tan descansada y tan contenta. Ella entonces suspiró de nuevo y volvió a besarle, esta vez en la frente. Luego murmuró con agradecimiento y alivio:

—¡Bendito sea Dios! Menos mal, menos mal… ¡Gracias, Dios mío!

Hixem captaba muy bien lo que su madre quería expresar con estas plegarias. Pero el frágil corazón del califa albergaba todavía algunas dudas, así que preguntó:

—¿De verdad era tan importante para ti reconciliarte con la princesa Abda?

—Sí, mucho, hijo mío… ¡Solo Dios sabe cuánto!

—¿Y por qué? ¿Qué te puede importar a ti lo que sienta esa díscola mujer?

Reinó un breve silencio, en el que la señora esbozó una sonrisa que en cierto modo quería reconocer la ingenuidad de su hijo. Luego tragó su reseca saliva y pidió:

—Acércame el agua, por favor, Hixem. Yo te explicaré el motivo de mi paz y mi alegría…

Él hizo lo mandado y ella bebió, a la vez que se concentraba para pensar y ordenar bien todo lo que tenía que contarle. Mientras tanto, Hixem no dejaba de mirarla, con una expresión confiada, y le dijo:

—Lo que todavía no he llegado a comprender es por qué la princesa Abda te odiaba tanto. ¿Qué te reprochaba? ¿Qué mal has podido causarle tú a ella?

—No es fácil responder a esas preguntas —contestó la señora, bajando la vista—. Todo esto es complejo, como compleja es la misma vida. A decir verdad, tampoco a mí me resultaba fácil entender esa inquina que siempre me tuvo. Pero, si lo pienso bien, alcanzo a vislumbrar motivos lejanos y antiguas razones. Mira, hijo, Abda es vascona, como yo. Aunque ella no había nacido todavía cuando tu tío Eneko y yo fuimos enviados aquí, a Córdoba, es razonable suponer que siempre estuvo enterada de quién era yo y de la vida que tuve que llevar primero en Medina Azahara y después en los Alcázares, como esposa y madre de califas. Pamplona está lejos, pero las noticias de Córdoba llegan a todas partes. Abda es hija del rey Sancho Abarca, al que yo conocí cuando era niña, y seguramente su padre sabía muy bien todo lo que estaba sucediendo aquí. La verdad, no sé qué se hablaría por allí sobre mi persona, pero puedo imaginar que, después de la muerte de tu padre, habría rumores… Ya sabes tú que yo nunca quise llevar una existencia como la de las esposas y favoritas viudas de los omeyas; eso me aterraba… Por ejemplo, la princesa Hind; una mujer tan valiosa, ¡tan avispada!, y se ha pasado la vida oculta, sin poder manifestar su valía… Yo no hubiera podido cargar con eso. Y esta manera de ser mía, me hubiera causado problemas el resto de mi vida… Por eso el califa Alhaquén nos permitió a ti y a mí venir a vivir a los Alcázares, lejos del resto de la parentela y del viciado harén. Fue algo inaudito, que sorprendió y enojó a los más fanáticos, a los que se aferran a las tradiciones y cualquier cambio los desconcierta. Pero para una mujer como yo fue la salvación…

Hixem escuchaba silencioso e inmóvil, sin apartar los ojos de ella. Su rostro dejaba traslucir que se debatía en su interior. Siempre había estado muy unido a su madre, pero había cosas en la vida de la señora que él nunca terminó de comprender del todo. Y ella, que era capaz de adivinar los sentimientos de su hijo con solo mirarle, se percató de lo que tal vez estaba pensando. Bajó la cabeza con humildad y prosiguió diciendo:

—Lo que pudo haber o no entre Abuámir y yo es cosa mía y de él… Nadie tiene derecho a juzgarnos. Por lo demás, ¡que hablen cuanto quieran! Nunca sabrán la verdad. Y si hubo algún error en todo eso, fue consecuencia de la misma vida… No es nada fácil vivir… Dios perdona y es misericordioso. Lo que hace falta es que seamos capaces de serlo nosotros…

—Yo no te juzgo, madre.

—Lo sé, pero sabes muy bien que muchos lo hacen. Y desde luego la princesa Abda se había hecho un juicio propio sobre mí a base de todo lo que le habrán contado en el palacio de Abuámir. No soy tonta y puedo llegar a comprender que en Medina Alzahira se me odia y se sigue murmurando sobre mí. Las otras mujeres de Abuámir tampoco deben tenerme demasiado aprecio.

Hixem la cubrió de besos y luego rio, preguntando sin malicia alguna:

—¿No será que Abuámir siempre estuvo enamorado de ti en el fondo? ¿No será que nunca amó a nadie más? ¿No será que todo es por causa de los celos de sus mujeres a cuenta de eso?

La señora enrojeció, dio una palmada y protestó:

—Eso nunca lo podremos saber, así que mejor será no hablar de ello. ¡Además, no son asuntos que deban tratar una madre y un hijo!

—¡No te enfades! —replicó él con un risueño tono de reproche—. Decías que me ibas a contar lo que hablaste con la princesa Abda.

En ese momento entraron Sisnán y Delila para llevarle el desayuno. Al ver allí al califa, la muchacha se atemorizó, dejó la bandeja y se arrojó al suelo; pero después recobró el aliento y, sin levantar la cabeza, dijo:

—Perdón, no sabía que…

—No pasa nada —contestó la señora en voz baja.

Entonces Sisnán, caminando inclinado, se acercó y anunció:

—El oficial de la puerta dice que ha venido un jefe de los soldados navarros pidiendo verse con el señor Raíg al Mawla. Al saber que no se hallaba en el palacio, preguntó si la sayida le recibiría. ¿Qué le digo?

—¿Un jefe navarro? —preguntó la señora—. ¿Ha dicho su nombre?

—Sí, dice ser Bidun el Rojo.

La señora miró a su hijo, desalentada. Luego agitó la cabeza y dijo:

—Es el conde Bidun de Tafalla, el Rojo. Habrá venido para saber cuándo se debe emprender el viaje para llevar hasta Pamplona a la princesa Abda.

—Claro, ya es primavera —comentó el califa.

La señora se dirigió a Sisnán y le ordenó:

—Dile a ese hombre que espere en el vestíbulo. Le recibiré cuando desayune y me arregle.

El eunuco y Delila dejaron lo que llevaban y se marcharon. Hixem y su madre tomaron el desayuno sentados junto a la ventana. La señora bebía la leche en profundo silencio. Finalmente, sin levantar la cabeza de la taza, le habló a su hijo con preocupación.

—Ella regresará a nuestra tierra y solo Dios sabrá a qué tendrá que enfrentarse en adelante. Seguramente la encerrarán en algún monasterio... Eso es lo que le espera a la princesa. ¡Que Dios se apiade de ella!

Dejó escapar un suspiro. Su hijo la miraba con una mezcla de asombro y curiosidad. Preguntó con aire cándido:

—¿La harán monja?

—Simplemente la recluirán. No se puede ser monja si no es por voluntad propia. Cuando Abda llegue allí, sin su hijo, repudiada, no le quedará más remedio que buscar refugio entre las monjas —explicó la señora con la voz apagada por la congoja y la compasión—. Ha salido del encierro de Medina Alzahira para entrar en el encierro de la incomprensión de los suyos, la soledad y el olvido. Después de haber estado entre moros, siendo la esposa de alguien tan temido y odiado como Almansur, los hombres la mirarán con malos ojos...

—Ellos la obligaron a casarse con Abuámir —observó Hixem—. Podrían ser comprensivos con ella...

Su madre le miró enarcando las cejas y dijo con aire de fatalidad:

—¿Comprensivos? ¡Los hombres se comportan como bestias en estos casos! Por eso a la pobre Abda no le quedará más remedio que refugiarse en el monasterio, entre las monjas.

Reinó el silencio y la tristeza durante un largo rato. La señora sentía que sus lágrimas pugnaban por salir y se abstuvo de hablar, pues no quería que el llanto traicionase su propósito de aparecer serena y firme delante de su hijo. Se puso en pie, se estuvo lavando y empezó a vestirse. Finalmente, mientras se colocaba el velo, dijo:

—Por eso te dije que sentía mucha paz al haber podido reconciliarme con ella. En el fondo, ambas pertenecemos a mundos semejantes. Pero yo siempre te tendré a ti, hijo mío, mientras que ella tendrá que dejar aquí a su único hijo… ¡Dios mío! ¡Es horrible! Nunca más lo volverá a ver… ¡Nunca más!

Después de decir esto, volvió a lavarse la cara, se arrojaba el agua con ímpetu y desesperación, como queriendo echar fuera con ella su rabia y su deseo de llorar.

Hixem quiso consolarla diciéndole:

—¿Quién sabe, madre? Tal vez algún día pueda volver a Córdoba. O a lo mejor su hijo, con el tiempo, quiera ver a su madre y vaya hasta el Norte.

La señora le miró, haciendo un gran esfuerzo para sonreír. Luego fue a sentarse junto a él y le dijo:

—Ayer me sorprendió mucho que Abda quisiera verme, puesto que no ha consentido en dirigirme la palabra en todo el tiempo que ha vivido entre nosotros. Yo creo en el fondo que Dios debió de hablarle al corazón… Aunque es verdad que se presentó ante mí con arrogancia y todavía llena de odio. Yo la dejé que hablara, que dijera cuanto se le viniera a los labios, que se desahogara… Pero luego, cuando me correspondió hablar a mí, en vez de manifestarme dolida, agraviada o altanera, la compadecí en el fondo de mi alma. La compadecí, sí, la compadecí sinceramente, y acabé amándola… Porque me puedo hacer una idea de todo lo que habrá tenido que sufrir en su vida. La gente pensará que, por el hecho de ser hija de un rey y esposa del poderoso Abuámir, lo habrá tenido todo y que habrá encontrado solamente facilidades, halagos y gente a su servicio. Pero es necesario ponerse en su lugar. ¿Quién puede saber las luchas que se sustentan en cada corazón? La sacaron siendo una niña de su casa, porque su padre, el rey de Pamplona, necesitaba sellar un pacto con Córdoba. Fue dada como esposa a Abuámir, un hombre que podría ser no ya su padre, sino su abuelo. Dicen que ella acabó amándole… ¿Quién lo sabe? Él es un seductor que sabe ganarse cualquier corazón… La querría seguramente, antes de cansarse de ella. Pero despúes la echó de su casa, sin su hijo y sin nada. La devuelve a una vida que ya le queda a ella a mucha distancia… ¡Y no hablo de millas de camino!… Ni siquiera viven sus padres… Su hermano es ahora el rey. La culpa de haber sido repudiada a buen seguro recaerá sobre esa pobre… ¡Dios mío! ¡Esa es la suerte de las mujeres!

La señora acabó echándose a llorar. Pero se enjugó rápidamente las lágrimas con un pañuelo y continuó diciendo:

—Por eso le hablé con dulzura, con comprensión y afecto. Le conté todo lo que yo he sufrido en la vida y me humillé confesando que nunca me resultó fácil seguir adelante, que Abuámir también me despreció a mí, y que, en cierto modo, me repudió a su manera, cuando yo estaba bien con él… Él se cansa, se cansa de todo; hasta de amar se cansa, si es que ha sido capaz de amar a alguien alguna vez…

79

Era el momento en que el sol iba rompiendo la oscuridad de la noche, y sus primeros y débiles rayos se posaban sobre la altura de las torres, las cúpulas y los alminares. Un carromato grande, entoldado y tirado por cuatro mulas regiamente enjaezadas, paró delante de los Alcázares. Venía acompañado por una nutrida tropa de hombres rudos del Norte, navarros, vascones, todos ellos aguerridos, serios y con cierto aire de resentimiento. Al frente de la escolta iba Bidun el Rojo, que descabalgó para entrar en el amplio vestíbulo del palacio. Allí le esperaba Raíg al Mawla, de pie y con semblante grave. Se saludaron parcamente. Luego permanecieron callados durante un rato, mirándose en la penumbra. Hasta que Raíg rompió el silencio para decir con tono inexorable:

—Id con cuidado. Yo soy el responsable de que la princesa Abda llegue a Pamplona sin ningún contratiempo.

Bidun carraspeó y contestó sombrío:

—El diablo del hayib seguro que preferiría que la princesa desapareciese por el camino. ¡Dios le maldiga! En nuestra tierra nunca le perdonarán este agravio tan grande.

—¡Calla! ¡No desbarres! —replicó Al Mawla.

Pasó otro largo rato de silencio. La luz crepuscular empezó a entrar por la gran puerta, que estaba abierta de par en par, y fue iluminando el rostro de Bidun, que seguía ceñudo. No ocultaba que estaba muy dolido y le resultaba imposible aguantar callado. Así que su voz ronca volvió a resonar bajo el alto techo cuando dijo:

—Es una verdadera pena que no podamos quedarnos aquí para ayudaros. Sería nuestra oportunidad para tomarnos venganza y hacerle pagar a ese demonio esta humillación… Pero te juro que volveremos en cuanto nos sea posible.

—¡Calla! —volvió a reprenderle Raíg—. Este no es el lugar ni el momento oportuno para tratar sobre esas cosas. Ya tendrás noticias mías… Ahora cumple con este cometido, que es lo que te corresponde hacer.

Estaban todavía hablando cuando apareció la señora por la puerta Dorada. Tras ella iban la princesa Abda y su dama de compañía. Las tres mujeres caminaron atravesando el vestíbulo en silencio, como envueltas en un halo de pesadumbre. Mientras tanto, los criados habían salido por una de las puertas secundarias, transportando todo el equipaje para cargarlo en el carromato. También estaban allí Sisnán, Delila y los intendentes Farid y Yacub.

Llegó el momento de despedirse, en un ambiente de tristeza y languidez, y Abda se acercó a la señora para manifestarle su agradecimiento, con pocas palabras, pero con visible sinceridad.

Detrás, a unos pasos, gemía Segunda. La princesa se volvió hacia ella con inquietud y la regañó en voz alta.

—¿Estás llorando, Segunda? ¡Qué tonta eres! ¡En nuestra tierra serás mucho más feliz que aquí, entre estos sarracenos! La que debería estar llorando soy yo, por tener que dejar aquí a mi hijo… ¡Anda, deja de llorar como una niña!

—No llora por tener que irse —repuso la señora—, sino por separarse del hombre del que está enamorada.

La señora dijo esto porque, la tarde anterior, Farid había ido a echarse a sus pies para contarle que amaba a la dama de compañía de la princesa y para rogarle que la dejara quedarse a vivir en los Alcázares.

—Ya sé yo que está enamorada —dijo Abda de manera implacable—. ¿Y quién no lo está?

Hubo un silencio tenso. La señora entonces se dirigió a Farid y le dijo:

—Muchacho, tienes mi permiso para hacer tu ruego.

Él se adelantó, hasta ponerse delante de la princesa, se arrodilló y dijo con humildad:

—Te pido que Segunda se quede a vivir aquí. Yo me encargaré de ella. Deseo tomarla por esposa.

Abda miró a la señora. Y esta dijo:

—Yo me haré responsable de todo. Es un buen muchacho, créeme.

La princesa sonrió extrañamente, agitó la cabeza y repuso con aire discrepante:

—¿Un buen muchacho? ¡Un zorro es lo que es!

Pero luego, mirando a su dama, cambió el tono y puso una voz cariñosa, dubitativa y preocupada.

—Lo único que yo quiero es que ella sea feliz… Que no tenga que pasar por nada semejante a lo que yo he sufrido… ¡Ya tengo bastante con lo mío!

La muchacha se fue hacia ella, se arrodilló junto a Farid y dijo entre sollozos:

—¡Yo jamás te dejaré, mi señora! Hice juramento de servirte. No podré soportar que hagas ese largo camino sola…

La princesa clavó en ella unos ojos entre recelosos y turbados. No obstante, contestó:

—¡Anda ya, estás deseando quedarte con el guapito! ¡Te conozco muy bien!

Y después de decir esto, se dirigió a la señora para añadir:

—Que se quede. La libero de su promesa. ¡Cualquiera la aguanta a esta lloriqueando todo el camino hasta Pamplona!

—¡Mi señora Abda! —exclamó Segunda, abrazándose a sus piernas.

—¡Suéltame! —replicó Abda, librándose de ese abrazo—. ¡Busca tu felicidad por ti misma! ¡Yo ya no soy responsable de ti!

Y después de decir aquello, se dirigió con resolución a la puerta, gritándole a Bidun:

—¡Conde, vámonos ya! ¡Que esto va de lloros y no lo soporto!

La gente se arremolinó curiosa para ver salir el carromato entoldado y siguió a la comitiva cuando pasó bajo el arco de la puerta Azuda para atravesar la ciudad bulliciosa. Algunos preguntaban:

—¿Quién va en el carro? ¿Quién es esa mujer que va escoltada por rumíes cristianos?

El carro pasó por las mismas calles que ella había recorrido trece años antes; luego torció hacia la mezquita de Um Salma y salió de las murallas de Córdoba por la puerta de Mérida.

9

La ira del hayib Almansur

Quien ha visto sus ojos de fuego
y el color de su saña,
sabe a lo que me refiero:
como un centenar de caballos,
como cien leones,
como cincuenta osos,
como cuando tiembla la tierra,
como cuando crepita el incendio,
como cuando estalla el trueno...
No existe la piedad para él,
pues ni el mismo Dios de los cielos
tiene nombre en sus labios
cuando estalla su ira...

Del poeta Hasán ibn Darí al Zubayí
Año 383 de la Hégira

80

Córdoba, miércoles 20 de mayo de 995 (11 Al-arbiaá Rabi al-Akhir del año 385 de la Hégira)

Pasaron algo más de dos meses. Aquella mañana de primavera, cuando el intendente Farid al Nasri salió del palacio de Al Mawla para dirigirse a los Alcázares, la lluvia había cesado, después de caer durante toda la noche. El empedrado de la calle principal relucía con brillos matizados por los excrementos de caballo y el barro. Dos mujeres embozadas hablaban a voces desde las ventanas de sus casas, con aire exaltado. Más allá lo hacían tres hombres junto a una carreta. Pero Farid iba ensimismado en sus preocupaciones y no prestó atención a lo que estaban diciendo. Había mucha gente por las calles, caminando deprisa, como alterada. Un poco más adelante, antes de cruzar la puerta de servicio del palacio, los proveedores que estaban esperando para entrar también parecían más excitados que de ordinario, y al instante le hicieron saber que estaban sucediendo cosas terribles: alguien trajo a Córdoba la noticia de que los vascones del Norte se habían lanzado a tomarse venganza por el agravio hecho por el hayib a la princesa Abda. Una ingente tropa había cruzado la marca para atacar Calatayud, asaltando la muralla y matando a parte de la guarnición que la defendía, incluido su jefe, que era hermano del gobernador de la plaza. En represalia, el hayib Almansur envió de madrugada al prefecto de la guardia de la ciudad, con una partida muy nutrida de soldados, para que hicieran presos por sorpresa a todos los navarros mercenarios que aún dormían en su campamento al otro lado del río.

Cuando entró, Farid encontró los Alcázares presa de una gran agitación. La servidumbre reflejaba en sus semblantes el sobresalto y el temor. Todos le miraban sin decirle nada, con aire aprensivo, extrañamente abatidos, y bajaban las cabezas a su paso. Él recorrió aprisa las estancias, sin detenerse para preguntar siquiera. Al llegar a la intendencia, encontró allí a Yacub, que le estaba esperando con el rostro demudado y lágrimas en los ojos. Nada más verle, le dijo con aire terrible:

—Siento tener que comunicarte algo que te va a partir el alma, hermano.

Farid se le quedó mirando, instándole a que hablara. Y su amigo le dio la noticia con un hilo de voz:

—Ha venido el prefecto de la guardia del hayib y se ha llevado presa a Segunda.

El joven poeta no podía creerse lo que acababa de oír y atravesó a su amigo con una mirada impávida. ¿Cómo era eso posible? ¿Y por qué razón había sucedido algo así? ¿Qué podía tener que ver una frágil muchacha con los asuntos lejanos y horribles de los guerreros? Su sorpresa y su duda eran tales que Yacub tuvo que añadir, para acabar de convencerle de que decía la verdad:

—Yo estaba aquí cuando sucedió y vi con mis propios ojos cómo se la llevaban, a pesar de las protestas y las amenazas de los guardias de los Alcázares, que trataron de evitarlo por todos los medios.

A Farid se le encogió el corazón, y se quedó de momento como petrificado, temblando de angustia. Pero luego salió corriendo para ir a los aposentos de la señora. Había un gran revuelo bajo la galería y los gritos de la señora se oían desde el interior. Sisnán y Delila estaban en la puerta. Nada más verle llegar fueron hacia él para cortarle el paso, pero el poeta los apartó y entró. Raíg al Mawla estaba de espaldas y se volvió, poniendo en él una mirada de hielo.

—¿Qué ha pasado? —preguntó Farid—. ¿Cómo es posible que se hayan llevado a Segunda?

La señora se adelantó contestando crispada:

—Si yo me llego a enterar no hubiera sucedido. Los guardias de los Alcázares se vieron sorprendidos y dejaron pasar al prefecto y a sus hombres. ¡No sé cómo se han atrevido! Eso mismo estaba diciéndoles ahora a todos: no podían entrar aquí sin mi permiso; lo tienen prohibido... ¡Deberían haberles impedido la entrada!

—Pero... —quiso saber Farid, desconcertado—, ¿por qué se la han llevado presa? ¡No lo comprendo! ¿Por qué?

Entonces tomó la palabra Raíg para, con su habitual frialdad, explicarle:

—En Pamplona ha caído muy mal el hecho de que el hayib Almansur haya repudiado a la princesa Abda. Se han dado un cúmulo de coincidencias fatales que han provocado el desastre: muerto el rey Sancho Abarca, su sucesor es más joven e irreflexivo. Al saber el nuevo rey que su hermana había sido expulsada de Córdoba, ha creído entender que todos los pactos con el califato estaban rotos. Sus hombres juraron venganza por el agravio y fueron hasta las fronteras, cruzándolas para atacar Calatayud. Allí han asolado las aldeas y han matado a mucha gente, entre la que se cuenta el propio hermano del gobernador. Un mensajero llegó con la noticia a última hora de la tarde de ayer. Abuámir ha montado en cólera y ha mandado tomar represalias contra todos los que él considera rehenes navarros, entre los que se encuentra, por desgracia, la pobre Segunda. Dicen que ahora mismo se está librando una batalla encarnizada en el campamento de los mercenarios vascones, más allá del río. No sabemos en qué va a acabar todo esto...

El joven poeta, descorazonado, fue a echarse a los pies de la señora, rogándole:

—¡Sayida, tienes que hacer algo! ¡Por Alá el compasivo, sayida, tienes que ordenar que suelten a Segunda!...

—¡Iré inmediatamente a ver al hayib! —contestó resuelta ella—. Debe tratarse de un error...

—¡No! ¡No hagas eso! —le gritó su hermano—. ¡Piénsalo bien, Auriola! Tú no puedes rebajarte a él yendo a implorarle. ¡Eres la madre del califa! No olvides el lugar que te corresponde. Iré yo en tu nombre.

—¡Calla! —replicó ella—. ¡Me hice responsable de Segunda ante Abda!

—Lo sé, pero no puedes rebajarte de esa manera, precisamente ahora. Déjalo de mi cuenta. Yo me ocuparé de traerla de vuelta.

La señora agachó la cabeza pensativa y con evidente angustia, pero, como si temiera que al prolongar su silencio estuvieran perdiendo un tiempo imprescindible, la levantó al instante, asintiendo:

—Sí. Tienes toda la razón. Irás tú, Eneko. Ve a pedirle explicaciones en nombre del califa y en mi propio nombre.

Raíg se volvió entonces hacia Farid para ordenarle:

—¡Que nos ensillen los caballos! ¡Rápido! Tú vendrás conmigo.

Salieron y se toparon en las calles de Córdoba con el estrépito de la batalla que se estaba librando al otro lado del puente. Al pasar por delante de la mezquita Aljama se encontraron de frente con un gran destacamento de la guardia personal del hayib Almansur, al frente de la cual iba su propio hijo Abdalmálik. Raíg se fue directamente hacia él, mientras Farid se quedaba a cierta distancia montado en su caballo. Desde el lugar donde estaba no podía oír lo que hablaban a causa del ruido de las voces y los ajetreos militares, pero se daba cuenta perfectamente de que estaban discutiendo. El encuentro duró poco. Un momento después, Raíg regresaba con semblante sombrío junto al poeta para decirle:

—Abdalmálik no atiende a razones. Está empeñado en vengarse de los vascones. Me ha dicho que el hayib Almansur está indispuesto a causa de una indigestión y que no recibe a nadie. Él se está haciendo cargo de todo en su nombre. ¡Es una fiera más grande todavía que su padre! Está metido de lleno en su furia guerrera y en su empeño de acabar con todos los mercenarios vascones. Dice que no sabe nada de Segunda. Debemos pues regresar a los Alcázares…

La mirada y el gesto de angustia del joven poeta le obligaron a precisar aún más:

—La muchacha seguramente habrá sido conducida con el resto de los rehenes a las mazmorras de la prefectura. Estará allí encerrada con muchos otros navarros que han sido apresados.

—¡Vamos allá, señor Al Mawla! —le pidió Farid—. ¡Tú podrás sacarla!

—No —contestó él—. Sería muy imprudente ir ahora allí. No te preocupes. Nada malo puede pasarle a Segunda. No se atreverían a tocarla… Y te prometo que mañana, cuando pase todo este revuelo, iremos a ver al cadí supremo de la ciudad. Él sí que podrá solucionarlo.

Regresaron a los Alcázares. Durante todo aquel día tuvieron que permanecer dentro, sin saber a ciencia cierta lo que estaba sucediendo en la ciudad. Solo les llegaban los rumores que los criados, de hora en hora, recababan saliendo a las calles. Los mercados se cerraron y la gente se metió en sus casas, aterrada por el espantoso clamor de los gritos y la refriega que continuaba fuera de las murallas.

Los vascones, a pesar de haber sido cogidos por sorpresa durante la noche, fueron capaces de reaccionar y se defendieron como pudieron frente al gran ejército que los rodeaba por todas partes. La batalla, dentro y fuera del campamento de los mercenarios, duró una jornada entera. Por la noche solo quedaba un rumor ligero de voces y el resplandor del fuego que consumía algunas casas en el arrabal de la otra orilla. Después reinó un extraño silencio y, al amanecer del día siguiente, la primera claridad desveló un panorama lúgubre. Los cuervos y las cornejas iban posándose silenciosamente en las riberas; se oían sus graznidos. Algunos caballos vagaban en desamparo, todavía encabritados por el olor de la sangre. El puente estaba sembrado de cadáveres, y las aguas del río iban depositando cuerpos hinchados y pálidos entre los juncos. Nada quedaba ya del campamento de los mercenarios vascones y, en su lugar, el viento jugaba con el humo negro que surgía de los rescoldos del incendio.

Más tarde, los criados fueron a decir, aterrorizados, que habían visto hombres que andaban por los caminos, escondiéndose entre los matorrales, después de haber estado despojando a los muertos. En las terrazas, en las ventanas y en las almenas que miraban al sur las gentes contemplaban mudas el siniestro espectáculo que seguía a la acometida.

Así se consumó el final infausto del pacto que en su día concertaran el rey Sancho Abarca de Pamplona y el hayib Almansur, por el que este último desposaba a la hija del primero, recibiendo a la vez como dote un ejército de mercenarios vascones que levantaron su campamento junto al río tras la boda. Pero, tanto la princesa Abda como los soldados que llegaron a Córdoba con ella, fueron en el fondo más rehenes que aliados, aunque ellos mismos no lo supieran.

81

Por la mañana muy temprano, Raíg al Mawla salió de los Alcázares y fue directamente a la prefectura para averiguar qué había
pasado con Segunda. Lo que encontró allí le desalentó. No había ni
un solo vascón en las mazmorras. Los guardias le trataron con sumo
respeto, pero ni siquiera el oficial de mayor rango pudo darle ninguna explicación acerca de lo que había sucedido con los navarros
que fueron apresados durante el día anterior en diversos lugares de
la ciudad. El prefecto tan solo pudo decirle que los cautivos fueron
llevados a Medina Alzahira y entregados, por orden directa de Abdalmálik, al jefe principal de la guardia del hayib Almansur, el terrible Gamali. Raíg decidió entonces acercarse hasta la Cancillería
para hablar del asunto con el supremo cadí.

La cara surcada de arrugas del anciano juez Ben Zarb reflejaba
toda la consternación y todo el dolor que sentía. No sabía qué contestar ni qué decir ante las acuciantes preguntas que le hacía el tío
del califa. Echó una nerviosa ojeada a un lado y otro de su despacho,
como si le preocupara mucho que alguien pudiera estar escuchando desde algún rincón. Pero la puerta estaba cerrada y dentro solo
estaban ellos dos. La estancia era de medianas dimensiones, con
una verdadera montaña de documentos apilados en sus estanterías
y sus laterales. Allí no había nada más que legajos, libros y fardos

de pergaminos. En la esquina de la izquierda, frente a la entrada, el escritorio era el único mueble, con sus cuadernos, las tablillas de escritura, los cálamos y los tinteros. A la derecha de su asiento, empotrada en la pared, estaba la caja de hierro donde se guardaban los sellos de los juicios, con un aspecto que revelaba su dureza y cuyo color oxidado recordaba que era muy antigua. En el centro de la pared, sobre la mesa, estaba escrita la *basmala* en relieve y con letras grandes.

Raíg se hallaba de pie ante él, serio e interpelante, escudriñando su rostro con interés después de haberle preguntado si sabía lo que estaba sucediendo en la ciudad. Y al ver que el supremo cadí no acababa de responder, le dijo:

—No he venido a hacerte ningún reproche ni a acusarte de negligencia. Tú, Ben Zarb, como hombre justo y sabio, eres un modelo imposible de imitar para todos los cordobeses… Se están cometiendo desmanes e injusticias y acudo a ti para pedirte consejo y ayuda.

—Aquí no podré hablar con tranquilidad —masculló de pronto con voz temblorosa el anciano, mientras se levantaba apresuradamente desde detrás de su escritorio, dirigiéndose a la puerta—. Vayamos a los Alcázares. Lo que tengo que decir deben oírlo también el califa y la señora.

Salieron de la Cancillería, que no estaba lejos de los Alcázares. Yendo de camino, en la plaza que se extendía entre el palacio del alcaide y el arco de Aljama, delante de la puerta principal de la mezquita Mayor, estaban construyendo una gran tribuna en cuyo centro se veía un trono encumbrado. Los aguerridos miembros de la guardia del hayib merodeaban por todas partes; sus armaduras brillaban y los vistosos penachos de plumas de sus altos yelmos sobresalían por encima de todas las cabezas, como las puntas cortantes de sus armas. La multitud, cohibida y expectante, se iba congregando, aunque no se atrevía a situarse cerca del entablado. Un murmullo exiguo, hecho de voces susurrantes y asombradas, crecía en esta parte tan significativa de la ciudad a medida que llegaban, como en oleadas, grupos de más soldados concurriendo desde los diversos callejones. De vez en cuando se oía el crepitar de los cascos de los caballos o el estridente golpear de las astas de lanza contra el suelo, cuando un general o cualquier otro jefe militar importante llegaban a la plaza acompañados por sus escoltas.

El cadí supremo y Raíg fueron avanzando lentamente entre la muchedumbre, mientras los soldados les abrían paso. Miraban de reojo y con recelo a la derecha y hacia atrás, a los rudos y sombríos hombres que solo obedecían y respetaban al hayib y a sus fieles subalternos. Un poco más adelante, y antes de que terminaran de cruzar la plaza, aparecieron por allí a caballo los hijos de Abuámir: el mayor, Abdalmálik, alto, fuerte y arrogante, seguido por su inseparable hermano pequeño, Abderramán, el hijo de Abda, que tendría poco más de once años, pero que también iba pertrechado como para ir a la guerra. Los seguían el grupo de hombres de mayor confianza de su padre, entre los que destacaba el terrible Gamali, jefe de su guardia personal. Caminaban con aplomo y dignidad, graves y orgullosos, luciendo sus grandes espadas en los cintos, pertrechados con pulidas corazas de cuero tachonado con hierro, lorigas, cotas de malla y holgados capotes de buena seda.

Raíg y Ben Zarb se quedaron algo distanciados de la mezquita, mirándolos desde el ángulo derecho de la plaza, donde desembocaba el ancho callejón que conducía a la puerta principal de los Alcázares. Se dieron entonces cuenta de que también pasaban por allí dos de los alfaquíes más prominentes de la mezquita Aljama: el erudito cadí Al Asili, rechoncho, de vivos ojos negros y cara redonda, vestido con su túnica blanca impoluta y manto marfileño; a su lado, caminaba el otro, Al Makwi, de figura esbelta y algo encorvada, la barba y el cabello rizados, canosos y largos, la nariz bien dibujada y un aire entre apacible y taciturno. Los seguían, conversando entre ellos a sus espaldas, algunos otros jueces del Consejo, que tenían graves los semblantes, bajo los destacados turbantes que anunciaban sus rangos.

—¿Qué está pasando? —preguntó en un susurro Raíg, completamente extrañado—. ¿Por qué están aquí todos esos alfaquíes del Consejo Supremo? ¿Y con qué motivo se han congregado tan descaradamente delante de la mezquita los partidarios de Almansur?

El gran cadí bajó la cabeza, se puso más nervioso aún y le agarró por el brazo, apremiándole:

—¡Vamos! ¡Vamos! No te detengas ni hables con nadie. Yo te lo explicaré todo dentro de un momento.

Entraron en los Alcázares y fueron directamente a los aposentos del califa. Allí estaba reunida con él su madre. Aunque ambos estaban muy preocupados por los extraños movimientos que había en la ciudad, de ninguna manera podían imaginar siquiera todo lo que Ben Zarb tenía que contarles.

Cuando el anciano hubo recobrado el resuello y pedido un poco de agua para aclararse la garganta, les habló desde su desaliento y su amargura.

—Todo ha sido tan rápido —empezó diciendo— que todavía me sigue pareciendo mentira. Y debéis creerme, mis señores, cuando os digo que no he venido antes a contároslo porque realmente no he tenido tiempo para ello. Tal ha sido la velocidad de los hechos, tan flagrantes, ignominiosos, atrevidos y desleales, que apenas he podido llegar a asimilarlos… Mirad mi cara, mirad mis ojos: en ellos veréis los signos del agotamiento y el sufrimiento profundo, pues llevo dos días enteros con sus noches sin dormir ni probar alimento, sin descansar y sin hacer otra cosa que orar al que todo lo puede para rogarle que ponga remedio a los desmanes que se nos avecinan…

Lo que el supremo cadí les relató seguidamente dejó al califa y a su familia sin aliento. Habían sucedido durante las últimas semanas muchas cosas que ellos no sabían. En primer lugar, y aunque nadie le había visto desde hacía mucho tiempo, parecía ser que el hayib Almansur estaba enfermo y se hallaba recluido en sus aposentos privados, sin salir para nada ni entrevistarse con nadie que no fueran sus hijos o su fiel guardián Gamali. Pero, no obstante su dolencia —fuera cual fuera esta y el alcance de su gravedad—, había encontrado fuerzas suficientes para designar como su inmediato sucesor, hayib y alcalde supremo, a su hijo Abdalmálik. Esto constituía un atrevimiento sin precedentes, pues una decisión así estaba obligado a comunicarla al califa, y resultaba obvio que no lo había hecho. Por otra parte, terminada la construcción de la mezquita de su ciudad palatina de Medina Alzahira, se empeñó en elevarla al título de mezquita Aljama, equiparándola o incluso poniéndola por encima de las mezquitas mayores de Córdoba y Medina Azahara, y obligando a la vez a que en ella se hiciera la plegaria colectiva del viernes. Como era de esperar, a este atrevimiento se habían opuesto los alfaquíes del Consejo Supremo, manifestándole que no se podía decretar tal cosa, pues suponía relegar definitivamente el lugar donde el legítimo comendador de los creyentes, Hixem, presidía las celebraciones principales del califato…

Ante una relación de hechos tan inesperada, tanto el califa como su madre y su tío sintieron, junto con el asombro, un reavivamiento de su cólera, aunque no exento de cierto temor.

—¡Dios mío! —exclamó la señora—. ¡Ha enloquecido!

—¡No! ¡Ese diablo sabe muy bien adónde va! —repuso su hermano Raíg con aire terrible—. Almansur lo quiere todo. ¡Todo! ¡Si logra esos propósitos nada le va a detener! ¡Hemos perdido demasiado tiempo! Mira que os lo estaba diciendo… ¡Os lo advertí! Hemos permanecido confiados y de brazos cruzados, mientras él iba dando pasos hacia delante… ¡Hijo de perra!

El califa, completamente deshecho por la desolación y el pánico, tuvo que ir a sentarse. No abrió la boca. Permaneció con el rostro demudado, mientras el supremo cadí reanudaba sus dilucidaciones.

—Me temo que todo esto tiene una explicación demasiado simple —dijo el anciano, con el sudor corriéndole por la frente—. El hayib se da cuenta de que el paso del tiempo es inexorable, que envejece, que tiene ya una edad en la que tiene que tomar decisiones importantes para asegurar la vida, el poder y la fortuna de sus hijos… Si bien es cierto que antes solo pensaba en sí mismo, ahora mira hacia su más preciado tesoro: su propia descendencia, su sangre, y especialmente hacia Abdalmálik, a quien ama como no ha amado a nadie en el mundo. Después de años de disimulo, lo que realmente quiere es sentarse en el trono, pensando en que sea su propio vástago quien le suceda y fundar así una nueva dinastía. Esta es la pavorosa realidad. A esto nos enfrentamos. Abuámir Almansur ya no va a volverse atrás, porque, además de lo que os he contado, ha resuelto dar pasos aún mayores, más definitivos, más osados…

Los allí reunidos le miraban con el espanto reflejado en sus caras. Se daban cuenta de que todo aquello que siempre habían sospechado, sus peores pesadillas, pero que no acababan de creer que pudieran llegar a suceder nunca en verdad, ahora cobraban entidad terriblemente, inevitablemente.

Tras reflexionar un momento, el supremo cadí continuó diciendo:

—El atrevimiento, la desmesura y la desvergüenza de Almansur han llegado mucho más allá, hasta el punto de intentar averiguar si era posible que, legalmente, el califa pudiera ser sustituido por otra persona… ¿Estáis comprendiendo lo que quiero decir?… Ha preguntado sibilinamente si se podría nombrar un nuevo califa… Si bien es cierto que, para plantear esta cuestión, ha sido cauteloso, prefiriendo tantear con cierta discreción a algunos miembros del Consejo de alfaquíes… Primero lo intentó conmigo. Me llamó a su palacio, me cubrió de elogios y atenciones, para llevarme a su terreno y ganarse mi voluntad. Es decir, hizo uso de sus conocidas artes disuasorias y seductoras, todo eso que tan bien se le ha dado durante toda su vida y gracias a lo cual ha alcanzado la altura y la soberbia donde se halla ahora. Pero yo, que le conozco bien desde hace años, me di cuenta de sus maniobras desde el primer instante… Quería convencerme el hayib de que se avecinan grandes guerras y males, tremendos conflictos y contiendas que necesitarían una mano fuerte que gobernase el califato, para liberarlo de sus enemigos y poder afianzarlo por los siglos…

Ben Zarb hizo una pausa para beber unos tragos de agua, antes de proseguir visiblemente angustiado:

—¡Y cuánto me duele lo que voy a decir ahora! Pero me debo a la verdad y no ocultaré nada… Lamento mucho tener que deciros que, para dar fuerza a sus razones, Abuámir recurrió a la peor de las artes, la maledicencia: desacreditó al legítimo califa aquí presente, desprestigiándolo con argumentos como que era un niño mimado, inútil, torpe, cobarde, flojo… Decía que Hixem no sabe nada de la guerra, que nunca podría ir al frente del ejército, que los enemigos del Norte sabían esto por sus espías y que eso suponía un peligro enorme para el futuro. En fin, resumiendo, Abuámir trató de convencerme de que Hixem es alguien incapaz en todo término de asumir las altas obligaciones que le corresponden por su rango. Después, como yo también me esperaba, pues me iba adelantando en mi interior a sus planteamientos, la tomó acto seguido con la dinastía omeya, diciéndome que los príncipes que vivían en Medina Azahara eran todos unos decadentes, egoístas, presuntuosos, engreídos y maliciosos… Que en nada se parecían a los grandes califas Abderramán o Alhaquén, sus antecesores. Y estas apreciaciones, como estaréis adivinando, únicamente podían conducir a una conclusión: para Almansur no quedaba pues más remedio que tomar una decisión drástica, acabar con el estado de cosas presente, barrer la cabeza del califato y empezar de nuevo, lo cual suponía sacrificar la dinastía omeya. Aunque, naturalmente, ese sacrificio finalmente fuera en su propio provecho… Pues lo que en el fondo trataba de hacer el hayib con estas ideas era llevarme a la única solución posible para él: que el sucesor de Hixem debía ser él mismo, el propio Almansur, con la potestad de nombrar heredero a su hijo Abdalmálik.

Finalizado su discurso, y ante las atónitas miradas de quienes le escuchaban, el supremo cadí rompió a llorar desconsoladamente. Sollozó, suspiró, hipó… Su estampa daba verdadera lástima, pues en nada recordaba al hombre digno, entero y reflexivo que era.

También la señora vertió lágrimas, mientras deambulaba por el salón, elevando de vez en cuando los ojos hacia el cielo, y lamentándose a gritos:

—¡Qué tonta he sido! ¡Dios mío! ¡He sido una estúpida! ¡Debí imaginarme todo esto! ¡Maldito Abuámir! ¡Maldito seas!

Se hizo luego un silencio aplastante, roto solo por los sollozos, los suspiros y las respiraciones anhelantes. Pero el anciano Ben Zarb todavía tenía algo más que añadir. Se dirigió directamente al califa y, llevándose la mano al pecho, le dijo:

—Mi señor, yo soy un hombre leal, tú lo sabes. He servido en el Consejo desde muy joven, primero a tu padre y luego a ti. Nunca consentiré que se haga lo que Alá reprueba. Así se lo manifesté al pretencioso hayib Almansur. Le dije que él nunca podría ser califa legítimo, puesto que el sublime cargo de comendador de los creyentes solo puede recaer en la sangre curaysí, la del Profeta, que en nuestra Córdoba corre por las venas de la dinastía omeya y, por lo tanto, por tus venas. No hay más ley que esta, no existe otra posibilidad…

Mientras el anciano decía esto, Hixem le miraba con los ojos hundidos en el pavor que sentía, pero su cabeza se movía levemente acogiendo estas manifestaciones de lealtad.

El supremo cadí estuvo callado un instante, en tanto analizaba esa cara pálida como cera y esos ojos llenos de espanto del joven califa. Después continuó diciéndole:

—Señor, mi cargo y mi edad provecta me obligan a advertirte de que ese hombre descomunal y desalmado no teme ni a Dios ni al diablo, mucho menos a ningún hombre en este mundo. No parará hasta que consiga su propósito, pues ansía entronizarse a sí mismo y salvaguardar como sea a sus hijos. Nadie más le importa, solo él y los suyos. Cuando yo me negué ante él a plegarme a sus deseos, me despreció, estuvo frío conmigo y me despidió de su casa. Ahora, si he de ser sincero en todo término, diré que temo por mi vida… Mis colegas alfaquíes del Consejo también han sido consultados en los mismos términos que yo. No sé si ellos temerán también por sus vidas y si tendrán la fortaleza suficiente para mantenerse firmes, pero me temo lo peor… Esta mañana he visto pasar muy dignos a algunos de ellos, los más eminentes, que iban a presentar sus respetos a Abdalmálik. En la plaza, frente a la mezquita, han levantado un gran estrado. Pretenden hacer un panegírico de justicia delante del pueblo; un espectáculo sangriento, de esos que tanto les placen a los hombres tiranos para afianzar el pánico en sus opositores. Mañana, tras la oración del alba, piensan ejecutar a los navarros que han apresado. Lo harán delante de todo el pueblo, como demostración de poderío y de crueldad… Y luego se plantean la posibilidad de llamar a la guerra santa… Estas cosas siempre empiezan así, con charcos de sangre… Veremos en qué acabará todo esto… ¡Alá sea compasivo!

Raíg al Mawla, por su natural entereza y su frialdad de carácter, era el único que se mantenía impávido ante el tremendo relato del anciano juez. Se fue hacia él y, con tono y semblante aparentemente serenos, le dijo:

—Supremo cadí, Alá, cuya pluma escribe el destino y cuya mano frena el mal, nos ayudará. Actuaremos con todas las armas que estén a nuestro alcance. No vamos a quedarnos paralizados y de brazos caídos. Hemos perdido tiempo, pero no hemos permanecido del todo quietos. Ya hemos avanzado tomando algunas iniciativas, por si todo esto llegaba a suceder algún día. Ahora te ruego que nos des algún consejo, pues confiamos plenamente en tu sabiduría.

Ben Zarb asintió con la cabeza. Meditó un instante. Luego contestó:

—Tres cosas serán muy necesarias en estos momentos difíciles. Es lo principal que hoy quería deciros: si cumplís esas tres medidas, podréis enfrentaros a ese demonio. Lo primero que tenéis que hacer es poner a buen recaudo el sello del califa. Si Almansur o sus secuaces logran hacerse con él, podrán refrendar cualquier decisión. Lo segundo será salvaguardar a cualquier precio el tesoro de los omeyas. Me consta que el hayib pretende llevárselo entero a su palacio de Medina Alzahira, para servirse de todo ese oro según sus propósitos. Lo tercero también es importante, aun tratándose de algo simbólico: que el califa y la sayida se vayan a vivir con toda su servidumbre y sus más fieles seguidores a los palacios de Medina Azahara. Si el comendador de los creyentes se sienta en el trono de su padre y su abuelo, podrá defender su legitimidad. ¡Alá el misericordioso nos ayudará! ¡Hixem es su único comendador!

82

Antes de la oración del alba, cuando todavía no despuntaba el sol por encima de las murallas, reinaba una gran agitación en la plaza que se extendía entre el palacio del alcaide y la mezquita Aljama. El estrado estaba ya dispuesto, con todos los sitiales y asientos principales colocados debajo de un gran dosel. La decoración era esmerada y ostentosa, recordando mucho aquellos viejos tiempos del gran Abderramán al Nasir, cuando el califa exhibía en aquel mismo lugar todo su poderío y su grandeza. Cada magnate, cada hombre importante, cada militar distinguido y cada ulema eminente tenían dispuesto su sitio destacado, más cerca o más lejos del soberbio trono que estaba colocado en el centro, bajo el dosel. De esta forma, se estuvieron acomodando como pudieron cuantos de una manera u otra tenían algo de autoridad en la ciudad y el gobierno del califato. El espacio era reducido y no había sitio para el resto. Además, eran muy estrictas las órdenes dadas por los subalternos del hayib: solo debían acudir al acontecimiento quienes tuviesen un cargo o un nombre reconocido.

Así transcurrieron algunas horas, mientras iba amaneciendo, en un ambiente de tensa y curiosa espera, con todas las miradas pendientes de aquel entablado, del impresionante trono vacío y de los magnates que iban llegando para acomodarse en sus asientos.

Y en un momento dado, de repente, se escucharon voces fuertes y cargadas de autoridad en uno de los extremos de la plaza.

—¡Abrid paso! ¡Paso! ¡Paso! ¡Haceos a los lados!

El gentío se agitó y todas las cabezas se volvieron en aquella dirección, poniéndose ahora las miradas fijas en la tropa de guardias que llegaba a caballo profiriendo aquellas voces. Quedó abierto un pasillo por el centro, hacia el estrado. Por él iban a caballo Abdalmálik y su hermano pequeño; le acompañaban el jefe de la guardia del hayib, Gamali, y sus hombres de mayor confianza. Avanzaban todos despacio, con circunspección y orgullo en los rostros, y fueron a situarse al lado derecho de la mezquita, delante de la fuente de las abluciones. Un impresionante silencio reinó a partir de aquel momento. Subieron todos al estrado y ocuparon sus asientos. Tras ellos subieron los generales del ejército, los miembros del Consejo Supremo y los visires recién nombrados por Almansur, que, con el brillo de sus ropajes de seda, las alhajas que lucían, los orondos turbantes y los ademanes con que irrumpieron en el estrado, hicieron más luminosa la plaza.

Un rato después aparecieron doce corpulentos verdugos, con enormes espadones curvos al hombro; y en todos los rincones, donde hasta entonces la gente había aguardado aplanada, se alzó ahora, como un eco de estas presencias imponentes, un sordo rumor.

En medio de tanta expectación, salió de la mezquita el gran cadí Ben Zarb, anciano, de andar vacilante, completamente vestido de blanco, que, con voz aguda, anunció alzando la voz cuanto podía:

—¡Nuestro señor y guía, el príncipe de los creyentes, Hixem ben Alhaquén abú Abderramán al Nasir es el único que ordena! ¡Nada de esto puede hacerse sin su autorización!

Se hizo un impresionante silencio en toda la plaza. Todos los ojos estaban pendientes del anciano juez. Un rato después empezó a correr un murmullo hecho de sorpresa y extrañeza.

—¡No hay más Dios que Alá! —volvió a gritar el supremo cadí, mirando directamente a la cara de Abdalmálik—. ¡Mahoma es su Profeta! ¡El único califa es Hixem!

El hijo mayor de Almansur sostuvo hierático y arrogante aquella mirada del venerable anciano. Pero luego se puso en pie e hizo un gesto con la mano.

Entonces, desde el alminar de la mezquita, un muecín lanzó un prolongado canto, proclamando con voz potentísima:

No hay dios sino Alá.
A Él pertenece toda soberanía,
Oh, Alá, no hay impedimento para lo que tú mandas.
No hay oposición para lo que tú has dispuesto.
Y ni la riqueza ni el poder pueden proteger a su dueño de ti,
porque de ti proviene toda la riqueza y la majestad.
Toda alabanza y la gloria es para ti.

Después de este largo rezo, se puso en pie un viejo y encorvado alfaquí de barba blanca y luenga, llamado Ben Bartal, que era tío de Almansur y muy conocido por su piedad y sabiduría. Nadie allí sabía que ya había sido nombrado supremo cadí de Córdoba, después de que Ben Zarb hubiese renunciado a su cargo. Los miembros del Consejo le invistieron allí mismo. Y el nuevo gran cadí alzó su voz quebrada para decir:

—Nadie puede gobernar nada si no es en nombre de Alá y nadie ha recibido de lo alto esa potestad. Esperamos que la voluntad de Alá y nada más sea lo que guíe nuestras vidas. No hay pues perdón para los que se oponen a los designios de Alá.

Cuando terminó de decir esto, la multitud se agitó eufórica y prorrumpió en gritos de alabanza a Alá y al Profeta. Luego todas las miradas se volvieron hacia uno de los extremos de la plaza, desde donde se veía venir a una fila de guardias que arrastraba violentamente a una cuerda de cautivos, entre los que estaban los jefes del ejército de mercenarios vascones.

Un ceñudo visir alzó su voz potente para sentenciar:

—La buena voluntad de nuestro excelso hayib Abuámir Almansur ha sido traicionada. En el reino de Pamplona el perjuro rey de los vascones ha roto la alianza. ¡Que mueran sus secuaces!

Dicho esto, Abdalmálik, que ya era alcaide supremo, fue hacia los verdugos y les dio la orden para que procedieran a cumplir lo dispuesto.

Los soldados rodearon a los cautivos vascones. Unos los sujetaron por brazos, cabellos y ropas, a la vez que otros sacaron sus afiladas espadas y, en un rápido movimiento, les cortaron las gargantas.

Gritos de histerismo brotaron entre el gentío, cuando el rojo brillo de la sangre roció el empedrado frente a la mezquita Aljama. Los alaridos de las mujeres rasgaban el aire y un impetuoso torbellino de ruidos discordes, de pisadas sobre la tierra seca, voces ahogadas y crujir de las maderas del entablado producían una insoportable sensación de ansiedad.

Impasibles, sin pestañear, Abdalmálik y sus partidarios permanecían como estatuas sedentes que se hallaran ajenas ante la terrible realidad de aquellas muertes. En tanto la muchedumbre gritaba a voz en cuello:

—¡Perezcan de esta manera los enemigos de Alá! ¡Grande es Alá! ¡Gracia y bendición a su Profeta!

83

Estaban recluidos en el patio de los Baños del Pozo Azul. El joven poeta Farid al Nasri lloraba, con tal desconsuelo y desesperación que su rostro estaba fríamente desfigurado. Abdel el Cojo miraba con ternura y compasión sus negros ojos inundados de lágrimas, y le preguntó:

—¿Qué vas a hacer ahora?

—No lo sé... Estoy tan destrozado que casi no soy capaz de pensar... No sé dónde ir, no sé a quién acudir...

El llanto volvió a él impidiéndole seguir hablando. Estaba agotado por haber recorrido la ciudad entera, barrio por barrio, la medina, los arrabales... Se había atrevido incluso a ir hasta Medina Alzahira para preguntar por Segunda. Los guardias de la puerta no le prestaron atención y hasta se rieron de él. Nadie sabía nada de la muchacha. Ella había desaparecido sin dejar rastro. Esa era la horrible realidad. Farid se sentía impotente, desalentado, ante una situación que le superaba completamente. Sollozaba recordándola. Pensando también cómo le había llegado la felicidad desconocida para un simple poeta como él, antes ignorado, anónimo, y qué nuevos horizontes se le habían abierto en los maravillosos Baños del Pozo Azul, y después en la intendencia de los Alcázares. Repasaba cada momento vivido últimamente. La alegría y la paz que se habían desvanecido de repente, como si hubiera soplado un hado fatal; un viento helado que arrastró de manera inesperada la dicha, llevándosela para ocultarla en un lugar sin acceso conocido. ¿Qué había pasado? ¿Cómo era posible que cambiaran las cosas de forma tan repentina e imprevisible? Suspiró.

—No comprendo nada… No sé nada… No sé qué debo hacer… Ni quién me podrá ayudar…

Abdel sintió tanta lástima que acabó contagiado por el llanto de su amigo y también estuvo sollozando. Pero se dio cuenta al instante de que debía sobreponerse para tratar de ayudarle, en vez de contribuir a que se hundiera más.

—Estoy contigo —le dijo afectuosamente—. No te preocupes. Ya pensaremos en algo… Seguro que la señora podrá…

Farid alzó sus ojos llorosos hacia él y le interrumpió, gritando con rabia y amargura:

—¡La señora no podrá hacer nada! ¡El hayib Almansur es una bestia! ¡Un demonio! ¿Acaso tú no lo sabes?

El Cojo, entristecido, bajó la cabeza y contestó con firmeza:

—Sí. Yo lo sé mejor que nadie… ¡Hijo de Satanás!

Ambos se miraron con aprensión, compartiendo un mismo pensamiento. Recordaron en ese momento un terrible suceso que Abdel había referido en cierta ocasión, una noche que ambos poetas mantuvieron una íntima y larga conversación en el Jardín del Loco. A Farid aquello le había impresionado tanto que no había podido olvidarlo, y le venía a la memoria ahora, porque en cierto modo tenía que ver con lo que le estaba pasando. Lo que entonces le contó el Cojo con prolijidad ocurrió en el palacio del príncipe Al Moguira, poco tiempo después de la muerte del califa Alhaquén. Por entonces, el actual hayib Almansur era el intendente general de los Alcázares y administrador de los bienes de la sayida y su hijo. El sucesor legítimo al trono, según el testamento del difunto, era Hixem. Pero una parte de los príncipes omeyas, junto con ciertos nobles y magnates que nunca acabaron de aceptar a Alhaquén, se empeñaban en que debía ser proclamado califa Al Moguira, hijo menor de

Abderramán al Nasir. Esto generó un conflicto grave en Córdoba, que acabó con algunos muertos y con la entronización, finalmente, de Hixem, gracias a la ayuda de su administrador Abuámir y de quien por entonces era el hayib, Al Mosafi. Y como el poeta Abdel en aquel tiempo era uno de los miembros del círculo que rodeaba al pretendiente Al Moguira, se vio irremisiblemente envuelto por el torbellino de sangre y violencia que ocasionó la querella. Él todavía conservaba sanas las dos piernas y no era nombrado por su actual apodo. Pero ya era un poeta estimado y reconocido por muchos hombres importantes, por lo que decidió poner su arte al servicio del príncipe que le mantenía en su casa y que sufragaba sus caprichos. Tal vez para apoyar la causa de Al Moguira, Abdel compuso y divulgó por ahí ciertos poemas denigratorios que hacían referencia a la supuesta relación entre la sayida y su intendente Abuámir. No previno Abdel que ello pudiera acarrearle graves consecuencias. Cuando estalló la violencia a causa del pleito sucesorio, el atrevimiento del poema satírico le costó muy caro. Una tarde, Abuámir irrumpió en el palacio de Al Moguira con un grupo de partidarios de Hixem y dieron muerte al príncipe y a sus más íntimos amigos y seguidores. Abdel, que también se hallaba allí, fue descubierto escondido en una de las estancias del piso superior; lo alzaron en volandas entre varios y lo arrojaron a la calle por una ventana. De esta cruel manera, Abdel sufrió la grave lesión que le dejó la cojera de por vida, con el consiguiente apodo con el que desde ese momento era conocido.

Ahora, pasados los años, la ira del hayib Almansur se presentaba de nuevo en su vida, sorprendentemente, infligiendo una vez más dolor, miedo e incertidumbre. Lo cual, como en un arrebato, le hizo recitar acerbamente:

Quien ha visto sus ojos de fuego
y el color de su saña,
sabe a lo que me refiero:
como un centenar de caballos,

como cien leones,
como cincuenta osos,
como cuando tiembla la tierra,
como cuando crepita el incendio,
como cuando estalla el trueno…
No existe la piedad para él,
pues ni el mismo Dios de los cielos
tiene nombre en sus labios
cuando estalla su ira…

Se había hecho de noche. Por encima de sus cabezas el cielo ya estaba negro. La luz de la luna se ocultó tras una nube que pasaba, y el patio se quedó en tinieblas, pero, tras un instante, la claridad se extendió de nuevo. Los taciturnos pensamientos de ambos poetas se mezclaban con los recuerdos y la angustia que sentían. Farid sufría, atormentado por su indecisión y su impotencia, embargado por la incapacidad para determinar lo que debía hacer a partir de ese momento. El Cojo se daba cuenta de ello, y le preguntó:

—¿No vas a regresar a los Alcázares? A estas horas se estarán preguntado con mucha inquietud dónde estás. No has dado señales de vida desde que saliste de allí esta madrugada. Tal y como están las cosas en la ciudad es como para ponerse en lo peor…

Farid suspiró:

—Volver allí puede ser peligroso…

Abdel replicó duramente:

—¿Vas a huir? ¿Te vas a quitar de en medio así? ¿Sin más? ¿Cómo puedes ser tan ingrato?

Los ojos de Farid se dilataron a la luz de la luna, mientras meditaba lo que iba a responder. Luego dijo con aire de rencor y desgana:

—¡Bah! ¿Qué me importan ya a mí la señora y ese inepto de su hijo? Si ellos hubieran obrado como debían no nos veríamos ahora así…

Abdel meneó la cabeza y repuso:

—Nada de esto es culpa de la señora… Aquí el único culpable es Abuámir Almansur… ¡Esa bestia!

Farid replicó con los ojos relampagueantes:

—¿Y tú dices eso? ¡Te dejaron cojo! ¡Mírate! ¿Cómo puedes defenderlos? ¡Por su culpa yo he perdido a Segunda! A la señora y al califa los rodean la mala suerte y el desastre… Quien se acerca a ellos siempre sale perjudicado… ¡Atraen las desgracias sobre ellos y sobre los demás!

Después de estas quejas volvieron a refugiarse en el silencio. Aquella claridad tenue y misteriosa iluminaba sus rostros, haciendo que cobraran un aspecto más frágil, o quizá más precario, frente al cúmulo de posibilidades fatales que se les venía encima. Aunque al mismo tiempo amor y ternura resplandecían en los ojos de Abdel cuando por fin dijo en un susurro:

—Ahora veo que me equivocaba…

Farid le miró largamente, sin comprender a qué venía lo que acababa de decir. Entonces el Cojo añadió, esbozando de pronto una sonrisa:

—Me equivoqué al creer que eras un hombre intrépido, uno de esos valientes capaces de echarse a cuestas el mundo y poder con todo. Pero ahora veo que en ti solo hay un niño asustado… Todos los poetas somos en el fondo iguales: nuestro miedo es lo que nos hace cantar, igual que cantan los pájaros cuando cae la noche…

A Farid la sorpresa le dejó sin habla, pero también sonrió. Lo cual animó todavía más al Cojo para continuar diciéndole:

—La vida no es otra cosa que las ocasiones que se presentan… Y tú has tenido mucha suerte, demasiada suerte. ¿Por qué? Nadie puede saberlo. Pero tú, amigo querido, no debes huir. Porque creo que, seguramente, tú eres el elegido para actuar en una ocasión así. ¿No has pensado en eso? Dime la verdad: ¿no lo has pensado? ¿No se te ha pasado por la cabeza que quizá estés ahí por algo? ¡Vamos, habla, dímelo!

Farid, muy dolido, contestó cortante:

—No comprendo nada de lo que tratas de decirme… ¡Déjalo ya!

Abdel ignoró esa petición y volvió a la carga.

—¡Sabes de sobra a lo que me refiero! Debes volver allí y enfrentarte a lo que Alá quiera que sea. ¡Es tu ocasión! ¿Y si depende de ello recuperar a Segunda? ¡No seas cobarde! ¡No huyas!

El gran poeta se quedó pensativo, mientras trataba de apaciguarle con una sonrisa forzada. Luego contestó taciturno:

—¿Y qué puedo hacer yo? Es un asunto tan grande y terrible que supera todas mis pobres fuerzas…

—¡Sí que puedes! —remachó Abdel, poniéndose en pie—. Debes volver allí. Si no te enteras de lo que pasa no podrás ayudar. ¡Vamos, levántate!

Farid se levantó hacia él, poniéndole afectuosamente la mano en el hombro, pero todavía vacilante. Dijo:

—Tengo miedo, mucho miedo…

—¡Yo iré contigo! ¡Vamos allá!

Salieron de los baños y atravesaron la medina, que estaba ya a esa hora oscura y silenciosa. Nada extraordinario encontraron en su camino hasta la puerta de los Alcázares. Todo estaba como en suspenso, envuelto en una atmósfera de quietud tensa. Al menos eso les pareció.

84

Ya era noche cerrada cuando llegaron frente al atrio del palacio, después de cruzar las sombras del jardín que había delante de los aposentos de la señora. Encontraron allí reunidos al califa con su madre, su tío Raíg, el administrador Yacub, Sisnán y Delila. El ambiente bajo la galería estaba cargado de confusión y ansiedad. Todos se sobresaltaron, alegrándose al verlos aparecer, y enseguida corrieron a comunicar sus temores a Farid: como era de imaginar, habían supuesto que estaría preso o tal vez algo peor.

—¿Qué ha pasado? —preguntó la señora yendo hacia él—. ¡Cómo se te ha ocurrido la locura de ir a buscarla! ¿Has podido dar con Segunda?

Él se inclinó ante ella y contestó abatido:

—Nada.

La cara de la señora reflejó su decepción y su lástima. Luego dijo con amabilidad:

—Al menos tú estás sano y salvo. ¡Bendito sea Dios! Pareces cansado… Seguro que no has probado bocado en todo el día. Siéntate junto a nosotros y toma algo.

Y al darse cuenta de que Abdel se había quedado prudentemente a distancia, se dirigió también a él para añadir:

—Y tú, Abdel, puedes acompañarnos.

Ellos fueron a sentarse, después de presentar sus respetos a Hixem, postrándose ante él. Todos los miraban, entre sorprendidos y agitados. Se apreciaba la tensión y la incertidumbre. En medio de aquel estado, casi no repararon en que allí era como si hubieran desaparecido las sumisiones, las debidas observancias y hasta las distancias obligadas por el rango. Se hallaban sentados en los tapices, bajo la galería, en torno a una mesa en la que habían servido alimentos y bebida. Mientras Farid y Abdel tomaban algo, reinaba el silencio tenso. Raíg al Mawla parecía ceñudo y pensativo. La señora miraba a su hijo con cariño y tristeza; Sisnán daba la impresión de estar aterrorizado, hablando solo, mientras Delila no dejaba de observarle, y Yacub no apartaba la vista de su amigo recién aparecido, como si estuviera ante un milagro.

Un rato después, la señora tomó la palabra para dirigirse a todos ellos.

—El hijo mayor de Abuámir, Abdalmálik, se presentó hoy aquí por sorpresa —dijo dolida y enojada—. Venía ese bruto lleno de prepotencia y arrogancia. Nos ha obligado a que le enseñemos el tesoro. Le acompañaban los visires y el nuevo cadí supremo, su pariente Ben Bartal. ¡Dios mío! ¡Ha sido una gran humillación! Por eso le dije al califa que no se le ocurriera bajar de sus aposentos para tener que enfrentarse a la insolencia y la grosería de ese fantoche engreído… Ya que quieren arrebatarnos todo, que conservemos por lo menos la dignidad…

Raíg al Mawla no pudo sujetarse y saltó dando voces.

—¡Ese hijo de perra! ¡No podemos consentirlo! Debemos volver al plan cuanto antes…

—¡Calla tú! —protestó a ella, clavando en su hermano una mirada furibunda—. ¡Ahora estoy hablando yo!

Se hizo un gran silencio, en el que todos estaban pendientes de los labios de la señora. Entonces ella continuó diciendo:

—Como os estaba contando, querían ver el tesoro, porque seguramente sospechan de que vayamos a hacer uso de él para defendernos. Yo, como es lógico, me opuse a que bajaran a las cámaras donde se guarda. Pero ellos se empeñaron con tal violencia que temí un altercado y acabé permitiendo que pasarán. Eso al final no ha sido tan malo, puesto que se han convencido de que todo está allí. Y debo decir que después de cerciorarse de ello me pidieron perdón… Pero manifestaron también su intención de llevarse el tesoro a Medina Alzahira la próxima semana, con el pretexto de que allí estará siempre más seguro…

—¡No podemos consentirlo! —gritó Raíg—. ¡Eso supondría para nosotros el final!

—No, no podemos consentirlo —dijo la señora—. En eso estoy totalmente de acuerdo contigo, hermano. Pero… ¿qué podemos hacer? Están decididos a seguir hasta el fin en su ambición, sea como sea. Temo que al final, si nos oponemos a sus pretensiones, acaben decidiendo quitarnos de en medio… Sinceramente, he empezado a temer por nuestras vidas…

El silencio fue ahora aterrador. Todos se miraban y sus ojos ponían de manifiesto el pánico que empezaba a dominar sus corazones.

—¡Nos levantaremos! —exclamó Raíg, poniéndose en pie con ímpetu y determinación—. ¡Nos enfrentaremos a ellos como sea! ¡Tenemos a nuestro favor el gran ejército de África! Los judíos me han prometido que nos ayudarán. ¡Podemos vencer a Abuámir!

De nuevo reinó otro silencio, tal vez porque todos allí veían esa posibilidad como algo extremadamente difícil. Pero la señora tomó de nuevo la palabra, esta vez dirigiéndose directamente a su hijo, para decirle:

—Hixem, hijo, nos vamos a defender. ¡Vamos a luchar para mantener lo que nos pertenece por derecho! Vamos a llevar a efecto el plan hasta las últimas consecuencias. Ahora sé que es nuestra única salvación. Tenemos que arriesgarnos. Y lo primero que hay que hacer es sacar de aquí ese tesoro. Debemos cumplir con las tres cosas que nos aconsejó el viejo cadí Ben Zarb: lo primero, asegurar el dinero; lo segundo, ocultar el sello; y lo tercero, irnos a vivir a Medina Azahara para gobernar desde allí a nuestros partidarios.

El rostro del califa estaba demudado. Miraba a su madre con tal pánico y aflicción, que su persona no suscitaba ninguna confianza ni seguridad en ninguno de los que allí se hallaban. Pero la señora, aun sabiéndolo, añadió, mirando ahora hacia los demás:

—Pensad en algo todos, ¡por Dios! Idead alguna manera de sacar el tesoro de aquí. ¡Hay que llevárselo cuanto antes! Pero han puesto guardias e inspectores en todas las puertas, porque no se fían. Y lo malo es que tenemos muy poco tiempo… No podremos siquiera cavar un túnel, por corto que sea. Esa idea ya la hemos desechado. Una semana no sería suficiente para algo tan complicado… Así que ¡todos a pensar! En tres días, como máximo, el tesoro tiene que estar fuera de los Alcázares y escondido en un sitio seguro.

85

Farid se despertó en plena noche por el sonido de ciertos golpes y voces que llegaban desde las calles. La alcoba, con las ventanas cerradas, estaba en penumbra; solo una tenue luz se filtraba por las rendijas. Debía de estar amaneciendo. Había dormido poco tiempo, pero profundamente, después de haberle dado muchas vueltas en su cabeza a los problemas tan acuciantes que se le habían venido encima en los últimos días. Todos se habían acostado en la misma parte del palacio, en las estancias que rodeaban los aposentos de la señora. Solo podían sentirse algo seguros allí. A sus oídos llegaba la respiración entrecortada de Yacub, y volvió la cabeza hacia su lecho, que estaba apenas a un palmo del suyo. La barriga de su amigo subía y bajaba. Un poco más allá, pero también cercano, yacía el Cojo echado sobre un costado. En la escasa luz, Farid vio que tenía los ojos abiertos.

—¡Abdel! —le susurró—. ¡Eh, Abdel! ¿Duermes?

—No he pegado ojo en toda la noche —respondió el Cojo con un fatigado hilo de voz.

Farid se incorporó y le dijo en voz baja:

—Vamos hacia la ventana. Quiero decirte algo. Ve con cuidado, no despertemos a Yacub.

Abdel se levantó pesadamente, dio unos pasos torpes, tropezó y cayó de bruces, todo lo largo que era, causando un gran ruido por el golpe de su desmadejado corpachón.

Yacub despertó asustado y gritó:

—¡Madre mía! ¡Socorro! ¡Nos matan!

—¡Calla! —le dijo Farid—. No pasa nada. Es el Cojo, que se ha dado un porrazo contra el suelo.

—¡Ay, qué poca cosa soy! —se quejaba Abdel.

Yacub se levantó de la cama, refunfuñando.

—¡Vaya susto! ¡Con lo mal que he dormido! Ahora que había cogido el sueño…

—Yo tampoco he pegado ojo —dijo también Farid—. He estado pensando, pensando, pensando… Reflexionando, ideando, cavilando y…

Los otros dos le observaban en silencio, como a la espera de que acabara diciendo algo importante, pero el joven poeta se quedó callado, con la mirada perdida en la luz que entraba por la rendija de la ventana.

—¿Y…? —preguntó al fin Yacub.

—Venid aquí a sentaros y os contaré lo que se me ha ocurrido —dijo Farid, notablemente agitado—. ¡He tenido una idea!

Ellos se le quedaron mirando, entre curiosos y desconfiados. Fueron a sentarse donde él decía y esperaron a que se explicara.

El joven poeta se puso extraordinariamente serio. Cerró los ojos, como si quisiera ver en su interior algo referente a lo que iba a desvelar, y enseguida los abrió, preguntando:

—¿Vosotros conocéis el cuento titulado *La boca insaciable*?

Yacub y Abdel se miraron y luego contestaron al unísono.

—No.

—No me extraña que aquí no se conozca —dijo Farid—. Es una fábula para niños muy antigua. Un relato de mi tierra que solo debe de ser conocido allá… A mí me la contaron siendo muy pequeño y la recuerdo desde que tengo uso de razón.

Yacub no se fiaba de la imaginación de su amigo y soltó un resoplido, protestando.

—¡Por Alá, hermano! ¿Estamos ahora para cuentos de críos? ¡Con lo que tenemos encima!

—Te ruego que me escuches — le contestó Farid molesto—. ¡Y no abras la boca hasta que haya terminado de contarlo!

Su amigo asintió con un resignado movimiento de cabeza. Y él empezó diciendo:

—Aunque os pueda parecer que lo que se cuenta en *La boca insaciable* no tiene demasiada importancia en relación a nuestros problemas, os asombraréis cuando os exponga las conclusiones a las que he llegado durante mi insomnio de esta noche, recordando ese cuento y reflexionando. Como os decía, es una fábula sencilla para niños, que narra lo que pasó en una ciudad cuando, en una noche de luna llena, se apareció un misterioso y maléfico genio. Nadie recordaba el nombre del iblis, pero la historia lo representaba muy feo, con una cabeza muy grande, una boca enorme y una abultada barriga. Aquel demonio tenía además muy mal carácter y aterrorizaba a la gente, causándoles innumerables desgracias y problemas si no le daban aquello que era lo que más deseaba en el mundo: oro puro. Porque se alimentaba exclusivamente de eso, de oro puro. La gente trató de contentarle dándole todo tipo de alimentos exquisitos, deliciosas bebidas, mujeres hermosas, placeres…; pero el maldito genio solo quedaba contento si le daban el oro que tenían. Cuando se sentía saciado, los dejaba en paz. Aunque solo por un tiempo, porque volvía a tener hambre cada luna llena. La gente hacía acopio de monedas y objetos de oro, se los llevaban y él se calmaba. Pero, a la siguiente luna llena, ¡vuelta a empezar…!

—¡Por Alá de los cielos, Farid! —saltó Yacub, con impaciencia y desesperación—. ¡Mi cabeza no está ahora para escuchar estas tonterías! ¿Dónde quieres llegar con todo esto?

—¡Déjale terminar! —medió el Cojo—. ¿Cómo vamos a saber qué enseñanza hay en el cuento si no acaba de contarlo? ¡No vuelvas a interrumpirle!

—La gente estaba desesperada —continuó Farid—, pues el genio maligno regresaba una y otra vez a reclamar el oro. Por eso, acabaron llamándole «la boca insaciable». Pasó el tiempo y no hallaban la solución para aquella maldición que se llevaba todos sus ahorros. Pero he aquí que un niño, por pura casualidad, dio con el remedio. Resultó que aquel crío, para evitar que el genio le quitase la única moneda que tenía, decidió esconderla dentro de un panal de abejas. «Si se le ocurre hurgar ahí, le picarán», se dijo. Pero la boca insaciable, que era muy listo, supo que la moneda estaba allí, y no temiendo a las abejas, aplastó el panal y extrajo el oro. Lo que hizo a continuación fue llevárselo a la boca para comérselo. Pero apenas se lo había tragado enrojeció de repente, se puso muy hinchado, enfermó y murió allí mismo. Cuando el niño contó lo que había sucedido, la gente no se lo podía creer. Fueron al lugar donde estaba el panal y vieron allí al genio reventado, con la pata estirada y la lengua fuera, muerto. El niño se convirtió en un héroe. Y años más tarde, acertó a parar en la ciudad un hombre ilustrado que pasaba por allí, cuando iba de camino hacia Alejandría, y que entendía mucho de genios. Les dijo aquel sabio que esa clase de iblis dañinos no puede probar siquiera la miel, pues es el mayor veneno para ellos. La moraleja es la siguiente: lo que para unos es bueno a otros los mata. El oro brilla y parece deseable, pero acaba siendo la causa por la que muere mucha gente, incluso siendo originariamente hombres con buena voluntad. Sin embargo, la miel, que es beneficiosa para todos, a los seres maléficos los destruye. Y aquella gente sacó otra conclusión: a partir de entonces guardaban todo su oro en vasijas llenas de miel hasta el borde, por si le daba por aparecer por allí a otro demonio de esa clase.

—¡Es un cuento maravilloso! —exclamó el Cojo con el rostro iluminado.

—¡Es una estupidez solo apta para niños! —apostilló Yacub con torcida expresión—. ¿Por qué nos has contado ahora esa ñoñería?

Farid sonrió enigmáticamente y respondió muy seguro de sí:

—Porque ya sé lo que haremos para poder sacar el tesoro de los Alcázares y esconderlo donde nadie podrá dar con él.

86

El anciano alfaquí Ben Zarb ya no era cadí supremo de Córdoba, tras renunciar a su cargo por negarse a legitimar con su sello los propósitos usurpatorios del hayib Almansur. Ahora no era nada más que un simple ulema de la mezquita Aljama. Durante más de veinte años había salido invariablemente, antes de que amaneciera, para recorrer a pie el trayecto hasta la Cancillería, desde la puerta de su casa situada a las afueras, en los confines del arrabal de Secunda. La distancia era de una milla árabe, más o menos; y no obstante su edad, él no quería desplazarse en cabalgadura, sino que prefería caminar, como una diaria peregrinación, atravesando los eriales y el inmenso suburbio de los ganaderos que se extendía al otro lado del Guadalquivir; después cruzaba el puente y entraba en la muralla, deteniéndose primero en el silencioso patio de los Naranjos, antes de penetrar en la umbría y sosegada nave principal de la mezquita. A pesar de haber perdido su importante título de alfaquí principal y jefe del Consejo Supremo, conservaba integra su dignidad y la fama de hombre justo, honrado y ecuánime en todos sus juicios. Incluso podía decirse que esa buena reputación había aumentado considerablemente después de su renuncia, ya que la noticia, con el motivo de la misma, se había hecho pública hasta en el último rincón de la ciudad. Todo el mundo lamentaba aquel hecho tan desagradable, que venía a poner en evidencia una vez más la imparable y enviciada ambición de Almansur. Máxime cuando el cargo de gran cadí que había quedado vacante fue ocupado inmediatamente por un tío del hayib.

Estas circunstancias, aun siendo tan graves y lamentables, no alteraron lo más mínimo la rutina de vida ni el ánimo confiado del anciano. Ben Zarb era tan piadoso como sereno. No se desalentó ni perdió la paz, no obstante la inevitable tristeza que embargó su corazón ante la flagrante injusticia. Y como si nada hubiera pasado, salió antes del amanecer en dirección a la ciudad, aunque no para ir a la Cancillería, donde ya no tenía responsabilidad alguna, sino a la mezquita Aljama, para entregarse al rezo y la meditación.

Caminaba en la débil luz de la madrugada por el sendero que discurría entre higueras y almendros, pasando por delante de las pobres cabañas de los cabreros, mientras miraba su propia sombra proyectada en la arena, pues temía tropezar con algún pedrusco u obstáculo, ya que su vista era torpe. De repente, al doblar un recodo en el paraje solitario que se extendía antes de llegar al río, otras dos sombras aparecieron junto a la suya, y entonces se dio cuenta de que alguien le iba siguiendo de cerca. Se volvió y vio dos hombres vestidos enteramente de negro, cuyos rostros, a contraluz del sol naciente, no podía vislumbrar. Nadie más había por allí a esa hora, pues esa parte del arrabal era inhóspita y los márgenes del camino estaban dominados por matorrales, arboledas silvestres y maleza de las orillas. Ben Zarb dio los buenos días con dulzura y siguió su camino. Pero, apenas había andado unos pasos, cuando uno de los hombres vestidos de negro le habló a la espalda con una voz conocida:

—Ben Zarb.

El anciano se detuvo y se volvió de nuevo. Aquellos dos hombres estaban parados, mirándole. Uno de ellos se adelantó hasta él y descubrió su cara, que hasta ese momento estaba embozada: era el cadí Raíg al Mawla.

—¡Ah, mi señor Al Mawla! —exclamó extrañado Ben Zarb—. ¿Tú por aquí a estas horas?

—He venido para ahorrarte las penas y sufrimientos que siguen a la vejez de un hombre honorable, cuando todo le ha sido arrebatado.

El anciano sonrió y contestó:

—Te lo agradezco, pero todo no me ha sido arrebatado; me queda la vida, la fe en Alá y mis hijos y nietos. Ser cadí supremo de Córdoba no es lo único en el mundo.

Raíg sonrió también, con afecto, dando un paso adelante y diciendo:

—¡Alá me perdone! ¡Y perdóname tú, hombre de bien!

Y dicho esto, sacó acto seguido un puñal y se lo clavó en el pecho a Ben Zarb. Los ojos del anciano se quedaron en blanco al instante, mientras un chorro de sangre brotaba empapando su túnica. Cayó de rodillas al suelo y después se derrumbó de bruces en la tierra del camino.

Raíg y su acompañante echaron a correr y desaparecieron entre las arboledas donde habían amarrado sus caballos.

87

A media mañana, un gran ajetreo reinaba en el tercer patio de los Alcázares, junto a los almacenes y las cocinas. La servidumbre al completo estaba allí atareada, entre centenares de botijas de todos los tamaños y formas, intentando llevar a efecto las órdenes que les daban los intendentes. También estaba presente la señora, observando con atención el proceso, sentada en lo alto de una pequeña terraza. Un intenso y delicioso aroma a miel, ajenjo, confitura de frutas y arrope lo llenaba todo. Sisnán iba y venía entre los criados, las carretillas y las vasijas, supervisando el trabajo con toda la eficacia que le permitían sus endiablados nervios. Un carromato acababa de entrar y se disponían a descargar más vasijas, cuando de pronto alguien tropezó e hizo caer uno de los recipientes de barro, que se rompió en mil pedazos, derramándose toda la dulce mixtura que llevaba en su interior.

—¡Idiota! —empezó a gritarle Sisnán al pobre muchacho que había cometido la torpeza sin querer—. ¡Mira lo que has hecho! ¡Imbécil! ¡Hemos repetido mil veces que hay que poner mucho cuidado!

La jefa de las criadas se acercó para recriminar al eunuco.

—¡No des voces! ¡Eres tú quien nos saca de quicio!

—¡Cállate, víbora! —le espetó él.

La señora bajó por la escalera a todo correr para poner orden.

—¡Calma! ¡Por Dios! ¡Tengamos calma!

Se acercó también Farid para decir en tono tranquilizador:

—No pasa nada. Si se rompe algún cacharro, no importa. Hay de sobra. Lo importante es que hagamos el trabajo lo antes posible y con orden según el plan previsto.

Sisnán le miró de hito en hito, con profundo desprecio, y contestó refunfuñando:

—¡Es lo que faltaba! ¡Que me riñas a mí! ¡Estoy tratando de que todo se haga con orden y según el plan previsto! ¡Pero son unos inútiles!

—¡Basta! —suplicó la señora—. ¡Por Dios, basta ya! Si nos detenemos para discutir no podremos acabar nunca.

En ese momento, se abrió el gran portalón que daba al segundo patio y entró otro carromato cargado de botijas. Venían junto al carretero, montados en el pescante, Yacub y el Cojo. El primero de ellos anunció:

—¡Aquí viene mermelada de ciruelas de la mejor calidad! ¡Cincuenta cántaras!

—Muy bien, muy bien —contestó Farid, señalando un rincón con el dedo—. Descargadlo ahí. Con estas cincuenta, ya van doscientas treinta, si me salen las cuentas.

Otra vez se abrió la puerta, esta vez para que entraran cuatro borricos cargados con alforjas llenas de más vasijas. El que venía al frente de ellas, informó:

—¡Aquí están las veinte cántaras de miel de cantueso!

—¡Perfecto! —exclamó Farid—. ¡Con eso ya está todo! ¡Ponedlo ahí!

Los criados iban ordenando las botijas por grupos, según su contenido y tamaño. Después se acercaban los intendentes para revisarlas, medirlas y comprobar su tamaño y capacidad. Todo esto se anotaba cuidadosamente bajo la supervisión de Farid y Yacub.

La puerta se abrió de nuevo un rato después, pero esta vez quien entró fue Raíg al Mawla, que venía acompañado por su fiel criado Sabán. Se quedaron pasmados. No se esperaban aquel enorme trajín ni encontrarse con tal cantidad de cacharros acumulados por todas partes. La cara fría e implacable de Raíg no cambió de expresión mientras paseaba su mirada por el patio y por los que allí se encontraban, hasta descubrir a su hermana, que estaba de pie en la terraza. La actividad se detuvo, mientras todos estaban pendientes de él. Entonces la señora dio una palmada y alzó la voz ordenando:

—¡Seguid! ¿Por qué paráis? ¡Tenemos el tiempo justo!

Al Mawla atravesó el patio sin detenerse ni acabar de comprender qué era todo aquello. Subió las escaleras con un punto de extrañeza en los ojos y le preguntó a su hermana:

—¿Os habéis vuelto locos? ¿Se puede saber qué está pasando aquí?

Ella respondió, con el rostro iluminado por la emoción y la esperanza:

—¡Tenemos la solución, Eneko!

—¿La solución? ¿Qué solución? ¿De qué me hablas, hermana?

—¡Sígueme y te lo explicaré todo!

Descendieron de la terraza y fueron hasta donde estaban Farid y Yacub, consignando las anotaciones en sus cuadernos.

—Hay que contárselo a mi hermano ahora mismo —les dijo la señora—. Dejad por un momento lo que estáis haciendo y explicadle el plan.

Ellos obedecieron sin rechistar y fueron tras la señora y Al Mawla al interior de una de las despensas. Allí ella le pidió a Farid:

—Vamos, habla, explícaselo.

El joven poeta exhaló un profundo suspiro, se pasó la mano por la frente y dijo:

—Intentaré resumirlo —reflexionó un momento y luego prosiguió—. Esta mañana, muy temprano, mi compañero Yacub fue a recorrer todos los mercados de Córdoba para hacer acopio de la mayor cantidad que pudiera encontrar de vasijas llenas de miel, confituras, siropes y demás mixturas dulces. Gracias a Dios, logró comprar una cantidad suficiente de botijas de cierto tamaño para poder llevar a cabo el plan que hemos previsto…

Raíg le interrumpió irritado:

—¡Tenemos demasiados problemas como para que estéis preocupados por asuntos de despensa!

La señora le increpó con dureza:

—¡Calla y escucha! ¡Todavía no ha terminado de explicarse!

Su hermano suspiró y replicó con impaciencia:

—¡Tengo cosas importantes que hacer, hermana! ¿Habéis perdido la cordura? ¿Cómo os dedicáis ahora a la miel y las confituras?

—¡Escucha, por Dios! —le gritó ella, enfadada.

Farid, nervioso, levantó la cabeza y continuó explicando:

—Como decía, esas vasijas están llenas de miel, confituras y arropes. El plan consiste en sacar todo lo que tienen dentro y llenar cada uno de los recipientes con monedas de oro hasta un determinado nivel, sin llegar al borde. Después se rellenará el espacio con las mixturas…

—¡Qué estupidez! —gritó Raíg, ensañándose con él—. ¡Idiota! ¡Cómo se te ocurre una tontería tan grande! ¡Es un plan descabellado!

—¡No, no es ninguna tontería! —replicó la señora, haciendo acopio de paciencia—. Aquí el único estúpido eres tú, Eneko. ¿Quieres dejarle que termine de explicar?

Farid resopló y prosiguió:

—Cuando todas las vasijas estén llenas de oro, tendremos ochenta mil monedas envasadas y cubiertas de miel, confitura y arrope, según nuestros cálculos, en un total de doscientas quince vasijas. Todo ello será cargado en los carromatos y alforjas de bestias para ser llevado al mercado. El pretexto que se pondrá para sacarlo será que ha de ser devuelto a los proveedores por los cocineros e intendentes del palacio, después de estimar que no son de suficiente calidad para los regalos que pretendía hacer el califa con motivo de la fiesta del Nacimiento del Profeta. Los guardias e inspectores que el hayib ha situado en todas las puertas de los Alcázares no sospecharán; y si lo hacen, aunque destapen las botijas, solo descubrirán en ellas miel, mermelada de frutas, salsa de ajenjo o arrope.

Al Mawla estaba tan sorprendido como admirado. Sus ojos grises brillaron al exclamar:

—¡Es absolutamente genial!

Y sin poder aguantar más su entusiasmo, la señora le dijo:

—¡Es la solución que buscábamos, Eneko! Todas las botijas serán llevadas a la medina y se guardarán dentro del estanque del Pozo Azul. Nadie podrá encontrar el tesoro, puesto que el agua hace mucho que no se renueva y está completamente verdosa y oscura.

Por la tarde, siguiendo el plan previsto, Yacub, Farid y el Cojo salieron al frente de la pequeña caravana formada por tres carros y siete mulas cargadas con grandes alforjas. En la puerta, como era de esperar, los guardias e inspectores que había puesto Abdalmálik los detuvieron para echar un vistazo al cargamento. Entonces Farid se puso a gritar con afectada indignación:

—¡Esos proveedores son unos sinvergüenzas! ¡Con el dinero que ha costado todo esto! ¡Se creían que podían engañarnos! ¡Mirad! ¡Mirad la porquería que nos han vendido esta mañana! ¿Cómo va a regalar esta basura el califa a sus familiares y amistades?

Los guardias e inspectores, que ya habían visto que entraban todo aquello a primera hora de la mañana, se conformaron con destapar un par de botijas; observaron, olisquearon, y uno de ellos, un tanto extrañado, dijo:

—Pues a mí me parece que tiene un aroma magnífico.

—¡Qué sabrás tú! —le replicó airado Farid—. No es de calidad. No está malo. Pero al califa y a su madre les gusta regalar siempre lo mejor. Todo esto será devuelto a los proveedores.

Afortunadamente, los guardias e inspectores no revisaron más ni pusieron ninguna objeción. Pero, antes de que la caravana echara a andar, Farid le dijo a Yacub:

—Entrégales a cada uno de estos buenos hombres una vasija de miel. De esas de ahí, que son las mejores.

Yacub así lo hizo, pues eso también lo tenían planeado. Cogió cuatro botijas del carromato donde iban y se las entregó. Por supuesto, en aquellos cuatro recipientes no había nada de oro, sino exclusivamente miel. Los guardias e inspectores aceptaron encantados el regalo. Y la caravana prosiguió su camino sin que sospecharan lo más mínimo.

88

Las cosas discurrieron deprisa aquel mismo día. Antes de la oración de la tarde, un ciego con fama de santo apareció de pronto en el patio de los Naranjos de la mezquita Aljama, dando gritos y lanzando imprecaciones, para anunciar que habían asesinado cruelmente al bueno de Ben Zarb. Todos los hombres que estaban a esa hora haciendo sus abluciones en las fuentes se sobresaltaron y empezaron a dar voces, enloquecidos por la indignación. Un instante después, se presentó allí una gran multitud que transportaba sobre unas angarillas, en medio de un llanto ensordecedor, el cadáver del anciano muerto. La gente que ya estaba reunida esperando a que diera comienzo la oración empezó a salir a borbotones por las puertas, profiriendo alaridos y reclamando venganza a voz en cuello. Alguien hizo oír su voz potente por encima de las demás y sugirió ir frente a la Cancillería para clamar pidiendo justicia. Todos salieron, formando una turba enardecida e incontrolable, dirigiéndose al palacio donde se reunía el Consejo Supremo, frente a cuya puerta estuvieron gritando un largo rato en torno al cadáver. Pero el gran cadí no se hizo presente y la furia del gentío aumentó, yendo luego hacia los Alcázares. Pronto se les unieron docenas de ulemas y alfaquíes de las diversas mezquitas; luego tropas de jóvenes y muchachos que corrieron hacia ellos aullando como si tuvieran la rabia; más tarde mercaderes del Zoco Grande, artesanos, hortelanos, campesinos y ganaderos. Apenas llegaron a la plaza, frente a la puerta principal, se juntaron con otra gran muchedumbre que provenía de los arrabales y a la que se había unido mucha gente. Los gritos por el califa, la sayida y los omeyas se fueron alzando cada vez con mayor fuerza; y a medida que avanzaban crecía el odio, la cólera y el deseo de pedirle cuentas al hayib Almansur por el crimen. Muchos eran los que incluso se atrevían a señalarle abiertamente como autor del mismo. La participación espontánea y la respuesta intuitiva que brotaba por todas partes confluía finalmente frente a los Alcázares, y las multitudes encontraban allí, desgarradas por la cólera, su lugar de desahogo y respiro.

La señora había tenido conocimiento de la triste noticia un rato antes. Al punto oyó el aterrador rumor de la masa, y su asombro por el hecho de la respuesta de los cordobeses casi le impresionaba más que el asesinato en sí mismo. «¿Cómo ha ocurrido todo esto…?», se preguntaba atónita, contemplando la soliviantada muchedumbre desde la torre más alta del palacio. Apenas habían transcurrido unas cuantas horas de esa mañana, siendo todavía consciente de su propia desesperación, pavor y derrota y, ¡hela aquí ahora!, por la tarde, siendo testigo de la explosión de un sentimiento colectivo airado, en el que cada corazón de la ciudad se revelaba como eco del suyo propio, repitiendo su ansia de venganza y justicia, y conjurándola con una fe imperturbable a que llegara hasta el final en su lucha contra el usurpador. ¡Qué entusiasmo repentino! ¡Qué entereza! Su espíritu era de pronto lanzado a un cielo ilimitado de esperanza, arrepentida de la desesperación a la que había cedido y avergonzada por los pensamientos pusilánimes que la habían venido poseyendo.

Corrió arrebatada por los peldaños de la escalera para ir hasta los aposentos del califa, encontrándolo por el camino. También Hixem había sido soliviantado por el estrépito de las voces, pero él no acababa de enterarse todavía de lo que estaba sucediendo.

—¡Hijo, han asesinado a Ben Zarb! ¡Malditos sean Abuámir y sus hijos! ¡Criminales, asesinos!…

El pálido rostro del califa reflejó todo su estupor y el pavor que le invadió de repente. Ella entonces añadió:

—La gente se ha echado a las calles. Escucha los gritos, hijo mío; están clamando pidiendo justicia e invocan nuestros nombres. ¡El pueblo fiel de Córdoba está con nosotros! Vamos a la galería. Tenemos que mostrarnos a ellos para infundirles ánimos y agradecerles su lealtad.

La señora y su hijo se asomaron al ventanal principal de los Alcázares, donde tradicionalmente aparecían los califas en determinadas ocasiones. En la plaza pudieron contemplar otro nuevo espectáculo de aquel día vibrante. Vieron unos grupos de soldados a caballo, y a la cabeza uno de los principales generales del ejército, Abú Zacla, que avanzaban arrastrando tras de sí nubes de polvo, mientras el suelo temblaba bajo los cascos. Aquel militar fiel extendió su mirada hacia ellos, con unos ojos que brillaban de saña y determinación; su poderoso caballo se agitó nerviosamente, alzando las patas delanteras, y el general levantó la espada gritando:

—¡No hay más Dios que Alá! ¡Muhamad es su profeta! ¡No hay más comendador de los creyentes y califa que Hixem ben Alhaquén abú Abderramán al Nasir!

Un momento después, salió por la puerta principal el cadí Raíg al Mawla y se arrojó en medio de la muchedumbre, alzando los brazos al cielo también con la espada desnuda en la mano, embriagado de júbilo y exaltación, como si fuera una persona perdida que encuentra a su familia tras una ausencia prolongada.

—¡Solo hay un califa! —gritaba—. ¡Fuera los traidores! ¡Abajo el usurpador y embustero!

La multitud siguió su camino en pos del cadáver y de los soldados de Abú Zacla. Recorrieron toda la ciudad, pasando por las residencias de los nobles, magnates y hombres principales, haciendo pública su protesta sin temor alguno, con distintas consignas, albórbolas y lemas en favor del legítimo califa, hasta que alcanzaron de nuevo la mezquita Aljama y la plaza de la Cancillería. Pero nadie se esperaba que allí, de pronto, una violenta ola de desasosiego empezara a sacudir a las masas, hasta que estalló el pánico y la consiguiente estampida.

—¡La guardia de Almansur! —se oía gritar—. ¡Viene Abdalmálik!

Las flechas no tardaron en silbar por encima de las cabezas y se vio una nutrida hilera de arqueros corriendo entre las almenas por encima de las murallas… Los primeros muertos cayeron, provocando mayor espanto y delirio. Unos caían al suelo ensangrentados, otros se quedaron clavados, paralizados por el miedo; muchos se dispersaron a todo correr, buscando refugio en las casas y en la mezquita. Los soldados fieles al califa embistieron con sus lanzas a una tropa de guardias que desembocaba en la plaza. Pronto se formó una auténtica batalla. Abú Zacla y sus jinetes tuvieron que retirarse, temiendo ser asaeteados.

También Raíg al Mawla huyó hacia los Alcázares para refugiarse. Y entró gritándole a la guardia del califa:

—¡Cerrad todas las puertas! ¡Guarneced las torres y las murallas!

89

En los Baños del Pozo Azul, Farid, Yacub y el Cojo, con la ayuda de media docena de criados, acababan de meter la última de las botijas en el estanque. Llevaban allí toda la jornada, ajetreados y ajenos por completo a lo que estaba sucediendo afuera. Una vez terminado el trabajo, observaban desde el borde el efecto del agua, aquietada y verdosa, que no permitía que se viera nada de lo que estaba en el fondo. Lleno de satisfacción, Farid exclamó:

—¡Fantástico! Todo ha salido como yo suponía. Nadie podrá imaginar siquiera lo que hay ahí abajo. ¡Regresemos a los Alcázares!

Cuando atravesaban el patio, les llegaron de pronto los ecos de las voces alteradas del gentío. Pero estaban tan ofuscados todavía por el manejo del tesoro y la artimaña empleada para ocultarlo que no prestaron demasiada atención.

Al salir a la calle, se toparon sorpresivamente con turbas de hombres con el rostro descompuesto que corrían arrebatadamente por los adarves y los murallones, estrechándose los cuerpos unos contra otros, armados con palos, azadones y hachas, como guerreros que van al asalto de una fortaleza; gritaban contra la gente que estaba detenida en los mercados o asomada a las ventanas, lanzándoles insultos obscenos, exhortándolos a arrepentirse de no salir a las calles en defensa del califa y profiriendo terribles amenazas. A aquellos insultos e intimidaciones, las mujeres respondían con grandes lamentos, desde sus rostros cubiertos; y los mercaderes replicaban con injurias atroces e imprecaciones ignominiosas, a las cuales se sumaba el eco de los gritos sofocados, los odios feroces, los puños alzados al cielo, las manos extendidas, crispadas, y los sollozos horribles de las viejas.

Ellos se detuvieron en la puerta de los baños, sorprendidos y asustados. Yacub exclamó:

—¡Es una revuelta! ¡Alá nos proteja!

Echaron a correr en dirección a los Alcázares, mezclados con la multitud enardecida, y comprobando al mismo tiempo que aquellos fieros hombres eran en su mayoría partidarios de Hixem y la sayida y que iban dispuestos para ejercer todo tipo de violencia contra cualquiera que estuviera en su contra. Por otra parte, un poco más adelante, también se cruzaron con filas de ancianos con túnicas raídas y gastadas, de canillas descarnadas y secas, que caminaban pegados a los muros; las frentes enmarcadas por los turbantes pobres y sucios, de los que asomaban blancos cabellos alborotados por el viento del miedo; venían gritando confusas palabras que parecían maldiciones frente a los traidores, y antiguas fórmulas que invocaban la protección de Alá para el califa y su familia.

—¡Son los ulemas! —observó el Cojo—. ¡Los partidarios de unos y otros se han echado a las calles! ¡Es la guerra! ¡Habrá que dar un rodeo para evitar el tumulto!

Se dieron la vuelta para retroceder sobre sus propios pasos e ir después hacia el extremo norte de la ciudad por el adarve. Caminaban todo lo deprisa que les permitían los fatigosos andares del Cojo. Al llegar a la puerta de Al Yahud, la encontraron cerrada y bien guarnecida por una tropa de soldados. Aquella parte de la ciudad parecía estar en calma.

—¡Vayamos por las Alfarerías! —propuso Farid.

—¡Ay, no puedo más! —se quejó Abdel, dejándose caer para sentarse en el umbral de una puerta—. ¡Seguid vosotros!

—Agárrate a mí —le dijo Yacub, ofreciéndole el brazo.

Los criados echaron una mano entre todos para llevarle y siguieron fatigosamente. Al cruzar la enorme explanada donde se alzaba la preciosa mezquita de Um Salma, les llegó de nuevo el murmullo de voces excitadas. Miraron hacia atrás y se sobresaltaron aún más al ver que, en aquel momento, el hijo mayor de Almansur, Abdalmálik, irrumpía por la puerta a caballo, al trote, seguido por todos sus leales y aguerridos jinetes que empuñaban sus lanzas. Habían recorrido los arrabales desde Medina Alzahira, pasando por la Rusafa, y a cada paso que avanzaban crecía el levantamiento, y más fiero y amenazador era el aspecto del pueblo que venía siguiéndolos.

—¡Busquemos refugio! —gritó Yacub muerto de miedo.

Fueron a esconderse bajo unos soportales, cerca del caravasar de Abén Samer. Y al lado, delante de un pequeño alminar de piedra, se toparon con un montón de muertos que estaban rodeados por mujeres enloquecidas que gritaban y vociferaban. Los feroces soldados africanos merodeaban también por allí, como vigilando, mientras un grupo de ellos trataba de derribar las puertas de un almacén de grano, pero, al percatarse de que venía la temible guardia del hayib, huyeron despavoridos. La multitud entonces invadió la explanada y rodeó a los caballos, protestando rabiosa y clamando justicia. Los guardias del hayib enarbolaron sus lanzas amenazadoramente y estuvieron a punto de hacer una masacre, si no fuera porque Abdalmálik los retuvo, ordenándoles que siguieran en dirección a los Alcázares.

Entonces Farid, dándose cuenta del peligro que corrían allí, propuso con excitación:

—¡Hay que volver a la medina!

Se adentraron nuevamente por el laberinto de estrechas calles, torciendo a derecha e izquierda, y avanzando más tranquilos al ver que apenas había gente y que las puertas y ventanas estaban cerradas. Pero, cuando llegaron por fin a la plaza que se extendía entre la Cancillería y la mezquita Aljama, irrumpió una nube de hombres con aspecto terrible, bereberes desarrapados de los arrabales, que venían desde la puerta del Puente enardecidos, vociferantes, empuñando azadas, gruesos garrotes, lanzas y hachas.

—Son los hombres del arrabal de Secunda —indicó Yacub—. Vienen desde las alquerías y poblados de pastores… ¡Esa gente salvaje es terrible cuando se alza en armas!

Sin embargo, los tranquilizó mucho el hecho de que allí la multitud gritaba:

—¡No hay más Dios que Alá! ¡Muhamad es su profeta! ¡No hay más comendador de los creyentes que Hixem! ¡El único califa es Hixem ben Alhaquén abú Abderramán al Nasir! ¡Abajo el traidor! ¡Muerte a Almansur!

Ellos se mezclaron con la multitud y avanzaron con ella hacia los Alcázares. Allí, frente a la puerta, otra muchedumbre rebosaba, rugía y se agitaba.

—¡Hixem! ¡Sayida! —se oía exclamar.

Farid miró a sus amigos Yacub y Abdel, y ellos asintieron con un expresivo movimiento de cabeza. Ya sabían que el plan del cadí Raíg al Mawla estaba en marcha. Metidos entre la gente, consiguieron llegar hasta la puerta secundaria, donde los guardias les franquearon el paso.

90

En los días de confusión y calma tensa que siguieron a la re-vuelta, era difícil saber en Córdoba quiénes estaban decididamente de parte de cada una de las dos facciones enfrentadas. Hubo cierta paz en las calles y ningún muerto más. Pero el miedo generalizado era muy grande, después de lo que había pasado; y como suele suceder en estos casos, la inmensa mayoría de la población optó por mantenerse en la indefinición para no complicarse la vida en el caso de que vencieran unos u otros. Sin embargo, se sucedieron las reuniones clandestinas de ambos bandos.

Una de aquellas mañanas, Raíg al Mawla y los intendentes Farid y Yacub, vestidos con sencillas ropas, caminaban por los abarrotados callejones del Zoco Grande a última hora de la tarde. Entraron en el mercado de los tinajeros, materialmente saturado por una infinidad de vasijas, tinas, lebrillos y demás cacharrería de barro, y después salieron a la calle del aceite, donde se detuvieron en una pequeña tienda. Salió el tendero, un hombrecillo regordete y colorado que les estuvo haciendo algunas indicaciones con sigilo y visible miedo en su rostro brillante de sudor. Después echó el cierre a su establecimiento y los cuatro hombres, juntos, se metieron en una estrecha calle que discurría paralela al murallón exterior del zoco. Todo aquel barrio tenía un aire siniestro, apestoso, deplorable; la tierra sucia del suelo, con pedruscos en punta, estaba sembrada de hoyos llenos de basura. Deambulaban mujeres harapientas, niños flacos, pordioseros y perros infectos. Al Mawla iba de mal humor y refunfuñó:

—¡Tampoco había necesidad de ir a perderse al mismo infierno!

—Ya estamos llegando —le dijo Yacub—, ten un poco de paciencia…

Guiados por el tendero regordete, apretaron el paso. Cruzaron ahora otro pequeño mercado que apestaba a pescado podrido. Se detuvieron delante de un caserón alto, negro y sucio, entraron en su portal y avanzaron por un corredor lleno de alfombras viejas e inservibles, enrolladas y apiladas hasta el techo. Se respiraba dentro un aire pestilente, agrio, enmohecido. De ahí pasaron a una nave antigua y grande, donde se mezclaba el olor apolillado con el de las tinturas rancias. Salieron por una puerta trasera y fueron a parar a un patio donde se veían aperos de hilar y tejer desvencijados: ruecas, telares, bastidores…

—Esto es la vieja Casa del Tiraz —explicó Yacub—, mandada edificar en los tiempos del primer emir Abderramán. Aquí se fabricaban los suntuosos tejidos, túnicas, capas y colgaduras de lino, seda e hilo de oro, que se tejían, cosían y bordaban; dignas tan solo de los califas y altos dignatarios. Cuando el tercer Abderramán decidió construir la nueva Casa del Tiraz al nordeste de Córdoba, todo esto quedó abandonado. Esta ruina es propiedad del príncipe Abdalá, que la recibió de su madre la princesa Hind. Podéis estar seguros de que a nadie se le ocurrirá aventurarse por este nido de ratas si no es con el mismo propósito que traemos nosotros.

A lo que Yacub se refería era a que aquel sitio había sido escogido para una reunión secreta. Él mismo junto a Farid se había encargado de prepararlo todo. Por su parte, Raíg al Mawla y el príncipe Abdalá habían estado durante días convocando a todos aquellos nobles, magnates y hombres importantes de Córdoba que sabían que iban a ser fieles a su causa. Pero todos habían sido cuidadosos y muy pocos sabían el lugar exacto donde se iba a celebrar aquella asamblea clandestina.

El tendero señaló el portón de un edificio contiguo e indicó:

—Ahí es la reunión.

Llamaron con tres golpes, fuertes y espaciados. Al cabo salió un joven con unas barbas negras y espesas, y una larga espada en la mano. Los miró de arriba abajo con gesto adusto y luego dijo en un susurro:

—Pasad y poneos donde podáis.

Dentro apenas se cabía; una masa de hombres, que estaban en silencio y con semblantes graves, se apretujaba en la penumbra. Todas las miradas permanecían muy atentas, fijas en el fondo de la estancia, donde, sobre un estrado, se veía al príncipe Abdalá que les hablaba a los reunidos con aire sombrío y monótona voz.

—¿Vamos a quedarnos así, mano sobre mano? —preguntaba—. ¿Dejaremos que la sangre del Profeta siga humillada? El hayib Almansur la pisotea con descaro y arrogancia, delante de nosotros; ante los ojos impasibles de esta Córdoba a la que no le importa ya su grandeza ni su gloria pasada… Antes éramos un califato grandioso y atrayente a los ojos del mundo, y ahora no somos nada más que el dominio de un hombre oportunista y sin escrúpulos que solo busca su propio beneficio y el de sus hijos. ¡Despertemos, hermanos!

Los oyentes contuvieron su deseo de desahogarse a voces, prorrumpiendo en cambio en un murmullo sordo.

Abdalá carraspeó y prosiguió su discurso con mayor brío.

—De Oriente vino a estas tierras la gloriosa sangre del Profeta, para castigar la idolatría y sembrar en Córdoba una casta de príncipes. ¿Quién es ese perro presuntuoso para humillar mi raza ilustre? Profana la majestad del califa Hixem, y se atreve a manchar sus manos con la sangre omeya… ¡Mirad qué crímenes sangrientos! ¡Hasta se han atrevido a asesinar al hombre más bueno y justo de Córdoba! ¡Han matado vilmente a un verdadero santo! ¡Ya es demasiado! ¡La sangre de Ben Zarb clama pidiendo justicia! ¡Alá el justo pide una reparación de su orden y ley!

En el silencio de la concurrencia, resonaban suspiros y algún que otro lamento sordo. Entonces un anciano crispó las manos por encima de su cabeza y gritó:

—¡No se puede permitir! ¡Alá, no lo consientas! ¡Hagamos por fin algo, hermanos! ¡Venganza!

Las voces arreciaron.

—¡Venganza! ¡Venganza! ¡Venganza!…

El príncipe, de pie en lo alto del estrado, se puso a manotear y a ordenar haciendo oír su voz.

—¡Callad! ¡Callad, hermanos! ¡Vuestra ira es justa! ¡Pero tenemos poco tiempo! ¡Dejad hablar a quienes deben hacerlo!

Cuando retornó el silencio tomó de nuevo la palabra para, con tono solemne, añadir:

—Aquí, entre nosotros, están los hombres más sabios e imparciales de nuestra lúcida ciudad: los ulemas Al Makwi y Al Asili. Han venido porque están horrorizados por el martirio cruel del supremo cadí de Córdoba, Ben Zarb, y deben deciros algo…

Una explosión de aclamaciones ahogó su voz:

—¡Benditos sean!

—¡Alá guarde en su paraíso al bueno de Ben Zarb!

—¡Que hablen los ulemas!

Los gritos de los presentes se hacían suplicantes, enervados, fundiéndose en una confusa agitación, en la que sobresalían la desesperanza y la queja.

El príncipe Abdalá volvió a elevar las manos y a gritar de manera casi inaudible por el barullo.

—¡Silencio! ¡Callaos, por Alá! ¡Dejad que nos entendamos!

Entonces se abrieron paso hacia el estrado, casi a empujones, los ulemas citados: Al Makwi, alto y nervudo, y Al Asili, más pequeño y con el rostro surcado de profundas arrugas. Este último alzó la voz dirigiéndose a la concurrencia.

—¡Hermanos, gracias por venir hoy a escucharnos, aun a riesgo de vuestras vidas! Mas las gracias son para Alá, Señor del Universo, aquel que hizo de sus fieles hermanos unos con otros, y quien prohibió que entre ellos haya enemistad, envidia y obcecación. Testificamos hoy, antes de deciros aquello que debemos deciros, que no hay deidad merecedora de ser adorada excepto Alá, el altísimo, el único rey verdadero y absoluto; y juramos que Muhamad es su siervo y último mensajero en esta tierra. Así mismo, proclamamos que nuestro único califa y rey es el comendador de los creyentes, Hixem abén Alhaquén abú Abderramán al Nasir. Que la paz y las bendiciones de Alá sean con él, la sayida, su familia y nobles parientes y servidores, así como con aquellos que le siguen en el bien, hasta el día del Juicio Final.

Una aclamación unánime brotó en la concurrencia.

—¡La bendición de Alá sea con el califa Hixem!

—¡Que la complacencia de Alá sea con él!

—¡Que la paz de Alá sea con todos ellos!

Cuando retornó el silencio, el ulema pudo continuar.

—El verdadero creyente desea que el bien se extienda para todos sus hermanos en la fe. El piadoso no se llena de soberbia por lo que tiene en este mundo, ya que reconoce que todo lo que posee son bendiciones y dádivas de Alá. En su Libro, así lo confirma la sura 28 que reza así: «A quienes no se llenan de soberbia en la Tierra ni tampoco la corrompen, esa es la otra vida que les daremos, y el buen fin es para la gente en verdad piadosa». Y en otro pasaje del sagrado Corán leemos el ejemplo a seguir de los compañeros del profeta Muhamad, que la paz y las bendiciones de Alá sean con él: «¡Señor nuestro! Perdona nuestros pecados y los de quienes nos precedieron en la fe y no permitas que en nuestros corazones se albergue el rencor respecto a nuestros hermanos, pues ciertamente que tú eres Alá el compasivo y el misericordioso». Por eso, de entre las virtudes más notorias de los creyentes, está el que sus corazones sean puros y no guarden malos sentimientos en relación a sus hermanos. No dicen ni hacen nada que los hiera y saben perdonarlos y pasar por alto sus errores; más aún, los tienen presentes en las súplicas diarias… Pero eso no significa que el buen creyente deba consentir el mal… ¡Eso no lo manda Alá! Por eso, hermanos míos, es necesario que os digamos que Abuámir Almansur, el hayib, consciente de su posición de usurpador del poder califal de Córdoba, y una vez instalado en las altas instancias de la administración, se propone dos objetivos perversos: satisfacer a la calle con regalos engañosos y acallar a sus detractores con un férreo control sobre el ejército. Y todo ello con el único fin de apoderarse del poder que únicamente le corresponde al legítimo califa Hixem, descendiente de la sangre omeya del profeta. Y para ello, el usurpador se construyó su propia ciudad palaciega, a la que llamó Medina Alzahira, en una clara maniobra para suplantar a Medina Azahara e incluso a Córdoba, la capital escogida desde los tiempos de nuestros antepasados. ¿Y qué pretende hacer allí? ¿Hasta dónde alcanza su presunción, su temeridad y su arrogancia?…

Al Asili permaneció hierático, en arrogante silencio; puso su mirada en los presentes y después volvió hacia otro lado la cara, para darle la palabra a su colega, el ulema Al Makwi. Este avanzó unos pasos y dijo con voz desgarrada, pero sin tonos y sin altibajos:

—Abuámir ha construido una gran mezquita en Medina Alzahira y pretende elevarla a la categoría de mezquita Aljama de Córdoba, despreciando con ello la que erigieron nuestros mayores en el centro de la capital del califato.

Se escucharon susurros de asombro y consternación. Todos le miraban con ojos de incredulidad. El ulema Al Asili habló de nuevo y confirmó las aseveraciones de su compañero.

—¡Así es, hermanos! ¡Ha dicho la verdad! ¡Nunca os mentiríamos en un asunto tan sagrado! ¡Como ulemas nos debemos a la ley de Alá! El hayib solicitó al supremo consejo de los jurisconsultos la aprobación de su locura. ¿Y cómo íbamos a consentir esa injuria a nuestros califas? ¡Le hemos negado el permiso! ¡Esa fue la causa de la muerte de Ben Zarb! ¡Por cumplir la ley fue asesinado!

Se hizo un impresionante silencio y el ambiente empezó a cargarse de odio contenido. Tomó entonces la palabra el príncipe Abdalá y dijo:

—Fieles de Córdoba, ilustres, notables y humildes, hombres de buena voluntad, todavía no lo habéis oído todo esta tarde. ¡Hay mucho más! ¡Oíd! ¡Sabed hasta dónde alcanzan la temeridad y el desprecio a la ley del infame hayib! Por encima de toda ley y autoridad, Abuámir pretende arrogarse los títulos de *malik carim*, rey generoso, con su propio sello, para refrendar las leyes y decretos, acuñar monedas en su nombre y presidir las plegarias como si fuera él un comendador de Alá. Y ese hijo suyo, ¡esa bestia llena de insolencia!, quiere ir más allá todavía que su padre… ¡Y se atreve a cabalgar con sus bandidos armados y pisotear con arrogancia nuestra noble ciudad! ¡Su soberbia no tiene límites! ¡Herejía! ¡Deslealtad! ¡Abominación!…

Un gran clamor de resentimiento, como un rugido, se extendió. Todos allí se quedaron perplejos y con el espíritu rebosando propósitos asesinos, pero todavía no eran capaces de ver con claridad cómo debían actuar. Entonces el príncipe paseó su mirada por la muchedumbre que le rodeaba en semicírculo y les habló con desesperación, alzando las manos por encima de la cabeza y agitándolas en el aire.

—¡Fieles de Córdoba, ilustres, notables y humildes, hombres todos de buena voluntad! ¡Debemos hacer algo! ¡Hay que parar la ambición del hayib! Y yo comprendo que sintáis temor, porque ciertamente el poder de Abuámir es muy grande. Fuera de la ciudad acampa una parte del ejército de Córdoba que le es fiel. ¡Y ese enemigo no es despreciable! Pero tampoco nosotros estamos solos…

Después de decir esto, paseó la mirada como si buscara a alguien entre la muchedumbre y, deteniendo sus ojos en el cadí Raíg al Mawla y los dos intendentes de los Alcázares que habían entrado con él, añadió:

—Aquí, entre nosotros, está un enviado del comendador de los creyentes, su tío el cadí Raíg al Mawla, hermano de la señora Subh Um Walad. Si os digo que no estamos solos es porque la gente africana de Ziri y los bereberes están dispuestos a aliarse con nosotros en contra del hayib.

Como si atendiera a esta llamada, subió al estrado Al Mawla y se colocó en medio de los ulemas. Después el príncipe hizo un gesto con la mano, señalándole. Hubo un silencio. La expectación era muy grande. Y Raíg, elevando cuanto podía su voz, aseveró:

—Alá es testigo de lo que hoy se ha dicho y se dirá aquí. Todos vosotros habéis sido convocados, uno por uno y casa por casa. Aquí están los padres junto con los hijos y los hermanos al lado de los hermanos; hay también abuelos y veo hombres muy ancianos que merecen la mayor honra y consideración. He de anunciaros que tenemos un plan para acabar de una vez para siempre con la insolencia y la infamia del hayib Abuámir. ¿Os dais cuenta de lo que os digo? ¡Él no es invencible! ¡Su ruina ha comenzado! ¡Ha llegado la hora de nuestra liberación! ¡Alá nos va a ayudar!

Al Mawla repitió estas últimas palabras, pero en el tono de su voz había ahora más seguridad y algo de misterio.

—¡Alá nos ayudará! ¡Que nadie se atreva a creerse por encima de Alá!

Los presentes estallaron en un murmullo jubiloso. Algunas voces destacaban:

—¡Ha llegado la hora!

—¡Justicia! ¡Venganza!

—¡Hay que armarse! —gritaban otros—. ¡Ahora o nunca!

El príncipe Abdalá sacó entonces su espada y la alzó por encima de su cabeza, exclamando:

—¡Se acabó la reunión, hermanos! ¡¡Cada uno a su casa!! ¡Apenas tenemos el tiempo necesario para armarnos! Reunid a todos los hombres que podáis y permaneced a la espera. Cuando oigáis en las calles el grito «¡Por Hixem en nombre de Alá!», coged todas vuestras armas y acudid a concentraros frente a la mezquita Aljama.

Una aclamación unánime brotó en la concurrencia:

—¡Alá es grande! ¡Hixem es su califa!

—¡Se acabó! —insistió con vehemencia Abdalá—. ¡Silencio! ¡¡Cada uno a su casa!! ¡Y no olvidéis vuestro juramento! ¡Aguardad la señal!

91

Cuando todo se tranquilizó y cesaron las reuniones y los tumultos, la señora pensó que había llegado el momento de intervenir a su manera. Decidió ir en secreto a Medina Azahara. Sabía que era muy arriesgado, tal y como estaban las cosas, pero creyó que debía hacerlo. Salió temprano, acompañada solo por Delila y Sisnán. Iban embozados, montados discretamente en borricos. Ningún percance les sucedió por el camino.

Nada más llegar al palacio de Abderramán al Nasir, lo primero que hizo la señora fue ir a visitar a la princesa Hind. Su presencia en el harén sobresaltó a las mujeres que vivían allí. Un rumor hecho de voces, suspiros y pisadas se fue transmitiendo de estancia en estancia. Tampoco los viejos eunucos fueron capaces de sustraerse a la curiosidad que generaba en ellos el acontecimiento, ni de escapar al deseo de verla entrar en los antiguos aposentos. Era media mañana. La señora conocía muy bien el edificio y se encaminó directamente a la sala más luminosa, donde sabía que a esa hora se había bordado siempre. Más de veinte pares de ojos la observaban a través de las celosías y desde detrás de los cortinajes. La anciana la vio entrar y se levantó para recibirla, alegre y entrañable, acogiéndola con un júbilo que nadie se esperaba. Subh se detuvo en la puerta y la miró, asombrándose al verla como siempre: delgada, enjuta y encorvada, pero ni más vieja ni más desmejorada, a pesar de su mucha edad.

—Honorable princesa Hind —le dijo sin más preámbulo—, he venido para conocer tu opinión sobre todo lo que nos está pasando… No me atrevería a dar un paso más sin saber antes si la familia de mi hijo está dispuesta a estar con él en esto hasta el final y sin ninguna condición de por medio.

La anciana le dirigió una mirada interrogante. Su rostro reflejó una mezcla de malestar y de dolor.

—¿Hace tanto que no nos vemos y me hablas así?

—Soy sincera —contestó la señora—. No podría abrazarte de manera hipócrita sin antes hacerte algunas preguntas.

Hind echó una mirada en torno y luego le respondió, mientras indicaba con la mano que la acompañara fuera:

—¡Alá nos libre de traicionar nuestra ilustre sangre! ¿Qué es lo que ha sucedido? Mi hijo Abdalá me ha contado que hubo una revuelta y lo que ocurrió en la reunión secreta de ayer en la antigua Casa del Tiraz. Pero ¿qué pinto yo en todo esto?

Las dos salieron al pequeño patio interior y comenzaron a subir despacio la escalera hacia el segundo piso. La señora iba a su lado e insistió con mayor vehemencia.

—Dime si podemos estar seguros de que todos los omeyas nos van a respaldar en cualquier paso que tengamos que dar de ahora en adelante.

Con la voz ahogada por el esfuerzo, la anciana respondió:

—¡Por Alá el compasivo, Subh! ¿Por qué has pensado que íbamos a abandonar a tu hijo? ¡Es el comendador de los creyentes! ¡Nunca renegaríamos de nuestra bendita sangre omeya! Yo soy una vieja y los años deben respetarse… El tener que enterarme de todo esto me causa una angustia grande y no puedo dormir ni mi alma descansa un solo instante… ¿Qué se puede hacer sino esperar a que Alá nos ayude…? ¡Que se muera ese perro de Abuámir que nos ha traído todo esto!

Se detuvieron en mitad de la escalera y se miraron. Después la princesa se agarró del brazo de la señora y siguieron subiendo. Entraron en un salón más íntimo y resguardado, mientras eran seguidas por las otras mujeres ancianas y los eunucos, no más jóvenes que ellas. Sus ojos y rostros reflejaban una gran ansiedad mezclada de incertidumbre. La princesa Hind se volvió hacia ellos y les gritó irritada:

—¡Fuera de aquí! ¡Dejadnos solas! Hemos subido para estar más tranquilas y… ¿Por qué no nos dejáis en paz? ¡Fuera!

Las dos mujeres fueron a sentarse en un diván bajo, codo con codo. La señora seguía muy seria sin dejar de mirar a la anciana, y le dijo, a modo de aviso:

—Espero que nadie haya estado tramando nada a nuestras espaldas. Espero que ningún otro príncipe omeya tenga intención de complicar todavía más las cosas… ¡Con lo que estamos arriesgando!

—¡No digas eso! —respondió Hind con una expresión de reproche—. No te hagas esas ideas raras y desconfiadas, hija mía. Pero… ¿de dónde sacas todo eso? ¿Quién ha envenenado tu alma con esas suposiciones?

La señora golpeó el aire con la mano como para defenderse de un enemigo.

—¡Tengo mis motivos para desconfiar! ¿No recuerdas lo que sucedió a la muerte de Alhaquén? ¿Ya lo has olvidado? Mi hijo era el único sucesor legítimo y, sin embargo, hubo otros pretendientes que a punto estuvieron de acabar con nosotros… ¿Cómo no voy a estar preocupada?

—Aquellos eran otros tiempos… Y mira cómo hemos acabado; cómo estamos ahora… Aquí el único traidor y usurpador infame es Abuámir.

—Sí, pero no se debe olvidar lo que pasó entonces. También tu padre, el califa Abderramán, tuvo que defender lo que le correspondía por derecho frente a otros pretendientes. Siempre fue así entre vosotros y me preocupa que puedan volver esas ambiciones… Hay quien va diciendo que el príncipe Abdalá tiene también su parte de sangre omeya y que le corresponde ahora hacerla valer… ¿Cómo no me voy a preocupar? Por eso, nada más entrar en Medina Azahara, he venido a verte. ¡Era para mí lo primero! Necesito saber tu opinión. Tú y yo somos madres…

—¿Qué te han dicho? —inquirió la anciana con rostro severo—. ¿Qué te han podido contar de mi hijo? ¿Es que Abdalá te ha dicho algo?

—Nada. ¡Gracias a Dios…! El problema viene precisamente de que él no dice nada.

— ¿Y qué hubiera podido decir en su situación? ¿Qué va a decir mi hijo Abdalá? —preguntó la princesa con una sonrisa que pretendía poner en evidencia lo absurdo de los temores que Subh le manifestaba—. Abdalá lo único que ha hecho es ser fiel a su familia. Si no hubiera sido por él, no habríais llegado a este punto. ¿Y ahora tú desconfías de él?

Como si estuviera esperando esas preguntas, la señora le respondió con gravedad:

—Está en tu mano dar fe ahora que ni Abdalá ni ningún otro omeya pretende ser califa de Córdoba. Jura por el sagrado Corán que aquí en Medina Azahara no hay otro plan que el de seguir al legítimo califa Hixem abén Alhaquén abú Abderramán en todo lo que se proponga a partir de este mismo día.

—¡Subh, no me asustes! —exclamó Hind, temerosa y dolida—. No deberías tratarme de esta manera. Yo a ti te quiero y te respeto… ¡Ten tú consideración a mi edad!

—Yo también te quiero a ti, Hind, pero tengo miedo… No he dormido ni un instante esta noche. La he pasado en vela y con la cabeza ardiendo, como las noches anteriores. Toda mi preocupación es poca… ¡Yo sé lo que pasa en estas situaciones! Por todas partes veo diablos… ¡Es horrible! ¡Por Dios, cuánto deseo que acabe esto ya! Si no fuera por mi hermano Eneko —en este momento su tono iracundo se hizo más intenso—, no habría habido en toda la tierra fuerza que me hubiera llevado a meterme en un lío tan grande como este…

—Estás agotada —le dijo la anciana, acariciándole la mano con dulzura—. Siempre fuiste muy fuerte, Subh, pero ahora estás agotada. ¡Cálmate! Te quedarás conmigo aquí y comeremos juntas.

¡Deja a los hombres con sus cosas! Luego charlaremos tú y yo con tranquilidad…

—Sí, tienes razón, estoy muy cansada… Pero estoy en mi sano juicio y sé muy bien lo que me digo. Quiero preguntarles a todos los habitantes de Medina Azahara si están dispuestos a seguir a mi hijo…

—La opinión de la mayoría de los que aquí viven no merece la pena, ni tampoco que vayas a preguntarles sobre ese asunto —dijo Hind, suspirando y con tristeza—. En Medina Azahara ya no vivimos nada más que viejos… ¡Por Alá, Subh! ¿Qué mal podemos causarte los viejos? Mira mi pobre hijo: se ha pasado la vida esperando este momento. ¿Cuántos años crees que tiene Abdalá? Lo que pasa es que se tiñe el pelo y la barba con aleña… Pero tiene casi setenta años… ¿Dónde va a ir un hombre de setenta años? Él hace todo esto por lealtad a nuestra sangre omeya, no por propio interés… Créeme, hija mía. Si de ahí vienen tu malestar y tus sospechas, que Alá te perdone, porque estás muy engañada…

—Mantengo mis palabras una a una —exclamó la señora con insistencia—. Y creo que tengo derecho a pedirte ese juramento. Porque no se trata solo de tu hijo, sino también de tus nietos y bisnietos.

Se produjo un silencio entre las dos. La anciana se sumió en una espinosa confusión, por no poder apaciguar a Subh como se había propuesto, y replicó angustiada:

—Nunca se me ocurriría jurar por otra persona. Si lo que me pides es que lo haga para justificar a mi hijo, he de decirte que yo no sé lo que hay en su mente o en su corazón. Lo único que puedo hacer es suponerlo, como madre que soy. ¿Qué quieres que te diga respecto a eso?… Pero también te insisto en que reflexiones sobre lo que te he dicho: Abdalá ya no tiene edad para arriesgarse en una ambición como esa… ¿Qué puedo hacer yo, hija mía? Solo asegurarte que él nunca le ocultaría algo así a su madre.

La señora se puso a mirarla en silencio, muestra de su ánimo perturbado, antes de decir:

—Alá no os perdonará que engañéis y traicionéis a quienes tanto os aman… Solo pido que juréis ante él por el bien de todos…

—¡Ya es suficiente! ¡Basta! —explotó la anciana desesperada—. Yo respeto a Alá y él lo sabe. ¡Yo nunca miento! ¡Soy vieja para cometer un pecado así! —Luego suplicó con una voz dolida y lastimera:— ¡Piedad, Alá el compasivo! Yo nunca deseé tener que llegar a esto. Tuyo es el perdón y la misericordia. Tendré que hablar al fin y contar todo aquello que sé y que nunca pensé tener que llegar a contar… No está bien que me calle. Mi hijo Abdalá es leal. Él es virtuoso y seguirá así. Pero tuvo que hacer cosas precisamente por lealtad… Cosas que tú no sabes y que no me dejas otro remedio que tener que contártelas ahora… Para que te calmes… Para que no me exijas más…

Al espíritu de Subh llegó por primera vez un soplo de esperanza en aquella conversación tan infructuosa. Ahora por fin veía el desasosiego de la princesa con satisfacción, a pesar de que sentía por ella cierta lástima, convencida de que la anciana iba a ser sincera y que le iba a desvelar algún secreto que conocía y que nunca le hubiera contado a nadie de no ser por la exigencia y la dureza con que la había tratado. Por ese motivo, no le importaba el haber exagerado considerablemente su requerimiento. Porque sospechaba que en Medina Azahara se sabían cosas que difícilmente saldrían de allí. Y la princesa Hind siempre fue una mujer enigmática y decidida, ya desde los tiempos de su padre Abderramán; se ponía al corriente de todo, se inmiscuía discretamente, aconsejaba, decidía incluso, intervenía y era partícipe de los más ocultos misterios de los omeyas. En otro tiempo, reinando Alhaquén, a la señora le suponía una enorme dificultad encajar estas cualidades intrigantes en la personalidad digna, bondadosa y fuerte que le atribuían todos a la princesa en su larga vida. Aunque aquellas dudas no minusvaloraron su imagen y su grandeza. Al contrario, quizás influyeran en la idea que tenía de ella, añadiéndole una sabiduría innata y un natural juicio. ¿Qué se proponía contarle? ¿Con qué secreto la iba a sorprender? En un instante, entre el temor y la esperanza, pasaron muchas cosas por su mente.

La anciana paseó su mirada escrutadora por el salón, como si temiera que alguien pudiera estar escuchando, y gritó de pronto:

—¡Que los iblis maldigan y perjudiquen a cualquiera que esté aguzando el oído para espiarnos! ¡Y que la maldición de esta vieja caiga sobre quienes no respetan sus cien años! Si muero mañana, mi espíritu fastidiará a cuantos no me hagan caso. ¡Apartad vuestros oídos de las puertas, eunucos curiosos! ¡Puercos indiscretos, alejaos de aquí!

A la señora no le causaron sobresalto estas imprecaciones que tal vez le hubieran provocado la risa en otra circunstancia.

Volvió a tomar Hind la palabra en tono reservado.

—Esto que voy a contarte es algo que no debe saber nadie. Y recuerda esto: si alguna vez me traicionas a mí, también te habrás traicionado a ti misma…

Calló un instante para que sus palabras penetraran hasta las entrañas de Subh, y continuó diciendo:

—El hayib Abuámir ha enfermado no por causa de su naturaleza ni por su edad, sino porque mi hijo lo ha querido así.

—¡Qué has dicho! —gritó la señora fijando espantada los ojos, muy abiertos, en ella.

—Lo que acabas de oír es la verdad. ¡Alá lo sabe! —contestó con rotundidad la anciana, segura de haber soltado una terrible afirmación—. Mi hijo, el príncipe Abdalá, por pura lealtad a la sangre omeya y a tu hijo Hixem, el legítimo califa, se encargó de buscar a un brujo que conoce desde hace muchos años y le dio el encargo de conseguir que el endiablado hayib Abuámir cayera enfermo. Ya ese mismo brujo, con sus malas artes, os quitó de en medio a los grandes chambelanes Chawdar y Al Nizami porque no se podía confiar del todo en ellos. Te digo la verdad: resultaba obligado hacer algo así. Pero… ¿quién se iba a atrever? Mi hijo arriesgó su vida. Lo hizo por vosotros y por mantener el prestigio y la grandeza de esta ciudad de Medina Azahara, gloria y ornato de Córdoba, ¡que Alá guarde siempre!

A la señora la invadió la consternación y la tristeza. Agachó la cabeza y permaneció en silencio. La anciana le lanzó una larga mirada. Luego volvió a hablar.

—Ese es mi hijo, el príncipe Abdalá. Ni más ni menos. Haría cualquier cosa por lealtad a la ilustre sangre omeya. Se lo pensó mucho; y al ver que ni tú, ni tu hermano Eneko, ni tu hijo erais capaces de hacer nada, decidió actuar por su cuenta, en completo secreto. Jamás te habrías enterado si yo no te lo hubiera contado hoy.

La señora suspiró desde lo más hondo y observó a la princesa Hind con ojos abatidos, diciéndole con voz débil:

—Es horrible, todo esto es horrible… Es mucho más de lo que puedo soportar…

Hind le contestó, agarrándola por las muñecas:

—Lo soportarás. ¡Tienes que soportarlo! Lo soportarás todo, aunque se te destruya el alma, igual que yo lo he soportado… Porque los hombres viven en un mundo diferente al nuestro; pero nosotras, las mujeres, siempre estamos ahí y nuestra fuerza es mayor… Así lo ha querido el Creador, aunque ellos no lo vean ni lo presientan siquiera…

Se transparentó en los ojos de Subh una expresión de angustia y temor tal que tuvo que bajar la vista para ocultarse de la mirada implacable de la anciana. Permaneció un momento en silencio, y luego dijo con voz apagada:

—Yo no soy tan fuerte como piensas… No soy como tú…

—Querida, aunque no lo creas, eres una fiera… ¡Nos hacen fieras! —apostilló la princesa, como si hablara consigo misma.

—Entonces…

La anciana percibió su angustia y su temor, y añadió:

—En cualquier caso, Abuámir morirá sin remedio muy pronto. Ya no te queda otra solución que callar y seguir adelante como si no supieras nada… Sigue mi consejo, hija mía: trasladaos Hixem y tú a vivir aquí. Devolvedle la gloria y el poder a Medina Azahara. Desde aquí lograréis toda la lealtad y la ayuda que ahora tanto necesitáis. Aquí está la memoria y la fuerza de los verdaderos califas de Córdoba. ¡Y no te arredres! ¡Lucha por tu propio hijo, que es lo más grande que Alá te dio!

92

Una semana después, Abdalmálik se presentó por sorpresa una tarde delante de la puerta principal de los Alcázares. Pidió hablar directamente con la sayida. Alegó ir en nombre de su padre, pidiendo paz y con el fin de buscar, voluntariosamente, la mejor solución para evitar un conflicto sangriento. La señora se quedó sorprendida de momento y sin saber qué hacer. Pero luego se lo pensó y decidió recibirle en sus aposentos, no obstante la fuerte oposición de su hermano.

A pesar de la natural altivez del hijo de Almansur, parecía que su arrogancia era menor que de costumbre. Se apreciaba que hacía un gran esfuerzo para templar su ánimo. Dijo que debían darse una tregua, antes de abordar las grandes decisiones que necesitaba el califato en las difíciles circunstancias que se habían planteado después de la muerte del gran cadí Ben Zarb. A continuación juró delante del Corán que ni su padre ni él habían tenido nada que ver en el asesinato. Esto le sorprendió mucho a la señora y no supo qué pensar al respecto. Después Abdalmálik manifestó que Abuámir estaba enfermo y que necesitaba tiempo para reponerse. Pedía que, mientras recuperaba la salud, no hubiera más revueltas ni disturbios, alegando que era muy peligroso un estado de división interno que pudiera poner en guardia a los enemigos del Norte.

La señora le escuchó con atención y le dejó que se expresara, muy seria y sin interrumpirle ni una sola vez. Pero consideró que no debía negociar nada con él, sino con su padre. El hijo de Abuámir se marchó ofendido y altanero.

La mañana del día siguiente, la señora se dispuso a salir de los Alcázares con el corazón rebosante de serenidad y determinación. Su hermano había intentado disuadirla por todos los medios, pero ella se plantó delante de él y le dijo con aplomo:

—Nadie podrá evitar que vaya a Medina Alzahira a verme con Abuámir. Si no hubiera hecho ese gesto de enviar a su hijo, ni se me ocurriría ir allí. Pero ahora sé que debo intentar llegar a un acuerdo.

—Él no te recibirá —insistió Raíg—. Después de todo lo que ha sucedido, cualquier lazo que pudiera quedar entre él y tú ya está roto. Si te empeñas en ir, acabarás humillada una vez más.

—Me arriesgaré —contestó ella con una resolución libre de cualquier duda o titubeo.

También su hijo intentó convencerla, rogándole varias veces que desistiera y temiendo igualmente que no la dejaran entrar en la ciudad palatina del hayib. Pero la señora se negó a escuchar estas recomendaciones y se montó en el caballo con decisión, sin volver siquiera la cabeza para despedirse de su hijo. Dirigiéndose hacia la puerta, le dijo al jefe de su guardia:

—¡Adelante!

La acompañaban el intendente Farid al Nasri, el eunuco Sisnán y una escolta de veinte guardias de los Alcázares. Cabalgaba ella lentamente, atravesando la ciudad sin miedo, a pesar de que no habían cesado los tumultos en toda la noche de las bandas de hombres alterados que merodeaban por el entorno de la mezquita Aljama y por la cabecera del puente. La tensión era muy grande; y el resto de la gente de aquel barrio, temerosa de que estallara de nuevo la violencia en cualquier momento, se hallaba encerrada en sus casas. Solo deambulaban mercenarios, soldados del ejército califal y tropas de rudos africanos armados. Todos ellos, sorprendidos al paso de la comitiva de la sayida, se quedaban primero mirándola y después se inclinaban serios y respetuosos. Nadie alzaba la voz, ni para vitorearla ni para denigrarla, porque a nadie se le ocurría en aquel momento tan decisivo y peligroso tomar posición a favor o en contra del hayib o del califa.

Apenas había salido por la puerta de la muralla sur, Farid al Nasri se adelantó y se puso a cabalgar al lado de la señora; y acto seguido, con una audacia inaudita, se atrevió a decirle:

—Sayida, yo también pienso que no deberías ir a Medina Alzahira.

Ella iba con la mirada perdida en la lejanía, y Farid pensó que no iba a responderle. Pero la señora se volvió hacia él y afirmó con vaguedad:

—Ya he tomado la decisión y no voy a volverme atrás.

—Te admiro, mi señora —le dijo él con dulzura—. Te ruego que me perdones por atreverme a decir esto: eres la mujer más fuerte e impresionante que he conocido en toda mi vida. ¡Alá te ayudará!

Ella sonrió débilmente, agradecida, y volvió a sumirse en sus pensamientos.

Medina Alzahira estaba completamente rodeada por el gran ejército fiel a Almansur, como esperando a que en cualquier momento pudiera iniciarse un ataque. Cuando llegaron a las puertas del gran campamento militar que custodiaba la entrada a la ciudad palatina, los centinelas ya habían alertado, como era de esperar, a la guardia del hayib. Nadie salió a recibir a la comitiva, pero un oficial los dejó pasar. Un silencio estremecedor parecía envolver los inmensos jardines. Todas las puertas de la muralla permanecían cerradas y no se veía a nadie en los campos o junto a las pequeñas casas que había al lado del camino.

El jefe de la escolta se aproximó a la garita de la entrada principal del palacio y gritó:

—¡Abrid a la sayida de Córdoba, Subh Um Walad!

Nadie contestó. Todo seguía sumido en aquella calma inquietante.

—¡La gran señora de Córdoba, Subh Um Walad, madre del comendador de los creyentes desea ver al hayib! —gritó con mayor fuerza el jefe de la escolta.

Un rato después se abrió la puerta y apareció la imponente estampa de Abdalmálik, montado en un caballo alto y poderoso; su gesto era adusto y clavó sus ojos en la señora, diciéndole con aire severo y voz tonante:

—¿Qué buscas aquí, sayida?

—Deseo ver a tu padre —respondió ella sin arredrarse—. ¡Déjame entrar!

—No eres bien recibida aquí —contestó con desprecio el hijo de Almansur, haciendo que su caballo se encabritase tirando con violencia de las riendas.

—¡Déjame pasar! —insistió enérgicamente la señora—. ¡Apártate!

Abdalmálik endureció aún más la mirada, e hizo que su caballo levantara las patas delanteras.

—¡Márchate, sayida! ¡Vuelve a los Alcázares! ¡Mi padre no quiere verte!

Ella no lo dudó, porque sabía que el caballo que montaba iba a responder; lo espoleó con un fuerte golpe de talones y le hizo saltar y correr a galope tendido, esquivando al de Abdalmálik para cruzar el arco.

—¡Detenedla! —gritó el hijo del hayib a sus hombres—. ¡No dejéis que consiga entrar al palacio!

Un centenar de guardias de Medina Alzahira salió en pos de la señora, pero todos ellos iban corriendo a pie y no podían darle alcance. También Abdalmálik consiguió que su caballo se diese la vuelta, pero no fue capaz de hacerle reaccionar pronto para ir ni siquiera al trote atravesando los jardines.

Por otra parte, el séquito de la señora no supo qué hacer en un primer momento, pero un instante después aprovechó el revuelo formado y también entró, unido al resto de los guardias. Las voces y los gritos alertaron a la gente del palacio y pronto salió la servidumbre a ver qué estaba sucediendo.

La imagen impresionante de la señora y su caballo blanco, recorriendo los jardines hacia el palacio principal, saltando sobre los arriates y los setos, dejó sin aliento ni capacidad de reacción a cuantos se cruzaron en su camino. Ningún guardia se atrevió a detenerla cuando ascendió impetuosamente, todavía montada, por las rampas y las escalinatas. La determinación y la confianza de Subh en su habilidad para cabalgar eran tales que no cayó en los saltos que el caballo tuvo que hacer, ni cuando resbaló varias veces en los enlosados de mármol. Sin embargo, Abdalmálik tuvo que desistir de intentar darle alcance en su montura y acabó echando pie a tierra para correr haciendo uso de sus propias piernas. La seguía de lejos, gritando con rabia:

—¡Detenedla! ¡No dejéis que entre en los aposentos de mi padre! ¡Idiotas! ¡Ineptos! ¿Por qué os quedáis parados? ¡Detened su caballo!

Irrumpió la señora en el inmenso vestíbulo del palacio de Abuámir. Allí tuvo que descabalgar. Pero ninguno de los guardias se atrevió a ponerle la mano encima. Ella los miraba con poderío y arrogancia, y todos los hombres quedaban como paralizados ante aquellos ojos claros, tan transparentes y seguros. Salieron de sus despachos todos los subalternos y ministros de confianza del hayib y la vieron pasar por delante de ellos; se indignaban y murmuraban palabras de asombro.

—¡Es la sayida!

—¿Qué está pasando?

—¿Adónde va?

Abdalmálik era lo suficientemente joven y ágil como para plantarse enseguida, con sus grandes zancadas, en el atrio. Le dio alcance por la espalda a la señora y extendió la mano para agarrarle la capa, pero titubeó y finalmente desistió de su atrevimiento. ¡Era la madre del califa! El miedo reverencial le impidió ejercer cualquier violencia sobre ella. Así que decidió adelantarla para precederla, mientras le decía a voces:

—¡Sayida, detente! ¡No se te ocurra seguir más allá! ¡No me obligues a ponerte las manos encima!

En el extremo de un corredor largo y ancho, estaba abierta la puerta de entrada a los aposentos privados de Abuámir. Allí se detuvo Abdalmálik y se colocó con los brazos abiertos para impedirle a ella el paso.

—¡Apártate! —le gritó la señora—. ¡Échate a un lado o te doy un bofetón!

El joven enrojeció de ira y contestó:

—¡Nadie te espera aquí, sayida! ¡Fuera! ¡No eres bien recibida en esta casa! ¡Regresa a los Alcázares!

La señora finalmente se detuvo a dos palmos de él, con la respiración entrecortada, vacilante y sudorosa. Se hizo entre ellos un silencio lleno de tensión, en el que se oían los jadeos de ambos y un denso murmullo de la gente que los había seguido hasta el corredor.

Y de repente brotó del interior la inconfundible voz de Abuámir, ordenando como un trueno:

—¡Dejadla pasar!

El silencio fue ahora más denso, lleno de terror y confusión, hasta que la voz volvió a resonar exigiendo:

—¡He dicho que la dejéis entrar!

Abdalmálik se echó a un lado, ruboroso y contrariado. La señora entonces pasó, soltando un bufido de rabia. Nadie se atrevió ya a seguirla, y ella agarró las hojas de la puerta y las cerró tras de sí con un portazo.

Dentro había una penumbra desconcertante. No se veía a ningún guardia, esclavo o personal alguno de servicio. Las estancias eran grandes y lujosas hasta el extremo de resultar abrumadoras. Nada allí recordaba el estilo de los palacios de los Alcázares o de Medina Azahara. Cualquiera se daría cuenta de que el hayib había puesto todo su empeño en revestir su casa de un estilo diferente y propio; los materiales, los cobres resplandecientes, las alfombras, los muebles…; todo resultaba a la vista un tanto forzado y extraño, sin que pudiera decirse que no tuviera su propia armonía y cierta belleza.

La señora no tardó en verlo a él, en el fondo del salón, clavando sus ojos en la ventana. Abuámir no la miró cuando ella entró, solo sonreía con una especie de gesto resignado. Estaba tan flaco y desmejorado que no parecía el mismo hombre con el que ella estuvo la última vez; se le veía apreciablemente enfermo, además de la extrema delgadez, la piel macilenta, la barba y el cabello blanco del todo y lacio. Su natural estampa poderosa había desaparecido por completo.

La señora se sintió de momento impresionada. Pero luego, victoriosa, como embargada por el placer de la venganza, le dijo:

—Debes comprender que, de cualquier manera, tenía que venir a verte…

—¿Por qué? —murmuró él sin dejar de mirar por la ventana.

—Por si…

Ella calló y todos sus propósitos hirientes se le vinieron abajo sin que pudiera evitarlo. Entonces él se volvió para mirarla y sus ojos se encontraron. Ella sostuvo su mirada y no se movió del sitio.

Abuámir preguntó con suavidad:

—¿Por si me moría?

La sonrisa se ensanchó en su cara macilenta y la señora también sonrió, aunque sin darse cuenta.

—Ya veo que estás muy enfermo —balbució ella, con cierto aire compadecido—. ¿Qué te pasa? ¿Qué mal tienes?

Sin dejar de mirarla, Abuámir no respondió y fue a sentarse en un diván que se veía que era su sitio acostumbrado. La señora se quedó fija en sus ojos, devolviéndole aquella mirada sin ninguna timidez o reparo. Luego le volvió a preguntar:

—¿Qué te pasa? Me dijeron que estabas enfermo…

Los ojos de Abuámir le hablaban, con una profundidad y un dolor mayor que el sentimiento que expresaba su voz fatigada; era un lenguaje que resonaba de una manera reconocible en el fondo del ser de Subh, revolviendo sus recuerdos y hondos instintos.

—Estoy muy cansado —dijo él de repente, con voz débil y susurrante—. Estoy tan cansado que no puedo ni tan siquiera pensar... de verdad, creo que voy a morir muy pronto...

Ella escuchó estas palabras dolientes, mientras seguía allí plantada, sin dejar de mirarle, todavía sorprendida al verle tan despojado de sus fuerzas y con ese cuerpo tan débil e insignificante.

Entonces él le señaló un diván que estaba frente al suyo, diciendo:

—Anda, siéntate ahí. Hablemos.

La señora se sentó y, sin reflexionar, dijo:

—Tenemos que solucionar esto, Abuámir. Hay que solucionarlo antes de que...

—¿De que yo me muera?

—No. Yo no he dicho eso. He querido decir: antes de que suceda algo...

—Ese algo es que yo me muera —apostilló él, volviendo a su sonrisa de resignación—. No seas hipócrita ahora que ya eres vieja, Subh. Tú siempre has llamado a las cosas por su nombre...

—¡No pienses por mí! —replicó airada la señora—. ¡Eso ya no te lo consiento! Lo que yo he querido decir es que hay que solucionar esto antes de que sucedan cosas más graves. Es verdad que ya soy vieja... ¡Y puedo morir antes que tú! ¿Quién puede saber lo que Dios tiene preparado para cada uno?

Él suspiró hondamente y luego asintió con voz casi inaudible:

—Eso mismo, ¿quién lo sabe?

—Pues, por eso, tú y yo tenemos que hablar con franqueza de todo lo que debemos solucionar antes de que Dios nos llame.

El hayib continuaba mirándola con aquel rostro demacrado, agotado y triste, a pesar de que mantenía una sonrisa que pretendía ser tranquilizadora. Dijo:

—Muy bien, habla. Di todo lo que tengas que decir.

La señora no tenía miedo, solo sufría por la tensión nerviosa que le producía la exaltación y el esfuerzo de estar allí frente a él, en su palacio, en sus dominios. Siguieron un rato en silencio, mientras ella trataba de recordar todo lo que había pensado decirle, y luego empezó diciendo:

—Veo que estás enfermo, agotado, y no te cansaré con palabras innecesarias. Todo lo que tú y yo sabemos está ahí; ha sido la vida misma, con todo lo bueno y todo lo malo. Pero, como tú solías decir en aquella poesía que te gustaba recitar: «La vida se va…». Ahora se acaba nuestro tiempo y pronto, lo queramos o no, debemos dejar paso a lo que viene detrás.

Ella se puso en pie y se quitó el velo que le cubría la parte de atrás de la cabeza, desprendiéndolo de las horquillas. El pelo largo, blanco, se le derramó por los hombros y la espalda. Miró por la ventana y prosiguió:

—Nada en este mundo es para siempre… ¡Nada! ¿Por qué aferrarse a las cosas? Tú eres un hombre inteligente, Abuámir. ¿Cómo no acabas de darte cuenta de eso?

Él también se puso en pie, haciendo un esfuerzo grande para mantenerse erguido, soltó como una especie de bufido y contestó con arrogancia:

—¡Vaya, un sermón! ¿Adónde quieres llegar con todo eso? ¡Habla claro y no des rodeos! ¡Déjate de admoniciones! Hace un instante me dijiste que no ibas a cansarme con muchas palabras. Y ahora me sermoneas… ¡Di de una vez para qué has venido!

A la señora el corazón le latió violentamente y se apartó con brusquedad de la ventana, para ir a ponerse a un palmo de él; y, mirándole fijamente a los ojos, contestó con frialdad:

—Mi hijo Hixem, el único y legítimo comendador de los creyentes, irá a Medina Azahara mañana, para quedarse a vivir allí y gobernar el califato desde el trono de su abuelo Abderramán al Nasir y su padre Alhaquén. Y yo, su madre, también me iré con él. A partir de mañana residiremos en Medina Azahara, como nos corresponde.

Abuámir sostuvo su mirada, rio secamente y le espetó:

—¡Te has vuelto loca, Subh!

La señora suspiró profundamente e hinchó su pecho para recobrar el aliento.

—Hace un momento me llamaste vieja… —respondió—; ahora me llamas loca…

Él volvió a soltar una seca carcajada. De momento pareció que recobraba las fuerzas, pero al instante empezó a toser violentamente; se asfixiaba y tuvo que dejarse caer en el diván. Ella se asustó y paseó su mirada por la habitación, sin saber qué hacer. Entonces Abuámir le señaló un frasco que estaba sobre una mesa situada un poco más allá. La señora comprendió que era un jarabe y se apresuró a cogerlo para dárselo. Él bebió, tosió más, escupió y luego acabó vomitando un líquido verdoso sobre la alfombra.

—¡Dios mío! —exclamó ella—. ¡Ahora veo que de verdad estás muy enfermo! ¿Voy a llamar a alguien?

—¡Quieta ahí! —contestó él con voz ronca y apagada—. ¡Ahora escúchame a mí!

La señora palideció y fue a sentarse a su lado de nuevo. Él tenía una respiración forzada y ruidosa, pero hizo acopio de todas sus fuerzas para decir:

—Te he llamado loca, sí, pero no es un insulto. Me refería a que es una locura pensar que Hixem podrá hacer frente a todo lo que se le vendrá encima si yo muero…

—Sé lo que vas a decirme… —le interrumpió ella.

—¡Cállate y déjame terminar!

Hubo un silencio entre ellos, en el que se miraban para darse tiempo a ordenar sus ideas. Después Abuámir continuó diciendo con calma:

—¿Qué sabes tú, Subh? ¿Y qué sabe tu hijo? Hixem no ha empuñado un arma en su vida y no tiene ni idea de lo que es la guerra. Se fue a África a cazar leones y ya se cree que podrá ir delante del ejército de Córdoba. ¡Qué locura! No sabe que, si falto yo, las fieras aparecerán de repente en torno a él y le devorarán inevitablemente, en un santiamén. Este mundo está lleno de fieras… No, Subh, ni tu hijo ni tú podréis sosteneros en el trono de Azahara ni un solo día cuando yo me haya ido. Porque ¿qué crees que pasará si yo no estoy aquí para defenderos? Yo te lo diré: se alzarán los reinos del

Norte y los rumíes vendrán a las fronteras por miles; en África también se levantarán contra vosotros; se dividirá el califato y sobrevendrá la *fitna,* la fragmentación, la disolución y el caos… ¡Y qué harán los omeyas? ¿Qué crees que queda de los omeyas? ¡Son un hatajo de necios presuntuosos y decadentes! ¡Solo quieren el tesoro! ¡Solo les importa el oro del califato!

La señora escuchó boquiabierta y sobrecogida. En el fondo estaba más sorprendida que encolerizada. Le lanzó una amarga mirada y le replicó:

—¡Me ofendes! No somos tan inútiles ni tan ingenuos como piensas. Ese fue siempre tu problema, Abuámir, creerte que no somos nada sin ti; que nadie vale nada sin tu ayuda…

—¡He hablado en serio! —gritó él—. ¡Qué sabrás tú! ¡Qué sabréis vosotros!… ¡Esto no es un cuento de princesas y genios encantados! ¡El mundo es terrible!…

Iba a decir algo más, pero empezó a toser otra vez y tuvo que volver a beber el jarabe. Luego suspiró ruidosamente, antes de añadir:

—Y te diré algo más… He mencionado el tesoro… ¡Cuidado con el tesoro de los omeyas! Si os deshacéis de él, ya no valdréis nada ni tu hijo ni tú… ¡El tesoro es vuestra garantía de vida! ¡Sin el tesoro omeya os despedazarán en un santiamén!

La señora no conseguía apartar los ojos de él y no paraba de preguntarse, estupefacta: «¿Cómo puede existir alguien así? Se está muriendo y no cede un palmo en su poderío».

Abuámir parecía interpretar y leer estos pensamientos cuando añadió:

—Todo seguirá igual, Subh. De eso no te quepa la menor duda. No os iréis a Medina Azahara a vivir, porque no podéis salir de los Alcázares mientras el tesoro siga allí custodiado por el tesorero general del califato.

Ella se apartó, exclamando:

—¡El tesorero general que has nombrado tú! ¡Y tampoco tú sabes lo que dices! ¡El tesoro no está ya en los Alcázares! ¡No somos tan necios como piensas!

Abuámir la miró con una irónica sonrisa y contestó:

—Eso no lo crees ni tú misma…

—Atente a las consecuencias de tu obstinación —dijo ella.

—Ateneos tú y tu hijo.

La señora se dirigió hacia la puerta, moviendo la cabeza consternada. Pero, al pasar delante de la mesa donde estaba el frasco del jarabe, lo miró y se volvió señalándolo, para preguntarle:

—¿Qué es esto que tomas?

Abuámir sonrió y respondió:

—Es la medicina de Abderramán. Tu suegro tomó eso y tuvo una larga y saludable vida. Creo que aún sigo vivo gracias a eso… supuse que la madre del califa reinante sería conocedora de esa pócima secreta.

La señora tomó el frasco en sus manos, acercó la nariz para olerlo y luego quiso saber:

—¿Quién te dio eso?

—Un sabio; un médico que es sin duda el mejor del mundo. Él descubrió el secreto y me lo vendió por un buen precio.

La señora lanzó un hondo suspiro y luego le dijo despectivamente:

—Te crees muy listo, pero ¡qué idiota eres!

Y acto seguido lanzó el frasco por la ventana, añadiendo:

—¡Esto es lo que te está matando, imbécil!

Después ella se dirigió precipitadamente a la puerta, mientras el hayib la seguía con la mirada, pálido y estupefacto. Pero todavía le dio tiempo a gritarle antes de que saliera:

—¡No hagáis una locura! ¡Te lo advierto, Subh! ¡No hagáis nada de lo que luego tengáis que arrepentiros! ¡Seguid mis consejos! ¡Hacedme caso o no habrá remedio!

93

La hora de partir hacia Medina Azahara había llegado. La señora ya estaba completamente decidida a abandonar los Alcázares con su hijo y toda la servidumbre. Pero Hixem vacilaba, tenía miedo y no acababa de dar la orden. Por eso, se había enviado recado al príncipe Abdalá para que acudiera al frente de un gran destacamento del ejército de África con el fin de custodiar la salida de Córdoba.

Esta protección no acababa de llegar y todos estaban ya muy nerviosos en el palacio.

Sisnán se puso delante de la señora para rogarle:

—Desearía que Delila me acompañe. ¿Puede ser?

La señora se le quedó mirando, sorprendida, y respondió:

—Por mi parte no veo ningún inconveniente. Pero tendré que preguntárselo al príncipe Abdalá. Y no sé cómo se tomará él el hecho de que esté presente una esclava en un lugar donde las mujeres tienen sus propios espacios.

El eunuco dijo tristemente:

—Señora, Delila ha estado en todo… ¡Sabes que ella te ama! Y yo necesitaré su apoyo en unas circunstancias difíciles como estas. Soy miedoso y Delila me infunde ánimos y me proporciona mucha seguridad. Sé que en Medina Azahara las cosas van a ser de otra manera, pero te ruego que nos protejas igual que has hecho aquí hasta el día de hoy.

—Lo comprendo —contestó la señora—. Toda mi servidumbre va a seguir conmigo. No te preocupes por eso, pues no pienso abandonar a nadie. Cuando lleguemos a Medina Azahara allí nadie tomará decisiones por encima de mi hijo. Así que no temas.

Sisnán se quedó un momento con expresión aturdida. Sin hablar, sin moverse y con la mirada vacía. Entonces la señora sonrió comprensiva y añadió:

—Sisnán, Delila forma parte de mi servidumbre; no voy a apartarla ni consentiré que sea despreciada o maltratada. Estará presente junto a ti en todo. Si le molesta a alguien, yo me encargaré de arreglarlo.

El rostro del eunuco se iluminó por estas palabras y exclamó:

—¡Alá te bendiga por ser tan buena, señora!

Ella se alegró al verle más animado y le ordenó:

—Anda, ve a la puerta principal. El príncipe tiene que estar a punto de llegar y debes recibirle.

Apenas se había marchado Sisnán, cuando se presentaron en el salón principal del palacio los intendentes Farid al Nasri y Yacub al Amín. Se postraron ante la señora y esperaron a que ella les dijera el motivo por el que los había mandado llamar. Un instante después entró Raíg al Mawla, con semblante grave, y anunció:

—Todo el centro de Córdoba está rodeado de soldados fieles al hayib. No sabemos siquiera si el príncipe Abdalá podrá acercarse a esta parte de la ciudad. Supongo que todas las puertas de la muralla estarán cerradas. Al final tendremos que salir custodiados solo por la guardia personal del califa.

La señora sintió que se le helaba el corazón, pero sacando fuerzas de flaqueza, dijo:

—Nadie se atreverá a causarnos el más mínimo daño; de eso podéis estar todos seguros.

—Sí —apostilló el cadí—. Yo también lo creo así. Pero no deja de ser una situación peligrosa.

—¡Ve a llamar a Hixem! —le dijo ella a su hermano—. ¡Debemos actuar sin demorarnos más!

En ese momento regresó Sisnán acompañado por Delila; los rostros de ambos estaban demudados. Y al ver la angustia que tenían, la señora comprendió que ya se habían enterado de que el ejército de África no iba a ir a auxiliarlos. Entonces se adelantó a lo que ellos iban a comunicarle diciéndoles:

—¡Ya estamos enterados! ¡Los soldados del hayib rodean los Alcázares y la mezquita Aljama! Eso no cambiará nuestros planes. Ha llegado el momento de partir. Actuaremos sin necesidad de que venga el príncipe Abdalá.

Delila, aunque estaba visiblemente asustada, se apresuró a responder muy vivaracha:

—Señora, todas tus cosas están ya preparadas y dispuestas para ser montadas en la carreta. ¿Damos la orden?

—¡Dad la orden de que todo el mundo se disponga a salir! ¡De un momento a otro se dará la señal!

—¡Señora, el califa ya viene hacia aquí! —anunció uno de los eunucos en ese instante.

Salieron todos a la galería que daba a los jardines. Por el corredor central se aproximaba Hixem, seguido por su servidumbre más íntima y por el cadí Al Mawla.

Este se adelantó y dijo:

—Cada vez hay más soldados rodeando los Alcázares. Si no salimos en este preciso instante, aprovechando la confusión, ya quizá no podamos. ¿Qué hacemos?

El califa miró a su madre y ella adivinó todo el temor y toda la indecisión que sentía su hijo. La señora se preguntó qué debía hacer ante eso. ¿Pedirle que diera la orden? ¿Para qué? ¿Iba a ser Hixem capaz de reaccionar para tomar la iniciativa tan asustado como estaba? ¿Debía dar ella la orden? La señora se sintió débil e impotente. En ese momento, al ver de nuevo el rostro aterrorizado de su hijo, le pareció que la situación era como un vacío sin fondo. Por mucho que le doliera reconocerlo, el califa estaba bloqueado e irresoluto. La señora entonces perdió por un momento las ganas de seguir adelante. Todo le daba igual.

Entonces el cadí Al Mawla se apresuró a intervenir, dándose cuenta de que su hermana estaba vencida al ver la incapacidad de Hixem para liderar aquella arriesgada maniobra.

—¡Di tú algo! —Se encaró Raíg con su sobrino—. ¡Eres tú quien debe ponerse al frente! ¡Por Dios, eres el califa! ¡Todo esto lo hacemos por ti!

Se hizo un silencio terrible bajo la galería. Afuera ya se escuchaba el rumor de las pisadas de los soldados y las fuertes voces de los oficiales.

Pero la señora volvió a recobrar el ánimo, fue hacia su hijo y le dijo con calma:

—Si vamos a dar este paso ya no podremos volvernos atrás. ¿Tú qué dices, hijo mío?

Hixem estaba pálido, temblaba y los ojos le brillaban oscuramente. Se mordió el labio pensativo y se dio media vuelta para que no vieran su cara.

Entonces la señora se puso a gemir:

—¡Dios mío! ¡Me cuesta creerlo! ¡Me has empujado a esto tú! ¿Y ahora te echas atrás?…

Hixem no contestaba. Todos le miraban, desconcertados e impacientes. Hasta que a la señora le dio por levantar la cabeza de pronto y mirar a todas las caras en una rápida ojeada, diciéndoles con determinación:

—¡La decisión ya está tomada! ¡Todo está listo! ¡Adelante! ¡Nos vamos a Medina Azahara! ¡Y que sea lo que Dios tenga dispuesto!

Ella ya no dudaba. Las dudas habían sido reemplazadas por una mezcla de furia y odio. Y todos, en ese preciso instante, se dieron cuenta de que no debían estar pendientes del califa, ni siquiera tampoco de Raíg al Mawla; era a ella a quien debían seguir. Así que todos se pusieron en movimiento para actuar según el plan previsto.

—¡Llevaremos solo lo imprescindible! —Daba órdenes con determinación la señora—. ¡Dejad todo lo que no hayáis podido hacer! ¡Ya no hay tiempo para más! Allí no necesitaremos de nada. Cuanto nos pueda hacer falta lo encontraremos en Medina Azahara. ¡Habrá tiempo para volver aquí a buscar el resto cuando se calmen las cosas!

El califa, como uno más, se puso también en movimiento sin atreverse a abrir la boca. Aunque saltaba a la vista que los nervios le consumían y que no podía dejar de pensar en la muerte. Su madre se daba cuenta y trató de calmarle, diciéndole:

—¡Sé valiente, hijo! ¡No nos pasará nada, te lo juro! ¡A nadie se le ocurrirá tocarnos un solo pelo! ¡Dios no lo permitirá!

Mientras tanto, la comitiva estaba ya formada y aguardaba a que se diera la orden de abrir la puerta. Al frente de la fila de la guardia califal se situó Al Mawla, diciéndoles a los fieles oficiales:

—Enarbolad por delante los antiguos gloriosos estandartes de los califas omeyas. ¡Nadie se atreverá a enfrentarse a la memoria del gran Abderramán al Nasir! ¡Confiad firmemente en lo que os digo! ¡Nadie osará detenernos!

La señora montó en su caballo, con tal seguridad y coraje que infundía ánimos a todos. Luego le señaló a su hijo su montura. Él estaba lívido, pero montó, porque dependía ya por entero de la voluntad de su madre.

—¡Adelante! —gritó con energía la señora—. ¡Dios está con nosotros! ¡Ya no miréis atrás!

Se abrieron las grandes puertas de bronce y salieron las enseñas califales; un estruendo de tambores y flautines entonaba la fanfarria militar que solía acompañar a los califas a su paso y que todo el mundo conocía. Afuera había una masa compacta de soldados, pegados unos a otros, hombro con hombro, con más curiosidad que fiereza en los rostros. Todos miraban hacia la puerta sin moverse. Al frente estaba Abdalmálik, arrogante, lanzando miradas de fuego hacia los estandartes.

Entonces les empezó a gritar el jefe de la guardia de los Alcázares con energía:

632

—¡Abrid paso! ¡Apartaos e inclinaos ante el comendador de los creyentes! ¡Postraos, perros!

Empezó a salir la cabeza del séquito. Los soldados de Abdalmálik seguían sin moverse, mirando. Parecían petrificados, aferrados a sus lanzas y escudos. El terror se apoderó de los miembros del cortejo, al suponer que tenían orden de abalanzarse sobre ellos y que eso iban a hacer de un momento a otro.

Sisnán temblaba sobre su mula y gemía:

—¡Nos van a matar! ¡Alá el compasivo! ¡Nos matarán! ¡El hayib no tendrá piedad!

—¡Calla y no temas! —le increpó Delila a su lado —¿No has oído lo que ha dicho la señora? ¡Sobreponte! ¡Que no vean que tenemos miedo!

Avanzaba la fila saliendo despacio. También iban en ella a caballo los intendentes. Farid cruzó una mirada con el Cojo y se alegró al ver que su rostro no tenía signos de miedo alguno. Sin embargo, junto a él, Yacub estaba visiblemente alterado y preguntó en un susurro:

—¿Crees que nos van a matar? ¡Por Alá! ¿Nos arrojarán sus lanzas?

Apenas había dicho esto, cuando a todos los sobresaltaron las voces furiosas de los guardias de la escolta personal del califa; enormes hombres, escogidos por sus hechuras y su fortaleza, que empezaron a gritarle a Abdalmálik y sus hombres:

—¡Alá os maldiga si no dejáis paso al califa!

—¡Echaos a un lado, perros! ¡Postraos ante el comendador de los creyentes en Alá!

—¡Traidores, apartaos!

Aquello surtió efecto y los soldados del hayib se removieron, para después empezar a retroceder, empujándose unos a otros, dejando pasar ante ellos los estandartes omeyas.

—¡Adelante! —gritaba la señora con todas sus fuerzas, haciendo oír su voz femenina por encima del rumor de los hombres—. ¡Dios está con nosotros! ¡Avanzad sin miedo!

Salió el califa junto a su madre, ambos montados en sus imponentes caballos blancos, regalo de Almansur. La comitiva entera pudo al fin avanzar por la calle ancha hacia la mezquita Aljama, en cuyos alrededores se iban congregando alfaquíes, nobles e importantes hombres, que enseguida corrieron para aclamar al califa y mostrar su lealtad. También acudieron tropas de guerreros bereberes, mercenarios y militares que no estaban dispuestos a consentir que nadie agraviara a Hixem o a su madre. Abdalmálik no tuvo más remedio que dejarlos partir, por temor a que se formara una batalla. Tal vez tenía orden de su padre de no causar mayor violencia para no agravar las cosas en su contra.

Por otro lado, a medida que el cortejo se adentraba por la ciudad, se abrían las ventanas y la muchedumbre se asomaba a ellas o se arremolinaba en las terrazas, profiriendo aclamaciones y albórbolas de alegría a su paso.

Hixem llegó con su séquito a las puertas de Medina Azahara a mediodía. El gran ejército de África, con Mugatil ben Atiya al frente, había acampado en torno a las murallas. Miles de tiendas rodeaban la ciudad palatina de los omeyas. Todos los soldados africanos, formando una hueste inmensa, desordenada y jubilosa, acudieron a honrar al califa montados en sus caballos, levantando tras de sí una gran nube de polvo. Los jefes venían e iban postrándose uno tras otro por orden de rango. Los tambores, los aullidos, las frenéticas carreras y la exhibición de armas y destreza al galopar asombraron y tranquilizaron a todos. Sabían que con esta protección al hayib no se le iba a ocurrir acercarse siquiera, puesto que el grueso de las tropas cordobesas estaba lejos, defendiendo las fronteras.

Los intendentes de los Alcázares, los criados, los guardias y los esclavos se maravillaron, como era de esperar, al entrar y hallarse frente a la grandiosa explanada sembrada de parterres de mirto y sobrios e infinitos cipreses. Pero el panorama de las columnas y los bellos arcos paralelos, erigidos al fondo de los inconmensurables jardines, ocultaba a sus ojos una ciudad que se les antojaba desde siempre secreta, misteriosa. Aquella primera imagen, sobrecogedora, maravillosa; la belleza, el orden y la elegante armonía de los palacios encubrían una existencia desconocida, de la cual no habían tenido más que vagas sospechas; una vida situada más allá de la razón y la cordura de aquella otra Córdoba, cuyos misterios, cuyos secretos sí que alcanzaban a penetrar magníficamente, pacíficamente, aunque de manera lenta y no siempre previsible. Por eso, aunque admiraban lo que estaba ante sus ojos, al mismo tiempo lo temían. Porque, si tal vez en otro tiempo ir a vivir allí hubiera sido atrayente, ahora penetraban en un mundo cargado de incertidumbre.

El Cojo también iba detrás de la comitiva, a lomos de un borrico. Al verse allí, exclamó:

—¡Medina Azahara! He aquí la ciudad más misteriosa del mundo!

Todos le miraron. El poeta entró como quien penetra en un santuario. Contemplaba extasiado lo que siempre deseó ver y nunca pensó que llegaría a ver.

Pero no había tiempo para detenerse ni para convertir en poesía su asombro. Tuvieron que apresurarse. Los guardias los precedían por el corredor central e iban abriendo, una tras otra, las grandes cancelas de hierro que separaban los distintos niveles en los jardines. Al fondo, resplandecía al sol la puerta del califa. Delante de ella, estaba aguardando el príncipe Abdalá con toda la parentela omeya, formada por más de un centenar de hombres y mujeres de todas las edades. Entre todos ellos, destacaba la princesa Hind Ayuzal Mulk, «la Anciana del Reino», la única hija viva que quedaba del primer califa, Abderramán al Nasir. Permaneció la venerable princesa a distancia, aunque de pie y ligeramente inclinada. Todos los demás miembros de la extensa familia califal estaban situados en los jardines, distribuidos entre arrayanes lozanos y bien cortados, que trazaban perfectos rectángulos, en medio de los cuales se levantaba una gran taza de mármol embellecida y animada por el vivo chorro de un surtidor de agua clara.

Llegó Hixem delante de la fuente, seguido muy de cerca por su madre, y ambos se detuvieron en la plazoleta que se extendía frente al arco. Descabalgaron entre dos columnas, donde varios guardias de librea se echaron al suelo ante ellos. El príncipe Abdalá dijo algo a un oficial y se abrió enseguida la gran puerta claveteada en oro que daba paso a los primeros patios. Apareció ante ellos la soberbia fachada del llamado salón Rico, con galerías, columnatas y ventanales. El califa y su madre ascendieron por las sobrias escalinatas hacia la puerta principal del palacio. En pos de ellos, la parentela iba despacio, siguiéndolos a distancia gravemente y en silencio. Reinaba una quietud enorme. El rumor de las fuentes aquietaba los espíritus de los recién llegados, intranquilos por la inminencia de grandes acontecimientos y por el misterio que rodeaba aquella entrada. Solo el trino agudo de un oscuro mirlo, que volaba de ciprés en ciprés, resonaba en las galerías.

El palacio era espléndido, inigualable, construido todo con piedras rosadas y decorado con azulejos y adornos de diversos jaspes. Otra escalinata, esta de mármol verde, conducía al pórtico principal, a cuyos lados formaban, custodiando cada palmo de la fachada, un buen número de esclavos negros, con deslumbrantes ropajes, plumas en los gorros de seda y vistosas capas. En el amplio vestíbulo, unos músicos les dieron la bienvenida con una alegre melodía de chirimías y panderos. Por todas partes resplandecían las lámparas que hacían brillar los ornamentos lujosos entre un sinfín de flores de mil colores.

10

El otoño de Medina azahara

Penetraron en los secretos palacios del temido rey.
¡Esos poetas, recorriendo sus opulentas cámaras!
Se pararon frente al misterioso estanque de mercurio,
que décadas antes los convidados contemplaban
antes de ir al encuentro del príncipe.
¡Qué atrevimiento! ¡Y qué gran decepción!
Después llegarían a saber que es más dulce la amistad
que cualquier encanto de este mundo...
Los ricos y poderosos no podrán darte nada que perdure.
Junto al poder y el oro se agazapa el peligro.
No entregues tu corazón a esas quimeras.
El amor y la amistad sincera es suficiente...

Poesía cordobesa anónima del siglo X u XI, que se halla en uno de los manuscritos del Fondo Manuscript Libraries Ahmed Baba Institute of Higher Learning and Islamic Research de Mali

94

Medina Azahara, viernes 6 de noviembre de 995 (Al yumuá 4, shawal del año 385 de la Hégira)

La señora despertó de madrugada llena de una incomprensible emoción. Se asomó a la gran balconada de sus aposentos en el palacio principal de Medina Azahara. La mañana de otoño era brillante y ventosa, y el pavimento de piedra pulida que cubría el atrio tenía un fulgor rosado. En el centro de la calle principal, encima del Arco del Califa, el enorme estandarte de los omeyas, verde, dorado y blanco, ondeaba pesadamente, debido a la gran cantidad de hilo de oro de sus bordados y a la pedrería engarzada. El cielo tomaba tonos diferentes, violáceos, añil y azul pálido. La señora aspiró el aire puro, húmedo y fragante. Desde que llegó no hacía otra cosa que recordar. Más de treinta años habían pasado, pero reconocía cada tramo de los arriates principales, donde crecían las mismas plantas, y los senderos seguían recubiertos de grava de colores frente a los olmos, que habían crecido y se habían embellecido; y también el prieto y húmedo bosque en la pequeña colina artificial que se alzaba detrás del palacete de las mujeres. Como cada día, salió a recorrer los jardines, evocando paseos inolvidables a lo largo de caminos bañados por el suave sol del amanecer, donde aquí y allá, en alguna grata sombra, un genio cuidadoso había colocado poyetes con cojines para sentarse. Con un movimiento involuntario del alma buscó aquellos rincones más lejanos, y se adentró por la espesura. Pero en esta parte recóndita los macizos tenían una forma diferente, las palmeras habían desaparecido; los cipreses estaban colocados de manera distinta y el follaje oscuro, lleno del azul del otoño, no correspondía de ninguna manera a los recuerdos que tenía. Al mirar hacia las caballerizas y las halconeras, sintió que por su memoria vagaba la estampa, ya completamente tolerable, del temible Abderramán saliendo a cabalgar en su imponente yegua baya. Las imágenes del sabio Alhaquén, su esposo, paseando siempre con un libro en la mano, se le representaban suavizadas por la neblina del tiempo; y la multitud de mujeres parlanchinas de los harenes, y los niños bulliciosos, correteando bajo los flecos del estandarte… ¡Solo Dios sabía cómo le afectaban a ella esos recuerdos! Esa infancia que la señora tuvo en Medina Azahara, y que era capaz de visitar ahora de buen grado en sus pensamientos, fue seguida por otro período, largo y difícil, que sin embargo no podía considerar años perdidos, aunque lo reconocía sin duda como un estado oscuro, de ceguera espiritual, de confusión, de unas ilusiones peligrosas. Su recuerdo de este otro tiempo sí era de alguna manera insoportable… Agazapadas como espíritus malignos, estaban las imágenes de su largo encierro en los Alcázares, cuando todavía era demasiado joven y estaba llena de ganas de vivir; y también ese miedo, ese angustioso sentimiento de temor por la vida de sus hijos… ¡Qué peligro tan grande conllevaba ser la madre del califa! Y aquel angustioso estado de espera; pasarse las horas, los días, los meses esperando a que Abuámir fuera a visitarla… Pero ahora sentía, con una nítida consciencia, que tales desilusiones y temores ya estaban olvidados, borrados de la vida. Y una vez excluidos, la luz de todo lo bueno y bello se fundía directamente con la luz del presente, que el sol recién amanecido iba depositando sobre los colores y los matices del precioso jardín, que seguramente era uno de los más hermosos del mundo. Ya podía suceder cualquier cosa, todo aquello que Dios quisiese que fuera, porque no le importaba, y no por pura indolencia o por desidia, sino porque no había sitio para más temor e incertidumbre en su alma. Esa mañana su paseo fue especialmente meditativo. Su ser expresó todo el encanto y la suavidad que podía. Sintió que necesitaba simplemente vivir, y nada más, durante el tiempo que pudiera quedarle…

Más tarde almorzó con la hija mayor de la princesa Hind, llamada Fadua, una anciana taciturna de rostro amarillento, casi tan vieja como la madre, que desprendía siempre un suave olor a ámbar. El sabor de la leche en la taza de plata pulida a la señora le pareció más gozoso, como deliciosamente antiguo. Además, nadie era capaz de hacer dulces como los que horneaban los reposteros de Medina Azahara siguiendo las secretas recetas de siempre. Sin embargo, lo que estuvieron hablando mientras disfrutaban de estas maravillas la dejó abatida. Sobre todo cuando Fadua se atrevió a decirle sin reparo alguno:

—Ahora que parece que el agua va volviendo a sus cauces, ¡Alá sea bendecido!, deberías hablar muy seriamente con tu hijo.

La señora lanzó de soslayo una significativa mirada. Entonces Fadua fue más explícita:

—Hixem tiene ya treinta y un años. ¿No te parece que es edad suficiente para que salga de las faldas de su madre? Si el califa no toma de una vez decididamente las riendas, volveremos a empezar…

A la señora le dolió, pero no se sintió humillada ni se enfadó. No podía recibir aquellas palabras como una ofensa, sino como un consejo sincero. Fadua tenía motivos suficientes para hablarle así, puesto que los dos únicos hijos varones que había parido murieron muy jóvenes en la guerra. Ni el esposo de la señora ni su hijo habían vestido nunca una armadura. Así que ella tuvo que permanecer callada. Se quedó pensativa. Por su mente pasaban todas las palabras que tendría que decirle a Hixem. Porque debía hablar con él muy seriamente, dada su actitud huidiza y rebelde con ella sobre todo de un tiempo a esa parte. Desde que salieron de los Alcázares tres meses atrás, experimentaba una extraña sensación de alejamiento con respecto a él, como si lo hubiera perdido por el camino hasta allí. Era como si hubiera regresado en su lugar aquel niño ardiente e insoportable que a la menor contrariedad era capaz de arrojarse al suelo entre gritos y pataletas. Y tener que reconocerlo era tan triste para ella, tan innecesario… ¡Después de todo lo que habían pasado!

No hablaron más del asunto, porque cualquier insistencia o discusión estaba, además, dada a la evidencia. Fadua se retiró a sus aposentos. La señora estuvo dándole vueltas al asunto con preocupación. Pero luego se tranquilizó estando reclinada en el gran diván, bajo la galería, y escuchando adormilada toda clase de ruidos ligeros: el grito agudo de una oropéndola que pasaba entre los árboles, los gorjeos de las últimas golondrinas, el zumbido de una abeja que sobrevolaba las flores de romero o el tintineo de los cacharros procedente de las cercanas cocinas; y todos esos nítidos sonidos fueron extrañamente transformados en su duermevela hasta asumir la armonía y la gracia de una música encantadora que cobraba forma sobre el fondo oscuro de sus pensamientos. Al tratar de descifrar aquel misterio, se quedó dormida.

La despertaron los sonoros pasos de una sirvienta que iba caminando deprisa. Abrió los ojos y se encontró con el rostro soliviantado de aquella mujer, que le comunicaba con una gran ansiedad:

—¡Sayida, el califa te espera en la torre más alta!

Ella alzó la mirada. Desde donde estaba podía ver perfectamente a su hijo, al príncipe Abdalá y a otros hombres en lo alto de la torre del palacio principal. Esto la sobresaltó y le hizo preguntar:

—¿Qué pasa?

—El califa te lo dirá —respondió la criada, presa de un apreciable desasosiego.

La señora subió por la escalera de caracol, que le pareció interminable. Cuando llegó arriba, necesitó recuperar el resuello. Pero no tardó en quedarse sin aliento de nuevo cuando Hixem, con el rostro blanco de pavor, le señaló los terrenos que se extendían más allá de la muralla, diciéndole con una voz que no le salía del cuerpo:

—¡Madre! El ejército de África ha levantado su campamento… ¡Se marchan! ¡Nos abandonan a nuestra suerte!

Ella se quedó estupefacta. Corrió hacia la balaustrada para mirar y comprobó que no quedaba ni una sola tienda en pie, y que la inmensa hueste, con todos sus camellos, caballos y demás bestias, se desplazaba ya hacia el sur, formando una larga y apretada fila que negreaba por en medio de los campos ocres.

—¡No puede ser! —exclamó sobrecogida—. ¡Dios mío! ¡¿Qué ha pasado?! ¡¿Por qué se van?!

—No lo sabemos —contestó el príncipe Abdalá—. Yo acabo de enterarme hace un momento… Raíg ha ido a averiguarlo…

Hubo luego un largo y terrible silencio, lleno de aprensión e incertidumbre. El ejército proseguía su camino sin detenerse y ya casi no se veían los últimos hombres que caminaban ascendiendo por unos cerros. La noticia se fue extendiendo por todos los rincones de Medina Azahara. Todos los habitantes de los palacios salían, desolados y expectantes. Iba pasando el tiempo, pero parecía detenido, y nacía por doquier un suspiro, un murmullo de duda, como el viento en la hierba, y esos centenares de cabezas miraban al cielo con ojos encendidos de terror.

De pronto se rompió el silencio. Venía Raíg por la avenida central montado en su caballo, al trote, profiriendo gritos de cólera, como alaridos, con una furia escalofriante:

—¡Traidores! ¡Hijos del demonio! ¡Malditos renegados! ¡Se han vendido! ¡Nos dejan!

Al Mawla descabalgó frente al palacio, subió arrebatadamente y se presentó ante el califa y su madre, envuelto por el huracán de su ira, para comunicarles a voz en grito:

—¡El hijo de perra de Mugatil nos ha traicionado! ¡Hatajo de perjuros! ¡Abuámir le ha comprado pagándole el doble de lo que le ofrecimos!…

Ni la señora ni su hijo, como tampoco nadie de los que lo acababan de oír, lo podían creer.

—¡Creedme! —siguió él gritando—. ¡Estamos perdidos! ¡Abdal-

645

málik ha descubierto el tesoro! ¡Hemos sido traicionados! ¡Alá nos proteja!

Raíg cayó de rodillas al suelo, vencido, deshecho. Nadie había visto jamás así a aquel hombre tan frío, tan osado e impasible.

Una oleada de espanto y temblor recorrió la ciudad palatina, voces, chillidos, exclamaciones, bramidos… Siguió luego un balbuceo, un rechinar de dientes, un llanto sofocado, que brotaba de aquellas cámaras misteriosas, de los patios interiores, de las celosías… Asomaban las cabezas, miraban y volvían a esconderse en las interioridades. Durante todo el día, aquellas cabezas hablaron entre ellas, lloraron, gritaron, maldijeron… Después se puso el sol y las peores sombras se cernieron sobre Medina Azahara.

95

En el silencio del amanecer la ciudad palatina de Medina Azahara, insomne y fatigada, sacudía la terrible pesadilla que había caído sobre ella durante la noche. El aire soplaba muy frío y el cielo descolorido del otoño había dejado todo impregnado de rocío, que empezaba a evaporarse enviando vahos perfumados de heno pisoteado y tierra removida. El centinela que concluía su turno en la torre más alta del palacio principal no dejaba de mirar hacia el otro lado de las murallas, y vio que se aproximaba en la lejanía, desde Córdoba, una larga fila de hombres a caballo que a simple vista le parecieron ser más de un millar. Se apresuró a dar el aviso al jefe de la guardia y este envió enseguida al más ligero de sus hombres para que alertara a su vez al destacamento que defendía las puertas.

Cuando la señora fue informada de esta circunstancia, perdió la poca tranquilidad que pudiera conservar y ordenó inmediatamente que se convocara una reunión para tomar decisiones sobre lo que debía hacerse. Pero, cuando ella entró en la sala principal del palacio, encontró allí solamente a su hermano Raíg y a los intendentes Farid y Yacub. Ella les echó una ojeada que solo traslucía resignación. Pasó un largo rato y nadie más acudía. Los criados tuvieron que recorrer las innumerables cámaras, corredores y patios buscando, y lo extraño era que no conseguían encontrar ni a

Sisnán ni al príncipe Abdalá. Tampoco Hixem daba señales de vida. Cansados de esperar e impacientes, enviaron a otro lacayo para avisarle, y regresó un rato después diciendo que la puerta del dormitorio del califa estaba cerrada y que nadie respondía. La señora dijo preocupada:

—Iré yo a ver qué le pasa.

La señora fue a los aposentos de su hijo, empujó la puerta y lo encontró desnudo, sentado en la cama, con el rostro vuelto hacia la luz que entraba por la ventana abierta. Ella se acercó y le pasó la mano por la frente. Hixem estaba temblando, pálido y frío como el mármol, como paralizado por un pavor ultraterreno; sus claros ojos tenían el inconfundible viso del pánico, como si en verdad hubiera visto a un ejército de espectros. El viento helado se levantó de pronto y sopló a través del jardín. Entonces una ola de estupor mezclado con ternura sacudió a su madre con tal fuerza que apenas pudo sostenerse en pie, dejándola débil y desorientada.

—¡Hixem, hijo! —exclamó con un hilo de voz—. ¡No me asustes más de lo que ya estoy! ¿Qué te pasa? ¡Mírame!

Volviéndose hacia ella, él murmuró:

—Nos va a matar, madre… Abuámir nos matará a todos…

—¿Qué dices? ¿Por qué piensas eso?

—Yo lo sé… Anoche tuve una visión… Los espíritus de los omeyas se me presentaron para decirme que ya no había remedio, que el final se acerca… Y me mostraron nuestras cabezas cortadas que rodaban por el suelo… ¡Abuámir se vengará de nosotros y no podemos hacer nada!

La señora se apartó de él y, con una mirada apagada y resentida, atronó:

—¡Déjate de boberías! ¡Qué visiones ni qué…! ¡Has tenido un mal sueño, eso es todo! ¡Eres un hombre! ¡Eres el califa! ¡Cómo se va a atrever nadie contra nosotros! ¡Vamos, vístete y ve al salón! ¡Todos están esperando! No dejemos que acaben concluyendo que eres un cobarde…

La señora bajó las escaleras disgustada e intranquila, pero poseída al mismo tiempo por una gran determinación. Tampoco ella había podido dormir en toda la noche, pero no se sentía cansada. Por el contrario, tenía energía y notaba clara la mente. Durante su desvelo había estado dando vueltas en su cabeza a todas las posibilidades, y había tomado algunas decisiones sobre lo que consideraba más conveniente en aquellas terribles circunstancias. Pero, al entrar en el salón, fue sorprendida por una nueva noticia turbadora. Estaba allí el jefe de la guardia del califa y acababa de comunicarles a los demás que el príncipe Abdalá había huido con toda su servidumbre y su guardia personal. Nadie se había enterado, puesto que salió furtivamente en la total oscuridad por una de las puertas secundarias, cuya custodia encargó a propósito él a sus hombres de confianza.

—¡Otro traidor! —empezó a gritar Raíg—. ¡Otro canalla! ¡Como una rata! ¡Huye cuando todo se hunde! ¡Y sin decir nada!… ¡Seguro que ha sido él quien nos ha vendido! ¡Seguro!… En realidad nunca me fie del todo de él… ¿Qué le habrá pedido a cambio a Abuámir? ¿Ser califa? ¿Una parte del tesoro? ¡Seguro que le habrán prometido el trono! ¿Y para qué? ¡Maldito idiota! Abuámir no le dejará poner su culo en el trono… ¡Se sentará él!

—¡Calla! —le replicó la señora— .¡Por Dios, no des más voces! ¡Gritar no sirve de nada! ¡Me va a estallar la cabeza! Tengamos calma… Debemos pensar lo que tenemos que hacer a partir de este momento. Además, no me acabo de creer eso de que han encontrado el tesoro… ¡Eso es mentira! Abuámir es muy listo. Habrá pagado a Mugatil con los fondos sacados de cualquier sitio y pretende hacernos creer que tiene el tesoro omeya. Pero es imposible que lo haya encontrado…

—Pero… ¿no te das cuenta, Auriola? —volvió a la carga su hermano—. ¡ Se lo habrá dicho el príncipe! ¡Abdalá es quien nos ha traicionado! ¡Ese cerdo nos ha vendido y ha desaparecido! ¡Estará ya en Medina Alzahira!

—Eso no lo sabemos —contestó ella—. Ya te he oído, ¡y no grites más! Si nos ha traicionado, ¿qué remedio tiene eso ya?… No podemos hacer nada…

Entonces entró el jefe de la guardia para informar de que el regimiento que venía se había detenido a unos doscientos pasos de la puerta principal de Medina Azahara.

—Envía a un emisario para preguntar qué intenciones traen —le ordenó la señora.

El oficial se marchó y el pesado silencio cargado de ansiedad los envolvió una vez más. La señora cerró sus ojos, como si la venciera de repente el cansancio, pero los abrió un momento después y preguntó con una voz tenue, sin rastro de excitación:

—¿Y Sisnán? ¿Habéis encontrado a Sisnán?

—¡Ese histérico! —exclamó sin piedad Raíg—. Habrá ido a esconderse bajo tierra.

—Pues llamad a Delila —dijo la señora—. Ella sabrá dónde está…

—La muchacha tampoco aparece —respondió uno de los criados—. Donde quiera que esté Sisnán estará también ella.

Sumidos de nuevo en el silencio, se asomaron todos a las ventanas. Los jardines resplandecían ya bajo el sol, pero el único escenario que ellos veían era el trajín de los soldados y los criados corriendo en todas direcciones, y los únicos sonidos que oían eran las voces, las pisadas y las órdenes de los heraldos en las torres de la muralla.

Pasó otro largo rato y volvió el jefe de la guardia con una nueva noticia: el oficial de una de las puertas decía que Sisnán y Delila habían salido antes del amanecer para, según dijeron a los centinelas, cumplir un encargo privado de la señora. Extrañados, todos los rostros se volvieron hacia ella esperando una explicación.

La cara de la señora reflejó toda su extrañeza, al asegurar con voz ahogada:

—Yo no les he hecho ningún encargo… Eso que han dicho es mentira…

—Otros traidores más —gritó Raíg—. ¡Ratas! ¡Cobardes! ¡Desleales! ¡Embusteros!… ¿Esta es tu fiel servidumbre?

—Son débiles —repuso comprensiva la señora negando con la cabeza—. No han podido soportar su miedo… Han debido de ir a ocultarse en la ciudad… Se trata solo de eso. ¡No veas traidores por todas partes!

Continuaban con esta discusión, cuando entró Hixem. Llegaba demacrado, ojeroso y con el pelo rubio opaco y alborotado. Su mirada era ausente, como velada y lejana de la realidad. Se asomó a la ventana y después fue a sentarse en un cojín sobre uno de los tapices. Su madre se acercó a él conmovida, le estuvo arreglando el cabello y luego le dijo:

—Tienes que comer algo, hijo… En todo el día de ayer no quisiste tomar nada…

El califa alzó hacia su madre unos ojos asustados y preguntó con débil voz:

—¿Viene Abuámir?

—No sabemos nada —respondió la señora—. Estamos esperando noticias…

Transcurrió un tiempo que les pareció eterno. Nadie abría la boca para hablar, y solo se oían los fuertes pasos de Raíg al Mawla, que daba vueltas por la habitación como un león enjaulado, y las lejanas voces que provenían del continuo movimiento de centinelas y soldados organizando la defensa.

Cuando por fin regresó el jefe de la guardia, todos se pusieron en pie y fueron hacia él con una angustiosa expectación.

—Al frente de esa tropa viene Gamali, el hombre de mayor confianza del hayib Almansur. Dice que solo hablará con el califa en persona.

—¡Hijo de puta! —rugió lleno de ira Raíg—. ¡Es denigrante! Envía a esa fiera para humillar e intimidar más a Hixem…

Al oír esto, el califa se puso en pie de repente y empezó a gritar:

—¡No soy un cobarde! ¡No contestes por mí! ¡No hables de mí como si yo no estuviera presente! ¡Tú qué sabes lo que yo pienso! ¡Qué sabéis todos de mí!…

A pesar de la triste realidad que ponía en evidencia su semblante y su voz llena de angustia, la cólera de su tío era demasiado grande para pasar por alto el asunto y le replicó con una ironía cruel:

—¡Ah, ahora levantas la voz! ¿Ahora que ya nada tiene remedio? ¡Pues, anda, corre a verte las caras con esa fiera de Gamali!

La señora saltó en defensa de su hijo con un tono igual al chasquido de un látigo.

—¡Silencio! ¿Qué te has creído tú, Eneko? ¡Al califa no le levantas tú la voz en mi presencia! ¡Calla o mando que te encierren en una mazmorra!

Raíg se dejó caer en el asiento con un suspiro de desesperación. Su hermana se irguió más todavía, le dirigió una mirada de enfado y añadió, cortante:

—¡Y no hables más! ¡Por Dios, mantente callado a partir de ahora! ¡Me pones muy nerviosa! Yo diré lo que hay que hacer… ¡Dejadme pensar!

Al Mawla bajó la vista ardorosa, refugiándose en su ofuscación; y los demás obedecieron, guardando un silencio lleno de pesar y rendición. El califa también suspiró y fue a sentarse en un rincón mirando con pesar a su madre, con una expresión decaída que declaraba su culpa y su resignación.

La señora paseaba cavilosa por el salón, deteniéndose a cada instante en la ventana para mirar. A todos los inquietaba ese silencio, y pensaban que su tranquilidad aparente no llegaría ya demasiado lejos. Pero, un rato después, ella se dirigió al jefe de la guardia para ordenarle con decisión:

—Ve a decirle a Gamali que la sayida acompañará al califa.

—Mi señora —contestó apocado el oficial—, ha dicho que hablaría solo con el califa en persona…

—¡Haz lo que te mando! ¡Si yo no estoy presente, el califa no hablará con nadie! Si no está de acuerdo, que se vuelva por donde ha venido…

—¡Ja! —exclamó Raíg sarcástico—. ¡Esa fiera no se irá!

—¡He dicho que te calles, Eneko! —le espetó ella—. ¡Fuera! ¡Vete de aquí!

Él se levantó y se dirigió sin rechistar directamente a la puerta, se detuvo y miró largamente a su hermana en silencio, después se retiró de la sala aturdido.

También salió el jefe de la guardia para cumplir con su cometido. La señora entonces fue hacia el rincón donde estaba Hixem y le dijo con calma:

—No tenemos elección, hijo. Hay que ir a hablar con ese animal… Y contentémonos pensando que todo podría ser peor. Si Abuámir hubiera enviado a Abdalmálik, la cosa sería todavía más humillante. Porque por lo menos Gamali es un criado, un simple emisario suyo, que no hará nada por decisión propia… Pero el otro es el hijo consentido que ya se cree con derecho a pensar por cuenta propia…

Él asintió con un débil movimiento de cabeza, alzando hacia su madre unos ojos llenos de aceptación. Ella le pasó la mano por el cabello revuelto y añadió:

—Anda, ve a vestirte adecuadamente…

—¿Y qué me pongo? —preguntó tímidamente él.

La señora soltó un suspiro de resignación y respondió:

—Yo iré contigo para decidirlo y ayudarte a vestirte. ¡Vamos, hijo!

Cuando salieron el califa y su madre, Farid y Yacub se miraron, sabiendo que compartían unos mismos pensamientos. Luego el poeta observó con tristeza:

—Pobre sayida…

Yacub exclamó en tono grave, sin rastro alguno de ironía:

—¡Sí, pobre sayida!… ¡Y pobres nosotros! ¡Todo ha salido mal! ¡Qué desastre, Alá de los cielos! ¡Qué calamidad!

Farid le lanzó una larga mirada, como de sorpresa ante esa súbita reacción de su amigo. Y Yacub prosiguió lamentándose:

—¡Todo esto ha sido un fracaso! Creíamos que íbamos a ser ya ricos, importantes, influyentes… ¡Y mira dónde nos hemos metido! ¿Qué tenemos ahora? ¡Nada! ¡Solamente miedo e incertidumbre! Tú has perdido a tu amada Segunda y yo ya no podré casarme con la mujer que quiero ni heredar el cargo de mi padre… Y lo peor de todo: quizá nos maten… Porque Abuámir no perdonará jamás lo que hicimos… ¡Es horrible!…

Tras estos lamentos, se cubrió la cara con las manos y rompió a llorar. Estuvo sollozando durante un rato y luego, mirando a Farid de soslayo, con una expresión aterrada y la voz quebrada, añadió:

—Nos hemos equivocado… Hemos pretendido grandezas que no estaban a nuestro alcance… ¡Oh, Alá el compasivo! ¡Vamos a morir en la flor de la vida! ¡Qué error tan grande! ¡Quién nos mandaría a nosotros meternos en estos líos!…

96

Sisnán y Delila cabalgaban en sus mulas solos por el camino que discurría paralelo al Guadalquivir. Iban de vuelta a Córdoba desde Medina Alzahira y se volvían a cada instante mirando hacia atrás, muertos de miedo, pensando que Almansur podría haber enviado a alguien para seguirlos. Sin embargo, en aquellos campos de labor la vida era la de siempre. Los campesinos estaban dedicados a sus faenas, ajenos a los grandes conflictos de los poderosos. Tampoco al entrar en la ciudad se veía nada que pudiera causar prevención o sobresalto: los niños jugaban junto a la muralla, el mercado hervía de gente vendiendo y comprando, las mujeres parloteaban ruidosamente en los patios y las azoteas… Pero, no obstante toda esta normalidad, Sisnán iba llorando, presa de una gran aflicción.

—Anda, no llores más —le dijo Delila—. ¿De qué te servirán ya esas lagrimas? ¡A lo hecho pecho!

—No puedo evitarlo… —gimió él—. ¡Ay, si yo pudiera tranquilizarme!

Entraron por la puerta de Azuda y se adentraron luego por la medina hasta el zoco. Descabalgaron y fueron desde allí caminando, llevando las bestias sujetas por las riendas. El eunuco miraba a un lado y otro, con ojos despavoridos, sin dejar de llorar. Su corazón latía con angustia y le parecía ver esbirros y matones por todas partes.

—No mires tanto y no llores más —le reprendió la muchacha en voz baja—. Si ven que tienes miedo pensarán que tenemos algún motivo… Tranquilízate de una vez.

—Lo intento, lo intento, pero no puedo dejar de pensarlo…

—Pues deja de pensar. ¡Por todos los iblis, sé fuerte!

Los callejones del zoco estaban atestados de gente y nadie les prestaba la menor atención, porque ellos iban vestidos con ropas sencillas y no destacaban en absoluto. La muchedumbre estaba atenta a sus asuntos y no podía adivinar de dónde venía aquella pareja ni adónde se dirigía.

Delila se detuvo de pronto y dijo:

—Tenemos que hacer las compras. Si no justificamos nuestra venida a Córdoba levantaremos sospechas si alguien nos reconoce.

Sisnán la miró lloroso y sorprendido, y replicó:

—¡De todas formas tendremos que mentirle! Si ella supiera a lo que hemos venido…

La muchacha ni se inmutó por esta observación y, con los ojos bailándole de avidez, propuso:

—Podíamos ir al barrio de los confiteros.

El eunuco no era capaz de reaccionar. Así que ella se encaminó hacia donde había dicho, mientras él se limitaba a seguirla. El callejón donde se alineaban los establecimientos de los dulceros no era nada nuevo para Delila. ¡Cómo iba a serlo si acababan yendo hasta allí cada vez que salían! Esta era su meta favorita en el zoco, y el lugar donde se sentía feliz y satisfecha. Lo recorría despacio, si bien ello dependía del gentío y de su deseo; lo escudriñaba de cabo a rabo, pasando revista a las tiendas para elegir lo que más le gustaba. Y Sisnán sufragaba sin rechistar este capricho…

—¡Mira, ahí están mis preferidos! —exclamó ella dichosa cuando vio las tortas de harina de habas y melaza de higo—. ¡Vamos a comprar!

Sisnán en esta ocasión la miró largamente, desde el abismo de su angustia, como diciéndole: «¿Cómo puedes conservar el apetito con lo que tenemos encima?». Y ella, advirtiendo el significado de aquella expresión, refunfuñó:

—¡No pongas esa cara! Tomar un dulce nos ayudará a pasar mejor el mal trago… ¡Vamos, anímate de una vez! ¡Lo pasado, pasado está!

Él rompió a llorar con mayor amargura, convulsionando a causa del llanto incontrolable. Y el confitero, que estaba atento a su mejor par de clientes, se alarmó y preguntó:

—¿Qué le pasa hoy al señor Sisnán? ¿Está enfermo?

Delila ignoró la pregunta y señaló los dulces, diciendo:

—Ponme dos docenas de esos. Tenemos una fiesta.

—Poca cara de fiesta parece tener el señor Sisnán —insistió machaconamente el indiscreto dulcero.

—¡Métete en tus asuntos! —le espetó Delila.

—Es que lo veo llorar así y…

—¡A lo tuyo, imbécil!

El confitero empezó a poner los pasteles en el cesto, pero no podía evitar mirar de soslayo a cada instante. Entonces a Delila no le quedó más remedio que decir a modo de excusa:

—Al señor Sisnán se le irritan algunas veces los ojos… ¡Ya se le pasará!

Ella recogió el cesto con los pasteles y lo colocó en la alforja de su mula, mientras acercaba su boca al oído del eunuco para susurrarle:

—¿Lo estás viendo? Si no eres capaz de sobreponerte, la gente acabará sospechando que nos pasa algo grave.

Sisnán dio un largo suspiro, como de fatiga y extrema angustia, y contestó:

—Vámonos, te lo ruego.

—¡No! —negó rotunda ella—. No podemos regresar a Medina Azahara mientras sigas así. Vamos un poco más allá, donde están las empanadas de almendra y miel. Allí podremos tomar alguna y beber agua de azahar para tranquilizarnos.

Él soltó una especie de gemido de contrariedad, a lo que ella apostilló:

—Si no nos tomamos todo esto con normalidad y sensatez,

podemos acabar volviéndonos locos. Así que alegra esa cara y ¡hagamos como si nada!

Sisnán pagó resignado el precio de las compras y se dispuso a obedecer, como ya era costumbre, a todo lo que ella decía. Entraron para sentarse en la pequeña trastienda donde este otro confitero tenía dispuesta una alfombra con cojines y una mesa baja. La muchacha devoraba las empanadas con glotonería, echando chispas por los ojos al ver que él no probaba bocado.

—¡Come! —le instaba—. ¡Son deliciosas! ¡Bebe el agua de azahar! ¡Demonios, qué hombre tan poca cosa!

El eunuco mordió un pedacito, mientras ponía en ella una mirada lánguida y todavía llorosa. Luego dijo:

—No sé si hemos hecho bien, Delila… ¡Alá tenga compasión! Tengo unos remordimientos…

Ella replicó con tono crítico:

—¿Cómo que remordimientos? ¿Por qué? Hemos hecho lo que debíamos. ¡Lo hemos hecho por la señora!

—No sé, Delila, no sé… Y si…

La muchacha contestó, enarcando las cejas en su cara redondita hasta el borde del velo:

—Y si, y si… ¡Deja ya de pensar en cosas negativas! ¡Nada malo puede pasar! No te atormentes poniéndote en lo peor. Con lo que hoy hemos hecho, hemos asegurado nuestras vidas y también las del califa y la sayida. Ahora todo volverá a la normalidad. ¿No has oído lo que ha prometido el hayib Almansur? Ellos tendrán que regresar a los Alcázares y la vida será otra vez como antes, como era cuando no estaban todavía metidos por medio esos poetas entrometidos. ¡Peste de poetas! Porque, no olvides nunca esto, Sisnán: todo lo que nos ha pasado es por culpa del insensato del hermano de la señora. A él se le ocurrió esta locura del plan, él metió en los Alcázares a esos administradores aprovechados y ellos tuvieron la descabezada idea de sacar el tesoro para tener que irnos todos a vivir a Medina Azahara… ¡A quién se le ocurre! ¡Alá de los cielos, a quién! Pero menos mal que nosotros hemos tenido el acierto y el coraje para intervenir en el momento oportuno; así, con discreción, sin aspavientos, en secreto; como nosotros sabemos hacer las cosas, Sisnán, como las hemos hecho siempre… Si no llegamos a tomar la decisión de hacer lo que hemos hecho, ¿quién sabe lo que nos habría pasado? Yo te lo diré: nos habría cortado a todos la cabeza y ahora nos estarían devorando los cuervos y los buitres las entrañas…

Él se tocó los lados del cuello con los dedos, diciendo con voz quejumbrosa:

—¡Calla, por el Profeta! ¡Qué burra eres, Delila!

—Es la verdad. ¿Tengo o no tengo razón?

Él se la quedó mirando con resignación y balbució:

—Sí, menos mal…. ¡Malditos poetas piojosos! Si no fuera por ti, Delila…

Ella soltó una risita agradecida, dio un mordisco al dulce y contestó con la boca llena y en tono orgulloso:

—¡Pues claro! ¡Soy burra pero soy muy lista!

Sisnán entonces se animó a comer algo. Ambos permanecieron un rato en silencio, entregados a los pasteles y el agua de azahar azucarada. Luego él, con un hilo de voz, dijo:

—Ojalá podamos regresar cuanto antes a los Alcázares. No me gusta nada tener que vivir en Medina Azahara.

Ella se encogió de hombros con indiferencia y respondió:

—A mí tampoco. Medina Azahara es un lugar precioso, pero está lleno de fantasmas… No creo que Hixem y la señora estén a gusto allí… Los dichosos poetas son los únicos contentos por vivir allí… ¿No viste la cara que puso el Cojo? ¡El demonio se lleve a los poetas!

A continuación, la muchacha se levantó, estuvo eligiendo un par de docenas más de dulces y los metió en el cesto. Luego se dirigió a Sisnán para decirle:

—Paga esto y vámonos. Veo que estás mucho más tranquilo. Lo mejor será irnos a esa casa vieja que te compraste para esperar acontecimientos… No creo que tardemos mucho en saber en qué queda todo… Luego podremos regresar a los Alcázares… Sin poetas, ¡gracias a Alá!

Salieron de nuevo al bullicio del zoco, montaron en las mulas y se mezclaron con el torbellino de gente que ya se dirigía a la salida para regresar a su casa, pues empezaba a caer la tarde.

Cuando iban adentrándose en la medina, Delila le hizo una nueva advertencia a Sisnán.

—Recuerda que no debe notarse nada. Nadie debe imaginar siquiera lo que hemos hecho. Ya habrá tiempo para darle explicaciones a la señora. Ella es muy comprensiva…

Él asintió con un apesadumbrado movimiento de cabeza.

97

Apenas había transcurrido media hora desde que el califa y su madre salieron a caballo al encuentro del emisario de Almansur en la puerta principal de Medina Azahara. Después de que se lo requiriera como condición ineludible, Gamali aceptó de buen grado que la sayida estuviera presente en las conversaciones, pero exigió que nadie más se aproximara a menos de cincuenta pasos. Descabalgaron y comenzaron a parlamentar los tres de pie en el camino, a cierta distancia de la muralla, en mitad de un páramo baldío. Un rato después un lacayo les acercó un tapiz y unos cojines para que se sentaran en el suelo. Miles de ojos los observaban desde lejos, escrutando cada movimiento y cada expresión de sus semblantes, pero sin poder oír absolutamente nada de lo que decían.

El encuentro no duró mucho más de una hora. Fueron escuetos en palabras y en gestos los tres. La señora estuvo altiva, distante, con una cara fría y un tanto indiferente; mientras, su hijo, retirado algo por detrás de ella, no abrió la boca para articular palabra y únicamente hizo algún leve asentimiento con la cabeza. Gamali en cambio, aunque también era parco, reservado, se veía que hacía considerables esfuerzos para manifestar una condescendencia, un agrado y hasta un rendimiento que en aquel hombre tan rudo y de ademanes tan bruscos resultaba cuanto menos grotesco. Cuando hubo manifestado todas las condiciones del hayib, dio por concluida su misión y cerró la negociación con una mansa y profunda reverencia a la sayida, seguida por otra postración considerada y ostentosa a los pies del califa. Estos últimos gestos podrían haber sido lo que causó un mayor asombro entre los que miraban desde lejos, si no hubiera sido porque, seguidamente, el feroz emisario hizo una señal con la mano a sus hombres para que cumplieran con un último cometido. Entonces se produjo una sorpresa del todo inesperada: de entre la fila de soldados salió una mula torda, grande, en la que iba montada una mujer que llevaba el rostro cubierto con el velo. La señora intercambió con ella algunas palabras, alegrándose visiblemente, y luego montó en su caballo. Su hijo hizo lo mismo y cabalgaron, seguidos por la misteriosa mujer velada, en dirección a la puerta de Medina Azahara.

Cuando el califa y su madre entraron en el salón principal del palacio, encontraron allí a Farid y Yacub solos, emocionados y temerosos. Un criado fue en busca de Raíg al Mawla y acudió enseguida. Todos se sentaron a petición de la señora, impacientes, dispuestos a escuchar con la mayor atención lo que tuviera que comunicarles. Ella inició su relato con estas palabras llenas de serenidad y aceptación:

—Debemos sopesar todo lo que ha pasado y admitir las cosas como vienen… No nos queda más remedio que aceptar un acuerdo; no hay ya más posibilidades a nuestro alcance…

Hizo una pausa. Todos permanecían tan pendientes de sus palabras que no pestañeaban siquiera. Entonces la señora miró directamente a su hermano para decirle en un tono que denotaba contrariedad a la vez que convencimiento:

—Ya sabemos con seguridad que Abuámir tiene el tesoro. Gamali me ha dado detalles del lugar donde estaba, de las botijas, la miel, la confitura y todo lo demás… Él mismo fue a los Baños del Pozo Azul para sacarlo. En efecto, nos han traicionado… Y no ha sido el príncipe Abdalá…

Raíg clavó en ella una mirada llena de duda e incredulidad.

—¡Explícate!

La señora miró al suelo y luego alzó la cabeza, diciendo con gran aflicción:

—Aunque os costará creerlo, debo deciros que Sisnán y Delila salieron de madrugada y fueron hasta Medina Alzahira a decirle a Abuámir dónde teníamos escondido el tesoro…

—¡Víboras! —exclamó Al Mawla, apretando los dientes.

—¡Increíble! —gritó Farid—. ¿Cómo se les ha ocurrido traicionarnos? ¿Por qué? ¿Qué motivos podían tener para hacerlo?

La señora contestó sencillamente, aunque sin ocultar su desengaño y su congoja.

—Lo hicieron por miedo, simplemente por eso, por puro miedo… Creyeron que haciendo eso me beneficiaban a mí…

—¡Qué locura! —empezó a gritar Raíg—. ¡Cómo te iban a beneficiar con eso! ¡Malnacidos! ¡Ratas ¡Desleales! ¡Tendrían otros motivos!… ¡Querían salvarse ellos!

La señora cruzó los brazos sobre el pecho, tratando de tranquilizarse, y replicó:

—Es una locura, en efecto… ¡Y me entran deseos de matarlos! Pero no puedo ahora dejarme llevar por el odio y la ofuscación. Lo que han hecho esos dos, ¡sabe Dios por qué!, ya no tiene remedio… ¡Se acabó el plan! ¡Ya no hay manera de volverse atrás! Ahora tenemos que hacer lo posible para salir adelante como sea todos los que estamos aquí…

Por primera vez, ella y su hermano cruzaron una mirada de entendimiento, y luego Raíg preguntó osadamente:

—¿Qué quiere ese demonio? ¿Qué os pide Abuámir? ¿Cuáles son sus condiciones ahora que nos tiene en su mano?

La señora inspiró hondamente haciendo acopio de fuerzas, antes de empezar diciendo con una serenidad sorprendente, dadas las circunstancias:

—No, no nos tiene en sus manos del todo, gracias a Dios. Se ha dado cuenta de que en Córdoba hay mucha gente que nos apoya, mucha más de la que él podía imaginarse. Digamos pues que

Abuámir está sorprendido y de alguna manera precavido. Por eso, no es tan fiero el lobo como nosotros estábamos suponiendo…

Raíg la interrumpió impaciente, preguntando con aspereza:

—¿Qué quiere? ¿Qué pide? ¡Al grano, hermana!

—¡Déjala terminar! —saltó Hixem, insólitamente envalentonado—. ¡Y cállate tú, Eneko!

Todos se estremecieron, y la señora le lanzó a su hijo una mirada de asombro y gratitud, para luego proseguir diciendo:

—Abuámir incluso ha querido dar muestras de buena voluntad y de deseos de reconciliación…

Y dicho esto, fue hacia la puerta, la abrió y dijo en voz alta y con entusiasmo:

—¡Ya puedes pasar!

Entró en el salón la mujer que había llegado con ellos montada en la mula torda. Seguía con el velo tapándole el rostro.

—¡Muestra tu cara! —le ordenó la señora.

Ella se descubrió y resultó ser Segunda, con una cara llorosa, pero sonriente y feliz por sentirse libre.

—¡Alá sea loado! —exclamó Yacub.

Farid en cambio se quedó como paralizado por la sorpresa, mirando y sin acabar de creer lo que sus ojos estaban viendo. En cualquier otra circunstancia y lugar, se habría puesto a dar saltos de alegría y se hubiera lanzado sobre la muchacha para abrazarla y cubrirla de besos. Pero, en vez de eso, permaneció con una sonrisa bobalicona, mientras un reguero de lágrimas de emoción le corría por el rostro.

—¡Siéntate ahí, Segunda! —dijo la señora.

No había tiempo ni ganas para celebrar el encuentro como lo hubieran deseado en una ocasión más favorable. Y a la señora no le quedó otro remedio que continuar con su relato.

—Eneko —dijo mirando a su hermano—, hubiéramos querido que las cosas fueran de otra forma… Pero la realidad es la que es y no hay más salida que llegar a un acuerdo…

Raíg replicó con una voz muy fuerte:

—¡Depende de lo que ese hijo de puta pida a cambio!

La señora suspiró con desesperación.

—Sea lo que sea lo que pida —contestó—, no tenemos otra opción que aceptar… Si no, lo que seguirá será una guerra en la que no tenemos ninguna posibilidad frente a él. Ya no podemos contar con los africanos… No tenemos el tesoro… ¿Qué más podemos hacer pues? Tú conoces a Abuámir igual que yo. Nada le detendrá en este momento de su vida. Yo sé que ha estado gravemente enfermo y que ha visto la muerte muy cerca… No me resulta difícil suponer que está dispuesto a todo con tal de asegurar el futuro de su hijo muy amado, Abdalmálik… Y doy gracias a Dios porque no haya muerto el padre, porque si llegamos hoy a estar en manos del hijo…

Se hizo un silencio sombrío ante la evidencia de esa posibilidad. Después la señora añadió con una serenidad digna de asombro:

—Pero Abuámir comienza a restablecerse de su enfermedad y seguramente quiere dar gracias a Dios siendo benevolente y comprensivo…

Raíg se puso en pie y fue hacia ella, vociferando:

—¡Me asombras, hermana! ¡Te veo rendida a él! ¡Esa bestia!

—¡Calla! —replicó ella—. ¡Te he repetido cien veces que te calles y me dejes hablar! ¡Tú ya tuviste tus oportunidades para decir y hacer lo que te pareció bien! ¡Ahora tu tiempo se acabó! Y además, ¿piensas que soy tonta? ¿Acaso crees que no puedo imaginar todo lo que habrás estado haciendo a mis espaldas?…

Al Mawla aparentó sorpresa y contestó con vehemencia:

—¡Todo lo hice por ti, hermana! ¡Por ti y por ese hijo tuyo inútil y cobarde!

A todos los sacudieron esas palabras, provocándoles un estado de espanto y estremecimiento. Se hizo un silencio tremendo.

Entonces la señora se fue directamente hacia su hermano y clavó en él una mirada furibunda. Pero luego lanzó un suspiro y dijo con esforzada calma y desgarro:

—No compliques más las cosas, hermano… Te lo suplico, por el amor que nos tenemos… ¡Hixem es mi hijo!

A esta súplica siguió otro silencio más impresionante si cabía. Entonces Segunda lanzó un gemido y corrió a echarse en los brazos de Farid, como buscando refugio en él. Y Yacub, súbitamente, echó a correr y salió de la sala horrorizado, pues no podía soportar ya más aquella tensión. Mientras, la señora volvía a su sitio, dejando caer los brazos a lo largo de su cuerpo, de pie y callada.

Entonces Raíg, dándose cuenta de lo que había provocado con sus palabras, fue hacia Hixem y se postró ante él con humildad, rogándole:

—¡Perdón! No quise decir eso… No he querido… ¡Perdón!

La señora bajó la cabeza en silencio y se sentó en el diván, abatida.

Pasó así un largo rato, en el que solo se oían los gemidos de Segunda. Pero nadie se esperaba lo que iba a ocurrir seguidamente. El califa se puso en pie de modo inusitado y fue hacia su madre para rogarle con voz desgarrada:

—Habla, por favor, sigue hablando. ¡Acabemos de una vez con todo esto! ¡A ver si podemos descansar! ¡A ver si se acaban los problemas de una vez! ¡Por Dios, deseo descansar! ¡O morirme! ¡O lo que sea que Dios quiera! ¡Si no salimos de esto ahora, el mundo debe acabarse!… Acabarse… Acabarse…

La señora no tuvo por menos que atender esta súplica. Se fue hacia su hermano y expresó con dolor:

—Eneko, solo Dios sabe todo lo que me cuesta tener que decirte esto…

Él alzó una mirada vencida hacia ella, y contestó:

—¡Di lo que sea ya, Auriola! Todo lo que tenga que ser… ¡Todo!, sea lo que sea, yo lo acepto. Di lo que tengas que decirme de una vez…

—Debes marcharte —respondió ella—. Tendrás que irte de Córdoba. Tendrás que desterrarte lejos, muy lejos. Abuámir nos exige que desaparezcas a cambio de un pacto razonable. No te quiere aquí. Está dispuesto a admitir que Hixem siga siendo califa y jura que jamás le hará daño… Está dispuesto a hacer ese juramento delante del sagrado Corán. Pero tú debes irte… ¡Márchate a nuestra tierra de origen, Eneko! ¡Vuelve tú a Pamplona, ya que yo he de quedarme aquí!

Él se puso en pie y empezó a pasear por la estancia, lleno de tristeza y dolor, sacudiendo la cabeza y diciendo:

—¡No! ¡No te dejaré sola! ¡Yo nunca te abandonaré! ¡Todo ha sido por ti, hermana!… ¿Por qué? ¿Por qué tengo que huir?… ¡Yo no soy como Abdalá! ¡Yo no soy un cobarde! ¡He arriesgado mi vida! ¡Mi vida entera! ¡Todo lo que tengo y amo! ¡Por ti y por tu hijo, Auriola! Por vosotros… ¡Somos una familia!

—Sí, te irás —contestó ella en tono inexorable, no dejándose vencer por estas palabras—. Te irás porque yo te lo pido… ¡Te lo suplico! Te amo y sé que, si te quedas aquí, morirás… ¡Inevitablemente morirás! Tú sabes como yo que Abuámir no va a variar su voluntad en eso…

Ella ya hablaba con otra inflexión, con una parsimonia triste, y añadió sentenciando con cariño:

—Hemos hecho cuanto hemos podido… ¡Lo intentaste, Eneko! Y yo estoy agradecida… Un día tú y yo vinimos a esta tierra lejana, tan extraña y diferente al mundo donde nos criamos… ¡Y solo Dios sabe por qué! Ahora el tiempo ha pasado y ha vaciado en nosotros su carga tremenda, toda su fuerza, toda su fatalidad… Pero también su verdad, su grandeza y su magnificencia… ¿Cuándo íbamos a pensar nosotros que viviríamos con tanta intensidad y en medio de tantas cosas? ¿Cómo íbamos a soñar siquiera todo lo que nos ha pasado? ¡Dime! ¿Cuándo? ¿Cómo, Eneko?… Ahora es tiempo de recogerse y aceptar… Nos toca aceptar. No hay más misterio ahora que ese en nuestras vidas… ¡Dios sabrá por qué!

Por fin, Raíg al Mawla se rompió. Se echó al suelo y empezó a llorar como un niño débil e impotente. Toda su entereza se hizo pedazos ante los ojos de los que le miraban sobrecogidos y atemorizados.

Entonces la señora apostilló con una seguridad libre de toda duda:

—Te irás esta noche, en silencio y sin que tengamos que discutir nada más sobre ello. Pasarás por Badajoz y recogerás a tu mujer y a tus hijos. Nadie te molestará en tu camino, como así ha asegurado Gamali, transmitiendo la voluntad de su amo… ¿Harás lo que yo te suplico con todo el amor que te tengo?

Él alzó una mirada llena de angustia hacia su hermana y contestó con rabia y dolor:

—¡Es peor que la muerte! ¡Para eso, mejor haber muerto!

—¡No! —replicó la señora segura de sí—. ¡La muerte es otra cosa! Estamos vivos… Todavía estamos vivos… y solo Dios sabe… ¡Regresa a Pamplona en nombre de los dos y cuéntales a los sagrados reyes cristianos la verdad de nuestras vidas! ¡Cuéntales a todos lo que hemos tenido que sufrir y luchar! Ellos comprenderán, ellos nos entenderán y sabrán que nada fue fácil para nosotros… ¡Ojalá pudiera yo volver contigo! Pero no debo… ¡Jamás dejaría aquí a mi hijo!… En cambio tú puedes llevarte contigo a los tuyos…

Él fue hacia ella con un impulso hecho de cariño y, finalmente, de resignado acuerdo. La abrazó y asintió:

—¡Sí! ¡Haré lo que tú quieres! Mañana me iré…

A los abrazos y a los besos siguió un largo silencio lleno de lágrimas y suspiros.

Pero la señora todavía no había terminado de expresar todo lo que debía cumplir según las conversaciones mantenidas con Gamali. Se dirigió luego a Farid y le dijo con tono dulce y acongojado:

—¡Gracias! ¡Ha sido maravilloso poder teneros cerca! ¡Habéis dado mucha alegría a mi alma!

El joven poeta, conmovido, le dirigió una mirada y contestó balbuciendo:

—¡Señora! ¡Mi señora!

Ella sonrió y respondió a esa mirada con dulzura, recitando:

¿Donde fue ese sentimiento magnífico y hermoso
que alumbraba tu corazón?

¡Ah, si el pasado pudiese llegar a dominar el alma!,
¿qué fuerza podría quitarle al verdadero amor?
¡Ay, no era solo ilusión, era auténtico!
Pero hasta lo auténtico tiene medido su tiempo…

Después de recordar aquel poema que se había repetido a sí misma de memoria muchas veces, apostilló con gratitud:

—¡Cómo iba a pensar yo que recibiría un regalo así! Por pura maravilla vuestra…, ¡por bondad e ingenio!, me regalasteis una parte inesperada e increíble de mi vida… ¡Y debo ser agradecida! Dios no me lo perdonaría nunca si os dejara ahora al margen del camino…

Ella hizo una pausa en la que estuvo observando las caras entristecidas y desconcertadas del poeta y Segunda, para luego añadir:

—A ninguno de vosotros os pasará nada. En eso ha habido acuerdo, sin duda, sin temor… No podréis seguir a nuestro servicio, esa es la triste realidad, porque ello sería muy difícil y hasta peligroso para vosotros. Pero nadie os tocará… Yo me encargaré de que recibáis lo suficiente para vivir y ser felices. Que Yacub se case con esa mujer que ama. Yo me encargaré de recompensarle como se merece y de que la familia de la novia esté de acuerdo con el matrimonio. Aceptarán, porque el califa tiene poder suficiente para dejar eso bien atado. Y vosotros, Farid y Segunda, ya no podréis volver a los Alcázares, pero os compraré una casa y os dotaré también de lo necesario para que podáis vivir tranquilos y felices… ¡Os lo habéis merecido sobradamente! ¡No vais a pagar vosotros las consecuencias de nuestros problemas!

Farid despegó sus labios temblorosos y balbució:

—¡Gracias! ¡Gracias, mi señora!

Sin embargo, Segunda dio un respingo a su lado, se apartó de él y se fue a poner junto a Raíg al Mawla, sollozando. Y luego, con una angustia imposible de reprimir, negó rotunda:

—¡No, mi señora!

Todos la miraron con asombro y extrañeza. Ella entonces se vio obligada a explicarse entre gemidos.

—¡Yo me vuelvo a mi tierra! ¡Me voy a Pamplona con el señor Al Mawla!

—Pero… ¿Por qué, hija mía? —le preguntó la señora, sin ocultar su contrariedad—. ¡Querías quedarte con él! ¿Cómo dices eso ahora?

Segunda se puso tensa y rabiosa al contestar:

—¡No quiero quedarme aquí! ¡No quiero vivir aquí! ¡No comprendo esta vida! ¡Señora, por Dios!… ¡Si me quedo aquí, me moriré! ¡Este no es mi mundo! ¡Te lo ruego, deja que vuelva a Pamplona con el señor Al Mawla!

A estas angustiosas súplicas siguió un largo rato de silencio, en el que todos, desconcertados, trataron de comprender sus razones. Luego Farid corrió hacia ella exclamando:

—¡Segunda! ¿No has oído a la señora? ¡Podemos ser felices!

—¡No! —replicó con rotundidad ella, alejándose de él—. ¡No me quedaré aquí! ¡Déjame!

Al joven poeta se le desplomó el mundo encima, viendo cómo toda la alegría y las seguridades que tan claras había visto un minuto antes se le esfumaban, mientras miraba atónito la cara fría y segura de la muchacha, que había ido a refugiarse tras las espaldas de Raíg.

A aquel momento tan embarazoso siguió un silencio tenso, que duró hasta que la señora se vio obligada a intervenir, diciendo con calma y aplomo:

—En fin. Que todo se haga como sea conveniente para cada uno. Yo no puedo hacer otra cosa que tratar de ayudar… ¡No puedo obligar a nadie! No puedo y no lo deseo… ¡Bastante hemos tenido que aguantar!

Y después de decir esto, se dirigió a su hijo para exhortarle:

—Hixem, tú has oído, hijo mío, todo lo que Gamali nos ha ofrecido en nombre de Abuámir. No tenemos otra salida que regresar a los Alcázares y asumir la situación como viene… ¡Esto se acabó! No tenemos otra salida que conformarnos… ¡Que cada cual obre en consecuencia! El príncipe Abdalá debe de estar ya lejos, Eneko se marchará hacia Pamplona hoy mismo… Si Segunda está segura de su decisión, ¡allá ella! Yo iré ahora mismo a darle las explicaciones oportunas a la princesa Hind y al resto de la familia omeya… ¡Estamos todos en las manos de Dios! ¡Él tenga piedad y nos ilumine! Yo nada más puedo hacer… Perdonadme, perdonadme todos vosotros…

11
La
COMPONENDA

Recuerda que nos dijeron que es verdaderamente muy poco lo que se necesita para tener felicidad. Pero nadie nos explicó dónde podíamos hallar ese poco…

De momento, empieza teniendo amigos. Y si te enfadas con ellos, corre a reconciliarte. El rencor y la dicha no caben en ningún corazón…

Pensamientos de Abén Badi al Halim
Málaga, siglo IX

98

Córdoba, miércoles 10 de agosto de 996 (Al arbiá 17, radjab del año 386 de la Hégira)

A mediodía, el Jardín del Loco no era sino un desierto invadido por el incendio de un sol deslumbrador, y en los senderos de arena almagrada ni los gatos querían pisar por temor a quemarse las patas. Cuatro deslucidos árboles arrojaban una pobre sombra en las esquinas. Allí no había nadie más que un muchacho delgaducho y de piel oscura que dormitaba detrás del mostrador, bajo un cobertizo de cañas y esparto, a la espera de que algún cliente insensato estuviera dispuesto a sufrir aquel infierno. Los pastelillos de miel se derretían en una bandeja, asaltados por las moscas, y en el suelo una sandía reventada soltaba jugo podrido. El olor fuerte a sirope de ajenjo recalentado dominaba el establecimiento entero. Todo se decoloraba bajo la luz despiadada. Nada que resultase atrayente o apetecible podría hallarse en una primera ojeada… Pero en un rincón, en el nivel más bajo de un pequeño huerto contiguo, una palmera no muy alta, vigorosa y saludable, cobijaba el solaz de una sombra que retenía algo de frescura, milagrosamente. Desde este escondrijo maravilloso, se contemplaba la gran mezquita Aljama a lo lejos, sobre el Guadalquivir, que a esa hora era como un sembrado de lentejuelas de plata. Dos poetas estaban allí echados de costado sobre una estera, agradecidos a la palmera y a la delicia de una redoma de vino dulce de Málaga, que previamente había sido refrescado en la hondura de un cercano pozo. Eran Farid al Nasri y Abdel el Cojo, cuya vieja amistad había sido probada recientemente en el peligro y la adversidad, por la turbulencia de una sarta de acontecimientos terribles. Sin embargo, hacía ya algunos meses que no se veían. Como si hubieran guardado cuarentena, estuvieron alejados adrede, por prudencia, esperando a que las aguas retornasen a sus cauces. Pero ahora, pasado el huracán, habían decidido juntarse en pleno verano, a esa hora y en este lugar tan querido para ambos.

Abdel acababa de apurar su vaso, se relamió y, poniendo sus ojos en la amenidad de la refulgente ciudad, observó con optimismo:

—Córdoba no sería ella misma sin este calor… Al final no ha sido tan mala idea venir hasta aquí a mediodía. Siempre hemos disfrutado de estas vistas a la luz de la luna… Mira cómo brilla todo bajo este sol y cómo el calor distorsiona las formas misteriosamente. ¡Es una maravilla!

Farid le preguntó estupefacto:

—¿Estás hablando en serio?

—Por supuesto. El sol y Córdoba son un matrimonio perfecto.

Farid le miró largamente con una mezcla de incredulidad y asombro. Luego bostezó, antes de decir con voz lánguida:

—Quien no se contenta es porque no quiere… ¡Ay, cómo echo de menos los Baños del Pozo Azul!

El rostro del Cojo se iluminó con una alegre sonrisa. Llenó de nuevo los vasos y asintió:

—¡Pues claro! También yo me acuerdo todos los días de aquel paraíso. Pero… ¿qué más podemos pedir? Ahora tenemos lo necesario para vivir con holgura… Cuando caiga la noche habrá aquí música y poesía que nos hará recordar los momentos más felices de nuestras vidas. ¡Qué sentido tiene ya pensar en lo malo!

Bebieron y se quedaron en silencio. Farid dejó perdida su mirada en la plata del río con un asomo de tristeza y lanzó un hondo suspiro. El Cojo posó los ojos saltones en él, mientras una expresión compadecida afloraba lentamente en su cara blanca y redonda.

Y al advertir que la nostalgia del amor volvía a removerle las entrañas a su joven amigo, se sintió obligado a decir algo, pero, al no encontrar las palabras oportunas, se puso a canturrear:

¡Ay, alma anhelosa!
¿Creías haber descubierto la unión que deseabas?
¿Reconocías que era aquel tu verdadero amor?
¡O quién sabe si te espera otro más auténtico!
Dime: ¿piensas que la vida se acabó para ti?
No te hundas en los pensamientos inútiles,
porque un día hallarás el remedio,
y acabarán sanando tus heridas…
¡Ojalá supiéramos cómo y cuándo!
Pero esa verdad se esconde,
¡y tú no sabes dónde!
Si yo lo supiera te lo diría.
Pero, amigo mío, no lo sé…

Farid, en vez de hallar consuelo, se puso todavía más triste, suspiró de nuevo y se lamentó con voz débil y lastimera:

—¿Y dónde encontraré yo otra como ella?… Cierro los ojos y no soy capaz de recordar su cara… Parece que va a asomar, pero enseguida se borra la imagen… Sin embargo, sigue pareciéndome que es una mujer como no hay otra… ¡Maldita sea!

—¡No digas esas cosas! —replicó Abdel con franqueza y desagrado—. ¡No son palabras propias de ti! Tú eres un hombre inteligente, Farid… Esta vida no valdría el recorte de una uña si dependiera nuestra dicha de alguien que apenas hemos conocido durante unos días… Hay muchas más mujeres en el mundo. ¿No has prestado atención a lo que he cantado? «No te hundas en los pensamientos inútiles, porque un día hallarás el remedio, y acabarán sanando tus heridas…». No seas estúpido y piensa que ese mal que ahora tanto te aflige pasará. Porque el amor es una enfermedad que se cura con otro amor…

—¡Era como ver a un ángel! —exclamó Farid emocionado—. ¡Qué pena!

—Bueno, no exageres… Y piensa que Segunda no era para ti. Si lo hubiera sido, se habría quedado contigo. Esas vasconas… ¡Menudas son esas mujeres! ¡Cualquiera puede con ellas! Ni la fiera del hayib Almansur pudo aguantar el temperamento de la princesa Abda. Y mira la sayida Subh… ¿Quién se hubiera atrevido a plantarle cara al hayib en Córdoba? Y tuvo que ser una mujer… Vascona, claro.

—Deja en paz a la sayida —rezongó Farid—. ¡Ay, si no hubiera sido por ella! Gracias a la sayida tenemos ahora un desahogo que ni soñábamos hace solo un año…

—Sí, pero por poco perdemos nuestras cabezas. No debemos olvidar que hemos salvado el pellejo…

—Gracias a la sayida. Tampoco olvidemos eso…

—Entonces, ¡basta de lamentarse! ¡Mira qué hermosura! Córdoba resplandece como si fuera de oro puro…

—Me acuerdo de ella, no lo puedo evitar.

—Pues no le des más vueltas, Farid. Y recuerda lo que te digo: esa casta de mujeres del Norte son otra cosa… Conténtate pensándolo. ¡Con las mujeres que hay aquí! Y a un hombre como tú no le van a faltar… Porque si te faltaran a ti las mujeres…

Farid guardó por un momento un silencio lleno de pesar y acatamiento. Pero no deseaba escuchar más sermones y temió que su amigo volviera a la carga, por lo que desvió la conversación, diciendo:

—También echo de menos a Yacub… Desde que se casó no he vuelto a verle.

—¿Y por qué no le visitas? No se puede perder a los amigos…

Farid meditó lo que debía responder. Pero al final decidió ser sincero y dijo:

—Su vida ya es diferente. Ahora es un hombre importante que vive en su propia casa con su mujer y que solo piensa en sus ocupaciones…

—Humm… ¿Y eso qué tiene que ver con vuestra amistad?

—No sé… Me parece que le molesto. Él tiene ya otros intereses…

—¡Menuda tontería acabas de decir! —replicó enojado el Cojo—. La verdad es que no te conozco, amigo mío. ¿Cómo se te ocurren esas cosas? Antes no pensabas así. Hablas ya como un viejo. No sé lo que te ha pasado, pero ya no soy capaz de ver en ti al muchacho alegre y despreocupado que eras… ¡Ahora todo lo ves negro! ¡Anda, bebe y alégrate!

Farid le miró largamente, como sorprendido por esta reprimenda. Luego dijo:

—Si bebo más, mañana mi tristeza será doble…

Abdel soltó una sonora carcajada y luego canturreó:

¡Ay, boca tonta!,
no sé por qué bebes,
si el vino te hace mal.
¡Ay, tonto corazón!
¿Por qué te enamoras,
si ya no aguantas el amor…?

99

Esa misma tarde, Yacub al Amín se hallaba en el patio de su preciosa residencia, situada en las proximidades del Zoco Grande, donde ejercía ya el rimbombante cargo de síndico mayor de los mercados de Córdoba, con todo un ejército de contables, inspectores y recaudadores a sus órdenes. Era la última hora de la tarde, la jornada estaba concluida, y se disponía a disfrutar de la placidez de un descanso, aliviado con un refresco de sirope de moras y un pedazo de queso añejo. El sol se había ocultado, pero hacía tanto calor que un fuego parecía brotar y ascender desde el mismo suelo, caldeando las puertas, las paredes y los gallineros. Bajo el granado, le habían dispuesto sobre una tarima un tapiz con cojines y una mesa baja. Pero, al ir a sentarse a horcajadas, Yacub se dio cuenta de que su túnica no era lo suficientemente holgada como para adaptarse con comodidad a su blanda corpulencia, por lo que no le quedó más remedio que remangársela hasta la barriga, descubriendo las piernas cortas y regordetas, de una manera que resultaría ridícula si no se encontrara en la intimidad de su propia casa. Y así, sentado, con medio cuerpo al aire, Yacub parecía sentirse inmensamente feliz, con su cara llena, sonrosada, luciendo una expresión tranquila e indolente; el pelo brillante en retirada sobre la frente redonda, sudorosa, y la mirada puesta en el hermoso alminar de la pequeña mezquita del barrio, donde una cigüeña lanzaba su sonoro y peculiar golpeteo con el pico. Lo cual le hizo caer en la cuenta de que debía él reclamar su merecido refrigerio. Así que, con vigorosa calma, protestó en voz alta:

—¿Viene eso ya? ¡Estoy esperando!

Un instante después apareció su esposa con la bandeja. Él la siguió con la vista, esbozando una sonrisa bobalicona. ¡Qué belleza! El cuerpo esbelto de la mujer joven, con sus anchas caderas y su preciosa cara de luna llena evolucionó por delante, exhalando un dulce perfume de almizcle y romero, cuando se agachó para dejar la jarra y el plato. Su sazón y su atractivo parecían aumentar a sus ojos con los días. De manera que Yacub no pudo contenerse y alargó la mano para acariciarle el trasero, mientras le decía con voz ñoña:

—Cada día me gustas más, querida mía, ¡cada día más!… No hay mujer como tú en toda Córdoba… ¿Qué digo yo? ¡En todo el mundo! ¡Qué feliz soy!

Bajo la blanca seda, a ella se le contrajeron algunos músculos y refunfuñó:

—¡Estate quieto, imbécil! ¿No ves que pueden estar mirando?

Yacub soltó una risita y replicó:

—¡Pues que miren! ¡Estoy en mi santa casa! ¿No puedo yo tocar a mi mujer?

Ella se puso a observarle con ojos asombrados y críticos. Luego le preguntó huraña:

—¿Y qué haces enseñando las piernas y la barriga? ¡Anda, cúbrete! ¡Si serás bobo!

Él volvió a alargar la mano, le cogió el borde del vestido a su mujer y empezó a subírselo, descubriéndole los muslos y exclamando con impudicia:

—¡Ven aquí! Con el calor que hace deberíamos andar desnudos por la casa los dos. ¡Tendríamos que estar todo el día en cueros!

Y después de decir esto, soltó una catarata de risotadas lujuriosas.

—¡Calla, cerdo! —le espetó ella—. ¡Menudas guarrerías dices! ¡En cueros por la casa!… ¿Cómo se te ocurre? ¡Guarro!

Yacub la atrajo hacia sí, manoseándola y besuqueándole las piernas, hasta que ella flaqueó y se echó a reír, diciéndole con la boca floja:

—¡Suelta! ¡Déjame! ¿No ves que pueden estar mirando?

Aunque se notaba que a ella le encantaba el peligro de dejarse arrastrar a esa situación por su marido, ante la posibilidad excitante de que alguien se asomara desde una terraza o, peor todavía, que el almuédano subiera al alminar para llamar a la oración de la tarde y los viera desde allí...

Pero, en ese mismo instante, se oyó que llamaban a la puerta.

—¡Vaya! —refunfuñó Yacub contrariado—. ¿Quién será el inoportuno? ¡No abras!

Los golpes eran más fuertes e insistentes.

—¡Suelta, no seas bruto! —dijo ella—. ¡Tengo que ir a abrir! ¿No oyes? ¡Debe de ser algo importante!

La esposa consiguió desembarazarse de la presa de su marido y fue a ver quién era. Un momento después, regresó al patio apreciablemente molesta, y anunció desdeñosa:

—Esos poetas borrachos amigos tuyos vienen a buscarte...

A Yacub se le iluminó el rostro. Salió a la puerta de su casa y vio a Farid al Nasri y a Abdel el Cojo, plantados ante el umbral, sudorosos y apestando a vino de Málaga. Quizás habían oído lo que había dicho la mujer, y Farid preguntó con retintín:

—¿El señor síndico del Zoco Grande tiene un rato para estar con poetas borrachines?

—¡Amigos míos! —exclamó Yacub—. ¡Ensalzado y bendito sea Alá!

El Cojo le miró sonriendo tristemente y dijo:

—Hay días como este en que uno echa de menos el agua fresca de los Baños del Pozo Azul... Pero nosotros también te extrañábamos a ti...

Yacub se echó a reír y contestó alegremente:

—¡Pues vámonos los tres al caravasar de Abén Samer! ¡Con amigos tan queridos cualquier sitio será bueno!

100

Poco antes de la oración del mediodía, Sisnán y Delila salieron de un viejo caserón de la medina y caminaron en silencio hasta la plaza donde se alzaba la pequeña mezquita de Al Muin. Al llegar, fueron a sentarse en el umbral de una casa frente al minarete y se pusieron a observar en silencio el hervidero de mendigos, ciegos e inválidos que se iba formando, como cada día a esa hora, para coger sitio con tiempo y esperar.

—¿Estás seguro de que ella vendrá hoy? —preguntó Delila.

—Sí, vendrá, vendrá —respondió el eunuco en tono esperanzado—. Te lo he dicho cien veces. La señora nunca ha faltado a la mezquita en la fiesta del santo cuando el sol está en su punto más alto en el cielo. Esa es la costumbre. ¿Por qué si no estarían aquí todos estos aguardando? Todavía queda un buen rato para que el almuédano llame a la oración. Más tarde o más pronto, ella acabará viniendo.

—¿Y no hubiera sido mejor aguardar dentro de la mezquita, junto al túmulo del santo?

Sisnán la miró de hito en hito. Lanzó un suspiro y contestó con angustia:

—¡No me atrevería! Los guardias habrán echado fuera a todo el mundo para impedir que sea molestada mientras hace sus oraciones ante la tumba. Únicamente podrán entrar con ella los eunucos y las mujeres que la asisten.

—Los guardias te conocen —repuso la muchacha—. Te han visto venir acompañándola durante años… No creo que te impidan entrar.

Él clavó en ella una mirada llena de significado y replicó desasosegado:

—¡Con lo que le hicimos a la señora! ¿Estaría bien presentarse ante ella de esa manera? Dime, ¿estaría bien, Delila? Si queremos que ella se compadezca de nosotros tenemos que acudir con humildad…

—La señora se habrá dado cuenta ya de que aquello lo hicimos por ella —contestó Delila muy segura—. No creo que nos guarde rencor…

—¡Ay, Alá quiera que así sea!

El eunuco dijo aquello porque él y la muchacha se habían pasado semanas enteras tomando la decisión de ir a reconciliarse con la señora, costara lo que costase, ya que tardaron muy poco tiempo en darse cuenta de que no iban a ser capaces de hacerse a vivir solos en la vieja y destartalada vivienda que Sisnán se compró en la medina. No acababan de encontrarse allí. Se aburrían, e incluso el afecto y el entendimiento que siempre hubo entre ellos empezaban a peligrar. Y, además, sufrían en sus conciencias una sensación de culpa, que aplastaba cualquier deseo de ser felices por su cuenta. Por la noche tomaron la decisión y a la mañana siguiente fueron a llevarla a cabo sin vacilar. No se atrevían a presentarse en los Alcázares. Pero sabían que la señora iría a la pequeña mezquita de Al Muin, siguiendo su antigua costumbre; y que más tarde, cuando hubiera terminado de orar, repartiría limosnas a los mendigos en la puerta. Esa era la mejor ocasión para acercarse a ella.

Siguieron allí sentados en el umbral todavía un buen rato, mientras la calleja se iba abarrotando de gente. Por lo que, antes de que les resultará imposible acercarse más a la puerta, decidieron avanzar para coger un buen sitio. Entonces el muecín salió de la mezquita para mirar hacia el reloj de sol que estaba tallado en la pared de piedra. La sombra de la varilla señalaba exactamente la raya correspondiente al mediodía. El almuédano se remangó la túnica y se le vio subir por la escalera de madera a través de los vanos del alminar. Un instante después, lanzó su prolongado y gemebundo canto por encima de los tejados.

Un gran revuelo se formó en uno de los extremos de la calle y todos los pedigüeños se alborotaron. Al momento aparecieron unos cuantos guardias armados con varas y empezaron a apartar a todo el mundo para dejar libre la entrada.

—¡Ya está ahí! —exclamaron las voces—. ¡Señora! ¡Sayida! ¡Alá te guarde!

En medio del gran revuelo, Sisnán y Delila apenas pudieron ver la escolta y el grupo de eunucos y mujeres que subieron aprisa las escaleras de la mezquita. La puerta se cerró tras ellos cuando hubieron entrado todos.

Después la muchedumbre que estaba afuera permaneció en silencio y expectación durante el largo rato que la puerta permanecía cerrada. Más tarde la oración concluyó, y se oyó el chirrido de los cerrojos al descorrerse.

—¡Ahora! ¡Ahora! —le gritó Delila a Sisnán, dándole un fuerte empujón para que avanzase entre el gentío.

Él casi se cae de bruces, pero alzó la vista y vio al grupo de eunucos y mujeres con grandes cestos que repartían panecillos que les eran arrancados de las manos. Ellos le vieron y sus caras se llenaron de sorpresa y consternación.

—¡Es Sisnán! —se pusieron a exclamar señalándole—. ¡Mirad! ¡Sisnán y Delila están ahí!

De pronto, la mirada de Sisnán se encontró con la cara de la señora; venció su turbación, y se adelantó de puntillas hacia donde estaba ella, inclinándose sobre su mano, tomándola y besándola con una veneración sin límites. Permaneció un buen rato así, postrado, mientras todos los ojos estaban clavados en él, escuchándose en torno algún rumor que otro, con palabras despreciativas o mordaces de los acompañantes de la señora. Y luego, con una voz apenas audible, el humillado eunuco dijo:

—Mi señora, ¡me alegro tanto de verte! ¡Alá te bendiga! Quisiera volver contigo…

Ella siguió mirándolo fijamente, en silencio, como si no hubiese oído su saludo, hasta que Sisnán bajó confundido los ojos, y murmuró en un tono desesperado:

—Lo siento… De verdad que lo siento mucho… Todo fue hecho con buena intención…

La señora seguía callada, insistiendo en el silencio. Entonces Delila se arrastró hasta ella entre la gente y exclamó con aire trágico:

—¡Se morirá si no vuelves a aceptarlo contigo, sayida! ¡Te juro que este no durará más de un año!

La señora bajó por la escalinata cruzando ante ellos, como si fuera a pasar de largo. Pero, al poner sus pies en la calle, se volvió y les lanzó una rápida y fría mirada, diciendo:

—¡Podéis volver a los Alcázares!

Sisnán levantó las cejas y cerró los ojos, pasando repentinamente de la angustia a la alegría, y exclamó con gratitud:

—¡Bendito y alabado sea Alá, el clemente y compasivo! ¡Incluso su venganza lleva oculta la misericordia! ¡Mi señora, yo te ofrezco amor, obediencia y fidelidad!

101

El gran ejército de África, con el visir Mugatil al frente, cruzó el estrecho con la gran fortuna que había logrado sin hacer nada, y sabiendo que el califato se agitaba sacudido por el enfrentamiento entre Hixem y el hayib. El virrey de aquellos territorios, Ziri ben Atiya, que nunca había visto con buenos ojos a Almansur, vio llegada la mejor ocasión para rebelarse y se proclamó rey rompiendo todos los lazos de sumisión con Alándalus. Cuando la terrible noticia llegó a Córdoba, toda la ciudad se sobresaltó comprendiendo que la situación era muy grave y que necesitaba una respuesta inmediata.

Una semana después, se supo que Almansur se había restablecido completamente de sus enfermedades, porque los pregoneros anunciaron que iba a haber un gran desfile: el califa y su madre, la sayida Subh Um Walad, acompañados por el hayib y sus hijos, recorrerían las calles de Córdoba a la vista de todo el pueblo, para ir hasta la mezquita Aljama y prestar juramento de luchar en adelante juntos y con todos sus partidarios por la causa de Alá.

Llegado el día señalado para el desfile, la señora pasó la mañana sola. No quiso recibir visitas y ni siquiera fue a los aposentos de su hijo. En los Alcázares hacía tanto calor como en cualquier otro lugar de Córdoba. Pero ella, sentada a gusto sobre el borde de la fuente de su jardín, observaba inmóvil los pequeños peces, perdida sin saber dónde, sumida en sí misma. También examinaba con atención todo lo que caía bajo su vista: los arrayanes, las adelfas, el romero, la misteriosa oropéndola que se hacía visible solo en determinados momentos... Contemplaba cuanto la rodeaba, abriendo bien los ojos y su ser entero, pues presentía que estaba cerca, seguramente, el fin de su relación con el viejo palacio, con sus habitaciones, con aquel jardín y sus recuerdos. El corredor central que terminaba en la escalinata del atrio estaba en sombra, era una sombra hospitalaria, surcada por cintas de luz que caían oblicuas desde los árboles. La ventana, bajo la galería, permanecía entrecerrada. La señora se imaginó su propia figura, más joven y delicada, con treinta años menos, observándolo todo desde aquella ventana con una mirada vacía de significado, como la mirada de los pececillos; o quizá sonriendo, pero sin brindarle a nadie su sonrisa, como el ruiseñor cuando canta sin importarle lo más mínimo quién pueda estar escuchándole. Sus ojos recorrieron después todas las demás ventanas, con sus celosías. En todas se veía, con diferentes edades y fisonomías, pero siempre con la misma mirada insensible y la misma sonrisa. Luego se volvió para observar el jardín en su totalidad, que se extendía desde la fachada del palacio hasta el alto muro que separaba el patio de la puerta Dorada, reconociendo todo lo que en él se encerraba: los rosales, las palmeras, los setos de mirto, el estanque... y el entrañable rincón de sombra, bajo las enredaderas de jazmín, entre cuyos aromas había gozado de la amistad y el amor. Se descubrió también allí a sí misma, como si ya perteneciera por entero a todo aquello, en cualquier tiempo, en el pasado y en el presente; pero también en el futuro, en el paso de los años, de las décadas, de los siglos... Sabía que iba a permanecer allí de alguna manera, aunque los futuros visitantes no fueran capaces de verla. Su corazón estaba repartido por todas partes, frío y estático, sin palpitar, sin gozar ni sufrir... Todo aquello era ella en cierto modo... Después su alma se lanzó repentinamente más allá, hasta la conocida realidad de la ciudad, las calles, los mercados, las mezquitas, las plazoletas llenas de gente y los desiertos escondrijos donde nunca estuvo; a la frondosa y fresca orilla del río, a los tupidos bosques, a la munya de Al Ruh, a los viejos palacios de la sierra, los roquedales, los huertos y los apriscos; a Medina Azahara… Y así sucesivamente le llegaban recuerdos inesperados de todas las insólitas experiencias vividas desde que vino a estos mundos… Y entonces suspiró hondamente y esbozó una sonrisa triste, al reconocer en cada lugar y en cada tiempo la ansiedad, el miedo, la angustia y la desolación; pero también las ilusiones, el amor, la amistad y los períodos sueltos de dicha… ¡Allí estaba todo! Y en todo había puesto su corazón. Impreso en su pecho estaba también incluso aquello que no era capaz de recordar o imaginar. El amor ya había muerto y sin embargo allí seguían esos espacios reconocibles y entrañables… Y ese todo se reconciliaba con su alma, porque todo ello había sido amado, a pesar de la torpeza, la negligencia o la fatalidad… Movió la cabeza asintiendo, sin pesar ni amargura, aceptando su vida, reconciliándose con ella. Ya no había tiempo ni posibilidad de vivir nada más… Y repentinamente sintió que otra realidad desconocida la aguardaba en otra parte; y que no por desconocida esa realidad le iba a ser hostil o pavorosa… ¿Cómo no consolarse ante tal perspectiva, una vez que el dolor y la angustia se hubieran quedado para siempre en estos mundos?

Un rumor de pasos la sacó de pronto de estos pensamientos. Se volvió y vio juntos a Hixem y a Abuámir bajo la galería. Estaban ataviados con los ostentosos ropajes de ceremonia. Pero la señora se fijó solo en los rasgos diferenciados de ambos: la cara hermosa y joven de su hijo, y el rostro maduro, de facciones curtidas y mirada impetuosa, de Abuámir. El primero vestía de seda verde, llevando en la mano el cetro con la media luna de plata. El otro se había puesto la turbulenta túnica roja con bordados purpúreos; nadie se había ocupado de arreglársela y le caía demasiado holgada por la delgadez de su estado todavía convaleciente. Uno y otro la miraban esbozando sonrisas complacidas. Porque la señora también lucía sobre su cuerpo sus mejores galas: vestido color azafrán, cubierto de pedrería y cuentas de azabache engarzadas; una diadema cuajada de rubíes le ceñía a la cabeza el velo de brocado… Seguramente, nunca antes había estado aderezada con tanto lujo. Al menos no lo recordaba.

—¡La gran señora de Córdoba! —exclamó Abuámir con ese brillo taimado que afloraba en sus ojos cuando quería ser halagador—. ¡Hoy verán a la sayida y todos quedarán obnubilados y rendidos!

Ella movió la cabeza en un gesto de vaga indiferencia, pues ya no la engañaban esos artificios, y dijo con un arranque de forzado entusiasmo:

—¡Vamos!

La señora caminó por delante hacia la puerta Dorada. Era poco antes del mediodía, cuando los muecines se aprestaban a convocar a los fieles para la oración del *Zuhur*, y un calor sofocante se apoderaba de la ciudad. De repente, empezó a sonar un atronador ruido de tambores y tibias que provenía del último patio, donde ya el gran portalón se estaba abriendo. El cortejo salió de los Alcázares en dirección a la mezquita Aljama. Avanzaba delante el estandarte del primer califa, Abderramán, custodiado por guardias con libreas verdes y capas blancas, y por medio centenar de nobles de linaje árabe con fastuosos atavíos y vistosos jaeces en sus monturas. Cerraban la fila veinte aguerridos caballeros con armaduras, entre los cuales cabalgaban los hijos de Almansur con yelmos enturbantados que resaltaban por encima de los demás. A continuación iba el hayib en su alta montura, seguido de cerca por Hixem y su madre, que montaban sus caballos blancos con gualdrapas bordadas en oro.

Los hombres principales de Córdoba, jefes árabes, muladíes, bereberes, judíos o cristianos, sin que faltara ninguno de ellos, habían ido llegando con antelación a la plaza y ocuparon cada uno el lugar que le correspondía frente a la mezquita Mayor; aguardaban con los semblantes graves en medio de una respetuosa quietud.

El cortejo fue avanzando con solemnidad hasta el centro de la plaza. La multitud aclamaba ensordecedoramente, ardiendo de entusiasmo. Y al cesar el ruido de los tambores, empezó a hacerse un silencio expectante con todas las miradas pendientes del califa, la sayida y el hayib.

Al fondo, en medio de las puertas de la mezquita abiertas de par en par, esperaba de pie el cadí supremo, Ben Bartal. Delante de él había una mesa con un cojín sobre el que descansaba el Corán. Descabalgó Hixem, entró y avanzó por el pasillo central, deslizando sus babuchas de seda verde oliva, como la túnica; llevaba bordados por todas partes, cual si fuera un ídolo de oro y pedrería. Sus bellos ojos claros tenían un aire ausente y su cara inexpresiva parecía de cera. Le seguía Abuámir, que erguía la cabeza orgullosa, tocada con turbante blanco, repleto de brillantes alfileres y gemas azuladas; y sus manos asomaban entre los encajes rojos de las mangas, tostadas por el sol y abarrotadas de anillos. Le seguían sus hijos, igualmente emperifollados, llenos de adornos y alhajas.

La señora observaba desde la altura de su caballo, con una mirada vacía de significado, o quizá sonriendo, pero sin brindarle a nadie su sonrisa; y permaneció distanciada, no solo corporalmente, sino también en espíritu…

EPÍLOGO

«En la madrugada del día 25 de *Shawwal* del año 387, la sayida de Córdoba, la señora de entre las señoras, Subh Um Walad, murió. A su entierro acudió el hayib Abu'Amir Muhammad ben Abi'Amir al-Ma'afir, Almansur, que marchó compungido y descalzo detrás del cortejo fúnebre y rezó las plegarias por ella. Ante la tumba dio una limosna de quinientos mil dinares».

Ibn Hayyan en *Al-Muqtabis fi Tarikh al-Andalus*

NOTA HISTÓRICA

INTRODUCCIÓN

La constitución del califato de Córdoba es seguramente uno de los acontecimientos más importantes de la historia medieval de Occidente. Aunque ya la proclamación del emirato independiente en 756 supuso la ruptura con la autoridad de los abasíes, la decisión de Abderramán III de asumir los títulos de *Jalifa rasul-Allah* (sucesor del enviado de Dios), *amir al-muminin* (príncipe de los creyentes) y *al-nasir li-din Allah* (combatiente por la religión de Alá) rompe definitivamente con todo vínculo religioso entre Córdoba y Bagdad. Y eso supone el paso de una potestad exclusivamente política a otra religiosa, como máxima autoridad de la comunidad de los creyentes, con una nueva legitimidad e inclusive superioridad sobre los fatimíes de África, que además eran chiíes. Los nuevos intereses de Córdoba se mantendrán a partir de ahora mediante una compleja red de dominio en tres direcciones: todo el territorio de Alándalus, el área del estrecho y el Mediterráneo occidental. Esto supondrá que dos grandes poderes emergentes controlarán a partir de ese momento el centro, el norte y el sur de Europa: el califato omeya por una parte y la monarquía sajona por otra. El emperador de Constantinopla constituye la otra gran fuerza hacia el este. Pero, dentro de la península Ibérica, los califas tendrán que enfrentarse a los reinos cristianos del norte, sobre todo al de León, cuyas huestes habían penetrado en territorio musulmán durante el reinado de Ramiro II. Si bien es cierto que la mayor parte de las campañas militares emprendidas por el califa se resolvieron a favor de las tropas cordobesas, en 939 la humillante derrota sufrida por Abderramán III supuso un importante cambio en la estrategia militar del califa, que a partir de entonces se abstendría de participar personalmente en las expediciones e inaugurará un período de cierta paz en base a los pactos con los reyes cristianos. Se inicia entonces una época singular y esplendente en el nuevo califato de Occidente y la capital, Córdoba, con más de 500 000 habitantes, adquirirá una lúcida existencia propia, siendo referencia y destino para los más grandes sabios, filósofos, astrónomos, poetas y matemáticos de la época. Y aunque apenas duró un siglo, fue la época de mayor influencia política, económica y cultural de Alándalus, dentro y fuera de la península.

Aunque los tres primeros califas se sucedieron de padres a hijos, solo dos ejercieron de hecho el poder; el tercero, Hisam II, fue relegado de facto por su «primer ministro» (*hayib*) Muhammad ibn Abi'Amir al-Mansur y después por los hijos de este, dando inicio a lo que se denomina históricamente Período Amirí. Tras ellos los califas se sucederán fugazmente, en medio de un proceso de desintegración política y territorial que en árabe es conocido como la *fitna*, que acabaría con la sustitución en el trono de la familia omeya por los hamudíes.

El segundo califa, Al-Hakam II al-Mustansir bi-'Llah (961-976), no llegó a tener la energía y el carácter autoritario de su padre, pero fue un acertado gobernante que llevó adelante el más pacífico y fecundo período de la dinastía omeya cordobesa. Convertido en califa cuando ya había pasado de los cuarenta años, aprovechó la inercia asentada en el largo reinado de su padre. Hábil político y defensor de la honradez en la gestión pública, introdujo magníficas mejoras en la mezquita de Córdoba. Pero quizá su singularidad más célebre es la de lector empedernido, bibliófilo y coleccionista de arte. Miles de libros y obras de arte llegan durante su tiempo a la capital del califato, desde Europa, Persia, Egipto y Bizancio, hasta acumular 400 000 volúmenes, una cifra impresionante para aquella época, reunidos en la que probablemente sería la biblioteca más extensa y diversa de todo Occidente.

A finales del siglo x Córdoba contaba con una población de medio millón de habitantes, y en ella, según los historiadores árabes, había 130 000 casas, 700 mezquitas, 300 baños públicos, 70 bibliotecas y un barrio de libreros. Y todo aquello, cuando en todo Occidente no había ni una sola ciudad cuya población superara los 100 000 habitantes. La metrópoli, en gloriosa emulación de las metrópolis árabes del Oriente, gozaba entonces, tanto en el exterior como en el propio país, de una reputación estudiosa que ninguna otra ciudad de la península podía soñar en disputarle.

MUJERES VASCONAS EN LA LÍNEA DINÁSTICA DE LOS OMEYAS

En la antigüedad (entre el siglo II a. C. y el siglo I a. C.) se conocía con el topónimo de Vasconia al territorio natural de la tribu de los vascones, que inicialmente ocupaba, poco más o menos, la totalidad de la actual provincia de Navarra, el noroeste de Aragón, una franja de Guipúzcoa y el norte de La Rioja. El vocablo aparece por primera vez escrito hacia el año 394 de nuestra era, en una carta de Paulino de Nola dirigida al poeta Ausonio. Aunque con anterioridad los historiadores clásicos Livio, Plinio, Estrabón y Ptolomeo ya se habían referido al territorio y tribu de los vascones, diferenciando el *Vasconum saltus* y el *Vasconum agrum*. En época visigoda y franca, Gregorio de Tours emplea la variante *Wasconia* para designar la vertiente continental de los Pirineos, que evolucionaría en el período medieval dando lugar a Gascuña. Los textos antiguos escritos en árabe utilizan la palabra *baskunis* (vascones) cuando mencionan a los reyes y a los habitantes del antiguo reino de Pamplona.

Según se desprende de los escritos de los cronistas andalusíes, como Ibn Hayyan, Al-Udri y algunos geógrafos de la época, cinco generaciones de emires y califas de Córdoba nacieron de madres «vasconas» de origen.

La fuentes árabes conservan la noticia de que el emir Muhammad ibn Abd al-Rahman encabezó una incursión en el año 860 (246 de la Hégira) contra los rebeldes vascones (*al-Bashkunish*) y su rey García, *sahib Banbalunah* (señor de Pamplona), que acababa de liberarse de la sujeción a los *machus* (normandos). La razia debió de ser devastadora, prolongándose durante treinta y dos días, asaltando tres castillos, en uno de los cuales se apoderaron del príncipe llamado Fortún, hijo de García, y de una de sus hijas; ambos fueron llevados a Córdoba como cautivos.

La primera vascona esposa de omeyas de la que hay noticia es pues aquella Onneca Fortúnez, que fue capturada junto a su padre Fortún Garcés en el año 860. Durante casi veinte años, padre e hija estuvieron como rehenes en la capital del emirato, gozando de privilegios y comodidades y relacionándose con lo más granado de la sociedad andalusí. Fortún Garcés volvió a Navarra para ser proclamado rey a la muerte de su padre García Íñiguez, y alcanzó en su largo reinado la elevada edad de noventa y seis años. Pero su hija Onneca recibió el nombre árabe de Durr (perla), cuando fue tomada por esposa por el emir Abdalá I, del que tuvo un hijo y dos hijas. El primogénito llegaría a ser el emir Mohamed II, que también tomó esposa vascona: Muzna o Muzayna (lluvia), de la que nació Abderramán III, primer califa de Alándalus. Por su parte, Abdalá I, marido de Onneca, era hijo del emir Mohamed I y de otra vascona llamada Ushar. Por lo tanto, Abderramán III, además de ser nieto de doña Onneca, era hijo de vascona, y casaría a su vez con Maryam, también vascona. El hijo primogénito y sucesor de Abderramán III tenía, por lo tanto, tres cuartas partes de su sangre vascona; y también tuvo en su harén a otra vascona: Subh (Aurora), que fue madre del tercer califa, Hisham II.

De las crónicas de la época parece deducirse que todas estas mujeres fueron a parar a los harenes de los emires y califas por acuerdos matrimoniales entre Córdoba y Pamplona para asegurar los pactos o por haber sido capturadas en razias como rehenes, como doña Onneca, secuestradas en alguna incursión o simplemente entregadas en garantía por algún tratado de alianza.

La curiosidad más destacada que puede deducirse de estos matrimonios es la mezcla de la raza genuina de los territorios del norte peninsular con la sangre omeya, que provenía de Arabia. No puede apreciarse pues ningún tipo de racismo o prevención en la manera de pensar de aquellas clases dirigentes, lo cual nos lleva a suponer que tampoco en el pueblo llano existían prejuicios raciales.

El poeta Ibn Hazm escribe en su célebre obra *El collar de la paloma*:

> *Tocante a los califas su inclinación era preferir el color rubio, sin que ninguno discrepara, porque a todos ellos, desde el reinado de Al-Nasir hasta hoy, o los hemos visto o hemos conocido a quienes los vieron en persona. Ellos mismos también eran todos rubios, por herencia de sus madres, y este color vino a ser de ellos congénito. Al-Nasir y Al-Hakam eran rubios y de ojos azules, y lo mismo sus hijos, sus hermanos y sus allegados. Lo que no sé es si su agrado por las rubias era una preferencia natural en todos ellos o una tradición que tenían de sus mayores y que ellos continuaron.*

El historiador Ibn al Qutiyya fue conocido como el Hijo de la Goda, y el ulema Al-Mâhmet III, uno de los fundadores del *Diwān de los jueves floridos*, en su poema *Risāla fhi fadi Welba* confesaba que era alto y rubio.

La descripción de Abderramán III, según Ibn Idhari en los textos conservados de aquella época, es la siguiente:

Era de tez blanca, ojos azul oscuro algo rojizos, rostro
atractivo, corpulento. Sus piernas eran cortas, hasta el punto
de que su estribo, por esta razón, bajaba apenas un palmo de
la silla. Cuando montaba a caballo parecía de talla aventa-
jada, pero a pie resultaba bastante bajo.

La mujer en Alándalus

En 1989 se publicó en España la primera colección de estudios
sobre la mujer andalusí, con la decidida intención de sentar precedentes y abrir una vía de interés investigador sobre un tema que
apenas había sido tratado anteriormente con seriedad en la historiografía medieval. La editora de este lúcido trabajo fue la historia-
dora María Jesús Viguera Molins (M.ª J. Viguera, [ed.], *La mujer*
en Al-Andalus: Reflejos históricos de su actividad y categorías sociales,
Madrid, 1989). Antes si acaso, Pierre Guichard (*Al-Andalus. Estruc-*
tura antropológica de una sociedad islámica en occidente. Barral edi-
tores, Barcelona, 1976) había orientado los estudios sobre las mujeres
andalusíes, aunque únicamente en torno a las tradiciones cultura-
les del mundo islámico. Como afirmábamos, el libro de Viguera
Molins constituyó un verdadero hito, propiciando que en los años
siguientes brotara una proliferación de títulos referidos al tema de
las «mujeres andalusíes», tantos que no podemos reseñarlos todos.
Pero cabe ser destacado, en cuanto a lo que nos atañe en relación a
la investigación que sirve de base a esta novela, el volumen publicado
en el Instituto de Filología del Departamento de Estudios Árabes
de Madrid *Biografías magrebíes. Identidades y grupos religiosos, so-*
ciales y políticos en el Magreb medieval; el vol. VIII lleva el título
Biografías y género biográfico en el Occidente Islámico (Madrid 1997).
En él se incluía el artículo de una de las editoras del libro, Manuela Marín, titulado «Una vida de mujer: Subh», centrado en la investigación historiográfica sobre la persona de la madre del califa
Hisham. La autora hace una profunda revisión de la bibliografía

referida a esta apasionante figura, y no duda en ofrecer nuevas interpretaciones con respecto a su personalidad y a la dificultosa trayectoria vital que se conoce de ella. Su análisis comienza reconociendo que las historias generales sobre Alándalus no han prestado en general mucha atención a la vida de las mujeres y a su papel en la sociedad, situación que se explica sobre todo por la escasez de noticias que ofrecen las fuentes árabes a este respecto. Pero la historiografía se ha visto obligada, inevitablemente, a dedicar al menos cierta atención a algunos nombres de mujer, siguiendo una pauta bien establecida en la historia de Occidente, en la que se registra la existencia de «mujeres ilustres», reinas, princesas o damas de noble condición, y también santas, beatas o algunas eruditas o escritoras.

En el caso de Alándalus, la historia escrita desde mediados del siglo XIX hasta nuestros días suele limitarse a la primera de estas categorías, es decir, a las mujeres vinculadas a las familias reinantes. Y ello se debe sobre todo a que las crónicas árabes que sirven de base a la reconstrucción de la historia andalusí describen el ejercicio del poder político desde los círculos sociales dominantes, y dentro de ese ámbito, en una sociedad islámica tradicional, el papel de las mujeres carece en principio de relevancia alguna para el cronista. Solo si se trata de personas de grandes linajes aparece la cadena familiar de ascendencia, porque en la sociedad árabe clásica la mujer no transmite filiación alguna y no es necesario conservar la memoria de su ascendencia. Si bien es cierto que en casos muy excepcionales se hace referencia a su actividad, fuera del simple hecho de registrar los nombres de las madres e hijas de los soberanos, y en contadas ocasiones se menciona su procedencia u origen étnico. Este es el caso de una de las mujeres de Abderramán III, Fatima bint al-Mundir, que legó a su hijo y a los descendientes de este el apellido con que era conocida, al-Qurasiya, por pertenecer a la familia de omeyas de la tribu de Qurays, los quraysíes de la sangre del profeta Muhamad. O también los descendientes de Banu l-Qutiya, los hijos de la Goda, descendientes de la famosa Sara la Goda, sobrina de Artobás.

En las crónicas, la mayoría de la historiografía oficial de esta época está centrada en la dinastía cordobesa de los omeyas. Las mujeres aparecen de manera marginal, citadas en las listas de hijos de los emires o califas, como madres o esposas, y se omite a menudo el nombre. Pero, como sucede en el mundo cristiano, el cronista a veces se siente obligado a referirse a mujeres cuya personalidad o circunstancias no es posible dejar de mencionar. Si bien las mujeres que asoman en dichos textos no llegan al poder por sí mismas, emergen a través del hijo que llega a reinar o es nombrado heredero. La conclusión a la que llega Manuela Marín, después de su riguroso estudio, es que, cuando una mujer ha merecido que el cronista le dedique párrafos enteros de su obra, ello quiere decir que se trata de un caso muy notable. Y así lo reconocerá más tarde el historiador que trabaja sobre aquellas fuentes árabes, incorporando esos datos a la interpretación moderna del texto medieval. Una de las pocas ocasiones en las que esto ocurre es en referencia a la figura de la madre del califa Hisham, Subh, la sayida, una situación muy excepcional, por el hecho llamativo del reinado del hijo débil e incapaz, y el personaje tan sugerente de Almanzor que decide tomar las riendas del poder.

Por otra parte, además de la dificultad para encontrar en los textos antiguos descripciones y detalles sobre la vida privada de las mujeres andalusíes, tenemos también el inconveniente de no poder contar con representaciones pictóricas, relieves o esculturas. Como es sabido, la representación figurativa está prohibida en el ámbito islámico, por lo que casi no se conservan imágenes femeninas. Pueden hallarse, no obstante, algunas contadas miniaturas, como en el manuscrito *Bayad wa-Riyad* (La historia de Bayad y Riyad, de la Biblioteca Vaticana), que contaba originalmente con numerosas ilustraciones, de las que se conservan catorce miniaturas con imágenes femeninas en interior y jardines. Las esclavas aparecen siempre con la cabeza descubierta y el cabello largo sobre los hombros, mientras que las señoras lucen un tocado que recuerda una tiara. Estos datos tienen gran interés, pero debe tenerse en cuenta que estas imágenes proceden de los códigos estéticos bagdadíes, no andalusíes. También en las miniaturas del *Tratado de ajedrez* de Alfonso X (siglo XIII), aparece una esclava de piel cetrina con la cabeza cubierta, que acompaña a otra de piel clara que lleva un cesto con comida y bebida. En el *Libro de los juegos* hay moras con detalles, vestidos, adornos y una con las manos pintadas con aleña. La citada investigadora así lo refleja en un amplio estudio de la epigrafía árabe de la época («Las mujeres en al-Andalus: Fuentes e Historiografía». Manuela Marín, en *Árabes, judías y cristianas: Mujeres en la Europa medieval*, Feminae, Univ. Granada, 1993, 35-52). Estos datos son útiles, pero siempre teniendo en cuenta que son muy posteriores.

Como conclusión diremos que, a pesar de no haber quedado mucha documentación sobre la mujer andalusí en los textos, se pueden extraer de ellos entre líneas nombres de mujeres que cultivaron la medicina, la jurisprudencia, la caligrafía, el canto y la poesía. Según algunos investigadores, esto se debe al propio proceso de islamización en la península Ibérica, que singularmente no modificó la estructura social ni la mentalidad de gran parte de la población, que permaneció pensando en cierto modo con espíritu occidental, bajo ciertos aspectos dominantes de la cultura oriental y la religión islámica. Y esto se debió al hecho de que los conquistadores islámicos, al no ser muy numerosos, no podían condicionar a la población mayoritaria en su totalidad. Se hispanizaron pues más los conquistadores que los nativos se arabizaron, debido sobre todo a los inevitables matrimonios mixtos y a sus descendientes, que se convirtieron en los verdaderos andalusíes. En este sentido, Pilar Coello (*Las actividades de las esclavas, según Ibn Butlan y Al Saqati de Málaga*) indica que las mujeres de Alándalus que vivían en palacio representaban una fuerza con la que había que contar, puesto que las mujeres andalusíes poseían sus propios bienes, al conceder el Corán a las mujeres un estatus legal de igualdad en lo económico y el derecho a la autogestión e independencia. En cuanto a los datos de patrimonios, hay numerosos textos con referencias sobre propiedades de terrenos, casas y fortunas de mujeres. Como, por ejemplo, la viuda de Al-Mansur, Al-Dalfa, que según las fuentes árabes financió la rebelión contra Sanchuelo, con la considerable cifra de un millón de dinares, por ser dueña de incalculables riquezas acumuladas en varias villas que poseía en las grandes ciudades de Alándalus. También debe mencionarse la dote de la hija del conde Teodomiro, señor de la kora de Tudmir, que se casó con Abdel Gabba y recibió en propiedad una alquería en Orihuela y otra en los alrededores de Elche.

En lo que se refiere a las costumbres, será útil recordar el hábito que tenían las mujeres de acudir al hamán, el establecimiento destinado a los baños, donde podían reunirse con otras mujeres y encontrarse con ciertos disfrutes. Los baños públicos eran muy numerosos en Alándalus, siguiendo una antigua tradición que se remontaba a las termas romanas. En la Córdoba califal, según las crónicas, se contaban más de seiscientos. En ellos, los usuarios no solo se lavaban, sino que se relajaban, descansaban, comían, bebían, disfrutaban con la poesía y la música o se acicalaban y recibían masajes. La tarde estaba reservada para las mujeres, que solían acudir una o dos veces por semana, para ser atendidas por personal femenino que las ayudaba a asearse, las depilaban, las ungían con bálsamos y perfumes y hasta les servían una merienda o cena temprana. Para embellecerse usaban henna, jabones, arcillas, mixturas para el cabello, kohl para realzar la mirada, corteza de nuez para los labios, etc. Gracias a todo ello, la jornada del baño ofrecía a aquellas mujeres relegadas y muchas veces ignoradas por los hombres la posibilidad segura de encontrar múltiples experiencias y sensaciones.

La sayida vascona Subh Um Walad

La vascona Aurora, llamada Subh Umm Wallad en las crónicas o simplemente la sayida, es una singular figura femenina de la historia, cuya vida, en lo que podemos conocer, resulta cuanto menos apasionante. Era originaria del norte de España, seguramente de origen navarro, y no está muy claro por qué motivo aparece en Córdoba a partir de cierto momento junto a un hermano. Posiblemente fue educada en su infancia en unas creencias y costumbres muy diferentes a las que luego encontraría en su peculiar destino, pues había nacido en el seno de una familia cristiana de lo que hoy es Navarra. Fue bautizada con el nombre de Auriola y seguramente desarrolló sus primeros años de vida con la desenvoltura y la libertad propia de una hija de nobles del Norte. Luego tuvo que vivir sometida a la realidad de las mujeres palaciegas del islam de aquel tiempo, dentro del régimen propio del harén, junto a las concubinas y los eunucos. Debió de ser una mujer bellísima, que acabó convirtiéndose en la única favorita del califa Alhaquén y madre de sus únicos hijos, Abderramán y Hixem. Los cronistas de Alándalus envuelven al personaje en un gran misterio. Como veremos más adelante, una de las tradiciones historiográficas más destacadas la sitúa como amante de Almanzor y le confiere una iniciativa y un carácter que la hicieron ser una figura decisiva en el califato.

En mi novela *El mozárabe* aparecía como uno de los personajes principales. Su gran atractivo y el secreto de su vida anónima, desenvuelta en la intimidad de los palacios califales, pero con un gran protagonismo y una evidente iniciativa personal, inusuales en aquel lugar y aquella época, me hicieron pensar en que merecía aparecer como protagonista en un nuevo relato. Y así nació la idea originaria de esta novela, *Los Baños del Pozo Azul*, que es el fruto de una larga investigación y una meditada línea argumental, siempre con un respeto absoluto a las fuentes históricas y a las hipótesis más serias en torno al personaje central y todos los demás nombres principales que van apareciendo a lo largo de la narración. Con tal fin, y para darle consistencia a la historia de fondo, he contado con estudios e investigaciones muy avanzadas que han aportado una nueva luz sobre la que fue quizá la mujer más importante, activa e inteligente de todo aquel período histórico. Porque hoy podemos estar seguros de que Subh Um Walad jugó un papel determinante en los momentos finales del califato de Córdoba.

Para empezar a investigar, como en cualquier período de la historia de Alándalus, era inevitable recurrir a la obra de R. Dozy, cuya visión del personaje en el caso de Subh determinará mucho de todo lo que sobre ella se ha venido diciendo y escribiendo con posterioridad. Como así reconoce Manuela Marín en el artículo citado más arriba, fue Dozy el primero que la definió como «sultana», otorgándole un título que, si bien no aparece en ninguna fuente andalusí, responde sin duda al gusto romántico de la época del genial arabista holandés, y que tenía claras resonancias del exotismo «orientalista» entonces tan en boga. En el retrato de Subh que nos presenta, todo en ella aparece determinado por sus sentimientos hacia los hombres que la rodean: en primer lugar, su influencia sobre Al-Hakam, y más tarde su amor hacia Ibn Abi'Amir. Aunque se haga necesario destacar el cuidado y la delicadeza de Dozy al hablar de las relaciones entre ambos, prudencia que se echa en falta en muchos historiadores posteriores. Porque, aunque Dozy menciona las alusiones de los cronistas árabes a la maledicencia que estas relaciones provocaron en Córdoba, se guarda mucho de confirmar su carácter sexual. Así lo expresa en su *Histoire des musulmans d'Espagne*: «Ibn Abi'Amir no toleraba la menor alusión a la unión tan estrecha que pudiera haber entre él y la sultana»; «si ella era realmente la amante de Ibn Abi'Amir…». Sin embargo, esta reserva no impide que, tras la lectura de la obra de Dozy, se tenga una clara impresión de la determinación y la decisiva colaboración de la madre de Hisham como principal artífice de la carrera fulgurante de Ibn Abi'Amir.

En su *Historia de la España musulmana*, Lévi-Provençal mantiene básicamente intactas las apreciaciones de su antecesor. Sobre las relaciones entre Subh y Almanzor, afirma que todo lleva a creer que, si no desde el primer momento en que se conocieron, al menos desde la muerte de Al-Hakam, ciertas insinuaciones y suspicacias de los cronistas árabes la dan a entender como bastante probable.

E igualmente sucede en la obra de A. González Palencia; de nuevo «Aurora» se deja cautivar por la finura y cortesía de Ibn Abi'Amir, lo que da lugar a comentarios maliciosos por sus relaciones con él, y ella verá después cómo con el transcurrir de los años su amor se transformará en odio. Lo mismo ocurre en una obra mucho más tardía escrita por W. M. Watt (*A History of Islamic Spain,* Edinburgh, 1965), en la cual la figura de Subh se presenta, de nuevo, en el contexto de la actuación política de Almanzor, protegido por la madre del califa y decidido a reducir al joven soberano a la impotencia mediante su aislamiento en el alcázar.

Según Manuela Marín, «la reacción de Subh ante esta situación no es otra que la del despecho de una antigua amante; tampoco puede decirse nada favorable de su actitud como madre, puesto que somete los intereses de su hijo a los de su amante. El personaje histórico así retratado se define, exclusivamente, por su condición de mujer, que determina todas sus acciones, tanto públicas como privadas».

En cuanto a los estudios de carácter general más recientes que se han publicado sobre Alándalus, cabe señalar que no han prestado gran interés a la figura histórica de Subh, no registrándose innovación alguna sobre ella en comparación con lo que se apuntaba más arriba. J. Vallvé menciona a los dos hijos de «la favorita vasca Subh, que era además cantora y a la que el califa hacía vestir como un joven y le daba el nombre varonil de Ya'far. Las mismas fuentes árabes subrayan la pasión que sentía Al-Hakam II por su favorita y la influencia que esta ejerció sobre la voluntad del califa», por lo que recupera las afirmaciones de Dozy y de Lévi-Provençal sobre las relaciones entre Subh y el califa Al-Hakam II, subrayando igualmente cómo Almanzor consiguió el favor de la madre de Hisham: «Correspondía con valiosos y costosísimos regalos a las mujeres del harén y preferentemente a la reina madre, cuya voluntad se ganó fácilmente».

En cuanto a las fuentes históricas árabes, la primera vez que las crónicas se refieren a la figura de Subh lo hacen para señalar el alumbramiento del primer hijo varón de Al-Hakam II, en el año 351 de la Hégira, que se corresponde con el 962 de la era cristiana. El texto es de lbn Hayyan, y se refiere a ella como *umm walad* y *hazeya* (favorita) del califa, que la llamaba Ya'far. Es decir, se la menciona de forma totalmente anónima, exceptuando el detalle del apelativo masculino que con ella utilizaba el califa y que tantas imágenes ha sugerido a los investigadores modernos.

Más adelante, y como consecuencia de ser la madre del herede-ro, Subh adquirirá el nombre honorífico que ya aparece reiterada-mente usado en las crónicas: *al-sayyida* o *al-sayyida alkubrii*, un título que no comparte con nadie más en el alcázar cordobés, pero que tampoco revela su propia identidad. Y he aquí el interés de este dato que refleja el estudio de Manuela Marín: «El título de *al-say-yida alkubrii* aparece en las crónicas al hilo del relato de los aconte-cimientos en que Subh comienza a tomar parte; es decir, cuando deja de ser un arquetipo maternal para convertirse en una persona con cuya actuación hay que contar para explicar determinados he-chos históricos. De este modo, en el relato de su elección de Ibn Abi'Amir como intendente de los bienes de su hijo Hisham o de los suyos propios, se la denomina Subh Umm Hisham; cuando se ex-plica cómo Ibn Abi'Amir conquistó su privanza, se habla de *al-Sa-yyida* Subh al-Baskunsiya». Es decir, aquí es además la Vascona. Resulta muy significativo que la aparición del auténtico nombre propio de Subh se repita sobre todo en las ocasiones en que su ac-tuación individual desea subrayarse, «como si la personalidad que lo lleva no pudiera ya ocultarse bajo el velo de los nombres genéri-cos o los títulos honoríficos».

Porque lo sorprendente en toda esta historia es el hecho de que, a partir de la muerte de Al-Hakam II, (366/976) y hasta que se consuma la ruptura con Almanzor (386/996), Subh ejerció un po-der político constatable, aun en la mayoría de edad del califa, si bien fue estando ese poder progresivamente amenazado por la difi-cultad de su posición como mujer y por la propia ambición de Al-manzor. Las crónicas árabes, al referirse a la intervención de la madre de Hisham en los asuntos públicos, lo hacen de una forma que puede calificarse de «neutral». Pero, cuando traspasa la frontera invisible que divide el mundo de los hombres del de las mujeres y penetra en el ámbito del poder, su condición de mujer, tan subrayada al reconstruir sus relaciones personales, se difumina e incluso llega a borrarse. Por eso, el relativo «control» ejercido por ella necesitaba de un intermediario masculino para poder ser llevado a la práctica fuera del alcázar. Porque el ejército y la policía quedaban por completo fuera de su alcance, y es este el motivo por el que Almanzor empezará a idear su propia estrategia. Es decir, en el interior del mundo cerrado de los Alcázares Subh tal vez pudo ser señora absoluta de los resortes del poder, incluyendo el trato con los visires y los grandes funcionarios de la administración del Estado. Pero fuera de ese ámbito Almanzor le resultaba necesario, si no imprescindible. Como también jugará un papel fundamental al lado de Subh otro varón, en este caso, un hermano suyo.

El hermano de Subh

Gracias a los textos de Al-Razi, recopilados por Ibn Hayyan en su extensa obra *Muqtabis*, se han conservado noticias de un hermano de Subh, llamado Fa'iq o Ra'iq (Raíg al Mawla en la novela), que ejerció una serie de cargos significativos en la administración califal. Nada dicen los textos árabes sobre las circunstancias que llevaron a los dos hermanos hasta Córdoba y luego al núcleo del poder político de Alándalus. Siempre que se alude a este misterioso personaje, la mención de su nombre aparece acompañada por la aclaración de que se trata del tío materno del príncipe heredero, Hisham. Se dice también que era *mawlá* del califa Al-Hakam; y en una ocasión, se le llama Ra'iq b. al-Hakam. Manuela Marín hace referencia a la ascensión administrativa del hermano de Subh que aparece registrada documentalmente en los «anales palatinos» en el período de tiempo que va de 361/972 a 364/974-75. En estos años ocupa varios cargos importantes, destacándose el de cadí de Badajoz y otros lugares de la frontera inferior. Todo hace pensar que conservó una elevada posición en el aparato administrativo cordobés mientras su hermana mantuvo su poder efectivo. Después se pierden definitivamente las referencias. Pero resulta evidente que supieron ambos mantener una relación de apoyo mutuo, como dejan adivinar las escasas referencias mencionadas. De hecho, según Ibn Hayyan, cuando la sayida emprende su lucha final contra Almanzor, Fa'iq será quien la ayude y quizá dirija el traslado clandestino de parte del tesoro califal, escondido en vasijas cubiertas con miel, mermelada, almorí y otras salsas refinadas.

El califa Hisham II

Disponemos de un número relativamente abundante de fuentes que describen con detalle los hechos en relación con la muerte de Al-Hakam y la proclamación de Hisham, tercer califa de Córdoba, siendo solo un niño de once años, lo que nos permite analizar las características de la problemática situación que se planteó y que desembocó en el ascenso de Muhammad b. Abi'Amir, futuro Almanzor, quien, de forma progresiva pero imparable, había ido ya acaparando todos los resortes del poder y que acabaría relegando a un segundo plano al soberano.

Siguiendo las fuentes documentales que proporcionan los textos árabes, no podemos saber con certeza si los únicos hijos que engendró el califa Al-Hakam fueron los que nacieron de la vascona Subh. En concreto, de *El collar de la paloma* parece deducirse que pudo haber algunos más, cuando afirma que el califa estaba tan cegado por el amor de Subh «que no paraba atención en los hijos que tenía de las demás mujeres». Otros cronistas parecen también ratificar la existencia de varios hijos, aunque no coinciden en sus nombres, salvo en el caso del propio Hisham. Sin embargo, es muy significativo, en particular, el silencio de los *Anales* de Al-Razi, en los cuales se basó con posterioridad Ibn Hayyan, que narra con detalle los últimos años del califato de Al-Hakam, mencionando solo a dos hijos: Abd al-Rahman y Hisham. Y parece deducirse en general la condición del segundo como único hijo del califa en el momento de la muerte del padre.

Por otra parte, debe destacarse que, al morir Al-Hakam II, la oposición a Hisham escogiese como candidato alternativo a su tío Al-Mugira, hermano del califa difunto, y no a ningún otro hijo del difunto califa, como hubiese sido más lógico de existir un primogénito.

En todo caso, el primer problema que se planteaba a la muerte de Al-Hakam era la minoría de edad de su hijo que, aunque era impedimento para la sucesión según algunas escuelas de derecho islámicas, no lo era en Alándalus. Para asegurar su posición de legítimo sucesor, su padre, con ocasión de la fiesta del Sacrificio, había hecho dos años antes de su muerte que el príncipe Hisham, a la edad de unos ocho o nueve años, recibiera de forma oficial los primeros honores por parte de los hijos de los grandes del califato, y después de los propios nobles incluidos los tíos paternos, que antes habían rendido homenaje a su padre. A partir de aquel día, el nombre de Hisham aparecerá en la crónica de Al-Razi acompañado del título de heredero al trono y toma parte en las actividades de gobierno tal como lo requiere su cargo. Además, el segundo califa, dándose probablemente cuenta de la cercanía de su muerte, decidió tomar otras medidas para asegurar a su hijo como heredero, ordenando que fuese efectuada la elección anticipada de Hisham, y que le fuera prestado reconocimiento (*bay'a*), siguiendo la costumbre introducida por el califa fundador de la dinastía omeya, Mu'awiya. Y aunque en principio este juramento era irrevocable para quienes lo prestaron, la posición del príncipe heredero no era segura.

A la muerte de Al-Hakam, a principios del mes de octubre de 976, los *saqalibah* (eslavones), que formaban la guardia eslava del palacio, intentaron sustituir en el trono a Hisham por un tío suyo, Abu-l-Mutarrif al-Muguira, de veintisiete años. Pero un importante grupo de poderosos magnates de la corte, entre los que destacaban su propia madre, la sayida Subh, el chambelán Yafar al-Mushafi y su tutor Al-Mansur ibn Abi'Amir hicieron fracasar la conjura. El infortunado Al-Mugira fue asesinado con la directa intervención de Ibn Abi'Amir, según algunas fuentes.

Una vez desaparecidos los opositores, Subh apostó fuerte por poner al pequeño califa bajo la tutela del encumbrado visir Ibn Abi'Amir, el futuro Almanzor. El ministro Yafar al-Mushafi también apoyó esta decisión con tal de mantener las riendas del poder en sus manos. De esta manera, los tíos y primos del joven Hisham eran apartados definitivamente de la sucesión. En el año 978 Ibn Almansur desplazó a Al-Musafi del poder y consiguió ser nombrado hayib o mayordomo real. Además, Abi'Amir consiguió el apoyo incondicional del poderoso general Galib, con cuya hija casó el nuevo hayib.

Desde entonces y en adelante, Hisham vivirá aislado, al margen de las luchas por el poder y dedicado a la devoción y a diferentes entretenimientos, solamente como una figura simbólica. Tan solo era requerido para estampar su firma en los decretos que le pasaban. De esta manera, se convirtió en un ser pusilánime, indolente, fácil de manejar y prisionero de sus deseos de diversión y de comodidad.

Existen por otra parte algunas posiciones que parecen apuntar la hipótesis de que Hisham sufría de algún tipo de minusvalía psíquica o física que habría sido la causa efectiva de la ausencia prácticamente total del califa de la vida pública. Esa tesis se apoya en el hecho de que las crónicas refieren que las contadas y raras veces que el califa salía de los Alcázares, iba como cubierto con velo de mujer entre los eunucos y las mujeres de su harén, y por calles que habían sido desalojadas. Resulta difícil encontrar una explicación lógica a este detalle, ya que «velar» la figura del califa no facilitaba el montaje político sobre el cual se asentaba la estrategia de Almanzor. Aunque también es posible que se tratase con ello de impedir que Hisham fuese visto y aclamado por el pueblo. Según los testimonios de los textos árabes, Hisham solo se mostró a sus súbditos en dos ocasiones: cuando fue nombrado califa siendo niño y, veinte años después, en el desfile que puso fin a la ruptura entre Subh y Almanzor.

En cualquier caso, ulemas y alfaquíes adoptaron una actitud de prudente discreción ante la proclamación del menor Hisham.

LA AMBICIÓN DE ALMANZOR

Muhammad ben Abi'Amir pertenecía a un linaje yemení. Según lo describen los cronistas, era de naturaleza ambiciosa e inteligente; estudió en Córdoba y comenzó su carrera política desde los puestos más bajos de la administración: redactando instancias. Más tarde fue auxiliar del cadí de la ciudad. En 967 el *hachib* Al-Mosafi le nombraría administrador de los bienes de la concubina Subh y mayordomo. Todas las crónicas recogen el dato, raro para la época, que hace referencia a que Al-Hakam, singularmente y de forma extraña a la costumbre, independizó a su favorita y la dotó de una gran fortuna, nombrándole a un mayordomo. En pocos años la protección de Subh le hizo ascender vertiginosamente en su carrera política: inspector de moneda, cadí de Sevilla y Niebla, intendente de la casa del príncipe heredero, jefe de la policía de Córdoba y encargado de la intendencia del ejército de Galib que marchaba a África.

A la muerte de Al-Hakam II, Almanzor toma el partido del *hachib*, o primer ministro, defendiendo los derechos de Hisham II, y es encargado de eliminar al pretendiente Al-Moguira, hermano de Al-Hakam. Por esto es nombrado visir. Pero no conforme con este puesto secundario se propuso conseguir un ejército adicto a su persona, lo que consiguió aprovechando las inquietudes existentes en la frontera de León.

Este es el contexto en el cual se va a desarrollar la trayectoria política de uno de los personajes más interesantes de la historia del islam en la península Ibérica: el chambelán (*hayib*) de Hisham II, Muhammad ibn Abi'Amir, Al-Mansur.

Ana Echevarría Arsuaga, en su libro *Almanzor: un califa en la sombra* (Sílex, 2011) hace la siguiente reflexión: «Tras sofocar varias rebeliones, después de la crisis personal que le supuso haber ajusticiado a su hijo, y sabiendo que Hisham nunca estaría capacitado para gobernar, mientras que él tenía varios hijos sanos, Almanzor pareció plantearse nuevas formas de mantener el poder. No es arriesgado pensar que después de este incidente Almanzor se replanteara de nuevo su posición en el califato, y su cansancio después de tantos años de lucha, pretendiendo dejar libre el camino para su sucesor, esta vez ya sí, sin duda alguna, su hijo Abd al-Malik». Es decir, según esta autora, Almanzor ya estaba actuando de hecho como califa, y esta situación culminará en la designación de su hijo como chambelán (*hayib*) y alcaide supremo, abriéndole paso de esta manera para una sucesión efectiva en todos los poderes.

Con estos propósitos, Ibn Abi'Amir fue dando pasos cada vez más firmes y arriesgados. Acabada la construcción de la mezquita de su ciudad palatina de Medina Alzahira, intentó elevarla a la categoría de mezquita Aljama o Mayor, para equipararla a las de Córdoba y Medina Azahara, que hasta el momento acogían las grandes celebraciones con la presencia del califa. Y, de esta manera, conseguir legalmente sustituir él al soberano en las plegarias colectivas. Con este fin, Almanzor prefirió tantear primero con cierta discreción al Consejo de alfaquíes que asesoraba el cadí supremo Ibn Zarb. Las crónicas nos dan incluso los nombres de los miembros de aquel consejo, que estaba formado por el riguroso ulema Ibn Futays, el sabio Ahmad ibn Hazm, padre del cronista homónimo; Al-Ayyash, el erudito cadí Al-Makwi, el alfaquí y tradicionista Al-Asili, jefe del consejo, y, por supuesto, el cadí supremo. Estos hombres no estaban de acuerdo en todo entre ellos, y Almanzor podía obtener una visión imparcial al consultarlos a todos juntos. Al mismo tiempo que hacía la consulta sobre la mezquita de Alzahira, preguntó también discretamente por la posibilidad de que él mismo sustituyese al califa, en vista de su incapacidad para gobernar activamente. Pero se encontró con que el dictamen fue negativo, pues según los juristas consultados, si acaso, la sucesión debería recaer en otro miembro de la tribu del profeta, los curaysíes.

Almanzor tuvo que aceptar, aunque a regañadientes, lo dictaminado por el Consejo supremo de los alfaquíes. Pero, en los años siguientes, fue arrogándose cada vez mayores poderes y casi todas las competencias que correspondían solo al califa. De hecho, hizo uso de su sello para los nombramientos oficiales, designó un nuevo responsable de la ceca y mantuvo parte de la administración en su residencia fortificada de Medina Alzahira. También consiguió que su nombre se mencionase tras el del califa en las plegarias del viernes en la mezquita Mayor y mantuvo una corte paralela a la del soberano en su nueva residencia de Alzahira.

Finalmente, se arrogó los títulos de señor (*sayyid*) y rey generoso (*malik karim*), que debía utilizar la corte para dirigirse a él en esos momentos. Con ello se convertía en un soberano de hecho que no descartaba en el futuro ser sucedido por su hijo Abd al-Malik como califa de derecho.

La ruptura entre Subh y Almanzor

Almanzor estuvo sujeto en cierto modo a la voluntad de la sayida Subh durante nada menos que veinte años, pero ya venía manifestando en los últimos años alarmantes signos de querer gobernar en solitario. Como se acaba de ver más arriba, los intentos de acaparar el poder por el hayib Ibn Abi'Amir fueron tan evidentes que acabaron despertando definitivamente un movimiento de oposición hacia él, que ya se había venido gestando desde antiguo y que ahora tenía motivos más que suficientes para iniciar algún plan para enfrentarse con decisión al «usurpador». No podemos saber en qué momento concreto se decidió Subh a tomar medidas, pero finalmente acabó convocando a su facción de la corte, denominada en su crónica por Ibn Hayyan *al-qasr al-hishami*, frente a los seguidores de Almanzor, nombrados por el historiador andalusí como *al-qasr Ibn Hayyan*.

Probablemente el estado de salud de Almanzor se estuviera ya debilitando y temiera por la situación de sus hijos si él faltaba. No era todavía lo que se dice un anciano, pero pasaba de la cincuentena y había tenido una vida intensa y ajetreada. De hecho, los cronistas refieren que enfermó gravemente en el punto álgido del conflicto. Según Laura Bariani en su biografía *Almanzor* (Nerea, 2003), este momento pudo corresponder con un dictamen solicitado al alfaquí Al-Asili, en el que autorizaba al hayib enfermo a hacer la oración sin descender del palanquín en el que se veía obligado a viajar a causa de su dolencia, a pesar de que la norma obligaba a tocar el suelo, «y declaró lícito esto para la oración preceptiva sin descender a tierra, ya que Almanzor realizaba la oración a través de gestos, por la debilidad de sus piernas a causa de la gota» (citando la biografía del jurista compilada por el cadí Iyad, trad. castellana de S. Peña, «Al-Makwi», p. 370). Aprovechando esta situación, los conjurados emprendieron su rebelión contra el usurpador del poder de los omeyas, según el plan que seguramente venían gestando desde tiempo atrás y que quizá por falta de liderazgo efectivo se retrasó.

La quiebra entre Subh y Almanzor es nombrada por Ibn Hayyan como *wahsa*, que significa «ruptura». El califa y su madre residían en los Alcázares de Córdoba, donde se custodiaba el tesoro privado que los soberanos omeyas habían ido acumulando durante casi dos siglos. Subh, con la ayuda de su hermano Raíg y algunos eslavones leales, consiguió sustraer del tesoro real 80 000 dinares que hizo transportar en un centenar de cántaros cubiertos de miel, mermelada y frutas. El propósito del ardid era financiar la revuelta que pusiera fin a las ambiciones y al poder efectivo de Almanzor y su hijo. Para ello contaba con la ayuda de las tropas de África lideradas por el virrey Ziri ibn Attiya. Pero, mientras se alzaban los leales al califa y su madre, Abd al-Malik ibn Abi'Amir, al frente de dos mil jinetes, protegía Medina Alzahira. Almanzor logró que los notables condenasen unánimemente lo ocurrido, acordando trasladar todo el tesoro del palacio califal para ponerlo bajo su custodia. Más de 5 700 000 dinares salieron ese día de Córdoba entre los improperios de Subh contra el hijo de Almanzor, según relata la escena Ibn Hayyan. A falta de financiación, la revuelta quedó descabezada en la península y derrotados sus escasos partidarios.

LECTURAS RECOMENDADAS

Arié, Rachel (1984). *Historia de España. España Musulmana: siglos VIII-XV.* Tomo III. Labor. p. 558.

Ávila, María Luisa (1980). «La proclamación (bay'a) de Hisam II. Año 976 d. C». *Al-Qantara*: pp. 79-114.

Marín, Manuela (1997). *Biografías y género biográfico en el Occidente Islámico.* CSIC.

Marín, Manuela (1997). «Una vida de mujer: Subh». En Manuela Marín & María Luisa Ávila. *Biografías y género biográfico en el Occidente Islámico.* CSIC.

Marín, Manuela. «Mujeres y vida familiar en al-Andalus». *Historia de las mujeres en España y América Latina. I: de la Prehistoria a la Edad Media.* Cátedra.

Ballestín Navarro, Xavier (2004). *Al-Mansur y la* dawla 'amiriya*: una dinámica de poder y legitimidad en el occidente musulmán medieval.* Edicions de la Universitat de Barcelona.

Bariani, Laura (2003). *Almanzor.* Nerea.

Dozy, Reinhart P. (2010). *Historia de los musulmanes de España. Las guerras civiles.* Turner.

Echevarría Arsuaga, Ana (2011). *Almanzor: un califa en la sombra.* Sílex Ediciones.

García Sanjuán, Alejandro (2008). «Legalidad islámica y legitimidad política en el Califato de Córdoba: la proclamación de Hisam II». *Al-Qantara.*

Lévi-Provençal, Évariste (1957). *Historia de España: España musulmana hasta la caída del califato de Córdoba: 711-1031 de J.C.* Tomo IV. Espasa-Calpe. Edición de Ramón Menéndez Pidal & Leopoldo Torres-Balbás. Traducción de Emilio García Gómez.

Manzano Moreno, Eduardo (2006). *Conquistadores, emires y califas. Los omeyas y la formación de al-Andalus.* Crítica.

Martínez Díez, Gonzalo (2005). *El condado de Castilla, 711-1038: la historia frente a la leyenda,* Volumen 2. Marcial Pons.

Martínez Enamorado, Virgilio; Torremocha Silva, Antonio (2001). *Almanzor y su época: al-Ándalus en la segunda mitad del siglo X.* Sarriá.

Riu Riu, Manuel (1988). *Historia de España: Edad Media (711-1500).* Tomo II. Espasa-Calpe. Edición de José María Blázquez.

Suárez Fernández, Luis (1976). *Historia de la España antigua y media.* Tomo I. Rialp.

Vallvé Bermejo, Joaquín (1992). *El Califato de Córdoba.* Mapfre. Edición de Elena Romero.

Vallvé Bermejo, Joaquín (2002). «En el milenario de la muerte de Almanzor». Boletín de la Real Academia de la Historia. Tomo 199, cuaderno 2, mayo-agosto de 2002, pp. 159-178. Real Academia de la Historia. ISSN 0034-0626.

CPSIA information can be obtained
at www.ICGtesting.com
Printed in the USA
LVHW090010061121
702578LV00001B/1

9 788491 396116